Gernot Firsching

Die Toten von Ploudarneau

Gernot Firsching

Die Toten von Ploudarneau

Koehlers Verlagsgesellschaft mbH • Hamburg

Die Handlung des Romans und sämtliche Begebenheiten sind frei erfunden. Ähnlichkeiten mit lebenden oder verstorbenen Personen wären rein zufällig und sind vom Autor weder gewollt noch beabsichtigt. Dies gilt auch für eventuelle Namensgleichheiten.

Die Deutsche Bibliothek – CIP-Einheitsaufnahme

Firsching, Gernot:
Die Toten von Ploudarneau/Gernot Firsching. –
Hamburg: Koehler, 1998
ISBN 3-7822-0718-1

ISBN 3-7822-0718-1; Warengruppe 59

Umschlaggestaltung und Umschlagfoto: Notburga Stelzer
Layout und Produktion: Hans-Peter Herfs-George
Printed in Germany

PROLOG

Frühjahr 1897

Schon kurz nach Aufbruch in Hamburg am 16. April 1897 stand die Fahrt der KOMMODORE LEBERENTZ unter einem schlechten Stern. Die für Valparaiso gebunkerte Ladung verrutschte unterhalb der westfriesischen Wattenmeerinseln im Sturm, so daß Kapitän Hülsdonk zum Klarieren sicherheitshalber die Scheldemündung anlief. Unterhalb des niederländischen Küstenstädchens Vlissingen legte er die in den achtziger Jahren noch aus Holz gebaute Viermastbark auf Reede und begann mit dem Umstauen. Nicht nur der andauernde, häufig mit Schnee und Graupel durchsetzte Regen zerrte an den Nerven, auch die ständig sich verändernden und kaum auf den Karten der Kaiserlichen Marine ordentlich verzeichneten Untiefen trugen ihr übriges dazu bei, daß sich die Navigation als überaus schwierig erwies.

Erst in der Nacht zum 22. April erreichte er den Pas de Calais. Meile um Meile mußte sich das Schiff mühsam gegen den Südwestwind durchkämpfen. Unablässig peitschte der eiskalte Wind den Männern das Salzwasser und die Regenschauer vierkant ins Gesicht. Die Bark hatte nicht nur Landmaschinen für Südamerika geladen, sondern auch eine Kiste mit wertvollem Inhalt für einen Geschäftspartner in Saint-Malo an Bord, die sein Reeder aus Sicherheitsgründen nicht über Land expedieren wollte. Hülsdonk hatte sich zur Eile und, wegen der Zusatzprämie für die Sonderfracht, auch noch zum Leichtsinn antreiben lassen. Den sollte er jetzt hinter Boulogne bei jedem der knappen, kurzen Schläge bitter bereuen.

Tags darauf dann besserte sich das Wetter ein wenig. Der Wind sprang auf Nordwest, so daß die Viermastbark endlich gute Fahrt in Richtung Atlantik machen konnte. Hülsdonk ließ die besten Segel setzen. Zum Glück stand ihm Frederic Houet, Hülsdonks 1. Offizier, der aus unerfindlichen Gründen vor ein paar Jahren hochoben in der Hansestadt strandete und sich alsbald in die Dienste der Leberentzschen Reederei begab, mit seinem nautischen Wissen bei. Es galt, das gefährliche Kap von La Hague und die Felsen von Aurigny und Casquets ohne weitere Segelmanöver zu umrunden, um die wertvolle Beifracht in Saint-Malo unbeschadet abliefern zu können. Der Franzose aus einem kleinen Fischerdorf in der Normandie sollte die Gewässer zwischen Flandern und der Bretagne angeblich wie seine Westentasche kennen. Allerdings hegte Hülsdonk nicht viel Sympathie für den schweigsamen, gewöhnlich mißmutig dreinschauenden jungen Mann.

Als der Ausguck endlich eines der ersehnten Leuchtfeuer ausmachte, ging Hülsdonk wieder zurück in seine Kajüte, um einen Blick auf die Seekarte zu werfen. Keinesfalls wollte er sich in die bei allen Seefahrern verhaßte Passage zwischen dem Festland und der Insel Aurigny zwingen lassen. Die gewaltige Tidenströmung und die Enge ließen keine Rückkehr mehr zu, falls etwas Unvorhergesehenes eintrat. Andererseits bedeutete ein Umweg um die Klippen von Casquets eine weitere erhebliche Verzögerung. Wegen des Zwangsaufenthalts in der Scheldemündung lagen sie ohnehin schon schlecht in der Zeit.

Ein Ruf ließ ihn aus seinem kurzen Schlaf hochschrecken. Hülsdonk war über seiner Seekarte eingenickt und rappelte sich erschöpft hoch. Kurz darauf vernahm er auch schon das Geräusch von ledernen Absätzen, die den Niedergang herunterpolterten. Hülsdonk rückte sich den Hemdskragen zurecht und strich seine Kapitänsjacke glatt. Ein Fingerknöchel klopfte hart gegen die Kabinentür, die kurz darauf aufgerissen wurde, ehe er antworten konnte.

»Käpt'n!« stammelte eine atemlose Stimme. Sie gehörte zu seinem 3. Offizier. »Der Zweite schickt mich. Sie möchten bitte an Deck kommen.«

»Himmel, was gibt es denn so Dramatisches, daß man den Kapitän aus der Kabine purrt?« rief Hülsdonk ungehalten.

Der junge Mann holte tief Luft.

»Nebel, Käpt'n«, antwortete er. »Kam ganz plötzlich. Inzwischen sehen wir oben an Deck kaum noch die Hand vor Augen.«

Hülsdonk warf sich seinen dunkelblauen Tuchmantel über, setzte die Kapitänsmütze auf und folgte seinem 3. Offizier nach oben.

Der Kapitän der Viermastbark betrat das Brückendeck und atmete tief die Nachtluft ein. Noch war es finster, von Morgengrauen kaum etwas zu erahnen. Dafür hüllte sich das Meer in ein weißes Leichentuch.

»Purrt den Franzosen aus der Koje!« befahl der Kapitän.

Es vergingen kaum zwei Minuten, bis Frederic Houet in Ölzeug auf dem Achterdeck erschien.

»Mon Capitain?« fragte der Franzose ungerührt.

»Nun?« erwiderte Hülsdonk und wies dabei nach vorne, wo der Bug des Schiffes immer wieder in vorbeiziehenden Nebelschwaden verschwand.

»Nichts Ungewöhnliches, Sire«, antwortete der Angesprochene. »Unter Land haben wir in dieser Gegend oft Nebel. Dichten Nebel.«

»Soll ich beidrehen lassen?« erkundigte sich der 2. Offizier.

»Nein«, erwiderte Houet. »Wir halten Kurs.«

»Unfug«, herrschte ihn Hülsdonk an. »In pottendichtem Nebel dicht unter Land! Denken Sie, ich will die KOMMODORE LEBERENTZ auf den Klippen vor La Hague verlieren?«

Houet zog den Kapitän beiseite, damit sie ungestört reden konnten.

»Ich weiß, die Passage entlang der Nordspitze von La Hague ist immer recht heikel, aber wir haben günstigen Wind, und da läßt sich die Bark gut im Ruder halten. Wenn der Nebel noch dichter werden sollte, drehen wir eben in den Paß zwischen dem Festland und der Insel Aurigny ab. Es gibt dort dicht unter Land bei La Plate eine Glockentonne. Sie wird uns den Weg zwischen den Klippen weisen.«

Hülsdonk drehte sich um. Er schaute seinem Ersten geradewegs ins Gesicht. Dessen Augen wirkten unruhig. Sie flackerten unstet.

»Dies ist eine gefährliche Ecke, in die wir uns manövriert haben«, erwiderte er leise. »Noch gefährlicher wird sie bei Starkwind. Geradezu tückisch ist sie bei Nebel.«

»Capitain!« versuchte Houet zu beschwichtigen. »Wir befinden uns hier nicht am Ende der Welt. Es gibt Leuchtfeuer, Schiffahrtszeichen, Signale, die ...«

»Es gibt auch falsche Signale«, murmelte Hülsdonk.
»Falsche Signale?« begehrte sein 1. Offizier auf.
»Glockensignal an Backbord voraus!« brüllte der Signalgast.
In der Ferne ließ sich ein leises Gebimmel erahnen.
»Wir sind schon ziemlich dicht unter Land«, meinte Houet. »Das ist bereits die Glockentonne von La Plate, von der ich sprach. Unterhalb der Tonne liegt die Banc la Hague. Sehen Sie hier! Wir laufen noch etwa zwei Meilen Südwest bis West, bis wir dann ...«
»Dann geraten wir geradewegs in Teufels Küche!« unterbrach ihn der Kapitän. »Das ist niemals die Glockentonne von La Plate! So weit können wir noch gar nicht sein. Es scheint mir unmöglich ...«
»Papperlapapp!« wischte Houet ohne Rücksicht auf den Standesunterschied die Bemerkung seines Kapitäns beiseite. »Entlang der gesamten Küste gibt es nur diese einzige Glockentonne. Um was soll es sich denn Ihres Erachtens sonst handeln, wenn nicht um die Tonne vor dem Westkap?«
»Tonnen können auch vertreiben«, murmelte Hülsdonk.
»Doch zu dieser Jahreszeit noch nicht. Wir hatten noch gar keinen richtigen Sturm in diesem Frühjahr. Ich sprach erst vor wenigen Wochen ...« Houet schluckte und unterbrach sich.
»Ja?« forschte Hülsdonk nach.
»Ach, nichts«, murmelte der Franzose.
»Wir hatten bisher ständig Südwestwind«, gab der Kapitän schließlich zu bedenken.
Houet antwortete nicht.
Mit einem Mal war sich Hülsdonk unsicher. Was, wenn sich die Viermastbark immer noch weit entfernt vom eigentlichen Kap und der Passage zwischen Festland und der Insel Aurigny befand? Dann nämlich steuerte die Bark bei dem von Houet vorgeschlagenen Kurswechsel entweder geradewegs in die felsenumsäumte Bucht von Saint-Marie-de-La-Hogue oder vierkant auf die Landspitze von La Plate zu. Sollte man den Navigationsfehler zu spät bemerken, blieb bei dem vorherrschenden Nordwestwind viel zu wenig Manövrierraum, als daß man das schwer beladene Schiff noch vor den Riffen hätte wenden können.
Hülsdonk atmete tief durch und begab sich auf das Vordeck. Er wies seinen 2. Offizier an, häufiger zu loten. Das Läuten der Glocke war jetzt sehr nah. Das Lot fand keinen Grund. Ob Houet wohl doch recht hatte? Jede Stunde, die er hier zwischen den Riffen herumkrebste, bedeuteten für ihn und den Reeder Geldverlust. Als der Glockenton querab hörbar wurde, riß sich Hülsdonk zusammen, ließ die Segel auffieren und auf Südkurs einschwenken. Die Viermastbark fiel ab und wurde rasch schneller.
Eine halbe Stunde später schälte sich aus den langsam über das nachtschwarze Wasser davonziehenden Nebelschwaden eine Landformation heraus. Das war weder das Westufer des Cotentin noch die Insel Aurigny. Er hatte also recht behalten. Vor ihnen breitete sich eine felsenumsäumte Bucht aus. Die Bucht von Saint-Marie-de-La-Hogue. Die Vordecksmannschaft begann durcheinanderzubrüllen.
»Grund!« stießen zwei von der Vordecksmannschaft aus. »Wir fassen Grund!«

»Wieviel?« schrie Hülsdonk.
»Zehn Faden, Käpt'n!« rief einer der Männer. »Rasch steigend!«
»Wie rasch?« Hülsdonks Stimme zitterte.
»Sehr schnell. Nur noch acht Faden, Käpt'n!«
Hülsdonk lauschte. Das Donnern, das er bisher nur von Ferne wahrgenommen hatte, nahm zu. Und inzwischen kam es von beiden Seiten her.
»Alles klarmachen zum Halsen! Rasch, Leute! Jetzt geht's ums Ganze!«
Sein 2. Offizier begriff, trommelte beide Wachen zusammen und erteilte schnelle, harte Befehle. Ein Teil der Matrosen enterte ins Rigg der schwer beladenen Viermastbark, die anderen machten sich daran, das Tauwerk zum Bedienen von Segel und Rahen zu klarieren. Minute um Minute verging, während das Tosen der Brecher gegen die Felsriffe in der nahen Bucht immer lauter wurde. Er war in die Falle getappt, schoß es Hülsdonk durch den Kopf. Warum nur hatte er seinem 1. Offizier geglaubt? Er drehte sich suchend nach ihm um.
»Wer hat Monsieur Houet gesehen?« rief er laut zum Achterdeck.
Aber selbst sein Dritter wußte nicht, wo der Franzose steckte. Verdammt, schoß es Kapitän Hülsdonk durch den Kopf. Ausgerechnet in diesem Augenblick befand sich sein Lotse nicht auf der Brücke. Er wies den Dritten an, Houet zu suchen.
»Boot kommt längsseits!« erscholl eine Stimme.
Obwohl die Kuppen des Kliffs noch von Watte umhüllt waren, lichtete sich der Nebel in Augenhöhe bereits etwas. Während er und seine Männer verzweifelt mit dem Mahlstrom in der Bucht rangen, zeichnete sich die nähere Umgebung im ersten Büchsenlicht des 25. April immer deutlicher ab. Zu beiden Seiten tauchten geifernde Riffe in der Morgendämmerung auf. Am Scheitel der Bucht, die nur noch drei Kabellängen entfernt schien, erkannte man deutlich Lichter in niedrigen Häusern. Eigentlich waren es eher Hütten. Armselige Hütten, wie sie allenfalls zu einem Fischernest gehörten. Saint-Marie-de-La-Hogue. Er hatte die KOMMODORE LEBERENTZ schnurstracks mitten in diese Rattenfalle manövriert! Houet, du Narr! Warum habe ich bloß auf dich gehört?
»Welches Boot?« stieß Hülsdonk aus.
»Offensichtlich ein Fischer, Käpt'n.«
Hülsdonk beugte sich über die Reling. Tatsächlich, genau unterhalb der Backbordreling schwamm ein offenes Fischerboot. Vier Männer saßen an den Riemen und steuerten den Kahn dicht an die Bordwand der Bark heran.
»Alors!« brüllte er nach unten. »Können Sie uns helfen? Wir haben ...«
In diesem Moment setzte die Bark zum ersten Mal auf. Aber nicht die Grundberührung ließ ihn zusammenfahren, sondern die Tatsache, daß ein Mann am Heck seines Schiffes eine Jakobsleiter herabkletterte. Der Mann trug Offizierskleidung. Es handelte sich ohne Zweifel um Frederic Houet.
»Houet, Sie Bastard!« brüllte er wie von Sinnen nach unten.
Gleichzeitig begann eine kleine Messingglocke in einem Gestell auf dem Vordeck des Kutters zu bimmeln. Einer der Fischer zurrte hastig die Decke, die sich gelöst hatte, darüber. Hülsdonk begriff.

»Houet! Ich verfluche Sie! Ich verfluche Sie und ihre Pestbrut von Nachkommen! Ich verfluche euch alle! Noch in hundert Jahren sollt ihr an mich denken! Fahrt zur Hölle, ihr dreckiges Piratenpack ...!«
Kreischend lief der Rumpf auf eine der ersten vorgelagerten Felsenriffe, wobei der Fockmast aus der Verankerung riß und beim Überbordgehen mitsamt den Segeln und der Takelage ganze Teile vom Deck mitriß. Die ersten Matrosen gingen über Bord. Eine Nebelschwade verdeckte für ein paar Augenblicke schamhaft den Blick auf die armseligen Fischerkaten.

KAPITEL I

Leise plätscherte das Wasser gegen die Außenhaut der Yacht. Leinen klapperten, Stahldrähte im Rigg vibrierten. Ihre Bewegungen deuteten an, daß Wind aufgekommen sein mußte. Armelle Lescault schlug die Augen auf. Sie erinnerte sich nicht, welches der Geräusche sie geweckt hatte. Das sanfte Schnarchen ihres Ehemannes, der dicht an sie geschmiegt neben ihr in der Koje der Achterkajüte lag oder eben dieses leise Pling-Pling der Fallen im Rigg. Wie üblich schien es nun mit der Nachtruhe dahin. Sie atmete ergeben durch und ließ ihren Blick durch den Innenraum des schmalen, niedrigen Schlafraum gleiten. Pierre, ihr Mann, ein mäßig erfolgreicher Bankangestellter, hatte den großen Segler Ende der vergangenen Saison günstig, wie er immer wieder versicherte, auf dem Gebrauchtbootmarkt erstanden. Sie kam sich an Bord nutzlos vor. Ihre Kräfte reichten weder zum Bedienen der großflächigen Segel noch zum stundenlangen Rudergehen aus. Das Boot schien ihr für eine Familiencrew denkbar ungeeignet, weil viel zu groß und zu schwer. Ein Cruiser-Racer. Zu langsam für ernstzunehmende Regatten, zu beengt zum Wohnen auf längeren Törns, wie ein Bekannter im Yachtklub spöttisch attestierte. Pierre haßte diese Weisheiten. Er hörte aus ihnen nur Mißgunst und Neid heraus. Allerdings ließ er sich schon seit Monaten nicht mehr in der Kreditabteilung seiner Bank sehen. Warum nur dieses Boot? Wollte er mit dem skandinavischen Sechsunddreißigfüßer wirklich nur Eindruck schinden, wie seine Klubkameraden mutmaßten? Schon bald nach der Bootstaufe im vergangenen Oktober begann Armelle die Yacht zu hassen. Ein Boot, das die Familie finanziell bis an den Rand des Ruins brachte und das sie, die vierköpfige Familie aus Reims, ja doch nur während der knapp bemessenen Zeit im Sommer und an den wenigen verlängerten Wochenenden nutzen konnten. Über die mautpflichtige Autobahn an die Atlantikküste war es viel zu weit und zu teuer für ein geregeltes Wochenendsegeln, so wie es ihnen der nahe Liegeplatz in St. Valery-en-Caux an der Kanalküste bislang ermöglichte. Nein, bestand Pierre auf sein Vorurteil, der Kimmkieler hatte seine besten Tage hinter sich und mit den beinahe zwei Metern Tiefgang, die der neu angeschaffte Skandinavier aufwies, kam man in Nordfrankreich nur noch in die überfüllten Tiefwasserhäfen hinein. Und das ständige Warten auf die Flut störte ihn auch neuerdings. Also mußte zusätzlich zur Anschaffung auch noch ein Vertrag für einen sündhaft teuren Liegeplatz in Ploudarneau unterschrieben werden. Zugegeben, die neuerrichtete Marina Port du Raz stellte alles in den Schatten, was sie bisher an Yachthäfen gesehen hatte. Aber mußten es wirklich jährlich zwanzigtausend Franc Miete sein? Mit Wehmut dachte sie an die aufgegebenen Bekanntschaften in St. Valery-en-Caux zurück.

Sacht drehte sie den Arm ihres Mannes auf die andere Seite und richtete sich auf. Alles schien wie immer. Die Kühle des Frühjahrsmorgen kroch ihr unter den Pyjama, und sie fröstelte. Während sie sich erhob, ertönte neben ihr ein unwilliges Grunzen. Ein Zeichen dafür, daß Pierre Lescault nicht geweckt werden wollte. Armelle lauschte nach

vorne. Die Zwillinge schliefen noch. Sie warf einen Blick auf ihre Armbanduhr. Erst sieben Uhr in der Frühe. An einem normalen Sonntagmorgen daheim hätte sie sich unter ihre Bettdecke verkrochen, die Augen geschlossen, an etwas Schönes gedacht und schließlich weitergeschlafen. Hier und jetzt ging es nicht. Ein nur allzu menschliches Bedürfnis machte wegen der Kälte mit Nachdruck auf sich aufmerksam. Seufzend schlug sie die Steppdecke zur Seite und erhob sich vollends. In der Naßzelle des Bootes, das in Punkto Bequemlichkeit nicht einmal ansatzweise den Vergleich mit dem Badezimmer daheim zuließ, putzte sie sich die Zähne und machte sich frisch. Ein Blick aus dem schmalen Klappluk zeigte ihr, warum sie so fröstelte. Leichter Nebel lag über dem Wasser. Die Aufbauten der Nachbarboote ließen sich zwar deutlich erkennen, das Ufer jedoch wurde von nasser, weißer Watte verschluckt. Zu duschen wagte sie nicht. Die laut schnarrende Wasserpumpe hätte nicht nur ihren Mann, sondern auch noch die beiden Rangen geweckt. Armelle Lescault, die fünfunddreißigjährige Frau des Bankangestellten aus Reims, wollte, wenn sie schon so früh wach wurde, wenigstens die ersten Minuten des Tages ganz für sich alleine haben.
Ein Geräusch ließ sie aufhorchen. Die junge Frau hob unwillkürlich den Kopf und lauschte. Bekannte Töne drangen an ihr Ohr. Das Klingeln der Drahtvorläufer im Mast, das Flattern der kleinen Fahne unter der Saling, das Plätschern der saugenden Tide am Kunststoffrumpf, das Reiben der Festmacher in den Klüsen. Nach einem kurzen Augenblick wandte sie sich wieder ihren Schminkutensilien zu. Gerade, als sie sich den Lidstrich nachzog, ertönte das Geräusch erneut. Dabei spürte sie auch die leichte Erschütterung. Irgendetwas mußte die Badeplattform am Heck gestreift haben. Vielleicht hatte sich auf einem Nachbarboot ein Tender selbständig gemacht. Armelle beschloß, nach dem Rechten zu sehen. Ein Kratzer in der noch nahezu makellosen Außenhaut ihrer Yacht würde stundenlange Diskussionen ihres Ehemannes mit dem Eigentümer des Beibootes nach sich ziehen. Und zum Streiten verspürte sie an diesem Morgen partout keine Lust.
Armelle Lescault öffnete die Tür zur Naßzelle und glitt so leise wie möglich in den Salon. Aus der Achterkajüte vernahm sie unwilliges Schnaufen. Das Geräusch schien auch ihren Mann geweckt zu haben.
»Was zum Teufel ist da draußen los?« knurrte er ungehalten.
Die junge Frau schlug die Augen zur Kajütdecke und rief in einem stummen Gebet alle Heiligen an mit der Bitte, daß da draußen nur ja nichts kaputt gegangen war.
»Ich sehe schon nach«, antwortete sie.
Da keine gegenteilige Weisung erfolgte, schob sie so leise wie möglich das Schiebeluk zurück und nahm die beiden Schotts aus den Führungen. Gewandt schlüpfte sie an Deck. Erneut klopfte der Störenfried gegen den Bootsrumpf. Sie kniff die Augen zusammen und blinzelte zum Heck.
Sie nahm ein Segelboot wahr, das im sanften Auf und Ab des gekräuselten Wassers hin und her dümpelte und dabei von Zeit zu Zeit mit der Breitseite gegen den Heckspiegel der eigenen Yacht schlug. Nicht heftig, aber immerhin so deutlich, daß man das Geräusch auch draußen im Freien trotz des Windes deutlich vernahm. Instinktiv ließ Armelle ihren Blick über das fremde Boot streichen. Weder im Cockpit

noch sonstwo an Deck befand sich irgendjemand von der Crew. Das schien ihr insofern merkwürdig, da das Vorsegel gesetzt war und leise im Wind hin und her flappte. Als das Boot erneut gegen den Spiegel schlug, sprang die junge Frau auf und eilte zum Heckkorb, um den Havaristen abzuhalten. Sie hatte bereits den hinteren Teil der Segelyacht ihres Mannes erreicht, als sie eine Bewegung über ihrem Kopf wahrnahm. Unwillkürlich blickte sie nach oben. Ihr gellender Schrei weckte den Hafen.

Blau zuckte die Einsatzbeleuchtung der Streifenwagen über den Sportboothafen. Uniformierte Beamte versuchten die Schaulustigen von der Aluminiumtreppe, die von Land aus zum Steg hinabführte, fernzuhalten, damit die Spezialisten der Spurensicherung aus Quimper möglichst ungestört ihrer Ermittlungstätigkeit nachkommen konnten. Doch nicht die Menschentraube an Land bereitete dem Einsatzleiter Probleme, sondern jene Bootseigner, die sich beharrlich weigerten, ihre Yachten zu verlassen und nun vom eigenen Deck aus mit ihren Ferngläsern trotz der lichten Nebelschwaden versuchten, ein möglichst genaues Bild vom Geschehen zu erhalten. Kommandant Benoit von der örtlichen Polizeibehörde mußte scharf durchgreifen und hier und da empfindliche Strafen androhen, ehe sich auch die Eigner auf den Nachbarstegen dazu durchrangen, ihre Boote zu verlassen. Eine knappe Stunde nach Eintreffen der Polizei erschien auch endlich Kommissar Guirec von der Kriminalpolizei in Quimper.
Frederic Guirec, wie Kommandant Benoit ein Bretone durch und durch, bahnte sich mit seinem massigen Körper rücksichtslos einen Weg durch die Menschentraube, die um nichts in der Welt den angestammten Platz in der Nähe der Absperrung vor der Stegtreppe räumen wollte. Er ging leicht in die Knie und schlängelte sich schwer atmend unter dem weiß-roten Absperrband hindurch. Die beiden Gendarme salutierten zackig, um anschließend wieder breitbeinig Posten vor dem Steg zu beziehen. Frederic Guirec, der frustrierte, pensionsreife Leiter des Ersten Kommissariats in der Departementhauptstadt, fluchte leise. So, wie er es immer tat, wenn ihn sein Dienst an einem Sonntagmorgen in aller Frühe aus dem noch warmen Bett riß. Seit einigen Jahren überließ er solch unangenehme Ermittlungsarbeit mit Vorliebe einem seiner dienstjüngeren Mitarbeiter, doch an diesem Morgen klingelte ihn der Polizeipräfekt persönlich aus den Federn. Nein, sein oberster Chef ließ sich nicht erweichen. Geruhsamer Schlaf hin oder her, diesen Fall sollte Guirec von Anfang an selbst in die bewährten Hände nehmen. Schließlich ginge es um einen Mordfall in Ploudarneau, der Vorzeigestadt des Departments. Ausgerechnet in der unlängst erst fertiggestellten Marina Port du Raz, die unter der Leitung des Ausnahmeunternehmers und Bürgermeisters Aubin Leclerq gegen alle Vorbehalte der Einwohner aus der Altstadt und praktisch im Alleingang aus dem felsigen Uferboden gestampft worden war. Guirec verzog das Gesicht zu einer Grimasse. Leclerq, der angeblich alles kontrollierende Emporkömmling, grunzte er verächtlich. Leclerq, der Golfpartner angesehener Politiker und Wirtschaftsbosse.
Als der Kriminalbeamte das Stegende erreichte, wohin die Yacht von den Beamten der Spurensicherung verlegt worden war, begriff er jedoch mit einem Mal die

Unerbittlichkeit seines Chefs. Guirec schüttelte die Hand eines der diensttuenden Beamten und blickte ungläubig nach oben. Er hatte schon viele Tatorte während seiner Karriere besichtigt, doch er ahnte, daß er diesen Anblick so bald nicht vergessen würde.
»Welch eine Sauerei«, stieß er aus.
»Das können Sie laut sagen, mon Commissaire«, erwiderte Lereau, der Leiter der Spurensicherung. »Ich dachte bis heute morgen, mir wäre nichts mehr fremd, aber das hier muß sich Steven King persönlich ausgedacht haben. So etwas habe ich noch nicht gesehen. In der Kajüte befindet sich übrigens noch eine Leiche. Eine Frau. Vermutlich seine Freundin oder Geliebte. Er ist verheiratet, nach den Papieren zu urteilen jedoch nicht mit ihr. Aber können wir ihn jetzt vielleicht erst einmal herunterholen?«
Er deutete an Land.
»Die Leute starren sich schon die Augen aus dem Kopf. Ah, da kommt ja auch schon Lamarc'h. Salut, Doktor! Schon einmal solch eine schöne Leiche gesehen?«
Guirec schluckte rauh. Er hatte sich trotz seiner vielen Dienstjahre nie so richtig an die Abgebrühtheit der Polizeiärzte, Gerichtsmediziner und Spurensicherungsspezialisten gewöhnen können. Lereau begrüßte Lamarc'h mit flüchtigem Händedruck und gab seinen Männern schließlich ein Zeichen. Leise ratterte die Leine, mit der normalerweise das Großsegel geheißt wurde, über die Trommel der Steuerbordwinde. Hand über Hand holten zwei Beamte das Tauwerk durch, während ein dritter, im Bootsmannsstuhl sitzend, nach oben gezogen wurde. Widerstrebend wandte sich Guirec von dem blutverschmierten Deck der Segelyacht ab und blickte erneut nach oben. Etwa in halber Höhe des Mastes befand sich bei diesem Bootstyp eine breite, ausladende Saling, die dazu bestimmt war, die Oberwanten weit abzuspreizen. In dieser Höhe hing eine offensichtlich männliche Leiche im Rigg. Ihre Arme hingen über die Salingstreben und waren mit einem dünnen Tau daran festgebunden. Die Beine des vollständig bekleideten Toten baumelten gespreizt nach unten herab. Sein Kopf kippte immer wieder von einer Seite zur anderen. Soweit Guirec erkennen konnte, hatte der Mörder seinem Opfer die Kehle durchgeschnitten. Übelkeit stieg in Guirec hoch. Er bedauerte, daß er wegen der Eile des morgendlichen Aufbruchs noch nicht sein obligatorisches Frühstückscroissant hatte zu sich nehmen können. Einem Mitarbeiter der Spurensicherung wurde schlecht. In hohem Bogen übergab er sich ins Hafenbecken. Lereau schickte ihn kopfschüttelnd an Land zurück.
Langsam und behutsam band der ins Rigg hochgezogene Beamte den Leichnam ab und sicherte ihn mit einem speziellen Knoten am Spinnakerfall. Er deutete seinen Kollegen an, das Spinnakerfall zu fieren. Ein Aufschrei ging durch die Menschenmenge an Land, als der Leichnam geborgen wurde. Schon beugte sich Doktor Lamarc'h, der junge, schnodderige Gerichtsmediziner, über den Toten. Mit gummibehandschuhten Händen drehte er den beinahe abgetrennten Kopf soweit zurück, bis die Genickwirbel sichtbar wurden.
»Gute Arbeit«, nickte der Mediziner beipflichtend und schaute zu dem Kommissar hinüber.
»Kein Dilettant, wenn Sie mich fragen«, fügte er hinzu. »Der Schnitt wurde sauber

durchgeführt. Er endete unterhalb des vierten Halswirbels. Der Mörder benutzte eine scharfe Klinge, soviel steht fest. Die Schnittränder sind kaum ausgefranst. Aber warum mußte er ihn denn unbedingt aufhängen? Nach dem Schnitt war der Mann ohnehin schon praktisch tot. Sehen sie her.«
Der Gerichtsmediziner steckte sein Holzstäbchen zwischen die rot verkrusteten Wundränder. »Die Halsschlagader zum Beispiel...«
»Lassen Sie es gut sein, Doktor!« fuhr der Kommissar den wesentlich jüngeren Mediziner an.» Sparen Sie sich die Details für ihren Bericht auf. Sagen Sie mir lieber, wann der Mann umgebracht wurde.«
Dr. Lamarc'h blickte erneut hoch und schob dabei seine runde Designerbrille zurecht. Er kannte Guirec schon eine ganze Weile, hielt jedoch nicht allzu viel von ihm. Der Kommissar war ihm zu lasch, zu träge, eben zu alt. Er hätte lieber für einen dynamischen, erfolgreichen Leiter der Mordkommission gearbeitet. So, wie die Burschen vom 1. Kommissariat in Brest oder Rennes, die er auf einer Fachtagung kennengelernt hatte. Obwohl genauso wie Guirec gebürtiger Bretone, hatten ihm seine wohlhabenden Eltern ein Studium an der Sorbonne ermöglicht. Leider schienen seine Leistungen jedoch allzu deutlich hinter denen des Durchschnitts herzuhinken, sodaß nicht nur er nach einer kurzen Praxiszeit in einem Unfallklinikum zur Auffassung gelangte, daß das Obduzieren von Leichen für ihn und seine Umwelt wesentlich weniger Risiko darstellte, als wenn er sich an noch lebende Patienten heranwagte. So gelangte er in die bewährten Hände der Gerichtsmedizin.
Lamarc'h schaute den Kripobeamten unwillig an.
»Wie Sie schon sagten, werter Kommissar. Warten Sie meinen Bericht ab.«
Guirec wurde ungeduldig.
»Nun machen Sie schon«, knurrte er bösartig. Sein leerer Magen rebellierte, und das mochte er ganz und gar nicht. »Wann?«
Der Mediziner warf einen Blick auf seine Taschenuhr, die er umständlich aus seiner Weste angelte. Er ließ den silbernen Deckel aufspringen, wobei die ersten Takte von Beethovens ›Für Elise‹ erklangen.
»Sehr passend! Finden Sie nicht?« Guirec war nahe daran, seine Fassung zu verlieren.
Lamarc'h klappte den Deckel zu und steckte das Erbstück wieder zurück in die Westentasche. »Schwer zu sagen, bei dem Nebel heute morgen«, meinte er schließlich betont geschäftsmäßig. »Nebel kühlt eine Leiche rasch aus. Ich würde sagen, so vor etwa zwei bis drei Stunden. Nicht später, nicht früher. Näheres im Bericht.«
Lamarc'h erhob sich, streifte seine Handschuhe ab und warf sie achtlos auf den blutverkrusteten Hals der Leiche. Dann wollte er sich schon zum Gehen abwenden. Lereau hielt ihn am Ärmel zurück.
»Nicht so eilig, Doktor! Wir haben noch eine Leiche.«
Der Leiter der Spurensicherung deutete nach unten in die Kajüte. Seufzend raffte Lamarc'h seinen sandfarbenen Trenchcoat zusammen, damit er ihn beim Abstieg ins Innere der Yacht nicht behinderte.

Schwer atmend ließ sich Guirec in einem der Sessel nieder. Er mochte die im Stil von Louis Seize nachempfundene Bestuhlung im Besprechungszimmer des Polizeipräfekten von Quimper nicht sonderlich. Andauernd hatte er das Gefühl, die filigranen Beinchen brächen unter dem Gewicht seines fülligen Körpers zusammen. Er blickte über den niedrigen Tisch hinweg zu seinen Gesprächspartnern, die entweder ungeniert den Rauch ihrer Zigaretten in sich hineinsogen oder gelangweilt Kaugummi kauten. Guirec fühlte sich unwohl. An Tagen wie diesen pflegte er insgeheim seine restliche Dienstzeit auszurechnen. Ihm gegenüber auf einem lächerlich filigranen Kanapee saßen Generalstaatsanwalt Jean Larouche, ein überaus kräftiger, muskulöser Mann von etwa fünfzig Jahren mit selbst für diese frühe Jahreszeit ungewöhnlich dunkel gebräuntem Gesicht und Albin Kozh, Guirecs stets blasser, immer nervöser, weil hochgradig magenkranker Vorgesetzter. Als vierter im Bunde hockte Antoine Lemardieux, ein junger Staatsanwalt aus Quimper, auf einem lehnenlosen Stuhl. Sein ewiges Kaugummikauen störte nicht nur Guirec. Ein scharfer Blick des Generalstaatsanwaltes genügte, und Lemardieux wickelte die gekaute Masse in den Streifen Silberpapier, bevor er sie in den Ascher warf.

Jean Larouche, der Südfranzose aus Marseille, lehnte sich weit zurück und verschränkte burschikos die Hände im Nacken, wobei das Jackett über seinem gewaltigen Brustkorb spannte. Er bemerkte es und öffnete die Knöpfe. Seine karierte Hose, das Poloshirt mit dem Krokodilemblem und der helle Lederhandschuh, lässig in den Bund gesteckt, ließen keinen Zweifel aufkommen, bei welcher Freizeitbeschäftigung man den Generalstaatsanwalt offensichtlich unterbrochen haben mußte. Guirec atmete tief durch. Das Interesse an der Aufklärung dieses Falles mußte in der Tat gewaltig sein, wenn bereits die Generalstaatsanwaltschaft unmittelbar in den Fall eingriff, ehe die Ermittlungen der Kriminalpolizei überhaupt erst richtig angelaufen waren. Larouche nahm seine blau eingefärbte Pilotenbrille ab und hängte sie mit einem Bügel lässig in den geknöpften Ausschnitt des Sporthemdes.

»Ich höre, Monsieur Guirec«, durchschnitt er mit knappen Worten die Stille. Gleichzeitig drückte er seine filterlose Zigarette im Ascher aus.

Kommissar Guirec goß Mineralwasser in ein Glas und nahm einen kräftigen Schluck. Er mochte keinen Zigarettenqualm auf nüchternen Magen.

»Nun«, begann er sichtlich widerstrebend. »Die Ermittlungen laufen ja gerade erst an. Viel ist da freilich noch nicht vorzutragen.«

»Ach, hören Sie schon auf, Guirec«, schnaufte Albin Kozh, sein magenkranker Chef. »Der Herr Generalstaatsanwalt ist nicht eigens hierher gekommen, um sich von Ihnen langweilen zu lassen. Irgendetwas werden Sie wohl schon berichten können, oder?«

Antoine Lemardieux grinste still vor sich hin. Er kannte Frederic Guirec und dessen manchmal etwas schleppende Art. In diesem Augenblick jedoch teilte er die Ansicht des Ermittlungsbeamten, daß bei diesem Spiel noch gar nicht genug Karten ausgeteilt waren, um irgendeinen Trumpf ansagen zu können.

»Na schön, Herr Polizeipräfekt«, seufzte der Bretone mit dem massigen Körper.

»Ein vorläufiger Bericht der Spurensicherung liegt mir bereits vor; Doktor Lamarc'h von der Gerichtsmedizin läßt sich für gewöhnlich etwas mehr Zeit. Wenigstens konn-

te er mir ein paar Details herüberfaxen.«
Er wunderte sich ohnehin über Lamarc'h. Normalerweise zeigte sich dieser Schnösel kaum in irgendeiner Weise kooperativ und lehnte stets jede Art von Überstunden ab. Auch die Spurensicherung arbeitete gewöhnlich selten an dienstfreien Wochenenden. Zumal sich sein Kollege Lereau schon seit Wochen auf den lange hinausgeschobenen Angelausflug freute. Ob da wohl von seiten eines bestimmten Bürgermeisters, in dessen Amtsbezirk sich der Mordfall ereignet hatte, Druck ausgeübt wurde? Guirec kannte den Einfluß des Patrons von Ploudarneau nur zu gut. Er wußte auch, daß Larouche in dessen exklusiven Golfklub spielte.
»Nun los, nun los!« brauste der Polizeipräfekt auf. Seine unsteten Augen wanderten ruhelos zwischen den beiden Staatsanwälten und seinem Untergebenen hin und her. »Wir haben nicht ewig Zeit!«
»Na schön, meine Herren. Fakt ist, daß der Tote laut Reisepaß Marc Raymond hieß. Seine ebenfalls ermordete Begleiterin hörte ihrem Führerschein zufolge auf den Namen Florence Lemande. Während der vierzigjährige Raymond aus Paris stammt, wohnt Mademoiselle Lemande offensichtlich in Rennes. Die junge Frau war ihren Papieren zufolge wesentlich jünger. Fünfundzwanzig. Übrigens eine überaus attraktive Erscheinung. Nur Raymond trägt einen Ehering. Auf Grund der noch unaufgeklärten Hintergründe, die zur Tat führten, und wegen der kurzen Zeit, die mir für Ermittlungen bisher zur Verfügung stand, konnten mein Team und ich die Angehörigen noch nicht informieren.«
»Was Sie jedoch bitte unverzüglich nachholen werden«, rügte der Polizeipräfekt.
Larouche winkte ab.
»Immer der Reihe nach, mein lieber Kozh«, entgegnete er. »Fahren Sie fort, Kommissar.«
Guirec räusperte sich. Womit sollte er fortfahren? Es gab nichts fortzufahren. Er stand schließlich erst am Anfang seiner Ermittlungen. Einen derartigen Mordfall hatte er schon seit Ewigkeiten nicht mehr zu bearbeiten gehabt. Allenfalls einmal ein Eifersuchtsdrama mit tödlichem Ausgang, das dann auf Totschlag hinauslief, oder ein paar Suizide.
»Nun«, versuchte er Zeit zu gewinnen, »die Spurensicherung stellte auf Grund der noch vorhandenen Blutmenge fest, daß sich das Massaker an Bord der Yacht ereignet haben muß. Die Tote weist keine Blutspuren der männlichen Leiche auf. Wir nehmen daher an, daß Raymond an Deck und Mademoiselle Lemande in der Kajüte der Segelyacht zu Tode kam. Die Lage der weiblichen Leiche läßt den Schluß zu, daß sie aus dem Schlaf geweckt wurde und ihrem Begleiter zu Hilfe eilen wollte. Der Tod ereilte sie vermutlich auf der Niedergangtreppe. Als Tatwerkzeug kommt in beiden Fällen ein äußerst scharfes Messer in Frage. Auffällig hierbei die offensichtlich lange Klinge des Tatwerkzeugs. Doktor Lamarc'h ist sich ohne genaue mikroskopische Untersuchung der Wundränder an den Leichen noch nicht hundertprozentig sicher, er tippt jedoch auf ein Messer, wie es die Fischer zum Ausnehmen großer Raubfische verwenden. Jedenfalls muß es höllisch scharf gewesen sein.«
Der Generalstaatsanwalt strich sich durch die zurückgekämmten Haare.

»Attraktive Erscheinung, das weibliche Opfer, sagen Sie? Irgendein sexuelles Motiv? Vergewaltigung?«
»Es deutet nichts darauf hin, Monsieur«, antwortete Guirec wahrheitsgemäß. »Jedenfalls machte Dr. Lamarc'h, der beide Toten untersuchte, diesbezüglich keinerlei Andeutungen.«
»Tatzeit?« hakte Larouche nach.
»Die Leichen wurden gegen sieben Uhr in der Frühe entdeckt«, antwortete Guirec. »Vermutlich also zwischen vier und fünf Uhr. An einer genaueren Eingrenzung der Tatzeit wird momentan im gerichtsmedizinischen Institut gearbeitet. Sie hilft uns im Moment aber auch nur wenig weiter.«
»Ist das alles, was Sie bisher über den Tathergang herausgefunden haben?« fragte Larouche.
Kann ich hellsehen, du Idiot, knurrte Guirec in sich hinein, riß sich aber zusammen. Staatsanwälte waren in seinen Augen alle gleich. Die Mordkommission sollte möglichst bereits am Tatort mit sämtlichen Indizien und möglichst auch gleich mit den Geständnissen der Beschuldigten aufwarten können. Die Herren in den schwarzen Roben wollten dann nur noch vor Gericht erscheinen und mit theatralischem Gehabe vor staunendem Publikum ihre Plädoyers vortragen. Von praktischer kriminalistischer Arbeit hatten die doch sowieso keine Ahnung, grollte er. Warum blieben die nicht auf ihren Golfplätzen und ließen ihn einfach in Ruhe weiterermitteln?
»Wie ich bereits eingangs erwähnte«, fuhr er vorsichtig fort, »wurde der Mann offensichtlich an Deck, den Blutansammlungen zufolge aller Wahrscheinlichkeit nach im Cockpit der Yacht, getötet. Keine Kampfspuren, also keine Hämatome, Hautabschürfungen, zerrissene Kleidung oder ähnliches erkennbar, was auf einen Kampf schließen läßt.«
»Der Mörder befand sich dem zufolge an Bord?« bohrte Larouche weiter. »Ein Eifersuchtsdrama?«
»Möglich, aber wenig wahrscheinlich, Monsieur. Wer nimmt schon einen Dritten mit, wenn er mit seiner Freundin oder Geliebten auf Törn geht?«
»Kommt keine Frau in Frage?« erkundigte sich Antoine Lemardieux, der sich gedankenverloren einen frischen Streifen Kaugummi in den Mund schob.
»Nein, Monsieur«, antwortete der Chef der Mordkommission. »Wie sollte wohl eine Frau eine siebzig bis achtzig Kilo schwere Leiche ins Rigg heben können?«
»Oh, kräftige Frauen kenne ich genug«, grinste Lemardieux. »Ein Eifersuchtsdrama schiene in diesem Falle durchaus erwägenswert. Ein vierzigjähriger Mann beherbergt auf seinem Boot neben seiner Ehefrau auch noch seine fünfundzwanzigjährige Geliebte. Solche Dreiecksbeziehungen sollen ja schon vorgekommen sein, wenn ich mich nicht irre. Der Ehefrau wird die Turtelei der beiden jedoch schließlich zuviel und ...«
»Bremsen Sie ihre Phantasie, Lemardieux!« knurrte der Südfranzose. »Wir sind hier nicht im Kino.«
»Aber zugeben müssen Sie schon, daß ...«
»Ich gebe gar nichts zu«, unterbrach Guirec mit einem Blick auf das dunkel verfärbte

Gesicht des Generalstaatsanwalts. »Ihre These in Ehren, werter Monsieur Lemardieux, aber auch diese Möglichkeit haben wir im Rahmen der uns zur Verfügung stehenden Zeit nachgeprüft. Nichts weist auf die Anwesenheit einer dritten Person hin. Marc Raymond führte das Logbuch seiner Yacht peinlich genau. Es enthält weder den geringsten Hinweis auf ein drittes Crewmitglied, noch auf einen blinden Passagier oder irgendwelche sonstigen Merkwürdigkeiten. Dem Logbuch zufolge heißt Raymonds Frau übrigens Isabelle. Auch sie begleitete ihn hin und wieder. Den Aufzeichnungen zufolge jedoch nur selten. Raymonds letzte Fahrt auf seinem Boot begann vor zwei Tagen in Lorient. An Bord befanden sich laut Eintragung im Logbuch nur er und die Mademoiselle. Es handelte sich also um einen völlig normalen Frühjahrstörn.«

»Der tödlich endete«, ergänzte Lemardieux.

»Der in der Tat tödlich endete«, bestätigte Guirec.

»Und wie wollen Sie weiter vorgehen?« meldete sich sein Vorgesetzter zu Wort.

Guirec wandte sich ihm zu.

»Nun, wir beginnen mit der Kleinarbeit. Erst einmal werden wir die Kollegen in Paris bitten, die Angehörigen von Monsieur Raymond zu verständigen und zu befragen. In die Untersuchungen in Rennes werden wir uns in Zusammenarbeit mit den dortigen Behörden unmittelbar einschalten. In diesem Zusammenhang werden wir das nähere Umfeld der beiden Toten beleuchten und speziell nach Feinden suchen. Sie wissen schon. Die ganze unangenehme Schnüffelarbeit. Parallel hierzu lasse ich noch heute die Polizeidienststellen entlang der Küste anfaxen und nachfragen, ob denen in letzter Zeit etwas Merkwürdiges aufgefallen ist.«

»Etwa ein blutrünstiger Irrer mit einem Schlachtermesser zwischen den Zähnen?« grinste Antoine Lemardieux respektlos.

Der Generalstaatsanwalt warf ihm einen scharfen Blick zu, woraufhin der junge Mann mit einem Schlag wieder ernst wurde.

»Was ich nicht verstehe« erkundigte sich der Generalstaatsanwalt nach einer Weile, »ist, wie die Yacht überhaupt bis in das Hafenbecken von Port du Raz hineintreiben konnte. Liegt da nicht der Verdacht nahe, daß sich der Mord unmittelbar in der Marina ereignet hat?«

»Sie meinen im Hafenbecken?« fragte Guirec.

Der Generalstaatsanwalt nickte.

»Auch das könnte zutreffen«, räumte Guirec ein. »Jedoch bleibt zu bedenken, daß das Vorsegel gesetzt war, als das Boot vor dem der Lescaults strandete. Ich bin zwar kein Segler, aber ich halte es für durchaus möglich, daß das Boot unter Umständen auch führerlos in den Hafen hineintreiben konnte. Einzelheiten werde ich noch mit der Küstenwache erörtern. Eines haben wir jedoch in diesem Zusammenhang festgestellt: Der Wind wehte auflandig, wie man in der Seemannssprache sagt, und das Steuerrad der Yacht war arretiert.«

»Das könnte der Täter auch im Hafen gemacht haben.«

Larouche ließ nicht locker. Guirec kam sich vor, als würde er vernommen.

»Theoretisch schon« entgegnete er nachdenklich. »Aber nageln Sie mich nicht fest, Herr Generalstaatsanwalt. Ich bin, wie schon gesagt, kein Nautiker. Einmal abgese-

hen von der Meinung der Küstenwache neige ich mehr zu meiner Theorie. Wer solch eine Schweinerei vorhat, der vollzieht sie kaum unter den Augen der Öffentlichkeit. In Port du Raz gibt es Liegeplätze für annähernd zwölfhundert Yachten. Mehr als die Hälfte sind bereits belegt. Ein Großteil der Boote war wegen des verlängerten Wochenendes bewohnt.«
»Es herrschte Nebel«, warf Larouche ein.
»In der Nacht und in den frühen Morgenstunden, ja«, fuhr Guirec fort. »Als ich am Tatort ankam, zogen im Innern des Hafens nur noch ein paar Schwaden über das Wasser. Auch noch etwas Anderes spricht gegen diese Theorie. Wo hätte die Yacht ihres Erachtens ableiben sollen? In einer der freien Boxen? Treibend im Wasser? Was wäre, wenn der Hafenmeister ausgerechnet zu diesem Zeitpunkt seinen Rundgang gemacht hätte?«
»Bedenken Sie, daß der Täter Zeit brauchte, sein Opfer an die Saling zu binden. Auch ein kräftiger Mann erledigt solch eine Arbeit nicht in ein paar Minuten.«
»Noch ein Argument mehr, das eher für meine Theorie spricht. Das Hantieren mit den Leinen und das Heraufziehen und Festbinden der männlichen Leiche ging sicherlich nicht geräuschlos ab. Nein, ich bin ziemlich sicher, daß ...«
Der Generalstaatsanwalt wartete seinen letzten Einwand nicht mehr ab, sondern erhob sich.
»Meine Herren, ich wünsche über jeden ihrer Schritte und über jedes Untersuchungsergebnis unterrichtet zu werden. Haben wir uns diesbezüglich verstanden?«
Albin Kozh, Polizeipräfekt aus Quimper, nickte heftig.
»Selbstverständlich, Herr Generalstaatsanwalt. Ganz wie Sie meinen, Herr Generalstaatsanwalt. Ganz in ihrem Sinne, Herr ...«
»Ist schon gut«, winkte Larouche nervös ab. »Geben Sie nur die notwendigsten Informationen an die Presse und gehen Sie bei ihren Nachforschungen diskret vor, verstanden?«
Frederic Guirec war froh, sich endlich aus dem unbequemen Louis-Seize-Sessel schälen zu dürfen. Er überlegte. Diskrete Ermittlungen, obwohl ein dermaßen spektakulärer Mordfall schon seit Jahren in der gesamten Bretagne nicht mehr vorgekommen war? Guirec grinste still in sich hinein. Ploudarneau, die im Laufe der vergangenen Jahre und trotz der anhaltenden Rezession von einem verschlafenen Fischerstädtchen zu einer Immobilien- und Wassersportmetropole ersten Ranges aufgestiegene Vorzeigestadt an der bretonischen Atlantikküste, sollte in diesem Jahr die Eröffnung der Marina Port du Raz und im Anschluß daran die Wiederwahl ihres Bürgermeisters feiern.
Der von Leclerq gegen den Willen der ortsansässigen Fischer und Umweltschutzorganisationen vorangetriebene Ausbau der Moyenne-Mündung zu einem der größten Sportboothäfen Nordeuropas sollte alljährlich eine Menge Geld in die Kassen der Stadt, des Departements und in die des Leclerq-Clans fließen lassen. Böse Zungen indes behaupteten, das wäre auch dringend erforderlich, denn die Leclerqs sollten sich mit dem Bau der Marina finanziell ziemlich übernommen haben. Davon

unbeeindruckt beherrschten Aubin und seine Familie trotz alledem Stadt und Umgebung, als hätte es die Zeit nach 1789 in Frankreich nie gegeben. Inzwischen wurde an allerhöchster Stelle gemutmaßt, daß der Präsident der Republik Aubin Leclerq für seine Verdienste um den Wirtschaftsaufbau in einer ansonsten eher strukturschwachen Region eine offizielle Auszeichnung verleihen lassen wollte. Selbstredend, daß da kein Schatten auf die Stadt, ihren Bürgermeister und insbesondere dessen Vorzeigeprojekt Port du Raz fallen durfte.

Das Getriebe des alten DS 21 jaulte gequält auf, als Frederic Guirec zurückschaltete und in den Innenhof der Polizeipräfektur einbog. Er versprach sich jeden Montag aufs neue, den alten, rostlöchrigen Wagen zu Beginn des folgenden Monats, gleich wenn der Gehaltsscheck seinem Konto gutgeschrieben wurde, endlich zum Schrotthändler zu bringen, aber dann brachte er es doch nicht übers Herz. Der Uralt-Citroën paßte zu ihm wie seine längst aus der Mode gekommenen grauen Anzüge, seine genarbten Lederschuhe und die verschlissene Aktentasche, in der er allenfalls seine beiden Frühstückscroissants aufbewahrte. Frederic Guirecs Zeit als ehrgeiziger, aufstrebender Kriminalbeamter, der sich über das Wochenende unerledigte Akten mit nach Hause nahm, lag schon lange hinter ihm. Immer häufiger mußte er sich in den vergangenen Jahren eingestehen, daß ihm selbst blutjunge Kriminalassistenten, die frisch von der Polizeischule kamen, in vielen Dingen hoffnungslos überlegen schienen. Er konnte bis heute das Faxgerät nicht fehlerfrei bedienen, mit dem kleiderschrankgroßen Kopiergerät und dem daran angeschlossenen unüberschaubaren Sortierer stand er auf Kriegsfuß und vor das Terminal des Tischcomputers hatte er sich ein einziges Mal gesetzt. Solange, bis sich die Zentraleinheit im Innern des Rechners mit einem kompletten Systemabsturz vor weiteren unkompetenten Programmierversuchen verwahrte. Seitdem bediente Jean Lassalle, sein ihm für zwei Jahre zugewiesener Assistent aus Toulouse, das Gerät. Die letzten Fahndungserfolge gingen eher auf die Kappe des elektronischen Kollegen anstatt auf die praktische Recherchearbeit seines Teams. Guirec fühlte sich der modernen Bürotechnik hoffnungslos unterlegen und ausgeliefert. Zwar hatte er immer einmal wieder ein Bedienhandbuch in die Hand genommen, viel weiter als über die Einleitung hinaus war er jedoch selten gekommen. Alle Art moderner Technik lösten in ihm Widerwillen aus. Gerade deshalb brachte er es auch nicht übers Herz, sich von seinem alten DS 21 zu trennen und sich einen dieser neuartigen, mit Elektronik vollgestopften Wagen anzuschaffen.
Guirec wuchtete sich schwerfällig hinter dem einspeichigen Lenkrad hervor und kletterte von dem arg durchgesessenen Fahrersitz. Ehe er die Türe hinter sich zuwarf, blickte er nach oben in den zweiten Stock des Bürogebäudes. Dort standen sie. Wie die Geier, die nur darauf lauerten, daß er, der dreiundsechzigjährige Frederic Guirec, der Leiter des 1. Kommissariats und Chef der Mordkommission, endlich in Pension ging. Adrien, der Leiter der Drogenfahndung, Benoit, der Chef vom Betrug und Tristan, sein Kollege von der Sitte. Guirec lachte still in sich hinein. Sie würden trotz seiner anstehenden Pensionierung noch lange warten. Er wußte von Polizeipräfekt Albin Kozh höchstpersönlich und unter dem Siegel der Verschwiegenheit, daß nach seinem

Ausscheiden jemand ganz anderes für die Leitung der Mordkommission vorgesehen schien. Um wen es sich dabei allerdings konkret handelte, darüber hüllte sich sein magenkranker Vorgesetzter in Schweigen. Guirec war es egal. Er hatte ausgerechnet, daß er noch genau zweiundsiebzig Tage, also knapp zweieinhalb Monate abzuleisten hatte. Dann adieu, meine Lieben! Adieu, Quimper! Er würde sich endlich an die Westküste zurückziehen und sich seiner großen Leidenschaft, der Aquarellmalerei, widmen. Geld genug für ein kleines Häuschen lag auf der Bank. Seit dem Tode seiner Frau vor zehn Jahren hielt ihn ohnehin nichts mehr in Quimper.
Er blickte zu seinem Fenster hinauf. Auch Jean Lassalle, sein ihm kurzfristig zugewiesener Assistent aus Toulouse, und seine Mitarbeiter Inspektor Reunan sowie Inspektor Morgan standen wie gewöhnlich hinter den Gardinen. Himmel, bin ich wirklich ein solches Faktotum geworden, daß man mir schon montagmorgens hinterherstarrt, durchfuhr es ihn. Ächzend bewegte er sich auf die Eingangstür zu.
»Guten Morgen, Monsieur le Commissaire«, begrüßte ihn der uniformierte Wachhabende an der Tür.
»Einen schönen guten Morgen, Brigadier«, antwortete Guirec. Er konnte sich beim besten Willen nicht mehr an den Namen des Gendarmen erinnern. Seine Gedächtnislücken wurden immer schlimmer. Ja, ja, die Alzheimersche, pflegte stets Morgan hinter vorgehaltener Hand zu frotzeln. Derartiges laut zu sagen, traute er sich natürlich nicht, denn er wußte, daß nur bedingungslose Loyalität seinem Vorgesetzten gegenüber zur ersehnten Beförderung zum Kommissar führte.
Frederic Guirec warf einen mißbilligenden Blick in die Runde seiner Mitarbeiter, als er bemerkte, daß die große Tasse noch nicht mit dem obligatorischen Café au lait gefüllt war. Lassalle begriff und holte das Versäumte nach. Guirec setzte sich schwerfällig in seinen Bürosessel und wickelte seine Frühstückscroissants aus.
»Nun?« fragte er beiläufig und biß herzhaft in das Gebäck.
Lassalle straffte sich.
»Was möchten Sie zuerst erfahren, mon Commissaire? Die Ergebnisse der Befragung der Kollegen bei der Witwe in Paris oder das, was der Computer ausgespuckt hat?«
»Paris«, murmelte Guirek und spülte den ersten Bissen mit einem Schluck Kaffee nach.
»Paris war wenig ergiebig«, mischte sich Reunan ein. »Die Witwe war über den Tod ihres Mannes natürlich völlig aus dem Häuschen. Die Existenz einer Geliebten wollte sie erst überhaupt nicht akzeptieren. Nach Ansicht der Kollegen schien sie tatsächlich völlig ahnungslos. Eine Situation, wie sie in vielen Familien vorkommt.«
»Und?« knurrte Guirec.
Reunan räusperte sich.
»Den Nachbarn zufolge sollen die Raymonds eine harmonische Ehe geführt haben. Auch außerhalb der Familie traten keine Sonderbarkeiten zu Tage. Er war Mitarbeiter bei einem Unternehmen, das angeblich Steuerungselektronik für Fließbänder herstellt. Raymond verdiente gut, konnte sich ein Haus in Versailles, eine Ferienwohnung in den Bergen und besagte Segelyacht, die in Lorient ihren Liegeplatz hat, leisten. Seine Frau, eine elegante Erscheinung, führt den ehelichen Haushalt, kümmert sich um die Kinder. Nach ihren Aussagen fuhr sie allenfalls in der Ferienzeit, also während

der Sommermonate, auf der Yacht mit. Sie hält eigenen Angaben zufolge nicht viel von dem Hobby ihres Mannes. Das bestätigen übrigens auch die Eintragungen in den Logbüchern vergangener Jahre, wie die Pariser Kollegen mitteilten. Wenn Sie mich fragen, auf den ersten Blick der typische Fall des gelangweilten Ehemannes, der sich zusätzlich zur bürgerlichen Fassade eine Geliebte leistet.«
»Und auf den zweiten Blick?«
Reunan wies auf Lassalle.
»Tja, es gibt nur eine einzige Auffälligkeit im Zusammenhang mit Mademoiselle Lemande. Florence Lemande, fünfundzwanzig, ledig, bewohnt beziehungsweise bewohnte eine Zweizimmerwohnung in Rennes. Sie arbeitete bei Electronique Sables. Eine Firma, die elektronische Bauteile herstellt.«
»Und?« murmelte Guirec. »Wo stecken da die Ungereimtheiten?«
»Electronique Sables ist das Konkurrenzunternehmen der Firma, für die Raymond tätig war. Beide stellen Steuerungssysteme her. Electronique Sables ist das größere Unternehmen.«
»Industriespionage?« fragte Guirec. Er vergaß, erneut in sein Croissant zu beißen.
»Kann ich mir nicht vorstellen«, verneinte Lassalle. »Der Computer spuckte aus, daß es in der Vergangenheit mehrere Versuche der Electronique Sables gab, die Firma, für die Raymond arbeitete zu schlucken. Angesichts der Größe dieser Electronic Sables dürfte es sich um den Versuch einer völlig normalen Firmenübernahme gehandelt haben.«
»Na schön«, antwortete der Kommissar. »Welche Rolle spielte Raymond überhaupt in seiner Firma?«
»Er fungierte als Entwicklungsingenieur bei der RTF, der Roulant Technique de France. Er galt als wichtiger Mann in der Firma.«
»Und da läßt er sich auf eine Liebschaft mit einer Mitarbeiterin von der Konkurrenz ein?«
Lassalle schob seine randlose Brille zurecht. Ihm war sichtlich unwohl zumute, als er merkte, daß Reunan breit grinste. Lassalle arbeitete am liebsten mit dem Computer, recherchierte Fakten und Daten, verließ sich dabei auf seinen eher analytisch arbeitenden Verstand und überließ die Beurteilung von Liebesaffären möglichst anderen. Francois Morgan, der bis dahin geschwiegen hatte, rettete die Situation.
»Florence Lemande lebte allein in Rennes. Sie besaß laut Aussage der Nachbarn keine näheren Angehörigen. Jedenfalls empfing sie kaum Besuch. Marc Raymond soll sie angeblich erst vor wenigen Wochen das erste Mal zu Hause aufgesucht haben. Zum Glück gibt es immer noch Hausmeisterinnen, die ein wachsames Auge auf ihre unverheirateten Mitbewohnerinnen werfen.«
»Zum Glück«, murmelte Guirec und warf Morgan einen mißbilligenden Blick zu.
»So weit ich das überschauen kann«, fuhr sein Mitarbeiter hastig fort, »dürften die beiden noch nicht sehr lange liiert gewesen sein. Das würde auch die Aussage der Ehefrau des Toten bestätigen, die angeblich von alldem nichts ahnte.«
Frederic Guirec lehnte sich weit in seinem Bürosessel zurück. Die Federn im Innern des Sitzmobiliars jammerten gequält auf.

»Ich fasse einmal zusammen« meinte er nach einem kurzen Augenblick. »Marc Raymond lernt irgendwann besagte Florence Lemande, die offensichtlich für die Konkurrenz arbeitet, kennen. Es entwickelt sich eine Beziehung. Er verschweigt die Liebschaft seiner Frau. Monsieur Raymond und Mademoiselle Lemande unternehmen einen Frühjahrstörn auf dessen Yacht. Beide werden auf mysteriöse Weise und ziemlich bestialisch ermordet. Habe ich etwas vergessen?«
Seine drei Mitarbeiter schauten sich gegenseitig an.
»Ich denke nicht«, fügte Lassalle hinzu.
Guirec stöhnte auf.
»Soll ich etwa mit solch dünnen Ermittlungsergebnissen vor die Presse treten? Was soll ich dem Präfekten und dem Generalstaatsanwalt sagen? Wir werden uns alle blamieren! Lassalle, Sie quetschen ihren Kasten dort aus! Ich will alles über die beiden Firmen wissen. Namen der Geschäftsführer, Verbindungen, irgendwelche Schatten auf der weißen Weste. Wäre doch denkbar, daß jemand von dieser RTF hinter diese Verbindung gekommen ist und gegebenenfalls ein Überlaufen des besten Pferdes im Stall zur Konkurrenz verhindern wollte. Sie, Reunan, bewegen ihren Hintern zur Gerichtsmedizin. Ich will einen kompletten ausgewerteten Bericht auf meinem Schreibtisch sehen, wenn ich zurückkomme. Morgan und ich statten dieser Electronique Sables sowie besagter Hausmeisterin einen Besuch ab.«
Als sein Mitarbeiter und er am selben Abend zurück nach Quimper kamen, quetschte sich Guirec sofort hinter das Lenkrad seines Citroen, um nach Hause zu fahren. Wieder ein Tag ohne Ergebnisse. Die Chefs der Electronic Sables erwiesen sich als honorige Geschäftsleute, Mademoiselle Lemande galt in der Firma als liebenswürdige und hilfsbereite Kollegin, und auch in der Wohnung der Toten deutete nichts darauf hin, daß es in letzter Zeit Spannungen zwischen ihr und Raymond gegeben haben sollte. Die ganze Dienstreise hätte er sich sparen können. Guirec begann erneut, über seine noch verbleibende Restzeit als Chef der Mordkommission nachzugrübeln.

KAPITEL II

Langsam glitt die große Segelyacht aus dem Hafenbecken von Concarneau heraus. Auf dem Vordeck bemühten sich eine dreißigjährige Frau und ein zehn Jahre älterer Mann trotz der Wellen, die ein rasch vorbeiziehender Fischkutter erzeugte, die Fender im Ankerkasten zu verstauen und die Schoten für die Genua zu klarieren. Der Mann schien ziemlich unsicher auf den Beinen. Er mußte sich zeitweise mit beiden Händen am Vorstag festhalten, um nicht über Bord zu fallen. Seine Begleiterin lachte hell auf.
»Na, Tristan? Bist du immer noch der Ansicht, Segeln sei ein Sport für Rentnerehepaare? Warte erst einmal ab, bis wir aus dem Schutz der Molen heraus sind. Dann sollst du mal sehen!«
Der zehn Jahre Ältere schluckte rauh und starrte auf die weißen Schaumköpfe der

Wellen, die jenseits der Hafeneinfahrt andeuteten, daß an diesem Nachmittag keine geruhsame Kaffeefahrt auf dem Programm stand. Warum hatte er sich bloß von seinem Freund Hubert breitschlagen lassen und war mit auf Törn gegangen, obwohl der Fernsehwetterbericht auffrischenden Wind für die kommenden Tage vorhersagte? Je weiter das Boot den sicheren Hafen von Concarneau hinter sich ließ, desto mehr wünschte er sich auf seinen angestammten Golfplatz in Euro Disney zurück. Ihm zuliebe hatte er zum ersten Mal ein Golfturnier sausen lassen. Und warum, um alles in der Welt, hatte er bloß ständig das Hochseesegeln als »Rentnersport« heruntergespielt? Jetzt blieb ihm nichts anderes übrig, als die Zähne zusammenzubeißen. Er, Tristan Guillaume, der wohlhabende Bankangestellte aus Paris, würde doch wohl vor diesem kleinen Mädchen hier keine Nerven zeigen!
»Seid ihr endlich klar da vorne?« brüllte Hubert Leblanc vom Cockpit aus. »Ich will das Großsegel setzen. Schon Schwell genug hier draußen.«
Leblancs Stimme zeigte eine Mischung von Ungeduld und Belustigung.
»Brüll bitte um Himmelswillen nicht wieder herum!« mahnte ihn eine Stimme.
Leblanc wandte sich zur Seite. Neben ihm hockte gertenschlank und kapriziös wie immer Claire Sonnet und schnippte nervös die Asche ihrer halb aufgerauchten Gaulloises Blondes über die Reling. Claire und die beinahe fünfzehn Jahre jüngere Stephanie Blanche wohnten und arbeiteten zusammen in Versailles. Beide Frauen unterhielten ein Modedesignstudio, das, diskret von Leblanc protegiert, sehr erfolgreich Prêt-à-Porter für spezielle Boutiquen in der Innenstadt kreierte. Der fünfundvierzigjährigen Modeschöpferin wäre es nie in den Sinn gekommen, auf Dauer in die Wohnung ihres Lebensgefährten zu ziehen. Zu unterschiedlich schienen ihre gegenseitigen Ansprüche. Im übrigen galt es in Modekreisen als chic, sich mit dem Anschein einer Vorliebe für das eigene Geschlecht zu umgeben.
»Ich brülle gar nicht«, erwiderte Hubert Leblanc und wirbelte das Steuerrad seiner Segelyacht herum.
»Los, ihr Schlafmützen!« setzte er in unverminderter Lautstärke nach vorne gewandt nach. »Wir sind hier nicht auf einem Damenkränzchen! Stephanie, zeig Tristan, wie man die Gurtschlaufen vom Großsegel löst. Achte darauf, daß dir keine ins Wasser fallen! Wir haben kaum noch welche an Bord. Siehst du, da wäre es beinahe passiert! Stephanie, hierher! An die Fallwinsch!«
Während sich sein Bekannter redlich bemühte, auf dem schaukelnden Deck die Balance zu halten und gleichzeitig das Großsegel abzutuchen, glitt die junge Frau behende ins Cockpit zurück. Sie lachte und wischte sich Salzwassertropfen aus dem Gesicht. Stephanie Blanche war von frühester Kindheit an praktisch mit Booten aufgewachsen, kannte sich auf dem Wasser wie keine zweite aus. Ihr Vater unterhielt schon seit vielen Jahren eine kleine Segelschule am Mittelmeer. Deshalb störte sie auch der zeitweise etwas rauhe Ton an Bord von Hubert Leblancs Yacht nicht. Während sie bereits das schwere Tuch mit flinken Bewegungen nach oben kurbelte, bemühte sich Tristan auf allen vieren kriechend zurück ins Cockpit. Ihm entging nicht Claires spöttischer Blick.
Ächzend ließ sich der gewöhnlich in der Freizeit Golf spielende Bankangestellte auf

einem der Sitzpolster nieder und suchte seine Zigarillos. Heftig an den Reißverschlüssen der noch fabrikneuen Segelkombi herumfingernd, versuchte er an das Päckchen in der Brusttasche heranzukommen. Als das Stäbchen nach mehreren Fehlversuchen endlich brannte und dabei mehr vom Wind als von seinem Atem aufgeraucht wurde, glühte er innerlich und äußerlich.

Ich Idiot, scholt er sich insgeheim. Völliger Blödsinn, diesen Törn mitzumachen. Wozu auch? Wegen Hubert? Der kam mit seinen beiden Grazien auf seinem Boot auch alleine zurecht. Wegen Stephanie vielleicht? Nun, er beabsichtigte schon lange, die Bekanntschaft mit der jungen Modeschöpferin zu intensivieren. Was eignete sich mehr als ein Törn auf einem relativ engen Segelboot. Aber er hatte die Situation unterschätzt. Daheim in Paris konnte er den Mann von Welt spielen, wenn er sie hin und wieder in eines der zahllosen Speiselokale auf den Champs zum Essen ausführte, obwohl sie sich ganz offensichtlich weder von seinem deutschen Sportwagen noch von seiner stets wohlgefüllten Brieftasche beeindrucken ließ. Hier an Bord fühlte er sich gänzlich fehl am Platze. Mein ganzes Ego wird nach diesem Wochenende durcheinandergerüttelt sein, gestand er sich insgeheim ein.

Knatternd stand das Großsegel im Wind. Auf Geheiß des Skippers zog Stephanie an der Schot. Schlagartig verstummte das Geräusch. Dafür jedoch nahm die Schräglage des Bootes zu. Während Claire ihre scheinbar kaum enden wollenden Beine gegen die Steuersäule abstützte, hielt sich Tristan krampfhaft an den dünnen, in die Haut der Finger einschneidenden Drähten des Seezaunes fest. Nur nicht übel werden, schickte er ein Stoßgebet zum Himmel. Blamieren durfte man sich als Neuling. Aber sich demütigen lassen? Das durfte nicht geschehen. Und schon gar nicht vor den Augen zweier bildhübscher Frauen.

Wie von Geisterhand entfaltete sich das bislang aufgerollte Vorsegel, woraufhin sich das Boot noch mehr auf die Seite legte. Schon rauschte das Wasser ganz dicht an der gegenüberliegenden Schiffsseite vorbei. Tristan, landverbunden seit jeher und mit dem Wasser in den letzten Jahren allenfalls beim Baden am Strand der Malediven in Berührung gekommen, verstand natürlich nicht, warum sich sein Freund und dieses junge Ding aus Versailles über diesen magennervenzermürbenden Zustand auch noch sichtlich befriedigt zeigten. Wenn der ganze Törn so abläuft, dachte er bei sich, das überlebst du nicht!

»Stephanie!« raunte der Skipper augenzwinkernd seiner Vorschoterin zu, »hole doch bitte Cognac und Gläser aus dem Salon nach oben. Ich denke, jemand aus der Crew könnte jetzt einen kräftigen Schluck gebrauchen.«

Tristan blickte hoch. Er ärgerte sich, daß ihn sein Freund so schamlos vor der weiblichen Besatzung vorführte.

»Wenn du meinst«, antwortete er einsilbig.

»Und bring mir ein neues Päckchen Zigaretten mit!« rief ihr Claire hinterher. »Und meinen Lippenstift aus dem Toilettenraum.«

»Und mir meine leicht getönte Sonnenbrille!« fügte Leblanc hinzu. »Sie liegt im Kartenfach.«

Stephanie drehte sich, Entrüstung vorspielend, beim Herabsteigen ins Bootsinnere noch einmal herum und tippte mit dem Zeigefinger gegen die Stirn. Richtig böse war sie freilich nicht. Sie freute sich viel zu sehr darauf, endlich wieder einmal Planken, und waren sie auch nur aus Kunststoff, unter ihren Füßen zu spüren.

Als sie Pointe de Penmarc'h mit seinem mächtigen Leuchtturm querab peilten, begann sich bereits die Nacht über das Boot zu legen. Sehr zum Gefallen von Tristan und zum Mißfallen der übrigen Crew nahm der Wind nördlich des berüchtigten Kaps ab. Schade, knurrte Leblanc in sich hinein. Das hätte ein flotter Törn werden können. Er war extra an einem Freitag aufgebrochen, um zweieinhalb Tage zum Segeln rund um die Cornouaille zur Verfügung zu haben. Wenn der Wind noch mehr abnahm, würde er es wie an den vergangenen Wochenenden wieder nur bis Ploudarneau, dem einzigen Tiefwasserhafen an der Westküste der weiten Bucht, schaffen.

Langsam wurde es empfindlich kühl im Cockpit. Hubert Leblanc und Claire Sonnet schlüpften in ihre gefütterten Segelkombinationen und machten es sich mit einer Thermoskanne voll heißem Kaffee auf den Sitzbänken bequem. Während wie gewöhnlich auf langen Fahrten der Autopilot die schwere Yacht steuerte, ließ Leblanc den Horizont keine Minute aus den Augen. Der Unternehmensberater aus Paris kannte die Tücken des Reviers mit seinen unzähligen Felsenköpfen dicht unter Land, den gefährlichen Strömungen, den je nach Gezeitenstand verursachten Wasserwirbeln und den teilweise unbeleuchteten Fischerbooten, die ständig unterwegs waren, um Hummer- und Krebskörbe zu leeren und den Fang in den wenigen Häfen an der Küste anzulanden. In den Nachtstunden übergab er das Kommando nur ungern an einen Dritten. Von seiner Besatzung wäre ohnehin nur Stephanie Blanche in der Lage gewesen, die schwere Yacht eigenverantwortlich zu führen. Er wollte sie lieber in der Morgendämmerung an Deck haben. Dann konnte sie den Ausguck übernehmen, während er sich in Lee unter dem breiten Spritzverdeck ausruhte und vielleicht sogar eine Mütze voll Schlaf nahm. Während ihm seine Lebensgefährtin Gesellschaft leistete, befanden sich Stephanie und Tristan schon seit geraumer Zeit unter Deck und schliefen. In getrennten Kabinen, wie Leblanc schmunzelnd feststellte.

In der Baie d'Ploudarneau, wie die Bucht zwischen den berüchtigten Kaps genannt wurde, nahm der Wind schließlich weiter ab. Die Restdünung lief noch hoch, doch das Segelboot nahm die Wellen, deren Köpfe zwar vereinzelt von Schaumkronen weiß gefärbt waren, mit Bravour. Im Osten schimmerten zwischen den Felsbarrieren, die das Hinterland der Bretagne vor der Urmacht des Atlantiks schützten, immer einmal wieder Lichter hervor. Sie gehörten zu Leuchtfeuern oder zu den Häusern der wenigen Badeorte, die dicht am Ufer lagen. Die Sicht nach Land hin schien gut. Mehr Sorge bereitete Leblanc eine dichte Nebelbank, die seit etwa Mitternacht weit im Westen über dem Atlantik lag und, sich scheinbar immer mehr verdichtend, langsam, aber unaufhaltsam näher kam.

Leblanc warf erneut einen Blick auf den Horizont, legte seiner Begleiterin, die in Lee des Cockpits eingeschlummert war, die Patchworkdecke über die Schultern und kletterte vorsichtig und möglichst lautlos in die Kajüte. Dort trug er die Peilung seines Navigationsrechners in die großformatige Seekarte, die zweimal gefaltet auf dem Kartentisch lag, ein. Mit einem Zirkel maß er die Distanz zur Küste und den von ihm

grob geschätzten Abstand zu dem langsam näherkommenden Nebelstreifen. Er kam tatsächlich immer näher. Um die Distanz zu halten, hätte er immer dichter unter Land gehen müssen, doch das wollte er wegen der vielen Riffe und Felsvorsprünge vermeiden. Leblanc rechnete die noch verbleibende Entfernung zum nächsten Hafen aus. Wie er vorausgeahnt hatte, kam als Ziel seiner Reise auch diesmal wieder nur die Marina in Ploudarneau in Frage. Leblanc seufzte, denn er mochte die dortige, geradezu antiseptisch-sterile Atmosphäre nicht sonderlich. Lieber wäre er bis Douarnenez gesegelt, wo an diesem Wochenende eine der zahllosen Oldtimerveranstaltungen stattfand. Als knallharter Wirtschaftsprüfer in der Metropole Frankreichs stets mit beiden Beinen fest auf dem Boden stehend, hatte er sich seinen Hang zur Nostalgie stets bewahrt. Er liebte diese klobigen, immer nach Teer, Dieselöl und Tang riechenden französischen und englischen Traditionsschiffe, die sich von Zeit zu Zeit in Brest, Douarnenez oder anderswo an der bretonischen Küste ein Stelldichein gaben.
Leblanc überschlug grob die Fahrtdauer. Wenn der Wind durchhielt, bestand eine vage Chance, die Hafeneinfahrt noch bei halbwegs guter Sicht zu erreichen. Während der frühen Morgenstunden würde der Nebel mit Sicherheit pottendicht. Also mußte er noch vor der Dämmerung in der Marina sein. Leider wehte der Wind zu sehr vorlich, so daß er den riesigen bunten Spinnaker nicht setzen konnte. Er bedauerte, daß er sich nicht schon längst eine dieser federleichten Vorsegel aus den neuartigen, hochmodernen Kunststoffasern angeschafft hatte. Die Maschine wollte er nicht starten. Das hätte die gesamte Crew aufgeweckt. Auch er wollte nach einer arbeitsreichen Woche lieber die Stille auf See genießen.
Zwei Stunden später, die Segelyacht machte wegen des nachlassenden Windes zwar immer noch reichlich Fahrt, begriff der Skipper, daß er die Wettfahrt gegen die Nebelbank wohl nicht mehr gewinnen konnte. Er nahm die Seekarte mit ins Cockpit und studierte im Licht der matt schimmernden Kompaßbeleuchtung die Eintragungen auf dem Papier. Sie standen immer noch gut acht Meilen vor ihrem Zielort. Der Abstand zur Nebelwand betrug circa eine knappe Meile. Dichter unter Land wollte und konnte er nicht mehr gehen. Es wäre angesichts der bis auf Null zurückgehenden Sicht unverantwortlich gewesen. Wenn ich wieder zurück in Paris bin, schwor er sich, wird ein Radargerät angeschafft. So etwas passiert mir nicht noch einmal.
Leblanc erhob sich und warf einen lauernden Blick über das nur noch mäßig bewegte Wasser. Er schätzte die Wellenhöhe des Atlantiks jedoch immer noch auf gut einen bis anderthalb Meter. Er überlegte, was er tun konnte. Nahm er Segeltuch weg, verlor die Yacht an Stabilität und begann wie wild in der Dünung zu schaukeln. Seine Mitreisenden würden ohne Seitenschutz innerhalb weniger Augenblicke aus den Kojen fallen. Ließ er die Segel stehen, machte sein Boot zu viel Fahrt, und es bestand die Gefahr, gerade wenn er mehr nach See abdrehte, irgendwo da draußen einem der Fischer oder einer anderen Segelyacht zu begegnen. Das Risiko eines Zusammenpralls schätzte er zwar nur als äußerst gering ein, aber es bestand dennoch. Zudem würde seine Versicherung keinen Sou bezahlen. Wer praktisch mit Vollzeug durch dichten Nebel raste und dabei eine Havarie riskierte, verhielt sich grob fahrlässig. Vernünftig

erschien ihm, das Vorsegel wegzurollen, das Großsegel einzureffen und den Kurs beizubehalten. Doch beim Hantieren auf dem Kajütdach würde er seine Crew wecken. Also beschloß er, beizeiten nur die Genua fortzunehmen und weiterhin unter vollem Groß weiterzusegeln.

Die Hälfte der Distanz bis Ploudarneau war kaum geschafft, als ihn diese unheimliche feuchtkalte, geradezu kompakt anmutende Masse aus in der Luft hängenden winzigsten Wassertröpfchen dann schließlich doch einholte. Diese feuchte, kalte Watte mutete wirklich wie ein Leichentuch an. Nun verbot sich der Einsatz der Einbaumaschine erst recht. Ihr Lärm hätte alle Geräusche sich eventuell annähernder Schiffe überdeckt. Die Nebelwand verschluckte jedes Geräusch. Er kam sich vor wie an Bord bei Charon, der einen über den Styx in die Unterwelt rudert. Wäre nicht der Kompaß gewesen, der unbeirrt nach Norden zeigte, und der Wind, der stets aus derselben Richtung kam, er hätte irgendwann die Orientierung verloren. Soviel schien Leblanc sicher. Obwohl der Bootseigner aus Paris schon manch haarigen Situationen an Bord begegnen mußte, so bedeutete Nebel für ihn stets ein geradezu traumatisches Erlebnis. Er kam sich hilflos und der Natur ausgesetzt vor. Er fühlte sich trotz geöffneter Augen blind.

Zwischendurch wurde die Sicht so schlecht, daß das Großsegel oberhalb der Saling in diesem weißen Nichts einfach verschwand. Wäre ein Felsen dicht neben dem Boot aufgetaucht, er hätte ihn kaum wahrgenommen. Ein Schauer lief ihm über den Rücken. Eine halbe Stunde später stieg er erneut in die Kajüte hinab. Er wollte nochmals die Position, die der elektronische Navigator errechnet hatte, in die Seekarte eintragen. Der nächste Schreck strapazierte seine ohnehin schon vibrierenden Nerven, als er vor dem Kartentisch innehielt. Die Kontrollampe des Navigationsrechners zeigte ein rotes Licht. Das Zeichen dafür, daß etwas mit dem Gerät nicht stimmte und daß die auf dem Display angezeigten Daten nicht zur Positionsbestimmung verwendet werden konnten.

Leblanc hockte sich auf den Navigationssitz, drückte mehrmals verschiedene Tastenkombinationen, konnte jedoch dem Gerät keine Bereitschaftsanzeige entlocken. Das rote Licht brannte weiter. Der Skipper schaltete die Lampe am Kartentisch an. Er mußte die Augen zusammenkneifen, weil er schon seit Stunden draußen an Deck in einer mattschimmernden Dunkelheit saß und sich seine Netzhaut erst langsam an die Helligkeit der Glühbirne gewöhnte. Bunte Sternchen irritierten noch lange danach seinen Sehnerv. Leblanc kramte im Kartentisch herum, fand die Betriebsanleitung für den Navigationsrechner jedoch rasch. Er ließ ihn einen Selbsttest durchführen, der jedoch beinahe zehn Minuten dauerte. Draußen plätscherte immer noch das Wasser gegen den Rumpf. Hier drinnen kamen ihm die Geräusche sogar noch intensiver vor. Nach einer Weile vernahm er ein leises Seufzen, dann ein Kratzen und Schaben. Er horchte nach oben. Wahrscheinlich hatte sich Claire bequemer zurechtgelegt. Er beschloß, ein Salonpolster mit nach oben zu nehmen, um ihren Kopf bequemer zu betten. Er wunderte sich sowieso darüber, daß ihr die Kälte überhaupt nichts auszumachen schien. Aber schließlich stammte sie ja auch aus den Bergen, schmunzelte er vor sich hin. Dort oben lebten lauter Naturburschen, für die Kälte erst ab dem Gefrierpunkt begann.

Ohne daß es ihm etwas nützte, fand er schließlich die Ursache für den Ausfall der Technik heraus. Auf dem Display wurde angezeigt, daß irgend etwas mit dem Dateneingang nicht stimmte. Leblanc beschloß, unverzüglich die Antenne, die sich hinten am Heckkorb befand, zu kontrollieren. Er hoffte inständig, daß für den Ausfall lediglich ein durchgescheuertes Kabel oder ein korrodierter Steckkontakt verantwortlich war. Alles andere hätte er auf See und dann auch noch nur mit Bordwerkzeug ohnehin nicht reparieren können.
Hubert Leblanc, der Unternehmensberater aus Paris, kletterte so lautlos wie möglich die Teakholzstufen der Niedergangstreppe empor, schlängelte sich unter der Spritzkappe hindurch und richtete sich erst mitten im Cockpit wieder auf. Auf der Steuerbordsitzducht lag unter der Patchworkdecke seltsam verkrümmt seine Lebensgefährtin. Er packte eine der Rettungswesten, von denen auf See stets mindestens drei bis vier griffbereit unter der Spritzkappe lagen, um sie seiner Begleiterin unter den Nacken zu schieben. Als er nach einem der feuerroten Rettungsinstrumente langte, fiel zum ersten Mal sein Blick auf die dunkle Spur, die sich unter dem Hals der Frau abzeichnete und von dort aus über die Sitzducht bis auf den Cockpitboden verlief. Leblanc stutzte. Welch ein merkwürdiger Schatten. Instinktiv beugte er sich vor, um die dunkle Stelle näher zu untersuchen. Die Finger seiner rechten Hand strichen über den seltsamen Streifen und zuckten mit einem Mal zurück. Der Schatten fühlte sich feucht und klebrig an. Leblanc riß zum letzten Mal in seinem Leben die Augen auf. Als er seine Lebensgefährtin an den Schultern rüttelte, um sie aufzuwecken, fiel ihr halb abgetrennter Kopf zur Seite. Ehe er seiner ausgetrockneten Kehle einen Schreckensschrei entlocken konnte, brachte ein gleichzeitig heißer wie eiskalter Schmerz sein Herz zum Stillstand.

Ein Geräusch weckte Tristan Guillaume. Er horchte in die Dunkelheit. Wegen des vor das Klappluk gezogenen Rollos konnte er nicht erkennen, ob es draußen schon hell war oder nicht. Er hörte nichts außer dem Plätschern des Wassers gegen den Schiffsrumpf, dem Knarren der Schotts und einem ungewohnten Flattergeräusch, von dem er annahm, daß es von den Segeln herrührte. Hin und wieder vernahm er auch Schritte auf dem Vordeck. Tristan blickte auf die fluoreszierende Anzeige seiner Armbanduhr. Um diese Zeit kam er in Paris häufig erst nach Hause. Seufzend richtete er sich auf und schob das Rollo zur Seite. Instinktiv wischte er über das Glas, doch der Beschlag lag ganz offensichtlich außen auf dem Glas. Ob es nachts etwa geregnet hatte? Das fehlte noch. Eine Fahrt zurück bei Nässe und Kälte. Wo er sich doch so leicht erkältete.
Mühsam schwang er seine Beine über den Kojenrand und reckte sich gähnend. Dabei stieß er sich am Dachvorsprung gehörig den Hinterkopf. Leise vor sich hin fluchend rieb er sich die schmerzende Stelle. Wo sie nur waren? Im Hafen konnten sie noch nicht liegen, denn das Boot schaukelte deutlich. Dauerte die Fahrt bis zum Zielort denn wirklich so lange? Warum hatte sich Leblanc denn nicht wie viele seiner Kollegen einen Motorkreuzer angeschafft? Dann lägen sie jetzt alle längst in Douarnenez, wohin sie der Eigner der Segelyacht an diesem Wochenende bringen wollte.

Schließlich kam er vollends auf die Beine und öffnete die Zwischentür zum Salon. Auch hier drang durch die feuchten Scheiben nur wenig Licht hinein. Sein Blick fiel auf die Instrumentenkonsole über dem Kartentisch. Matt schimmerten die Kontrolleuchten zu ihm hinüber. Guillaume beschloß, erst einmal die Naßzelle des Bootes aufzusuchen, sich frisch zu machen und dann anzukleiden, ehe er nach draußen in die Kühle des Morgens stieg. Er verrichtete fröstelnd seine Morgentoilette, verzichtete ganz gegen seine Gewohnheit auf eine Rasur, weil er befürchtete, sich zu schneiden, und schlüpfte schließlich in Jeans und Pullover. Ihn wunderte, daß er oben an Deck keinerlei Stimmen vernahm. Die sind wohl vor lauter Langeweile einsilbig geworden, grinste er still in sich hinein.
Schließlich kletterte er vorsichtig und auf die rutschigen Stufen achtend ins Cockpit hinauf. Als er unter der Sprayhood hindurchtauchte und sich aufrichtete, begriff er im ersten Moment nicht, was ihm die Netzhaut seiner Augen da vorzugaukeln schien. Auf der Sitzducht an Steuerbord lag seltsam verdreht eine Frau. Den Haaren nach zu urteilen mußte es sich um Claire handeln. Genau erkennen konnte er ihr Gesicht indessen nicht, denn die ehemals feinen, stets braun gebrannten Gesichtszüge wirkten bleich. Claires Kopf besaß unter ihrem Kinn eine zweite Öffnung, aus dem ein Schwall roten Blutes gelaufen sein mußte, denn die Teakholzgräting und der Cockpitboden in ihrer Nähe waren beinahe schon schwarz gefärbt.
Völlig paralysiert sah sich Tristan Guillaume weiter um. Zu seiner Rechten kauerte Hubert Leblanc über die weiß eloxierte Steuersäule. Hin und wieder drehte sich das Steuerrad, vom Autopiloten angetrieben, unter seinem Körper hindurch. Dabei ertönte ein leises Klackern. Tristan senkte mechanisch seinen Blick und suchte die Ursache für dieses metallische Geräusch. Es rührte von einer Stange her, die immer dann gegen eine der Speichen schlug, wenn die Selbststeueranlage den Kurs zu korrigieren versuchte. Die Stange steckte in Leblancs Brust und trat im Rücken wieder heraus. An ihrem Ende befanden sich drei eklig scharfe, nach hinten gebogene Metallspitzen. Es handelte sich um eine Harpune, ein Jagdgerät für Großfische. Als die Speiche des Steuerrades erneut die Metallstange in Leblancs Brust berührte, erwachte Tristan Guillaume aus seiner Erstarrung. Voller Entsetzen sprang er auf die Cockpitsitzbank. Sein Schrei mußte trotz des Nebels, der das Boot immer noch umgab, weiter zu hören gewesen sein als das Warnsignal der akustischen Warntonnen, die es hier an der felsigen Küste der Bretagne in großer Anzahl gab. Tristan wich instinktiv zurück, stolperte über den Relingsdraht und fiel kopfüber in das eisige Wasser des Atlantiks. So sehr er sich hinterher auch bemühte, es gelang ihm nicht, die Badeleiter vom Heck der Yacht abzuklappen.

Jules Arpege reckte seine müden Knochen. Das Zerren an den meterlangen Tauen, an deren Ende sich die Fangkörbe befanden, verursachten ihm seit seinem Unfall vor zwei Jahren, bei dem er an Deck seines Kutters ausglitt und mit Rücken und Schulter unglücklich auf eine Winde stürzte, immer noch gehörige Schmerzen. Noch bis vor

einem Jahr hatte er Aodren, den achtzehnjährigen Sohn seiner jüngeren Schwester, für einen Aushilfsjob an Bord anheuern können, aber seit der Flegel ein Motorrad besaß und meist erst früh am Morgen von seinen Diskothekenbesuchen heimkam, um dann nur noch todmüde ins Bett zu fallen, war mit dem Burschen nicht mehr viel anzufangen. Zwar verdiente er, einer der letzten noch aktiven Fischer von Ploudarneau, gar nicht mal so schlecht mit seinem Hummerfang und konnte dem Jungen auch eine ordentliche Heuer bezahlen, aber gut bezahlte und regelmäßige Arbeit war für einen Bengel wie Aodren, der nur noch Mädchen im Kopf zu haben schien, plötzlich nicht mehr interessant. Eine andere halbwegs verläßliche Deckshand zu finden schien für den eigenbrötlerischen Jules schon seit jeher praktisch unmöglich. Selbst die gelernten Fischer in Ploudarneau wollten heute kaum mehr auf See ihrem angestammten Tagwerk nachgehen und als Handlanger auf einem Fremdschiff erst recht nicht. Seit der überwiegende Teil durch die Werft und den Bau der Riesenmarina weitgehend von den angestammten Liegeplätzen vertrieben worden war und auch die meisten der bis dahin noch vorhandenen Fanggründe angeblich kaum genügend Profit abwarfen, verdingten sie sich lieber als Werftarbeiter, Seeleute oder kutschierten auf ihren umgebauten Kuttern im Sommer Touristen durch das Labyrinth der Chaussee de Sein, einer der gefährlichsten und strömungsreichsten Passagen der Bretagne. Er, sein Bekannter Jean-Baptiste Trizan und noch ein paar andere Kollegen aus der Zunft widersetzten sich jedoch mit aller Macht dem Zugriff des Leclerq-Clans. Eher würden sie den Berg, auf dem der Bürgermeister mit seiner Sippschaft hauste, in die Luft sprengen, bevor sie sich von dieser menschlichen Krake in die Knie zwingen ließen.
Mit den Paten von Ploudarneau, wie Jules Arpege die Leclerqs abfällig nannte, lagen die Arpeges schon seit beinahe fünfzig Jahren in ewigem Streit. Angefangen hatte alles damit, daß sein Vater Denez kurz nach Kriegsende wegen angeblicher Kollaboration mit den Deutschen ins Gefängnis wanderte, während sich der alte Leclerq in aller Ruhe und mit Hilfe unlauterer Mittel Haus und Hof der damals hoch verschuldeten Arpeges aneignen konnte. Zurück aus der Haft, mußte sein Vater alles daransetzen, seine Reputation als bretonischer Ehrenmann wiederzugewinnen. Es bedeutete mehr als zwei Jahre unendliche Mühe, den Fall vor einem ordentlichen Gericht neu aufzurollen, wobei schon nach kurzer Zeit feststand, daß er tatsächlich seinerzeit einer üblen Denunziation zum Opfer gefallen war. Leider konnte das Gericht nicht mehr zweifelsfrei feststellen, wer letztlich für das Spinnennetz aus Lügen verantwortlich gemacht werden konnte, das zu seiner Inhaftierung führte. Seitdem herrschte ein unerklärter Krieg zwischen den Leclerqes und des Arpeges. Während Valery Leclerq und später sein Sohn Aubin immer mehr Einwohner der Altstadt von ihren unter Spekulanten heißbegehrten Grundstücken am Ufer des Moyenne vertrieben, bildete sich eine militante Allianz unter den Alteingesessenen. Sie begannen gegen die Emporkömmlinge aus den Neubauvierteln, gegen die Werft und immer mehr gegen Aubin Leclerq Front zu machen. Als dann die Marina im Mündungsbereich geplant wurde, kam es zu ersten offenen Auseinandersetzungen, aus denen jedoch allesamt Leclerq als Sieger hervorging. Zwar stand das erst gerade zaghaft entstehende Umweltbewußtsein der naturliebenden Bretonen auf ihrer Seite, aber gegen einen

Mann, der in einem strukturschwachen Gebiet Arbeitsplätze, Kindergärten, Schulen und gesichertes Einkommen versprach und dem dieses Versprechen auch zu halten gelang, bemühte sich die Bezirksregierung nur sehr zögerlich, ernsthaft vorzugehen. Zu sehr verlockten die Steuereinnahmen, die dem Staat und dem Departement zuflossen, über die eine oder andere Umweltsünde hinwegzusehen. Als schließlich Aubin Leclerq mit der Stimmenmehrheit aus den Neubauvierteln auch noch zum Bürgermeister von Ploudarneau gewählt wurde, stand dem Patron offenbar nichts mehr im Wege.
Allerdings ließen Jules Arpege und seine Mitstreiter nicht locker in ihrem Bestreben, die neokolonialistischen Auswüchse der Leclerqs zu bremsen. Mit an ihrer Seite stand die Gazette de Quimper, ein bissiges Boulevardblatt aus der Departementhauptstadt, das nichts unversucht ließ, den umweltzerstörenden Neokapitalismus an der Küste der Cornouaille einmal mehr an den Pranger zu stellen. Frederic Houet, der Herausgeber der Zeitung und ein unverbesserlicher Spätkommunist der sechziger Jahre, stammte zwar aus der Hauptstadt Paris, aber sein Herz hing doch aus unerfindlichen Gründen an diesem Departement. Böse Zungen behaupteten, er hätte sich für seine Schmierenjournaille deswegen diese unbedeutende Gegend ausgesucht, weil er in allen übrigen Landesteilen schon lange auf der schwarzen Liste stand.
All dies beschäftigte Jules Arpege an diesem frühen Morgen relativ wenig, weil sowohl das Anbordbringen seines zappelnden Fanges als auch der verdammte Nebel, der schon seit Stunden die Küstenzone eindeckte, seine ganze Aufmerksamkeit abverlangte. Jules war zufrieden mit der Ausbeute. In der überwiegenden Anzahl der Körbe tummelten sich die in Feinschmeckerkreisen begehrten Zangentiere. Er überschlug den Erlös der Ausbeute. Den größten Teil würde ihm sein Grossist aus Paris noch an diesem Morgen gleich im Hafen von Ploudarneau abkaufen; um den Rest durften sich anläßlich der morgendlichen Versteigerung die Speiselokalbesitzer und Hoteliers aus der Stadt und der Umgebung streiten. Seitdem sich nur noch eine Handvoll Fischer die Ausbeute vor den felsigen Küstenabschnitten der Cornouaille zwischen Ploudarneau und der Chaussee de Sein teilten, fiel der Tagesfang verständlicherweise nicht mehr so üppig aus. Wer bei den Versteigerungen leer ausging, mußte mit seinem Transporter bis Douarnenez, Fouesnant oder Concarneau fahren, um sich dort mit Meeresgetier einzudecken. Bis die Einkäufer wieder zurück waren, konnten in den Restaurants der schneller Entschlossenen bereits die Speisekarten vorbereitet werden. Nur deshalb blieben die Fischer von Ploudarneau vom Leclerq-Clan relativ unabhängig.
In letzter Zeit allerdings mehrten sich die Anzeichen für Räubereien. Gerade im Fanggebiet rund um die Chaussee de Sein blieben seine Körbe häufig leer. Das erregte Jule Arpeges Argwohn, denn gerade diese schwer zugängliche, weil klippenverseuchte und strömungsreiche Passage zwischen der Insel und dem weit in den Atlantik hineinreichenden Kap an der Nordwestecke der Cornouaille galt als besonders artenreich. Des öfteren legte er sich nachts mit seinem Kutter auf die Lauer. Aber die Fangräuber verfügten offensichtlich über sehr gute Ortskenntnis und vermutlich stark motorisierte und zudem flache und dadurch schlecht auszumachende Motorboote. Ein paar Mal

konnte er dunkle Schatten über das Wasser huschen sehen, aber bis er von seinem Versteck in einer der Buchten seine Reusen erreichte, waren die Ganoven längst über alle Berge. Jules Arpege ahnte, wer dahinter steckte, aber ihm fehlten eindeutige Beweise. Und die Kriminalpolizei schob die Verantwortung auf die Küstenwache, und die wiederum auf die örtliche, aber gewöhnlich völlig unterbesetzte Police Municipal. Diese Kompetenzrangelei machte den Fischer gleichermaßen hilflos wie zornig. Sollte er jemals einen der Burschen vor den Bug bekommen, dann ... Er jedenfalls wußte, was er dann zu tun hatte. Seine preßluftbetriebene Langstabharpune lag jedenfalls gut eingefettet und immer griffbereit in einem Schapp neben dem Steuerstand.
Kurz nachdem er die letzten Kisten im gasbetriebenen Kühlraum seines Kutters verstaut und die Arbeitshandschuhe in die Ecke geworfen hatte, war ihm, als hätte er im dichten Nebel einen Schatten vorbeigleiten sehen. Er griff zum Instrumentenpaneel und schaltete die Radaranlage an. Es dauerte einen Augenblick, bis sich das kreisrunde Bild auf dem Bildschirm aufbaute. Nach kurzer Orientierung erkannte er die Konturen der Küstenregion, die Köpfe der weit in den Atlantik hinausgebauten Wellenbrecher von Ploudarneau und ein paar Felsnasen, die jetzt, beinahe zur Niedrigwasserzeit, weit über den Meeresspiegel hinausragten. Schon wollte er sich abwenden und den Fahrhebel der stets laufenden Dieselmaschine auf Vorausfahrt legen, da erkannte er einen Lichtpunkt, der sich zwischen den auf dem Bildschirm überdeutlich dargestellten Felsenkonturen hindurchbewegte. Der Bursche muß wahnsinnig sein, durchfuhr es ihn. Bei der Strömung und dann auch noch bei ablaufendem Wasser durch die Riffe! Das hätte nicht einmal er gewagt, und er kannte die Gegend hier von klein auf. Vielleicht einer der Diebe? Er verwarf jedoch den Gedanken ebenso schnell, wie er ihm gekommen war. Die Burschen waren viel zu gerissen, um sich nur wegen der Beute aus ein paar Hummerkörben in Lebensgefahr zu bringen. Doch, wer weiß? Bei dem Nebel hätte er ihnen hier zwischen den Klippen ohnehin nicht nachstellen können.
Jules Arpege verließ wieder den Fahrstand, stellte sich draußen an das Schanzkleid seines Kutters und lauschte in den Nebel. Der Motor wummerte zu laut. Er konnte nichts hören. Also ging er wieder zurück und schaltete die Maschine aus, was sich jedoch normalerweise aus Sicherheitsgründen verbot. Zwischen den Riffen mußte ein Schiff stets manövrierbereit sein. Kopfschüttelnd lauschte er erneut in die weiße Ungewißheit, die sein Boot umgab. Nichts. Diese dichte weiße Watte verschluckte alles. Und dennoch, das Radargerät log nicht. Da draußen bewegte sich irgend etwas quer über die Riffe. Der Bursche mußte sich entweder unwahrscheinlich gut auskennen, oder er war lebensmüde oder schlicht leichtsinnig. Vielleicht einer dieser Bootstouristen, der sich auf seinem Charterboot verirrt hatte? Jules Arpege schnaubte geräuschvoll die Nase. Mit guter Seemannschaft hatte dieses Verhalten jedenfalls nichts zu tun. Zweimal brüllte der fünfzigjährige Bretone einen Warnruf in das weiße, nasse Nichts, dann gab er es auf. Wieder zurück im Fahrstand warf er nochmals einen Blick auf den Radarschirm. Für einen kurzen Augenblick konnte er den blinkenden Punkt, der von dem kreisenden Radarstrahl abgetastet wurde, erfassen, dann plötzlich verschmolz das Lichtsignal mit der Kontur der Aguille d'Argenton, einer berüchtigten Felsnase dicht

unterhalb der Küste. Jules überlegte. Was sollte er jetzt tun? Dort hinfahren und helfen, gebot die seemännische Pflicht. Sich und sein Boot in Gefahr zu bringen, stand dem jedoch entgegen. Er warf einen Blick auf das Echolot und dachte an den Tiefgang seines Kutters. Warum, um alles in der Welt, sollte er etwas riskieren? Vorsichtig brachte er sein Schiff wieder in tieferes Gewässer, legte den Fahrhebel auf Vorausfahrt und tuckerte langsam nach Ploudarneau zurück. Bestimmt wartete schon sein Grossist sehnsüchtig am Verladekai.

Jules Arpege wartete nicht auf das Einsetzen der Flut, die ein dichteres Umrunden der Felsnadel bei schließlich sich langsam lichtendem Nebel ermöglicht hätte. Weil er sich Scherereien ersparen wollte, setzte er auch keinen Funkspruch an die nächstgelegene Küstenwachstation ab. Er wollte seine Ruhe haben und nicht hinterher tausend Fragen beantworten müssen. So bot sich der grausige Anblick kurze Zeit später einem neugierigen Freizeitangler.

KAPITEL III

Der Chef der Mordkommission starrte fassungslos vom Kai des Fischereihafens auf die Segelyacht hinunter. Die Sonne brach nun immer häufiger zwischen den langsam abziehenden Nebelbänken hindurch und tauchte das unter ihm liegende Szenario in einen grell ausgeleuchteten Alptraum. Ungläubig schüttelte er seinen Kopf mit dem grauen, schütteren Haupthaar. Wozu, um alles in der Welt, konnten Menschen bloß fähig sein? Im blutverschmierten Cockpit der Yacht lag eine attraktive Frau mit aufgeschlitzter, geradezu geschächteter Kehle, hinter dem in der Sonne blinkenden Steuerrad mit seltsam verdrehtem Körper ein etwa gleichaltriger Mann, aus dessen Brust der Schaft einer schweren Jagdharpune hervorragte. In seinen matten, gebrochenen Augen spiegelte sich immer noch das blanke Entsetzen, das ihn unmittelbar vor seinem gewaltsamen Tode ereilt haben mußte.

Frederic Guirec hatte im Rahmen seiner Ermittlungstätigkeit schon viele Tote, auch viele Opfer von Gewaltverbrechen in Augenschein nehmen müssen, aber diese Blutorgie der Gewalt stellte sogar die Mordtat vom vergangenen Wochenende in den Schatten. Schußverletzungen und Messerstiche hinterließen nur halb soviel Blut, wie dieses Massaker, das sich an Bord der Yacht abgespielt haben mußte. Und wieder deutete seiner Ansicht nach alles darauf hin, daß die Opfer von ihrem Mörder überrascht, der Mann hinter dem Steuerrad, der offensichtlich die Yacht bis zu seiner Ermordung geführt hatte, geradezu paralysiert worden sein mußten. Guirec wandte sich für einen Augenblick ab und warf einen Blick über die Molen des Hafens hinaus auf See. Ein Schauer lief ihm über den Rücken.

Doch die beiden Toten stellten noch lange nicht das gesamte Ausmaß des Grauens dar. Ein drittes Crewmitglied, eine allem Anschein nach relativ junge Frau, hing festgeschnallt wie eine Galionsfigur im Bugkorb. Doch das war nicht das wirklich Abschreckende, denn es handelte sich bei dem Körper der Toten nur um einen Torso. Ihr Kopf lag abgetrennt im Ankerkasten, wie ein junger Matrose der Küstenwache, der das vor den Felsen der Cornouaille gestrandete Boot bei der Bergungsaktion betreten mußte, voller Entsetzen feststellte.

Frederic Guirec verspürte ein scharfes Ziehen in seinem Brustkorb. Alles deutete darauf hin, als wäre dem Mörder daran gelegen, nicht nur bestialisch zu töten, sondern gleichsam ein Fanal zu setzen. Ein schrecklicher Verdacht im Zusammenhang mit dem vorherigen Mordfall, dessen Ermittlungsakten immer noch weitgehend unerledigt auf seinem Tisch lagen, drängte sich ihm auf.

Germain Lereau trat auf ihn zu. Der Leiter der Spurensicherung aus Quimper trug wie üblich seinen weißen Kittel. Er streifte sich blutverschmierte Gummihandschuhe von den Fingern.

»Salut, Guirec!« grüßte sein Kollege aus der technischen Abteilung der Polizeipräfektur. »Du bist so blaß um die Nase, mon ami. Geht's dir nicht gut? Du solltest doch wirklich mittlerweile an den Anblick von Leichen gewöhnt sein.«

Guirec drehte sich zu seinem Kollegen um und schaute mit ehrlicher Abscheu in dessen belustigte Augen.

»An einen solchen Anblick werde ich mich in meinem ganzen Leben nicht gewöhnen, Lereau! Und wenn ich noch Hunderte solcher Mordfälle aufklären müßte.«
Lereau klopfte seinem Gesprächspartner beinahe kameradschaftlich auf die Schulter. Guirec ärgerte sich über dessen Gleichgültigkeit.
»Nimm's nicht so tragisch, alter Junge. Du hast es ja sowieso bald geschafft. Dein Nachfolger wird hoffentlich nicht so zart besaitet sein.«
»Was willst du damit sagen, Lereau?« brauste Guirec auf.
Der Leiter der Spurensicherung strich sich verlegen durch die Haare.
»Mordfälle von offensichtlich geistesgestörten Tätern sind nie sehr appetitlich, Guirec«, entgegnete er mit ruhiger, aber fester Stimme. »Wenn ich jedesmal meinen Moralischen bekäme, wenn ich zu einem Tatort wie diesem herausgerufen werde, dann hätte ich meinen Beruf längst an den Nagel gehangen. Oder ich wäre Stammkunde bei einem der vielen Psychiater in der Stadt.«
Guirec starrte ihn fassungslos an.
»Wenn ich nicht wüßte, daß du von deinem Job nicht schon abgrundtief verdorben wärst, ...«
Der Kommissar ließ die Konsequenz offen. Er schluckte rauh und trocken. Schon wieder hatte er auf sein Frühstück verzichten müssen. Er verabscheute Ermittlungen in Mordfällen auf nüchternen Magen. Die Nachricht vom Tode der drei Segler erreichte ihn erneut zu Hause. Er wies seine beiden Inspektoren Reunan und Morgan telefonisch an, einen Dienstwagen aufzutreiben und ihn zu begleiten. Kommandant Benoit, der Chef der örtlichen Polizeidienststelle, hatte angeordnet, die Yacht aus Sicherheitsgründen bei beginnender Flut zu bergen und nach Ploudarneau in den Fischereihafen zu verholen. Am Fundort suchten immer noch Spurensicherungsspezialisten nach brauchbaren Anhaltspunkten. Die Stelle, an der man die Segelyacht vertäut hatte, war weiträumig abgesperrt. Sechs Brigadiere mußten Schaulustige und Reporter der örtlichen Presse fernhalten. Die Nachricht vom erneuten Mordfall machte nicht nur in Ploudarneau rasch die Runde.
Morgan kletterte von der Yacht und stieg die Eisentreppe bis zur Kaimauer empor. Er ordnete sein Jackett und schritt zügig auf den Kommissar zu. In seiner Hand hielt er eine schwarze Kladde.
»Was gibt's?« fragte er seinen Mitarbeiter.
»Das Logbuch, Herr Kommissar«, antwortete Morgan ein wenig atemlos. »Allem Anschein nach befand sich noch eine vierte Person, ein gewisser Tristan Guillaume, 40 Jahre, angeblich Bankangestellter aus Paris, mit an Bord. Von ihm fehlt bislang jede Spur.«
Guirec wandte sich wieder Lereau zu.
»Ihre Leute sollten bei der Abnahme von Fingerabdrücken besonders sorgfältig vorgehen, Lereau«, forderte er seinen Kollegen auf. »Mag sein, daß wir diesmal einen Tatverdächtigen vorweisen können.«
»Selbstredend«, antwortete Lereau und rief seinen Mitarbeitern ein paar knappe Anweisungen zu.
Guirec nahm das Logbuch entgegen und blätterte eine Weile in den Aufzeichnungen

herum. Schließlich wandte er sich an Reunan, der ihm bei seinen Ermittlungen bisher eher schweigend zur Steite stand.
»Reunan, rufen Sie Lassalle im Büro an. Er soll sich sofort hinter seinen Computer setzen und alles über diesen Tristan Guillaume in Erfahrung bringen. Ich will unbedingt wissen, ob Guillaume etwas von Nautik oder zumindest vom Wassersport im entfernteren Sinne versteht. Wenn er ein nautisches Patent besitzt, dann muß das doch irgendwo registriert sein. Dann muß er die Kollegen in Paris erneut um Amtshilfe bitten. Sie sollen sich einen Durchsuchungsbeschluß für die Wohnung ...«
Er hielt mit einem Blick auf Morgan inne.
»Nein«, fuhr er nach einer kurzen Gedankenpause fort. »Um diesen Guillaume und dessen Umfeld kümmere ich mich selber. Die Kollegen in Paris sollen lediglich unauffällig Posten vor dessen Wohnung beziehen und ihn in Polizeigewahrsam nehmen, falls er vor uns dort auftaucht. Gleiches gilt für die Bank, in der er angeblich arbeitet. Es dürfte für den Ermittlungsdienst in Paris kein sonderlich großes Problem darstellen, festzustellen, für welches Geldunternehmen Guillaume arbeitet. Nun stehen Sie hier nicht mehr herum, Reunan. Machen Sie schon! Und Lassalle soll mich über Funk auf dem laufenden halten.«
Während sich Reunan, vom Arbeitseifer seines sonst eher lethargischen Chefs überrascht, wortlos auf den Weg machte, bemerkte Guirec, daß an der Absperrung ein Tumult entstand. Einer der Uniformierten kam atemlos auf ihn zugelaufen.
»Was gibt's, Gendarm?« fragte Guirec.
Der Polizist nahm Haltung an und grüßte zackig.
»Monsieur le Commissaire«, stieß der junge Mann hastig aus. »Kommandant Benoit bittet Sie zur Absperrung zu kommen. Er kann die Presse nicht mehr länger hinhalten.«
Guirec seufzte laut. Etwas Ähnliches hatte er bereits erwartet. In der vorherigen Woche erschienen in den örtlichen Tagesblättern lediglich ein paar kurze Hinweise auf das Verbrechen, das sich vor den Kaimauern der Hafenstadt Ploudarneau abgespielt haben muß. Nur die unabhängige Gazette de Quimper berichtete etwas ausführlicher über den Fall und vermied dabei nicht, das Hafenprojekt und die damit verbundenen Umweltrisiken zum wiederholten Mal an den Pranger zu stellen. Doch nach zwei relativ ereignislosen Tagen ließ das Interesse seiner Redakteure sichtlich nach. Die Meldungen, die hinsichtlich der Wirtschafts- und Außenpolitik über den Ticker liefen, elektrisierten die Zeitungsmacher weitaus mehr. Jetzt jedoch, eine Woche nach der ersten Untat, regte sich verständlicherweise wieder das Interesse der Reporter. Ein irrer, blutrünstiger Psychopath, der die Gewässer rund um die Cornouaille unsicher machte, das schien schon eine Schlagzeile wert.
»Na, Kommandant«, sprach Guirec seinen uniformierten Kollegen von der örtlichen Gendarmerie an. »Werden Sie mit den Zeitungsfritzen etwa nicht fertig?«
Kommandant Benoit, sein etwa gleichaltriger Kollege aus Ploudarneau, wischte sich mit einem Taschentuch über die schweißnasse Stirn. Er schwitzte, als ob bereits dreißig Grad im Schatten herrschten. Dabei wärmte die Aprilsonne in der Bretagne kaum. Guirec kannte Benoit schon seit langem. Mit Massenkundgebungen, wie seinerzeit

die Demonstrationen gegen die Marina, und überhaupt mit Großveranstaltungen konnte er umgehen. Als Freund weniger Worte tat er sich indessen schwer, sich gegen die Aufdringlichkeit renitenter Journalisten zur Wehr zu setzen. Dies um so mehr, da das vom Generalstaatsanwalt angeordnete Gebot zur Diskretion auch für die Polizei von Ploudarneau galt.
Guirec stellte sich an die Absperrung. Sofort stürzten sich mehrere Reporter mit Kameras und gezückten Diktiergeräten auf ihn. Der Kriminalbeamte bemühte sich um ein selbstbewußtes Lächeln.
»Herr Kommissar«, stieß einer der Zeitungsleute aus. »Sie sind doch von der Mordkommission, nicht wahr? Wie sehen Sie den Fall?«
»Lomig vom Nouveau Ploudarneau. Herr Kommissar, können Sie uns schon Näheres über den Fall mitteilen?«
»Serrault, Gazette de Quimper. Herr Kommissar, handelt es sich um einen Serientäter? Sehen Sie Zusammenhänge mit der Bluttat vom vergangenen ...«
»Aber, aber, Mesdames et Messieurs«, rügte Guirec nachsichtig. »Wir, das heißt die Kriminalpolizei und die Experten der Spurensicherung, stehen doch erst am Anfang unserer Ermittlungen. Ich selbst bin erst seit einer knappen Stunde hier. Was erwarten Sie von uns? Wunder? Sie sollten Ihre Vorstellungen von seriöser Polizeitätigkeit einmal überdenken. Dies hier ist kein Fernsehkrimi, dies ist die bittere Realität.«
Serrault, der Reporter der örtlichen Tagespresse in seiner Heimatstadt, ließ sich erfahrungsgemäß nicht so leicht abwimmeln.
»Herr Kommissar«, fuhr er unbeirrt fort und hielt dem Leiter des 1. Kommissariats sein Diktiergerät vor die Lippen. »Wir stehen hier schon beinahe genausolange am Kai wie Sie. Warum läßt man uns nicht an das Boot heran? Was ist so Geheimnisvolles an diesem Fall? Warum wünscht die Polizei keine Presse? Steckt etwa Aubin Leclerq hinter der verordneten Nachrichtensperre? Unsere Leser haben ein Recht darauf zu erfahren, was sich hier unter den Augen der Öffentlichkeit abspielt.«
Guirec lachte laut auf.
»Unter den Augen der Öffentlichkeit, sagen Sie? Ja, wenn sich dieses Verbrechen unter den Augen der Öffentlichkeit zugetragen hätte, dann wären wir bestimmt schon ein ganzes Stück weiter. Sehen Sie hier irgendwo Zeugen? Nein? Na, bitte! Nun, Monsieur Serrault, die Öffentlichkeit lassen wir besser einmal außen vor. Und was den angesehenen Bürgermeister dieser Stadt betrifft, besser auch. Oder wollen Sie eine Verleumdungsklage riskieren? Monsieur Leclerq mag, auch wenn es Ihnen und Ihren Lesern nicht gefällt, in dieser Stadt ein mächtiger Mann sein, aber soweit reicht sein Einfluß nun doch nicht, daß er den ermittelnden Behörden vorschreiben kann, was sie zu tun und zu lassen haben. Halten Sie also ihre Zunge besser im Zaum! Soviel zu diesem Thema, Mesdames et Messieurs!«
Er holte tief Luft und blickte in die Runde wie ein Dompteur in der Manege.
»Nun zum sachlichen Teil Ihrer Fragen. Ich kann Ihnen nur soviel sagen, daß es in der Tat auf dem Boot, das dort hinten am Kai liegt, zu einem Gewaltverbrechen gekommen ist. Dem ersten Anschein nach wurden die Opfer von dem Täter überrascht. Spuren für einen sich zugetragenen Kampf fehlen. Ob sich hier eine Parallele zu dem

Mordfall vom vergangenen Samstag ziehen läßt, wage ich derzeit weder zu bestätigen noch ausdrücklich zu dementieren.«
»Noch einmal Lomig vom Nouveau Ploudarneau. Herr Kommissar, stimmt es, daß die Morde extreme Grausamkeit widerspiegeln? Handelt es sich Ihres Erachtens um die Tat eines Wahnsinnigen? Ist der Mann ein Psychopath?«
Guirec bemühte sich um ein souveränes Lächeln, nachdem er merkte, daß er während der Unterhaltung von Bildreportern mehrmals abgelichtet wurde.
»Sie müßten mir zunächst einmal erläutern, was Sie unter extremer Grausamkeit, wie Sie sich auszudrücken pflegen, verstehen«, fuhr er unbeeindruckt fort. »Jeder Mord zeugt von Grausamkeit, Madame Lomig. Ob der Täter den Opfern bewußt Schmerzen zufügen wollte, vermag ich zur Stunde weder zu bestätigen noch zu verneinen. Dies herauszufinden, bleibt Aufgabe der Mediziner und Psychologen. Der Fund der Leichen und die Art und Weise ihrer Tötung läßt jedoch eher den Schluß zu, daß der Täter oder die Täterin rasch und zielstrebig vorgehen mußte. Drei Leute lassen sich nicht so ohne weiteres gleichzeitig auf qualvolle Weise umbringen. Ich gehe eher davon aus, daß sie nacheinander und sehr rasch getötet wurden. Aber nageln Sie mich nicht fest. Bevor das letzte Wort gesprochen ist, muß sich erst einmal die Gerichtsmedizin äußern.«
»Sie erwähnten soeben den Begriff ›Täterin‹. Kommt Ihres Erachtens auch eine Frau für diese Wahnsinnstat in Frage?«
Guirec sah die Reporterin vom Nouveau Ploudarneau nachdenklich an.
»In Zeiten exzessiver Emanzipationsbestrebungen Ihrer Geschlechtsgenossinnen, werte Madame Lomig, wundert mich Ihr Einwand ein wenig«, stellte er kopfschüttelnd fest. »Warum sollte eine Frau nicht zu solch einer Wahnsinnstat fähig sein? Allerdings müßte sie ziemlich kräftig sein. Denken Sie nur an den Fall vom vergangenen Wochenende. Sie haben recht mit Ihrem Einwand. Ich tippe da auch eher auf einen Mann.«
»Wieder waren Frauen unter den Opfern«, fuhr die Reporterin fort. »Wenn Sie jedoch eher von einem Täter anstatt von einer Täterin ausgehen, wie beurteilen Sie in diesem Zusammenhang eigentlich eine sexuelle Komponente?«
Guirec atmete tief durch. Diese Frage drängte sich in der Tat langsam auf. Handelte es sich um ein und denselben Täter, warum suchte er sich jeweils Sportboote aus, auf dem auch Frauen mitsegelten? Zufall oder Absicht?
»Zur Zeit noch recht wenig, Madame«, eröffnete er ihr wahrheitsgemäß. »Im ersten Mordfall, der sich vergangene Woche zutrug, sind wir diesem Aspekt nicht weiter nachgegangen. Die Frau, die letzten Samstag ermordet aufgefunden wurde, wies keine Spuren irgendwelcher sexueller Handlungen auf. Wir gehen bisher davon aus, daß es der Täter in erster Linie auf den Steuermann, den Besitzer der Segelyacht, abgesehen hatte. Um seine abscheuliche Tat vor Dritten zu verbergen, mußte er verständlicherweise die einzige Zeugin beseitigen. Ob es sich in dem aktuellen Fall ähnlich verhält, müssen wir erst noch herausfinden.«
»Wie beurteilen Sie die zugegeben doch sehr spektakuläre Vorgehensweise des Täters?« hakte ein anderer der Reporter nach. »Die Opfer wurden ja regelrecht hingerichtet.«

Guirec wurde es langsam heiß unter seinem Mantel. Er erinnerte sich an die Weisung des Generalstaatsanwaltes, zunächst wenig an die Öffentlichkeit dringen zu lassen. Seiner Auffassung nach hatte er sowieso schon zuviel von der polizeilichen Ermittlungstätigkeit preisgegeben.
»Das würde ich nicht unbedingt bestätigen«, wich er vorsichtig aus. »Näheres wird bekanntgegeben, sobald die Polizeipsychologen ihre Arbeit erledigt haben.«
»Wie soll es weitergehen, Herr Kommissar?« meldete sich Madame Lomig vom Nouveau Ploudarneau nochmals zu Wort. »Wie viele Morde müssen noch geschehen, bis die Polizei endlich aktiv wird? Ich denke, Sie sollten endlich ...«
»Was ich muß oder nicht, ist meine Angelegenheit, werte Dame«, knurrte er sie an. »Die Pressestelle der Polizeipräfektur wird Sie zu gegebener Zeit auf dem laufenden halten. Nun lassen Sie mich wieder meine Arbeit tun.«
Guirec hörte eine Reihe Kameraverschlüsse klicken, während er sich brüsk auf dem Absatz umdrehte und wortlos zum Kai zurückstapfte.

»Nun, wie sieht's aus, Doktor?«
Während Guirec sprach, musterte er seinen Mitarbeiter, der sich betreten umschaute. François Morgan hatte offensichtlich noch nicht viele Leichenschauhäuser von innen gesehen.
Dr. Lamarc'h stand inmitten von zwei schmalen, fahrbaren Bahren und einem etwas breiteren Tisch, auf denen die Leichen der drei Ermordeten lagen. Leichter Verwesungsgeruch, gegen den eine Mischung aus formaldehydhaltigem Desinfektionsmittel und Chlorreiniger anzukommen versuchte, schwebte gleichsam wie eine Glocke über ihnen. An der Längsseite des Raumes befanden sich Schubfächer. Hinter jedem dieser gekühlten Stahlfächer befand sich ein Schicksal, nicht selten von fremder Hand ausgelöscht. Lamarc'h trug wie üblich seinen weißen Arztkittel, obwohl ihm angesichts dieser derart zugerichteten Leichen eine Plastikschürze besser gestanden hätte. Sein Kittel wies schon eine Menge Blutflecken auf.
Der Chef des 1. Kommissariats warf einen Blick auf die Toten. Die drei Leichen lagen nackt und noch weitgehend ungesäubert auf dunkelgrünen Tüchern. Der Mann, der bis zu seinem Tod am Steuerrad seiner Yacht gestanden haben mußte, hinterließ dabei den am wenigsten abschreckenden Eindruck. Die Harpune war zwischenzeitlich aus seinem Brustkorb entfernt worden. Nur ein blaurot gerändertes Loch deutete die tödliche Verletzung an. Ganz anders sah es auf der Nachbarbahre aus. Lamarc'h hatte den Kopf der Leiche so drapiert, daß man bequem bis in den Hals der Toten hineinschauen konnte. Wenn man genau hinsah, ließen sich sogar Teile der Wirbelsäule erkennen. Bei ihrer Ermordung hatte der Mörder seinem Opfer die Kehle bis zum Rückgrat aufgeschlitzt. Sie war entweder verblutet oder an ihrem Blut erstickt. Guirec vermutete beides. Der grauenvollste Anblick jedoch bot sich dem Betrachter an dem einzigen Tisch im Raum. Er stand dicht am Fenster, damit man die Einzelheiten der Verletzungen bei Tageslicht begutachten konnte.

Unmittelbar vor dem Fenster zog sich eine Tischplatte mit Unterschränken, Waschbecken, technischen Apparaturen und verschiedenen Laborgegenständen von einer Wand zur anderen. Die Wände waren genauso gefliest wie die Toilettenräume in einem Bahnhof der SNCF und strahlten genausoviel Wärme und Gemütlichkeit aus. Wie, um alles in der Welt, dachte Guirec, konnte man in solch einer Umgebung auf Dauer seiner Arbeit nachkommen? Er, der eher naturverbundene Bretone, würde ersticken angesichts dieser Sterilität, deren antiseptisches Weiß nur vom Dunkelgrün der Leichentücher durchbrochen wurde. Kein Wunder, daß Experten der Gerichtsmedizin zu solchen Zynikern wie Lamarc'h werden mußten. Nur auf diese Weise konnten sie angesichts des immerwährenden Todes, der sie bei ihrer Arbeit umgab, überleben, ohne auf Dauer wahnsinnig zu werden. Guirec stellte mit Genugtuung fest, daß sich sein Mitarbeiter vor Grauen schüttelte. Das sollte ihm eine wertvolle Erfahrung sein. Cool, wie die jungen Leute die Begriffe Gelassenheit und Souveränität neuerdings mit einem Wort umschrieben, war man nicht, wenn man vor einem nächtlichen Einsatz seinen großkalibrigen Revolver ins Holster steckte. Cool war man erst, wenn man Situationen wie diese ohne viel Aufheben und ohne anschließende Alpträume wegsteckte. Doch auch Guirec würde nie cool sein. In gewisser Weise war er deshalb sogar stolz auf sich.
»Nun, Kommissar, was soll ich sagen«, erwiderte Dr. Lamarc'h mit gelassener Stimme. »Mord, keine Frage. Tatzeit? Etwa zwei Stunden, bevor die Leichen entdeckt wurden. Das läßt sich zumindest bei den Opfern, die sich im Cockpit befanden, relativ exakt rekonstruieren, weil sie ziemlich warme Segelbekleidung trugen. Da kühlt der Körper trotz des Nebels nicht so rasch aus. Mordwaffe? Eine Harpune und ein scharfes Messer. Keinesfalls dasselbe, das vergangene Woche zum Einsatz kam. Ich tippe auf ein relativ schweres Tauchmesser mit Sägezahnung, ähnlich, wie es Sporttaucher verwenden. Mit diesem Messer trennte er auch der jungen Frau den Kopf vollständig ab.«
Der Mediziner beugte sich zu der Leiche, zückte einen Stift und fuhr an den Wundrändern des Torsos entlang. Der Kopf der Toten stand aufrecht, also auf dem abgeschnittenen Hals ruhend, neben dem menschlichen Rumpf. Es hinterließ bei flüchtigem Hinsehen den Eindruck, als befände sich der restliche Körper noch unversehrt unter der grünen Decke. Guirec ahnte, warum Lamarc'h den Schädel in dieser Weise drapiert hatte. Der Mediziner war dafür bekannt, daß er insbesondere frischgebackene Kadetten von der Polizeischule und Studenten der medizinischen Fakultät bei deren Exkursionen durch das Leichenschauhaus gerne einmal eine nachhaltige Lektion erteilte. Die Putzkolonne hatte sich schon mehr als einmal darüber beschwert, daß sie hinterher die Exkremente derjenigen aufwischen durfte, die es nicht mehr bis zur hastig aufgesuchten Toilette schafften.
»Sehen Sie hier, meine Herren«, fuhr er fort und blickte dabei wieder hoch und just in die weit aufgerissenen Augen Morgans. »Die durchtrennte Wirbelsäule weist scharfkantige Absplitterungen an den Knochen und insbesondere den Knorpelmassen der Bandscheiben auf. Der Kerl muß eine ganze Weile an der Kleinen hier herumgesäbelt haben. Eine schöne Schufterei und eine noch größere Schweinerei, können Sie mir glauben. Besitzen Sie eine Vorstellung, wieviel Blut aus der Halsarterie eines noch at-

menden Menschen spritzt? Keine zehn Sekunden, und Sie sind über und über bekleckert. Jedenfalls dürfte der Mörder kein Brillenträger sein. Er hätte vermutlich schon nach wenigen Augenblicken nichts mehr gesehen.«
Guirec warf erneut einen Blick auf seinen Mitarbeiter. Morgan knirschte, inzwischen leichenblaß, deutlich hörbar mit den Zähnen. Weit traten die Kiefermuskeln vor. Guirec gab ihm noch zwei oder drei Minuten, dann war er wohl fällig.
»Fahren Sie fort, Doktor«, forderte er den Gerichtsmediziner auf.
»Nun«, ergänzte Lamarc'h. »Bei der Säbelei werden automatisch auch sämtliche Sehnen durchtrennt. Muskelfasern und Sehnenreste setzen die Zwischenräume der Schneide immer wieder zu. Mit einem einzigen, entschlossenen Schnitt ist da nichts zu machen. Dafür braucht es eine Machete oder ein zumindest sehr scharfes Beil. Doch der Umgang mit einem Beil dürfte auf dem schwankenden Deck einer Yacht angesichts des Opfers, das sich unter Umständen wehrt, sogar für den Täter gefährlich sein.«
Lamarc'h brach in schallendes Gelächter aus.
»Stellen Sie sich vor, bester Guirec. Der Kerl holt aus und schlägt sich anschließend in den eigenen Fuß. Seine Karriere als anerkannter Massenmörder wäre wohl im wahrsten Sinne des Wortes mit einem Schlag beendet.«
Lamarc'h wischte sich die Tränen über seine Bemerkung, über die keiner außer ihm lachte, aus den Augen.
»Nein, ernsthaft«, fuhr er fort. »Die Tatwaffe dürfte ein Haifischmesser sein. Solch ein Mordsding, wie es Taucher in exotischen Gewässern am Bein umgeschnallt mit in die Tiefe nehmen. Die Klingen sind so hart, daß sich damit beispielsweise Korallen aus dem Boden brechen lassen. Ein ideales Mordinstrument, wenn Sie mich fragen.«
Er wandte sich der anderen weiblichen Leiche zu, die auf einer der fahrbaren Bahren lag.
»Bei dieser Lady hier«, dozierte er mit ruhiger Stimme weiter, »genügte ein einziger, kraftvoll ausgeführter Schnitt.«
Er hob die Hand und deutete an, wie der Mörder seinem Opfer die Verletzung beigebracht haben könnte.
»Sehen Sie, ungefähr so. Der Vorteil dabei: das Opfer gibt keinen Ton mehr von sich. Man hört allenfalls noch ein Gurgeln. Die meisten auf diese Weise Getöteten strampeln noch nicht einmal vor dem endgültigen Exitus. Die sind viel zu sehr mit dem Sterben beschäftigt.«
»Doktor!« rügte ihn der Kommissar. »Also, ich bitte Sie!«
Lamarc'h warf Inspektor François Morgan einen belustigten Blick nach, als dieser mit der Hand vor dem Mund und schon deutlich würgend aus dem Raum stürzte.
»Kaum noch belastbar, diese jungen Leute«, stellte er fest und ließ sich auf einen Drehstuhl fallen. »Was stellen diese Grünschnäbel eigentlich erst an, wenn die im Rahmen ihrer Ermittlungstätigkeit einmal gänzlich unvorbereitet auf die Resultate eines solchen Massakers stoßen? Gehören Kotztüten inzwischen zur Standardausrüstung der Polizei?«
Guirec ging auf diese abfällige Bemerkung gar nicht erst ein. Er lehnte sich statt des-

sen gegen die Arbeitsplatte, und zwar so, daß sein Blick nicht unbedingt auf den abgetrennten Kopf fiel.

»Was halten Sie eigentlich ganz persönlich von den beiden Mordfällen? Sehen Sie zumindest aus medizinischer Sicht irgendeinen Zusammenhang?«

Lamarc'h nahm seine goldeingefaßte runde Designerbrille ab und putzte sie umständlich. Es schien, als müßte er erst Zeit gewinnen, um nachzudenken. Schließlich setzte er sie wieder auf, blinzelte in eine der Neonlampen an der Decke und musterte den Kommissar.

»Nun«, antwortete er schließlich. »Aus medizinischer Sicht zumindest nur, was eine gewisse Stereotypie in ganz engem Rahmen angeht. Im ersten Fall wurde offensichtlich ein Messer, so wie es Fischer zum Ausnehmen ihres Fangs benutzen, verwendet. Ein höllisch scharfes Ding mit glatter Klinge. Damit durchtrennte er seinen Opfern schon beim ersten Schnitt die halbe Kehle und die Halsschlagader. Der Tod trat in kürzester Zeit ein. Hier in diesem Fall benutzte der Täter ein Sägemesser, so wie sie im Tauchsport Verwendung finden. Der Kopf der jungen Frau wurde regelrecht abgesägt. Auf jeden Fall eine schmutzige Schlächterarbeit, wenn Sie mich fragen.«

Lamarc'h gönnte sich eine kurze Pause, während der er seinen Blick über die drei Leichen gleichsam wie über drei Trophäen gleiten ließ. Schließlich drehte er sich wieder zu Guirec um.

»Soll ich Ihnen verraten, was ich wirklich vermute? Einmal ganz unabhängig davon, was die Psychologen noch ausbrüten werden, gehe ich von ein und demselben Täter aus. Und der erste Mordfall war erst sein Preludium. Die Ouvertüre. Sozusagen der Aperitiv. Er hat richtig Appetit bekommen. Und was ich für bedenklich halte: er lernt dazu. Im ersten Mordfall hat er den Leuten nur die Kehle durchschnitten. Mehr Möglichkeiten ließ die glatte Klinge der verwendeten Tatwaffe nicht zu. Im zweiten Fall stellte er es schon wesentlich spektakulärer an. Ich schätze, das nächste Mal bringt er eine motorbetriebene Kettensäge mit. Damit geht das Verstümmeln noch rascher von der Hand. Vielleicht sucht er sich dann ein vollbesetztes Passagierschiff aus.«

Guirec atmete tief durch. Alles, was er in diesem Augenblick nicht ausstehen konnte, war Zynismus. Ihm fiel etwas ein.

»Das würde ja bedeuten, daß dieser Tristan Guillaume, nach dem wir inzwischen fahnden, auch die ersten Morde verübt hat. Im ersten Fall, der sich vergangene Woche zutrug, befand sich jedoch unseren Ermittlungen zufolge neben dem Schiffsführer nur noch das eine weibliche Besatzungsmitglied an Bord.«

»Das herauszufinden, mein lieber Guirec« erwiderte Lamarc'h nicht ohne eine Spur Genugtuung, »ist Ihre Aufgabe.«

»Guirec! Gut, daß ich Sie treffe!«

Auf dem Gang, der am Büro des Polizeipräfekten vorbeiführte, kam ihm sein Chef entgegen. Albin Kozh wirkte nervös. Auch sein Gesicht spiegelte wie gewohnt die fahle Blässe eines chronisch Magenkranken wider.

»Ich suche Sie schon überall! Kommen Sie gleich mit in mein Büro!«
Ehe er dem Polizeipräfekten erklären konnte, daß er schnurstracks von der Gerichtsmedizin kam, hatte ihn sein Vorgesetzter schon ungeduldig in dessen Besprechungszimmer geschoben. Guirec blickte sich um. In dem großen Raum saßen der Generalstaatsanwalt, Antoine Lemardieux, Larouches Untergebener aus Quimper, und zu seinem größten Erstaunen Aubin Leclerq, amtierender Bürgermeister von Ploudarneau. Während sich Guirec schon wieder in eines dieser engen Stühlchen quetschen mußte, warf er einen kurzen Blick auf den Kommunalpolitiker der Kleinstadt, vor deren Mauern sich neuerdings Ungeheuerliches ereignete. Leclerq trug einen hellen Anzug mit dezent gestreiftem Hemd, eine hellgelbe Seidenkrawatte und schwarze, auf Hochglanz polierte Schuhe. Guirec mußte sich zusammenreißen, um nicht zu grinsen. Mit seinem leicht aufgedunsenen Raubvogelgesicht erinnerte er stark an den mehrmals von Marlon Brando gemimten Paten. Langsam dämmerte es dem Kriminalbeamten, warum sich Leclerq höchstpersönlich zu dieser Aussprache einfand. Vermutlich war er vom Chefredakteur der örtlichen Tagespresse über das noch recht magere Ermittlungsergebnis der Polizeibehörden bereits unterrichtet worden. Interessant erschien ihm, daß der Polizeipräfekt einen bislang gänzlich unbeteiligten Dritten trotz interner Nachrichtensperre in die praktische Ermittlungstätigkeit einzuweihen gedachte.
»Wie sieht es aus, Monsieur?« kam Larouche unverzüglich zur Sache. »Schildern Sie uns ihre Ermittlungsergebnisse.«
Guirec sah seinen Chef fragend an. Kozh nickte heftig. Seine unsteten Augen flackerten ungeduldig. Der Chef des 1. Kommissariats holte tief Luft.
»Nun, Herr Generalstaatsanwalt«, begann er mit gewohnt schleppender Stimme zu sprechen. »Wie Sie sich denken können, stehen wir erst am Anfang unserer Arbeit. Im Gegensatz zu dem sich in der vergangenen Woche zugetragenen Fall ergaben sich diesmal ein paar mehr Anhaltspunkte. So können wir auf einen Tatverdächtigen verweisen, einen gewissen Tristan Guillaume, vierzig Jahre alt, wohnhaft in Paris und mit dem getöteten Eigner der Yacht offensichtlich bekannt oder sogar befreundet. Er befand sich dem Logbuch zufolge mit an Bord des Segelbootes und ist bislang unauffindbar. Wir durchleuchten zur Zeit sein näheres Umfeld und lassen von den Pariser Kollegen dessen Wohnung und dessen Arbeitsstätte, allem Anschein nach ein Bankhaus in der Innenstadt, observieren.«
»Mit Erfolg?« fragte Larouche knapp.
»Bisher noch nicht«, räumte Guirec ein. »Das hat jedoch nichts zu bedeuten, da Guillaume, wenn er denn tatsächlich als Täter in Frage kommt, schon einige Zeit braucht, um von Bord der Yacht zunächst an Land und von dort zurück nach Paris zu gelangen. Ich werde mich mit meinem Mitarbeiter Morgan noch heute abend nach Paris begeben und in Absprache mit den dortigen Kollegen die Ermittlungsarbeit möglichst selbst in die Hand nehmen. Die Pariser Mordkommission ist dankbar für jede Entlastung.«
»Nun lassen Sie einmal die angeblich überlasteten Kollegen in Paris aus dem Spiel, Guirec«, knurrte ihn plötzlich der Bürgermeister von Ploudarneau an.

»Sagen Sie uns lieber, ob Sie einen Zusammenhang zwischen den Mordfällen vermuten und ob wir mit noch mehr Überraschungen rechnen müssen.«
Guirec hatte schon längst mit dieser Frage gerechnet und sich wohlwissentlich eine Antwort zurechtgelegt.
»Eine Antwort auf diese Frage wäre derzeit rein hypothetisch. Vage Vermutungen zu äußern, liegt mir nicht, Herr Bürgermeister.«
Der Kommissar blickte den Mann aus Ploudarneau nachdenklich an.
»Nur soviel. Sollten sich Querverbindungen in welcher Form auch immer zwischen Marc Raymond und Florence Lemande sowie den Opfern dieses Mordfalles ergeben, dann liegt der Verdacht nicht fern, daß auch Guillaume etwas mit dem ersten Mordfall zu tun hat. Aber erst einmal müssen wir abwarten, ob wir ihn überhaupt so rasch ausfindig machen können und was unsere weiteren Ermittlungen vor Ort ergeben.«
Der Bürgermeister von Ploudarneau warf Larouche einen fragenden Blick zu. Der Generalstaatsanwalt übernahm das Wort.
»Sehen Sie, lieber Guirec, Monsieur Leclerq hat verständlicherweise großes Interesse daran, daß die beiden Mordfälle, die sich quasi vor seiner Haustür ereigneten, so schnell wie möglich aufgeklärt werden und daß sich solche Schweinereien nicht mehr wiederholen. Seit heute Mittag kreuzt ein Patrouillenboot der Küstenwache in unregelmäßigen Abständen vor der Küste. Wie lange sich diese Unterstützung allerdings abfordern läßt, das bleibt fraglich. Zunächst läuft die Aktion erst einmal unter dem Aspekt Amtshilfe und Schadensbegrenzung.«
Er hielt inne und suchte nach seinen Zigaretten. Der Bürgermeister des Küstenstädtchens nutzte die Pause und ergriff nochmals das Wort. Seine Stimme klang mit einem Mal so hart wie der Granit der Felsen vor der Küste der Cornouaille.
»Die Leute beginnen sich schon vielerorts Sorgen zu machen. Sollte das Morden in dieser Form so weitergehen, dürfte es speziell um die Ruhe der Wassersportler im Yachthafen von Ploudarneau geschehen sein. Wer traut sich noch mit seinem Boot hinaus, wenn er weiß, daß da draußen ein wahnsinniger Psychopath mit einem Messer in der Hand auf einen lauert?«
Also doch, knurrte der Bretone in sich hinein. Daher wehte der Wind. Nicht das Wohl der Bürger, sondern schnöde wirtschaftliche Interessen steckten hinter der Besorgnis des Bürgermeisters. Um die Yachteigner, die zahlungskräftigen Liegeplatzinhaber ging es ihm in erster Linie. Von den Bürgern von Ploudarneau, die sich schließlich auch mit ihren Angelbooten oder Kuttern auf See begaben, keine Rede. Einen schönen Bürgermeister habt ihr euch da gewählt, bedauerte er insgeheim die Einwohner des Hafenstädtchens.
»Wir tun unser Bestes«, antwortete Guirec. »Wir stehen erst am Anfang unserer ...«
»Ich möchte aber auch Erfolge sehen, mein Lieber«, schnitt ihm Larouche das Wort ab, und seine Stimme klang überhaupt nicht so jovial, wie es seine Wortwahl andeuten sollte. »Kollege Lemardieux wird sich von nun an unmittelbar in die Verfahrensarbeit einschalten und Sie bei ihren Ermittlungen unterstützen. Sie haben doch nichts dagegen, oder?«
»Sie gehen doch bald in Pension, nicht wahr?« mischte sich der Bürgermeister erneut

ein und überging damit Guirecs Antwort auf Larouches Frage. »Was halten Sie eigentlich davon, in diesem Zusammenhang gleich Ihren Nachfolger einzuarbeiten?« Leclerq lächelte kalt. Guirec blickte erstaunt hinüber zum Polizeipräfekten, doch der mied seinen Blick und fuhr fort, mit gesenktem Kopf auf seine manikürten Fingernägel zu starren.

KAPITEL IV

Während Aubin Leclerqs Kindheit herrschte noch tiefe Depression im Land, hervorgerufen durch die Nachwirkungen des großen Krieges, der auch an der idyllischen Provinz weit im Nordwesten Frankreichs nicht spurlos vorbeigegangen war. Der Staat verfügte über zu wenig Mittel, um den Bauern und Fischern genügend Unterstützung zuteil werden zu lassen, um eben diese Spuren, die sowohl Deutsche, aber auch Engländer und Amerikaner hinterließen, zu beseitigen. Saint-Nazaire, Lorient, Brest und Saint-Malo lagen in Schutt und Asche, aber auch die kleineren Hafenstädtchen, die wegen ihrer strategischen Bedeutung im U-Boot-Krieg besonderes Augenmerk bei den Invasoren gefunden hatten, wurden während des Befreiungsschlages nicht selten bis auf die Grundmauern geschliffen.
Während jener unheilvollen Tage im Frühjahr 1945 wurden die großen Hafenstädte der Provinz annähernd zu neunzig Prozent zerstört. Welch eine Ironie des Schicksals, daß gerade die U-Boot-Bunker das Bombardement, das die Hauptstadt Brest beinahe vierzig Tage lang überschattete, schadlos überstanden. Die Unterseeboote, jene stählernen Särge, die von den letzten der wenigen dem Reich noch verbliebenen Wagemutigen befehligt wurden, fanden jedoch beinahe ausnahmslos ihre Grabstätte in den Hafenbecken. Kurz bevor Brest und Saint-Nazaire dem Ansturm der Alliierten nachgeben mußten, hatten einige Strategen aus dem Hauptquartier des Führers in weiser Voraussicht mehrere Boote in die Flußunterläufe der wenigen schiffbaren Flüsse der Bretagne verholen lassen. Doch sie sollten nicht mehr dazu dienen, das Nazireich vor den nachrückenden Alliierten zu schützen und deren Nachschubwege abzuschneiden, sondern bestimmten politischen Kräften die feige Flucht vor der Verantwortung zu ermöglichen.
Eines der Boote wurde dabei in unmittelbare Nähe des Fischerdörfchens Ploudarneau verholt. Doch die Einfahrt in den stark tidenabhängigen Moyenne, der keine zehn Seemeilen östlich des Pointe du Raz in den Atlantik mündet, erwies sich damals noch als äußerst tückisch. Verwendbare Landmarken und Seezeichen waren von Mitgliedern der Résistance schon vor Invasionsbeginn gesprengt oder auf andere Weise beseitigt worden, um den Deutschen die Navigation zu erschweren. Doch Kapitänleutnant Werner Hülsdonk, Sproß einer hanseatischen Kapitänsfamilie aus Brunsbüttel bei Hamburg, gelang es in einem waghalsigen Unternehmen, eine der letzten

noch unversehrten schwarzgrauen Metallzigarren bei Nacht und unsichtigem Wetter bis an den Kai von Ploudarneau zu bringen und dort unter Tarnnetzen vor den Blicken neugieriger Luftaufklärer zu verstecken. Hülsdonk wußte, daß sich dieses Unternehmen nur noch als selbstmörderisches Hasardeurstück bezeichnen ließ, doch der achtundzwanzigjährige Kapitänleutnant, der auf weit über fünfzig erfolgreiche Feindeinsätze mit zahllosen Abschüssen alliierter Geleitzugschiffe zurückblicken konnte, führte nur die Befehle aus, die er von oberster Stelle erhalten hatte. Warum er sein Schiff in dieses gottverlassene Nest, wo es jederzeit von Résistancekämpfern hätte in die Luft gesprengt werden können, verholen sollte, blieb ihm, dem hochdekorierten Ritterkreuzträger und Schwarm vieler Mädchen auf unzähligen Debütantinnenbällen, ein Rätsel. Zwar schätzte er sich glücklich darüber, seine Jungs nicht mehr in den seiner Einschätzung nach längst unsinnigen Seekrieg auf dem Nordatlantik hinaustreiben zu müssen, allerdings ließ ihn der Gedanke an diesen exponierten Liegeplatz erschauern.

Doch seine Sorge schien unberechtigt. Während der knapp zwanzigstündigen Liegedauer blieb es seltsamerweise still in dem beinahe verschlafen wirkenden Fischerdorf. Kein Kutter lief aus, um der Küstenfischerei nachzugehen, kein Prisenkommando der französischen Freiheitskämpfer ließ sich blicken, kein einziger Schuß aus einer feindlichen Waffe fiel. Abgesehen von ein paar gebeugt an den Netzen flickenden Fischern und ebenso alten, ganz in Schwarz gekleideten, offensichtlich verwitweten Frauen, blieben zu seiner Verwunderung auch die Bewohner des Ortes weitgehend unsichtbar. Hülsdonk kam sich vor, als befände er sich in einer Geisterstadt. Dieser Ausnahmezustand hielt so lange an, bis drei dunkle Limousinen, gefolgt von einem Lastkraftwagen, an den Kai rollten. Hülsdonk mußte einen Teil seiner Besatzung abmustern und anstatt dessen sechzehn offensichtlich wasserdicht verschlossene Behälter und die Reisenden aus den Personenwagen übernehmen. Da sich der Kranführer weigerte, das Hebegerät zu bedienen, kam es zu einer uneingeplanten Zeitverzögerung. Als sein U-Boot mit der geheimnisvollen Fracht und den ehemals feldgrau uniformierten Männern, die noch vor dem Entern des Schiffes bereits in Zivilkleidung schlüpften, den Liegeplatz verließ, war das Wasser bereits beträchtlich abgelaufen. Immer mehr Felsnadeln wurden im Einfahrtbereich zum Flußunterlauf sichtbar. Ein Lotse mußte her, und der war bald gefunden. Jules Arpeges Vater Denez wurde unter Androhung seiner Erschießung und der seiner Familie gezwungen, seinen Kutter zu besteigen und das U-Boot sicher auf See hinaus zu geleiten. Kapitänleutnant Hülsdonk sollte nie mehr erfahren, daß die Gestapo mit Hilfe williger Kollaborateure für kurze Zeit sämtliche Zugangswege zum Ort kontrollieren, alle Fernsprechverbindungen kappen und damit für eine völlige Isolierung des Dorfes von der Außenwelt hatte sorgen können. Ganz auf den reibungslosen Ablauf der Vorbereitungen für die generalstabsmäßig geplante Flucht bedacht, bemerkte er auch nicht, daß eine der Kisten bereits kurz nach dem Abladen von der Pritsche des Lastwagens verschwand und heimlich den Besitzer wechselte. Zwei Wochen später bezichtigte Valery Leclerq vor einem französischen Kriegsgericht den Fischer Denez Arpege wegen seiner Lotsentätigkeit der Kollaboration mit den Deutschen.

Aubin Leclerq wuchs im Schatten seines despotischen Vaters auf. Die Familie Leclerq übernahm kurz nach Kriegsende die kleine Hafenanlage, die praktisch nur aus einem halb verfallenen Kai bestand, besaß damit den einzigen, für größere Lasten ausgelegten Kran in der Gegend und kaufte nach und nach eine ansehnliche Anzahl von Grundstücken und Häusern mit für damalige Verhältnisse überraschend viel Barmitteln auf. Valery Leclerq vergab sogar seinerseits Kredite zur Existenzgründung und zum Wiederaufbau. Da das Bankenwesen im äußersten Nordwesten Frankreichs jedoch noch unterentwickelt war und die Provinz ohnehin nur über wenig Finanzkraft zur Unterstützung ihrer Bürger verfügte, blieb den Handwerkern, Landwirten und Fischern häufig kaum etwas anderes übrig, als sich in Finanzierungsfragen an die Leclerqs zu wenden. Bereits zu dieser Zeit machte Valery Leclerq einen großen Teil der Einwohner des Ortes von sich abhängig. Nur eines erreichte Valery nicht. Ihm selbst gelang es nie, irgendein politisches Amt zu übernehmen. Im tiefen Grunde ihres Herzens hegten die damals ausschließlich alteingesessenen Einwohner von Ploudarneau eine latente Abneigung und ein nur schwer zu erklärendes Mißtrauen gegen die im vergangenen Jahrhundert zugereisten ehemaligen Fischer und Bauern aus der Normandie.

Schon früh mußte Aubin lernen, sich gegen die Schulkameraden, die durchweg aus bretonischen Familien stammten, durchzusetzen. Nicht selten, daß er mit abgeschürften Knien und blaugeschlagenen Augen von der Schule nach Hause kam. Das änderte sich erst mit dem Besuch einer höheren Bildungsanstalt in Quimper und später mit dem Studium an den Universitäten von Rennes und Paris. Dadurch änderte sich auch sein bislang stets schlechtes Verhältnis zu seinem Vater. Erst nachdem er sein Studium in Wirtschaftswissenschaften an der Pariser Sorbonne mit Bravour bestanden hatte, nahm ihn der Familienpatriarch als seinen Sohn und Nachfolger im Geschäft an.

Während der Schul- und Studienzeit seines Sohnes baute Valery Leclerq mit Eifer, aber auch mit im Laufe der Zeit immer weniger sozialverträglichen Maßnahmen sein Familienimperium aus. Er, der seinerzeit selbst als Sohn eines Fischers heranwuchs, erahnte den Verfall dieses Handwerks rasch, weil er bereits früh erkannte, daß die Bestände im Meer nicht ewig würden reichen können und daß selbst wohlhabende Fischereihäfen irgendwann ihren Reichtum verloren. Er bedauerte die Männer, die sich die Hummer- und Krebsbestände vor den Toren Ploudarneaus teilen mußten. Er wollte mehr Wohlstand für den Ort, der sich infolge Zuzug von kleineren Unternehmen und der Menschen, die im benachbarten Quimper, in Brest und in der Provinzhauptstadt Rennes arbeiteten, entwickelte. Denn Valery Leclerq war sich dessen bewußt, daß sein Schicksal und das seines Sohnes immer irgendwie mit dem Schicksal Ploudarneaus verbunden bleiben würde. So plante er rechtzeitig den Ausbau des Kais zu einem richtigen Hafen mit langen Molen und Wellenbrechern, die ihn bei bestimmten Wetterlagen vor der Gewalt des Atlantiks schützen konnten. Es bedeutete ihm unsägliche Mühe, die Bewohner im Ort davon zu überzeugen, daß sich die Investition für die Ausschachtung des Hafenbeckens zu einem Tiefwasserhafen und die Sprengung der schlimmsten Klippen vor der Flußmündung rasch rechnen

würde, weil dadurch die ersten Küstenmotorschiffe ihren Weg nach Ploudarneau fanden. Nun konnten die Reeder ihre Ladung in Ruhe löschen lassen, weil es den Kapitänen möglich war, den Ort sogar bei annähernd Niedrigwasser wieder zu verlassen. Ploudarneau entwickelte sich rasch zu einem regen Warenumschlagplatz. Als dann jedoch die zumindest an den Schienenverkehr wesentlich besser angebundenen Häfen von Douarnenez, Quimper, Pont L'Abbé und Concarneau ebenfalls für die Frachtschiffahrt ausgerichtet wurden, schwand dieser Vorteil rasch. Zudem liefen die Kapitäne zwischen Herbst und Frühjahr ohnehin lieber die weniger dem Atlantik ausgesetzten Häfen an.
Stimmen der Entrüstung und des Ärgers wurden laut. Man hätte eben nicht auf diesen Emporkömmling hören sollen. Jetzt besaß die Stadt eine Menge Schulden, und der Zugewinn durch umgeschlagene Frachttonnage zur Abdeckung der Kreditzinsen blieb aus. Erneut aber erwies sich der Weitblick des Mannes mit den normannischen Vorfahren für die Entwicklung des Ortes als vorteilhaft. Anfang der siebziger Jahre, als die Blütezeit der Frachtschiffahrt und Hochseefischerei längst vorbei schien und sogar die großen Hafenstädte über Umsatzeinbußen klagten, erkannte Leclerq wiederum als einer der ersten im ländlichen Departement die Zukunftsaussichten des Tourismus. Seine Theorie bestand darin, daß sich eine Stadt, die mit seinen Toren am Meer liegt, besonders dem Wassersport zugeneigt zeigen mußte. Nach dem Fortgang einer großen Fischkonservenfabrik, deren Konkursverwalter ihm nach einer tragischen Brandkatastrophe den Grund und Boden am Westufer des Flusses praktisch für einen Handschlag überließ, gelang es dem Unternehmer und Großgrundbesitzer Leclerq, die Sportbootwerft Herault Marine zu einem Umzug von La Rochelle nach Ploudarneau zu bewegen. Da sich zu dieser Zeit noch niemand so recht Gedanken über die Emissionen von Kunststoffdämpfen und das Beseitigen giftiger Rückstände bei der Produktion machte, ließen sich hohe Gewinne einbringen, denn plötzlich wollte jedermann solch ein preiswertes Kunststoffboot besitzen. Im Laufe der Zeit folgten zahlreiche Zulieferbetriebe, die von der Nähe zum Stammunternehmen und den damit entfallenden Transportkosten profitieren wollten. Als Valerys Nachfolger Aubin schließlich Mitte der achziger Jahre auch noch einen exklusiven Golfplatz, ein Casino, Feriensiedlungen und Wohnparks für die zahlungskräftige Klientel aus der Landesmetropole errichten ließ, war Ploudarneau zumindest wirtschaftlich vom Tourismus und der Wassersportbranche praktisch vollständig abhängig. Doch die Einnahmen der durchweg florierenden Unternehmen überzeugten nicht nur die Investoren und Lokalpolitiker, sondern besänftigte auch die bis dahin noch starke Opposition in Ploudarneau. Zum Schluß rekrutierte sich die Widerstandsbewegung nur noch aus einer Handvoll Fischer, kommunistisch geprägter Intellektueller und sonstigen Ewiggestrigen, wie sie von den Leclerqs abfällig genannt wurden. Wegen des massiven Widerstands dieser Gruppe sollte es jedoch noch Jahre dauern, bis der riesige Yachthafen endlich in Angriff genommen werden konnte.
Doch ausgerechnet dieses Projekt machte erstmals die ökologischen Sünden in der Region deutlich sichtbar. Das Hafenbecken dehnte sich so weit nach Osten aus, daß für den Fluß beinahe kein Raum übrigblieb. Er wurde von Wasserbauingenieuren teil-

weise umgeleitet, oberhalb seines Mündungsbereiches in ein enges Bett gezwungen und elegant an den Liegeplätzen vorbeigeführt. Dadurch änderte sich das Milieu des Gewässers im Mittellauf schlagartig. Salzwiesen starben ab, Salzwasserfische, Muscheln und Schalentiere verschwanden, das gesamte natürliche Biotop drohte dort, wo bisher noch die Gezeiten für einen regen Wasseraustausch sorgten, vollständig umzukippen. Erneut machte die in Ploudarneau etablierte Umweltschutzbewegung ihren Bürgermeister für das Desaster verantwortlich, doch der verwies nur lakonisch auf die Genehmigungspapiere der Departementsverwaltung und die Zustimmung der Provinzregierung. Die Geschäftsleute, Unternehmer, Appartementbesitzer und sonstige Profiteure schwiegen indessen. Was ging sie der Fluß an, der ein paar Kilometer stromauf, aber für ihre Nasen weit genug entfernt, bestialisch zu stinken begann.
Leclerqs Gegnerschaft rekrutierte sich darüber hinaus jedoch auch noch aus den erst vor wenigen Jahren Hinzugezogenen, die ihre im wirtschaftlichen Aufschwung mit übermäßig viel Fremdkapital gegründeten Unternehmen, aber auch ihre Häuser und Wohnungen wieder aufgeben mußten, weil sie den enorm angewachsenen finanziellen Belastungen nicht mehr gewachsen waren oder die ständig steigenden Hypothekenzinsen und Mieten nicht mehr aufzubringen vermochten. Unzufriedenheit breitete sich aus. Leute, die jahrelang ihr Eigenheim abgezahlt hatten, sahen sich plötzlich in einer Mietwohnung wieder; diejenigen, die in Ploudarneau bislang großzügige Mietwohnungen besaßen, mußten sich gezwungenermaßen mit kleineren Appartements zufrieden geben. Von alldem profitierte Leclerq zwangsläufig mit, denn neue Klientel, die sich aus der wohlhabenden Oberschicht der Städte Rennes, Quimper und sogar Paris rekrutierte, stand praktisch Gewehr bei Fuß, um die aufgegebenen Betriebe, Häuser und Wohnungen zu übernehmen. Da sich der Grund und Boden, die Makleragenturen und Vermietungsgesellschaften überwiegend in der Hand der Leclerqs befanden, konnte Aubin die Kauf- und Mietpreise nach Gutdünken festlegen. Und bei jedem Wechsel sprang für ihn und seine Familie immer ein ansehnlicher Gewinn heraus.
Einer seiner Hauptgegner, Frederic Houet, Herausgeber der Gazette de Quimper und begeistertes Mitglied der Kommunistischen Partei Frankreichs, hatte sich als einer der ersten an die Spitze der lokalen Umweltbewegung gestellt und zum Fürsprecher für die Vertriebenen und Enteigneten gemacht. Dabei ging es ihm insgeheim jedoch in erster Linie um den in seinen Augen scheinbar immerwährenden Kampf gegen das kapitalistische Establishment anstatt um die Erhaltung einer gesunden Fauna und Flora. Jenes ökologische Desaster, das sich in Ploudarneau und damit praktisch vor der Haustür der Departementhauptstadt Quimper im Verborgenen entwickelte, verbunden mit einer sich mehr und mehr abzeichnenden sozialpolitischen Unverträglichkeit bei der Stadtplanung und der Wohnungsvergabe, rief ihn und seine Zeitung immer wieder auf den Plan. Dies um so mehr, als er endlich seinem Erzrivalen Leclerq, dessen geradezu neokolonialistische Einstellung ihn bereits während des Studiums der Wirtschaftswissenschaft und Politologie an der Pariser Sorbonne zur Raserei gebracht hatte, genau an der Stelle treffen konnte, wo es ihm vermutlich am meisten weh tat, am Geld. Andererseits steckte auch eine Menge Neid und Mißgunst hinter dieser

Revanche, denn Houet stand den Kommunisten eigentlich nur deshalb nahe, weil sich ihm als Sohn eines verarmten Mittelständlers nie die Gelegenheit bot, in den wirklich einflußreichen Kreisen der Gesellschaft Fuß zu fassen. Insgeheim hätte er für eine Mitgliedschaft im renommierten Golfklub von Ploudarneau oder gar für eine Bürgermeisterkandidatur keine Sekunde gezögert, seine Ideologie noch einmal zu überdenken. So lebte Frederic Houet mit einer Lüge, aber er verkaufte sie so gut, daß die gesamte Umweltschutzbewegung und das Heer der »wirtschaftlichen Verlierer der Boom-Jahre«, wie Leclerq diejenigen nannte, die Ploudarneau aus finanziellen Gründen zwangsläufig den Rücken kehren mußten, seinen Aufrufen zu Boykott und Demonstrationen willfährig folgten.
Eine weitere Person spielte im Leben des Unternehmers aus Ploudarneau eine gewichtige Rolle. Aubin Leclerqs einzige Tochter Emmanuela, eine fünfundzwanzigjährige bretonische Schönheit mit schwarzen, dichten Locken und ebenso dunklen, feurig blitzenden Augen, hatte schon während ihrer Schulzeit offensichtlich nichts anderes im Sinn, als sich im internationalen Segelsport einen Namen zu machen. Aubins Frau, die nach der Geburt des ersten Kindes keine weiteren mehr haben konnte, legte die Erziehung zunächst in die Hände erfahrener Kindermädchen und anschließend in die der Leiterinnen bekannter Schweizer Internate. Sie selbst verschwendete ihre Zeit lieber im Kreise ihrer Freundinnen, mit denen sie von einer Wohltätigkeitsveranstaltung zur anderen zog. Aubin Leclerq, der sich im Grunde seines Herzens nichts sehnlicher wünschte als einen Sohn, ermöglichte seiner Tochter mit Unterstützung von Herault Marine nach zwei errungenen Europameistertiteln und der olympischen Medaille für den Sieg im Damen-470er nur allzugern den Einstieg in die Profiliga der Hochseesegler.

»Also, Serrault, schießen Sie los!« forderte ihn der Zeitungsverleger auf. »Was haben Sie herausgefunden?«
Frederic Houet lehnte sich weit in seinen Schreibtischsessel zurück. Er strich sich mit der Rechten über die schon deutlich ausgeprägte Stirnglatze und suchte mit der linken Hand nach seinen Zigaretten, die sich in der Brusttasche seines kurzärmeligen Hemdes befanden. Jean Serrault, sein Reporter, beugte sich vor und reichte seinem Chef Feuer.
»Sollten wir nicht auf Jethou warten?« erkundigte sich Serrault.
Jethou war Houets Chefredakteur.
»Nein«, antwortete er schroff. »Diese Story nehme ich selbst in die Hand. Also?«
Serrault zog seine Aufzeichnungen hervor.
»Nun«, begann er. »Anfangs zeigten sich die Polizeibehörden wenig kooperativ und wollten mich nicht an die Yacht heranlassen, dann jedoch ...«
»Dann jedoch?« hakte Houet nach, als er merkte, daß sein Mitarbeiter stockte.
»Dann jedoch«, fuhr der andere fort, »kam mir Brigadier Levenez zu Hilfe. Wissen Sie, das ist der Mann, dem ich seinerzeit helfen konnte, die andauernden Fahr-

zeugdiebstähle aufzuklären. Mit Hilfe der Gazette hatte ich damals ...«
»Ich kenne den Fall«, unterbrach ihn Houet.
»Kommen Sie zur Sache!« forderte er ihn auf.
»Diese Angelegenheit«, fuhr Serrault fort, »kam mir zur Hilfe. Ich schnappte mir Levenez und stellte ihn in einem günstigen Augenblick zur Rede. Doch Levenez rückte zunächst nur mit dem heraus, was ich bereits von dem Kommissar erfahren hatte. Die Besatzung der Yacht sei bei Nacht und Nebel überfallen und niedergemetzelt worden. Ob sich Parallelen zu dem Fall vom vergangenen Wochenende ziehen lassen, darüber würde zur Zeit nachgedacht. Aber jetzt kommt's! Die Polizei fahndet derzeit nach einem Mitsegler.«
»Mitsegler?« hakte Houet nach. »Die haben endlich einen Tatverdächtigen?«
Serrault nickte. »So jedenfalls sieht's aus.«
»Das ist ja prächtig«, nickte sein Chef und sog heftig an der brennenden Zigarette. »Wissen wir auch schon, um wen es sich dabei handelt?«
Serrault nickte erneut. »Das hat mich eine Menge Überredungskunst gekostet, aber schließlich packte der Brigadier aus. Es geht um einen gewissen Tristan Guillaume. Ein Bankangestellter aus Paris. Ah, ja. Bei den Opfern handelt es sich um irgendeinen Unternehmensberater und zwei Modeziegen. Die sollen angeblich eine Firma in Versailles besitzen. Völlig unbekannt. Ich denke nicht, daß wir dort nachhaken müßten.«
»Und?« fragte Houet gespannt. »Gibt's auch etwas für das Auge?«
Serrault grinste verschlagen. »Nun, da wären noch ein paar Fotos ...«
»Fotos?« hechelte Houet förmlich elektrisiert. »Lassen Sie sehen, Mann!«
Serrault griff in seine lederne Collegemappe und zog einen dünnen Stapel gestochen scharfer Farbbilder heraus.
»Geben Sie schon her!« stieß Houet ungeduldig aus.
Eine ganze Weile verging, während der Herausgeber der Gazette die Unterlagen studierte. Dabei stieß er von Zeit zu Zeit den Qualm seiner Zigarette in dicken Wolken aus. Schließlich lehnte er sich in seinen gepolsterten Drehsessel zurück und verschränkte die Arme hinter seinem Nacken. Serrault bemerkte die Schweißflecken, die sich in den Achselhöhlen seines Chefs gebildet hatten.
»Wie sind Sie so nah an die Yacht herangekommen?« fragte er den Reporter nach einer Weile.
»Oh, das war kein Problem, wenn man weiß, wie man's machen muß«, entgegnete Serrault mit einem Anflug von Überheblichkeit. »Brigadier Levenez zeigte sich mir überaus gewogen. Ob das vielleicht daher rührte, daß ich aus Unachtsamkeit zwei Karten für das schon seit Wochen ausverkaufte Johnny-Halliday-Konzert aus meiner Brieftasche verlor? Wer weiß? Nun, Levenez beaufsichtigte einen sehr abgelegenen Teil der Absperrung. Er schien gar nicht bemerken zu wollen, daß ich auf den Ladekran am Kai stieg und von dort oben mit dem Teleobjektiv meiner Kamera Bilder von den Leichen schoß.«
»Serrault, Serrault«, rügte ihn sein Verleger, doch in dessen Stimme schwang eine Mischung aus Genugtuung, Häme und Sensationslust mit. »Aktive Beamtenbestechung!

Ich muß schon sagen!«
»Aber, wie das denn?« grinste Serrault und zog dabei mit dem Zeigefinger das Lid seines rechten Auges herunter. »Gemeinheit, wenn man nicht einmal mehr einem Polizeibeamten trauen kann. Da verliert man zwei Konzertkarten, und der steckt sie sich einfach ein. In welcher Zeit leben wir eigentlich?«
»Nun machen Sie mal halblang«, meinte Houet versöhnlich. »Ich möchte auch nicht wissen, wie Sie an Johnny-Halliday-Karten herangekommen sind. Na, egal. Geht mich nichts an. Aber seien Sie in Zukunft vorsichtiger. Es gibt unter den Brigadieren auch ängstliche Typen. Der letzte Bestechungsskandal ist noch gar nicht so lange her. Sie wissen schon.«
Er deutete auf die Fotos.
»Um die Bilder müssen wir jetzt noch ein tolles Storyboard rahmen. Das muß nur so kleben vor Blut und Tränen. Sehen Sie zu, daß Sie etwas mehr über diesen Guillaume in Erfahrung bringen. Wäre doch gelacht, wenn wir nicht noch vor der Polizei an Hintergrundinformationen über den Fall herankommen. War der Typ etwa verheiratet? So was verkauft sich immer gut. Aber sparen Sie auch noch etwas für die kommenden Ausgaben auf. Kann sein, daß die Polizei eine Weile auf der Stelle tritt. Ich denke, daß sich deren Pressestelle nach der Veröffentlichung dieser Fotos uns gegenüber demnächst ein wenig zugeknöpft zeigen wird. Ich schätze, die werden selbst bald herausbekommen, welches Vöglein gesungen hat.«
»Wieviel Platz brauchen Sie für die Randbemerkung?« fragte der Reporter.
Bei der »Randbemerkung« in der Gazette de Quimper handelte es sich um eine Kommentierung besonderer Ereignisse aus der Sicht des Herausgebers. Handelte es sich dabei um ein Ereignis, das im Dunstkreis seines Erzfeindes Aubin Leclerq stattfand, fiel diese Kommentierung aller Erfahrung nach besonders bissig aus. Houet sparte hierbei nie an einer gehörigen Portion Sarkasmus und höhnisch tropfender Ironie, wenn er den Bürgermeister von Ploudarneau oder eine seiner Machenschaften der breiten Öffentlichkeit vorführte. Die Gazette galt als das Konkurrenzblatt zum Nouveau Ploudarneau, das bestimmte Ereignisse stets geschönt schilderte und auch sonst nicht den Eindruck erweckte, besonders unabhängig zu sein.
Houet kniff die Augen zusammen und tat so, als würde er krampfhaft nachdenken.
»Wie üblich, Serrault«, knurrte er. »Und jetzt an die Arbeit! Morgen will ich eine bildschöne Story auf meinem Schreibtisch sehen.«
Nachdem sein Reporter den Raum verlassen hatte, stand Frederic Houet von seinem Schreibtischsessel auf und ging an das Fenster, vor dem eine bunt gestreifte Markise vor den einfallenden Sonnenstrahlen schützte. Er reckte seinen drahtigen Körper und wippte dabei leise gähnend auf Zehenspitzen und Fersen auf und ab. Draußen wehten die Bäume im kühlen Frühjahrswind und entfalteten erst sehr zögerlich ihre Blüten. Er zog die nikotingelbe Gardine zur Seite, um bessere Sicht zu gewinnen.
Auf der gegenüberliegenden Straßenseite wich ein Mann mit zwei Baguettestangen unter dem Arm einer jungen Frau aus, die einen Kinderwagen vor sich her schob. Ein Wagen der La Poste hielt an. Ein Stapel Illustrierte flog aus der Seitentür vor den Eingang der Bar-Tabac. Zwei Jungs im Alter zwischen acht und zehn Jahren probier-

ten erste Schritte auf den neu in Mode gekommenen Rollerblades. Ein Veteran drohte ihnen mit erhobenem Krückstock hinterher. Ein Samstagmittag wie jeder andere. In Quimper ging das Leben seinen gewohnten Gang. Niemand außer ihm verschwendete einen Gedanken an den oder die Wahnsinnigen, die dort draußen vor Ploudarneau, aus welchen Gründen auch immer, ihr Unwesen trieben. Hauptsache, er konnte Profit aus der Sache schlagen und einmal mehr am Stuhl des Bürgermeisters sägen.

Houet zündete sich erneut eine seiner Zigaretten an. Er rauchte ausschließlich eine besondere amerikanische Sorte, die hier in der Provinz nur schwer erhältlich war. Der Besitzer der Bar-Tabac von gegenüber, der seine Zigarettenmarke führte, wurde von ihm stets per Handschlag begrüßt. Mit dem Rauchen von Players hatte er 1968 in der Pariser Kommune begonnen. Er brauchte lange, bis er sich an den Geschmack gewöhnt hatte, aber normale Filterzigaretten galten in jenen Kreisen als reaktionär, antirevolutionär und damit untragbar. Seit nunmehr beinahe dreißig Jahren rauchte er das Zeug. Inzwischen erfüllte ihn diese Kontinuität beinahe schon mit Stolz.

Er wählte eine Telefonnummer.

»Ah, Louis«, grinste Houet vor sich hin, als er in die Muschel seines Hörers sprach.

Louis Demat, der stets etwas arrogant wirkende Yuppie aus dem Bankenviertel von Rennes, hockte am Wochenende und zu dieser Tageszeit gewöhnlich in dem kürzlich erst errichteten Restaurant im Yachthafen und genoß den Blick auf seine Neuanschaffung, ein unlängst erst getauftes Regattaboot. Houet durfte sich auf einstimmigen Beschluß des Klubvorstands seit der letzten Attacke gegen den Bürgermeister in der Marina nicht mehr sehen lassen und galt seitdem als Paria, als Persona non grata. Louis Demat hingegen hielt ihm die Treue, denn Houet hatte sich für ihn stark gemacht, als dieser mehrmals verzweifelt versuchte, Eingang in den nicht weniger exklusiven Golfklub von Ploudarneau zu finden. Wegen seines schwachen Handicaps waren alle seine Bemühungen am Veto des Klubvorsitzenden Aubin Leclerq gescheitert. Frederic Houet hatte seine Beziehungen spielen lassen und ihm die Aufnahme im nicht weniger exklusiven Golfklub von Quimper ermöglicht. Seitdem hegte Louis Demat einen unausgesprochenen Groll gegen Leclerq und zog hin und wieder sogar in Erwägung, seine Segelyacht in einen anderen Hafen zu verlegen. Allerdings bot nur Ploudarneau die Annehmlichkeiten, die der erfolgsverwöhnte Banker aus Rennes von einer Marina erwartete.

»Ah, Frederic«, murmelte Demat, der sich in diesem Moment über seinen Hummer hermachen wollte.

»Welche Freude«, log er, weil er befürchtete, daß sein Essen über das Gespräch kalt wurde. »Was, mein Lieber, kann ich für dich tun?«

Houet überging die Höflichkeitsfloskel und kam gleich zur Sache.

»Üble Geschichte mit den beiden Mordfällen, was?« bemerkte er scheinbar unbeeindruckt. »Na, geht bei euch schon die Angst um?«

Die Stimme am anderen Ende der Leitung stöhnte auf.

»Das kannst du laut sagen, alter Freund. Ich hörte gerade von einer eilends anberaumten Vorstandsbesprechung. Hier sind alle so nervös wie eine Kuh kurz vor dem

Kalben. Kein Wunder nach dem Zirkus, den die Polizei veranstaltet hat.«
Houet grinste.
»Schon Austritte aus dem Verein zu vermelden?« fragte er und bemühte sich, seine Schadenfreude nicht allzu offensichtlich werden zu lassen.
»Zum Glück haben wir noch keine Saison«, antwortete Demat. »Viele unserer Mitglieder wissen womöglich noch gar nichts von den Vorfällen. Übrigens, eine Nachricht an deinen Monsieur Serrault. Die Regatta wurde kurzfristig auf Sonntag verschoben. Momentan will hier wohl niemand die Verantwortung für die Akteure übernehmen, falls bei einer Wettfahrt erneut überraschend Nebel auftreten sollte. Wahrscheinlich hängt es aber auch nur damit zusammen, daß die Tochter des Bürgermeisters ...«
»Nebel?« unterbrach ihn der Zeitungsverleger aus Quimper und tat sichtlich erstaunt. »Was hat denn der Nebel mit der Regatta zu tun?«
»Dieser Irre«, antwortete er hastig, »der dort draußen sein Unwesen treibt, wird hier im Klub nur noch das ›Nebelphantom‹ genannt. Wenn noch mal was passieren sollte, ...«
»Nebelphantom?« unterbrach ihn Houet.
»Ja, Nebelphantom. Ein paar Leute im Klub haben wohl schon gehörige Manschetten vor dem Typ«, meinte Demat.
»Ach, glauben die, daß der Kerl nur bei Nebel erscheint?«
»So ist es«, bestätigte Demat.
»Du sprachst eben von der Regatta«, fuhr Houet fort. »Erfolgt eigentlich keine Presseveröffentlichung?«
»Die, die es etwas angeht, werden wohl zu gegebener Zeit unterrichtet«, schmunzelte Demat.
»Also die Akteure und die Küstenwache«, fügte er hinzu. »Und die Presse, die dem Herrn Bürgermeister genehm erscheint. Und auch hier nur handverlesene Gesellschaft.«
Houet verzog sein Gesicht. Mit etwas Ähnlichem hatte er gerechnet.
»Warum eigentlich diese Geheimniskrämerei?«
»Der Vorstand will kein Risiko eingehen«, antwortete der Banker. »An der Wettfahrt nimmt beinahe die gesamte französische Mehrrumpfseglerelite teil. Und Emmanuela Leclerq. Leclerq will absolut kein Risiko eingehen. Für morgen wird Starkwind erwartet. Da wird es über Tag wohl kaum Nebel geben.«
Houet lachte still vor sich hin.
»Danke für den Hinweis, mon ami. Ach, noch etwas. Deine Bank hat doch seinerzeit den größten Kredit an Leclerq vergeben, oder?«
Demats Gesprächston wurde schlagartig geschäftsmäßig.
»Ja und?« fragte er lauernd.
»Kleine Insiderinformation gefällig?«
Demat schluckte rauh.
Ein paar Augenblicke später legte Frederic Houet auf. Zynisch grinsend zündete er sich eine neue Zigarette an. Oh, mein Freund, dachte er. Du wirst dich wundern!

KAPITEL V

Dichter Zigarettenqualm aus unzähligen ganz und halb aufgerauchten Gaulloises zog durch den Raum. In der einen Ecke jammerte eine alte Jukebox, die der Gastwirt der Bar du Port schon vor zwanzig Jahren einem verschuldeten Trampschiffkapitän für den Erlaß der Zeche abgeschwatzt hatte. Auch die Platten, die für ein paar Franc abgespielt werden konnten, waren immer noch dieselben. Doch das störte seine Gäste wenig. Hauptsache, sie kannten die Schnulzen, und die Musik ließ sich beim Billard oder Kartenspielen, besonders dann, wenn man auf der Gewinnerseite stand, mitsummen.

Der Tresen, hinter dem Pierre Dupret gewöhnlich mit einer Gaulloise zwischen den Zähnen seine Gläser polierte, erstreckte sich von der Tür, die in eine kleine Küche führte, bis zu dem Ständer für Zeitschriften und Zigaretten dicht am Eingang. Sie bestand aus Holz, die Platte aus ehemals poliertem Marmor, der jetzt jedoch schon viele Sprünge und matt gescheuerte Stellen aufwies. Vor dem Tresen zog sich in niedriger Höhe eine Messingstange entlang, die immer etwas quietschte, wenn man sich mit Gewicht darauf abstützte.

Hoch über dem Sammelsurium aus plastikbezogenen Schemeln, lehnenlosen Stühlen und Kaffeehaustischen wirbelte ein riesiger Ventilator mit korbbespannten Flügeln Rauch, Essensausdünstungen und die Fliegen durcheinander. Die runden Tische hatte Pierre Dupret in einem Anflug von Prestigebewußtsein irgendwann einmal in einem Möbelgeschäft in Rennes erworben, ohne sich darüber Gedanken zu machen, ob sie überhaupt einer Hafenkneipe gerecht wurden, die überwiegend von durchreisenden Schiffern und Matrosen, Scheuerleuten, Fischern und immer häufiger auch Leuten aus der Umgebung von Ploudarneau besucht wurde. In dieses Ambiente paßte viel eher der Ventilator, der seiner Kneipe ein Flair von Casablanca verleihen sollte. An dieser Anschaffung war ein Kinobesuch schuld.

Duprets ganzer Stolz jedoch waren zwei grün bespannte American-Pool-Billardtische, die ganz hinten in der Ecke unter stoffbezogenen Lampenschirmen auf mächtigen Holzsockeln ruhten. Die Sockel ließen sich einzeln nach allen Seiten in der Neigung verstellen. Duprets Billardtische waren bekannt dafür, daß eine selbst langsam gestoßene Kugel immer ihre Bahn beibehielt, nicht nach rechts oder links ausbrach. Deswegen mußte sogar seinerzeit die Gendarmerie in voller Mannstärke ausrücken. Eine ziemlich betrunkene Trawlercrew aus Bristol hatte gegen die Lokalmatadore sämtliche Spiele verloren und weigerte sich, die Wettschuld zu begleichen. Im Verlaufe der Auseinandersetzung schlitzte einer der Matrosen, gewollt oder ungewollt, das konnte hinterher keiner mehr so recht beweisen, den dunkelgrünen Filz der Länge nach auf. Eine Massenschlägerei folgte, der mehrere Nasenbeine, Schneidezähne und Brillengläser zum Opfer fielen. Seitdem standen die Tische etwas abseits im Raum, an einer Stelle, die bei den inzwischen jedoch immer seltener gewordenen Prügeleien keine so exponierte Lage einnahm.

An jenem Samstagabend betrat auch Jules Arpege die Bar am Quai Bretone. Eine ei-

gentümlich gespannte Atmosphäre lastete über den anwesenden Zechern. Keiner spielte ein Blatt auf, niemand stand am Billardtisch. Dafür lief der Fernsehapparat, den Dupret gewöhnlich nur anläßlich von Segelregatten oder Fußballänderspielen einschaltete. Arpege schaute sich verwundert um und steuerte einen freien Platz am Tresen an. Ein paar der Männer, die wie er ihren Lebensunterhalt mit dem Hummer-, Krebs- und hin und wieder Langustenfang bestritten, winkten ihm zu. Die meisten jedoch starrten gebannt auf die Mattscheibe.
An Duprets Theke befand er sich unter Freunden, überwiegend Bewohnern aus der Altstadt von Ploudarneau, Mitstreitern aus der Umweltschutzbewegung und Leuten, die seit einiger Zeit aus finanziellen Gründen der Stadt den Rücken kehren mußten und nun in der näheren Umgebung wohnten. Im Kreise von Leclerqs Gegnern. Normalerweise wurde er, der Vorreiter für den Umweltschutz und Erhaltung der Fischerei, mit großem Hallo begrüßt, heute jedoch zog ihn einer seiner Kollegen nur stumm am Ärmel herbei und deutete in diesem Augenblick auf den Nachrichtensprecher, der auf dem Fernsehbildschirm erschien. Der Sprecher kündigte lokale Nachrichten an.
»Finistère. Erneut überschattet ein Mordfall das bretonische Ploudarneau. Einige Meilen vor der Hafeneinfahrt wurde am Morgen die Besatzung einer Segelyacht ermordet aufgefunden. Den Angaben von Ortsansässigen zufolge handelt es sich um das zweite Verbrechen innerhalb von nur einer Woche. Wie die zuständige Staatsanwaltschaft mitteilte, soll es sich bei den Opfern um einen Mann und zwei Frauen aus Paris und Umgebung handeln. Das Boot strandete in den frühen Morgenstunden auf der Aguille d'Argenton, einem berüchtigten Felsen in der Nähe des Ortes. Es wurde von einem Tagestouristen entdeckt. Wie der zuständige Generalstaatsanwalt versicherte, laufen die Ermittlungen der Kriminalpolizei mittlerweile auf Hochtouren. Nähere Einzelheiten werden jedoch aus polizeitaktischen Gründen derzeit noch nicht bekanntgegeben.
Paris. Wie aus dem Palais d'Orsay verlautete ...«
Pierre Dupret drückte auf einen Knopf der Fernbedienung, woraufhin das Bild verlosch. Jules Arpege, der fünfzigjährige Fischer aus Ploudarneau, blickte sich erstaunt um.
»Schon wieder?«
»Ja, leider«, nickte Jean-Baptiste Trizan, der Mann, der ihn an die Theke gezogen hatte.
»Sag mal, Jules«, meinte der Wirt und schenkte ihm ein Glas Pastis ein. »Du bist doch immer einer der ersten, die draußen nach den Hummerkörben sehen. Ist dir eigentlich nichts aufgefallen?«
Jules Arpege schaute ihn überrascht an.
»Aufgefallen?« fragte er schwerfällig.
»Ja«, antwortete Dupret. »Eins deiner Fanggebiete liegt doch bei der Aguille. Hast du das Boot denn nicht gesehen? Oder einen Mann im Wasser? Es kursiert ein Gerücht in der Stadt, daß sich eine vierte Person, ebenfalls ein Mann, mit an Bord befunden haben soll. Nach dem wird momentan wohl fieberhaft gefahndet.«

Er deutete auf Trizan.
»Jean-Baptistes Schwager, der Brigadier Stefan Levenez, erwähnte es beiläufig beim Mittagessen. Jetzt rätseln alle herum, wo der Kerl wohl abgeblieben ist. Er befand sich nämlich nicht mehr an Bord, als das Boot entdeckt wurde.«
Jules Arpege dachte an den Vorfall vom frühen Morgen. Eigentlich hatte er doch noch über Funk die Küstenwache anrufen wollen, es dann aber wegen der Versteigerung seines Fangs vergessen. Als er zu Hause eintraf, klingelte das Telefon bereits Sturm. Sein Neffe Aodren bat ihn mit allem Nachdruck, sich unverzüglich in den Lieferwagen zu setzen und nach Brest zu kommen. Er sei mit seinem unversicherten Motorrad in eine Verkehrskontrolle geraten, hatte sich jedoch in einem günstigen Augenblick aus dem Staub machen können. Jetzt hockte er in einer Bar am Hafen und traute sich nicht mehr, die Stadt zu verlassen, weil er befürchtete, von einer Polizeistreife aufgegriffen zu werden. Arpege wunderte sich über den unerwarteten Hilferuf seines Neffen, der sonst gewöhnlich unbelehrbar und eigensinnig seinen eigenen Weg suchte und zu ihm seit einiger Zeit kaum noch Kontakt hielt. Aodren bat den Fischer, keinem etwas von seiner Meisterleistung zu erzählen. Schon gar nicht seiner Mutter, Jules jüngerer Schwester, weil er befürchtete, daß sie ihm endgültig das Motorrad, das zudem auch noch nicht abbezahlt war, fortnahm. Sprachlos vor Entrüstung legte Jules Arpege auf, schwang sich dann aber doch hinter das Lenkrad seines Lieferwagens und machte sich auf den Weg nach Brest.
Eigentlich hatte er sich vorgenommen, ihm erst einmal gewaltig eine Standpauke zu halten und anschließend auf die nächste Polizeidienststelle zu schleppen. Als er aber hörte, daß die Streifenbeamten gar nicht dazu gekommen waren, seine Personalien aufzunehmen, beließ er es bei einer knappen Zurechtweisung. Seit den Auseinandersetzungen auf der Hafenbaustelle besaß er ein sehr ambivalentes Verhältnis zu den Gesetzeshütern. Aodren duckte sich unter den harschen Worten wie ein geprügelter Hund, und Aubin merkte zum ersten Mal, welch ein Feigling sich seine Schwester heranerzogen hatte.
Sie warteten noch ein paar Stunden ab, luden erst gegen Nachmittag das Motorrad auf die Pritsche des Lieferwagens und machten, daß sie im Verkehr der aus der Stadt strömenden Autos unbemerkt verschwinden konnten. Als sie Ploudarneau erreichten, senkte sich bereits Dämmerung über die Stadt. Jules Arpege schob das Motorrad seines Neffen in seinen Schuppen, warf eine Decke darüber und schloß sorgfältig hinter sich ab. Als Aodren aufmurrte, drohte er ihm ein paar kräftige Ohrfeigen an. Nach dem Abendessen suchte er schließlich seine Stammkneipe am Quai Bretone auf. Bis zu diesem Augenblick hatte er den morgendlichen Vorfall völlig verdrängt.
»He, Jules!« lachte Jean-Baptiste Trizan. »Träumst du? Sag, wie war das nun? Hast du irgendwas da draußen bemerkt?«
Arpege, der Fischer, griff nach seinem Pastis und stürzte die scharfe, stark nach Anis schmeckende Flüssigkeit mit einem Schluck hinunter.
»Ich?« antwortete er lahm. »Ob ich was bemerkt habe? Nein. Nichts.«
Er überlegte fieberhaft. Ob das eine Fangfrage sein sollte? Hatte ihn vielleicht jemand an der Aguille beobachtet? Jean-Baptiste vielleicht? Nein, das glaubte er nicht. Trizan

stand nie so früh auf, und hereinlegen würde ihn sein Bekannter bestimmt auch nicht wollen. Trotzdem, es wäre seine Pflicht gewesen, die Küstenwache zu benachrichtigen. Deshalb beschloß er, mit der Wahrheit herauszurücken. Man konnte ja nie wissen. Und was sollte ihm auch schon passieren?
»Doch! Wartet mal!« rief er und tat so, als sollte er sich an etwas erinnern, das schon jahrelang zurücklag. »Da war etwas Merkwürdiges. Es kam mir so vor, als hätte ich auf meinem Radargerät einen Lichtpunkt genau auf die Klippen zuwandern sehen.«
Die Männer, die rechts und links neben ihm standen und ihre Anisschnäpse tranken, wurden mit einem Mal aufmerksam. Bestimmt zehn Augenpaare richteten sich auf ihn.
»He, Jungs, kommt mal her!« stieß einer aus. »Jules will irgendwas gesehen haben.«
Sekunden später sah sich der fünfzigjährige Hummerfischer aus der Altstadt von Ploudarneau im Epizentrum begehrlich lauschender Ohren. Pierre Dupret goß ihm erneut sein Glas voll. Das tat er aber nur, um den querköpfigen Jules bei Laune zu halten. Arpege räusperte sich verlegen.
»Nun, was soll ich sagen«, fuhr er fort. »Ihr wißt doch selber, daß der Nebel heute früh pottendicht über der Küste lag. Ich hatte gerade meine letzten Hummerkörbe an Deck geladen und begab mich in die Kabine, als ich das Radargerät anschaltete und einen Lichtpunkt auf die Aguille zulaufen sah. Erst dachte ich noch, der Typ muß verrückt sein, so dicht und dann auch noch bei ablaufendem Wasser durch die Klippen zu gehen. Ich bin dann an die Reling und habe mehrmals eine Warnung in den Nebel hinausgebrüllt, aber niemand hat geantwortet.«
»Und dann?« wollte einer der Umstehenden wissen. »Bist du nicht dichter herangefahren?«
»Du bist gut«, fuhr ihn Arpege an. »Meine ›PEN-HIR‹ geht beladen einen Meter zwanzig tief. Ich bin sowieso schon viel zu dicht bei den Klippen gewesen. Warum sollte ich mein Schiff riskieren? Ich habe mir, ehrlich gesagt, auch nichts weiter dabei gedacht.«
»Nichts weiter dabei gedacht«, brummte ein anderer der Umstehenden.
Die Stimme gehörte Tomaz Junot, einem, der erst im vergangenen Jahr die Fischerei aufgab und seitdem wie so viele der ehemaligen Kutterkapitäne lieber gut zahlende Kundschaft zu Angelausflügen entlang der Küste mitnahm. Er hatte einen günstigen Kredit seiner Hausbank angenommen, um sein Schiff für den Personentransport umzurüsten; doch hinter vorgehaltener Hand wurde gemutmaßt, daß er auch einen Scheck von Leclerq nicht ausgeschlagen haben sollte. Aber Tomaz Junot galt als ausgezeichneter Seemann und erfahrener Motorenspezialist, dem man seine Maschine lieber anvertraute, als den Mechanikern der Sportbootwerft. Nur deshalb durfte er sich überhaupt noch in Duprets Kneipe sehen lassen. Erregt strich sich der Tomaz über seinen buschigen Vollbart.
»Du bist gut«, fuhr er fort. »Da treibt offensichtlich ein Boot auf die Klippen, und du denkst dir nichts dabei. Warum hast du nicht die Küstenwache verständigt.«
»Wollte ich ja«, verteidigte sich Arpege. »Aber dann stand bereits mein Grossist am Kai, und der Kerl hat gefeilscht wie ein armenischer Teppichhändler. Danach bin ich

mit dem Rest meines Fangs zur Versteigerung. Ich hab's wohl vergessen.«
»Vergessen, vergessen!« rief ein anderer aus der Gruppe.
Alphonse Lezaire gehörte zu denjenigen, die Ploudarneau aus finanziellen Gründen als erste verlassen mußten. Der Mann arbeitete früher in der Sportbootwerft und lag seitdem der Fürsorge auf der Tasche. Alphonse prahlte nicht selten damit, selbständig Rümpfe laminiert zu haben, doch alle wußten, daß er wegen seiner latenten Alkoholabhängigkeit bei Herault Marine zuletzt nur noch Handlangerdienste verrichten durfte. Er bezeichnete sich gerne wortgewaltig als Opfer des Kapitalismus und wollte erst wieder ein Werkzeug in die Hand nehmen, wenn er einen ordentlichen Job angeboten bekam.
»Mensch, Jules, so etwas vergißt man doch nicht. Wieso hast du die Küstenwache nicht von unterwegs über Funk verständigt?«
»Mein UKW-Sender ist kaputt«, log Arpege.
Er bemühte sich dabei kleinlaut zu klingen, denn das Auslaufen mit defekter Ausrüstung stand für einen Berufsschiffkapitän unter Strafe. Aber was hätte er auch anderes antworten sollen? Daß er der Sache deshalb nicht weiter nachging, weil er seinem mißratenen Neffen in Brest aus der Patsche helfen mußte? Hoffentlich prüfte niemand die Geschichte mit dem Funkgerät nach. Seine Funkeinrichtung an Bord befand sich wie gewöhnlich in ausgezeichnetem Zustand.
»Soso. Dein Sender ist also kaputt. Du traust dich ja was, mit kaputter Funkeinrichtung bei Nebel auszulaufen.«
Jules Arpege ging in die Offensive und ballte demonstrativ die Fäuste.
»Was verstehst du schon von Funkgeräten, du Hilfsarbeiter!« stieß Arpege aus. »Ständig besoffen, aber mir erklären wollen, was ein Kapitän zu tun hat und was nicht.«
»Im übrigen habe ich den Fehler erst auf See bemerkt«, fügte er nach einem hastigen Schluck Anisschnaps hinzu.
Alphonse Lezaire, der sich ohnehin nicht sonderlich gut mit Jules Arpege verstand, ballte die Fäuste.
»Was fällt dir ein, du elender Schlickrutscher? Hilfsarbeiter nennst du mich? Ich bin nie Hilfsarbeiter gewesen! Ich habe immer nur Boote gebaut. Glaubst du, du wärst etwas Besseres, nur weil du einen Kutter besitzt?«
Arpege beugte sich vor und starrte Lezaire angriffslustig an.
»Du und Boote gebaut«, entgegnete er. »Du Kanaille! Zuletzt haben sie dich auf der Werft doch nur noch den Fußboden fegen lassen. Du weißt doch überhaupt nicht, wie ein Bootsrumpf aussieht.«
Lezaire sprang mit hochrot angelaufenem Kopf vor. Drei Männer unter Duprets Zechern ahnten, was nun folgen würde. Sie hielten den aufgebrachten, ehemaligen Werftarbeiter bei Herault Marine an der Schulter zurück.
»Alles, was du kannst, ist große Töne über Solidarität und Umweltschutz spucken, du Großmaul«, zischte er den Fischer an und löste sich widerwillig aus der Umklammerung sechs fremder Arme.
Seine Augen flackerten wild im Licht der Deckenbeleuchtung. Er griff nach seinem Glas und schüttete den Inhalt hinunter. Dabei lief ihm ein Teil des Pastis an den Mundwinkeln

vorbei. Lezaire wischte die Tropfen mit dem Ärmel seiner Jacke vom Kinn.
»Nur, daß du es immer fein anstellst und selbst nie Probleme bekommst. Ich habe damals nach den Demonstrationen für den Baustopp in der Firma meinen Job verloren. Und ich war nicht der einzige. Hast du mir etwa geholfen? Hat mich überhaupt einer unterstützt? Nein, du und dieser saubere Herr von der Gazette de Quimper hattet diesen Aufstand angezettelt und hinterher alleine die Lorbeeren eingesteckt. Wir anderen durften sehen, wo wir blieben.«
Jules Arpege lachte dröhnend auf.
»Wer glaubt, wird selig!« brüllte er. »Wegen der Demonstration entlassen! Unfug! Du wolltest in der Werft Zubehörteile abstauben, Kerl! Blöd war nur, daß du wieder mal betrunken warst und dich hast erwischen lassen. Das weiß ich übrigens von Adrev Mignon, dem Wachmann bei Herault Marine. Ihr könnt mir glauben, Männer, Lezaire kann froh sein, daß sie ihm nicht noch eine Anzeige wegen Diebstahl angehängt haben.«
»Du elender Verleumder!« schrie Lezaire auf. »Warte nur, wenn ich dich mal ...«
»Was dann?« brüllte Arpege zurück. »Mit solch einer Kanaille wie dir werde ich immer noch fertig.«
»Schluß jetzt!« mischte sich Pierre Dupret energisch ein.
»Ich will keine Auseinandersetzung, hört ihr? Wenn ihr euch unbedingt prügeln wollt, dann erledigt das vor der Tür! Noch ein Wort, und ich schmeiße euch eigenhändig raus!«
Da Lezaire und Arpege voneinander abließen und sich an entgegengesetzte Ecken des Tresen stellten, wandten sich auch die übrigen Männer wieder ab und begannen mit einer Billardpartie oder mit dem Kartenspiel. Jean-Baptist Trizan legte seine Hand auf den Arm seines Bekannten.
»He, Jules, alter Freund! Laß dich doch von so einem Typen wie Lezaire nicht aus der Fassung bringen. Du weißt doch, was das für eine Pfeife ist. Du solltest unbedingt mit den Gendarmen sprechen. Es wirft kein gutes Licht auf dich, wenn du solch einen Hinweis für dich behältst.«
Arpege schüttelte seinen Kopf.
»Verdammt, Trizan, was ist mit dir los?« fuhr er seinen Gesprächspartner an. »Was soll ich der Polizei denn sagen? Daß ich ein Lichtpünktchen auf dem Radarbildschirm gesehen habe? Na und? Was sagt das schon? Wegen unterlassener Hilfeleistung können sie mir nichts wollen. Mit meinem Kutter konnte ich unmöglich so dicht heranfahren. Der einzige Vorwurf, den ich mir gefallen lassen muß, ist, daß ich's schlichtweg vergessen habe.«
»Na, also«, meinte Trizan schließlich. »Ist doch gut. Dann hast du doch auch nichts zu befürchten.«
»Was sollte ich schon zu befürchten haben?« brauste der Fischer auf und schüttelte Trizans Hand ab. »Du hörst dich schon an wie Lezaire! Jetzt fehlt nur noch, daß mir einer etwas in die Schuhe schiebt.«
Trizan schaute ihm geradewegs in die Augen. Sein Blick war ernst.
»Jules, mein Freund. Keiner verdächtigt dich. Warum sollte dir einer etwas in die

Schuhe schieben wollen?«
Jules Arpege, der Mann aus der Altstadt von Ploudarneau, schlug einmal heftig mit der Faust auf den Tresen, griff in seine Hosentasche und warf einen Zwanzig-Franc-Schein auf die Theke. Man sah ihm an, daß er wütend war. Ohne sich zu verabschieden, drehte er sich auf dem Absatz um und stürmte aus Pierre Duprets Kneipe. Dupret schaute Trizan fragend an. Der Fischer zuckte nur die Achseln. Tomaz Junot bestellte kopfschüttelnd einen Pastis, und Alphonse Lezaire tat so, als hätte er den Streit zwischen den beiden Bekannten nicht mitbekommen.

»Guten Abend, Monsieur«, murmelte die Stimme in die Sprechmuschel. »Sie wollten doch Bescheid bekommen, sobald ich etwas erfahre, nicht?«
»O ja. Gut, daß Sie anrufen. Was gibt's denn Interessantes?«
Die Stimme am anderen Ende der Leitung klang fremd. Sie sprach zwar französisch, jedoch mit ausländischem Akzent. Der Gesprächsteilnehmer besaß der Rufnummer nach ein im Ausland von France Telecom zugelassenes Mobilfunktelefon. Der Anrufer schilderte mit kurzen, knappen Sätzen, was er wußte. Der Mann mit dem fremd klingenden Akzent verfiel daraufhin in kurzes Schweigen.
»Schön, schön«, erwiderte er schließlich. »Das ist zwar nicht viel, aber immerhin ein Anfang.«
»Nun«, stotterte der Anrufer nach einer Weile. »Wie sieht's denn mit der Bezahlung aus? Ich hatte da so an fünftausend gedacht, Monsieur.«
Erneut verfiel der andere in langes Schweigen. Schließlich hörte man, wie sich zwei Personen unterhielten. Was sie sagten, konnte man nicht verstehen, denn die Sprechmuschel war abgedeckt.
»Fünftausend Franc wollen Sie?« fragte der Fremde schließlich. »Das ist viel Geld, Monsieur.«
Der andere bemühte sich, ärgerlich zu wirken.
»Wenn Ihnen Informationen nichts wert sind, dann suchen Sie sich einen anderen. Ich riskiere ohnehin Kopf und Kragen.«
Der Mann mit dem deutlichen Akzent in der Stimme schwieg erneut für einige Sekunden.
»Nun, wir werden mal sehen, was sich machen läßt«, meinte er schließlich. »Vorher sollten Sie jedoch noch etwas für uns erledigen.«

Schon in Gedanken bei der bevorstehenden Wettfahrt streifte Aubin Leclerq seinen dunkelblauen zweireihigen Blazer über, strich über das goldfarbene Emblem des Yachtclubs von Ploudarneau und zog die Krawatte zurecht. Er warf einen abschließenden Blick auf die Schranktür und betrachtete wohlwollend sein Spiegelbild. Danach schlüpfte er in die bereitstehenden Slipper und wischte mit einem Kleenex

ein paar Staubkörner weg. Schließlich drehte er sich um. Dicht bei dem hohen, mit Gardinen verhangenen Fenster stand ein Futonbett, unter dessen Laken der verwuschelte Kopf einer blonden, etwa dreißigjährigen Frau hervorlugte. Isabelle Dinard schlief noch. Sie schlief immer, wenn er in aller Frühe aufbrach, sich in seinen Wagen setzte und zurück nach Ploudarneau eilte, um wenigstens nach außen den Schein eines intakten Ehelebens zu wahren. Schon seit Jahren hatte er das Ehebett mit seiner Frau nicht mehr geteilt. Nach der Geburt der gemeinsamen Tochter Emmanuela wich sie seinen Annäherungsversuchen mehr und mehr aus. Als schließlich auch noch eine Fehlgeburt einen weitreichenden gynäkologischen Eingriff erforderte und sie sich einer monatelangen psychiatrischen Behandlung unterziehen mußte, war ihr Interesse an jeglichem körperlichen Kontakt vollständig erloschen. Seitdem fand er von Zeit zu Zeit Befriedigung bei einer seiner Geliebten, während Emmanuelas Mutter ihre gesamte Zeit und einen nicht unbeträchtlichen Teil des Familienvermögens irgendwelchen gemeinnützigen Organisationen opferte. Immer wieder hatte Aubin Leclerq die Trennung herausgeschoben, und als er schließlich die Gelegenheit ergriff, Bürgermeister von Ploudarneau zu werden, war die Chance, ein neues Leben an der Seite einer anderen Frau zu beginnen, vertan. In der eher ländlich geprägten Provinz im äußersten Nordwesten Frankreichs galt ein intaktes Familienleben insbesondere für einen Mann von Amt und Würde jeher als unverzichtbar. Eine Scheidung von seiner Frau wäre praktisch mit einem politischen Debakel einhergegangen. So arrangierte er sich auf seine Weise. Er schien sich zwar sicher, daß seine Frau von seinen, in ihren Augen unmoralischen Umtrieben etwas ahnte, war jedoch ebenso fest davon überzeugt, daß auch ihr mehr daran lag, die Frau eines amtierenden Bürgermeisters zu bleiben als zwangsläufig nur noch die verarmte, geschiedene Frau eines Selfmadeunternehmers zu sein.
Das Laken auf dem Bett kam in Bewegung. Ein verschlafenes Gesicht wurde sichtbar, und hellblaue Augen blinzelten in Richtung Fenster, wo sich bereits die Morgendämmerung abzeichnete. Isabelle Dinard ließ sich leise aufstöhnend wieder zurück auf die Nackenrolle sinken. Sie strich sich ein paar Haarsträhnen aus dem Gesicht.
»Doch wach geworden?« meinte Leclerq.
Die junge Frau nickte und gähnte herzhaft.
»Wie spät ist es?«
»Sechs Uhr.«
»Warum mußt du denn schon wieder so früh los? Es ist doch Sonntag.«
Aubin Leclerq fuhr sich mit seinem Kamm durch die Haare und ordnete sie mit gekonnten Handbewegungen.
»Die Regatta, mein Engel«, antwortete er leichthin. »Wir sprachen darüber.«
Isabelle Dinard streifte das Laken beiseite und ließ den Blick auf einen braungebrannten, schlanken Körper frei.
»Komm, mein Schatz«, lockte sie. »Vergiß die blöde Regatta!«
Leclerq setzte sich für einen Moment auf die Bettkante und gab seiner derzeitigen Geliebten einen flüchtigen Kuß auf die noch vom Nachtschlaf warme Stirn.
»Führe mich nicht in Versuchung«, lachte er.

»In Ewigkeit, Amen. Du bist ein Narr, Aubin.«
Leclerq konnte nicht umhin, ihren warmen, mädchenhaften Körper mit der Hand zu liebkosen. Isabelle stöhnte unter seiner Berührung wohlig auf. Schließlich erhob sich Leclerq abrupt.
»Das führt zu nichts, mein Engel«, meinte er schließlich. »Ich wäre heute morgen ohnehin kein guter Liebhaber. Tut mir leid, aber meine Verpflichtungen rufen.«
Die junge Frau wickelte sich wieder in ihr Laken, drehte sich zur Seite und umklammerte mit beiden Armen die Nackenrolle.
»Du weißt nicht, was dir entgeht«, meinte sie schon wieder schläfrig.
»Doch«, erwiderte ihr Liebhaber, »das weiß ich schon. Schlaf gut.«
Als der Bürgermeister eine Stunde später Ploudarneau erreichte, verminderte er sogleich die Geschwindigkeit seines Wagens auf ein vertretbares Maß. Es herrschte kaum Verkehr auf den Straßen, obzwar der Ort anläßlich der Regatta ein reges Publikum erwartete. Langsam zogen die ersten Neubauviertel an den Seitenscheiben seines Peugeot vorbei. Aubin Leclerq genoß wie an jedem Morgen, wenn er von seiner zwanzig Jahre jüngeren Geliebten kam und das ehemalige Fischerdorf an der Westküste der Bretagne erreichte, den Weg quer durch die Stadt. Heute jedoch fuhr er nicht erst zu seiner Villa auf der Anhöhe hoch über dem Hafen oder zu seinem Amtssitz im Hotel de Ville, sondern schlug die Hauptstraße zur Marina ein. Vorbei ging es an den Firmen, die sein Vater und er hier hatten ansiedeln können, vorbei an den einheitlichen Feriendomizilen der Besserverdienenden aus Paris, Rennes und Brest, die er in den letzten zehn Jahren gegen den Widerstand der »Eingeborenen«, wie er die Einwohner der Altstadt immer etwas abfällig bezeichnete, errichten ließ. Zwar wohnten die Leclerqs selbst schon seit rund hundert Jahren in Ploudarneau, trotzdem galten sie bei den Urbretonen immer noch als Zugewanderte, als Fremde.
Aubin Leclerq kurbelte ungeachtet des Nieselregens die Seitenscheibe seiner Limousine herunter und genoß den noch kühlen, nach Salzwasser, wild wachsenden Kräutern, ersten Baumblüten und Heckenblumen duftenden Fahrtwind. An den Laternen und Verkehrsschildern, die in großer Zahl den Fahrbahnrand säumten, hingen Wahlplakate mit seinem Konterfei und grellbunte Hinweise auf die offizielle Einweihungsfeier für die Marina und die im Juni anstehende Bürgermeisterwahl. Leclerq wollte die offizielle Präsentation des neuen Aushängeschildes seiner Stadt erst vornehmen, wenn auch die letzten noch freien Liegeplätze vergeben waren und sämtliche Shops entlang des Einkaufszentrums im Hafenterrain einen Mieter gefunden hatten. Er beabsichtigte, der Öffentlichkeit und der Presse keinesfalls ein Provisorium vorzustellen. Hinterher wollte er sich dann in aller Ruhe in seinem Amt bestätigen lassen.
Aubin Leclerq erreichte den Marktplatz mit den Fleischereien, Bäckereien und Lebensmittelgeschäften. Er knirschte kurz mit den Zähnen, als er daran dachte, wieviel Aufsehen der Verkehrsunfall verursacht hatte, in den seine Tochter vor einiger Zeit hier an dieser Stelle verwickelt war. Rasch verbannte er den Skandal aus seinen Gedanken. Ploudarneau zählte zu den wenigen Ausnahmen in Frankreichs Kleinstädten, die einen Supermarkt unmittelbar im Ortszentrum vorweisen konnten.

»Leclerq's« stand deutlich sichtbar auf den vielen Werbetafeln, die den Autofahrer vom Ortseingang an auf Schritt und Tritt begleiteten. Aber er mußte aufpassen, daß er sich nicht die Einzelhändler zum Feind machte. Gerade die zu Wohlstand gekommene Mittelschicht, die inzwischen beinahe vollständig vom Hafenbetrieb, der Sportbootwerft, der Marina und dem Ferienpark profitierte, zählte zu seinen treuesten politischen Anhängern.

Der Bürgermeister grüßte im Vorbeifahren einen Gendarm, der in der Nähe des Marktplatzes seinen Streifendienst versah und widerrechtlich geparkte Fahrzeuge aufschrieb, und bog in die Rue du Port ein. Die breite asphaltierte Straße mit dem stets blumenbepflanzten Mittelstreifen ging an den Büros seiner prospektierenden Unternehmungen vorbei. Aufschriften wie Location Bateau Leclerq, Emmanuela Leclerq Voiliers, Emmanuela Leclerq Yachting, Leclerq Parc du Soleil, Louer et Vendre Leclerq und Leclerq's Maison d'Atlantique machten auch jedem Fremden klar, wer hier wirtschaftlich und politisch das Sagen hatte. Auf diesem Teilstück nahm die Dichte der Werbeplakate spürbar zu. Der Bürgermeister nahm wohlwollend zur Kenntnis, daß alle Tafeln und Schilder so hoch wie möglich über der Fahrbahn und damit schon von weitem sichtbar angebracht waren. Diese relative Unerreichbarkeit hielt erfahrungsgemäß besonders jugendliche Sprayer davon ab, den Aufdruck mit unanständigen Zeichen oder Sprüchen zu verunstalten. Doch diese Ausfälle kamen in der Regel selten vor. Leclerq hatte seine Stadt und die Kommandantur der örtlichen Polizei fest im Griff.

Als er kurz darauf den Yachthafen seiner Stadt erreichte, waren trotz der Wetterverschlechterung die Vorbereitungen für das Rennen zwischen den rund zehn baugleichen Trimaranen in vollem Gange. Immer, wenn Herault Marine ein neues Modell auf den Markt brachte, beließ es Firmenchef Stefane Moulin keinesfalls bei einer gewöhnlichen Präsentation anläßlich einer Messeveranstaltung, sondern er führte seine Produkte stets im Rahmen einer Regatta vor. Das brachte zum einen den neuen Bootstyp und die Werft positiv ins Gespräch, zum anderen aber auch Ploudarneau und damit automatisch den Namen Leclerq ins Zentrum des Interesses. Welcher Fachjournalist konnte es sich angesichts des meterlangen Buffets, der zuvorkommenden, immer recht offenherzig gekleideten Hostessen und insbesondere der Regattaprofis aus der Rennszene schon leisten, kein Interesse zu zeigen? Jeder der Journalisten bemühte sich in der folgenden Ausgabe, einen besonders detaillierten Bericht über Boote und Gastgeber abzufassen, um anschließend vor der Konkurrenz nicht als Dilettant und Schmarotzer dazustehen.

Bevor in diesem Frühjahr die ersten 31-Fuß-Trimarane der Firecrest-Serie in Serie gingen, sollten die überwiegend für den Charterbetrieb konstruierten Mehrrumpfboote von einer handverlesenen Schar engagierter Hochseesegler für viel Geld getestet werden. Mit dieser Hochseeregatta bis hinauf nach Ouessant wollte er ein deutliches Kaufsignal für die bisher noch Unentschlossenen geben. Und ausgerechnet in der Vorbereitungsphase für die Firecrest-Regatta ereignete sich eine Mordserie vor den Toren von Ploudarneau. Die Organisatoren hatten alle Hände voll zu tun, die Akteure der anstehenden Wettfahrt von der Sicherheit im Hafen und auf dem Regattaparcours zu überzeugen. Seit der

Fernsehberichterstattung am vergangenen Abend gab es ohnehin nur noch ein Thema, das die Gespräche auf den Stegen, in den Bars und Restaurants beherrschte.
Die ersten Stornierungen für Liegeplatzmietverträge lagen bereits beim Hafenmeister auf dem Tisch. Sogar zwei der Geschäftsleute, die eine Option auf eines der Ladenlokale am Hafenbecken hielten, kündigten überraschend ihr Interesse auf. Der Yachtklub von La Rochelle, der eine Sternfahrt auf eigenem Kiel geplant hatte, reiste zur Regatta mit gemieteten Bussen an. Seit gestern lag auch der Meldesteiger für die Gastlieger verwaist. Die Angst ging um in Ploudarneau.

KAPITEL VI

Knirschend gab der Kies unter den Reifen des Peugeot nach, als Aubin Leclerq auf den Parkplatz vor dem Yachtklub einbog. Er parkte unmittelbar vor der Hafenmeisterei mit dem beinahe fünfzehn Meter hohen »Tower«, wie der Büro- und Beobachtungsturm respektvoll genannt wurde, und stieg anschließend die stählerne Wendeltreppe empor. Auf dem Weg zur Capitainerie zog er sich sorgfältig die Krawatte zurecht und strich sich das von der Fahrt leicht zerdrückte Jackett glatt. Oben angekommen schwang die dunkel getönte Glastüre auf.
»Bonjour, Messieurs! Ça va?«
»Bonjour Patron. Ça va?«
»Monsieur le Maire. Bonjour. Ça va?«
»Monsieur le President! Bonjour!«
»Ah, Aubin, alter Schurke! Du kommst spät.«
Wer ihn da so jovial begrüßte, war Stefane Moulin, Werftchef von Herault Marine, gleichzeitig der größte Arbeitgeber der Stadt. Leclerq bemühte sich um ein Grinsen und hielt ihm die Hand hin. Die anderen waren der Hafenmeister, ein leitender Mitarbeiter der Küstenwache und der Sportwart des Yachtklubs, dem der reibungslose Ablauf der Wettfahrt oblag. Jacques Sirac, Beinahe-Namensvetter des französischen Staatspräsidenten, hatte bereits in aller Herrgottsfrühe die Kurse festgelegt, die Wendemarken ausbringen lassen, die Skipperbesprechung anberaumt und die Kontrollteams eingeteilt. Wegen des an einem Sonntagnachmittag gewöhnlich erlahmenden Interesses der Regattabesucher zum Abend hin hatte die Wettfahrtleitung beschlossen, die Bahn zu verkürzen und anstatt dessen die Wendemarke dicht unter die Küstenwachstation am Point de Saint-Mathieu in der Einfahrt nach Brest zu verlegen. Die schnellen Mehrrumpfboote sollten an diesem Sonntag mit der immer noch ansehnlichen Reststrecke bequem fertig werden.
Moulin drückte Leclerqs Hand. Kein Wunder, daß sich der Firmenchef so umgänglich zeigte. Schließlich saß Emmanuela Leclerq im Kontrollgremium von Herault Marine, und das Gelände, auf der die Werft stand, war von Valery Leclerq, dem schon seit Jahren in Südfrankreich lebenden ehemaligen Patriarchen der Familie, nur ge-

pachtet. Hinzu kam, daß Emmanuela ausschließlich solche Einzelbauten bevorzugte, die von den Reißbrettern ausgesuchter Yachtkonstrukteure stammten und dann unter ihrer Aufsicht bei Herault gebaut wurden. Bei Herault Marine konnte man, entsprechendes Finanzpolster vorausgesetzt, ebenso einen Admirals-Cupper wie einen 105-Fuß-Klipper für die exklusive Hochseecharter anfertigen lassen. Doch in der letzten Zeit gingen die Aufträge für solche Einzelbauten drastisch zurück. Dies zwang Herault-Marine, sich nun ebenfalls auf dem hart umkämpften Markt für Serienschiffe behaupten zu müssen.

»Na, Stefane, alter Freund«, nickte Leclerq. »Wie ist die allgemeine Stimmung?«

Stefane Moulin schüttelte seine rechte Hand bedächtig aus.

»So lala, mon ami. Ein bißchen drücken die gestrigen Geschehnisse schon auf die Stimmung. Im übrigen deutet das Meteorologische Institut eine Wetterverschlechterung an.«

»Was soll an dem Wetter noch schlechter werden?« bemühte sich der Bürgermeister von Ploudarneau um ein Grinsen und wandte sich schließlich dem Beamten der Küstenwache zu.

Der Mann, den er mit Handschlag begrüßte, trug eine weiße Uniform, deren vier goldene Streifen an den Ärmeln ihn als Kapitän eines seegehenden Schiffes auswiesen. Leclerq kannte den Seeoffizier. Es war Olivier Andreani, ein gebürtiger Korse, von dem niemand so recht wußte, wie er jemals den Weg von der ›Insel der Separatisten‹, dem ›Hort des patriotischen Extremismus‹, zur französichen Marine gefunden hatte. Andreani war groß und muskulös und wirkte dabei überaus drahtig und durchtrainiert. Ohne Uniform hinterließ er allerdings eher den Eindruck der Sorte Schiffer, denen die Küstenwache auf Patrouillenfahrt häufig das Handwerk legen mußte. Mit einem korsischen Kopftuch auf dem Schädel, Jeans und T-Shirt hätte man ihn auch für einen Piraten oder Rauschgiftschmuggler halten können.

»Monsieur Andreani«, begrüßte ihn der Bürgermeister von Ploudarneau. »Olivier! Schön, daß Sie gekommen sind. Wie sieht ihre Unterstützung im einzelnen aus?«

Andreani lächelte und nahm die leicht eingefärbte Pilotenbrille ab, so daß seine stechenden, schwarzen Augen noch deutlicher erkennbar wurden. Daß Andreani sich für die Belange des Yachtklubs einsetzte, kam nicht von ungefähr. Zum einen bezeichnete er sich selbst als begeisterter Regattasegler, zum anderen besaß er im Yachthafen von Ploudarneau einen Liegeplatz für sein Segelboot. Nur die Rechnungslegungsstelle in der Hafenmeisterei wußte, daß auf Wunsch des Patron keine Gebühren erhoben wurden.

»Nun, Monsieur«, meinte er schließlich. »Ich denke, wir sollten vor Überraschungen gefeit sein. Zwischen den Inseln Ouessant und Sein patrouillieren zwei Küstenwachschiffe mit einer Marschgeschwindigkeit von achtunddreißig Knoten. Sie sind schnell genug, um einem Havaristen in relativ kurzer Zeit zu Hilfe zu kommen. Eines der Schnellboote führe ich in diesem Zusammenhang selber. Die Radarstationen Pointe du Raz, Cap de la Chevre, Pointe de Dinan und Pointe de Saint-Mathieu sind informiert und verfolgen den Weg der Boote auf ihren Schirmen. Darüber hinaus mußten die Piloten der Hubschrauberstaffel von Brest wieder einmal die geforderten

Mindestflugstunden absolvieren. Was spricht dagegen, zu diesem Zweck Patrouillenflüge entlang der Cote d'Iroise abzuhalten? Die Kameraden von der Flugbereitschaft zeigten sich jedenfalls hellauf begeistert. Damit wäre eine beinahe lückenlose Überwachung und Kontrolle des Seeraums zwischen Ploudarneau und der Ile d'Ouessant gegeben. Allerdings ...«
»Allerdings?« fragte Leclerq erstaunt.
Der Kapitän des Küstenwachbootes räusperte sich.
»Nun, Monsieur Leclerq, eventueller Starkwind und Nieselregen macht den Maschinen nichts aus. Bei Nebel allerdings können unsere Hubschrauber die Patroullienflüge nicht weiter fortsetzen. Das gleiche gilt für die Nachtstunden. Unsere Helikopter sind navigatorisch nicht für Blindflüge ausgerüstet.«

Jean Lassalle nahm die randlose Brille ab und rieb sich die wunden Druckstellen auf den Nasenflügeln mit Daumen und Zeigefinger. Sofort verschwamm der Computerbildschirm vor seinen Augen. Als Lassalle die Polizeischule absolvierte, benötigte er noch keine Sehhilfe. Inzwischen hatte er sich die Augen durch das andauernde Starren auf den flimmernden Bildschirm jedoch dermaßen verdorben, daß er ohne seine Brille nicht mehr aus dem Haus gehen, geschweige denn arbeiten konnte.
Seufzend wandte er sich nach rechts und griff nach der hohen Kaffeetasse, die stets gut gefüllt neben seinem Arbeitsplatz stand. Hinter seinem Schreibtisch rauschte die elektrische Kaffeemaschine. Jean Lassalle gehörte zu den wenigen Polizeibeamten, vermutlich sogar zu den wenigen Leuten im Departement, die sich den Kaffee auf kontinental-europäische Art zubereiteten. Inzwischen hatte er sich an den Genuß des starken schwarzbraunen Filterkaffees gewöhnt, den man auf Dauer nur mit einer gehörigen Portion Zucker und der in Frankreich ausgesprochen schwer erhältlichen Kondensmilch genießen konnte. Über diese merkwürdige Angewohnheit schüttelte man schon in Toulouse den Kopf. Eine schnelle Tasse starken Filterkaffee zwischendurch galt nicht nur dort als absolut exotisch.
Lassalles für französischen Geschmack eher ungewöhnliche Vorliebe rührte von einem mehrmonatigen Seminar im Bundeskriminalamt Wiesbaden her. Dort hatten ihn deutsche Kollegen in die Kunst des Kaffeekochens eingeweiht. Der gewöhnlich blaß aussehende, vom Körperbau her eher schmächtige Computerspezialist paßte so gar nicht in die Reihe der Ermittlungskräfte, die in Wiesbaden für die Terrorismusabwehr geschult wurden. Doch Lassalle sollte auch nicht lernen, sich mit einem Abseilgerät praktisch im freien Fall von einem Häuserdach zu stürzen, um anschließend mit der UZI im Anschlag durch eine geschlossene Fensterscheibe zu stürzen. Er faßte in der gesamten Zeit weder eine Blendgranate noch eine Handfeuerwaffe an. Als einer der Auswahlkandidaten unter zweihundert Spitzenkriminalisten kam er in den Genuß einer umfassenden Computerausbildung, lernte, sich zur Verbrechensaufklärung in fremde Systeme einzuschalten, Angriffe von außen auf das eigene zu entdecken und abzuwehren, aber auch die Vernetzung der verschiedenen europäischen Polizei-

datensammlungen und Datenbanken von Behörden, Versicherungen und sonstigen öffentlichen oder privaten Institutionen für die praktische Ermittlungsarbeit zu nutzen. Sechs Monate hockte er mit niederländischen, belgischen und französischen Kollegen häufig in abgeschotteten Büroräumen zusammen, mit nichts anderem vor den Augen als grünlich flimmernden Bildschirmen.

Lassalle war schon früh der Faszination verfallen, die von diesen grauen oder beigen Kästen und der etwa vierzig mal zwanzig Zentimeter messenden Tastatur ausging. Er besaß Anfang der achtziger Jahre als einer der ersten Jugendlichen seiner Heimatstadt einen direkt aus den USA importierten IBM-PC. Schon während der Schulzeit verdiente er sich Taschengeld mit der Herstellung von Computerprogrammen, so daß nie viel Zeit für Freunde und Freundinnen übrigblieb. Er wurde als Sonderling angesehen, als Langweiler, den selten jemand auf eine Party einlud. Nach erfolgreich bestandener Polizeischule trug seine Personalakte in der Rubrik Persönlichkeitsstruktur den Hinweis »hochintelligenter Analytiker, jedoch psychisch labil und zudem mit einer deutlichen Neigung zu Nervosität bei Streßüberlastung«.

Was die Beziehung zu Frauen anging, da war Lassalle nicht anders geartet als der Großteil seiner Geschlechtsgenossen. Sein Handicap bestand ganz einfach im Mangel an Gelegenheit und daraus resultierendem Selbstvertrauen. Sein Job als Computerfachmann in seiner Dienststelle und die sich bis in die Nacht hinziehende Nebentätigkeit für einen Programmierbetrieb begannen unaufhaltsam seine Psyche zu verändern. Schon nach wenigen Jahren verbrachte der fünfunddreißigjährige Computerspezialist sein Leben wie ein bleicher, mangels regelmäßiger Ernährung und sportlicher Betätigung auf sechzig Kilogramm abgemagerter Zombie, den offensichtlich nichts mehr anderes zu interessieren schien als ein grün flimmernder Bildschirm und das unablässige Klackern der Cherry-Tastatur. So beschloß der ärztliche und soziale Dienst der Polizei von Toulouse, ihn für eine Weile in einem ganz anderen Tätigkeitsbereich einzusetzen. Da in Quimper ein Assistent für die Mordkommission fehlte, ordnete ihn sein Dienststellenleiter mittelfristig an die bretonische Atlantikküste ab. Lassalle nahm die über seinen Kopf hinweg getroffenen Entscheidungen gleichgültig mit gewohnt stoischer Ruhe hin.

Seit knapp einem Jahr wohnte er jetzt schon in Quimper. In seinem Appartement fühlte er sich leidlich wohl. Häufig weckte ihn sogar die Morgensonne und nicht eine seelenlose Radiostimme. Hin und wieder unternahm er kleinere Touren auf seinem Mountainbike. Doch alles in allem blieb er in sich gekehrt und verschlossen. Er besaß auch in der Departmenthauptstadt außer zu seinen unmittelbaren Kollegen kaum Kontakt zu Gleichaltrigen. Nur spätabends erwachte er zum Leben. Dann hockte er wie viele der anderen unzähligen Computerfreaks vor seiner Rechneranlage und surfte im Internet um die Welt.

Womit er sich von Anfang an verständlicherweise schwertat, war die für ihn bislang ungewohnte praktische Ermittlungsarbeit in einer Polizeibehörde. Als er nach vielen Jahren zum ersten Mal wieder ein Verhör durchführen sollte, versagte er vollkommen, und sein Kollege Morgan mußte einspringen. Menschen und deren wirkliche Schicksale waren dem schmächtigen jungen Mann aus Toulouse immer noch fremd.

Für die Zeit seiner Ermittlungen in Paris und Versailles zusammen mit Lemardieux und Morgan hatte ihn Guirec zum Bereitschaftsdienst in der Polizeipräfektur verdonnert. Sein Vorgesetzter wollte die Ermittlungen und eventuellen Vernehmungen lieber selbst in die Hand nehmen. Er befürchtete aus gutem Grund, daß in einem Fall, der sich außerhalb des Dienstbezirks seiner Pariser Kollegen abspielte, nicht die erforderliche Sorgfalt und der nötige Eifer an den Tag gelegt wurde. Reunan befand sich mit seiner Familie längst auf der Autoroute de Soleil in Richtung Arcachon. Er hatte Urlaub. Der analytisch zu denken gewohnte Computerspezialist konnte nicht begreifen, wieso jemand vier lange Wochen zusammen mit einer unausstehlichen, weil anscheinend ständig schwangeren Frau und mit drei andauernd nörgeligen Kindern in einem viel zu engen Caravan auf sich nahm.
Lassalle rieb sich die tränenden Augen. Er verfluchte den Bildschirm an seinem Arbeitsplatz. Doch sein Wunsch nach einem strahlungsarmen und flimmerfreien, allerdings ziemlich teuren japanischen Exemplar verhallte bei den Verantwortlichen in der Beschaffungsstelle wie der Ruf des Predigers in der Wüste. Der junge Kriminalbeamte setzte seine Brille wieder auf und starrte hinaus in den Nieselregen, der die Scheiben vor den Fenstern mehr und mehr undurchsichtiger werden ließ. Auf dem Bildschirm seiner Computeranlage tanzten die Windows-Symbole auf und ab. Ein Zeichen dafür, daß er noch kein Programm aktiviert hatte. Lassalle fühlte sich müde. Die letzte Woche, die ausgefüllt war mit Besprechungen, dem Studium neuer Software-Anweisungen und der unablässigen Suche nach Hintergründen für die beiden Mordfälle, hatte ihn angestrengt. Jean lehnte sich auf seinem gepolsterten Stuhl zurück und verschränkte die Hände im Nacken. Dabei gähnte er herzhaft.
In diesem Augenblick ertönte der Summton des Telefons. Jean beugte sich vor und nahm ab.
»Erstes Kommissariat, Inspektor Lassalle.«
Die Stimme am anderen Ende der Leitung antwortete nicht direkt.
»Hallo!« rief er ungeduldig in die Sprechmuschel. »Sie sind mit der Mordkommission verbunden. Ich kann Sie atmen hören. Sprechen Sie schon! Wer ist denn da?«
Die Stimme, die sich daraufhin meldete, klang rauh und merkwürdig belegt. Sie schien verstellt, soviel erkannte der junge Beamte bereits nach den ersten Worten. Vermutlich hielt der Anrufer ein Taschentuch vor den Hörer. Jean Lassalle schüttelte unwillig den Kopf, doch er lauschte gespannt.
»Passen Sie gut auf!« sagte die Stimme und räusperte sich. Wahrscheinlich kitzelte das ungewohnt heisere Sprechen die Stimmbänder des anderen.
»Was ich Ihnen zu sagen habe, sage ich nur einmal. Also hören Sie genau zu.«
Mit einer mechanischen Handbewegung schaltete Jean den Kassettenrekorder an, der bei der Mordkommission stets einsatzbereit neben der Telefonanlage stand. Gleichzeitig wirbelte er herum, suchte im Computer nach einem Programm und lud es in Windeseile in den Arbeitsspeicher.
»Sie suchen doch nach Verdächtigen, nicht wahr? Haben Sie schon einmal nachgeprüft, wer sich alles zur Tatzeit draußen auf See befand? Gestern morgen zum Beispiel lief ein Kutter trotz dichtem Nebel aus und kam, kurz bevor die Leichen am Aguille

d'Argenton entdeckt wurden, wieder in den Fischereihafen zurück. Ich rate Ihnen, den Kapitän der ›PEN-HIR‹ einmal danach zu befragen, warum und wo er sich bis zum späten Abend verborgen hielt. Ich könnte Ihnen ...«
»Mit wem spreche ich eigentlich?« unterbrach ihn Lassalle.
»Anonymen Anzeigen gehen wir grundsätzlich ...«
Ein Klicken deutete an, daß die Verbindung unterbrochen wurde.
»... nicht nach«, murmelte Jean noch in den Hörer.
Verblüfft legte er auf und schaltete auch den Kassettenrekorder ab.
»Was sollte das denn?« murmelte er leise vor sich hin.
Er ließ das Band bis zum Anfang zurückspulen und drückte die Wiedergabetaste.
»... kurz bevor die Leichen am Aguille d'Argenton entdeckt wurden, wieder in den Fischereihafen zurück. Ich rate Ihnen, den Kapitän der ›PEN-HIR‹ einmal danach zu befragen, warum und wo er sich bis zum späten Abend verborgen hielt. Ich könnte Ihnen ...«
Immer und immer wieder spulte er vor und zurück, um irgendeinen Anhaltspunkt zu erhalten. Schließlich erinnerte er sich an seinen Computer und drehte sich zum Bildschirm zurück. Im Arbeitsspeicher befand sich ein aktiviertes Spracherkennungsprogramm, das mit Hilfe eines speziellen Entzerrers die Stimme eines Anrufers in einzelne Segmente zerlegen und neu aufbereiten konnte. In den großen Kriminalämtern wurde diese neue Technik vornehmlich in Entführungsfällen eingesetzt, um eventuelle Anrufer schneller identifizieren zu können. Zunächst überprüfte Lassalle das Sprachmuster auf eigentümliche Schwingungen und verglich sie mit der internen Datenbank. Schon nach kurzer Zeit schien er sich sicher, daß es sich um einen männlichen Anrufer gehandelt haben mußte. Leider hatte der Anrufer zu früh aufgelegt, so daß zu wenig Worte für eine Analyse zur Verfügung standen. Das Alter des Betroffenen ließ sich ebensowenig feststellen wie eine etwaige detaillierte landsmannschaftliche Zugehörigkeit. Eines jedoch stand fest. Der Anrufer war Franzose und stammte mit Sicherheit nicht aus den Kolonien, weil er seiner Einschätzung nach ohne erkennbaren Akzent sprach. Jean Lassalle griff erneut zum Telefon.
»Nun melden Sie sich endlich!« murmelte er in die Sprechmuschel, doch der Ruf ging nicht durch.
Mist, dachte er bei sich. Der Alte hatte mit Sicherheit vergessen, sein Handy über Nacht ans Ladegerät zu hängen. Jetzt war der eingebaute Akku leer, und sein Chef bemerkte es vermutlich noch nicht einmal. Wie konnte er ihn auf die Schnelle bloß erreichen?
Der junge Kriminalbeamte rief die Bereitschaft im Präsidium an und fragte nach, ob jemand den genauen Aufenthaltsort seines Chefs kannte. Doch niemand vermochte ihm weiterzuhelfen. Anschließend erkundigte er sich nach dem Verbleib von Kommissar Guirec bei verschiedenen Polizeidienststellen in Paris und Umgebung, jedoch ohne Erfolg. Sein unmittelbarer Vorgesetzter blieb vorerst unauffindbar.
Lassalle überlegte weiter. Sollte er dem anonymen Anruf überhaupt nachgehen? Einerseits haßte er es, feigen Denunzianten überhaupt Aufmerksamkeit zu schenken, auf der anderen Seite trat die Kriminalpolizei in beiden Mordfällen noch ziemlich auf

der Stelle. Jean wählte die Rufnummer der Gendarmerie in Ploudarneau.
»Lassalle hier. Erstes Kommissariat in Quimper«, meldete er sich. »Brigadier, geben Sie mir bitte Kommandant Benoit.«
»Es tut mir leid, Inspektor«, bedauerte der Beamte. »Der Kommandant befindet sich zur Zeit in der Marina. Er leitet direkt vor Ort den Einsatz unserer Kollegen anläßlich der Regatta. Benötigen Sie die dortige Telefonnummer?«
Lassalle bedankte sich für den Hinweis und ließ sich kurze Zeit später mit der Hafenmeisterei verbinden. Es dauerte ein paar Minuten, ehe man Benoit ausfindig gemacht hatte.
»Was gibt's?« meldete sich der Leiter der Police Municipal de Ploudarneau.
»Lassalle hier. Erstes Kommissariat in Quimper«, wiederholte der junge Kriminalbeamte. »Hören Sie, Herr Kommandant, hier ging eben ein seltsamer Anruf ein. Ein Mann behauptete ...«
»Excusez-moi, Monsieur«, unterbrach ihn Benoit. »Hat das nicht bis nachher Zeit? Seien Sie mir nicht böse, aber ich habe hier im Hafen alle Hände voll zu tun. Die Regatta, verstehen Sie?«
Lassalle wußte nichts von einer Wettfahrt mit Segelbooten. Zwar besaß auch in Frankreich die Ermittlungstätigkeit der Kriminalpolizei Vorrang vor Polizeieinsätzen anläßlich einer Segelveranstaltung, aber er war nicht der Typ Kriminalbeamter, der so ohne weiteres den Leiter einer nachgeordneten Polizeidienststelle ostentativ an seine Pflichten erinnerte. Ein wenig unschlüssig sortierte er seine Gedanken.
»Rufen Sie doch später noch einmal an, Inspektor. Dann werde ich sicherlich mehr Zeit für Sie haben.«
Ehe Lassalle etwas antworten konnte, hatte Benoit auch schon aufgehängt. Der junge Mann aus Toulouse lehnte sich wieder zurück und kniff die Augen zusammen. Was, zum Teufel, sollte er tun? Guirec war nicht erreichbar, Benoit scheinbar nicht zu einer Mitarbeit zu bewegen und der Anrufer wahrscheinlich ein Spinner, der sich nur wichtig machen wollte. Aber irgend etwas ließ ihn nicht ruhen. Er begann unruhig auf dem Polster seines Bürostuhls hin und her zu rutschen. Vielleicht handelte es sich doch um eine Spur, der man nachgehen sollte.
Er drehte sich erneut zu seinem Computer herum, schloß das Stimmenerkennungsprogramm und wählte anstatt dessen die Datenbank des Seeschiffregisters in Brest an. Schon nach kurzer Zeit erfuhr er mehr über eine ›PEN-HIR‹. Zwar gab es eine Menge Boote, die auf diesen Namen hörten, aber nur drei waren für Häfen in der näheren Umgebung registriert und nur eines ein Fischkutter. Er gehörte einem gewissen Jules Arpege, wohnhaft in der Altstadt von Ploudarneau. Lassalle notierte sich Personalien und Adresse und meldete sich in der polizeitechnischen Zentraldatenbank in Paris an. Nachdem man durch Kontrollanruf seine Identität nachgeprüft hatte, gewährte man ihm Zugriff auf die Daten des Erkennungsdienstes. Kurze Zeit später flammte auf seinem Bildschirm ein Steckbrief auf. Lassalle putzte sich umständlich die Brille und las den Hinweis unter dem Bild.
»Jules Arpege, geboren 12. 10. 1947 in Ploudarneau, Departement Finistère, ledig, wohnhaft 2, Rue de Sein, Ploudarneau

besondere Merkmale: keine
Beruf: selbständiger Hummer- und Krabbenfischer mit eigenem Kutter
Vorstrafen: zwei Geldstrafen wegen Landfriedensbruch und leichter Körperverletzung
Grund der Dateiaufnahme: A. machte in jüngerer Vergangenheit mehrmals als Rädelsführer einer militanten Bewegung auf sich aufmerksam, die schon seit Jahren nichts unversucht läßt, den wirtschaftlichen Aufschwung in Ploudarneau zu bremsen. Gilt als erbitterter Gegner von Aubin Leclerq, dem Bürgermeister von Ploudarneau, ist jedoch selbst keiner besonderen politischen Richtung zugehörig. Gilt als impulsiv, zuweilen cholerisch und mitunter unberechenbar. Organisierte 1995 die fünf Tage dauernde Besetzung der Marinabaustelle und lieferte sich während einer Auseinandersetzung mit den dortigen Verantwortlichen eine heftige Schlägerei.
A. war 1990 bereits schon einmal in eine Auseinandersetzung mit den Mitgliedern einer britischen Fischfangcrew verwickelt. Da keine Strafanzeige gestellt wurde, ging man dem Verdacht einer vorsätzlich herbeigeführten Körperverletzung von Amts wegen nicht weiter nach.
Nachtrag: A. kündigte nach seinem Prozeß mehrmals öffentlich an, nicht eher zu ruhen, bis der Ausbau der Marina Port du Raz gestoppt ist. Er verkündete anläßlich mehrerer Versammlungen, daß er ›nicht eher ruhen würde, bis den (wörtliches Zitat:) 'normannischen Lumpen' endlich das Handwerk gelegt worden sei.‹ Bei Anschlägen auf Einrichtungen, die im Eigentum der Familie Leclerq stehen, oder bei Anschlägen auf Leib oder Leben der Familienmitglieder, sollte daher unbedingt das Alibi von A. nachgeprüft werden.«

Ende der Eintragung

Sein analytisch arbeitender Verstand zwang ihn zum Handeln. Und zwar exakt nach Dienstvorschrift. Er druckte als erstes den Steckbrief aus und schrieb anschließend wortwörtlich den Text des Telefonats nieder, notierte die genaue Uhrzeit des Anrufs und ließ das grafisch dargestellte Stimmenmuster aus dem Spracherkennungsprogramm ausdrucken. Anschließend legte er einen neuen Aktenordner an und begann, während er unentwegt die wenigen Unterlagen durchblätterte, über den neuen Sachverhalt intensiv nachzudenken.
Mit dem Hinweis auf den geheimnisvollen Fischer konnte durchaus dieser Jules Arpege gemeint sein. Arpege selbst schied als Anrufer aus. Das hätte keinen Sinn ergeben. Doch wie ließ sich ein Zusammenhang zwischen ihm und den beiden Mordfällen, insbesondere dem vom gestrigen Morgen, konstruieren? Welches Interesse sollte ein bis auf kommunalpolitische Auffälligkeiten ansonsten eher unbescholtener Fischer aus Poudarneau besitzen, drei Leute aus Paris und Umgebung umzubringen? Bestand unter Umständen die Möglichkeit, daß er die Mordopfer kannte? Was meinte noch gleich der Anrufer?
Lassalle ließ zur Sicherheit noch einmal das Bandgerät laufen.
»... Gestern morgen zum Beispiel lief ein Kutter trotz dichtem Nebel aus und kam, kurz bevor die Leichen am Aguille d'Argenton entdeckt wurden, wieder in den Fischereihafen zurück. Ich rate Ihnen ...«
Lassalle kniff die Augen zusammen. Ein paar bunte Sternchen huschten über seine

Netzhaut. Arpege und Guillaume? Augenblick! Wäre es überhaupt zeitlich möglich gewesen, daß Arpege den Mann von Bord auflas, ehe die Segelyacht im Nebel auf der Klippe Aguille d'Argenton strandete? Der junge Kriminalbeamte erhob sich und ging hinüber an Morgans Schreibtisch. Zum Glück war sein Kollege noch nie sonderlich arbeitseifrig gewesen. Eine Kopie des Ermittlungsberichts, der längst an die Generalstaatsanwaltschaft hätte weitergegeben werden müssen, lag noch immer in dessen Postkorb. Er nahm ihn zur Hand und studierte den Text. Doch leider ergaben sich aus dem vorläufigen Untersuchungsergebnis keine weiteren Hinweise, die den Schluß auf eine Verstrickung des Fischers Arpege in den Mordfall hätten zulassen können. Fest stand nur die ungefähre Todeszeit der Opfer. Wie lange das Boot noch auf dem Meer trieb, bis es auf den Klippen strandete, darüber konnte man allenfalls spekulieren. Es wäre in diesem Zusammenhang freilich auch möglich gewesen, daß jemand das Boot bis dicht unter Land schleppte. Lassalle griff nach seiner Kaffeetasse und leerte sie bis zum Grund. Und wenn Arpege die Yacht mit Hilfe seines Kutters zum Land hin gezogen hatte, später diesen Tristan Guillaume an Bord nahm und im dichten Nebel an Land brachte? Bei diesem Sauwetter, das am Samstag in den frühen Morgenstunden herrschte, hätte Guillaume ohne weiteres unbemerkt den Hafen verlassen können. Das würde auch das seltsame Verschwinden des vierten Besatzungsmitgliedes an Bord der Unglücksyacht erklären.
Kurz entschlossen wählte Lassalle erneut die Nummer der Hafenmeisterei in Ploudarneau. Er erreichte Jacques Sirac, den Wettfahrtverantwortlichen des Yachtklubs von Ploudarneau.
»Muß das wirklich jetzt sein, Inspektor?« versuchte Sirac den Anrufer loszuwerden. »Benoit steckt irgendwo da draußen und ...«
Diesmal blieb Lassalle unnachgiebig.
»Bitte, Monsieur Sirac«, unterbrach er ihn. »Suchen Sie Kommandant Benoit. Ich muß ihn sprechen. Es ist wichtig!«
»Na gut«, stöhnte der Wettfahrtleiter.
Halblaute Rufe wurden hörbar, unverständliches Gemurmel folgte. Es dauerte immerhin fünf Minuten, bis sich der Leiter der Ortspolizei von Ploudarneau meldete.
»Nehmen Sie es mir nicht übel, Monsieur«, meldete sich Benoit ein wenig atemlos, »aber Sie haben Nerven. Ich stehe da unten an der Absperrung und ...«
»Vergessen Sie die Absperrung, Kommandant Benoit«, unterbrach ihn Lassalle. »Suchen Sie den Fischer Jules Arpege, Eigentümer des Fischkutters ›PEN-HIR‹, auf und bringen Sie ihn so schnell wie möglich zur Vernehmung hierher in die Polizeipräfektur.«
»Bitte, was?« rief der Polizeibeamte in die Sprechmuschel.
»Soll ich es noch mal wiederholen, Monsieur?« antwortete Lassalle ungerührt. »Überstellen Sie mir diesen Arpege zur Vernehmung. Sofern sich anschließend ...«
»Vernehmung?« unterbrach ihn Benoit noch aufgebrachter. »Jules Arpege? Der Sohn von Denez Arpege? Wozu, um alles in der Welt, wollen Sie Arpege vernehmen? Doch wohl nicht in der Angelegenheit von gestern. Also, das glaube ich einfach nicht! Wo steckt überhaupt Kommissar Guirec? Ich will erst einmal mit Guirec sprechen!«

»Der Kommissar befindet sich auf Dienstreise mit derzeit unbekanntem Aufenthaltsort. Ich muß Sie nochmals auffordern ...«
»Ohne Guirec unternehme ich gar nichts!« stieß Benoit sichtlich erregt aus. »Sie sind doch nur sein Assistent, nicht wahr? Welche Befugnisse besitzen Sie überhaupt? Okay, falls Guirec dem zustimmt, dann sehen wir weiter. Das gibt es doch gar nicht. Ich soll ...«
Benoit wurde von einer anderen Person unterbrochen. Lassalle hörte, daß jemand die Sprechmuschel abdeckte und wie sich im Hintergrund eine lebhafte Diskussion entspann. Nach einer Weile meldete sich eine ihm bekannte Stimme.
»Leclerq, hier. Bonjour, Inspektor. Was höre ich da? Benoit soll Jules Arpege festnehmen?«
»Nicht festnehmen«, verneinte der junge Kriminalbeamte. »Ich möchte Monsieur Arpege lediglich in dem gestrigen Mordfall vernehmen. Von Festnehmen hat niemand gesprochen. Muß ich mir etwa wirklich die Mühe machen, einen Dienstwagen aufzutreiben und persönlich in Ploudarneau nach ihm suchen?«
»Was wird ihm denn angelastet?« forschte sein neuer Gesprächspartner.
Lassalle überlegte blitzschnell. Leclerq konnte ihm zwar unter Umständen auf Grund seines Einflusses als Bürgermeister weiterhelfen, aber schon alleine aus ermittlungstaktischen Gründen brauchte er noch lange nicht alles zu wissen. Die konkrete Polizeiarbeit ging den Kommunalpolitiker nun wirklich nichts an.
»Es wird ihm momentan überhaupt nichts angelastet, Monsieur«, erwiderte der junge Polizeibeamte aus Toulouse. »Ich will ihn lediglich vernehmen. Ist das denn so schwer ...«
»Als Zeugen oder Verdächtigen?« unterbrach ihn der Mann aus Ploudarneau.
»Also, ich sehe schon, so kommen wir nicht weiter«, ließ Lassalle die Antwort offen.
»Keine Aufregung, Inspektor. Ich werde mich darum kümmern«, versprach Leclerq auf einmal überraschend hastig. »Geben Sie dem Kommandanten noch eine Weile, Monsieur. Dann wird er diesen Arpege persönlich aufsuchen. Nicht wahr, bester Benoit?«
Als sich Lassalle einverstanden erklärte, legte der Bürgermeister auf. Für den Bruchteil eines Augenblicks verzog sich sein Gesicht zu einem hämischen Grinsen. Arpege unter Verdacht? Ach, nein! Sieh einmal einer an! Das entwickelte sich ja alles besser als erwartet.

KAPITEL VII

Grauschwarz und unermüdlich rollten die Seen mit ihren weiß schäumenden Köpfen von Westen heran. In breiten Fahnen wehten die Kämme der Brecher davon. Der Wind hatte im Laufe der Vormittagsstunden vor der Westküste der Bretagne beträchtlich an Stärke zugenommen und ließ die Flotte der zehn identischen Trimaran-Neubauten weit auseinanderdriften. Schon kurz nach dem Start übernahm Timouran die Führung auf Boot Nummer 8 und baute sie oberhalb der Pointe de Dinan kontinuierlich aus. Hier zeigte sich die Erfahrung des Profiskippers, der gewöhnlich teuer gesponserte Hochleistungskatamarane rund um die Welt prügelte. Doch auch die nachfolgenden Boote waren nicht minder prominent besetzt. Boot Nummer 3 mit Poupet an der Pinne lieferte sich mit Peyrenne im Kielwasser des Spitzenreiters ein geradezu spektakuläres Dauer-Matchrace. An vierter Stelle lag Emmanuela Leclerq, die mit ihrem langjährigen Vorsegelspezialisten Paul Lafitte angetreten war.

Als schließlich das Barometer immer noch fiel, beschloß Emmanuela, ein Reff in das Großsegel zu binden, die Genua aber zunächst noch stehenzulassen. Entschlossen, alles aus dem vorherrschenden Wind herauszuholen, setzte sie zum Angriff auf die Spitzengruppe an. Auch Timouran hatte schließlich ein Einsehen mit Vorschoter und Material, verkleinerte ebenfalls die Segelfläche, ohne dabei jedoch letztlich an Geschwindigkeit einzubüßen. So verteidigte er unangefochten die Stellung des Spitzenreiters bis hinauf zum Kap Saint-Mathieu. Auf dem Rückweg drehte der Wind innerhalb kurzer Zeit überraschend auf Südwest zurück. Alle Beteiligten hatten auf dem Hinweg hoch am Wind alles aus den Trimaranen herausgeholt und weder sich noch die Boote dabei geschont, denn der zu erwartende, mehr schräg von achtern einfallende Wind sollte den Rückweg erleichtern. Nach der überraschenden Winddrehung sahen sich Spitzenreiter wie Verfolgerteams getäuscht. Stundenlanges Kreuzen zurück nach Ploudarneau würde nun endgültig die Spreu vom Weizen trennen und gleichzeitig zeigen, was die Neukonstruktionen aus dem Hause Herault zu leisten vermochten.

Außerdem fehlte die Heerschar der gewöhnlich auf Motoryachten in Tuchfühlung zu den Akteuren mitziehenden Bildreporter, welche die Teams zusätzlich anspornten, ihr Bestes zu geben. Im Gefolge des Bildredakteurs der Yachtzeitschrift Bateau Français hatten die Reporter abgelehnt, bei solchen Wetterverhältnissen und diesem Wellengang den Segelbooten zu folgen. Einigen schien die mitgebrachte Kameraausrüstung mehr wert zu sein, als ein paar spektakuläre Schnappschüsse von pfeilschnell durch das Wasser zischenden Trimaranen; andere machten keinen Hehl daraus, daß ihre Magennerven dieser Tortur wohl nicht gewachsen sein würden. So schossen sie mit ihren großkalibrigen Teleobjektiven nur ein paar Fotos von dem auslaufenden Pulk und erhofften sich bessere Motive, wenn die Boote gegen die langsam untergehende Sonne mit weit aufgeblähten Spinnakern wieder zurückkamen.

Doch von dieser Segelgarderobe waren Timouran und die anderen neun Skipper in diesem Augenblick weit entfernt. Emmanuela gehörte zu den ersten, die auf der Kreuz schließlich das Vorsegel verkleinerten. Als bei ihr die Genua niederging und anstatt dessen die Fock am Vorstag in die Höhe flatterte, refften auch die nachfolgenden Boote, die jedoch bereits weit zurücklagen. Nur die unmittelbare Verfolgergruppe des Spitzenreiters, bestehend aus Poupet und Peyrenne, prügelten ihre Dreirümpfer verbissen und ohne Gnade über das schaumige Gebirge matt schimmernder Wellen.

Der Seegang war ruppig geworden, da jetzt der Wind vierkant gegen die Tidenströmung anstand und die Wellen zusätzlich hochbürstete. Wäre es nicht zu dieser Winddrehung gekommen, hätte das Rennen planmäßig in der vorausberechneten Zeit am späten Nachmittag vor den Wellenbrechern von Ploudarneau beendet werden kön-

nen. Nun jedoch verlangte das nervenzermürbende und erst recht kräftezehrende Kreuzen hinunter zur Chaussee de Sein zwangsläufig einen enormen Zeitzuschlag. Es würde Nacht werden, ehe sie Ploudarneau erreichten. Zum ersten Mal verfluchte Emmanuela Leclerq diese eigentlich für die Fahrtensegelei in vorwiegend geschützten Revieren konzipierten Mehrrumpfboote. Gerade die kleineren Spezies sind dafür bekannt, daß sie schlecht gegen den Wind aufkreuzen und nur ungenügend mit relativ hohen Wellen fertig werden. Auch Stefane Moulins für den Charterbetrieb konstruierten Firecrest-Trimarane eigneten sich eher für eine Klubwettfahrt unter Gleichgesinnten, aber kaum für eine Hochseeregatta auf dem Atlantik. Von Konstruktionen wie die »ELF AQUITAINE«, »JET SERVICES« oder »FLEURY MICHON« schienen diese im Verhältnis zu ihrer Breite viel zu kurz geratenen Neunmeter-Trimarane zumindest bei diesen Wetterbedingungen so weit entfernt zu sein wie ein Schlauchboot mit Paddel von einem Wildwasser-Kanadier. Während gewöhnlich auch die meist über zwanzig Meter langen Rennkatamarane und Trimarane in solchen Wellen zwar rüde durchgeschüttelt wurden, aber dabei leidlich beherrschbar blieben, erforderten die wesentlich kleineren Firecrests die volle Konzentration und den dauernden Kräfteeinsatz der Crew, weil Vor- und Großsegel unablässig getrimmt werden mußten. Zudem zermürbte das permanente Schlagen der Wellen gegen die Ausleger und den Mittelrumpf, das Unterschneiden ihrer Spitzen in den Seen und das markerschütternde Vibrieren und Rütteln der Verbände im Innern der Boote, wenn die Wellen am Bug hochschlugen und die Crew im Cockpit mit Salzwasserkaskaden eindeckten.
»Ich komme mir vor, als würde ich auf einem Preßluftbohrer reiten«, schimpfte Emmanuela Leclerq und wischte sich zum wiederholten Mal Salzwasser aus den Augen.
»Ach, du bist bloß von den sündhaft teuren Rennziegen, die du sonst segelst, verwöhnt. Aber was läßt du auch solch einen Schund bauen. Du sitzt doch bei Herault Marine im Kontrollgremium, oder irre ich mich?«
Paul Lafitte, der vierundzwanzigjährige Sportstudent aus Brest, der auf den reinrassigen Rennmaschinen der jungen Bretonin zur Stammcrew zählte, grinste dabei anzüglich vor sich hin. Immer und immer wieder mußte er die Schoten neu einstellen, den Baumniederholer justieren und darauf achten, daß das Luvbackstag, das Drahtseil, das den Mast nach schrägachtern hin abstützte und dabei die erforderliche Spannung auf das Vorstag brachte, nicht aus den Klemmbacken der lächerlich kleinen Curryklemmen rutschte. Anstatt für die Bedienung solch lebenswichtiger Trimmeinrichtungen besondere Winschen auf den Seitendecks vorzusehen, besaßen die allem Anschein nach aus Gründen einer besseren Preispolitik ausrüstungsmäßig arg abgespeckten Serienboote auf jeder Seite nur jeweils ein Exemplar, über das jedoch auch die Vorschot bedient wurde. Dadurch war man gezwungen, das Backstag nach jeder Trimmeinstellung gesondert zu arretieren. Bereits zu Beginn der Wettfahrt waren die Leinen schon mehrfach aus den Curryklemmen herausgerutscht, wobei der Mast im oberen Drittel jedesmal wild zu schwingen begann.
»Verdammter Hack!« fluchte Emmanuela und duckte sich vor einer herannahenden Welle, die beinahe senkrecht am Steuerbordschwimmer hochstieg und anschließend das gesamte Cockpit mit einer Salzwasserfontäne eindeckte.

»Das kannst du laut sagen«, brüllte ihr Paul gegen den Wind zu und schüttelte sich. »Langsam wird mir kalt«, fügte er hinzu. »Dir etwa nicht?«
»Oh, doch«, nickte die Skipperin und stopfte sich eine schwarze Haarsträhne unter den Rand der Wollmütze. »Aber, was soll's. Von mir aus klettere in die Kajüte und wärme dich für einen Moment auf. Dann kannst du auch gleich mal auf die Anzeige des Satellitennavigators schauen. Würde mich brennend interessieren, wieviel Strecke wir schon gutgemacht haben. Und versuche über UKW die Regattaleitung zu erreichen. Kannst ja mitteilen, daß bei uns an Bord alles wohlauf ist.«
Trotz der Anspannung verzog sich ihr Gesicht zu einem Grinsen.
»Meinst du, ich kann dich allein lassen?« entgegnete Paul, wobei er einen zweifelnden Blick auf die schiefergraue See und auf den Himmel warf, der sich von Mal zu Mal dunkler färbte.
»Klar doch!« knurrte die junge Bretonin. »Wenn ich Angst bekommen sollte, darfst du mir ein Liedchen vorsingen.«
Paul Lafitte grinste zurück, wartete einen günstigen Moment ab und schlüpfte schließlich in den Innenraum des Mittelrumpfes. Sofort schloß er das Steckschot, damit keine Welle in den Innenraum drang und dort alles durchnäßte. Nun hockte Emmanuela allein im Cockpit des Firecrest. Mit einer Hand umklammerte sie die Pinne, mit der anderen nahm sie die Großschot aus der Klemme, um einem eventuellen Hochsteigen des Trimarans in einer besonders heftigen Bö durch Fieren des Tauwerks unverzüglich begegnen zu können. Die Drahtverspannung wimmerte wegen des enormen Winddrucks unablässig. Immer wieder bog sich der Mast im mittleren Bereich nach Lee durch. Doch die Wellenhöhe ließ ein Hantieren an den Spannschrauben mit Schraubenschlüssel und Steckdorn zur Erhöhung der Riggspannung nicht mehr zu. Dafür nämlich hätten entweder sie oder ihr Partner das geschützte Cockpit verlassen und sich auf das Seitendeck des Mittelrumpfes begeben müssen. Eine unangenehme Prozedur angesichts der fortlaufend an den Außenschwimmern hochsteigenden Wellen. Instinktiv befühlte sie ihre Finger, deren Kuppen aus den ledernen Segelhandschuhen hervorlugten. Sie fühlten sich bereits klamm und steif an. Es würde schwierig werden, Schraubenschlüssel und Dorn in den Händen zu halten, vom Aufbiegen der Splinte aus Edelstahl einmal ganz zu schweigen.
»Verfluchte Schlamperei!« murmelte sie zornig vor sich hin.
Verdammter Moulin! Sie hier bei diesem Wetter mit einem nur nachlässig gespannten Rigg hinauszuschicken. Ob es den anderen wohl ebenso erging? Sie drehte sich herum. Das Feld der übrigen Verfolger war kaum noch auszumachen. Genausowenig Timouran, der sich schon weit von den übrigen Seglern hatte absetzen können. Nur die Mastspitzen der Boote, die von den Weltklasseseglern Poupet und Peyrenne gesteuert wurden, vermochte sie zu erkennen, wenn sie mit den anderen auf einer Wellenhöhe lag. In einem Wellental sah sie um sich herum nur den schwarzgrauen Atlantik, dessen Wellen weiß geschäumt aus Richtung Westen aufs Land hin zustoben. Über ihr spannte sich ein immer dunkler werdender Himmel, und um sie herum donnerten meterhohe Seen, deren Köpfe sich brachen und deren Kämme vom Sturm fortgeweht wurden.

Emmanuela fröstelte. Während sie auf dem Hinweg hin und wieder einen der patrouillierenden SAR-Hubschrauber der Küstenwache hatte ausmachen können, blieb der Himmel seit der Dämmerung leer. Auch die beiden Küstenwachschiffe tauchten zumindest in ihrer Nähe nicht mehr auf. Aber was bedeuteten auch schon zwei Schiffe, gemessen an dem weiten Seegebiet zwischen der Chaussee de Sein und der Inselgruppe Molene und Ouessant. Und das bei einem derart auseinandergezogenen Feld. Sie schielte nach oben zum Masttopp, wo der Radarreflektor hing, die einzige Identifizierungsmöglichkeit für die Radaranlagen der Seenothelfer an Land und auf See. Auch hier hatte dieser Ignorant Stefane Moulin wieder das Billigste vom Billigen montieren lassen. Dies zeigte sich auch an dem billigen Magnetkompaß, der anscheinend mit Blechschrauben am Schott befestigt war. Er wies überall hin, nur nicht nach Norden. Sie würde nach dem Rennen mit dem Werftchef ein ernstes Wort reden.
Das Schiebeluk rutschte zurück, und der Kopf ihres Mitseglers wurde sichtbar. Er machte ein sorgenvolles Gesicht.
»Was gibt's?« fragte Emmanuela ungeduldig, weil sie wußte, daß Paul nie ohne Grund so dreinschaute.
»Das UKW-Funkgerät funktioniert nicht«, antwortete er.
»Das heißt«, fügte er hinzu, »wahrscheinlich liegt es an der Batterie. Vermutlich irgendwo ein Kurzschluß. Jedenfalls steht der Zeiger vom Voltmeter tief im roten Bereich. Kein Strom, kein Funk. Und was noch übler ist: auch keine Positionslichter.«
»Kannst du wenigstens den Motor starten?«
Der junge Sportstudent winkte müde ab.
»Es gibt an Bord nur diese eine Stromquelle. Ach so, die Kurbel für den Handstart fehlt.«
»Das darf doch wohl nicht wahr sein!« entfuhr es der jungen Skipperin. »So was habe ich ja noch nie erlebt. Erst die lockeren Unterwanten und jetzt auch noch dies. Ja, was glaubt dieser verdammte Moulin eigentlich, mit was für einer Krücke er mich auf See hinausschicken kann?«
»Nicht zu ändern«, erwiderte Paul, der wie gewöhnlich in einen Anfall von Fatalismus verfiel. »Dann muß es eben ohne ...«
»Moment mal!« entfuhr es Emmanuela. »Das heißt, wir haben auch keine Satellitenposition?«
»Bingo!« antwortete ihr Vorschoter.
Er grinste säuerlich.
»Wenn wir das Boot auf die Klippen setzen, wird man uns natürlich vorwerfen, daß wir nicht ordentlich mitgekoppelt haben.«
»Was du nicht sagst«, knurrte die junge Frau. »Du wirst lachen, aber das ist im Moment wirklich meine geringste Sorge. Ich hätte nämlich inzwischen große Lust ...«
»Ich lache da überhaupt nicht«, unterbrach sie ihr Mitsegler.
»Soll ich wieder nach oben kommen?« fügte er hinzu.
»Von mir aus kannst du noch ein bißchen da unten bleiben. Viel Vergnügen.«
»Ein Vergnügen ist das keinesfalls«, entgegnete Paul Lafitte. »Das kracht und rumpelt in der Kajüte, daß du denkst, die Mühle bricht jeden Augenblick auseinander.«

»Würde mich auch nicht mehr wundern«, brummte Emmanuela mißgestimmt und konzentrierte sich wieder auf das Steuern.

Jetzt nur nicht den Anschluß an die Spitzengruppe verlieren, schoß es ihr durch den Kopf. Geräuschvoll schloß Paul das Luk. Emmanuela hockte erneut alleine im Cockpit des Trimarans.

Normalerweise machten ihr einsame Wachen auf hoher See selbst bei hohem Wellengang und Starkwind nichts aus. Doch dabei befehligte sie gewöhnlich nicht nur eine in navigatorischer Hinsicht bestens ausgerüstete Hochseeyacht, sondern verfügte darüber hinaus über eine mehrköpfige, exzellente Stammcrew. Zum ersten Mal kamen ihr Zweifel, was ihre Sicherheit und die ihres Mitseglers anging. Sie steuerte exakt auf die Chaussee de Sein, die klippenverseuchte und strömungsreiche Enge zwischen dem weit vorgelagerten Kap an der Westspitze der Cornouaille und der gleichnamigen Insel zu. Die Liste der Wracks, die in unmittelbarer Nähe den Meeresboden bedeckten, sprach Bände. Was, zum Henker, sollte sie tun? Außen um die Ile de Sein herumzufahren hieße, die halbwegs ehrenvolle Plazierung des vierten oder vielleicht sogar dritten Platzes aufzugeben, ohne elektronische Navigationshilfe und bei diesem Wetter zu versuchen, die Passage bei den beiden Leuchttürmen praktisch blind zu durchfahren, Roulette mit dem Leben zu spielen. Zumal deshalb, weil sie mangels Seefunk im entscheidenden Fall noch nicht einmal hätte Hilfe herbeirufen können. Ohne Licht im Masttopp konnte ihr Boot auch nicht von den eventuell Ausschau haltenden Küstenwachschiffen beobachtet werden. Alles hing von dem winzigen Radarreflektor ab, der hoch oben im Masttopp hing und die Radarstrahlen der Sendeanlagen reflektierte. Ob dies bei diesem Seegang überhaupt möglich war, erschien ihr inzwischen mehr als fraglich.

Bereits zum zweiten Mal sichtete sie einen Kutter. Daß es sich um ein Fischereifahrzeug handelte, erkannte sie an den eigentümlichen Aufbauten. Diesmal kam ihnen das Schiff ziemlich nahe, denn sie konnte den vorderen Lademast sogar in den Wellentälern ausmachen. Emmanuela schien sich zunächst nicht sicher, ob sie über die zeitweilige Begleitung froh sein sollte oder nicht. Einerseits bedeutete ein Schiff in der Nähe ein Sicherheitspotential, andererseits aber auch ein Risikofaktor, weil man als Segler, und dann auch noch weitgehend unbeleuchtet, von einem fischenden Berufsschiff schnell gerammt werden konnte. Einer ihrer Crewmitglieder hatte infolge einer solchen Bekanntschaft erst unlängst nicht nur sein Boot, sondern auch noch seinen Mitsegler verloren. Ein Trawler hatte seinen Tourenkatamaran nachts beim Fischen mitten auf der Nordsee buchstäblich in Stücke gerissen. Seinem zweiten Mann an Bord gelang es nicht mehr, in die Rettungsinsel zu springen. Emmanuela mußte bei diesem Gedanken rauh schlucken. Sie beschloß, auch dem Kutter ihre Aufmerksamkeit zu schenken.

Einige Zeit später entdeckte Paul als erster den Lichtschein eines Leuchtfeuers. Weil der Trimaran in den Wellen jedoch laufend auf und ab tanzte, erwies es sich als äußerst mühsam, die Taktkennung festzustellen. Was Emmanuela dabei verunsicherte, war, daß das Leuchtfeuer überhaupt eine Taktkennung zeigte, denn als erstes hätte das ununterbrochen leuchtende Festfeuer des Leuchtturms auf der Insel Sein auftauchen

müssen. Wieso, um alles in der Welt, konnte man es noch nicht ausmachen, das andere aber wohl. Sosehr sie sich auch bemühten, sie konnten die zeitliche Dauer der Dunkelphase nicht exakt abschätzen. Inzwischen herrschte vollständige Dunkelheit um sie herum. Die tiefhängenden Wolken verdeckten sämtliche Himmelskörper. Emmanuela kam es vor, als rasten sie schnurstracks in den Vorhof der Hölle.
»Schöner Mist, nicht wahr?« schrie Paul.
Er hatte die Hand von der Winschkurbel genommen und deutete in die Richtung, in der eben noch das Licht schimmerte.
»Was es wohl ist? Phare de la Vieille?«
»Oder Tevennec. Ich habe ein ganz ungutes Gefühl.«
»Nämlich?«
»Wir sind viel zu weit nach Osten abgekommen. Dafür spricht, daß wir das Leuchtfeuer des Phare de Sein noch nicht ausmachen können.«
Trotz der Dunkelheit entging Emmanuela nicht, daß ihr Mitsegler sie lange und fragend anstarrte.
»Was nun?« fragte er nach einer Weile. »Anluven läßt die vorherrschende Windrichtung nicht zu. Willst du über Stag ...?«
Er kam nicht mehr dazu, seinen Gedankengang zu Ende zu bringen. Genau in diesem Augenblick brach ein bösartiger Brecher über das Boot herein und deckte sie beide mit einem kalten Salzwasserschleier ein. Ein Knarzen unter dem Bootsrumpf ertönte.
»Verdammter Mist!« entfuhr es der jungen Frau.
»Halte Kurs!« warnte sie Paul Lafitte. »Herrgott, wo fährst du denn hin? Vorsicht, wir drehen immer weiter!«
Seine Stimme überschlug sich mit einem Mal.
»Ruder gebrochen!« brüllte Emmanuela und zerrte die Pinne ohne Mühe hin und her.
»Mein Gott!« stöhnte Paul. »Los, Segel herunter!«
»Nur das Groß!« brüllte Emmanuela. »Wir müssen versuchen, mit dem Vorsegel irgendwie auf Kurs zu bleiben. Sonst stranden wir bei der Strömung irgendwo auf den Klippen vor dem Kap.«
Der Trimaran hatte sich bereits mit seiner Breitseite gegen die Wellen gelegt und drohte weiter zu drehen und dabei mit dem Heck durch den Wind zu gehen. Während die junge Frau die Schoten loswarf und anschließend nach vorne stürzte, um die Fallenstopper zu öffnen, kletterte Paul auf das Seitendeck und begab sich so rasch es der Wellengang zuließ an den Mast. Das Boot drehte trotzdem noch etwas weiter und lag nun schräg zum Wind. In der Großschot bildete sich eine Wuhling, die ein weiteres Auffieren des Großbaumes alleine durch den Winddruck verhinderte. Schlagartig hörte das ohrenbetäubende Flattern des Segeltuchs auf, ein Zeichen dafür, daß es sich wieder mit Wind füllte. Der Trimaran machte daraufhin einen Satz nach vorne und beschrieb dabei eine enge Kurve. In diesem Moment geschahen zwei Dinge beinahe gleichzeitig. Emmanuela glitt aus und riß dabei mit der Spitze ihres Segelstiefels das Backstag aus der Curryklemme. Die beiden festen Wanten vermochten den Mast mit dem geblähten Segel nicht mehr zu halten, der Wellengang tat sein übriges dazu, und Sekunden später brach der Mast mit einem Schlag dicht oberhalb der Saling durch.

Es knackte und knirschte, und schließlich hörte man nur noch, wie die beiden Segel zerrissen und in Stücken vom Sturm davongetragen wurden.
Emmanuela wirbelte herum. Paul lag zusammengekrümmt auf dem Deck. Beinahe wäre er durch den offenen Niedergang in die Kajüte gestürzt. Die junge Frau sprang vor und umklammerte den Oberkörper des Mannes. Grob zerrte sie ihn in den relativen Schutz der Plicht. Aus einer Wunde an der Stirn sickerte in breiten Streifen Blut.
»Paul!« schrie sie und rüttelte ihn an den Schultern. »Paul! Herrgott, Paul! Kannst du mich hören? Paul, Paul, so antworte doch!«
Lafitte schlug mühsam die Augen auf.
»Natürlich höre ich dich, wenn du so herumbrüllst«, murmelte er gepreßt. »Was, zum Henker, ist passiert?«
Emmanuela versuchte, den Kopf des jungen Mannes möglichst weich zu betten, was ihr jedoch angesichts des rüde schaukelnden Bootes nicht gelang. Nach einem vergeblichen Versuch, sich aufzurichten, sank er wieder stöhnend zurück und faßte sich instinktiv an den Kopf.
»Verdammt, tut das weh!«
»Du hast wahrscheinlich eine Gehirnerschütterung«, antwortete sie mit gepreßter Stimme. »Der Mast ist heruntergekommen und hat dich dabei vermutlich an der Stirn getroffen. Verdammter Mist! Jetzt sitzen wir aber schön in der Patsche, alter Junge! Kein Funkgerät, Mast gebrochen, Ruder defekt und der Motor läßt sich auch nicht starten.«
»Na, phantastisch!« stöhnte Paul.
Scheppernd schlugen die herunterhängenden Mastteile gegen die Aufbauten und den Rumpf.
»Du solltest versuchen, den Rest zu kappen, sonst schlägt uns der Schrott noch die Außenhaut entzwei.«
Emmanuela nickte.
»Du hast recht, Paul«, antwortete sie und richtete sich auf. »Hoffentlich haben wir wenigstens geeignetes Werkzeug an Bord.«
»Vergiß das Werkzeug!« begehrte Paul trotz offensichtlicher Schmerzen auf. »Zieh einfach die Splinte heraus und wirf alles über Deck! Mach zu! Wenn uns das überhängende Rigg ein Loch in den Rumpf schlägt, dann gute Nacht!«
Unter Aufbringung all ihrer Kraft schlängelte sie sich unter den herumpeitschenden Drähten, dem abgeknickten und nun wild herumpendelnden Mastoberteil und den noch daran befestigten Segeltuchresten bis zur Mitte des Mittelrumpfes durch und begann mit der Arbeit. Der Wind jaulte immer noch unablässig durch das zerbrochene Rigg, eiskaltes Wasser schwappte zwischen den zerrissenen Trampolinnetzen hoch. Dumpf brachen sich die Wellen an der Bordwand der Außenschwimmer und am Mittelrumpf. Kreischend bog sich der abgeknickte Maststummel um die Bruchstelle und zerrte die Riggdrähte über das Vor- und Seitendeck. Manchmal kniete sie beinahe bis zum Hals im Wasser, während sie die Spannschrauben aus den Püttings riß und gleichzeitig darauf achten mußte, nicht von lockeren Riggteilen getroffen zu werden. Als extrem schwierig erwies sich der Gang auf das Vorschiff, wo sie den Rest der

Takelage entfernen mußte. Nach endlos erscheinenden Minuten schob sie alles nach hinten über die Ausleger, und mit einem kaum wahrnehmbaren Gurgeln versank der Schrott im Meer.
Ein Schatten bewegte sich in einiger Entfernung langsam am Wrack des Trimarans vorbei. Seegang und Dunkelheit machten es beinahe unmöglich, dieses dunkle Etwas als Schiff zu identifizieren. Unschlüssig kletterte sie wieder in den relativen Schutz des Cockpits zurück. Erst jetzt fiel ihr auf, daß dieses seltsame Fahrzeug nicht ein einziges Positionslicht führte. Es torkelte anscheinend genauso heftig in der aufgewühlten See wie der nun vollständig abgetakelte Firecrest-Trimaran. Das Gegenüber blieb auch nicht kontinuierlich sichtbar. Nur von Zeit zu Zeit, wenn die Wellenberge hier wie dort ein gleiches Niveau erreichten, tauchte dieser Schatten auf. Um ein großes Berufsschiff handelte es sich also nicht. Und leider auch nicht um einen Patrouillenkreuzer der Küstenwache.
Nun, dachte sie bei sich, momentan geht von ihm keine konkrete Gefahr aus. Sollte das Ding jedoch den Kurs ändern und in ihre Richtung abdrehen, bestand die Gefahr, daß sie übersehen wurden. In Ermangelung des Mastes, bei Nacht und diesen Seegangsverhältnissen waren sie praktisch kaum noch auszumachen. Nur eines verstand sie nicht. Warum brannte dort drüben nicht eine einzige Positionslaterne?
»Was hast du?« rüttelte sie Paul aus ihren Gedanken, während er erneut versuchte, sich aufzurichten.
»Sieh selbst«, entgegnete sie und deutete auf den dunklen Umriß. »Möchte wissen, was das für ein seltsamer Vogel ist«, fuhr sie fort.
»Fährt Kreise, zeigt keine Positionslichter und tut so, als gäbe es Sturm und Seegang überhaupt nicht.«
»Vielleicht sucht uns schon die Küstenwache«, räumte der junge Sportstudent ein. »Wir haben schließlich seit Stunden kein Lebenszeichen mehr von uns gegeben.«
»Für ein Patrouillenboot der Küstenwache ist das Ding da drüben viel zu klein«, entgegnete sie. »Ich kenne die Schiffe, die hier am Atlantik eingesetzt sind. Die sind gut vierzig Meter lang, gewöhnlich sogar größer. Nein, um ein Marinefahrzeug handelt es sich mit Sicherheit nicht. Es handelt sich eindeutig um einen Fischkutter.«
Sie drehte sich zu Paul Lafitte um, der immer noch gegen den Niedergang gekauert hockte und ein Stück Segeltuch gegen seine Stirnwunde preßte.
»Herrje!« stieß sie aus. »Deine Verletzung habe ich ja völlig vergessen. Ich besorge erst einmal Verbandszeug. Behalte solange das Schiff dort drüben im Auge.«
»Ich weiß ja nicht, ob du Lust hast, noch weiter auf dem Wrack hier deine Zeit zu vertrödeln!« stöhnte Paul. »Ich denke, wir sollten erst einmal eine Ladung Signalsterne in die Luft schießen, oder was meinst du? Wenn uns die Küstenwache auf dem Kap schon nicht sieht, vielleicht bemerkt uns der da drüben.«
Emmanuela stellte fest, daß ihm das Sprechen schwerfiel. Vermutlich hatte sein Kopf doch mehr abbekommen, als sie in der Dunkelheit auf den ersten Blick erkennen konnte. Hoffentlich nichts Ernstes!
»Gute Idee«, pflichtete sie ihm bei, ärgerte sich jedoch im nächsten Moment darüber, daß ihr nicht selbst die Seenotraketen eingefallen waren. Wo war sie bloß mit ihren

Gedanken?
»Weißt du eigentlich, wo Verbandskasten und Notsignale verstaut sind?« fragte sie den jungen Mann.
»Soweit ich weiß, im Vorschiff!« stieß er mühsam hervor. »Dort befindet sich ein kleiner roter Container mit dem Aufdruck ›Emergency‹. Direkt unter dem Mittelpolster.«
»Genau dort gehört er auch hin!« stieß sie zornig aus.
Emmanuela Leclerq wartete einen günstigen Moment ab und tauchte in das undurchdringliche Dunkel der Kajüte. Da der Strom ausgefallen war, konnte sie auch kein Licht machen. Auch wo sich die Taschenlampe befand, die nach französischem Standard mit zur Sicherheitsausrüstung auf jedes seegehende Boot gehörte, konnte sie nicht feststellen. Die Halterung dicht beim Niedergang erwies sich jedenfalls als leer. Wahrscheinlich hatte sie sich im Seegang losgerissen und kollerte jetzt irgendwo im Innenraum herum. Vorsichtig tastete sie sich nach vorne und handelte sich dabei eine Menge Schrammen und blauer Flecke ein. Schließlich erreichte sie das vordere Schott und versuchte, die Schiebetür zur Seite zu schieben. Sie klemmte. Das darf doch wohl alles nicht wahr sein, schoß es ihr durch den Kopf. Emmanuela suchte erneut die Griffmulde und versuchte es noch einmal. Doch vergebens. Entweder hatte sich die Führung im Dach verzogen oder irgend etwas hatte sich in der Vorschiffskabine zwischen Tür und Rumpf verklemmt. Nach mehreren Versuchen gab sie schließlich entnervt auf. Sie hockte sich schwer atmend auf die Backbordkoje und versuchte einen klaren Gedanken zu fassen. Je intensiver sie jedoch nachdachte, desto mehr wurde ihr die Aussichtslosigkeit ihrer Situation bewußt. Sie trieb manövrierunfähig vor den Klippen der Pointe du Raz in einem Trimaran-Wrack mit einem Verletzten an Bord, ohne Funk und ohne die Möglichkeit, ein Seenotsignalmittel abzufeuern oder sich in sonst einer Weise wirkungsvoll bemerkbar machen zu können. Langsam begann sich Panik wie ein feuchtes, schweres Tuch über ihre Gedanken zu legen.
Unablässig hämmerten die Brecher gegen die Bordwand, wurde der Bootsrumpf von den Wellen hochgeworfen und im nächsten Moment wieder fallen gelassen. Plötzlich wurde ihr eng in der Kajüte. Schweiß bildete sich auf ihrer Stirn.
»Raus hier!« fuhr es ihr durch den Kopf. »Bloß raus hier unten!«
Wieder oben an Deck stellte sie fest, daß Paul Lafitte auf der Backbordsitzducht leblos zusammengesunken war. Sein Kopf rollte haltlos in jeder Welle von einer Seite zur anderen. Sie versuchte ihn wachzurütteln, aber er schien das Bewußtsein verloren zu haben. Das Blut aus der Stirnwunde lief in breiten Bahnen an seinem Kopf entlang und sammelte sich im Kragenausschnitt, wo es auf den hellen Kunststoff tropfte. Die Sitzducht sah bereits aus, als wäre dort vor wenigen Augenblicken ein Schwein geschlachtet worden. Emmanuela begann zu würgen und wandte sich von dem Verletzten ab. Als sie einen Blick zur Seite warf, erkannte sie keine zwanzig Meter entfernt einen schwarzen Schatten, der genau auf das Wrack zukam. Ihre Ohren vernahmen einen hellen, gellenden Schrei. Er kam aus ihrem eigenen Mund.

KAPITEL VIII

Gib die Meldung zur Sicherheit zusätzlich auf Kanal 16 durch!« forderte Aubin Leclerq den Wettfahrtleiter des Yachtklubs von Ploudarneau auf. »Könnte durchaus sein, daß die Burschen da draußen den Not- und Anrufkanal eingeschaltet haben.«
Jacques Sirac sah den Bürgermeister fragend an.
»Auf Kanal 16? Ich denke, das sollten wir schon aus formellen Gründen lieber der Küstenwache überlassen. Wir können doch hier nicht einfach ...«
»Vergiß die Küstenwache!« knurrte ihn Leclerq an. »Mach, was ich dir sage! Ich will endlich wissen, was da draußen los ist.«
Seufzend drehte sich Sirac auf seinem Stuhl herum und griff nach dem Hörer der UKW-Funkanlage. Auf dem Display schaltete sich automatisch der Kanal 16 ein.
»All ships! All ships! Hier Wettfahrtleitung Ploudarneau! All ships! Bitte machen Sie Positionsmeldung! Ich wiederhole. Bitte geben Sie ihre derzeitige Position durch und melden Sie, ob an Bord alles wohlauf ist.«
Lautes Rauschen folgte, nachdem Sirac wieder auf Empfang schaltete. Es dauerte wenige Augenblicke, bis sich eine Stimme meldete.
»Ploudarneau! Hier ist Poupet! Danke der Nachfrage. Bei uns ist alles wohlauf. Was man von diesem Bötchen, das Sie uns zur Verfügung gestellt haben, jedoch nicht unbedingt behaupten kann. Also, wenn Sie mich fragen, ...«
»Wettfahrtleitung Ploudarneau!« unterbrach eine energische Stimme. »Hier CROSS Corsen! Stellen Sie unverzüglich die Privatunterhaltung auf Kanal 16 ein! Muß ich Sie an die Einhaltung der Funkdisziplin erinnern?«
»Pardon CROSS Corsen! Der Funkkontakt zu unseren Booten war abgebrochen! Wir machen uns Sorgen.«
»Das ist bedauerlich, jedoch nicht zu ändern. Trotzdem, halten Sie Kanal 16 frei! Bei dem Wetter muß mit Not- und Dringlichkeitsmeldungen gerechnet werden. Schalten Sie also auf die zugewiesene Gesprächsfrequenz!«
»Blödmann!« schimpfte Leclerq halblaut und gab Sirac ein Zeichen.
Der Wettfahrtleiter des Yachtklubs wechselte die Frequenz und wiederholte seinen Aufruf mehrmals. Eine weitere Yacht meldete sich.
»Ploudarneau! Hier ist Jean-Pierre Tatoui. Wir befinden uns etwa fünf Meilen nördlich der Chaussee. Es ist ganz schön rauh hier oben. Tut mir leid, aber ich muß wieder an Deck. Schäden haben wir zum Glück bisher noch keine.«
Leclerq riß Sirac den Hörer aus der Hand.
»Tatoui! Bleiben Sie dran! Außer Poupet sind Sie der einzige, mit dem wir seit zwei Stunden Funkkontakt haben. Ich habe eine dringende Frage an Sie. Befinden sich andere Boote aus dem Pulk in Sichtweite?«
Atmosphärische Störungen ließen die Membrane des Lautsprechers metallisch krächzen. Tatouis Stimme wurde abwechselnd lauter und leiser.
»Positiv, Ploudarneau! Aber fragen Sie mich nicht, um wen es sich dabei handelt. Wir

segeln zwar in Sichtweite dreier weiterer Boote aus dem Feld, aber auf die Entfernung und bei der Dunkelheit läßt sich nicht abschätzen, um wen es sich dabei handelt. Ich habe ihren Anruf auch nur zufällig mitbekommen, weil ich in diesem Moment unten am Kartentisch die Position kontrollierte.«

»Danke, Tatoui!« antwortete Leblanc.

»Ploudarneau! Hier ist Boot Nummer 9 mit Pascal Sirouan am Steuer! Habe Ihre Unterhaltung mitgehört. He, Tatoui, alter Freund! Schalte mal deine Toppbeleuchtung dreimal an und aus. Möchte sehen, ob du das bist, den ich da gerade abgehängt habe.«

»Das glaubst du doch wohl nicht im Ernst, Pascal«, meldete sich die andere Stimme wieder. »Du willst mich abgehängt haben? Das ist doch lächerlich. Na bitte, wenn du möchtest, dann werde ich ...«

»Halten Sie den Kanal frei!« schimpfte Leclerq. »Jetzt ist keine Zeit für Privatunterhaltungen.«

Nur das Rauschen der UKW-Anlage durchbrach die Stille, die lastend über den Wettfahrtverantwortlichen von Ploudarneau lag. Dichter Zigarettenqualm färbte die Luft im Kontrollraum des Hafenmeisters von Ploudarneau blau. Es war stickig und feuchtwarm hier oben im Tower. Und es roch nach Schweiß.

»He, Ploudarneau!« hörte man erneut die Stimme von Tatoui. »Was ist denn auf einmal los? Was soll denn die Nervosität?«

Leclerq überreichte den Hörer wieder an Sirac und ging anstatt dessen zu einem der schräggestellten Fenster. Er verwünschte seinen Architekten, von dem er sich zur Verwendung von stark getöntem Spiegelglas für die Capitainerie hatte überreden lassen. So ließe sich angeblich das Hafengeschehen speziell bei tief einfallenden Sonnenstrahlen besser überwachen. Jetzt in der Dunkelheit erwies sich die dunkle Tönung als äußerst hinderlich. Aber momentan hätte selbst klares Fensterglas nichts gebracht, denn das Feld befand sich noch weit draußen auf See. Von den Köpfen der Wellenbrecher schimmerte die Befeuerung der Hafeneinfahrt herüber. Das rote und grüne Licht wirkte heute alles andere als beruhigend.

Die letzten Positionsmeldungen stammten vom Nachmittag, als sich das Feld der zehn Trimarane noch zwischen dem Kap von Saint-Mathieu und der Westspitze der Halbinsel Crozon befand. Schließlich nahm der Funkkontakt deutlich ab und schlief schließlich vollständig ein. Kein Wunder, meinte Sirac mit einem Blick auf die Windmeßanlage, die in den Böen bereits deutlich die Sieben-Beaufort-Marke überschritt. Draußen herrschte ein kräftiger Frühjahrssturm. Da hatten die Akteure auf den Trimaranen alle Hände voll zu tun, die Boote heil über den holperigen Parcours zu bekommen. Doch alle Beschwichtigungen und Beteuerungen trugen kaum zu Leclerqs Beruhigung bei. Als feststand, daß das Feld den Zielhafen nicht mehr vor Einbruch der Dunkelheit, vermutlich sogar erst mitten in der Nacht erreichte, wurde er zunehmend nervöser. Schließlich meldete auch noch die Marinebasis in Brest, daß die Hubschrauber, die navigatorisch nicht für Nachtflüge ausgerüstet waren, zurückgezogen werden mußten. Nun blieben nur noch die beiden Wachschiffe der Küstenwache als Begleitschutz für das Regattafeld übrig.

Es war weniger der Starkwind, der ihm Sorge bereitete. Draußen auf See befanden sich durchweg abgebrühte Profis, die im Laufe ihrer Karriere schon mit ganz anderen Schwierigkeiten fertig geworden waren. Seine Sorge galt den beiden merkwürdigen Vorfällen, die sich in den vergangenen Tagen vor Ploudarneau zugetragen hatten. Seine Kiefermuskeln spannten sich unwillkürlich. Wenn der Hafen noch weiter negativ von sich reden machte, dann würde es zwangsläufig zu noch mehr Liegeplatzkündigungen und Optionsstornierungen kommen. Doch das durfte nicht geschehen. Die gesamte Gewinnkalkulation für den Hafen basierte auf einer zu rund neunzig Prozent ausgelasteten Liegeplatzkapazität. Die übrigen Boxen sollten den Durchreisenden zur Verfügung stehen, die auf Grund der hohen Tagespreise zumindest während der Saison weiteres Geld in den Kassen klingeln ließen. Wie in jeder ausschließlich vom direkten Kapitalzufluß Dritter abhängigen Branche zeigten sich die Banker sofort nervös, wenn die Gewinnerwartungen zurückzugehen drohten und dadurch die Rückzahlung der Kredite in Gefahr zu geraten schien. Zwar stand die Familie Leclerq mit ihren weitverzweigten Unternehmungen quasi als Bürge hinter dem Großprojekt, aber im Falle schlechter Prognosen verstand man in den französischen Kreditzentralen auch angesichts eines Prestigeobjekts wie der Marina Port du Raz keinen Spaß. Ein unmittelbarer Vergleich zu Projekten wie Eurodisney und Eurotunnel, die bislang nur deshalb vor einem drohenden Konkurs gerettet werden konnten, weil die Banken auf einen großen Teil ihrer finanziellen Forderungen verzichteten, hing wie ein Damoklesschwert über dem ausschließlich auf den Fremdenverkehr fixierten Ort. Port du Raz mußte ein Erfolg werden. Jetzt fehlte nur noch, daß Ploudarneau als selbsternanntes Regattazentrum an der Westküste der Bretagne durch weitere Zwischenfälle in die negativen Schlagzeilen geriet. Aubin Leclerq kniff die Augen zusammen und starrte in die Dunkelheit. Er dachte erneut an die beiden unerklärlichen Mordfälle. Und er wagte sich nicht auszumalen, was alles geschehen konnte, würde es im Rahmen dieser Wettfahrt zu einem ähnlichen Zwischenfall kommen. Das hätte noch gefehlt, wenn sich dort draußen ... Keiner im Raum merkte, wie hart seine Zähne mahlten.

Der Wettfahrtleiter holte tief Luft.

»Nichts ist los, Tatoui«, bemühte er sich möglichst gelassen zu wirken. »Aber Sie können sich wohl vorstellen, daß wir schon ein wenig in Sorge sind ...«

Das Telefon klingelte schrill und scheppernd. Der Hafenmeister hatte es extra so laut gestellt, damit er das Klingeln auch draußen hören konnte. Leclerq haßte das Geräusch.

»Chef«, rief ihm der Hafenmeister zu und deutete auf den Hörer. »Die Küstenwache. Monsieur Andreani ist am Apparat.«

Aubin Leclerq warf einen Blick auf Sirac, der immer noch über Funk mit Tatoui diskutierte, und nahm den Hörer zögernd entgegen. Eigentlich hatte er sich vorgenommen, keinesfalls in das unmittelbare Wettfahrtgeschäft einzugreifen, denn von Segelregatten verstand er im Prinzip nur so viel, daß der erste, der die Ziellinie überquerte, hinterher den größten Pokal bekam.

»Leclerq, hier«, meldete er sich. »Hallo, Olivier. Was kann ich für Sie tun?«

Aus dem Hörer drang ein unterdrücktes Gemurmel, gemischt mit dem monotonen

Dröhnen eines schnell laufenden Schiffsdiesels und dem Heulen des Windes. Olivier Andreani befand sich vermutlich auf der Brücke seines Küstenwachkreuzers. Aubin war gespannt, welche Neuigkeiten er wohl hatte.
»Ich schätze, Sie können wenig für uns tun«, meinte der gebürtige Korse trocken.
»Ich überlege im Augenblick, was wir für Sie und Ihre Boote tun können.«
»Gibt es Probleme?« erkundigte sich Leclerq mit einer gewissen Vorahnung. Langsam richteten sich seine Haare im Nacken auf.
»Tja, wie man's nimmt«, entgegnete der Kapitän auf dem Küstenwachschiff. »Bis eben hatte unsere Radarstation elf Lichtpunkte auf dem Schirm. Seit ein paar Minuten sind es nur noch zehn.«
Aubin packte den Telefonhörer fester.
»Was soll das heißen?« antwortete er rauh.
Die Stimme am anderen Ende verstummte einen Augenblick. Leclerq hörte, wie sich Kapitän Andreani mit zwei Leuten aus seiner Crew unterhielt. Einer zumindest schien der Mann am Bordradar zu sein. Schließlich meldete er sich wieder.
»Mein Navigator bestätigt den Hinweis. Ein Objekt ist auch von unserem Radarschirm urplötzlich verschwunden. Nach meinem Dafürhalten handelt es sich um das vierte Boot in Linie des Regattapulks.«
»Himmel, Olivier, was soll das heißen? Bedeutet das etwa ..?«
Der Mann auf dem Wachschiff räusperte sich. Mit gewohnt sachlicher Stimme fuhr er fort.
»Sie denken an ein Unglück? Nicht unbedingt. Wir können die Trimarane nur anhand der Radarreflektoren identifizieren. Das niedrige Freibord der Boote und die filigranen Masten geben bei diesem Seegang allein kein brauchbares Echo ab. Es könnte meines Erachtens sein, ...«
»Was könnte sein, verdammt noch mal?« unterbrach ihn der Bürgermeister von Ploudarneau.
»... daß auf einem der Boote im Seegang der Reflektor aus dem Mast gefallen ist«, fuhr Andreani unbeirrt fort.
»Die Tatsache, daß ein Radarecho aussetzt, bedeutet zunächst nichts Ungewöhnliches. Allerdings ...«
»Sie sprachen gerade von elf Fahrzeugen, die sich auf See befinden«, ließ ihn Leclerq erneut nicht ausreden.
»Kann es denn nicht sein, daß bei dem unbeteiligten Boot etwas nicht stimmt?«
»Himmel, Monsieur, lassen Sie mich doch wenigstens einmal richtig zu Wort kommen!« scholt ihn der Wachschiffkapitän und ließ seiner Verärgerung freien Lauf.
»Nun denn«, fuhr er fort. »Das Radarecho stammt von einem Schiff. Wenn ich sage ›Schiff‹, dann meine ich es auch so. Das Echo ist so deutlich, daß es keinesfalls von einem der Trimarane stammt. Als das schwächere Echo verlosch, befand sich das deutlich sichtbare nicht weit davon entfernt. Daran hat sich übrigens bisher nichts geändert. Die Radarstation oben auf dem Kap kann die Sache natürlich wesentlich besser beurteilen. Der Kollege meint, daß der Abstand der Boote relativ gering sein muß.«
Leclerq schwieg. Wie alle Militärs neigte auch Andreani dazu, sich umständlich aus-

zudrücken. Der Kapitän des Wachfahrzeugs hinterließ den Eindruck, als spräche er einer Untersuchungskommission vor. Doch Leclerq wollte den Mann nicht schon wieder unterbrechen. Gebannt hielt er den Hörer fest in der Hand und hörte weiter zu. Gleichzeitig gab er dem Hafenmeister ein Zeichen, den Raumlautsprecher einzuschalten, damit alle Anwesenden dem Gespräch folgen konnten.
»Was schließen Sie also daraus?« fragte Leclerq.
Ein eisiger Schauer lief seinen Rücken hinunter. Trotz der feuchten Wärme, die über diesem Raum lastete, fror er plötzlich in seinem dunkelblauen Blazer. Er scholt sich insgeheim, diese Frage überhaupt gestellt zu haben. Die Antwort wollte er im Grunde seines Herzens überhaupt nicht wissen.
»Nun, wenn Sie mich so fragen«, fuhr Andreani unbeirrt fort, »dann bleiben nur zwei Möglichkeiten offen. Entweder ist, wie ich bereits andeutete, einem Ihrer Katamarane der Radarreflektor aus dem Mast gefallen, was das plötzliche Verlöschen des Radarechos auf unseren Schirmen durchaus erklären würde. Oder es gab einen Mastbruch, was praktisch zu demselben Effekt führt.«
Oder einer unserer Regattateilnehmer wurde versenkt, was ebenfalls dieses Phänomen erklärt, schoß es ihm durch den Kopf. Nun, solche Fälle kamen bei Nebel oder in einer Sturmnacht durchaus vor. Häufig ließ sich anschließend nicht einmal genau rekonstruieren, wer wen touchiert hatte. Hauptsache jedoch war, daß die Besatzung schnellstmöglich geborgen wurde. Der Atlantik war vor der Küste der Bretagne im Frühjahr empfindlich kalt. Obwohl er versuchte, diese Überlegung aus seinem Gehirn zu verdrängen, schlich sich erneut die Erinnerung an das vergangene Wochenende und den gestrigen Tag in seine Erinnerung. Was, wenn dort draußen ...? Er schüttelte energisch den Kopf und versuchte seine Gedanken zu ordnen. Unfug! Die Chance, ein solches Verbrechen bei Nacht, in schwerem Seegang und auf einer solch großen Wasserfläche zielsicher zu wiederholen, war unmöglich! Mußte einfach unmöglich sein! Verdammt, nur das nicht!
»Was werden Sie unternehmen?« fragte er schließlich Andreani tonlos.
»Erst einmal setzen wir einen Securité-Ruf ab und warnen alle übrigen Regattateilnehmer. Dann nehmen wir nochmals gezielt Kontakt mit dem unbekannten Schiff auf. Auf unseren bisherigen Funkruf erhielten wir bislang keine Antwort. Momentan laufen wir bereits mit voller Kraft auf die besagte Position zu.«
Leclerq fühlte, daß seine Knie weich wurden und der Boden unter seinen Füßen nachgeben wollte. Der Kerl gab keine Antwort! Das durfte doch nicht wahr sein! Der mußte sich doch melden, wenn er von der Küstenwache auf Kanal 16 angerufen wurde! Himmel, laß es einen herabgefallenen Reflektor oder wenigstens nur eine gewöhnliche Havarie sein! Ein eisiger Stich durchzuckte seine Brust. Gott, wenn es dich gibt, laß es nicht Emmanuela sein! Heftig schluckend ließ er sich in dem Drehsessel des Hafenmeisters fallen. Die anderen Männer starrten ihn teils erwartungsvoll, teils überrascht an. So hatten sie den allmächtigen Clanchef von Ploudarneau noch nicht erlebt. Aubin Leclerq, das Vorbild an Souveränität und Unerschütterlichkeit in Person. Der Bürgermeister bemerkte die abschätzenden Blicke. Mühsam riß er sich zusammen und versuchte ein zuversichtliches Lächeln zu zeigen. Es mißlang gründlich.

Leclerq legte den Hörer wortlos auf die Gabel zurück und starrte für einen Moment gedankenversunken vor sich hin, um intensiv nachzudenken. Seine Leute würden von ihm einen Vorschlag erwarten. Ihm war klar, daß er eine Lösung parat haben mußte. Unmöglich, in einer solchen Situation die Entscheidung einem Mann wie Sirac zu überlassen. Er gab sich einen Ruck. Seine Schultern strafften sich, sein Oberkörper richtete sich auf. Aubin Leclerq erhob sich von seinem Stuhl und stützte sich mit geballten Fäusten auf dem Schreibtsich des Hafenmeisters ab.
»Nun, Leute!« rief er. »Ihr habt's gehört. Von zehn Booten sind neun noch mit Sicherheit im Rennen. Wir müssen als erstes herausfinden, um welches Boot es sich bei dem vermeintlichen Havaristen handelt. Sirac, mein Freund! Du funkst jetzt jedes Boot einzeln an und läßt dir die Position durchgeben. Versuche es mehrmals und auf unterschiedlichen Kanälen. Frage nach, ob sich Rivalen in Sichtweite eindeutig identifizieren lassen. Ich denke, wenn sich erst einmal ein reger Funkverkehr entwickelt, werden zwangsläufig auch die anderen Schlafmützen aufwachen und an ihre Funkgeräte gehen.«
Eine halbe Stunde später sank Leclerqs mühsam aufgesetzte Zuversicht. Zwei Boote hatten sie nicht erreichen können. Das von Paladier und das von Emmanuela. Doch Paladier befand sich nach Ansicht von Pascal Sirouan im Verfolgerpulk und zudem in seiner unmittelbaren Sichtweite. Sirouan war sich sicher, Paladier nie aus den Augen verloren zu haben. Er deutete an, daß sich Emmanuela zwischen ihn und die drei Spitzenreiter hatte schieben können. Damit lag sie an vierter Stelle im Rennen. Also mußte es sich bei dem Boot, das auf dem Radarschirm kein Echo mehr abgab, wahrscheinlich doch um den Trimaran seiner Tochter handeln. Dafür sprach auch, daß die Verfolger die geografische Breite der vermeintlichen Position erst in diesem Augenblick überquerten, und es gab Sirouans Andeutungen zufolge keine Anzeichen dafür, daß Emmanuela bislang den vierten Platz in diesem Seerennen nicht hatte verteidigen können. Aber wieso, um alles in der Welt, war sie mit ihrem Boot so weit vom Kurs abgewichen? Ein grober Navigationsfehler? Zugegeben, bei diesem Wetter machte das Navigieren kein großes Vergnügen, aber die Boote waren mit dem neuesten Equipment des elektronischen Marktes ausgerüstet. Einem Profi wie Emmanuela durfte ein solcher Fehler einfach nicht unterlaufen! Was, zum Henker, hatte sich bloß dort draußen oberhalb der Chaussee de Sein zugetragen?

Die Einsatzbeleuchtung von Ambulanz und Fahrzeugen der örtlichen Gendarmerie sorgte mit ihren unablässig rotierenden, sich auf dem Wasser und auf dem naß glänzenden Asphalt widerspiegelnden Lichtkegeln für ein gespenstisch anmutendes Szenario. In diesem Augenblick ging ein heftiger Schauer nieder. Das Prasseln der Regentropfen auf den Boden mischte sich mit dem Jaulen der Windbö, die sich in den Fanggeschirren und Aufbauten der Fischkutter und Ausflugsboote fing. Der an einem arbeitsfreien Tag ansonsten eher spärlich erleuchtete Kai am Fischereihafen von Ploudarneau tauchte unablässig in ein grelles Hellblau, das nur hin und wieder von den Autoscheinwerfern und den Blitzlichtern der herbeigeeilten Zeitungsreporter durchbrochen wurde. Gute Nachrichten machten dort oben an der Cornouaille schnell die Runde, bei schlechten, so witzelten die Menschen an der Küste, hinkte sogar der Sturm wie ein Krüppel hinterher.

Schon kurz nach dessen Eintreffen hatte Timourans Sieg unter den Journalisten der örtlichen Presse fast völlig an Interesse eingebüßt. Als sich unter den Reportern herumsprach, daß es im Verlaufe der Regatta allem Anschein nach zu einem folgenschweren Unfall gekommen war, fieberten sie förmlich der wirklichen Sensation des Abends entgegen. Was bedeutete schon Timourans Sieg bei einer Regatta im Vergleich zu einer Schlagzeile über ein erneutes Drama vor den Toren von Ploudarneau? Timouran hatte gewonnen. Er und die übrigen acht Besatzungen liefen ihnen nicht weg. Und spektakuläre Photos von den Booten und Akteuren ließen Regen und Dunkelheit sowieso nicht zu. Selbst die Redakteure der Sportzeitschriften hielt es nicht mehr auf ihren Plätzen, und mit dem Versprechen, auf jeden Fall noch zum Festdinner wieder zurück zu sein, brach alles zum Fischereihafen auf. Timouran, aber auch Poupet und Peyrenne, die kurz hintereinander den Zielschuß beim Einlaufen zwischen den Wellenbrechern von Ploudarneau hörten und gewohnt waren, anschließend im Feuerwerk der Blitzlichter zu stehen, verstanden die Welt nicht mehr. Jacques Sirac und Werftchef Stefane Moulin hatten alle Hände voll zu tun, die Champions nach diesem Höllenritt mit Champagner und einem reichlichen Plateau de fruit de mer bei Laune zu halten. Einerseits war der Wettfahrtleiter froh darüber, daß sich Aubin Leclerq eventuell unangenehmen Fragen von Küstenwache, Polizei und Reportern stellen wollte, andererseits kam er sich in diesem Augenblick ohne den Präsidenten des Yachtklubs von Ploudarneau ziemlich verloren vor. Da stand er nun auf dem festlich erleuchteten Quai d'Acceuil, inmitten noch rund zweihundert Schaulustiger, die dem Wetter bis zuletzt getrotzt hatten, und einer großen Anzahl Liegeplatzinhaber, die ihre Zeit auch über das Wochenende hinaus auf den Booten verbrachten, um einmal eines ihrer Idole aus nächster Nähe sehen zu können. Einer der drei Segelchampions fragte, ob das Rennen denn so langweilig gewesen sei, daß von den vielen Journalisten kaum noch einer geblieben war, um sich mit ihnen über die Wettfahrt und die Regattaboote zu unterhalten. Ihre anfängliche Ironie wich schließlich tiefer Betroffenheit, als sie von dem Zwischenfall während der Regatta hörten. Aus verständlichen Gründen blieb auch die Begeisterung der gesamten Regattaequipe angesichts der Ereignisse gedämpft. Schließlich war niemandem mehr nach Feiern zumute, und die Champagnerflaschen blieben zuletzt weitgehend ungeöffnet in den eisgekühlten Kübeln und die gewaltige Platte aus Schalentieren sowie das restliche Buffet zum großen Teil unberührt.

Eine ganze Weile hatte Leclerq damit Erfolg gehabt, sowohl die Regattateilnehmer auf See als auch die Reporter und die Regattafans im Hafen über die Geschehnisse im unklaren zu lassen. Doch Jean Serrault, der Reporter der Gazette de Quimper, hatte heimlich den Sprechverkehr zwischen Küstenwachstationen, Patrouillenbooten und Regattaleitung mit Hilfe seines tragbaren UKW-Funkgeräts verfolgt. Als schließlich ein aufgeregter Liegeplatzinhaber erschien und kolportierte, daß man auf See angeblich Verletzte geborgen hätte und Krankenwagen bereits auf dem Weg zum Fischereihafen seien, packte Serrault in Windeseile Fototasche, Regenschirm und Wetterjacke zusammen und rannte zu seinem Auto. Die Meute der übrigen Reporter folgte ihm auf dem Fuße. Sogar das Team von Canal Breton, einem privaten Fernsehsender, dem Leclerq die Exklusivrechte für die Sportübertragung versprochen hatte, nahm vorsorglich die einsatzbereiten Videokameras von den Stativen und folgte dem Pulk auf die andere Seite des Moyenne.

»Lassen Sie Inspektor Lassalle durch, Brigadier!« rief Kommandant Benoit von weitem und stürmte dem Kriminalbeamten entgegen.

Es war jetzt kurz vor zehn Uhr abends. Der Regen prasselte immer noch unaufhörlich auf die Küste herab. Vor den Scheinwerfern der Einsatzwagen und den Straßenlampen am Kai bildeten sich dichte Vorhänge aus Wasser. Es war kalt geworden. Ungemütlich kalt. Die Männer in den Uniformen froren inzwischen genauso wie die Reporter, das Fernsehteam und die Schaulustigen, die sich in immer größerer Zahl am Kai einfanden. Benoit hatte erneut große Mühe, die Gaffer auf Distanz zu halten. Am Kai von Ploudarneau, zwischen Versteigerungshalle, Fischgeschäften und Dieselstation, lag ein dunkelgrün gestrichener Kutter von etwa zwanzig Metern Länge. Die beiden schweren, schwenkbaren Scheinwerfer tauchten das Vordeck mit den geschlossenen Ladeluken, den Winden und dem Krangeschirr in gleißende Helligkeit. Hinter dem Kutter ragte der graue Rumpf eines Küstenwachschiffes auf. Auch dort waren die Innenraumbeleuchtungen und die Außenscheinwerfer eingeschaltet.

Jean Lassalle, der fünfunddreißigjährige Computerspezialist aus Toulouse, bückte sich und schlüpfte unter dem rotweiß gestreiften Absperrband durch. Er trat auf Benoit zu und nickte flüchtig. Der Kommandant der Police Municipal de Ploudarneau salutierte knapp. Benoit fühlte sich wenig wohl in seiner Haut. Warum nur hatte er sich so wenig kooperativ gegenüber den Wünschen des jungen Kriminalbeamten gezeigt? Welcher Teufel hatte ihn geritten, nicht unverzüglich den Weisungen der Polizeipräfektur nachzukommen? Weil er eine Abneigung gegenüber jungen Kriminalinspektoren hegte, die in seinen Augen nur arrogante, karrieresüchtige Schnösel waren? Man würde ihm noch viele unangenehme Fragen stellen. Und das machte die Sache für ihn noch unerträglicher. Er würde sich verantworten müssen. Und nicht nur vor dem Polizeipräfekten. Auch gegenüber Leclerq. Und das war wesentlich schlimmer. Zum Glück hatte er den Bürgermeister davon überzeugen können, sich unbedingt im Hintergrund zu halten. Es würde ein sehr schlechtes Licht auf die örtliche Polizei werfen, wenn man ihm den Durchgang zu den beiden Schiffen gestattete, während die Journalisten und das Fernsehteam hinter der Absperrung bleiben mußten. Lassalle nahm seine regennasse Brille von der Nase und schüttelte die Tropfen ab. Er trug nur einen dünnen, hellen Trenchcoat über seinem Büroanzug. Der näßte schon kurz nach dem Verlassen seines Dienstwagens völlig durch. Der Gedanke an eventuell blutüberströmte oder verstümmelte Verletzte ließ seine Nervenenden vibrieren, so daß er unter seinen dünnen Sachen permanent fröstelte. Lassalle hatte es sich daheim bereits vor seinem Computerbildschirm bequem gemacht, um wie jeden Abend im Internet zu surfen, als ihn der Anruf aus der Polizeipräfektur erreichte. Albin Kozh

forderte Jean Lassalle höchstpersönlich auf, sich wegen der Abwesenheit des Kommissars um die Angelegenheit zu kümmern. Bevor er überhaupt etwas hatte einwenden können, war die Verbindung mit seinem Dienstvorgesetzten bereits unterbrochen. Albin Kozh pflegte nie mit den unteren Dienstrangen zu diskutieren.
Benoit rief nach einem Schirm, unter den sich Lassalle dankbar flüchtete.
»Nun, Kommandant«, forderte ihn der junge Beamte auf, während sie mit weit ausholenden Schritten auf die beiden am Kai vertäuten Schiffe zuliefen. »Berichten Sie, bitte. Was ich bisher mitbekommen habe, ist, daß dort draußen auf See eines dieser Regattaboote versenkt wurde. Wie kommen Sie eigentlich darauf, daß sich die Mordkommission für diesen Vorfall interessieren muß?«
»Das ist Monsieur Leclerqs Ansicht«, antwortete Benoit hastig. »Es gab einen Toten. Kommen Sie, Inspektor. Kapitän Andreani von der Küstenwache erwartet Sie bereits im Kommandoraum seines Patrouillenbootes. Wir sollten alles Weitere nicht gerade hier draußen im strömenden Regen erörtern.«
Lassalle deutete auf das Fahrzeug der Cross Bleue, dessen Innenraum hell erleuchtet war.
»Ein Rettungswagen der Ambulanz? Mit dem anderen Besatzungsmitglied?«
Benoit nickte.
»Kommen Sie, Inspektor!« forderte ihn Benoit auf und wollte nach dem Ärmel seines Trenchcoates greifen. »Darüber reden wir an Bord. Sie sind ja völlig durchnäßt.«
»Machen Sie sich um mich keine Sorgen«, antwortete Lassalle gereizt und eilte auf den Rettungswagen zu.
Er dachte an die Dienstvorschriften. Erst einmal die Zeugen vornehmen.
»Was haben Sie vor?« fragte Benoit und eilte hinter ihm her.
»Ich muß mit dem Opfer sprechen. Ich brauche die Zeugenaussage.«
Benoit wollte ihn zurückhalten, aber Lassalle hatte das Fahrzeug mit dem rotierenden Blaulicht auf dem Dach bereits erreicht. Kurzerhand öffnete er die hintere Tür. Eine Mischung aus Chloroform, Desinfektionsmittel und dem metallischen Geruch von frischem Blut schwappte ihm wie eine Welle entgegen. Einer der Männer, die sich im Licht der Halogenlampen über eine mit breiten Tüchern abgedeckte Person beugten, wirbelte herum. Sein Mundschutz und die Haarkappe gaben nur seine Augen frei. Sie blitzten zornig.
»Türe zu!« brüllte er ihm entgegen. »Türe zu, verdammt! Ich operiere! Was ist denn das für ein Kasper?«
»Der Kasper ist Kriminalbeamter«, antwortete Lassalle ungerührt.
»Das interessiert mich einen Dreck, Monsieur! Und wenn Sie Jacques Chirac oder Napoleon Bonaparte persönlich wären, machen Sie die Türe zu, zum Teufel!«
»Ich möchte nur wissen ...«, begann Lassalle erneut.
Einer der Sanitäter schlängelte sich hinter dem Operationstisch hervor, ergriff Lassalles Arm und schob ihn nach draußen.
»Ich will doch nur wissen, ob man mit dem Verletzten reden kann«, begehrte er noch auf, während sich die Türe bereits wieder schloß.
Kopfschüttelnd blieb Lassalle im Regen stehen. Gerade als Benoit zu beschwichtigen

versuchte, fuhr ein weiterer Ambulanzwagen mit eingeschaltetem Blaulicht an. Der junge Kriminalbeamte sprang vor und stoppte das weiße Fahrzeug mit dem blauen Kreuz auf der Motorhaube. Eine Fensterscheibe wurde heruntergekurbelt.
»Was wollen Sie?« fragte die Stimme aus dem Innenraum.
»Ich bin Kriminalinspektor Lassalle. Hier ist meine Dienstmarke.«
Der Mann in dem Unfallrettungswagen warf einen Blick auf die goldfarbene Plakette.
»Und?« fragte er nun wesentlich zugänglicher. »Was kann ich für Sie tun, Inspektor?«
Lassalle deutete auf den Wagen mit dem hell erleuchteten Operationsraum im Innern.
»Wie geht es dem Opfer?«
»Schlecht, wie ich hörte. Sehr schlecht. Soweit ich den Hinweisen meiner Kollegen Glauben schenken kann, dürfte ziemlich wenig Hoffnung bestehen.«
»Was ist mit dem anderen Besatzungsmitglied?« fragte der junge Kriminalbeamte.
Der Sanitäter drehte seine Hand und deutete mit dem abgespreizten Daumen zum Boden.
»Angeblich mit dem Boot untergegangen und ertrunken.«
Lassalle wich instinktiv einen Schritt zurück. Naturgemäß gehörten Leichen zum Alltagsgeschäft in der Mordkommission. Doch Lassalle war darauf spezialisiert, Täter oder zumindest Tatumstände ausschließlich mit Hilfe der Computertechnik zu ermitteln. Selbst seine Dienstwaffe lag wohlverschlossen im Safe des Bereitschaftsdienstes der Präfektur. In den letzten Jahren gelang es ihm stets, sich erfolgreich um die üblichen Pflichtstunden auf dem Schießstand zu drücken. Für ihn war die ganze Situation neu und ungewohnt. Er drehte sich unschlüssig um und blickte wieder zu dem hell erleuchteten Unfallrettungswagen hinüber. Ausgerechnet an den Zeugen ließ man ihn nicht heran. Es war zum Verzweifeln.
Der Fahrer des Rettungswagens legte den Gang ein und fuhr langsam in Richtung Absperrband davon.
»Kommen Sie, Inspektor«, murmelte Benoit und klopfte ihm beruhigend auf die Schulter. »Hier können Sie, so fürchte ich, im Augenblick sowieso nichts erreichen.«
Einige Minuten später stiegen Jean Lassalle und Kommandant Benoit über die schmale Gangway an Bord des hochbordigen grauen Marineschiffes. Auf dem anderen Fahrzeug versahen bereits Spezialisten der Spurensicherung aus Quimper ihren Dienst. Der junge Kriminalbeamte entdeckte unter den Leuten Germain Lereau, der wie gewöhnlich einen weißen Arbeitsoverall trug und über den er eine Regenjacke gezogen hatte. Lassalle kannte die Schiffe der Marine ausschließlich aus Büchern, die Seeschiffahrt nur von Filmreportagen. Ein uniformierter Matrose begrüßte sie auf dem Seitendeck, wobei er zackig salutierte. Lassalle entging nicht, daß er neugierig gemustert wurde. Ein Besuch der Kriminalpolizei an Bord von Patrouillenbooten der Küstenwache gehörte wohl eher zu der Ausnahme im täglichen Dienstbetrieb. Der Matrose führte die beiden Männer über eine schmale, stählerne Treppe nach oben in den Kommandoraum. Dort saßen drei Männer vor dem Navigationstisch. Derjenige mit den vier Streifen mußte Andreani sein. Soviel wußte Lassalle von den Rangauszeichnungen an Uniformen. Der zweite Mann trug keine Streifen, sondern für ihn unbekannte Symbole auf seinen Schulterstücken. Bei dem dritten handelte es sich um

den zweiten Zivilisten im Raum. Lassalle erkannte den Mann sofort, auch wenn er im Licht der beiden Neonröhren, die über dem Navigationstisch hingen, etwas anders aussah als auf dem Steckbrief des zentralen Erkennungsdienstes.
Der Matrose schloß die Tür. Die Windgeräusche erstarben.
»Guten Abend, Inspektor«, begrüßte ihn Andreani. »Willkommen an Bord, auch wenn der Anlaß Ihres Besuchs wohl weniger erfreulich sein dürfte.«
Er wandte sich an den jungen Uniformierten.
»Bringen Sie uns bitte Kaffee aus der Kombüse.«
Schließlich deutete er auf den Mann mit den unbekannten Symbolen auf den Schulterstücken. Dieser trug seine Abzeichen im Gegensatz zu Andreani auf einem dunkelblauen Troyer.
»Das ist übrigens Obersteuermann Lomoir, mein Navigator. Er bedient bei mir an Bord das Radargerät. Und das ...«
Er zeigte mit der Hand auf einen etwa fünfzigjährigen Mann, der seine Hände trotzig in den Taschen seiner dunkelblauen Arbeitshose verbarg.
»... ist Monsieur Arpege, der Kapitän der ›PEN-HIR‹. Der Mann, der, aus welchen Gründen auch immer, einen der Regattatrimarane versenkte.«
Andreani wandte sich zu dem Fischer um und blickte ihn mit dunkel umwölkter Stirn an. Arpege brauste bereits auf, noch ehe sich Lassalle überhaupt vorstellen konnte.
»Hüten Sie Ihre Zunge, Monsieur! Vor üblen Verleumdungen schützt Sie auch Ihre Uniform nicht. Frankreich ist ein freies Land! Wir sind hier nicht auf dieser kleinen, unbedeutenden Mittelmeerinsel, wo Sie sich so was vielleicht ungestraft herausnehmen können. Was heißt hier ›aus welchen Gründen auch immer‹? Wollen Sie mir mutwilliges Verhalten unterstellen?«
»Ach, halten Sie doch ihren Mund, Arpege«, fuhr ihn der Kapitän der Küstenwache an.
Andreani konnte es überhaupt nicht ausstehen, wenn jemand sein geliebtes Korsika als »kleine, unbedeutende Mittelmeerinsel« bezeichnete.
»Sie haben gerade Grund, hier große Töne zu spucken. Freies Frankreich! Gibt Ihnen das sogenannte ›Freie Frankreich‹ etwa das Recht, Sportboote auf hoher See zu versenken? Wenn Sie nachts nicht vernünftig navigieren können, dann bleiben Sie mit Ihrem Kutter doch daheim.«
Der Fischer richtete sich auf. Wutentbrannt ballte er die Fäuste. Sofort sprang auch der Obersteuermann auf. Andreani blieb unbeeindruckt sitzen.
»Würde mir vielleicht endlich einmal jemand erklären, was genau geschehen ist«, warf Lassalle ein und streifte sich den völlig durchnäßten Regenmantel von den Schultern. »Alles, was ich bisher erfahren habe, ist, daß ein angeblich aus Ploudarneau stammender Fischer in der Nähe der Pointe du Raz eine Segelyacht versenkt haben soll. Einer der Sanitäter erklärte mir vor ein paar Minuten, daß eine Person dabei ertrunken ist, die andere in Lebensgefahr schwebt. Und jetzt stelle ich zu meinem Erstaunen auch noch fest, daß es sich bei dem Betroffenen um den Mann handelt, den ich in dem gestrigen Mordfall vernehmen will.«
Er wandte sich an Benoit, der sich verzweifelt bemühte, im Hintergrund zu bleiben.

»Also ehrlich, werter Herr Kommandant«, fügte Lassalle hinzu. »Ich bin schon ein wenig überrascht. Wieso konnte man eigentlich Monsieur Arpege ...«
»Was faseln Sie da, Mann?« brauste Jules Arpege auf. »Ich werde gesucht? Wieso denn das? Was habe ich denn mit dem Mordfall zu schaffen?«
»Ich denke, die Fragen stellt zunächst einmal die Polizei, lieber Arpege«, versuchte Benoit den Fischer aus Ploudarneau zu beruhigen.
Es fiel ihm schwer, Arpege in diesem Moment in die Augen zu schauen. Beide waren seit vielen Jahren gute Bekannte. Sie verband zwar nicht gerade eine dicke Männerfreundschaft, aber sie kamen leidlich miteinander aus, weil sie sich gegenseitig respektierten. Jedenfalls tat es dieser Bekanntschaft keinen Abbruch, daß Benoit Polizeibeamter bei der Police Municipal war und zwangsläufig auch für den Bürgermeister von Ploudarneau tätig werden mußte. Dieser Beziehung zwischen Benoit und Arpege war es zu verdanken, daß die Blockade der Marinabaustelle vor zwei Jahren bis auf eine kleine Schlägerei zwischen dem Rädelsführer und einem Polier ansonsten unblutig beigelegt werden konnte. Benoit wandte sich wieder an Lassalle.
»Monsieur Arpege behauptet, mittags ausgelaufen zu sein und bis in die frühen Abendstunden seine Hummerkörbe oben am Kap kontrolliert zu haben. Es sei in der vergangenen Zeit häufig zu Diebstählen gekommen. Den Mastbruch auf einem der Regattaboote habe er durch Zufall beobachtet. Schließlich sei er trotz Dunkelheit und aufgewühlter See auf die Unglücksstelle zugefahren und habe dabei unbeabsichtigt das Wrack gerammt.«
Lassalle schaute zu dem Fischer hinüber, der immer noch mit geballten Fäusten vor dem Navigationstisch stand und mit seiner Fassung rang.
»Das ist ja interessant, Monsieur«, meinte er nach kurzem Überlegen.
»Nachts bei Sturm prüfen Sie Ihre Hummerkörbe. Und rein zufällig beobachten Sie den Mastbruch auf einem der Regattaboote.«
»Was wollen Sie damit andeuten?« begehrte der Fischer aus Ploudarneau auf. »Ist es ihnen nicht recht, daß ich meine Augen offengehalten habe?«
»Doch, Monsieur«, entgegnete Lassalle und erinnerte sich an den Zusatz unter dem Ermittlungsprotokoll. »Aber scheint es in diesem Zusammenhang nicht merkwürdig«, fuhr er mit ruhiger Stimme fort, »daß ausgerechnet das Boot von Madame Leclerq von ihnen gerammt wurde?«
»Ich habe die junge Leclerq doch sogar noch von dem untergehenden Wrack gezerrt!« brüllte Jules Arpege den jungen Kriminalbeamten an. »Jedenfalls soff der Trimaran, oder was von ihm noch übrig war, innerhalb weniger Augenblicke ab. Ein Glück, daß die Frau eine aufblasbare Rettungsweste trug, sonst hätte ich sie gar nicht zu fassen bekommen. Was wollt Ihr also von mir, Ihr Idioten?«
Benoit hielt instinktiv die Luft an. Jules, du Narr, schoß es ihm durch den Kopf. Du bringst dich in Teufels Küche. Ehe Lassalle oder einer der anderen etwas erwidern konnte, wurde die Türe aufgerissen. Ein eisiger Windstoß fegte herein, als Germain Lereau den Kommandoraum des Patrouillenbootes betrat. Der Experte der Spurensicherung aus Quimper nahm seinen Regenschutz ab. Er beugte sich zu Lassalle und raunte ihm etwas ins Ohr. Der junge Kripobeamte hörte aufmerksam zu.

»Sieht schlecht für Sie aus, Monsieur Arpege«, meinte er schließlich, während sich Lereau ein Zigarillo anzündete.
»Ich denke, Sie sind Hummerfänger, oder irre ich mich?« fügte er hinzu. »Wozu brauchen Sie beim Hummerfang eigentlich eine schußbereite Preßluftharpune?«
Benoit starrte seinen Bekannten aus der Altstadt von Ploudarneau fassungslos an. Auch Andreani und sein Obersteuermann blickten erstaunt hoch. Ehe der Fischer antworten konnte, schnitt ihm Lassalle mit einer energischen Handbewegung das Wort ab.
»Ich rate Ihnen, von diesem Moment an nichts mehr zu sagen, denn alles, was Sie von nun an von sich geben, kann später gegen Sie verwendet werden. Monsieur Arpege, ich nehme Sie hiermit wegen Mordverdacht an Hubert Leblanc, dem Mann, der gestern am frühen Morgen mit einer solchen Harpune getötet wurde, in Gewahrsam. Und außerdem wegen Mordversuch an Madame Leclerq und ihrem Mitsegler.«
Er drehte sich zu dem fassungslosen Benoit um.
»Herr Kommandant, führen Sie den Mann ab!«

KAPITEL IX

Ronan Samzun winkte dem Wachpersonal am Parkplatz unterhalb der Pointe du Raz flüchtig durch die nasse Seitenscheibe seines Renault zu und jagte den alten Kleinwagen anschließend den asphaltierten Weg zum Kap hinauf. Es war wie an jedem Montagmorgen. Er war spät dran, weswegen sich Saul, der Parkplatzwächter, ein Grinsen nicht verkneifen konnte. Louis, sein Kollege, würde bestimmt schon sehnsüchtig auf die Ablösung warten. Obwohl er kaum die Straße vor dem Kühler seines Wagens erkannte, trat er das Gaspedal voll durch. Die weiße, nasse Watte verschluckte alles. Es herrschte der im Frühjahr entlang der nördlichen Atlantikküste von Seeleuten so gefürchtete Seenebel. Ronan Samzun fluchte leise vor sich hin, weil die Scheibenwischer seines alten Kleinwagens den eingetrockneten Dreck auf der Windschutzscheibe nur noch mehr verrieben.
Als er das Tor vor dem Wachgebäude der Küstenwache erreichte und die Seitenscheibe herunterkurbelte, um mit seiner Codekarte das Metallgitter vor der Einfahrt zu öffnen, nahm er zum ersten Mal das durchdringende Dröhnen der Nebelschallsignale auf dem Phare de la Vieille, dem Leuchtturm vor dem Kap, wahr. Weder das etwa eine Seemeile vom Festlandsockel entfernt auf einem Felsen in der Chaussee de Sein erbaute Leuchtfeuer noch der gelbschwarze Turm dichtbei ließen sich ausmachen. Geschweige denn die Insel selbst. Heute würden sie wieder unken, die Fischer, knurrte Ronan vor sich hin. »Quit voit Sein, voit sa fin.« Wer die Sein sieht, sieht sein Ende nahen. Wie recht sie manchmal hatten. Samzun lebte schon zu lange am Westzipfel der Bretagne, um zu wissen, daß selbst hochmoderne Navigationselektronik und Radartechnik keinen Garant dafür darstellten, daß man schon alleine wegen der vie-

len, mitunter tückischen und unberechenbaren Strömungen zwischen den Riffen nicht doch mit dem Boot auf einem der unzähligen Felsnasen zerschellte. Gerade die teilweise mehrere zigtausend Franc teure Ausrüstung ließ die Kapitäne und Skipper mitunter leichtsinnig werden. Was sollte denn schon groß passieren angesichts einer Satellitenortungsanlage, Sonar-Echolot und 3-D-Radaranlage? Doch die Journale der Küstenwachstationen und SAR-Hubschrauberstaffeln waren voll von Berichten über solche Havarien, und auch die großen Versicherungsgesellschaften erwogen inzwischen ernsthaft eine Prämienerhöhung für Bootseigner, die einen Liegeplatz zwischen der Ile d'Ouessant und der Belle Ile besaßen.

Wehte stürmischer Wind aus Westen oder setzte er gegen eine teilweise acht Knoten laufende Tidenströmung, baute sich zwischen der Ile de Sein und dem Festland zwangsläufig eine Kreuzsee mit bis zu fünf Meter hohen und extrem steilen Wellen auf. Eine weiß schäumende, brodelnde Wasserwand, die alles verschlang, was sich ihr entgegenstellen wollte. Wer die schmale Passage zwischen dem – aus der Luft betrachtet – einer Raubtiertatze ähnelnden, steil zum Wasser hin abfallenden Felsenplateau und dem Leuchtturm La Vieille nur unter Segel passieren wollte, mußte verrückt oder ein Selbstmörder sein. Doch trotz unablässiger Warnungen der Behörden mehrten sich die Fälle solch absonderlicher Routenführungen. Längst kam es den Verantwortlichen der Küstenwache so vor, als gelte diese extrem gefährliche Passage quer durch geifernde Felsnasen geradezu als Mutprobe, die es abzulegen galt, um in den Hafenkneipen oder an den Bartresen der Yachtklubs mitreden zu können. Doch wenn erst einmal die Riffe vor dem Bug auftauchten, an deren Flanken die Strömung mit langgezogenen Schaumstreifen unmißverständlich zu verstehen gab, welche Gewalt von der Gezeit ausging, die hier im sechsstündigen Wechsel alles Leben an der Küste beherrschte, gab es kein Zurück mehr. Das wäre bei acht Knoten Strömung auch kaum möglich gewesen. Nicht selten hatte manch ein allzu forscher Seemann wieder zu beten gelernt.

Doch Seegang, Strömungen und Wind und insbesondere das Resultat aus diesen drei Faktoren ließen sich bei sorgfältiger Reiseplanung vorausberechnen. Und wer sich weit genug vom Kap entfernt hielt, mochte mit der Passage der Chaussee de Sein keine Probleme haben. Wesentlich unberechenbarer erwies sich im Nordwesten Frankreichs eher der urplötzlich auftretende Nebel, der unterhalb der hohen Steilküste das Wasser noch viele Seemeilen hinaus auf See in ein weißes, nasses Leichentuch aus Billionen winziger, jedes Licht reflektierender Wassertröpfchen verwandelte.

Wen der Nebel dicht beim Kap erwischte, dem blieb nichts anderes übrig, als schweren Herzens umzukehren oder weit nach See hinaus abzudrehen. Wer jedoch des Nachts von See kommend aufs Land zulief, versuchte häufig auf Biegen und Brechen den nächsten Schutzhafen unter Land anzulaufen. Wer würde nach einer Überfahrt von England oder Irland quer über die Verkehrstrennungsgebiete im Ärmelkanal so dicht vor dem Ziel noch abdrehen wollen, um weitere, unüberschaubar lange Stunden auf See verbringen zu müssen? Nein, man würde viel eher versuchen, ausschließlich mit Hilfe neuzeitlicher Navigationstechnik den Hafen zu erreichen. Doch wenn man sich erst einmal inmitten einer undurchdringlichen Watte befindet, die alles Licht und alle Geräusche verschluckt, die den Blick manches Mal nur bis zum Bug des Schiffes

zuläßt, dann wird selbst dem abgebrühtesten Seemann bewußt, daß auch eine noch so exakte elektronische Standortbestimmung inmitten eines Riffgebietes einem niemals das Gefühl von wirklicher Sicherheit vermitteln kann. Tief verborgene Urängste werden wach. So, wie man sich als kleines Kind in einem dunklen Keller fürchtete, so ergreift einen angesichts der unheimlichen Undurchdringlichkeit nicht selten nackte Furcht. Wenn schließlich undefinierbare Schatten auftauchen und in einiger Entfernung an einem vorbeiziehen, das erste Brechen der Brandung an den Riffen oder das markerschütternde Jaulen der Nebelschallsignale hörbar wird, wenn der Blick auf die Seekarte angesichts der vorherrschenden Windrichtung und Strömung ein Abdrehen nicht mehr möglich werden läßt, dann legt sich die Angst, die nackte Furcht vor dem Ungewissen, Unsichtbaren wie eine Klammer um die Brust.
Ronan Samzun schaute auf die kleine Digitaluhr im Armaturenbrett seines Wagens. Es war zwanzig Minuten nach sechs. Er würde seine Verspätung auf den dichten Nebel schieben, der eine raschere Fahrt hinauf zum Kap unmöglich machte. Der Renault kam mit auf dem Kiesboden knirschenden Reifen zum Stehen. Ronan nahm seinen kleinen Nylonrucksack, in dem ihm seine Frau eine Kleinigkeit zum Essen zurechtgelegt hatte, und riß wenig später und etwas atemlos die Türe zum Kontrollraum auf. Louis stand bereits im Uniformmantel und trat sichtlich ungeduldig von einem Bein auf das andere. Erst noch mußten die Berichtsjournale formell übergeben werden, ehe sich die vorherige Wachmannschaft, die aus Kostenersparnisgründen häufig sowieso nur noch aus einem Mann bestand, offiziell ablösen lassen durfte. Ronan warf seine Regenjacke über einen freien Stuhl und nahm im schweren Drehsessel vor den beiden Radarbildschirmen und dem Kommunikationspult Platz.
»Na, alter Junge?« machte er sich über seinen Kollegen lustig. »Ich denke, ihr seid schon seit drei Jahren verheiratet? Wozu denn dann noch die Eile?«
Louis Plenarz machte mit der Hand eine obszöne Geste.
»Das mußt du gerade sagen, du Bock!« knurrte er. »Kommt selber nicht aus den Federn, aber sich über mich lustig machen. Hier, der Übergabebericht. Zeichne ab, damit ich endlich verschwinden kann!«
»He, Moment mal!« begehrte Ronan Samzun auf. »Du glaubst doch nicht, daß ich den Quatsch etwa wirklich durchlese. Also warte noch die paar Minuten und sag mir, was die Nacht los war.«
Seufzend ließ sich Louis in den zweiten Drehsessel am Kommandopult sinken. Er kniff kurz die Augen zusammen, die vom ewigen Starren hinaus in die Nacht und auf die flimmernde Mattscheibe des Radarbildschirms gerötet waren. Er knöpfte den oberen Knopf seines Mantelkragens auf.
»Bon, alter Freund, aber gib mir eins von deinen Croissants ab. Ich habe Hunger wie ein Wolf.«
»Aber klar«, lachte Ronan. »Sybill hat Kaffee in der Thermoskanne gemacht. Einen schönen, heißen Milchkaffee. Willst du einen Schluck?«
Louis Plenarz antwortete nicht, sondern hielt ihm nur einen Kunststoffbecher hin, während er von den Ereignissen der letzten Nacht berichtete.
»Na, da ist bei euch ja mächtig was los gewesen«, meinte der junge Mitarbeiter der

Küstenwache nach einer Weile. »Ist schon zum Heulen. Wenn mal was passiert, dann habe ich dienstfrei. Typisch.«
»Es ging zeitweise ganz schön hektisch zu«, nickte sein Kollege. »Ich kam nicht einmal dazu, mir die Fußballübertragung anzusehen.«
Samzun dachte eine Weile nach.
»Hast du noch etwas Neues über den gesunkenen Trimaran gehört?« fragte er schließlich. »Ist der schon gehoben worden? Wenn da draußen im Nebel Bergungsschiffe die Gegend absuchen, dann müssen wir eine Securité-Meldung herausgeben.«
Louis, der ältere von beiden, nickte.
»Schon längst geschehen. Aber vor acht Uhr wird wohl nichts passieren. Was wollen die auch machen bei dieser Suppe heute morgen.«
»Teufel, aber auch«, bemerkte der Jüngere und starrte nach draußen in das undurchdringliche Weißgrau des Nebels. »Das ist heute morgen aber auch so was von dicht! Sind Schiffe draußen?«
»Klar!« antwortete Louis Plenarz. »Berufsschiffahrt weit westlich vor Ar Men. Ich habe mit dem Leuchtturmpersonal schon telefoniert. Alles ruhig, alles bestens. Dann gibt es wohl zwei Fischer, die rund um Tevennec Hummerkörbe auslegen. Sie liegen immer wieder mal an einem Punkt fest. Sieh hier!«
Er deutete auf einen Lichtpunkt, der sich gerade in diesem Augenblick bewegte. Der rotierende Peilstrahl der Radarkeule erfaßte ihn klar und deutlich. Schließlich zeigte der Beamte der Küstenwache auf einen weiteren Lichtpunkt. Er beugte sich vor und schaltete auf eine andere Entfernungseinstellung um. Sofort wurde das Radarbild großflächiger, zeichnete jetzt den Seeraum bis zehn Seemeilen vor der Küste ab. Weit draußen auf See dahingleitende Küstenmotorschiffe, Containerfrachter, Tanker und Hochseefähren wurden als Lichtpunkte auf der farbigen Mattscheibe sichtbar. Die Küstenwachstation verfügte neben dem Standardradar unter anderem auch über ein hochauflösendes Farbradargerät.
»Der hier macht mir seit einiger Zeit Sorgen«, murmelte er wie zu sich selbst.
»Nach dem Radarecho zu urteilen ein Sportboot«, fügte er hinzu. »Entweder tasten die sich ganz vorsichtig auf die Ile de Sein zu, was ich momentan als lebensgefährlich einschätzen würde, oder die wissen überhaupt nicht, wo sie sind. Jedenfalls kreuzen die mal nach Norden und mal nach Süden und nähern sich dabei immer mehr der Küste. Ich habe schon mehrmals versucht, die Besatzung über Funk zu erreichen. Fehlanzeige. Wahrscheinlich ist das Funkgerät ausgeschaltet oder die Mannschaft befindet sich an Deck und der Motor läuft. Oder die Burschen sind taub.«
Die beiden Männer starrten eine Weile schweigend auf den Bildschirm. Schließlich stieß Louis Plenarz seinen Kollegen an.
»So, ich gehe jetzt. Ach, noch was. Hast du schon die Zeitung gelesen? Gibt's eigentlich etwas Neues von dem Irren, der die Bucht von Ploudarneau unsicher macht?«
»Ich habe die Nouveau nur überflogen«, wandte Ronan Samzun ein. »Angeblich tappt die Polizei noch im dunkeln. Aber wenn ich das richtig verstanden habe, wurde gestern nacht in Ploudarneau ein Fischer festgenommen.«
»Na, ein Glück«, brummte Plenarz. »Hoffentlich hat der Spuk damit endlich ein Ende.«

Langsam glitt die HOLLY ANN, ein ketschgetakelter Kimmkieler, nur mit gesetztem Besan und beinahe vollständig ausgerollter Genua ostwärts. Nervenzermürbende dreißig Stunden lagen hinter John und Elizabeth Summer. Als sie Bristol in der Nacht verließen, um mit günstiger Tide Kurs auf die Westküste Frankreichs zu nehmen, ließen sich Wind und Wellen unterhalb der Irischen See noch gut beherrschen. Als verantwortungsbewußter Skipper hatte Summer nicht nur den gesprochenen Wetterbericht abgehört, sondern sich zur Sicherheit auch noch ein Wetterfax ausdrucken lassen. Die Vorhersage für die kommenden drei Tage deutete zwar nicht gerade auf einen geruhsamen Törn quer über den Englischen Kanal hin, aber Starkwind hatten er und seine Frau Elizabeth auf ihrem stäbigen Schiff schon mehr als einmal abgewettert. Im Sechsstunden-Rhythmus wechselten sie sich ab. Zum Glück bekamen sie von dem Frühjahrssturm, der die Westküste der Bretagne heimsuchte, nur die Randausläufer mit. Bei Annäherung an die Festlandküste segelten sie allerdings geradewegs in eine Nebelbank hinein.

Auch ihr Sohn, der siebenjährige Tommy, kannte das Prozedere an Bord. Wenn es allzu hart wehte, verholte er sich in die Vorpiek und blieb dort, bis sich Wind und Wellen beruhigten. So kam er seinen Eltern nicht ins Gehege. Bei der Schiffsführung konnte er den beiden sowieso nicht helfen. Dafür war er zu jung und zu schwächlich. Tommy litt seit seinem dritten Lebensjahr unter häufigen Asthmaanfällen. Die saubere Seeluft sollte seine Bronchien von Schleim und Sekreten befreien. Die teilweise langen Reisen auf dem Segelboot seiner Eltern taten ihm gut. Deshalb fuhr er gerne mit, auch wenn ihn das Segeln zum Leidwesen seines Vaters nicht im geringsten interessierte.

»Hast du den GPS noch mal überprüft?« fragte der fünfundvierzigjährige Skipper seine etwa zehn Jahre jüngere Frau.

»Natürlich, Schatz«, antwortete Elizabeth Summer und strich sich eine Strähne nebelfeuchter Haare aus der Stirn.

»Und, was sagt er?« fragte er neugierig.

»Immer noch keine Position«, antwortete sie kopfschüttelnd. »Es ist zum Verzweifeln mit dem Ding. Ich habe das komplette System gecheckt. Alles scheint okay. Antenne, Anschlüsse, der Rechner selbst auch. So, wie ich das sehe, haben die Amis über Nacht an ihren Satelliten herumgespielt. Es muß sich um einen Fehler in der Datenübermittlung handeln.«

»Und der DECCA?« erkundigte er sich.

»Der zeigt mal Gelb, mal Rot«, entgegnete die junge Frau. »Die Positionsangabe ist viel zu ungenau. Aber ich habe gleich geahnt, daß hier unten an der französischen Küste nichts mit DECCA anzufangen ist. Na ja, wenigstens habe ich die Route mitgekoppelt. Wir liegen momentan querab Ar Men vor der Ile de Sein. Der Strom läuft noch auf. Aber nicht mehr lange. Ich schätze, daß wir in etwa einer halben Stunde ablaufendes Wasser haben. Dann können wir, wenn sich der Nebel lichtet, zwischen Tevennec und der Ile de Sein durchschlüpfen. Ansonsten müssen wir außen herum. Aber erst sollten wir warten, bis die Tide kentert.«

John Summer warf seiner Frau einen liebevollen Blick zu. Er war ein Glückspilz. Bevor er sich wegen Elizabeth vor knapp zehn Jahren von seiner ersten Frau trennte, mußte er in aller Regel alleine segeln. Seine erste Ehe war kinderlos geblieben, Tilly teilte seine Leidenschaft in keiner Weise. Im Gegenteil. Immer häufiger stand das Boot ihrem gemeinsamen Leben im Weg. Er flog für die Airforce Jagdbomber und liebte es, sich in der Freizeit ohne übermäßig viel Technik und ohne komplizierte Elektronik mit der Natur auseinanderzusetzen. Was lag da näher, als Wochenendtörns oder Urlaubsfahrten auf den eigenen Planken bis hoch nach Holland oder hinunter in die Biscaya? Schließlich sahen sich John und Tilly nur noch, wenn dermaßen schlechtes Wetter in der Irischen See herrschte, daß er beim besten Willen nicht auslaufen konnte.
Auf einem Ball seiner Kameraden lernte er die hübsche und wesentlich jüngere Elizabeth kennen. Sie kannte Segelboote zwar nur von gelegentlichen Ausflügen an die Küste, ließ sich jedoch rasch vom Segelvirus anstecken. Schon nach ein paar Monaten konnte sie nahezu perfekt mit seiner schweren Ketsch umgehen. Sie interessierte sich mit solchem Eifer für sein Hobby, wie er ihn bei seiner Frau stets vermißt hatte. Schließlich kam Tilly hinter die heimliche Liaison und verlangte die Trennung. Die Scheidungsverhandlung führte für John zwar zu einem finanziellen Fiasko, aber er willigte in alles ein, denn er wollte nur noch eines: seinen Kindheitstraum verwirklichen und mit seiner wunderbaren Geliebten nach seiner Pensionierung ins Mittelmeer segeln und dort bleiben.
Dann jedoch trat Tommy, ihr gemeinsamer Sohn, völlig unerwartet in ihr Leben. Eigentlich fühlte sich John schon viel zu alt, um noch Kinder großzuziehen, aber Elizabeth bestand darauf, die Zweierbeziehung zu einer richtigen Familie zu komplettieren. Anfangs schien alles gutzugehen. John hatte schon befürchtet, daß Elizabeth wegen der Schwangerschaft auf das Segeln verzichten würde, aber sie segelte noch bis in den späten Herbst mit und half ihm im Frühjahr sogar bei der Schiffsüberholung, obwohl sich ihre Schwangerschaft unter dem weiten Overall schon überdeutlich abzeichnete. Tommy, ihr Sohn, bereitete anfangs keine Probleme. Sehr zur Freude des Vaters nahm das Kleinkind alle Unpäßlichkeiten an Bord mit geradezu stoischer Ruhe hin. Das hat er von dir, pflegte seine Frau immer liebevoll anzudeuten, wenn Tommy auch während einer Sturmnacht ruhig in seinem Körbchen schlummerte. Doch mit drei Jahren begann der Junge zu kränkeln. Asthma, diagnostizierten die Ärzte. Hervorgerufen durch die schlechte Luft in Bristol. Innerlich mit den Zähnen knirschend, ergab sich John seinem Schicksal. Ein Leben auf See würde für ihn jetzt erst recht nicht mehr möglich sein. Und wieder war es der unermüdlichen Geduld und Ausdauer seiner Frau zu verdanken, daß sie den Wassersport nicht doch noch aufgeben mußten. Sie zog mit dem Jungen von Arzt zu Arzt, von Klinik zu Klinik, ehe sie endlich jemanden fand, der ihrem Sohn helfen konnte. Seine Asthmaanfälle ließen nach, und ungeachtet gelegentlicher Rückfälle und einer latenten Schwächlichkeit, konnte Tommy seinen Eltern überall hin folgen. John Summer war unsagbar stolz auf seine Frau. Er liebte sie von ganzem Herzen. Und das nicht nur, weil sie sein Hobby kompromißlos teilte.
»Verdammter Nebel!« schimpfte seine Frau und band sich den Kragenausschnitt ihrer

Segeljacke fester zu. »Meine Güte, da hätten wir ja gleich in England bleiben können. Armer Tommy! Nicht gerade das beste Wetter für sein Asthma.«
»Er soll auf jeden Fall in der Kajüte bleiben«, murmelte ihr Mann.
»Er liegt im Vorschiff, und ich habe ihm die Heizung angestellt. Bis jetzt geht es ihm noch ganz gut.«
»Fein«, antwortete John abwesend, während er angestrengt in die undurchdringliche Watte horchte.
Nicht der Nebel an sich stellte die Hauptgefahr dar. Die nämlich ging eher von den Klippen aus, die sich westlich der Ile de Sein weit in den Atlantik hinausschoben, aber auch von den Fischerbooten, die in den strömungsreichen Gewässern rund um die Westspitze Frankreichs ihre Hummerkörbe bargen und neu auslegten. Er hatte zwar über Funk schon mehrfach seine gekoppelte Position durchgegeben, aber bisher noch keine Antwort erhalten. Das bedeutete aber noch lange nicht, daß sich hier draußen niemand befand. Er konnte darauf wetten, daß Fischerboote ausgelaufen waren, denn der Sturm flaute in den frühen Morgenstunden überraschend schnell ab, und die Männer von der Küste mußten ihren Fang besorgen, denn sonst blieb die Geldbörse an diesem Morgen leer.
Der ehemalige Jetpilot ärgerte sich darüber, daß er sich nicht schon längst ein Radargerät wenigstens mit LCD-Bildschirm angeschafft hatte. Aber seine Erfahrungen aus der Fliegerei ließen ihn nach jeder Bootsausstellung aufs neue von diesem Plan Abstand nehmen. Die leichten, stromsparenden, aber wenig leistungsfähigen Bordgeräte vermittelten allzu leicht eine Sicherheit, die sich hinterher rasch als trügerisch herausstellte. Damit einem nicht jede kleine, vom Radar reflektierte Welle als Hindernis auf dem Bildschirm erschien, mußte das Gerät desensibilisiert werden. Dann allerdings verschwanden auch kleinere Felsbuckel, und das waren die gefährlichsten, vom Bildschirm. Von den Kameraden des Bodenpersonals und von den Fluglotsen wußte er, daß nur ein echtes Tageslichtradar wirkliche Sicherheit vermittelte. Und dafür besaß eine Yacht wie die HOLLY ANN einfach zu wenig Platz und zu wenig Stromkapazität. Nein, John Summer verließ sich eher auf seinen siebten Sinn, der ihn in all den Jahren noch nie getrogen hatte. Zwanzigtausend Seemeilen lagen in HOLLY ANNS Kielwasser. Und das alles, ohne jemals Schaden an Material oder Gesundheit seiner Besatzung verursacht zu haben.
»Das Nebelsignal klingt ja schauerlich«, bemerkte Elizabeth Summer nach einer Weile.
»Das wird der Leuchtturm Ar Men sein«, bestätigte ihr Mann. »Wir drehen jetzt ab und gehen südlich um die Felsbank herum. Zwei Schläge, und wir befinden uns in relativ freiem Gewässer.«
»Sei vorsichtig«, ermahnte ihn seine Frau.
Das war es, was John Summer an Elizabeth so schätzte. Gerade in kritischen Situationen bemühte sie sich, ihre wahren Gefühle nicht zu zeigen, sondern zumindest nach außen hin Souveränität zu bewahren. Denn er wußte, daß seine Frau eine geradezu panische Angst vor Nebel auf See hatte.

Ronan Samzun warf noch mal einen Blick auf den Farbbildschirm und griff schließlich nach dem Telefonhörer. Zeit, sich bei CROSS Corsen, der Koordinierungsstelle für die Küstenwache im Westteil Frankreichs, nach der weiteren Wetterentwicklung zu erkundigen.

»Ah, Ronan. Ça va?«, meldete sich der Funker vom Dienst.

An diesem Morgen war nicht viel los an der Atlantikküste, und so freute sich Bernard über jede willkommene Abwechslung.

»Wie geht's dir dort oben auf deinem Felsen?« frotzelte er. »Muß ja wahnsinnig aufregend sein. Schon Schiffsuntergänge zu verzeichnen?«

»Bonjour, Bernard. Hör mir bloß auf«, gab Ronan Samzun zur Antwort und lachte dabei. »Etwas anderes, mein Freund. Hast du schon die neueste Wetterprognose bekommen? Ich denke, bei uns ist schon wieder das Faxgerät kaputt.«

»Nein, es ist bestimmt nicht kaputt«, antwortete sein Gesprächspartner. »Wir haben bis jetzt auch noch nichts Neues gehört. Pottendichter Nebel von der Belle Ile bis hinauf nach Roscoff. Es ist zum Auswachsen. Es wird überhaupt nicht richtig Frühjahr in dieser Saison. Entweder wir haben Sturm oder Nebel.«

»Da sagst du was«, bestätigte Ronan und warf einen flüchtigen Kontrollblick aus dem Fenster.

Alles, was er sah, waren ein paar Büsche dicht beim Gebäude und dann nur noch weiße Waschküche. Selbst die Felsnasen dicht unterhalb des Kaps, auf denen die Touristen bei Sonnenschein herumkletterten, um ein besonders aufregendes Bild von La Vieille und der Insel am Horizont auf Zelluloid zu bannen, verschluckte die schier undurchdringliche nasse Wand. Beinahe kam es ihm so vor, als säße er in einem Simulationsraum.

»Hör mal, Ronan«, wurde sein Gesprächspartner plötzlich ernst. »Was ist eigentlich bei euch da oben los? Ich las heute morgen die Gazette de Quimper. Schon wieder ein Mordfall? Und dann auch noch ein tragischer Unfall bei der Trimaran-Regatta?«

»Ah, gut, daß du mich daran erinnerst«, entgegnete der Wachhabende von der Pointe du Raz. »Jetzt weiß ich endlich, was ich schon die ganze Zeit vergessen habe. Nämlich Zeitung lesen. Bis bald, alter Junge.«

»Salut, Ronan.«

Samzun ging wieder zurück an seinen Arbeitsplatz und warf einen Blick auf den Farbbildschirm. Danach kontrollierte er die eingeschalteten Funksprechkanäle. UKW-Kanal 16 und der Anrufkanal der Küstenwache CROSS Corsen verhielten sich still. Hin und wieder bekam er Gesprächsfetzen von weiter entfernten Funkstellen auf anderen Frequenzen mit. Er hatte es sich längst abgewöhnt, hierauf noch zu achten.

Gerade, als er die Zeitung zur Hand nehmen wollte und einen letzten Kontrollblick auf das Farbradar warf, stutzte er. Was war denn das eben? Vor einer Sekunde tastete das Radar doch noch ein Echo dicht unterhalb des Leuchtfeuers Le Chat ab! Er sah genauer hin. Nichts! Das Radarecho war verschwunden. Das gab es doch nicht! Er hätte schwören können, daß sich schon eine ganze Weile ein Fahrzeug von der Küste in Richtung Westen bewegte. Zugegeben, das Echo zeigte sich auf dem Bildschirm sehr schwach. Vermutlich irgend so ein Selbstmörder, der anscheinend ohne Reflektor im Mast dem Nebel vor der Küste entfliehen wollte. Sollte der jetzt etwa unterhalb von Le Chat ...? Nein, das gab wenig Sinn. Erst nördlich des Leuchtfeuers begannen die Klippen, und im übrigen herrschte Hochwasser. Das Boot mußte sich eigentlich noch in ausreichend tiefem Gewässer befinden.

Normalerweise hätte er achselzuckend die Zeitung zur Hand genommen und dem anscheinend Lebensmüden da draußen keine weitere Beachtung mehr geschenkt, aber zuviel war in der letzten Woche geschehen. Zum einen die Mordfälle, zum anderen der Regattaunfall. Ein kribbelnder Schauer lief Ronan Samzuns Rücken hinunter.

Ronan riß den Hörer für die Direktverbindung zum Phare de Sein von der Gabel.

»Nun komm schon!« rief er in die Sprechmuschel, weil sich zunächst niemand meldete.

Die Zeit verstrich, ehe der Wachhabende auf den Anruf reagierte.

»Ich bin's, Ronan«, meldete sich der Mann vom Kap. »Sitzt du vor dem Radargerät?«

»Bonjour, lieber Ronan«, antwortete die Stimme. »Warum so aufgeregt? Ist was passiert?«

Ronan Samzun stöhnte. Auf der Ile de Sein gingen tatsächlich alle Uhren etwas langsamer. Das merkte man auch bei einem Gespräch mit Biel, dem Mitarbeiter auf dem Leuchtturm von Sein. Aber an einem Tag wie diesem, an dem der Nebel die Insel vom Festland praktisch abschnitt und dadurch auch kaum mit den ohnehin nur sehr spärlich gesegneten Tagestouristen gerechnet werden mußte, blieben sie jetzt vermutlich ganz stehen.

»Biel, alter Freund, sitzt du nun am Radar oder nicht?« wiederholte er seine Frage.

»Natürlich, Monsieur!« antwortete der Wachhabende im Phare de Sein ein wenig steif. »Willst du mich an die Dienstvorschriften ...?«

»Nein, natürlich nicht«, unterbrach er ihn. »Ich hatte bis vor etwa einer Minute ein Sportboot mit Kurs 240 Grad auf dem Bildschirm. Dicht unterhalb von Le Chat. Plötzlich war es weg.«

Der Mann von der Insel vor dem Westzipfel der Cornouaille lachte.

»Bist du betrunken, Ronan?« lachte er. »Natürlich habe ich ein Sportboot auf dem Bildschirm. Aber es bewegt sich beinahe rechtweisend Ost zum Festland hin. Es wird Le Chat gleich erreichen.«

Ronan Samzun warf einen Blick auf seinen Farbbildschirm. Bei dem Radarecho, auf das Biel anspielte, handelte es sich um das Boot, auf das ihn schon sein Kollege Louis Lenarz bei seinem Dienstantritt aufmerksam gemacht hatte. Aber das war nicht das Boot, das er meinte.

»Nein, Biel«, erwiderte er ungeduldig. »Nicht das Fahrzeug. Ich meine eines, das genau in die entgegengesetzte Richtung ...«

»Tut mir leid, Junge!« antwortete der andere beinahe ein wenig schroff, »aber hier gibt es kein Boot am Le Chat, das mit Westkurs läuft! Jedenfalls habe ich nichts auf dem Schirm. Und wenn es noch vor einer Minute sichtbar gewesen ist, dann müßte es ja immer noch zu sehen sein, oder?«

»War wohl gestern wieder eine lange Nacht mit deiner Frau, was?« fügte er anzüglich hinzu.
Grußlos legte der Wachhabende vom Pointe du Raz auf. Was fiel der alten Schlafmütze dort unten auf der Insel eigentlich ein? Von wegen Radarwache. So lange, wie es dauerte, bis Biel endlich am Telefon war, saß der bestimmt vor dem Fernseher und schaute sich die Nachrichten an. Unschlüssig starrte Ronan abwechselnd auf den Bildschirm und durch die Fensterscheiben. Schließlich nahm er den Hörer zur Hand und überlegte, ob er das unbekannte Fahrzeug auf UKW-Kanal 16 anrufen sollte. Das gab dann vielleicht wieder eine Schreiberei in der Journalrubrik ›besondere Vorkommnisse‹! Und mit Sicherheit würde er sich zum Gespött der Kollegen machen. Ronan, der Spinner! Ronan sieht Gespenster! Brummig legte er den Hörer wieder auf die Gabel zurück.

Ein dunkler Schatten glitt lautlos über die nur mäßig bewegte See. Selbst wenn kein Nebel geherrscht hätte, wäre er vor dem Hintergrund grauschwarzer Wellen oder den Granitfelsen der Küste kaum auszumachen gewesen. Doch in dieser frühen Morgenstunde, da die Sonne nur diffuses Licht durch die Nebelbank schickte, wirkte der Schatten gleichsam wie ein Phantom. Die Umrisse des Schattens deuteten auf einen flachen, langgestreckten Schwimmkörper hin. Kaum zwei Meter maß seine Höhe über der Wasseroberfläche. Eine von weitem merkwürdig anmutende Konstruktion ragte hinten und vorne über die undeutlichen Konturen hinaus. Wie von Geisterhand gezogen bewegte sich der Schatten mit großer Geschwindigkeit über die Wellenkämme. In das Rauschen der Wellen, die geradezu messerscharf zerteilt wurden, mischte sich auf einmal ein merkwürdig dumpfer, singender Ton.
Unmittelbar vor Le Chat, einem langgezogenen Felsbuckel südwestlich von La Vieille, lichtete sich überraschend für ein paar Augenblicke der nasse weiße Vorhang, ein Zeichen dafür, daß die immer stärker werdende Sonne gemeinsam mit dem noch vorhandenen Wind dem Nebel bald den Garaus machen würde. Beinahe kam es einem so vor, als beeilte sich der Schatten, ein bestimmtes Ziel zu erreichen. Mit einem markerschütternden Ton machte das Nebelhorn von La Vieille auf sich aufmerksam.

John Summer grinste.
»Das klingt ja wie die Einladung zum Jüngsten Tag«, frotzelte er. »Ich kann mich immer nur über Tommy-Boy wundern, daß der sich von solch einem Geheul nicht aufwecken läßt.«
Elizabeth, seine Frau, nickte beifällig.
»Stimmt, mein Schatz. Aber sei froh, daß er schläft. Du weißt doch, wie schnell er sich erkältet. Wenn er erst einmal wach ist, dann will er auch an Deck. Der Nebel wäre Gift für ihn.«

Der Skipper der HOLLY ANN schmunzelte weiter vor sich hin. Er bewunderte sie, daß sie sich in Situationen wie dieser ihre Angst nicht anmerken ließ. Er dankte Gott dafür, wußte er doch von dem Törn eines Bekannten, während dem die Panik eines Crewmitgliedes ausreichte, um die gesamte übrige Mannschaft in helle Aufregung zu versetzen. Deshalb bemühte er sich, besonders zuversichtlich zu wirken.
»So, ich denke, die Tide zieht uns bereits von den Felsen weg«, meinte er nach einer Weile. »Jetzt müßte es schon mit dem Teufel zugehen, wenn noch etwas schiefgehen sollte. Wir nehmen Kurs auf diesen neuen Yachthafen, den sie vor kurzem hier an der Küste fertiggestellt haben. Mit unserer derzeitigen Besegelung dürften wir in knapp zwei Stunden dort sein. Dann lade ich dich erst einmal in den Pub zum Frühstück ein. Sollte der Nebel bis dahin noch anhalten, dann ankern wir vor der Einfahrt. Aber ich denke, daß der Spuk schon bald vorbei sein wird.«
Seine Frau setzte sich neben ihn auf die Steuerbordsitzbank. Die Unterlage war feucht. So, wie alles an Deck klamm war an diesem Morgen. Elizabeth mochte die gemeinsamen Frühjahrstörns. In den Häfen ging es unter den Wassersportlern noch kameradschaftlich zu, die Hafenmeister zeigten sich wohlwollend gegenüber Gästen, und auch die vielen Ankerbuchten schienen noch wenig überlaufen. Ganz anders im Sommer, wenn halb Frankreich und ein großer Teil der Südengländer, Belgier und Niederländer die Küste der Bretagne übervölkerte. Allerdings wußte sie auch, daß der Atlantik im März und April so seine Tücken aufwies. Dennoch hätte sie nie auf eine solche Seereise zusammen mit John und Tommy zu Beginn der Saison verzichtet.
Langsam verschwand das infernalische Heulen der Nebelschalleinrichtung von Ar Gueveur am äußersten Südrand der Ile de Sein achteraus. Sie schlugen Südostkurs in Richtung Festland ein, um mit möglichst wenig Zeitverlust direkt den neuen Hafen anlaufen zu können. In spätestens einer Viertelstunde würden sie den Felsenbuckel Le Chat passieren, und falls sich der Nebel ein wenig lichten sollte, könnte vielleicht bereits der rote Sektor des Gruppenfeuers zu ihnen hinüberschimmern. Ansonsten glitten sie bei immer mehr abflauendem Wind nahezu lautlos über das leise gurgelnde Wasser, das nun zwischen dem Felsenriff hindurchströmte und, dem Ebbstrom folgend, seinen Weg nach Süden suchte. Weit im Nordosten ertönte ein weiteres Nebelschallsignal. Das mußten die drei Hornstöße vom Leuchtturm La Vieille sein, aber der lag weit an Backbord querab.
Nachts oder bei unsichtigem Wetter, und das erst recht in Gegenden mit hohem Berufsschiffaufkommen, hockte Elizabeth am liebsten in der Navigationsecke des Bootes und starrte ohne Unterlaß auf den Seekartenplotter, der im Sekundenrhythmus den Weg der Yacht auf einer Mattscheibe verfolgen ließ. Der Faszination, die von diesem Gerät ausging, hatte sich Elizabeth bis zu diesem Tage nicht entziehen können. Auf dem Bildschirm erschien die Seekarte mit all den wichtigen Eintragungen wie Sandbänke, Riffe, Wracks, aber auch Tonnen, Hafeneinfahrten und die Landmassen von Inseln und Festland. Und mittendrin bewegte sich ein kleiner Lichtpunkt, der Cursor, der gleichzeitig die Position von HOLLY ANN anzeigte, sofern der GPS-Navigationscomputer eingeschaltet war und die erforderlichen Daten der Satelliten liefern konnte. Doch heute morgen streikte der kleine graue Kasten. Deshalb er-

schienen auf dem Plotter auch nur die Umrisse und die Detailangaben der Chaussee de Sein, nicht aber der blinkende Lichtpunkt.
Zweimal hintereinander färbte sich der Nebel an Steuerbord hellrosa. Es vergingen zwei Atemzüge Zeit, dann wiederholte sich die Erscheinung.
»Le Chat«, brummte John befriedigt und deutete nach Backbord. »Wir sind ziemlich dicht dran. Ich schaue zur Sicherheit noch mal in dem verdammten Gezeitenatlas nach, ob die Tide wirklich schon zum Festland hinübersetzt. Ich verspüre wirklich wenig Lust, in den Klippen zu landen. Übernimmst du das Ruder?«
»Ay, ay, Käpt'n!« grinste Elizabeth und erhob sich, um John abzulösen.
Sie kannte ihren Mann. Er setzte zwar stets absolutes Vertrauen in ihre Navigationskünste, aber machmal wollte er sich eben doch selbst von ihren Berechnungen überzeugen. So, wie ein Autofahrer, der beim Überqueren einer Kreuzung trotzdem noch mal nach rechts schaut, obwohl ihm sein Beifahrer versichert hatte, daß die Straße frei ist.
Das Steuerrad aus Edelstahl fühlte sich feucht und kalt an. Sie suchte die Stelle, die John bisher in Händen hielt, weil sie noch warm sein mußte. Sie fand sie nach einigem Tasten. Befriedigt warf sie einen Kontrollblick auf die Besegelung und starrte dann wieder nach vorne in die sich ganz langsam lichtende Nebelwand. Endlich fand sie auch ihre innere Ruhe wieder. Sie haßte dieses weiße, feuchte Leichentuch aus Billionen feinster Wassertröpfchen. Nächstes Jahr würde sie ihr erster Saisontörn mit Sicherheit erst im Mai nach Frankreich führen. Instinktiv wandte sie den Kopf nach Steuerbord. Von dort ertönte ein leises Geräusch. Es hörte sich wie ein Plätschern an. Sie hatte solch ein Geräusch schon oft gehört, wenn bei ihnen daheim im Segelklub Jollenregatten ausgetragen wurden. Es klang, als wenn eine Schwertjolle oder ein Sportkatamaran durch das Wasser glitt. Aber wer, um alles in der Welt, sollte mit einer Jolle im dichten Nebel quer durch die Klippen segeln wollen? Sie horchte noch einmal angestrengt nach Steuerbord. Täuschte sie sich, oder summte da nicht irgendetwas.
Sie setzte sich, um deutlicher hören zu können, auf das Steuerbordwaschbord und hielt das Steuerrad nur mit den Fingerspitzen ihrer linken Hand fest. Mit der anderen suchte sie die Fußreling, um sich abzustützen. Das dunkelgraue Aluminiumprofil fühlte sich kalt und naß an. Ein seltsames Geräusch, dachte Elizabeth. Es klang wie der Elektrorollstuhl ihrer Nachbarin. Nur viel, viel gedämpfter. Plötzlich riß sie den Kopf nach oben. Weit über der Ketsch wurde für den Bruchteil eines Augenblicks ein blauer Schatten sichtbar. Endlich, jubelte sie. Blauer Himmel! Jetzt konnte es wirklich nicht mehr lange dauern. Doch in genau demselben Augenblick setzte ihr Herz aus.

KAPITEL X

Als Kommissar Guirec am Montagmorgen die Polizeipräfektur betrat, trug er die Spuren der vorangegangenen beiden Tage überdeutlich im Gesicht. Die Ermittlungen hatten ihn, Morgan und Staatsanwalt Lemardieux das ganze Wochenende in Atem gehalten. Am Samstagabend warteten sie bis spät in die Nacht vor der Wohnung von Guillaume auf dessen Eintreffen, aber nichts geschah. Schließlich ergatterten sie nur mit Hilfe eines deftigen Trinkgeldes noch drei Zimmer in einem halbwegs bezahlbaren Hotel. Am Sonntag dann trommelten sie die Belegschaft von Leblanc zusammen und vernahmen die Angestellten. Den Rest des Tages verbrachten sie damit, die Geschäftsräume und die Privatwohnungen von Leblanc, Madame Sonnet und Stephanie Blanche zu durchforsten. Das Ergebnis der zweitägigen Dienstreise war niederschmetternd. Nichts, aber auch überhaupt nichts wies auf die Möglichkeit eines von langer Hand geplanten Verbrechens hin. Insgeheim begann Guirec auch den verschwundenen Guillaume von der Liste der Verdächtigen zu streichen. Alle vier Personen schienen untereinander befreundet, das Verhältnis konnte als gut bezeichnet werden. Eifersüchteleien sollten sich nach Aussage des näheren Umfeldes der Toten ebenfalls nicht zugetragen haben. Auch die Guillaume betreffenden Ermittlungen führten zu keinem brauchbaren Ergebnis. Guillaume galt allgemein als überaus zurückhaltender, freundlicher Mensch, der nach Aussage seiner Nachbarn keiner Fliege etwas zuleide tun konnte. Guirec befürchtete eher, daß der Bankangestellte die Liste der Ermordeten in nicht allzu langer Zeit um einen weiteren Zugang bereichern würde.

Der alte Bretone hatte gerade einmal drei Stunden geschlafen, als ihn ein sichtlich aufgeregter Jean Lassalle aus dem Bett klingelte und sich zunächst ausgiebig darüber beschwerte, daß er seinen Vorgesetzten am vergangenen Tag nicht telefonisch erreichen konnte. Guirec verfluchte innerlich alle Betriebsanleitungen, Ladegeräte und Mobilfunktelefone. Während er noch halb im Schlaf den Vortrag seines Assistenten zu folgen versuchte, kletterte er bereits mit dem Hörer in der Hand aus dem Bett, denn das, was ihm sein Assistent zu verstehen gab, übertraf alle seine Erwartungen, was die Aufklärung des Falles anging. Zwanzig Minuten später kletterte er aus seinem altersschwachen Citroën und betrat die Polizeidienststelle. Im Flur zu seinem Dienstzimmer begegnete er einem drahtigen, überaus muskulösen Mann in Uniform mit vier Streifen am Ärmel, der sich in Begleitung von Antoine Lemardieux befand. Der junge Staatsanwalt wirkte trotz der Anstrengungen der letzten beiden Tage wie aus dem Ei gepellt und versprühte erfrischenden Optimismus. Guirec seufzte. Solche Mitarbeiter hätte er sich auch in seiner Abteilung gewünscht. Gleichzeitig wurde ihm schmerzlich bewußt, daß seine körperliche Leistungsfähigkeit von Jahr zu Jahr langsam, aber sicher dem Ende zuging. Es wurde wirklich Zeit, daß er sich endlich pensionieren ließ.

Eine Türe wurde aufgerissen. Guirec stöhnte vernehmlich. Polizeipräfekt Albin Kozh stürmte auf den Gang und winkte ihm energisch zu. Sein Vorgesetzter wirkte wie üblich nervös und gereizt. Der klassische Fall eines Cholerikers mit einem zum Durch-

bruch neigenden Magengeschwür.
»Guirec!« rief er sichtlich ungehalten. »Da sind Sie ja endlich! Wissen Sie, wie spät es ist? Was treiben Sie eigentlich die ganze Zeit? Während Sie daheim Ihr Morgenschläfchen ausdehnen, hat sich hier bereits einiges getan, wie Sie vielleicht schon erfahren haben.«
Der untersetzte, etwas schwergewichtige Bretone atmete tief durch. Schon alleine die Tatsache, daß er zum wiederholten Mal auf seine Frühstückscroissants und den heißgeliebten Café au lait verzichten mußte, stimmten ihn verdrießlich. Die Abfuhr seines Chefs kam da gerade recht, um sein Stimmungsbarometer noch mehr sinken zu lassen. Er verkniff sich eine passende Antwort, ging wortlos an ihm vorbei und bedachte den Staatsanwalt und seinen Begleiter nur mit einem flüchtigen Kopfnicken. Hinter ihm stieß jemand geräuschvoll die Luft aus.
»Guirec, zum Teufel!« brüllte Albin Kozh. »Bleiben Sie gefälligst stehen, wenn ich mit Ihnen rede! Wo wollen Sie überhaupt hin?«
Der Kommissar verharrte in seinem Schritt. Gleichzeitig schloß er die Augen. Nein, Frederic, beruhigte er sich, er hat es nicht so gemeint. Laß gut sein! Er ist krank. Er hat ein Magengeschwür. Das kommt vom Karrierestreß. Er neigt halt zu impulsiven Ausbrüchen. Achte einfach nicht auf das, was er sagt. Warum regst du dich überhaupt auf? Meine Güte, er kann ...
»Was, zum Henker, fällt Ihnen ein!« stieß Guirec aus, während er trotz seiner Leibesfülle überraschend flink auf dem Absatz herumwirbelte. »So können Sie mit den Polizeikadetten umspringen, Monsieur, aber nicht mit mir. Wenn Sie etwas von mir wollen, dann begleiten Sie mich in mein Büro, aber hören Sie auf, mich vor allen Leuten auf dem Gang zurechtzuweisen. Und nennen Sie mich gefälligst Monsieur oder Kommissar Guirec und nicht einfach nur Guirec. Und nur zu Ihrer Information, Monsieur. Ich war mit Morgan und Staatsanwalt Lemardieux das vergangene Wochenende über in Ermittlungsangelegenheiten unterwegs. Ich jedenfalls habe nicht das ganze Wochenende über Golf gespielt.«
Das Gesicht des Polizeipräfekten färbte sich erst aschgrau, dann jedoch ebenso schnell dunkelrot, als er feststellte, daß sich Lemardieux kaum noch ernst halten konnte. Sein verbaler Ausrutscher war ihm, wenn er ehrlich zu sich war, ebenso peinlich wie die Retourkutsche seines Untergebenen.
»Wir sprechen uns noch!« stieß Kozh gepreßt aus. »Aber nicht jetzt, Monsieur Guirec. Jetzt, Monsieur Guirec, ist erst einmal der Anwalt von Monsieur Arpege dran. Er erwartet Sie alle im kleinen Vernehmungsraum. Ich darf Sie also bitten, Monsieur Guirec?«
Der Chef des 1. Kommissariats schaute seinen Vorgesetzten scharf an. Bei jeden anderen hätte er vermutet, daß er sich wegen der vielen »Monsieur Guirec« über ihn lustig machte. Aber er kannte Albin Kozh nun schon viele Jahre. Manchmal brauchten Vorgesetzte eben einen sehr deutlichen Hinweis darauf, daß der Polizeipräfekt einer mittelgroßen französischen Provinzstadt in der Hierarchie nicht unendlich hoch über seinem Leiter der Mordkommission stand.
»Très bien«, erwiderte Guirec.

Er drehte sich wieder um und stapfte gemächlich den Gang hinunter. Am Klappern von Absätzen auf dem frisch gebohnerten Boden vernahm er, daß ihm mindestens zwei Personen folgten. Das mußten Lemardieux und der Drahtige in dessen Begleitung sein. Schließlich betrat er sein Arbeitszimmer.
»Dieser Arpege verfügt über einen Anwalt?« fragte der Kommissar erstaunt. »Das hätte ich einem gewöhnlichen Fischer gar nicht zugetraut. Und der stand ihm bereits in den frühen Morgenstunden zur Seite? Erstaunlich!«
»Nicht so sehr«, entgegnete Lassalle und hob dabei grüßend die Hand. »Hinter dem plötzlichen Rechtsbeistand steckt ein Boulevardblatt. Genau genommen, der Herausgeber der Gazette de Quimper.«
»Wer, bitte?« lachte Lemardieux auf. »Der erklärte Todfeind des ehrenwerten Bürgermeisters von Ploudarneau? Das wird ja, um bei ihren Worten zu bleiben, lieber Kommissar, immer erstaunlicher. Welches Interesse mag denn wohl Houet an der Aufklärung dieser Angelegenheit haben? So also verschafft man sich die besten Schlagzeilen des Tages! Na, egal! Nun, verehrter Herr Inspektor, berichten Sie doch erst mal. Ich bin, gelinde gesagt, verdammt neugierig.«
Während des sich daraufhin anschließenden Gedankenaustausches in Guirecs Büro, nahm Morgan in einem Nebenzimmer die Aussage von Kapitän Andreani zu Protokoll.
»Ein wenig dünn, finden Sie nicht, Herr Inspektor?« bemerkte Lemardieux nachdenklich. »Meine Güte! Was sind Sie denn für ein Polizist, wenn es Ihnen noch nicht einmal gelingt, auch nur einen Satz aus einem dringend Tatverdächtigen herauszukitzeln? Anwalt! Daß ich nicht müde lächele! Den hätten Sie erst einmal richtig in die Mangel nehmen müssen!«
Kopfschüttelnd zog er einen Kaugummistreifen aus der Reverstasche und schob ihn sich in den Mund. Seine Backenknochen begannen heftig zu mahlen.
Guirec räusperte sich. Schon die Kollegialität gebot es, seinen Mitarbeiter in Schutz zu nehmen, denn wenn er es genau nahm, dann hatte der junge Computerspezialist an einem Nachmittag offenbar mehr erreicht als ein Staatsanwalt und zwei Kriminalbeamte in über sechsunddreißig Stunden.

»Mehr haben Sie nicht zu bieten? Einen anonymen Anruf, eine Eintragung in der erkennungsdienstlichen Zentraldatei von höchst zweifelhaftem Wert, die meines Erachtens längst hätte gelöscht werden müssen, und ein offensichtlicher Unfall auf See? Und deswegen nehmen Sie meinen Mandanten fest? Einen unbescholtenen Mann?«
Jules Arpeges Anwalt grinste breit, während er seine Arme hinter dem Nacken verschränkte. Jean-Luc Lecomte, Mitinhaber einer angesehenen Kanzlei in Rennes, zeigte sich gleichermaßen siegessicher wie gelassen. Bei seinem Vortrag hob er kaum einmal die Stimme. Neben ihm hockte der Fischer aus Ploudarneau. Mühsam hielt sich

Arpege zurück. Lecomte hatte ihm wohl vorab Verhaltensmaßregeln erteilt.
»Sie haben Nerven, junger Mann!« fuhr der Anwalt fort und blickte Lassalle selbstgefällig ins Gesicht. Schließlich wandte er sich erneut an Lemardieux. »Alle Achtung! Ich bin gespannt, was Ihnen der Ermittlungsrichter darauf entgegnen wird.«
Lassalle blickte überrascht auf. Auch Guirec starrte den Mann aus Rennes verwundert an.
»Monsieur, ich bitte Sie!« warf Lemardieux anstatt dessen ein. »Unfall nennen Sie die Vorkommnisse? Nun, wenn man den Hergang als nautisch unerfahrener Laie betrachtet, dürften Sie recht haben.«
»Sind Sie etwa in nautischer Hinsicht versiert?« schmunzelte Lecomte vor sich hin.
Lemardieux' Gesicht zuckte wie unter einem Peitschenhieb zusammen. Aha, dachte Guirec. So sicher, wie er sich sonst gerne nach außen hin zeigte, war der gute Staatsanwalt trotz seines herben Männerparfums und des frisch aufgebügelten Designeranzugs also auch nicht. Doch nach kurzer Pause setzte er wieder sein gewohnt souveränes Lächeln auf.
»Zugegeben, ich bin kein gelernter Nautiker«, fuhr Lemardieux in ruhigem Ton fort. »Aber einmal ganz abgesehen von der Eintragung in der erkennungsdienstlichen Zentraldatei, daß Monsieur Arpege zum einen als impulsiv bekannt ist und zum anderen in der Vergangenheit anscheinend mehrfach zu verstehen gab, dem Herrn Bürgermeister und eventuell auch Angehörigen seiner Familie zu schaden, stellen sich mir doch einige Fragen. Wieso befand sich Ihr Mandant ausgerechnet zu besagtem Zeitpunkt in der Nähe der Unfallstelle? Zufall? Warum umkreiste er zunächst eine ganze Weile die Unfallstelle, ohne sich sofort zu dem Havaristen aufzumachen? Bloße Neugier? Warum näherte er sich der Unfallstelle nicht mit der gehörigen Vorsicht? Wenn er die nämlich hätte walten lassen, dann würde der junge Mann noch leben und Madame Leclerq läge nicht auf der Intensivstation. Und last but not least, aber auf diese Tatumstände komme ich später noch zurück, warum bewahrt er eine geladene Preßluftharpune in seiner Backskiste auf? Geht man neuerdings mit Schußwaffen auf Hummerfang?«
»Ach, hören Sie doch auf, Herr Staatsanwalt!« erwiderte Lecomte immer noch ungerührt.
Er griff in seine Tasche, zog ein Päckchen Zigaretten hervor und zündete sich ein Stäbchen an. Anschließend bat er Lassalle, ihm doch ein Glas Mineralwasser zu bringen. Er fragte Jules Arpege, ob er einen Wunsch hätte. Der Fischer nickte. Er wolle sofort nach Hause. Lecomte lachte und bestellte für ihn das gleiche.
»Sehen Sie mir bitte nach, daß ich die Sachlage ein wenig anders beurteile«, fuhr er schließlich fort. »Mein Mandant befand sich zur fraglichen Zeit tatsächlich in besagtem Gebiet, jedoch ausschließlich zwecks Sicherung seiner Fanggerätschaften. Es kam in letzter Zeit häufig vor, daß er von Fischräubern bestohlen wurde. Auf die prekäre Situation der ortsansässigen Fischer in der Umgebung von Ploudarneau brauche ich Sie nicht hinzuweisen, oder?«
»Nein, bewahre!« knurrte Lemardieux. »Verschonen Sie mich mit den Phrasen gewisser selbsternannter Lokalpatrioten.«

Lecomte verstand die Anspielung auf seinen offensichtlichen Auftraggeber. Er verzog sein Gesicht zu einem wissenden Lächeln.
»Mich interessiert in diesem Zusammenhang viel mehr«, fuhr er fort, »was Sie Monsieur Arpege überhaupt konkret vorwerfen. Und kommen Sie mir bloß nicht wieder mit dieser Geschichte von Samstagmorgen. Das ist ja lächerlich. Was also? Unterlassene Hilfeleistung? Wohl kaum, denn ohne sein Einschreiten wäre Madame Leclerq längst tot. Wenn er den Unfall wirklich vorsätzlich oder zumindest grob fahrlässig verursacht hat, warum verschwindet er nicht ganz einfach und überläßt die Crew ihrem Schicksal? Und was seine seemännische Vorsicht anbelangt, dann würde ich Sie gerne einmal sehen, wie es Ihnen beispielsweise gelingt, bei entsprechendem Seegang, in stockfinsterer Nacht und bei stürmischem Wind ein havariertes Segelboot wiederzufinden. Darüber hinaus handelte es sich zudem um ein Mehrrumpfboot. Wie wenig hoch die Dinger aus dem Wasser ragen, brauche ich Ihnen ja wohl kaum zu erläutern.«
»Im Protokoll der ersten Unterredung an Bord des Patrouillenbootes heißt es, Ihr Mandant hätte den Mastbruch auf dem Regattaboot beobachten können. Aber in nächster Nähe wollte er den Trimaran dann nicht mehr gesehen haben können?«
Lecomte winkte ab.
»Mein Mandant läßt sich dahingehend ein, daß bei seinem Eintreffen der Mast des Bootes nicht mehr stand. Damit blieb der Havarist bei einer Freibordhöhe von knapp zwei Metern und einer Wellenhöhe zwischen drei und vier Metern angesichts der Dunkelheit und des Regens zumindest in den Wellentälern praktisch unsichtbar. Daß er das Wrack schließlich bei der Annäherung dermaßen stark beschädigte, tut ihm leid, ist jedoch nicht mehr zu ändern.«
Lemardieux lachte hell auf.
»Ah, tut ihm leid. Na, das ist ja beruhigend. Hoffentlich hilft das auch dem Toten und der Tochter von Bürgermeister Leclerq.«
Bei der Erwähnung des Namens Leclerq ballte der Fischer aus Ploudarneau unwillkürlich die Fäuste. Lecomte legte ihm beruhigend eine Hand auf den Unterarm. Er griff in seine Aktenmappe und zog ein Blatt hervor.
»Zur Untermauerung meiner These weise ich auf folgende Unterlagen hin. Erstens, eine Darstellung des Service Hydrographique et Oceanographique de la Marine in Paris über das Sichtbarwerden von Sportbooten bei verminderter Sicht, Wellengang und so weiter, zuletzt veröffentlicht in der Yachtzeitschrift Bateau Français. Ähnliches wurde publiziert vom Centres Regionaux Operationnels de Surveillance et de Sauvetage und vom Ministerium für Transport und Tourismus in diversen nautischen Handbüchern. Danach hätte es schon an ein Wunder grenzen müssen, angesichts der Wetterbedingungen ein unbeleuchtetes und zudem entmastetes Boot von der Art eines Trimarans der Firecrest-Serie auszumachen. Schließlich habe ich hier die mir von verschiedenen Polizeidienststellen zugefaxten Ablichtungen von Strafanzeigen meines Mandanten gegen Unbekannt wegen Fischereifrevels. Für den Besitz und die Verwendung der von Ihnen erwähnten Preßluftharpune, die übrigens noch nie, oder sollte ich in diesem Zusammenhang sagen zum Glück noch nie, zum Einsatz ge-

kommen ist, liegt eine Genehmigung der Präfektur in Quimper vor. Mein Mandant besitzt die Lizenz zur Jagd auf Haifische. Die stammt zwar zugegebenerweise aus vergangenen Zeiten, ist jedoch immer noch gültig. Noch Fragen?«
Lemardieux wandte sich an Lassalle.
»Haben Sie das schon nachprüfen lassen?« raunte er ihm zu.
Lassalle nickte.
»Zwei Dinge stimmen auf jeden Fall«, flüsterte er ihm zu. »Die Genehmigung für die Harpune ist tatsächlich noch gültig, und die Harpune wurde zumindest seit geraumer Zeit nicht mehr benutzt. Das beweisen, Monsieur Lereau zufolge, Rostspuren an der Preßluftpatrone.«
»Ist Lereau im Haus?« fragte Lemardieux laut und wandte sich an Guirec. »Können wir ihn nicht beiziehen? Mich würde brennend interessieren, was es mit dem getöteten Mitsegler auf sich hat. Ich will wissen, ob Spuren auf Gewalteinwirkung Dritter hinweisen.«
»Tut mir leid, Herr Staatsanwalt«, mischte sich Lassalle nochmals ein. »Monsieur Lereau befindet sich momentan auf dem Bergungsschlepper, der auf meine Veranlassung hin noch in der Nacht das Wrack des Trimarans abbergen sollte. Momentan gibt es Verzögerungen wegen des Nebels. Ich habe jedoch seine Mobilfunkrufnummer. Wollen Sie ihn anrufen?«
»Ich möchte mich nicht in Ihre Ermittlungsmethodik einmischen«, frotzelte Jean-Luc Lecomte, »aber ich erinnere Sie daran, daß jede Minute meiner Zeit den französischen Staat viel Geld kosten wird. Wenn Ihre Recherchen noch nicht so weit gediehen sind, um Ihren Verdacht gegen meinen Mandanten zu untermauern ...«
»Moment, Moment, lieber Herr Anwalt«, unterbrach ihn Lemardieux schroff. »Ich wähle ja bereits. Den kleinen Augenblick Ihrer kostbaren Zeit wird sich der französische Staat, wenn überhaupt, denn auch noch leisten können.«
Er erhob sich und verließ mit dem Handy am Ohr den Vernehmungsraum.
»Na, Herr Inspektor«, grinste Lecomte wohlgefällig. »Diese Komödie wird Ihrer Karriere aber sicherlich nicht sonderlich zuträglich sein.«
»Das lassen Sie mal unsere Sorge sein«, mischte sich Guirec mit schroffem Unterton in der Stimme ein.
Doch auch der sonst eher stille Lassalle wollte diese Abfuhr nicht völlig kommentarlos auf sich sitzen lassen.
»Wir kommen sicherlich gleich noch einmal auf den Mordfall von Samstag zurück. Dann wird sich ja zeigen ...«
Arpeges Anwalt brach in schallendes Gelächter aus.
»Machen Sie sich nicht lächerlich, Monsieur«, mühte er sich um Fassung. »Wollen Sie sich allen Ernstes mit einer solch dünnen Geschichte vor dem Ermittlungsrichter blamieren? Nur zu! Welche Beweise haben Sie denn? Mein Mandant kennt keinen einzigen der Ermordeten. Und Ihre Theorie, daß er diesem gewissen Tristan Guillaume erst die Flucht ermöglicht haben soll, verweise ich genauso in das Land der Phantasie wie den Vorwurf, er könnte vielleicht unmittelbar etwas mit dem Mordfall zu tun haben. Lieber Monsieur Lassalle, glauben Sie mir, ich weiß, wie es bei Gericht zugeht.

Die Schlacht von Waterloo wird ein Kindergeburtstag gegen das, was der Ermittlungsrichter mit Ihrer angeblichen Beweiskette anstellen wird.«
Guirec dachte nach. Dabei beobachtete er seinen jungen Kollegen, der nervös an seinem Brillengestell herumfingerte. Inzwischen ärgerte es ihn, daß Albin Kozh den unerfahrenen Kollegen ohne sein Wissen in der Angelegenheit unbedingt so weit hatte vorpreschen lassen. Hätte der Polizeipräfekt die Sache doch bloß selbst in die Hand genommen! Einen solchen Vorstoß würde Lassalle bestimmt nicht noch einmal wagen. Irgendwie tat er ihm leid. Zum ersten Mal konnte er seine kriminalistischen Fähigkeiten in der Praxis unter Beweis stellen und fiel unter den Augen der Öffentlichkeit, denn die Gazette würde über diese Schlappe bestimmt berichten, auch gleich gehörig auf die Nase.
Lemardieux betrat wieder den Raum und ließ sich in seinen Sessel sinken. Mit einer raschen Handbewegung verstaute er das Handy in der Rocktasche. Er warf einen Blick in die Runde. Guirec ahnte sogleich, was passiert war. Von Triumph war nämlich in Lemardieux' Gesicht überhaupt keine Spur.
»Gut, Herr Anwalt«, eröffnete der Staatsanwalt den nächsten Schlagabtausch.
»Man hat den Trimaran geborgen. Der Mast und sämtliche übrigen Riggteile fehlten. Warum dies so ist, darüber wird uns nur Madame Leclerq Aufschluß geben, sobald sie wieder vernehmungsfähig ist. Jedenfalls, und das muß ich zu meinem Bedauern feststellen, läßt sich der Vorwurf der vorsätzlichen Sachbeschädigung mit Personenschaden und Todesfolge vermutlich nicht mehr aufrecht halten.«
Arpege klatschte begeistert in die Hände. Sein Anwalt griff nach einer neuen Zigarette und goß sich von dem Mineralwasser nach.
»Und«, fragte er betont gelangweilt.»Was nun noch?«
Arpege brummte etwas Unverständliches in seinem Heimatdialekt vor sich hin. Lemardieux erhob sich und ging ein paar Mal in dem Raum auf und ab. Ganz offensichtlich dachte er angestrengt über den Fall nach.
»Monsieur Arpege«, sprach er den immer noch Verdächtigen direkt an.
»Sie scheinen in Ploudarneau Feinde zu haben, nicht wahr?«
Arpege warf seinem Rechtsbeistand einen fragenden Blick zu. Lecomte zuckte die Achseln. Er wußte viel, aber auf alles hatte selbst er keine Antwort. Er gab ihm zu verstehen, antworten zu dürfen. Arpege räusperte sich.
»Abgesehen von dem Lumpen Leclerq eigentlich nicht«, erwiderte er.
Lemardieux war an dem sicherheitsverglasten Fenster des Vernehmungszimmers angekommen und blickte eine Weile schweigend hinaus in den fahlen Himmel. In Quimper verzog sich der Nebel langsam.
»Ich empfehle Ihnen ganz eindringlich«, ermahnte ihn Lemardieux schließlich, »Ihre Zunge im Zaum zu halten, Monsieur. Eine Beleidigungsklage könnte ernsthafte Folgen für Sie haben. Im übrigen stehen Sie immer noch unter Arrest. Man hat Sie doch wohl auf sämtliche Konsequenzen in diesem Zusammenhang hingewiesen, oder? Sie wissen, daß wir auch jetzt noch jede Ihrer Äußerungen gegen Sie verwenden können. Also, nehmen Sie sich besser zusammen.«
Jules Arpege starrte auf seine von der schweren Arbeit auf See schwieligen Hände.

Instinktiv spürte er, daß der junge Staatsanwalt recht hatte. Hier war nicht sein Terrain. Hier konnte er sich nicht wehren. Er war auf Gedeih und Verderb diesem Rechtsverdreher, wie er Anwälte insgeheim despektierlich bezeichnete, ausgeliefert. Aber dieser Bekannte von Houet schien sein Handwerk zu verstehen. Die gefährlichste Klippe schien umschifft zu sein.
»Ich frage noch mal«, fuhr Lemardieux fort. »Keine Feinde? Sie wurden ganz offensichtlich denunziert. Und ich kann mir kaum vorstellen, daß es der Herr Bürgermeister nötig hat, anonyme Anrufe zu tätigen. Halt, halt, Monsieur! Keine unbedachte Äußerung! Denken Sie an meine Warnung von eben.«
»Was soll ich darauf antworten, Herr Staatsanwalt?« antwortete der Fischer mit einer Gegenfrage.
Jules Arpege begann zu schwitzen. Er hatte nicht die geringste Ahnung, wieviel die Polizei inzwischen herausgefunden hatte. Wußten sie etwa irgend etwas über die Auseinandersetzung am Samstagabend in Pierre Duprets Kneipe? Hatte denen vielleicht einer aus der Runde gesteckt, was er auf See hatte beobachten können? Wußten sie unter Umständen, daß sein Neffe Fahrerflucht begangen hatte und er deswegen so Hals über Kopf nach Brest aufbrechen mußte? Er beschloß, vorsichtig zu sein. Er kannte die Polizeiarbeit aus vielen Kriminalfilmen. Die würden bestimmt versuchen, ihn hereinzulegen.
»Ja, ich war draußen auf See bei meinen Fangkörben. Das mache ich jeden Morgen. Ich muß so früh raus, weil die Herren von der Polizei anscheinend wenig Lust verspüren, etwas gegen die Diebe zu unternehmen, die ständig meine Körbe plündern. Die in Ploudarneau stecken doch alle unter einer Decke.«
Lecomte legte seine Hand warnend auf seinen linken Unterarm.
»Mein Mandant entschuldigt sich für die letzte Bemerkung. Sie rutschte ihm in offensichtlicher Erregung heraus.«
Lemardieux blickte den Fischer auffordernd an. Dieser nickte widerwillig.
»Excusez-moi, Monsieur«, fuhr er mit schleppender Stimme fort. »Anschließend bin ich wieder zurückgetuckert und habe den Großteil des Fangs meinem Grossisten ausgehändigt. Der Rest wurde anschließend versteigert. Da können Sie das Personal in der Versteigerungshalle fragen. Ich habe bestimmt zwanzig Zeugen.«
Lecomte lehnte sich weit zurück und grinste siegessicher. Er sah seinen Mandanten schon auf freiem Fuß.
»Wo sind Sie anschließend gewesen?« stocherte Lemardieux unbeirrt weiter.
Nun bekam es Jules Arpege mit der Angst zu tun. Er wandte sich an seinen Anwalt und flüsterte ihm etwas ins Ohr. Die Miene seines Zuhörers blieb ausdruckslos. Schließlich wandte sich Lecomte an den Staatsanwalt.
»Mein Mandant mußte in einer privaten Angelegenheit nach Brest«, antwortete er für den Fischer.
»Darf man auch erfahren, um was es sich dabei konkret handelte?« forschte Lemardieux weiter.
Wieder vertieften sich Beschuldigter und Rechtsbeistand in ein längeres Gespräch.
»Er mußte seinem Neffen helfen, der in Brest mit einer Panne an seinem Motorrad

festsaß. Mein Mandant besitzt einen Kleinlaster.«
»Wo ist das Motorrad?« warf Guirec dazwischen.
»In meinem Schuppen«, antwortete Arpege hastig.
Guirec nickte befriedigt.
»Gestern war Sonntag. Da ließ sich der Schaden mit Sicherheit nicht beheben. Geben Sie mir die Adresse oder, noch besser, die Telefonnummer von Ihrem Neffen. Ich werde ihn auffordern, das Motorrad nicht mehr zu benutzen. Es ist hiermit sichergestellt.«
Guirec zog sein Handy aus der Tasche. Während er wählte, stellte er fest, daß der Akku immer noch leer war. Schimpfend legte er es weg. Lassalle schüttelte verständnislos den Kopf. Lemardieux reichte ihm sein Gerät.
»Guten Morgen, Madame Kernac'h«, meldete sich der Bretone nach wenigen Augenblicken. »Hier spricht Kriminalkommissar Guirec. Ich hätte da mal eine Frage an Ihren Sohn Aodren. Kann ich ihn wohl sprechen?«
Es vergingen zwei Minuten, ehe Guirec weitersprach.
»Guten Morgen, Monsieur Kernac'h«, fuhr er in sachlichem Ton fort. »Sie haben vielleicht schon gehört, daß wir gestern Ihren Onkel festgenommen haben. Sie könnten ihm unter Umständen helfen, Monsieur. Sagen Sie uns doch bitte, wann und wo Sie Ihr Onkel in Brest aufgelesen hat. Sie hatten ihn doch nach Brest bestellt, nicht wahr?«
Während das Krächzen in der Ohrmuschel des Mobiltelefons andeutete, daß Guirec eine Antwort auf seine Frage erhielt, wunderten sie sich um so mehr, daß das Gesicht des Kriminalkommissars eine immer ungläubigere Miene annahm. Mit einer mechanisch wirkenden Bewegung nahm er schließlich das Gerät vom Ohr und drückte auf die Taste, mit der er die Verbindung abbrach. Er schaute erst Lemardieux, dann Lecomte und schließlich den Fischer aus Ploudarneau an.
»Ich schätze«, brach Guirec das Schweigen, »daß Monsieur Arpege noch eine Weile unsere Gastfreundschaft genießen wird. Sein Alibi für die Zeit zwischen acht Uhr morgens und den frühen Abendstunden ist soeben geplatzt. Aodren Kernac'h, der Neffe von Monsieur, behauptet steif und fest, er sei mit seinem Motorrad an besagtem Samstagmorgen überhaupt nicht in Brest gewesen. Das wäre auch gar nicht möglich, da sein fahrbarer Untersatz aus Geldmangel schon seit Wochen abgemeldet sei. Er würde es doch nicht riskieren, mit einem unversicherten Motorrad in der Gegend herumzufahren.«
Jean-Luc Lecomte konnte den Wutanfall seines Mandanten nicht mehr verhindern. Minuten später klickten erneut Edelstahlarmbänder um die Handgelenke des Fischers.

Der Raum, in dem Aubin Leclerq gewöhnlich sein Frühstück einzunehmen pflegte, zeigte nach Osten und damit genau in Richtung Yachthafen. Er hatte gegen den Protest der Umweltbewegung alle größeren Bäume am Hang abholzen lassen, damit kein optisches Hindernis den Blick auf die neuerrichteten Gebäude, die Steganlagen und die hohe Steinaufschüttung zum Schutz vor den Wassermassen des Moyenne nach großen Regenfällen störte. Der Frühstückstisch der Leclerqs befand sich in dem

hohen, weiträumigen Erker, der eine phantastische Panoramaaussicht bis auf die Häuser der Altstadt zuließ. Die Tatsache, daß er bei der ersten Mahlzeit des Tages bereits wie ein mittelalterlicher Potentat auf Untergebene und Lehen hinabblicken konnte, erfüllte ihn jedesmal wieder mit grenzenloser Befriedigung. Dort unten klebten die Häuser der Wohlhabenden am Hang, schlängelte sich ein Teil der Straßen hinunter zu den Hochhauswohnanlagen der Besserverdienenden und zu den Ferienparks mit den Sommerresidenzen der reichen Geschäftsleute aus Paris und Rennes, während der andere Teil unmittelbar in den Ort, zum großen Terrain der Sportbootwerft und schließlich auch zur Marina führte. Quer durch den Ort floß der Moyenne und trennte damit die Altstadt vom Neubauviertel. Nur eine Brücke am Stadtausgang verband die Ortsteile miteinander. Und inmitten des Flußunterlaufs bildete die Marina Port du Raz mit seinen schneeweißen Motoryachten und Segelbooten, mit den aus hellem Beton errichteten Gebäuden einen farbigen Kontrast zu dem blauen Atlantikwasser, das sich erst oberhalb des Ortes in ein schmutziges Braun verfärbte. Im hellen Sonnenschein wirkte die Marina inmitten der Flußmündung zusammen mit den Häusern der Altstadt und dem Neubauviertel wie ein weiß eingefaßtes Juwel. An diesem Morgen allerdings sah man von diesem Kleinod nichts. Wieder einmal machte Nebel den ungehinderten Blick auf die Flußmündung unmöglich.
Aubin Leclerq legte zornig seine Zeitung beiseite. Natürlich hatte es sich Frederic Houet, der Kommunist und selbsternannte Weltverbesserer, nicht nehmen lassen, die Geschehnisse der vergangenen Tage abfällig zu kommentieren. Er ärgerte sich darüber, daß er als Bürgermeister ausgerechnet aus dessen Zeitung über Details der polizeilichen Ermittlungstätigkeit erfuhr und daß die gestochen scharfen Photos von dem Unglücksschiff stets im Hintergrund markante Gebäude des Hafens zeigten. Soweit er wußte, hatten sein Golfpartner Jean Larouche und Polizeipräfekt Kozh doch ausdrücklich auf seine Bitte hin eine umfassende Nachrichtensperre verfügt. Einer aus den Reihen der Polizei mußte wie ein Vögelchen gesungen haben. Leclerq lächelte grimmig. Nun, das würde es Albin Kozh leichter machen, diesen dicken, unfähigen Guirec unter Umständen doch noch eher in Pension zu schicken. Was Leclerq jedoch besonders aufbrachte, war Houets Hinweis in der Randnotiz, der Regattaleitung seien die Sicherheitsrisiken anläßlich der vom Yachtklub Ploudarneau organisierten Regatta durchaus bewußt gewesen. Nun sah es für alle Unbeteiligten so aus, als hätte man das Feld nur deshalb gestartet, um einen Prestigeverlust zu vermeiden. Da drängte es einem die Schadenfreude an dem Zwischenfall geradezu auf. Die Kerle aus der Altstadt würden nur so johlen vor Vergnügen.
»Unangenehme Nachrichten?« fragte Adele, die ihm gegenübersaß.
Aubin Leclerq hob den Kopf und warf seiner Frau einen übellaunigen Blick zu. Sie sah aus wie immer. Von großer Körpergröße, geradezu hager, hockte sie in ihrem geblümten, hochgeschlossenen Seidenkleid wie die Verkörperung viktorianischer Prüderie auf dem Polstersessel, wobei ihr linker, mit einem Perlenarmband geschmückter Unterarm geradezu majestätisch auf der geschwungenen Lehne ruhte. Ihre Hochsteckfrisur und die schmale, goldgeränderte Brille unterstrichen die kühle Strenge, die sie stets auszustrahlen pflegte. Aubin hätte sich von ihr längst getrennt, aber dem stan-

den zwei Dinge entgegen. Erstens konnte Adele Leclerq als Frau des Bürgermeisters hervorragend repräsentieren, und zweitens hätte ihn eine Scheidung ein Vermögen gekostet. Aubin fluchte still vor sich hin. Reiche Männer durften eben nie heiraten. Oder sie mußten die Ehe mit einem exzellenten Vertrag absichern. Doch dann hätte ihn Adele nie geheiratet. Und sie, die Tochter eines ortsansässigen Gastwirts, brachte genau die Grundstücke mit in die Ehe, auf denen er vor Jahren das Casino und Teile der Appartementanlage hatte errichten lassen. Er verschwendete für den Bruchteil des Augenblicks einen Gedanken an Isabelle Dinard, die dreißigjährige Schönheit, die ihm seit geraumer Zeit die sonst ereignislosen Nächte versüßte.
Aubin Leclerq tupfte sich mit der Serviette den Mund ab.
»Nein«, log er. »Wie kommst du darauf?«
Adele, seine Frau, lächelte indigniert.
»Ach, komm schon, Aubin«, tadelte sie ihn milde. »Ich kenne dich lange genug, um zu wissen, daß du nicht umsonst so grimmig in die Zeitung stierst.«
»Ach, stiere ich?«
»Ja, du stierst.«
»Was dir so alles auffällt.«
Aubin überlegte, ob er mit seiner Frau die Angelegenheit besprechen sollte oder nicht. Einerseits wollte er wenigstens beim Frühstück seine Ruhe, andererseits wußte er, daß sie sowieso nicht lockerlassen würde.
»Die Gazette schreibt einen schönen Mist über die Geschehnisse der vergangenen Tage«, führte er an. »Möchte wissen, wer diesem verdammten Houet endlich das Maul stopft.«
»Wenn du es nicht kannst, wer soll es dann tun?« fragte sie mit gespielter Anteilnahme. Im Grunde ihres Herzens interessierte sich Adele Leclerq nicht im geringsten für die Geschäfte ihres Mannes und die damit verbundenen Probleme. Sie genoß vielmehr die Aufmerksamkeit, die ihr als Frau des amtierenden Bürgermeisters allerorts zuteil wurde. Besonders auf den Wohltätigkeitsveranstaltungen, die sie und ihre Freundinnen in großer Zahl organisierten, stand stets ein Ehrenplatz für sie bereit. Mit der Marina und dem Yachtklub konnte sie überhaupt nichts anfangen. Sie erinnerte sich stets nur ungern an die Taufe einer Rennyacht ihrer Tochter, anläßlich der fünfzehn blamable Versuche nötig waren, ehe die Champagnerflasche endlich am Bugspriet des Täuflings zerbarst. Überhaupt erwies sich das Verhältnis zwischen ihr und Emmanuela als ambivalent. Schon von Kindesbeinen an galt sie als Vaters Liebling. Ihr Mann erzog sie wie einen Jungen, weil er sich insgeheim so sehr einen Stammhalter wünschte und den sie ihm nicht mehr schenken konnte. Alle ihre Versuche, Emmanuela bereits während der Pubertät zu einer in den besseren Gesellschaftskreisen ernstzunehmenden Debütantin umzuerziehen, scheiterten am Willen ihres Mannes und an der bretonischen Starrköpfigkeit ihrer Tochter. So kühlte das Verhältnis zwischen Mutter und Tochter mit der Zeit mehr und mehr ab. Als Adele erfuhr, daß ihre Tochter schwerverletzt im Hospital lag, zuckte sie nur die Achseln. Selbst der Hinweis, daß unter Umständen der verhaßte Jules Arpege hierfür die Verantwortung trug, kümmerte sie nicht.
»Was erwartest du eigentlich?« fuhr sie fort, ohne seine Antwort abzuwarten. »Während

man ungeniert mit seinem Flittchen herummacht, geraten einem eben auch schnell einmal die Fäden aus der Hand. Komm, widersprich mir nicht! Denkst du, ich sei blind und taub?«
Sie blickte ihn an. Aus ihren Augen sprach eine Mischung aus Spott und Belustigung. Aubin konnte diesen Blick auf den Tod nicht ausstehen. Am liebsten hätte er die gefüllte Zuckerdose nach ihr geworfen.
»Was du dir schon wieder ...«, begann er, ehe ihn das Klingeln des Telefonapparates unterbrach.
Adele griff nach dem Hörer des Haustelefons und zog die Antenne aus dem Gehäuse. »Ja, bitte«, sprach sie in die Sprechmuschel.
Aubin Leclerq fiel ihr Gesichtsausdruck auf, der sich bereits nach einem kurzen Augenblick deutlich verfinsterte.
»Der Großfürst«, sagte sie und hielt ihm demonstrativ den Apparat hin. »Ihre Durchlaucht wünscht den Prinzregenten zu sprechen.«
Leclerq stöhnte auf und nahm das Gerät entgegen. Jeder in der Familie wußte, wen sie stets so despektierlich titulierte.
»Vater«, begrüßte ihn Aubin. »Schön, daß du anrufst. Wie geht es dir?«
»Erspare dir die Konversationsspielchen«, rügte ihn eine sonore, tiefe Stimme. »Sag dieser bretonischen Kräuterhexe, ich habe genau mitbekommen, wie sie mich bezeichnet. Ich empfinde eine derartige Ausdrucksweise wenig schmeichelhaft.«
Obwohl Adele den Inhalt des Gesprächs nicht mitbekommen konnte, glitt ein ironisches Grinsen über ihr viktorianisch strenges Gesicht. Sie ahnte, worüber sich Valery Leclerq bei seinem Sohn beklagte. Sie konnte ihn nicht ausstehen, diesen alten Querulanten, der dort unten in der Provence hockte und Rosen züchtete, dabei jedoch zusammen mit seiner Frau Agata einen beträchtlichen Teil der Leclerqschen Einkünfte kontrollierte. Ihr Mann Aubin hatte es in all den Jahren nie geschafft, sich endgültig von seinen Eltern abzunabeln.
»Was kann ich für dich tun, Vater?« erwiderte der Sohn des alten Leclerq und erhob sich. Mit dem Handtelefon am Ohr begann er ziellos durch den Raum zu wandern. Adele bemerkte die feinen Schweißperlen, die sich anläßlich solcher Telefonate auf der Stirn ihres Mannes bildeten. Mehrmals versuchte er, den Kragen seines Hemdes mit dem Zeigefinger der linken Hand zu lockern.
»Wie steht es um Ploudarneau, mein Sohn?« kam er rasch auf den Punkt. »Ich las gerade eben die Gazette, die ich seit einiger Zeit per Kurierpost zugesandt bekomme. Hast du die Lage im Griff?«
Aubin bemühte sich, seine Nervosität nicht allzu deutlich anmerken zu lassen.
»Natürlich, Vater«, antwortete er.
»Bist du sicher?« forschte der alte Mann nochmals nach. »Was gedenkst du gegen diesen Irren zu unternehmen, der bei euch sein Unwesen treibt? Und was viel wichtiger ist: Wie geht es überhaupt meiner Enkelin?«
Aubin schwieg einen Augenblick, um sich zu sammeln. Er erwog in Gedanken, den Raum zu verlassen. Doch schließlich besann er sich. Diesen Triumph wollte er seiner Frau nun doch nicht gönnen.

»Emmanuela geht es den Umständen entsprechend gut«, log er.
In Wirklichkeit schätzten die Chirurgen ihre Chance, den Zusammenstoß mit Arpeges Kutter gesund zu überstehen, wegen ihrer Kopfverletzungen ziemlich gering ein. Er wollte sich ohnehin noch an diesem Morgen in die Klinik begeben, um mit den Ärzten zu reden. Bisher war ihm jeglicher Besuch untersagt worden.
»Was die Vorfälle betrifft«, fuhr er fort, »laufen die Ermittlungen der Polizei auf Hochtouren.«
»Polizei!« stieß der Alte verächtlich aus.
»Alles Dilettanten! Du mußt die Angelegenheit selbst in die Hand nehmen.«
»Die Kriminalpolizei hat schon einen verhaftet«, versuchte Aubin seine Zurückhaltung zu entschuldigen.
»Wen?«
»Arpege.«
Die Stimme am anderen Ende der Leitung überschlug sich.
»Jules Arpege?« brüllte sein Vater. »Der Sohn von Denez? Dieser Bastard? Was wirft man ihm vor?«
»Er hat Emmanuelas Regattaboot versenkt«, antwortete Aubin kleinlaut. »Vermutlich ist er auch in einen der Mordfälle verwickelt, wie man so hört.«
»Wie man so hört! Wie man so hört!« höhnte Valery Leclerq. »Mehr weißt du also nicht? Dein Wissen stützt sich allein auf Vermutungen und Gerüchte? Oh, Teufel, dafür soll er mir büßen! Dieses Fischerpack hat uns schon genug Steine in den Weg gelegt, aber meine eigene Enkelin in dieses schmutzige Spiel hineinzuziehen, das geht zu weit! Ich hoffe, du weißt, was du jetzt zu tun hast.«
»Was bitte, Vater?« entgegnete Aubin erstaunt.
»Stell dich nicht dümmer, als du bist, mein Junge!« schimpfte Aubins Vater weiter.
»Tu was! So etwas darf sich keinesfalls mehr wiederholen.«
»Was soll ich denn deiner Ansicht nach tun, Vater?« erwiderte der Sohn. »Arpege sitzt in Untersuchungshaft. Da wird er noch eine ganze Zeitlang bleiben, wenn ich Polizeipräfekt Kozh richtig verstanden habe.«
»Man muß diesem Pack einmal einen gehörigen Denkzettel verpassen!« knurrte Valery Leclerq grimmig vor sich hin. »Also, ich erwarte, daß etwas geschieht.«
Das Klicken in der Leitung und der sich anschließende Summton deutete dem Bürgermeister von Ploudarneau an, daß die Verbindung abgebrochen worden war.

KAPITEL XI

Elizabeth Summer schrie auf und riß instinktiv die Hand zurück. Bruchteile einer Sekunde später vernahm sie ein Gurgeln. So, als wäre ein schwerer Gegenstand im Wasser versunken. Die junge Frau mußte sich regelrecht dazu zwingen, den Blick zur Seite zu wenden. Ihre von der Nachtfahrt und vom Kreuzen durch den dichten Nebel übersensibilisierten Nerven drohten in eine Panikattacke zu verfallen. Die Bordwand war leer. Sie suchte die nähere Umgebung an Steuerbord ab, doch da herrschte nichts als Nebel. Dichter, weißer Nebel. Sie schaute nach oben. Auch der blaue Schimmer über ihr hatte längst der nächsten Nebelwand weichen müssen. Sie vernahm wie durch Watte das Knarzen der Treppe. John stand im Niedergang und schaute sie halb neugierig, halb erschreckt an.

»Warum hast du geschrien, Liebling?« fragte er.

»Meine Güte. Du kannst einem Angst einjagen.«

Elizabeth deutete mit einer mechanischen Bewegung in Richtung Bordwand. Mit weit aufgerissenen Augen starrte sie dem Skipper entgegen. Ihre Lippen bebten. Sie fühlte sich mit einem Mal hundeelend. Ihre plötzliche, unerwartete Angst lähmte alle ihre Gedanken und Empfindungen. Sie kam sich wie paralysiert vor.

»Liebling, du bist ja schneeweiß im Gesicht!« stieß John aus und sprang in die Plicht. Er legte seiner Frau sanft den Arm um die herabgesunkenen Schultern und übernahm das Steuerrad.

»Mich hat etwas angefaßt«, stammelte sie tonlos und wies immer noch mit der rechten Hand nach Steuerbord.

»Angefaßt?« fragte John verblüfft. »Was soll dich denn angefaßt haben? Wo denn?«

»An der Hand. Ich saß auf dem Waschbord, um besser hören zu können, und stützte mich an der Fußreling ab.«

»Besser hören?« stocherte er nach. »Was denn besser hören?«

»Da war ein Geräusch. Es hörte sich an wie ein Plätschern. So, als ob eine Jolle durch das Wasser zischt. Außerdem lag da noch ein Summen in der Luft. Und dann packte mich etwas.«

Ein Schauer lief über ihren schmalen Rücken. John überlegte. Vielleicht hatte er seiner Frau in den letzten Stunden einfach zuviel zugemutet. Erst das mühsame Kreuzen aus dem Bristol Channel hinaus in die Irische See, dem eine schwierige Passage bis hinauf zum Fastnet Rock folgte. Schließlich der Frühjahrssturm, dessen Ausläufer sie in stockfinsterer Nacht hatten abwettern müssen, und jetzt auch noch dieser verdammte Nebel. Sie hatte ihn zwar schon so oft auf seinen Reisen mit HOLLY ANN begleitet, aber diesmal überstieg es wohl doch ihre Kräfte. Er beschloß, sie nach unten zu schicken, damit sie sich ausruhen und vielleicht sogar ein wenig schlafen konnte. Und in Ploudarneau, oder wie sonst dieser Ort hieß, würden er, Elizabeth und Tommy-Boy erst einmal einen langen Spaziergang unternehmen. Abends wollte er seine Frau dann in das beste Restaurant am Ort zu einer Plateau de fruit de mer einladen.

»Du bist übermüdet, Schatz«, erwiderte er. »Das ist nach beinahe zwei Tagen auf See

und bei dem Wetter nichts Ungewöhnliches. Wahrscheinlich ...«
»Glaubst du, ich habe mir das bloß eingebildet?« fuhr sie ihn ganz gegen ihr sonst eher sanftmütiges Naturell mit aller Heftigkeit an.
»Aber, nein«, entgegnete er und ärgerte sich ein wenig darüber, daß sie sich so brüsk aus seiner Umarmung löste.
»Warum behauptest du denn dann so etwas?« stieß sie mit bebender Stimme nach.
»Ich bin doch bisher immer aufmerksam Ruder gegangen, oder nicht? Habe ich mich jemals beklagt?«
John nickte und begriff. Ja, er hatte recht. Elizabeth war wirklich übermüdet. Das bewies ihre unerwartete Streitlust. Übermüdete neigten in aller Regel dazu, Hinweise auf offensichtliche Fehlreaktionen als übertriebene Kritik an der eigenen Person aufzufassen. Wahrscheinlich war ein Fisch hochgesprungen. Er kannte das von Fahrten über die Biscaya. Nichts Ungewöhnliches also.
»Nein, Schatz«, fuhr er mit sanfter Stimme fort. »Du bist schon okay. Manchmal gaukelt einem die Nacht oder der Nebel etwas vor. Man hat die Augen offen, sieht jedoch nur Schwärze oder, wie in unserem Fall, nur ein weißes Nichts. Die Nerven wollen sich mit diesem Umstand nicht mehr abfinden und fangen an, verrückt zu spielen. Weißt du was? Leg dich für einen Moment aufs Ohr. Oder noch besser: Lies doch mal im Nautical Almanach oder im Guide Michelin nach, wo wir in Ploudarneau essen gehen können. Dieser Landstrich vor uns ist schließlich bekannt für seine reichen Krustentiervorkommen.«
Elizabeth wandte sich von ihm ab und brummte, während sie nach unten in den Salon der Segelyacht kletterte, irgend etwas Unverständliches vor sich hin. Auf der Treppe knickten ihr die Beine ein, so daß sie beinahe gestürzt wäre. Führte diese Unsicherheit auf die Auswirkung des Schrecks zurück, oder hatte John tatsächlich recht, fragte sie sich insgeheim. Schon machte sie sich Vorwürfe, daß sie ihn so rüde abgewiesen hatte. Das war sonst gar nicht ihre Art. Vielleicht liegt es wirklich am Schlafentzug, verbunden mit der körperlichen Überanstrengung der letzten Stunden auf See, beruhigte sie sich.

Ronan Samzun lehnte sich weit zurück, verschränkte die Hände im Nacken und warf einen Blick hinaus auf die Landzunge, von der aus man seit einigen Minuten schon etwas mehr erkennen konnte. Langsam schien sich zumindest hier oben auf dem Kap der verdammte Nebel zu lichten. Kontrollanrufe bei den Leuchtturmwärtern auf der Ile de Sein und auf dem Felsen von Tevennec verhießen jedoch für den unmittelbaren Seeraum vor der Küste bislang noch keine durchgreifende Sichtverbesserung. Unablässig vernahm er das Heulen der Nebelschalleinrichtung, das durch die halb geöffneten Fenster in den Kontrollraum hineindrang. Ronan Samzun besaß selbst ein kleines Motorboot, auf dem er in der Freizeit zusammen mit Freunden häufig zum Fischen in der Umgebung der Chaussee de Sein unterwegs war. Er kannte die Strömungen und Klippen, Riffe und Felsenbänke in der Umgebung und wußte nur

zu gut, wie tückisch sie erst bei Nebel sein konnten. Um so mehr beschäftigte ihn immer noch der Lichtpunkt auf dem Farbradar, der so überraschend aus der Abtastung des Radarstrahls verschwand.
Er verglich nochmals sehr sorgfältig die Position auf dem Bildschirm mit den Angaben in der Seekarte. Nein, unmöglich! Zumindest an dieser Stelle befanden sich keine gefährlichen Unterwasserfelsen. Abgesehen von Le Chat drohte einem Boot dort keine unmittelbare Gefahr, denn das Wasser begann gerade erst abzulaufen, und dann bedeckte es die Klippen noch meterhoch. Und selbst die befanden sich wesentlich weiter nördlich. Wie ließ sich bloß dieses Phänomen erklären? Schon wieder ein Segelboot, dem der Reflektor aus dem Mast gefallen war oder das sogar einen Mastbruch zu beklagen hatte? Ein Fischfrevler, ein Hummerdieb, der kurz vor Erreichen des Fanggrundes den Radarreflektor abnahm, um aus dem elektronischen Blickwinkel der Küstenwache zu verschwinden? Kleine flache Motorboote ließen sich ohnehin nur sehr schlecht ausmachen. Handelte es sich zudem um ein Kunststoffboot oder ein Fahrzeug aus Holz, so blieb es ohne Erkennungshilfe auf dem Radar praktisch unsichtbar. Ronan Samzun hatte in seiner Dienstzeit schon einiges erlebt. Der Katalog der Unsinnigkeiten, die Wassersportler oder Freizeitfischer zeitweise auf See begingen, füllte die Akten der Küstenwache waschkorbweise.
Der junge Wachhabende hochoben auf der Pointe du Raz erhob sich und schritt unruhig vor der Fensterfront auf und ab. Sollte er nicht besser doch zumindest auf Kanal 16 einen Securité-Ruf absetzen? Einen prophylaktischen Aufruf an die in diesem Seeraum operierenden Fischer und ganz besonders an das aus Westen herankommende Sportboot mit der Bitte, gut Ausschau zu halten? Aber nach was eigentlich? Er konnte ja schlecht über Funk mitteilen, daß die Küstenwache ein Phantom ausgemacht hatte. Die Kollegen bei CROSS Corsen würden wahrscheinlich in schallendes Gelächter ausbrechen, wenn sie von dieser Eskapade erfuhren. Aber was, wenn sich sein Verdacht nun doch bestätigte? Wenn dort draußen vor Le Chat tatsächlich jemand havariert war? Verdammt, scholt er sich. Du hast doch die Position exakt berechnet, versuchte er sich zu beruhigen. Dort, wo der Lichtpunkt verlosch, herrschte selbst bei Niedrigwasser eine Wassertiefe von beinahe zwanzig Meter. Inzwischen hatte der Wind auch noch stark nachgelassen. Die Tide lief bisher mit dem Wind und hatte dadurch die Wellen auf ein erträgliches Maß gedämpft. Wie sollte denn da jemand in Seenot geraten?
Ein Segelboot vielleicht? War unter unerklärlichen Umständen vielleicht doch der Mast heruntergekommen? So wie der jungen Leclerq gestern nacht während der Regatta? Aber schon wieder ein Mastbruch? Nein, er tippte eher auf einen dieser Hummerdiebe, von denen seit einiger Zeit immer einmal wieder der eine oder andere von sich Reden machte. Lag da nicht sogar ein Amtshilfeersuchen der Polizeidienststelle von Douarnenez vor?
Er beugte sich nach vorne und griff nach dem Telefonhörer, um die Beamten der Police Municipal zu informieren. Schließlich kam der Lichtpunkt aus nordöstlicher Richtung. Sollten die sich doch um den Fall kümmern. Er jedenfalls hatte dann seine Pflicht und Schuldigkeit getan. Außerdem fiel es nicht in den Aufgabenbereich der Küsten-

wache, Sherlock Holmes zu spielen. Während er die Verbindung anwählte, fiel sein Blick noch mal auf das Radargerät. Das Fahrzeug, das sich schon seit einiger Zeit mit etwa vier bis fünf Knoten Geschwindigkeit am Südrand der Fünfmeter-Tiefenlinie in Richtung Osten fortbewegte, stand plötzlich still. Ronan Samzun vergaß weiterzuwählen. Gebannt starrte er auf den Farbradarbildschirm, auf dessen Mattscheibe ein sekündlich rotierender Abtaststrahl eine neue Kontur aufbaute. In diesem Augenblick begann das UKW-Funkgerät auf Kanal 16 zu krächzen.

Der schwarze Schatten näherte sich der Bordwand der Kunststoffyacht. Ihre helle Farbe hob sich selbst aus näherer Entfernung vom Weiß des sie umgebenden Nebels kaum ab. Zunächst zeigten sich nur verschwommene Konturen, von denen sich die beiden schwarzen Masten noch am ehesten abzeichneten. Der Wind hatte nachgelassen. Deshalb hielt sich auch der Nebel an der Küste immer noch hartnäckig.
Aus dem dunklen Schatten, der sich nur wenig vom Schwarzgrau des Wassers abhob und sich rasch über die Meeresoberfläche fortbewegte, tauchte eine Gestalt auf. Plötzlich erstarb das schwache Summen, und das Geräusch, das wie eine Mischung aus zerreißendem Papier und hellem Plätschern klang, flaute ab, bis es von den Wellen, die gegen den weißen Rumpf des Bootes mit den beiden schwarzen Masten schlugen, beinahe völlig verschluckt wurde. Die Gestalt ergriff einen Beutel und schob ihn vorsichtig ins Wasser. Der Beutel schwamm auf. Mit einem kaum wahrnehmbaren Gurgeln ließ auch sie sich ins Wasser hinab. Der weiße Rumpf der Segelyacht glitt langsam heran. Nur wenige Meter trennten sie jetzt noch voneinander.

Elizabeth Summer verkeilte sich, so gut es ging, hinter dem Navigationstisch und stützte sich mit dem linken Bein ab, um mit ihrem Körpergewicht wegen der noch vorherrschenden Dünung nicht gegen das Holzregal an der Bordwand zu stoßen. Sie kontrollierte Barometer und Chronometer und trug die Daten in das Logbuch ein. Kurz darauf klappte sie die Mahagoniplatte auf und zog die beiden Handbücher heraus. Erst einmal nahm sie den Nautischen Almanach zur Hand und vergegenwärtigte sich zum wiederholten Mal die Ansteuerung der Westspitze der Cornouaille. Da sie im Almanach keine Hinweise auf etwaige Hafenrestaurants fand, nahm sie den französischen Gourmetführer zur Hilfe. Mit gewissem Interesse studierte sie die Anmerkungen zu den vielen Fischlokalen. Sie lehnte sich befriedigt zurück. Dort ließ es sich aushalten. Für ihr leibliches Wohl schien jedenfalls gesorgt. Elizabeth hielt für einen kurzen Augenblick die Luft an und lauschte nach vorne in die Vorpiek, wo ihr Sohn Tommy lag. Es war nichts zu hören. Er schien immer noch fest zu schlafen.
Mit einem zufriedenen Grunzen legte sie auch den Guide Michelin wieder beiseite und schloß die Klappe. Als sie einen Blick auf das Display des GPS-Navigators warf, stellte sie zu ihrem Erstaunen fest, daß die Kontrollanzeige grün leuchtete. Die junge

Frau griff zum Seekartenplotter, legte die entsprechende Navigationsunterlage ein und schaltete auf die Detailkarte. Deutlich zeichneten sich die Konturen des Festlandes, der Inseln und Riffe, der Tonnen und Baken und Leuchttürme ab. Etwas südöstlich der Felsformation Le Chat blinkte der Cursor. Sie besaß endlich eine exakte Position. Diese Erkenntnis brachte sie zum Jubeln. Ein Stein fiel ihr vom Herzen. Nun konnten sie und ihr Mann einigermaßen beruhigt die Felsküste der Cornouaille ansteuern. Mit einem Mal fühlte sie sich wieder frisch und wach. Freudig erregt drehte sie sich mit dem Gesicht zum Niedergang, um John die Neuigkeit mitzuteilen.
»John, Liebling«, rief sie. »Der GPS funktioniert wieder. Wir haben eine exakte Positionsangabe auf dem Plotter.«
In diesem Augenblick vernahm sie draußen im Cockpit ein unterdrücktes Grunzen und schließlich ein weiteres Geräusch. Es klang wie das Quietschen von Gummisohlen auf Kunststoff.
»John?« fragte sie halblaut. »John? John, antworte doch! Geht's dir nicht gut?«
Elizabeth stieß sich ab, um sich aus der unbequemen Lage hinter dem Navigationstisch zu befreien. Gleichzeitig merkte sie, wie sich HOLLY ANN drehte und die Genua zu schlagen begann. Himmel, was ist denn da draußen los, schoß es ihr durch den Kopf. Als sie die Niedergangstreppe hinaufstürzte und nach wenigen Sekunden in der Plicht stand, gefror ihr das Blut in den Adern. John hing nach vorne gebeugt über dem großen Edelstahlsteuerrad. Seine Augen starrten leblos in die Unendlichkeit. In diesem Augenblick rutschte er zur Seite. Ein etwa zwanzig Zentimeter langer Pflock ragte aus seinem Rücken. In breiten Bahnen lief ihm Blut über den Rücken und aus dem noch immer vor Schreck und Schmerz weit aufgerissenen Mund. Aber das war längst nicht alles, was sie erstarren ließ.

Mit einem Satz sprang Ronan Samzun aus seinem Sessel und rannte zu dem besonders gekennzeichneten Sprechfunkgerät, das wie immer auf den internationalen Not- und Anrufkanal geschaltet war. Er riß den Hörer aus der Halterung.
»... Mayday! Mayday! Hier Segelyacht HOLLY ANN! Hört mich denn keiner? Bitte melde sich doch jemand! Mayday! Mayday!«
»Merde! Trois fois merde! Ich hab's doch geahnt!« stieß er aus und drückte schließlich die Sprechtaste.
»HOLLY ANN! HOLLY ANN! Hier Küstenwachstation Pointe du Raz! Ich empfange Sie klar und deutlich! Sind Sie das unterhalb von Le Chat? Ich habe Sie auf dem Radarschirm. Was ist denn bei Ihnen los?«
Der Wachhabende der Küstenwachstation lauschte angestrengt in den Äther. Er hatte schon eine Menge Seenotmeldungen empfangen, aber bei diesem Anruf stellten sich ihm unwillkürlich die Nackenhaare auf. Feine Schweißperlen bildeten sich unter seinen Achseln und liefen unter seinem Uniformhemd den Körper hinunter. Wenn eine Frau so verzweifelt nach Hilfe rief, dann wurde selbst der hartgesottenste Macho weich. Heftig atmend ließ er sich mit dem Hörer in der Hand wieder in seinen Sessel

vor dem Kontrollpult gleiten und beobachtete dabei unablässig die Anzeige des Farbradarmonitors. Immer noch blinkte bei jeder Abtastung durch den Peilstrahl ein Lichtpünktchen auf. Es befand sich etwas südöstlich von Le Chat.
Die Stimme bebte vor Angst. Die Frau, die sich gemeldet hatte, versuchte immer wieder Anlauf zu nehmen, doch die Stimmbänder versagten ihren Dienst. Klarer Fall von Hyperventilation infolge Panik.
»Ganz ruhig, Madame!« versuchte Ronan sie zu beruhigen. »Nicht so schnell atmen! Bitte beruhigen Sie sich!«
Jetzt klang die Stimme schrill und hysterisch.
»Hilfe! Hilfe! Bitte helfen Sie mir! Mein Mann ... Mein Mann ...«
Weil ihre Stimme in einem unverständlichen Krächzen unterging, ergriff wieder der Wachhabende das Wort.
»Beruhigen Sie sich, Madame!« wiederholte er. »Ganz ruhig! Was ist mit Ihrem Mann? Was ist mit Ihnen? Ist ihr Mann verunglückt?«
»Hilfe! Hilfe! So helfen Sie mir doch!«
Die Frau schrie jetzt in heller Panik. Ihrer Aufregung und ihrer Stimmlage zu urteilen, mußte sich an Bord etwas Schreckliches abspielen. Mein Gott, durchzuckte es Ronan. Ein Schiffbruch? In tiefem Wasser? Ein Brand? Ein Herzinfarkt? Mann über Bord?
»Ist Ihr Mann verunglückt?« wiederholte er seine Frage. »Ist er vielleicht über Bord gefallen? Bitte reden Sie doch!«
»Grundgütiger! Hilfe! Helfen Sie mir! Mein Mann! Er liegt da draußen im Cockpit ... Tommy! Um Himmelswillen, Tommy! Mach, daß du wieder ins Vorschiff kommst! Sperr die Tür zu! Mach schon, Liebling!«
Die Stimme der Frau versagte erneut. Ronan vernahm heftiges Atmen und ein merkwürdiges, polterndes Geräusch. Die Anruferin konnte ihn sowieso nicht hören, denn sie hielt in ihrer Verzweiflung offensichtlich die Sprechtaste gedrückt. Ein tierisch hohler, geradezu gespenstisch schriller Schrei durchschnitt den Äther. In ein sich anschließendes Poltern mischte sich immer wieder das Klappern von Blöcken und das Rascheln von Segeln. Also mußte es sich um eine Segelyacht handeln. Er war sich mittlerweile sicher, daß es sich um das Sportboot vor Le Chat handelte. Samzun langte nach vorne zum Kontrollpult und schaltete den Funkpeiler an, mit dem sich Sender anpeilen ließen. Gleichzeitig würden jetzt auf dem Cap de la Chevre und der Pointe de Saint-Mathieu ähnliche Suchroutinen ablaufen. Alles funktionierte automatisch, damit man beim Anpeilen keine wertvolle Zeit verlor. Hoffentlich ließ die Frau nicht die Sendetaste los!
»Um Gottes Willen! Hilfe! Helfen Sie mir! Er kommt! Er kommt herunter! Nein! Nein! Laß mich! Hilfe! Hil...!«
Der Rest ging in ein entsetzlich klingendes Gurgeln und Schnaufen über. Dann brach die Verbindung ab.
Zitternd legte Ronan Samzun den Hörer beiseite. Sein Hemd triefte nun vor Schweiß. Unwillkürlich fiel sein Blick auf die Titelseite der Nouveau Ploudarneau. Er starrte abwechselnd auf den Bildschirm und hinaus auf die Felsen des Kaps, das

immer noch von Nebelschwaden eingehüllt war. Da wurde ihm endgültig bewußt, daß er in eben diesem Moment Zeuge eines entsetzlichen Verbrechens geworden sein mußte.

Nachdem er den Helm mit der Gegensprechanlage aufgesetzt hatte, ging das dröhnende Tosen über seinem Kopf endlich in ein nervenschonendes Brummen über. Guirec versuchte vergeblich, den Sicherheitsgurt um seinen sich deutlich vorwölbenden Bauch zu spannen. Lemardieux erkannte die Nöte des Kriminalkommissars und beugte sich zu ihm hinüber, um ihm zu helfen. Im gleichen Augenblick hob der Militärhubschrauber vom Boden ab, wodurch sich das Dröhnen in Guirecs Kopf erneut verstärkte. Als der Helikopter eine gewisse Sicherheitshöhe erreicht hatte, schaltete der Pilot auf Vorwärtsschub um und zog das Fluggerät in einem steilen Bogen nach oben. Die dabei entwickelte Kraft preßte Guirec in seinen Sitz. Zum ersten Mal war er froh, daß er noch nicht gefrühstückt hatte. In Sekundenschnelle verschwand der Hof der Polizeipräfektur aus seinen Augen, wurden die Häuser und Straßen von Quimper immer kleiner.
Der alte Bretone starrte gebannt nach vorne, wo der Pilot und sein Copilot unmittelbar vor einer gläsernen Kanzel saßen und wo eine schier unüberschaubare Anzahl von Anzeigeinstrumenten Aufschluß über den technischen Zustand des Helikopters, seine Flughöhe, Fluglage und Geschwindigkeit gaben. Einige Zeiger rotierten, andere standen still. Kontrollampen leuchteten matt aus den Armaturen. Die beiden Männer in der Kanzel gaben sich für ihn unverständliche Hinweise. Sie benutzten Gesten, die er bis dahin noch nie gesehen hatte. Nach einer Weile übernahm der Copilot den Steuerknüppel, was dem eigentlich Verantwortlichen für den Flug die Möglichkeit gab, sich umzudrehen.
»Na, haben Sie den Start gut überstanden?« fragte er mit einem Grinsen auf den Lippen.
Der Mann in der dunkelgrauen Pilotenkombi der französischen Marine nahm die dunkel getönte Sonnenbrille von der Nase. Seine Augen blitzten vor Vergnügen. Lemardieux hob den Daumen seiner rechten Hand. Guirec schaute ihn verständnislos an und machte eine fragende Handbewegung. Er deutete auf seine Ohren.
»Sie müssen Ihren Helmkopfhörer einschalten!« schrie der Helikopterpilot gegen das unglaubliche Rotorrauschen an. »Warten Sie, ich helfe Ihnen!«
Der Mann beugte sich vor und verstellte einen Knopf an Guirecs Helm.
»Können Sie mich jetzt verstehen?« fragte er mit unveränderter Lautstärke.
Der Kriminalkommissar faßte sich an den Kopf, um sich die Ohren zuzuhalten, aber das ging nicht, weil sie vom Helm abgedeckt wurden.
»Leiser! Leiser!« rief er.
Der Pilot nickte und stellte die Lautstärke im Innern des Helms nach.
»So ist es besser!« brummte der Kommissar und warf einen Blick nach unten.
Nachdem sie schon nach kurzer Zeit die Küste in Höhe von Ploudarneau erreicht hat-

ten, verringerte der Copilot die Flughöhe. Der Nebel hatte sich zwar noch nicht vollständig aufgelöst, aber die beiden Männer im Cockpit des Helikopters wagten offensichtlich den Flug auch bei relativ unsichtigem Wetter. Immer noch trieb der Wind einige Nebelbänke von Westen heran. Die Wellen trugen kleine Schaumkronen, aber das rührte nicht von der Windstärke her, sondern von der Tidenströmung, die inzwischen das ablaufende Wasser des Ebbstroms gegen den Südwestwind hochbürstete. Vereinzelt tauchten kleine Fahrzeuge der örtlichen Fischerei auf. Hin und wieder überflogen sie auch ein Sportboot. Als er einen Blick nach Norden warf, konnte er bereits das schneeweiße Gebäude der Küstenwachstation auf der Pointe du Raz ausmachen.
»Himmel, geht das schnell!« stieß er fasziniert aus.
»Nicht wahr?« lächelte der Pilot und gab dem Mann am Steuerknüppel eine knappe Anweisung. »So ein Helikopter wäre wohl das Richtige für die Verbrecherjagd, was? Nun, momentan fliegen wir praktisch nur für die Küstenwache. Interessanter Job. Seit Ende des Kalten Krieges bleibt für das Militär hier oben an der Küste sowieso kaum noch etwas zu tun. Früher mußten wir uns um Spionageschiffe der Russen kümmern, die allzu dreist vor der Bucht von Brest fischten.«
»Fischten?« fragte Guirec erstaunt.
»Ja«, nickte der Pilot. »Deren Spionageschiffe waren häufig als Hochseetrawler getarnt. Man erkannte sie an dem enormen Antennenwald auf den Aufbauten.«
Er deutete nach unten.
»Da liegt schon die Ile de Sein. Sehen Sie dort hinten den Leuchtturm auf dem Inselchen? Das ist Tevennec. Wir fliegen jetzt einen Bogen, damit wir gegen den Wind in Men Brial heruntergehen können. Halten Sie sich fest! Ich glaube zwar nicht, daß es zu Turbulenzen beim Landeanflug kommt, aber sicher ist sicher.«
Der Mann in dem grauen Overall wandte sich wieder nach vorne und überwachte den Landeanflug seines Copiloten. Guirec atmete tief durch. In der Tat. Mit seinen dreiundsechzig Jahren war er wirklich schon zu alt für solche Späße. Er sollte diese James-Bond-Spielchen besser durchtrainierten Leuten wie Morgan oder Lemardieux überlassen. Der junge Staatsanwalt fühlte sich offenbar selbst nach zwei anstrengenden Ermittlungstagen, fünfzehnhundert abgespulten Kilometern und trotz des Schlafentzugs immer noch ausreichend fit für solche Unternehmungen. Aber was blieb ihm übrig? Polizeipräfekt Albin Kozh hatte erneut darauf bestanden, daß er persönlich die Ermittlungen vor Ort leitete. Wahrscheinlich handelte es sich aber auch nur um eine billige Retourkutsche seines Vorgesetzten wegen der Auseinandersetzung auf dem Flur. Also blieb ihm nichts anderes übrig, als auch einen Helikopterflug auf seine alten Tage noch über sich ergehen zu lassen.
Guirec erinnerte sich. Morgan stürmte in sein Büro und riß ihn aus seinen Überlegungen. Er bemühte sich gerade mit Hilfe von Lassalle und Lemardieux, das Vernehmungsprotokoll für die Ermittlungsakten so detailliert wie möglich abzufassen.
»Monsieur le Commissaire!« stieß Morgan aus, während die Tür in weitem Bogen aufflog. »Sie sollen bitte unverzüglich mit dem Herrn Staatsanwalt zum Präfekten kommen. Bitte beeilen Sie sich! Es ist sehr wichtig!«
Lemardieux hob neugierig den Kopf. Er war es nicht gewöhnt, sich von Polizeiinspek-

toren bei der Denkarbeit stören zu lassen. Im übrigen konnte Kozh höchstens gegenüber seinen Mitarbeitern etwas anordnen. Er mußte einmal ein ernstes Wort mit Albin Kozh reden. Er empfand es als eine Zumutung, daß der einen Staatsanwalt zu zitieren gedachte.

»Hat das nicht bis nachher Zeit?« erwiderte er betont desinteressiert und widmete sich wieder dem Textverarbeitungsprogramm. »Wir stecken mitten in der Arbeit, Monsieur.«

»Excusez-moi, Monsieur«, beharrte der junge Kriminalbeamte. »Bitte beeilen Sie sich! Es gab in den frühen Morgenstunden offensichtlich schon wieder einen Mordfall auf See. Wenn ich den Herrn Polizeipräfekten richtig verstanden ...«

»Schon wieder ein Mord?« stieß Lemardieux aus und wirbelte auf dem Drehstuhl herum.

Mit einem Satz stand er bereits auf den Beinen, während Guirec noch wie gelähmt in seinem Sessel verharrte. Als er sich schließlich ächzend erhob, war Lemardieux schon aus der Tür. Mit schweren Schritten schickte er sich an, dem jungen Staatsanwalt zu folgen. Lemardieux nahm auf seinem Weg in den dritten Stock immer gleich zwei Stufen auf einmal. Dieses Tempo konnte der alte Kriminalkommissar nicht mithalten. Und so erreichte er das Büro seines Vorgesetzten erst, als sich der Staatsanwalt längst schon hatte informieren können.

»Einen Helikopter«, rief Lemardieux sichtlich angespannt und griff, ohne zu fragen, nach dem Telefonapparat des Polizeipräfekten. »Wir brauchen einen Hubschrauber. Herr Präfekt, ich rufe jetzt bei der Bereitschaft in Brest an und lasse einen von der Küstenwache kommen. Jetzt heißt es schnell handeln. Monsieur Guirec! Informieren Sie Monsieur Lereau! Er soll alles stehen und liegen lassen und unverzüglich mit dem Bergungsschlepper zur Ile de Sein kommen. Ich brauche seinen kompletten Spurensicherungsstab.«

Der Wachhabende der Flugbereitschaft in Brest meldete sich. Lemardieux sprach mit ihm. Es gelang ihm für Militärverhältnisse relativ rasch, den dortigen Entscheidungsträger für seine Wünsche zu gewinnen. Das lag wohl daran, daß die Küstenwache an der gesamten Cote d'Iroise den Vorfall zumindest über Funk mitverfolgt hatte. Zehn Minuten später befand sich der Helikopter bereits in der Luft. Währenddessen ließ er sich über die Küstenwachzentrale mit Kapitän Andreani verbinden.

»Ah, Kapitän. Sie sind es selber. Bonjour«, begrüßte er ihn. »Sie haben von dem Vorfall gehört? Ich benötige Ihre Hilfe. Wo liegen Sie mit dem Patrouillenboot? Wir müssen unbedingt alle Buchten und Winkel zwischen Brest und Concarneau absuchen. Wäre doch gelacht, wenn wir den Burschen diesmal nicht ...«

»Immer mit der Ruhe, Monsieur«, lachte der gebürtige Korse laut auf.

Im Hintergrund vernahm man deutlich das Dröhnen der schweren Maschinenanlage auf dem Patrouillenboot.

»Ich bin bereits bestens informiert, Monsieur. Was denken Sie, wo der Notruf wohl als erstes eingegangen ist? Der Kreuzer von Brest läuft bereits in die Bucht von Douarnenez aus, ich kümmere mich um den Seeraum zwischen Concarneau und der Ile de Sein. Zufrieden?«

»Sehr gut!« lobte der junge Staatsanwalt.
»Aber verraten Sie mir eines«, fügte Andreani hinzu. »Wonach sollen wir eigentlich suchen? Wissen Sie überhaupt, wie viele Boote da draußen herumschwimmen oder in den Buchten vor Anker oder an einer Muringtonne liegen? Sollen wir die etwa alle überprüfen?«
»Oui, mon Capitaine«, antwortete Lemardieux. »Lassen Sie sich die Logbücher aushändigen. Nehmen Sie im Auftrag der Staatsanwaltschaft jeden fest, der für die letzte Stunde kein ausreichendes Alibi besitzt. Und suchen sie nach Blutspuren an Kleidungsstücken. Es gab schon wieder ein Blutbad.«
»Ich weiß«, murmelte Andreani. »Nun, gut. Wir sehen, was wir machen können.«
Lemardieux legte auf. Guirec wandte sich an den Polizeipräfekten, weil der ihn fragend anstarrte.
»Wir erteilen jetzt per Fax Weisung an alle Polizeidienststellen und Hafenmeistereien entlang der Küste, daß alle einlaufenden Boote in den Häfen überprüft werden. Notfalls müssen wir Verstärkung aus den weiter im Inland liegenden Gendarmerien organisieren. Wir leiten eine breit angelegte Rasterfahndung ein. Ich stimme dem Herrn Staatsanwalt zu. Der Kerl kann noch nicht allzuviel Vorsprung haben.«
»Und was machen wir mit diesem Arpege?« stammelte Kozh.
Ihm fiel der unangenehme Rechtsanwalt des Fischers ein. Unwillkürlich faßte er sich an den Leib. Das verdammte Magengeschwür meldete sich überdeutlich.
»Sein Anwalt ist schon auf dem Weg zum Ermittlungsrichter«, klagte er mit bedrückter Stimme. »Die beiden scheinen sich zu kennen.«
»Das ist meine geringste Sorge«, antwortete Lemardieux und bog dabei bereits um die Ecke in den Flur.
Er steckte seinen Kopf noch einmal durch den Rahmen.
»Lassen Sie ihn von mir aus laufen. Nach diesem Vorfall wird sich der Vorwurf des Serienmordes wirklich kaum noch aufrecht halten lassen. Im übrigen besteht auch kaum Fluchtgefahr. Wenn Sie damit ein Problem haben, dann nehme ich das auf meine Kappe. Ach, noch etwas anderes! Wir sollten jedoch auf jeden Fall in Erfahrung bringen, ob dieser Aodren Kernac'h tatsächlich in Brest war oder nicht. Lassalle sollte mal bei den dortigen Kollegen nachfragen. Unter Umständen wissen die etwas. Und dabei gleich prüfen, ob dessen Motorrad tatsächlich abgemeldet ist. Wissen Sie, mich wundert, daß der gute Arpege auf meine Frage nach seinem Alibi erst nach langem Zögern mit der Sprache herausrückte. Möchte wissen, welche Rolle sein Neffe in dieser Komödie spielt. Aber darum kümmern wir uns später.«
Albin Kozh wandte sich an seinen Leiter der Mordkommission.
»Was stehen Sie hier noch herum, Guirec? Begleiten Sie gefälligst Monsieur Lemardieux zur Ile de Sein. Um die Routinearbeit können sich ihre Mitarbeiter kümmern. Ich erwarte Ihren ausführlichen Bericht!«
Der Hubschrauber zog noch einmal eine Schleife über den Ort und ging schließlich auf einem freien Stück Uferzone zwischen dem Leuchtturm Men Brial und der dunklen Steinkirche nieder. Während der Hauptrotor laut flappend auslief und das helle Pfeifen der Turbine nachließ, kletterten Guirec und Lemardieux bereits aus der Ma-

schine und liefen geduckt aus dem Gefahrenkreis der wirbelnden Metallblätter. Guirec zog seinen Mantel fester um die Schultern. Er fröstelte. Es war verdammt kalt auf der Ile de Sein im April. Lemardieux, der nur seinen Anzug trug, schienen die Temperaturen anscheinend überhaupt nichts auszumachen. Oder er verstand es lediglich besser, die Zähne fester aufeinanderzupressen.

»Das schaukelt ganz schön«, bemerkte der Staatsanwalt trocken, während sich das kleine, orangerot gestrichene SAR-Rettungsboot mit dröhnendem Motor in die Kurve legte und den Wellenbrecher und den Leuchtturm Men Brial hinter sich ließ.

»Das ist doch glatt wie ein Ententeich heute morgen«, schrie Kristen Enez gegen den Fahrtwind. »Da hätten sie mal die vergangenen Tage erleben sollen.«

Lemardieux stellte sich neben den Bretonen und klammerte sich an einer der Haltestangen fest.

»Konnten Sie das Boot der Opfer an Ort und Stelle verankern?« fragte er den Einheimischen von der Insel.

Kristen Enez war ein kleiner, jedoch breitschultriger Mann, dessen überraschend hellblaue Augen als einziges Merkmal hervorstachen. Ansonsten sah er aus wie jeder Bretone. Er hätte jederzeit in einer Gruppe netzeflickender Fischer untertauchen können, ohne dabei aufzufallen. Doch Enez verdiente seinen Lebensunterhalt als Gastwirt. Ihm gehörte neben der Pension Men Brial auch noch eine kleine Bar, die wie häufig an der französischen Küste einfach nur Bar du Port hieß. Nebenbei kümmerte er sich um den Betrieb der Rettungsstation. Ihm standen fünf Freiwillige zur Seite, die ihn, den Vormann des kleinen Rettungsbootes, in Einsatzfällen unterstützten. Kristen lebte wie viele Inselbewohner seit seiner Geburt auf der Ile de Sein und verließ die Insel nur selten. Sie besaßen ja Fernsehen und Radio, und die Zeitung wurde auch pünktlich mit dem ersten Fährschiff gebracht, jedenfalls sofern Seegang oder Nebel dies zuließen. Was sollte er da auf dem Festland?

»Non, Monsieur!« brüllte Kristen Enez gegen den Fahrtwind und ließ dabei die Felsen, die sie umfuhren, nicht für eine Sekunde aus den Augen.

»Viel zu tief. Wir wollten es erst in den Hafen schleppen, wußten jedoch nicht, ob der Polizei das recht ist. Kennt man doch aus den Kriminalfilmen. Da dürfen die Leute ja auch nichts anfassen, nicht wahr?«

Lemardieux starrte auf die weißschäumenden Wellenköpfe, die an den Klippen emporleckten. Kriminalfilme, dachte er grimmig. So ein Unfug! Als ob er das Boot nicht auch im sicheren Inselhafen hätte inspizieren können. Er fröstelte. Diese verdammte Feuchtigkeit!

»Zwei meiner Männer halten die Segelyacht mit einem Motorboot halbwegs auf Position. Als sie die armen Teufel sahen, haben sie erst mal tüchtig ...«

Er unterbrach sich und grinste traurig.

»Na, Sie wissen schon.«

Gekotzt, dachte Lemardieux. Sprich es ruhig aus. Es war den Männern kaum zu verdenken. Ihm schlug die Schaukelei ebenfalls schon gehörig auf den Magen.

Der Vormann des Rettungsbootes deutete nach vorne.

»Sehen Sie! Da liegt die Yacht. Ich werde von Backbord aus heranfahren.«

Er warf einen Blick auf den Kriminalkommissar, der auf der hinteren Sitzbank dicht bei dem dröhnenden Motor kauerte.
»Na, hoffentlich sind Sie gelenkig. So ein Segler schaukelt ganz schön in den Wellen.«
Wenige Augenblicke später ging das Rettungsboot an der Segelyacht längsseits und übernahm die Schleppleine. Enez deutete seinen Leuten an, wieder zur Insel überzusetzen. Weit im Osten tauchte der Bug eines schweren Berufsschiffes auf.
»Ah, da kommt ja schon Lereau mit dem Schlepper«, murmelte Lemardieux und kletterte zurück zu Guirec, der verzweifelt versuchte, auf dem schaukelnden Decksrand nicht das Gleichgewicht zu verlieren.
Das Übersteigen erwies sich als äußerst schwierig, zumal sich der Kriminalbeamte auf Grund seiner Leibesfülle nicht allzu geschickt anstellte. Enez paßte einen günstigen Augenblick ab, und als sich beide Fahrzeuge in einer Welle ungefähr auf derselben Höhe befanden, stieg er über. Kurz darauf zog er zunächst den Staatsanwalt und anschließend den Kommissar an Bord. Danach begab er sich wieder auf das Rettungsboot und manövrierte es so, daß die Boote nicht noch mehr abtrieben. Unterhalb der Ile de Sein herrschte eine zu diesem Zeitpunkt recht ansehnliche Strömung. Das Leuchtfeuer auf Le Chat lag schon weit entfernt im Nordwesten.
Lemardieux blickte sich um. Ein Mann, offensichtlich der Skipper, hing blutüberströmt mit einem pflockähnlichen Stab im Rücken neben dem Steuerrad, das sich leicht quietschend von der einen zur anderen Seite bewegte. Sein Blut bedeckte die Plichtbank und den Cockpitboden und hatte seinen Segelanzug breitflächig verschmiert. Der Kriminalkommissar streifte sich Plastikhandschuhe über. Mit einer Hand hielt er sich an der Steuersäule fest, mit der anderen hob er vorsichtig den Kopf des Toten an. Dessen Augen starrten leer in die Unendlichkeit, aber die Gesichtszüge schienen das Entsetzen, das ihn vor seinem gewaltsamen Tod gepackt haben mußte, immer noch widerzuspiegeln. Zur gleichen Zeit suchte Lemardieux die Kajüte auf. Er schlängelte sich unter der breiten Sprayhood hindurch und kletterte die Niedergangstreppe hinunter.
»Oh, Himmel!« hörte ihn Guirec stöhnen, als sein Kopf verschwand.
Er drehte sich um und krabbelte, immer wieder mühsam nach Halt suchend, an der Steuersäule vorbei in Richtung Einstieg. Beim Versuch, nach unten zu klettern, stieß er sich den Kopf an der Metalleinfassung der Spritzkappe.
»Merde!« fluchte er deutlich hörbar vor sich hin.
Guirec kannte Segelboote nur aus dem Hafen von Quimper, wenn sie dort an den Stegen vertäut lagen. Er besaß zwar selbst einen kleinen Angelkahn, mit dem er jedoch nur bei ruhigem Wetter und nicht weiter als hundert Meter die schützenden Molen des Hafens verließ. Von dort aus pflegte er seine Heimatstadt in Aquarell zu malen. Sportboote dieser Art waren ihm fremd. Er konnte auch nicht begreifen, wie man auf solch einer Nußschale über den Ärmelkanal segeln konnte.
»Oh, mein Gott!« stieß Guirec aus, als er den Salon betrat und von der nächsten Welle hart gegen den Navigationstisch geworfen wurde. »Welch ein Horror!«
Der Kommissar ließ sich stöhnend auf dem Polster des Sitzplatzes nieder und beobachtete den Staatsanwalt, der sich vorsichtig über eine offensichtlich weibliche Leiche beugte. Ihr Gesicht war ebenso blutüberströmt wie der Rücken des Skippers. Auch sie

war regelrecht gepfählt worden. Doch bei ihr ragte der Pflock wie ein Haltegriff aus dem rechten Auge. Er mußte tief in den Kopf der jungen Frau eingedrungen sein. Stirn, Nase und Wangen waren von einer dicken Schicht schleimiger, grauroter Gehirnmasse bedeckt. Lemardieux verfärbte sich kalkweiß. Er sprang auf und stürzte im nächsten Augenblick den Niedergang nach oben. Anschließend vernahm Guirec ein lang anhaltendes Keuchen und Würgen.
Der Kommissar betrachtete das zweite Mordopfer mit einer Mischung aus Unglauben, Widerwillen und beruflicher Neugier. Ungläubig, weil er nicht fassen konnte, daß jemand überhaupt zu solch einer abscheulichen Tat fähig sein konnte. Widerwillig, weil sich auch seine Magenwände schmerzhaft zusammenzogen und neugierig indessen, weil ihn die Frage beschäftigte, ob die Polizei- und Gerichtspsychologen aufgrund der näheren Umstände endlich ein Täterprofil erstellen konnten.
Guirec musterte die junge Frau immer noch, als Lemardieux erneut und hierbei unterdrückt stöhnend die Treppe herunterkrabbelte. Draußen erscholl ein Ruf, ein derber Stoß erschütterte den Bootsrumpf. Das mußte Lereau mit seinen Spurensicherungsexperten sein. Guirec achtete nicht darauf. Er ließ seinen Blick durch den Salon schweifen. Abgesehen von dem Blutbad, das der Täter angerichtet hatte, wies nichts auf ein Gewaltverbrechen hin. Alle Schubläden hingen in den Fächern, die Schranktüren waren verschlossen, etwaige Stauklappen scheinbar unangetastet. Ein Raubüberfall schied wie in den anderen Fällen aus. Er ließ seinen Blick über die Kleidung der Toten gleiten. Sie trug eine dick gefütterte Latzhose mit Segelstiefeln und einen dicken Wolltroyer. Keine Anzeichen für ein Sexualdelikt. Abgesehen von Blutflecken erschien die Bekleidung völlig normal. Genauso wie in den beiden anderen Fällen. Dieser paßte also genau in das Schema. Damit fiel Arpege wohl tatsächlich aus. Diese Bestie suchte sich stets Segelyachten aus, vermutlich, weil man sie wegen der geringen Fahrtgeschwindigkeit besser verfolgen oder aufspüren konnte als Motorboote. Ihm war offensichtlich egal, wie viele Besatzungsmitglieder sich an Bord befanden. Er kam bislang nur bei Nebel. Und er mordete mit einer abscheulichen, sich geradezu stereotyp wiederholenden Methodik. Sein Morden glich stets einem Massaker. Ein Irrer? Vielleicht. Aber wenn ein Psychopath, dann ein hochintelligenter.
Oben rumpelte es, wobei offensichtlich mehrere Personen nacheinander an Deck sprangen. Lereau war der erste, der sich in den Salon schlängelte. Er trug seinen weißen Arbeitsoverall und hatte einen Metallkoffer in der Hand.
»Oh, was für eine schöne Leiche«, bemerkte er trocken und streifte sich Plastikhandschuhe über.
Der Chef der Spurensicherung setzte sich neben die Ermordete und begann die blutverkrustete Wunde zu untersuchen.
»Haben Sie Knoblauch dabei?« feixte er. »Ob das wohl Vampire sind?«
Lemardieux fuhr herum. Er kannte die rüden Späße der Spurensicherung noch nicht so gut wie Guirec.
»Herrgott, Monsieur Lereau!« fuhr er den Experten an. »Nehmen Sie sich zusammen! Die Frau hat schließlich vor nicht allzu langer Zeit noch gelebt.«
»Und?« fragte der Angesprochene unbeeindruckt. »Das tun wohl alle Leichen, oder?

Aber jetzt ist die Dame tot, und ich muß sie untersuchen.«
Er hielt ihm sein Besteck entgegen.
»Wollen Sie das vielleicht lieber für mich übernehmen?«
Lemardieux wandte sich angeekelt ab.
»Kommen Sie, Herr Staatsanwalt«, brummte Guirec. »Schauen wir uns in der Zeit ein wenig um. Aber passen Sie auf, daß Sie nicht noch mehr blaue Flecken abbekommen.«
Die beiden Männer begannen nacheinander Schublade für Schublade, Staufach für Staufach zu öffnen. Sie brachten eine Menge Bücher, Bekleidung und Lebensmittel zum Vorschein, aber nichts, für das sich unter Umständen ein Überfall gelohnt hätte. In der Naßzelle befanden sich nur Toilettenartikel, in der Achterkajüte lag ein offensichtlich unbenutzter Schlafsack. Lemardieux fand im Navigationstisch das Logbuch.
»Engländer«, stellte er fest. »Sind vor zwei Tagen aufgebrochen. Wollten wohl Urlaub machen.«
»Schöner Urlaub«, knurrte Lereau. »Ich schätze, bald wird hier oben an der Küste überhaupt keiner mehr Urlaub machen. Ich jedenfalls werde meine kommenden Angelausflüge wohl auch erst einmal ein bißchen aufschieben.«
»Schauen wir doch einmal im Vorschiff nach«, meinte der Staatsanwalt.
Er drückte die Klinke nach unten und öffnete die Mahagonitür. Die Vorschiffskoje war für zwei Leute gemacht, die Laken und das Bettzeug jedoch ziemlich zerwühlt. Auf der Bettstatt lag ein Sammelsurium von Jacken, Hosen und Kleidern unachtsam verstreut herum. Guirec schob seine Hand unter das Bettzeug und zog sie rasch wieder zurück.
»Noch warm«, bemerkte er verblüfft.
»Na und?« meinte Lemardieux.
»Einer der beiden Segler wird sich wohl zwischendurch mal aufs Ohr gelegt haben.«
Guirec schüttelte den Kopf.
»In salzwassernassem Ölzeug? Niemals. Nein, der Bettbezug ist warm. So, als ob noch vor kurzem jemand darin geschlafen hätte.«
»Lassen Sie mich mal sehen«, rief Lemardieux neugierig.
In diesem Augenblick fiel der Blick des Kommissars auf einen schmalen Kleiderschrank, der an Backbord vom Boden bis beinahe zum Dachaufbau reichte. Sein Finger suchte die Aussparung für die Verriegelung. Mit einem Ruck zog er die Türen auf.
Ein Paar angstvoll geweiteter Augen starrte ihm entgegen.

KAPITEL XII

Gedankenverloren blickte Aubin Leclerq vom Salonerker seines Hauses hinunter auf den Hafen von Ploudarneau. Dort, wo sonst während der ersten warmen Frühjahrstage reges Treiben herrschte, rührte sich heute praktisch nichts. Keine Yacht lief aus, keine kam herein. Selbst am gegenüberliegenden Kai standen die Ausflugsschiffer in ihren blauen Latzhosen und den landestypisch blauweiß gestreiften Pullovern unschlüssig beisammen und diskutierten die Geschehnisse der vergangenen Nächte. Wenn die Kunden ausblieben, konnten sie ihre bei den Banken aufgenommenen Kredite für den Umbau der Fischkutter in Ausflugsboote nicht mehr zurückzahlen. Dann würden wieder Anlegestellen frei, auf deren Nutzung wiederum Fischer aus der näheren Umgebung reflektierten. Und genau die wollte Leclerq am allerwenigsten sehen. Fischer waren naturverbundene, sture Holzköpfe, die gegen alles standen, was er und sein Vater in den vergangenen Jahrzehnten in mühevoller Kleinarbeit aufgebaut hatten. Immer noch war beim obersten Verwaltungsgericht eine Klage anhängig, die sich gegen den von der Bezirksregierung genehmigten Ausbau des Yachthafens und die damit zwangsläufig verbundene Uferbefriedung des Moyenne richtete. Zwar hatten ihm die maßgeblichen Politiker in den Parteizentralen bereits signalisiert, daß alles Menschenmögliche getan wurde, um der Genehmigung zu endgültiger Rechtskraft zu verhelfen, aber Politiker waren genauso wachsweich wie das gesamte Wirtschaftsgefüge Frankreichs der neunziger Jahre. Keiner dieser hochbezahlten Parlamentarier besaß mehr den Mumm, auch für außergewöhnliche Projekte seinen Kopf hinzuhalten. So standen er und seine Familie zu allererst mit ihrem Kapital und ihrem Ansehen für den Ausbau der Marina gerade. Im Juni, wenn hoffentlich alle Liegeplätze vermietet und sämtliche Geschäfte eingerichtet sein würden, sollte die offizielle Einweihung stattfinden. Und nun ereignete sich diese Katastrophenserie. Es war zum Verzweifeln.

Die hausinterne Sprecheinrichtung summte. Leclerq beugte sich vor und drückte eine der Tasten nieder.

»Ja?« fragte er ungeduldig.

»Der Herr Generalstaatsanwalt, Monsieur le Patron«, meldete die Hauswirtschafterin.

Leclerqs Miene erhellte sich ein wenig.

»Bitten Sie Monsieur Larouche herein«, wies er seine Angestellte an.

Kurze Zeit später betrat der hochgewachsene, muskulöse Südfranzose den Salon. Mit weit ausgestreckten Armen lief er auf den Bürgermeister zu.

»Aubin«, rief er. »Aubin, mein Freund. Ich erfuhr erst gestern abend von der Geschichte. Ich war in Paris auf einer Konferenz. Wie geht es Emmanuela?«

Aubin ergriff die Hände des Gastes und drückte sie fest.

»Jean«, antwortete er. »Ich bin froh, daß du hereinschaust. Emmanuela geht es unverändert. Sie liegt immer noch auf der Intensivstation im Koma. Doch lassen wir das.

Du hast von dieser Sauerei vor der Ile de Sein gehört? Jean, wir müssen reden.«
»Das müssen wir in der Tat, alter Freund«, bestätigte der Generalstaatsanwalt und nahm in dem ihm angebotenen Sessel Platz.
»Möchtest du etwas trinken?« fragte Aubin Leclerq und ging an die Hausbar.
Larouche warf einen Blick auf seine goldene Arbanduhr. Kurz vor ein Uhr mittags. Er hatte noch nichts gegessen. Das wollte er im Golfklub von Ploudarneau nachholen.
»Einen Aperitiv, Aubin«, bat er. »Ricard. Mit Wasser und viel Eis.«
»Eine teuflische Geschichte«, murmelte der Bürgermeister, nachdem er die Getränke gemixt hatte und sich setzte.
Sein Gegenüber nahm einen kräftigen Schluck und zündete sich gleich darauf mit gelassenem Gesichtsausdruck eine seiner dunklen Gaulloises an. Blau färbte sich die Luft über den Köpfen der Männer.
»Ich kann die Sache nicht mehr länger schleifen lassen, Jean«, begann er schließlich. »Der Justizminister hat bereits bei mir angerufen. Möchte zu gerne wissen, wie der am Quai d'Orsay schon heute morgen Wind von der Sache bekommen konnte. Ich schätze, da hat wohl die Presse die Hand im Spiel.«
»Unser Freund, der Herausgeber der Gazette?« unterbrach ihn Leclerq.
Larouche zuckte die Achseln.
»Wer weiß?« erwiderte er. »Jedenfalls meinte der Minister, daß wir einer derartigen Mordserie nicht so ohne weiteres tatenlos zusehen dürfen. Er möchte sich hinterher nicht den Vorwurf seiner Parteifreunde gefallen lassen müssen, zu gegebener Zeit die richtigen Maßnahmen verschlafen zu haben. Wir stehen jedenfalls im Augenblick im Blickpunkt des Interesses. Und die nächste Nebelnacht kommt bestimmt.«
Leclerq zuckte zusammen.
»Mal den Teufel nicht an die Wand!« keuchte er.
Larouche winkte ab.
»Machen wir uns nichts vor. Ich habe mit den Spezialisten der Gerichtsmedizin bereits gesprochen. Die Psychologen sind sich einig darüber, daß zumindest die Vorgehensweise in allen der vorliegenden Fälle identische Züge aufweist. Jedenfalls wird nicht mehr ausgeschlossen, daß es sich um ein und denselben Täter oder zumindest um dieselbe Tätergruppe handelt.«
»Tätergruppe?« fragte der Bürgermeister erstaunt.
Larouche nickte.
»Ja«, antwortete er gedehnt. »In Paris beginnt sich inzwischen auch bereits der Staatsschutz für die Affäre zu interessieren.«
»Affäre? Was meinst du damit?«
»Nun«, erwiderte der Südfranzose. »In Algerien drohen radikal-islamische Gruppen schon seit Jahren damit, in Frankreich Anschläge zu verüben. Natürlich denkt man in diesem Zusammenhang erst einmal an die Pariser Metro, den TGV oder an Eurotunnel. Doch seit sich in Ploudarneau die Mordfälle in ähnlich spektakulärer Art und Weise häufen, werden Überlegungen laut, ob hier nicht ebenfalls politische Motive eine Rolle spielen.«
»Gibt es bereits Bekennerschreiben?« fragte Leclerq.

Larouche schüttelte den Kopf.
»Nein, aber das hat nicht viel zu bedeuten. Normalerweise sind diese religiös motivierten Querköpfe ja ziemlich schnell mit Selbstbezichtigungen zur Hand. Vielleicht warten sie jedoch erst noch ab, bis unmittelbar in Ploudarneau eine Bombe hochgeht.«
Larouche fiel auf, daß die Hände des Bürgermeisters zu zittern begannen.
»Das ist nicht dein Ernst«, flüsterte er. »Hier soll eine Bombe hochgehen? Mein Gott!«
»Du mußt das nicht unbedingt wörtlich nehmen«, fuhr der Generalstaatsanwalt fort. »Aber du siehst doch ein, daß eine solche Schweinerei unmittelbar im Yachthafen einen ungleich höheren Effekt erzielen würde. Allerdings müßten dann ein paar Leute aus der Umgebung mitspielen. Araber fallen hier in der Gegend schließlich genauso auf wie ein schwarzes Kaninchen unter weißen.«
Leclerq erhob sich. Nachdenklich ging er ans Fenster und sog gierig die frische Frühlingsluft ein. Er öffnete den obersten Kragenknopf seines Hemdes und zerrte an seiner Krawatte. Unter ihm lag die Marina Port du Raz wie ein schimmerndes Juwel in einer dunkelblauen Fassung aus Wasser und Himmel. Schneeweiße Wolken trieben mit dem Wind von See her heran. Alles wirkte auf den ersten Blick friedlich. Doch diese offensichtliche Fassade trog. Die Stimmung kam ihm vor wie die sprichwörtliche Ruhe vor dem eigentlichen Sturm, als müsse Ploudarneau schutzlos ausgeliefert das Herannahen einer Katastrophe biblischen Ausmaßes erwarten. Und Ploudarneau bedeutete in erster Linie Aubin Leclerq.
Der Bürgermeister drehte sich zu seinem Gast herum. Larouche drückte seine Zigarette im Aschenbecher aus und nahm einen kräftigen Schluck. Die Eiswürfel in seinem Glas klirrten.
»Leute aus dem Ort?« fragte er mit müder Stimme.
Der Südfranzose nickte.
»Wieso nicht. Vielen Leuten sind der Ausbau der Marina, die Umweltschäden und die Gewinnausbeute deiner Familie ohnehin ein Dorn im Auge. Im internationalen Terrorismus wird immer gut gezahlt. Warum nicht zwei Fliegen mit einer Klappe schlagen?«
»Was schlägst du also vor?« fragte Leclerq.
Seine Stimme klang hohl und kratzig. Der Generalstaatsanwalt erhob sich und stellte sich neben den Bürgermeister. Mit einer kameradschaftlichen Geste versuchte er seinen Gesprächspartner zu beruhigen.
»Ich werde Albin Kozh empfehlen, Bereitschaftspolizei anzufordern. Der Polizeiposten von Ploudarneau wird personalmäßig verstärkt. Jedenfalls wird sich herumsprechen, daß es ein großes Risiko darstellt, in Ploudarneau eine größere Sache zu starten. Dann sollten im Hafen unbedingt zwei Patrouillenboote der Küstenwache auf Dauer stationiert werden, um die Sicherheit des unmittelbaren Seeraumes zu gewährleisten. Ich besitze gewisse Beziehungen zur Marine. Wenn du möchtest, könnte ich da etwas arrangieren. Dir rate ich ganz entschieden dazu, die Absicherung des Hafengeländes mit Zäunen und Sicherheitsschleusen voranzutreiben. Du mußt unbedingt zusätzliches Sicherheitspersonal einstellen, hörst du? Es darf einfach nicht

vorkommen, daß ein Boot ungesehen in die Marina hineintreiben kann. Ebenso gut könnte auch der Mörder unbemerkt hineinfahren und sich direkt im Hafen sein nächstes Opfer suchen.«
Leclerq schnappte sichtlich nach Luft.
»Was du da verlangst, käme dem Ausbau des Hafens in ein Konzentrationslager gleich. Was sollen die Liegeplatzinhaber von uns denken? Keiner hat Lust dazu, seine Freizeit praktisch hinter Gittern zu verbringen. Wir befinden uns hier schließlich in der Bretagne und nicht in Miami.«
»Den Hinterbliebenen ist es ziemlich egal, ob die Opfer in der Bretagne oder in Florida umgebracht wurden. Du mußt an die Sicherheit denken.«
»Sicherheit! Sicherheit!« stieß Leclerq gereizt aus. »Und was tun Polizei und Staatsanwaltschaft für die Sicherheit? Wenn ihr den Mörder endlich dingfest machen würdet, dann könnte ich mir diesen ganzen Sicherheitsapparat ersparen, lieber Larouche! Und Ploudarneau das Ambiente einer Vauban-Festung. Ich sehe schon die Schlagzeilen in der Gazette! Ploudarneau, das maritime Alcatraz! Ludwig XIV. läßt grüßen! Nein, mein Freund! So leicht mache ich es euch nicht. Weißt du, wie viele Liegeplätze dann erst leer stehen würden? Douarnenez, Concarneau, Benodet und Fouesnant warten mit ihrem Angebot doch förmlich nur darauf, daß mir hier die Leute davonlaufen.«
»Wenn du nichts tust, dann läuft dir deine Klientel erst recht davon«, gab Larouche zu bedenken.
Leclerq wirbelte herum.
»Was ist nun eigentlich mit diesem Tollpatsch von Guirec? Sollte der nicht längst in Pension gehen? Kann der nicht irgendeinen Resturlaub nehmen, bis die Angelegenheit hier von einem Spezialisten geklärt ist? Du wolltest doch etwas in der Sache unternehmen.«
Larouche schaute ihn nachdenklich an.
»Das stellst du dir zu einfach vor, mein Freund. Ohne Frage, Guirec ist alt. Doch sein Dienstvorgesetzter ist nun mal Albin Kozh. Und nur der entscheidet, wie die Stellen des 1. Kommissariats von Quimper nachbesetzt werden.«
»Ich gebe allerdings zu bedenken«, fügte er grinsend hinzu, »daß unser Herr Polizeipräfekt schon seit langem mit dem Erwerb einer Ferienwohnung am Meer liebäugelt. Nun, Polizeipräfekten verdienen zwar gut, aber die Grundstücke in exponierter Lage sind ja inzwischen schon vielerorts geradezu unerschwinglich.«
»Du meinst ...«, ließ Leclerq die Konsequenz offen.
Larouche warf einen langen Blick hinaus auf die Bucht von Ploudarneau. Er mußte verdammt vorsichtig sein. Solche Deals durften keinesfalls herauskommen. Er besaß schließlich selbst ein größeres Renditeobjekt in Ploudarneau. Keiner durfte dahinterkommen, auf welch günstige Weise er seinerzeit an den Appartementkomplex herangekommen war. Und schon gar nicht, wer sich unmittelbar nach der Eigentumsübertragung mit seinem politischen Einfluß bei der Bezirksregierung für die Baugenehmigung einer umstrittenen Marina stark gemacht hatte.

Ein herber Geruch von Bohnerwachs und Desinfektionsmitteln lastete über dem hellerleuchteten Gang. Die ansonsten schmucklosen Wände zierten hier und da sorgfältig angeheftete Zeichnungen, die aus der ungelenken Feder der durchweg jungen Patientenschaft stammten. Hier und dort huschte weißgekleidetes Pflegepersonal von Raum zu Raum. Bis auf das Geräusch quietschender Sohlen auf dem gebohnerten Linoleum und dem Gemurmel, das aus dem Stationszimmer drang, war es verhältnismäßig ruhig auf dem Flur. Hin und wieder durchschnitt kindliches Quieken die Stille. Im Aufenthaltsraum trafen sich Eltern und Kinder zu einem kurzen Besuch. Frederic Guirec haßte Krankenhäuser. Seit dem Tode seiner Frau, die seinerzeit mit einer starken Bronchitis eingeliefert worden war und drei Wochen später von ihren behandelnden Ärzten als Patientin mit Lungenkrebs im Endstadium kampflos aufgegeben werden mußte, hatte er mit Ausnahme der Gerichtsmedizin keine Klinik mehr betreten. Erinnerungen an den kurzen, aber schmerzhaften Tod seiner geliebten Frau wurden wach. Guirec schluckte hart, während er an den resopalbeschichteten Türen mit den schweren metallenen Klinken entlangging. Hinter solch einer Tür war auch er dem Tod begegnet. Nur, daß dieser ungerechterweise nicht auf ihn, sondern auf seine wesentlich jüngere Frau wartete.

Schließlich erreichte er den Raum des diensthabenden Stationsarztes. Guirec war alleine gekommen. Staatsanwalt Lemardieux wollte es sich nicht nehmen lassen, die Zinksärge der Ermordeten zu begleiten und trotz seiner latenten Übelkeit bei der Autopsie, für die sich gewöhnlich Doktor Lamarc'h zuständig zeigte, persönlich anwesend zu sein. Vermutlich aber mochte der junge Staatsanwalt Krankenhäuser genausowenig wie er. Besonders dann, wenn es sich um ein Kinderkrankenhaus handelte.

Der alte Kriminalbeamte klopfte hart mit den Knöcheln seiner rechten Hand gegen die Tür. Einen kurzen Augenblick später öffnete ihm eine junge Frau von Ende Zwanzig. Sie trug den obligatorischen weißen Arztkittel mit dem Stethoskop über dem Kragen, eine ebenso weiße lange Hose und Kliniksandalen. Ihre halblangen dunkelblonden Haare hielt eine schwarze Samtschleife im Nacken zusammen. Sie stellte sich ihm als Doktor Germaine Pecheur vor. Als Berufsbezeichnung gab sie Fachärztin für Kinderpsychiatrie an.

Doktor Pecheur reichte dem Kriminalbeamten die Hand und wies auf einen alten Holzsessel, der vor ihrem Schreibtisch stand. Sie selbst ließ sich hinter dem Tisch, der mit Stapeln von Krankenberichten, Tabellen und Aktenordnern bedeckt war, nieder. Auf einem Beistelltisch lagen massenhaft noch offensichtlich unberührte Medikamentenschachteln und Begleitschriften der Pharmaindustrie. Die junge Frau lachte, als sie Guirecs erstauntes Gesicht wahrnahm.

»Unordentlich?« fragte sie mit einer für ihr jugendliches Alter ungewöhnlich sonoren, dunklen Stimme.

»Habe ich etwas gesagt?« entgegnete Guirec betreten.

»Gesagt nicht, aber vermutlich gedacht«, erwiderte sie lächelnd.

Da Guirec nicht sogleich antwortete, führte sie das Gespräch fort.

»So geht es eben zu in einem Krankenhaus, in dem der Verwaltungschef die Ansicht vertritt, ein einfacher Stationsarzt braucht keine Sekretärin. Ich muß mich nicht nur um das Wohl meiner Patienten, sondern auch noch um die Einsatzpläne für das Pflegepersonal, die Behandlungsberichte, die Patientenakten und den Schriftverkehr mit Krankenkassen und Sozialämtern kümmern. Viele meiner jungen Schutzbefohlenen besitzen nämlich keine Eltern mehr.«
Sie machte eine vielsagende Pause. Schließlich fuhr sie mit ernster Stimme fort.
»Doch in erster Linie bin ich Ärztin und keine Schreibkraft oder Archivarin. Der Patient genießt bei mir den absoluten Vorrang. Auch wenn sich der Verwaltungschef der Klinik manchmal eine andere Einstellung von seinen Mitarbeitern wünscht.«
Sie stellte einen Aschenbecher auf den Tisch und zündete sich eine Zigarette an.
»Ein Laster muß der Mensch haben«, meinte sie entschuldigend.
»Wenn Sie mir den Qualm nicht ins Gesicht blasen, habe ich nichts dagegen«, entgegnete Guirec und stand auf, um das Fenster in dem winzigen Zimmer zu öffnen.
Madame Pecheur verfolgte seinen offensichtlichen Widerwillen mit Gleichmut.
»Nun«, fuhr sie schließlich fort. »Sie sind doch mit einem besonderen Wunsch hierhergekommen, oder? Es handelt sich wohl um diesen kleinen Engländer, nicht wahr? Eine schreckliche Geschichte.«
Guirec nickte. Er erinnerte sich an die Ereignisse auf dem Segelboot. Als er und Lemardieux den Kleiderschrank öffneten, mußten sie zu ihrer größten Überraschung feststellen, daß sich noch ein drittes Familienmitglied an Bord befand. Der kleine Junge hatte sich im Kleiderschrank hinter Ölzeug und Mänteln verborgen. Ob er den Mörder zu Gesicht bekommen hatte, ließ sich nicht mit Sicherheit herausfinden, denn als der kleine Junge ihn und Lemardieux wahrnahm, begann er laut zu schreien. Der Staatsanwalt versuchte ihn zu beruhigen, aber der Junge verstand kein Französisch. Schließlich schlug das Geschrei in heftiges Schluchzen um, wobei der Junge immer häufiger von Hustenanfällen gepeinigt wurde, die schließlich in Atemnot eskalierten. Die beiden Männer kamen überein, daß der Junge unbedingt an die frische Luft gebracht werden mußte. Lemardieux zog ihn aus dem dunklen, engen Verschlag heraus und versuchte ihn zu tragen, doch die Türeinfassung zwischen Vorschiffskabine und Salon erwies sich als zu schmal. Er setzte ihn wieder ab und schob ihn sacht in den Salon. Dabei fiel dessen Blick zwangsläufig auf seine vom Mörder übel zugerichtete Mutter, über die sich nun auch noch drei Männer der Spurensicherung mit allerlei technischem Gerät beugten. Er riß seine großen, dunklen Augen ein letztes Mal auf, ließ einen durchdringenden, klagenden und gleichzeitig verzweifelten Schrei erklingen und brach ohnmächtig zusammen. Behutsam wickelte ihn Lereau in ein Tuch. Der Chef der Spurensicherung fragte Lemardieux, warum er ihn vorher nicht hatte warnen können. Dann hätte er rasch eine Decke über die Tote geworfen. Der Landarzt auf der Insel mußte dem Kleinen ein starkes Beruhigungsmittel verabreichen. Anders hätten sie ihn im Hubschrauber nicht nach Quimper fliegen können.
»Kann ich mit ihm reden?« fragte Guirec mit gewisser Neugier in der Stimme.
Die Ärztin schüttelte energisch den Kopf.
»Unmöglich, Monsieur! Der Junge steht unter Schock. Er läßt niemanden an sich her-

an. Selbst wenn er mich sieht, verkriecht er sich ängstlich unter seine Decke. Wenn ein Pfleger sein Krankenzimmer betritt, ist es ganz aus. Dann schreit er so lange und so heftig, bis ihm der nächste Asthmaanfall buchstäblich den Atem raubt.«

Guirec nickte erneut. So ähnlich hatte er sich die Recherchen vorgestellt. Und genauso schwierig. Zum zweiten Mal besaß die Polizei einen Zeugen. Erst Mademoiselle Leclerq und jetzt Tommy Summer. Und zum zweiten Mal kam die Polizei nicht an ihre Aussagen heran. Bei Mademoiselle Leclerq nicht, weil sie nicht reden konnte, bei dem kleinen Tommy nicht, weil der nicht reden wollte. Es war zum Verzweifeln. Wenn der Junge den Mörder gesehen hatte und vielleicht sogar identifizieren konnte, dann wären sie unter Umständen dicht an der Lösung des Falles gewesen. Und nun dies.

»Ist der Junge außer seiner psychischen Störung in irgendeiner Weise körperlich verletzt?« fragte er weiter.

Die Ärztin schüttelte erneut den Kopf.

»Non, Monsieur. Ich denke, daß er dem Überfall durch das Aufsuchen des Verstecks im Kleiderschrank erfolgreich aus dem Wege hatte gehen können. Aber das angstvolle Verharren in dem selbstgewählten Verlies, das zumindest akustische Erleben der Ermordung seiner Mutter und schließlich der schreckliche Anblick der Toten, das ist einfach zuviel für eine kindliche Seele. Der Kleine steht, wie gesagt, unter Schock. Er ist ein sehr sensibler junger Mann. Wie lange dieser Zustand anhalten wird, darüber wage ich noch nicht einmal zu spekulieren. Im schlimmsten Fall werden wir ihn hier in Frankreich überhaupt nicht mehr zum Reden bekommen, sondern an seine ihn behandelnden Ärzte in England überweisen.«

Guirec schaute die junge Frau fassungslos an.

»Madame! Ich bitte Sie sehr! Das ist völlig unmöglich. Wir brauchen in jedem Falle die Aussage des Kindes!«

Die Frau mit den im Nacken zusammengebundenen dunkelblonden Haaren winkte energisch ab.

»Ich will mich nicht wiederholen, Monsieur le Commissaire. Der kleine Tommy ist jedenfalls zur Zeit kaum ansprechbar, geschweige denn vernehmungsfähig. Ich dulde jedenfalls im Augenblick keinerlei Aufregung für seine gestörte Psyche. Den Umstand haben sich Polizei und Staatsanwaltschaft im übrigen selbst zuzuschreiben. Himmel, Monsieur Guirec, konnten Sie dem Kind nicht wenigstens den Anblick seiner dermaßen zugerichteten Mutter ersparen?«

Guirec dachte an Lemardieux und nickte traurig.

»Was sollten wir denn tun, Frau Doktor? Der Junge hockte in dem engen Kleiderschrank und bekam einen Asthmaanfall. Wir mußten ihn doch dort herausholen. Er drohte zu ersticken. Zugegeben, der Herr Staatsanwalt und ich handelten vielleicht ein wenig unüberlegt. Man hätte ...«

»Man hätte die Tote wenigstens bedecken können«, vervollständigte sie den Satz des Kommissars. »Nun, in Anbetracht der gesundheitlichen Umstände des Jungen blieb Ihnen vielleicht wirklich nichts anderes übrig, aber geschehen ist nun mal geschehen. Nun müssen wir mit den Folgen fertig werden.«

»Wie soll es weitergehen?« fragte Guirec. »Machen Sie einen Vorschlag.«

Die junge Ärztin schaute ihn nachdenklich an.
»Wir werden sehen, ob er sich in irgendeiner Weise erholt. Gleich heute nachmittag werde ich versuchen, die näheren Angehörigen der Familie Summer zu erreichen. Wenn die auf eine rasche Überführung nach England bestehen, sind mir sowieso die Hände gebunden. Der Schock sitzt bei dem Jungen sehr tief, Herr Kommissar. Sie können seinen derzeitigen Gefühlszustand wie nach einem Erdbeben vergleichen, das sein gesamtes kindliches Gemüt vollständig und nachhaltig durcheinandergerüttelt hat. Eine längerfristige psychiatrische Nachbehandlung verbunden mit einer tiefreichenden Psychotherapie wird dem Kleinen sowieso nicht erspart bleiben.«
Sie wandte sich ab und starrte lange Zeit schweigend aus dem Fenster.
»Wenn ich so was sehe, dann wünschte ich mir, dem Staat stünden zur Abschreckung andere Mittel zur Verfügung.«
Sie schüttelte energisch den Kopf und zündete sich eine neue Zigarette an. Die andere war zuletzt unangetastet im Aschenbecher verglüht. Die junge Frau sah den alten Kommissar ernst an.
»Bitte verzeihen Sie meinen unqualifizierten Ausbruch, Monsieur«, entschuldigte sie sich. »Solche Worte dürften eigentlich nicht über die Lippen eines Psychiaters gelangen. Ich denke, daß dieser Mann, oder wer auch sonst den Mord verübte, ebenfalls in irgendeiner Weise geistig gestört sein muß. Ich habe vor einer halben Stunde mit meinem Kollegen Lamarc'h von der Gerichtsmedizin gesprochen, um mir ein möglichst umfassendes Bild von den Gesamtumständen zu verschaffen, damit ich den kleinen Tommy besser verstehe. Das war kein gewöhnlicher Mord, Monsieur, das kann man nur noch als blutrünstiges Abschlachten bezeichnen. Ich bin selbst Mutter einer sechsjährigen Tochter. Wenn meiner Familie so etwas widerfahren würde, nicht auszudenken.«
»Noch eine letzte Frage, Madame, dann sind Sie mich los«, erwiderte Guirec, ohne auf ihren Einwand einzugehen. »Sie sagten, den kleinen Tommy schreckt insbesondere der Anblick von Männern auf. Können wir sicher sein, daß es sich bei dem Täter um eine männliche Person handelt?«
Die Ärztin inhalierte tief und stieß den Rauch ihrer Zigarette in Richtung Zimmerdecke.
»Das muß nicht unbedingt so sein, Monsieur«, antwortete sie auf seine Frage.
»Gewalttaten assoziieren Kinder gewöhnlich immer mit dem männlichen Geschlecht. Schauen Sie sich nur Kriminalfilme an. In der überwiegenden Anzahl der Fälle sind die Verbrecher Männer, die Opfer häufig Frauen, weil sie sich nicht nur von Filmemachern so herrlich bequem in die Opferrolle pressen lassen. Es kann natürlich sein, daß der kleine Tommy den Mörder seiner Mutter gesehen hat, ob er ihn jedoch jemals identifizieren könnte, wage ich zu bezweifeln. Das Gehirn eines jungen Menschen wird zwangsläufig versuchen, die Tat im Rahmen einer Art Schutzreaktion zu verdrängen. Dadurch verschwimmen auch die Erinnerungen an den Täter. Dieses Phänomen erleben wir sehr oft bei Sexualdelikten. Hinterher wissen die Opfer nicht einmal mehr, wer was bei ihnen angestellt hat. Häufig beschuldigen sie bei Vernehmungen sogar Freunde oder die eigene Mutter, nur um endlich in Ruhe gelassen zu

werden. Gerade so sensible Jungen wie Tommy sind keine kleinen Erwachsenen. Sie besitzen in ihrer kindlichen Vorstellungskraft häufig noch keine sehr gut ausgeprägten Differenzierungsfähigkeiten.«

»Wie meinen Sie das?« fragte Guirec.

»Nehmen wir einmal an«, erwiderte die Ärztin, »der Täter trug einen schwarzen Mantel und schwarze Schuhe. Spätestens nach der vierten oder fünften Gegenüberstellung wird ein Kind, das ein solch traumatisches Erlebnis bewältigen muß, auf jeden zeigen, der solche Kleidungsstücke trägt. Es sei denn, es konnte beispielsweise das Gesicht der Person zweifelsfrei erkennen. Aber das wird in unserem Fall kaum zutreffen, denn sonst läge der kleine Tommy vermutlich ebenfalls auf dem Obduktionstisch meines Kollegen Lamarc'h.«

Guirec verabschiedete sich und ließ die bedrückende Atmosphäre des Kinderkrankenhauses rasch hinter sich. Er setzte sich in seinen alten Citroën und machte sich auf den Weg zur Gerichtsmedizin, wo er den Staatsanwalt und den Arzt treffen wollte. Als der Kommissar dort eintraf, befanden sich Lemardieux, Lamarc'h und ein ihm Unbekannter immer noch im Obduktionsraum. Der junge Staatsanwalt gewöhnte sich anscheinend langsam an den Anblick von Leichen. Allerdings hatte der Arzt auch die Mordwaffen aus Rücken und Gesicht der Opfer gezogen und den Kopf der Frau mit einem grünen Tuch abgedeckt. Lamarc'h begrüßte den Kommissar in seiner gewohnt herablassenden Art und stellte ihm seinen Kollegen als diensthabenden Gerichtspsychologen vor.

»Nun, Monsieur Guirec«, meinte er grinsend. »Je mehr Sie sich Ihrem Pensionszeitpunkt nähern, desto mehr Arbeit machen Sie mir. Meine Güte, welch ein Barbar! Man könnte denken, der Bursche hat zuviel Horrorvideos gesehen.«

»Ist das auch Ihre Meinung, Monsieur Vieux?« fragte er den Psychologen.

Jean-Claude Vieux hob seine rechte Augenbraue. Er musterte den Kommissar mit der offensichtlichen Berufsneugier eines Psychoanalytikers. Schließlich lehnte er sich gegen eine der Bahren und verschränkte die Arme vor der Brust, wobei er die Handflächen in den Achselhöhlen verbarg.

»Also, normal ist solch eine Tat natürlich keinesfalls«, begann er. »Ich stimme meinem Kollegen zu. Leute kann man auch weniger spektakulär umbringen. Ob und inwieweit es sich in allen drei Mordfällen allerdings um ein und denselben Täter handelt, wage ich derzeit noch nicht abschließend zu beurteilen. Aber wenn Sie mich so direkt fragen, deuten wohl alle Anzeichen darauf hin.«

»Können Sie das etwas genauer erläutern?« fragte Lemardieux.

Der Gerichtspsychologe drehte sich ihm zu, behielt jedoch seine Handflächen immer noch in den Achselhöhlen. Jean-Claude Vieux lächelte indigniert. Lamarc'h und er warfen sich vielsagende Blicke zu. Aha, jetzt sollte also die Medizin Lösungsvorschläge für die Mordfälle unterbreiten, weil Staatsanwaltschaft und Kriminalpolizei hierzu offensichtlich nicht in der Lage schienen.

»Natürlich kann ich das«, erwiederte Vieux. »Die Frage ist nur, ob ich es auch sollte. Kommen andere Gutachter hinterher zu einem abweichenden Ergebnis, dann bin ich doch der Blamierte, weil Sie mir zu recht vorwerfen können, auf die falsche Spur ge-

bracht worden zu sein.«
»Das lassen Sie ruhig unsere Sorge sein«, knurrte Lemardieux. »Wir sind hier nicht im Kindergarten, Monsieur. Zum Ratespielen fehlt mir einfach die Zeit. Ich habe drei Mordfälle aufzudecken.«
»Nur drei?« fragte Lamarc'h erstaunt.
Lemardieux schaute ihn verwundert an.
»Natürlich, sofern ich richtig zählen kann. Die Sache von Samstag vor einer Woche, den Mordfall von vorgestern und diese Sauerei hier. Habe ich mich verzählt?«
»Was ist mit der kleinen Leclerq?« fragte Lamarc'h.
»Was soll mit ihr sein?« erwiderte Guirec voll dunkler Vorahnungen.
Lamarc'h schnalzte genüßlich mit der Zunge.
»Sie wird gleich bei mir auf dem Tisch liegen. Einer Ihrer Kollegen hat die Obduktion ...«
»Heißt das?« stutzte Lemardieux. »Heißt das ...?«
Der junge Gerichtsmediziner grinste kalt.
»Heute mittag. Ist erst knapp zwei Stunden her.«
»Ach, du heilige Sch...«, entfuhr es Lemardieux.
»Das können Sie laut sagen«, bestätigte der Kommissar. »Teufel aber auch. Und Sie haben diesen Arpege laufenlassen. Hoffentlich waren Sie da nicht zu voreilig.«
Vieux blickte demonstrativ auf seine Armbanduhr.
»Seien Sie mir nicht böse, Messieurs«, bemerkte er ohne den Anflug eines entschuldigenden Tonfalls. »Normalerweise habe ich heute nachmittag dienstfrei. Kann ich Ihnen sonst noch irgendwie helfen?«
»Ja«, knurrte Lemardieux. »Mit einer ausführlichen fachärztlichen Stellungnahme. Sagen wir, bis fünf Uhr? Der Faxanschluß der Staatsanwaltschaft von Quimper dürfte Ihnen ja wohl geläufig sein.«
»Unmöglich!« begehrten Lamarc'h und Vieux beinahe gleichzeitig auf. »Wie stellen Sie sich ...«
Lemardieux schnitt ihnen barsch das Wort ab.
»Muß ich erst wieder Monsieur Larouche bemühen, Messieurs? Der Generalstaatsanwalt erwartet meinen Zwischenbericht noch heute abend. Und ich sage Ihnen, wir hassen beide Unvollständigkeiten.«
Verbissen starrte Kommissar Guirec auf sein Glas. Neben ihm hockte ein sehr schweigsamer Antoine Lemardieux und kaute gedankenversunken auf seinem Kaugummi herum. Guirec hatte den Staatsanwalt zu einem Imbiß eingeladen. Nach dem Streß des Tages brauchte er erst einmal ein Sandwich und anschließend einen kräftigen Cognac. Unterwegs sahen sie den Wagen von Larouche. Offensichtlich hielt sich der Generalstaatsanwalt schon wieder in der Gegend auf. Irgend etwas schien den Südfranzosen an diesen Landstrich zu binden. Und das konnte nicht nur das Interesse am Golfspielen in Ploudarneau sein.
Schließlich brach Lemardieux als erster das Schweigen.
»Wie wollen wir weiter vorgehen?« fragte er den Kommissar.
Guirec überlegte nicht lange. Mit dieser Frage rechnete er insgeheim schon die ganze Zeit. Ob er allerdings zu einer befriedigenden Antwort in der Lage war, bezweifelte er.

»Ich werde«, begann er, »Ihrem Hinweis von heute morgen zufolge erst einmal abwarten, was die Ermittlungen in der Motorradaffäre ergeben und dann auf jeden Fall noch mal mit Arpege und dessen Neffen sprechen. Da stimmt doch was nicht, Monsieur! Arpege beziehungsweise sein Anwalt mußten doch wissen, daß wir den Jungen nach dem Alibi für seinen Onkel gezielt befragen. Was sollte in diesem Zusammenhang also diese mehr als lächerliche Lüge?«
»Im übrigen«, fuhr er nach einer kurzen Gedankenpause fort, »rechne ich insgeheim damit, daß mir der Polizeipräfekt den Fall entziehen wird. Sie erinnern sich an die letzte Unterredung, anläßlich der Monsieur Larouche und der Bürgermeister von Ploudarneau auf schnelle Resultate drängten? Nun, wir haben bereits den dritten Mord in etwas über einer Woche. Von dem tragischen Unglücksfall mit der kleinen Leclerq einmal ganz zu schweigen. Vielleicht bin ich auch wirklich schon zu alt ...«
»Unsinn«, fuhr der junge Staatsanwalt dazwischen. »Sie sind doch nicht zu alt. Sie besitzen eine Menge Erfahrung. Das habe ich während der letzten Tage ganz deutlich feststellen können.«
»Na und?« entgegnete Guirec ungerührt. »Wir haben wertvolle Zeit vergeudet, weil wir in die falsche Richtung recherchiert haben. Seien wir doch einmal ehrlich, Monsieur. Alles, was wir bisher an brauchbaren Erkenntnissen gewonnen haben, dreht sich um den Fischer Jules Arpege. Und den haben Sie frei gelassen. Das einzige, an das wir uns hinsichtlich der Aufklärung des zweiten Mordfalles klammern können, wäre eine zweifelsfreie Verbindung zwischen Arpege und dem verschollenen Tristan Guillaume. Und das auch nur, solange wir dem anonymen Anruf Glauben schenken. Sie wissen ja, was ich von anonymen Anrufen halte.«
Lemardieux nickte. »Ich rekapituliere. Arpege fährt frühmorgens im Nebel zu seinen Hummerkörben. Während sich draußen auf See ein Mord ereignet, kommt er in aller Seelenruhe zurück, verkauft seinen Fang und verschwindet. Er will angeblich seinem Neffen bei dessen Motorradpanne geholfen haben. Doch der dementiert. Behauptet, mit dem Motorrad gar nicht unterwegs gewesen zu sein. Damit besitzt Arpege für den Samstag kein Alibi. Aber wofür sollte er ein Alibi benötigen? Doch nur für den Fall, daß sich der Mörder auch tatsächlich bei ihm an Bord befand und sich anschließend von ihm aus dem Ort bringen ließ. Das und nur das würde sein merkwürdiges Verschwinden aus Ploudarneau erklären. Und auch dies erscheint nur dann logisch, wenn wir diesem Tristan Guillaume tatsächlich unterstellen, er wäre der Mörder von Leblanc und den beiden Frauen. Heute morgen jedoch schlug der Wahnsinnige erneut zu. Warum also sollten wir ...«
Er unterbrach sich. Guirec schaute den jungen Staatsanwalt an. Dessen Gesicht färbte sich aschfahl.
»Was haben Sie, Monsieur«, fragte der Kriminalbeamte.
»Mir kommt ein schrecklicher Verdacht, Herr Kommissar«, fuhr Lemardieux stockend fort. »Was, wenn dieser Tristan Guillaume immer noch frei dort draußen herumläuft und den dritten Mord, den von heute morgen, auch noch verübt hat?«
Nun war es an Guirec abzuwinken.
»Ich bitte Sie, Herr Staatsanwalt«, entgegnete er. »Die Ermittlungen unserer Pariser

Kollegen haben doch ergeben, daß Guillaume keinerlei Bezug zum Wassersport besitzt. An dem Segeltörn auf Leblancs Boot nahm er wohl eher zufällig teil. Die Durchsuchung seiner Wohnung und die Befragung von Nachbarn und Arbeitskollegen in der Bank ergaben, daß er einer einzigen Leidenschaft frönte, dem Golfspielen. Ja, noch nicht einmal im Urlaub soll ihn das Meer besonders angezogen haben. Nichts, aber auch gar nichts deutet auf etwaige nautische Kenntnisse in engerem oder weiterem Sinne hin. Der Täter muß jedoch zwangsläufig von See her auf die Boote der Opfer gelangt sein. Jedenfalls in Mordfall Nummer zwei und drei. Vielleicht wurde das Verbrechen an Marc Raymond und seiner Geliebten ja tatsächlich im Hafen begangen. Auf jeden Fall verlangt ein unbemerktes Anpirschen an ein fremdes Boot bei Nebel in einem derart schwierigen Seegebiet ein gehöriges Maß an Erfahrung im Umgang mit Booten. Nach allem Dafürhalten können wir die jedoch Tristan Guillaume absprechen.«

Guirec holte tief Luft.

»Gesetzt den Fall, daß wir Guillaume den Mord an Leblanc und den beiden Frauen unterstellen, müßten wir zwangsläufig von zwei oder sogar drei Tätern ausgehen. Guillaume kann nicht auf einem der anderen Boote mitgereist sein. Ausgeschlossen! Im übrigen haben doch unsere Ermittlungen in Paris ergeben, daß Guillaume für den ersten Mordfall ein Alibi besitzt, erinnern Sie sich? Wir warten am besten erst einmal das psychologische Gutachten ab. Dieser Vieux geht insgeheim doch auch von ein und demselben Täter aus. Vielleicht treibt Guillaume schon seit Tagen als Wasserleiche irgendwo zwischen den Klippen herum. Das würde mich gar nicht wundern. Tommy Summer jedenfalls hat großes Glück gehabt. Möchte nur wissen, wie der kleine Kerl auf die einzig richtige Idee gekommen ist, sich im Kleiderschrank zu verstecken.«

»Vielleicht hatte der Kerl nicht genügend Zeit, sich gründlicher umzusehen«, warf Lemardieux ein. Er mußte damit rechnen, daß infolge des Mayday-Funkspruchs zwangsläufig eine Suchaktion nach dem Boot der Summers eingeleitet wurde.«

Guirec nickte.

»Auch möglich«, meinte er nach einer Weile.

»Auf jeden Fall haben wir es mit einem ganz besonderen Tätertyp zu tun«, fügte er hinzu. »Der Kerl ist intelligent, überaus geschickt und meiner Einschätzung nach sehr kräftig. Er verfügt über ein unerhörtes kriminelles Potential, und er handelt absolut skrupellos.«

»Ein Psychopath?« fragte Lemardieux. »Jemand, der den krankhaften Trieb besitzt, irgendein Zeichen zu setzen?«

»Vielleicht«, antwortete Guirec. »Oder jemand, der aus irgendeinem Grund einen ganzen Landstrich in Angst und Schrecken versetzen will.«

KAPITEL XIII

Dichte weiße Bewölkung zog vom Meer her aufs Land zu. Friedlich schwappte das nur noch leicht bewegte Meer an den Kiesstrand und verursachte ein sich in kurzen Abständen wiederholendes scharrendes Geräusch, wenn die Steinchen hin und her rollten. Nichts erinnerte mehr an den stürmischen Wind von Sonntag und den Nebel in den frühen Morgenstunden des darauffolgenden Tages. Ein typischer Frühlingsabend an der Westküste der Bretagne brach an, so wie er sich in jedem Jahr unzählige Male wiederholte. Möwen zogen laut kreischend ihre Bahnen über die vereinzelt an der Küste fischenden Kutter. Hier und dort ertönte das Piepsen der Singvögel, die sich gegenseitig vor den Möwen, den weißgefiederten Räubern der Meere, warnten. Die Luft roch frisch nach Salz, Tang und der erst wenig aufgeblühten Vegetation. Immer wieder kam die Sonne hinter bauschigen Kumuluswolken hervor und tauchte Meer und Land in eine Lichtkaskade. Als sich schließlich der Feuerball langsam dem Horizont zuneigte, änderten sich die Farben. Grauschwarze Klippen und Felsen färbten sich erst golden und schließlich hellbraun bis rötlich, die Farbe des Meeres hingegen nahm den satten, dunklen Ton von Aquamarin an. Nicht eine weiße Schaumkrone störte an diesem Abend die gleichförmige Farbgebung der See. Nur das Glitzern auf der Oberfläche verstärkte sich und tauchte den Horizont in ein eigentümliches Lichtspektakel.

Der Verkehr in Ploudarneau hatte nach Ende der regulären Dienstzeit in den Büros abgenommen. Allerdings herrschte an einem gewöhnlichen Frühjahrsabend außerhalb der Saison ohnehin nur wenig Betrieb im Ort. Zwei Fahrradfahrer machten durch hellen Klang ihrer Lenkradglocken auf sich aufmerksam und scheuchten einen Hund wieder zurück auf den Gehsteig. Ein paar Frauen hasteten mit Baguettes unter dem Arm und den obligatorischen Weidenkörben von Geschäft zu Geschäft, ein junges Mädchen besserte sich das Taschengeld auf, indem es ein ziemlich wohlgenährtes Baby in einem bunt bespannten Kinderwagen spazierenfuhr. Zwischendurch wurde ein Anlasser hörbar, woraufhin der dazugehörige Wagen anfuhr und sich anschließend mit mehr oder weniger Lautstärke durch die Straßen fortbewegte. Am Rande des Marktplatzes kontrollierte Brigadier Stefan Levenez in Uniform und mit einem Funksprechgerät in der Hand diensteifrig dort regelwidrig abgestellte Fahrzeuge und stellte mit schwungvoller Hand Verwarnungszettel aus. Von seiner Arbeit als Gendarm sichtlich befriedigt, belehrte er einen uneinsichtigen Kraftfahrer über das Halteverbot, das dieser mißachtet hatte, und schüttelte, während er sich Notizen in sein Handbuch machte, über die wortgewaltige Entschuldigung des Betroffenen energisch den Kopf. Als ein Mopedfahrer mit knatterndem Auspuff auf den Marktplatz einbiegen wollte, pfiff er ihn mit seiner Trillerpfeife zurück und stellte ihn zur Rede. Erneut kam sein Verwarnungsblock zum Einsatz.

Ein dunkler Lieferwagen bog in die Straße am Marktplatz ein und fuhr mit geringer Geschwindigkeit an dem Gendarmen, der immer noch mit dem Mopedfahrer disku-

tierte, vorbei. Stefan Levenez blickte kurz auf und schaute ihm verblüfft nach. Es geschahen noch Zeichen und Wunder. Der erste Lieferwagen, der sich an eine Geschwindigkeitsbeschränkung hielt.
Das Fahrzeug folgte dem Weg in die Rue du Port. Die breite asphaltierte Straße mit dem stets blumenbepflanzten Mittelstreifen ging an den breiten, getönten Schaufensterscheiben von Leclerqs Firmenniederlassungen vorbei. Von beinahe jedem Baum, jeder Laterne, jedem Straßenschild lächelte dem Betrachter das geschickt in Pose gesetzte Konterfei des Bürgermeisters von Ploudarneau entgegen. Doch der Fahrer des Lieferwagens schien kein Interesse an dem Kommunalpolitiker zu zeigen. Er würdigte die Abbildungen auf den Plakaten keines Blickes. Die Rue du Port mündete in einen Kreisverkehr, in dessen Mitte sich ein Blumenbeet mit drei Flaggenmasten befand. An einem Mast hing die Trikolore, an den beiden anderen die bretonische Landesflagge und eine Fahne mit dem Werbeaufdruck der Marina.
Der Lieferwagen umrundete den Platz und bog nach Osten ab. Schon nach wenigen Augenblicken verschwand der weithin sichtbare helle Betonbogen, der die Einfahrt in den Port du Raz überspannte, aus dem Blickwinkel des Rückspiegels. Der Motor des Transporters brummte jetzt wieder etwas stärker, weil kurz hinter der Werft von Stefane Moulin eine Anhöhe überwunden werden mußte, die zu der Brücke über den Moyenne führte. Auf der gegenüberliegenden Uferseite lag die Altstadt von Ploudarneau, deren landestypisch weiß verputzten Häuser der Fischer und derer, die es einmal waren, von einer schiefergedeckten Kirche überragt wurden. Hinter der Brücke über den an dieser Stelle noch dunkelblau schimmernden Flußes teilte sich die Straße. Der linke Arm führte in den Ortskern, über den rechten gelangte man in den alten Fischereihafen mit seiner steinernen Kaianlage, der Fischversteigerungshalle, der Dieseltankstelle und den wenigen Fischgeschäften und Hafenkneipen. Ein Mann ging mit zügigen Schritten neben der Häuserreihe entlang. Pierre Dupret hatte in der Charcuterie für die Snacks, die er seinen Gästen am Abend servieren wollte, eingekauft. Der Kneipier suchte in der Hosentasche nach dem Schlüsselbund. Kurze Zeit später betrat er seine Bar.
Der Lieferwagen rollte noch ein Stück weiter und blieb schließlich zwischen den Kuttern und umgebauten Fahrgastschiffen, die für Ausflüge entlang der Küste der Cornouaille benutzt wurden, stehen. Die Schiffe lagen in mehreren Reihen zu je zwei oder drei Fahrzeugen nebeneinander. Da der zur Verfügung stehende Raum entlang des Kais nach Ausbau des Yachthafens und der damit verbundenen Einengung und Umleitung des Moyenne noch weiter geschrumpft war, blieb den Einheimischen gar nichts anderes übrig, als sich auf diese Weise zu behelfen. Die Fahrzeuge lagen teilweise so dicht beieinander, daß manchmal mehrere Mannschaften bei ihren Booten sein mußten, um beim Ablegen aus dem Verbund zu helfen. Ganz außen dümpelte ein dunkelgrün gestrichener Kutter im nur leicht bewegten Hafenwasser. Der kleine Ladekran war beigeklappt, die Tür zum Fahrstand verschlossen und die Leinen zum Land und zu dem Nachbarlieger, einer alten, rostigen Hulk, doppelt ausgelegt. Erst als sich die Dämmerung in tiefe Dunkelheit verwandelte, öffnete sich die Hecktüre des Lieferwagens, und ein mittelgroßer, muskulöser Mann in einem unauffälligen Monteuranzug kletterte von der Ladefläche. Er blickte sich ein paar Mal um, nahm

schließlich einen Werkzeugkasten und stieg auf die Hulk.

Während Frederic Guirecs klappriger Citroën auf den Innenhof der Polizeipräfektur von Quimper holperte, stöhnte sein jüngerer Beifahrer hörbar auf. Auf den Gästeparkplätzen standen die Aufnahmewagen von zwei regionalen Fernsehsendern, daneben eine Reihe Limousinen und Kombis mit den Aufdrucken verschiedener Zeitungsverlage aus der Umgebung. Sogar die Reporter von Le Monde und Paris-Match schienen sich in die entfernte Provinz verirrt zu haben.
»Himmel!« entfuhr es Lemardieux. »Das fehlt noch! Eine Pressekonferenz. Möchte wissen, wer das schon wieder angeleiert hat.«
»Wundern Sie sich darüber, Monsieur Lemardieux?« fragte Guirec nachsichtig. »Nach dieser Mordserie und dem inzwischen tödlichen Unfall der jungen Mademoiselle Leclerq? Damit habe ich gerechnet. Eine Nachrichtensperre läßt sich in diesem Umfang nicht ewig aufrechterhalten.«
Noch bevor der Kriminalkommissar seinen Wagen abstellen konnte, stürzte auch schon ein Uniformierter auf ihn zu und deutete ihm an, sich unverzüglich in den großen Besprechungsraum zu begeben. Seufzend bedankte er sich bei dem Gendarmen und machte sich zusammen mit Lemardieux auf den Weg zum Presseempfang. Als sie den Besprechungsraum betraten, hatten die beiden Fernsehteams gerade den Aufbau der Videokameras beendet. Von den Reportern der Zeitungen wurden sie neugierig gemustert. Eine abwartende Spannung lag über dem Raum. Am Podium hatten sich bereits Polizeipräfekt Albin Kozh und Generalstaatsanwalt Jean Larouche niedergelassen. Rechts davon hockten Doktor Lamarc'h und der Gerichtspsychologe Jean-Claude Vieux sowie der Bürgermeister von Ploudarneau. Lamarc'h und Vieux kamen sich wegen der ihnen gewidmeten Aufmerksamkeit sehr wichtig vor. Aubin Leclerq trug eine dünne schwarze Krawatte. Unverkennbare Trauer umwölkte sein fahl gewordenes Raubvogelgesicht. Unablässig knetete er seine Finger in den Fäusten. Guirec und Lemardieux bahnten sich einen Weg durch die Zuschauer und nahmen ebenfalls Platz. Der junge Staatsanwalt öffnete seine lederne Aktenmappe und zog ein paar Unterlagen heraus.
Die Pressekonferenz begann in der üblichen Weise. Zunächst wurden die Männer hinter dem Podium mehrmals abgelichtet. Seitens der Nouveau Ploudarneau sprach Madame Lomig in aller Form ihr Beileid gegenüber Aubin Leclerq aus. Der Bürgermeister nahm die Bekundung mit versteinerter Miene entgegen. Da sich das Interesse der übrigen Zeitungsleute jedoch weniger um den Tod seiner Tochter, sondern in erster Linie um die drei noch weitgehend ungeklärten Mordfälle drehte, standen der Arzt und der Psychologe als erste im Kreuzfeuer der Fragen. Jean-Claude Vieux beantwortete jeden Aufruf in geradezu epischer Breite. Auch Doktor Lamarc'h sparte nicht damit, die Verletzungen der Toten sehr anschaulich zu schildern und seine geleistete Arbeit bei jeder Bemerkung in den Vordergrund zu stellen. Schließlich wandten sich die Reporter an die Mitglieder der Ermittlungsbehörden.
»Wie weit sind die Ermittlungen denn nun konkret gediehen?« erkundigte sich Jean

Serrault, der als renitent bekannte Reporter der Gazette.
»Oder tappen Sie immer noch im dunkeln?« fügte er anzüglich hinzu.
Ehe Albin Kozh oder der Generalstaatsanwalt etwas entgegnen konnten, ergriff Antoine Lemardieux das Wort. Er schilderte den Ablauf der Ermittlungen der vergangenen Tage und hielt schließlich die Vergrößerung eines Paßbildes in beide Kameras.
»Polizei und Staatsanwaltschaft fahnden derzeit nach diesem Mann. Es handelt sich um den vierzigjährigen Bankangestellten Tristan Guillaume aus Paris. Guillaume befand sich allem Anschein nach auf der Yacht des ermordeten Hubert Leblanc. Guillaume ist unserem Erkenntnisstand nach schlank, groß und wurde seit Freitagmittag nicht mehr in Paris gesehen. Inwieweit er in den Mordfall verwickelt ist, läßt sich derzeit noch nicht sagen. In jedem Falle ist seine Aussage für uns von unschätzbarem Nutzen. Allerdings wird er der Staatsanwaltschaft eine Erklärung dafür liefern müssen, warum er sich noch nicht bei der Polizei gemeldet hat.«
Blitzlichter flammten auf. Die Kameraträger der beiden Fernsehgesellschaften rückten näher an das Podium heran.
»Schließen Sie aus, daß Guillaume in alle drei Mordfälle verwickelt ist?« fragte einer der Reporter und machte sich dabei eifrig Notizen.
»Möglich erscheint momentan alles, Monsieur«, meinte Lemardieux ausweichend.
»Allerdings scheint es aber eher unwahrscheinlich. Nach unserem Ermittlungsstand ...«
»Sie gehen also nicht von mehreren Tätern aus?« wurde er aus dem Zuschauerraum unterbrochen.
»Wenn Sie den Ausführungen des Herrn Gerichtspsychologen aufmerksam gefolgt wären, würde sich die Frage eigentlich erübrigen«, lächelte Lemardieux mit einem Seitenblick auf Vieux nachsichtig. »Die Staatsanwaltschaft mutmaßt eher, daß die Verbrechen ein und denselben Hintergrund aufweisen.«
»Und der wäre?« fragte Serrault.
Der junge Staatsanwalt schaute kurz zu seinem Vorgesetzten hinüber. Jean Larouche musterte ihn scharf und deutete verstohlen auf den Bürgermeister. Sein Gesichtsausdruck und diese Geste verboten jedes unvorsichtige Vorpreschen in der Angelegenheit. Lemardieux ahnte, was in dessen Kopf vorging. Soweit sollte die Pressefreiheit also nun doch nicht gehen. Ploudarneau durfte auf keinen Fall in Mißkredit gebracht werden.
»Pardon, Monsieur«, antwortete er schließlich. »Aus ermittlungstaktischen Gründen kann ich Ihnen zum jetzigen Zeitpunkt keine Antwort auf diese Frage geben.«
Serrault lachte höhnisch drauflos.
»Ach, hören Sie doch auf, Monsieur«, rief er in den Raum. »Lassen Sie doch dieses Theater! Ihr habt doch in Wirklichkeit gar keine Ahnung, warum sich auf einmal Mordfälle ausgerechnet in der Umgebung von Ploudarneau häufen. Ermittlungstaktische Gründe! Wenn ich so was schon höre! Geben Sie doch zu, daß ...«
»Nächste Frage«, schnitt Lemardieux dem Reporter der Gazette kurzerhand das Wort ab.
Ein Reporter des Bretone Soir aus Concarneau meldete sich zu Wort.
»Sie werden aber doch verstehen, Monsieur, daß es unsere Leser brennend interes-

siert, ob die Küste der Cornouaille überhaupt noch sicher erscheint. Inzwischen häufen sich bei uns die Anfragen nicht nur aus den Reihen der Wassersportler. Auch die ersten besorgten Fischer ...«

»Meine Damen und Herren!« dröhnte auf einmal die Stimme des Bürgermeisters von Ploudarneau durch den Saal. »Ich möchte Sie alle herzlich bitten, sich an Ihren Auftrag zu einer unvoreingenommenen und sachlichen Berichterstattung zu erinnern. Es besteht überhaupt keine Veranlassung, den Küstenstrich zwischen Douarnenez und Concarneau und insbesondere die Umgebung von Ploudarneau in irgendeiner Form als unsicher zu bezeichnen. Ich weiß, daß die derzeitige Situation zu allerlei Spekulationen Anlaß gibt und daß insbesondere die zugegeben recht spektakuläre Vorgehensweise des Täters zu reißerischen Schlagzeilen verleiten dürfte. Lassen Sie sich jedoch um Himmelswillen nicht dazu hinreißen, hier in der Region in unverantwortlicher Weise Panik zu schüren. Es reicht schon, daß ein bestimmtes Blatt aus Quimper ...«

Jean Serrault grinste breit, erwiderte jedoch nichts. Er fuhr fort, sich eifrig Notizen zu machen.

»Wie bewerten Sie die Tatsache, daß die Morde bisher immer bei Nebel begangen wurden?« fragte schließlich ein weiterer Reporter.

Diesmal meldete sich der Gerichtspsychologe zu Wort. Jean-Claude Vieux verschränkte in gewohnter Art seine Arme vor der Brust und verbarg seine Handflächen unter den Achseln.

»Nun«, begann er. »Aus psychologischer Sicht läßt die Tatsache den Schluß zu, daß es sich um eine entweder ausgesprochen vorsichtige oder feige Person handelt. Sie sucht stets eine perfekte Tarnung für die Verbrechen.«

»Rechnen Sie mit weiteren Morden?« erkundigte sich Serrault mit betont beiläufigem Klang in seiner Stimme. »Würde mich nicht wundern, wenn er demnächst direkt in Ploudarneau zuschlägt.«

Ein erstauntes Raunen ging durch den Saal. Guirec bemerkte, daß sich das Gesicht des Bürgermeisters verfärbte. Larouche drehte sich ihm zu und flüsterte ihm etwas ins Ohr. Der Bürgermeister nickte widerstrebend.

»Dies anzunehmen entbehrt jeglicher Veranlassung«, antwortete anstatt dessen der Generalstaatsanwalt. »Die Mordfälle ereigneten sich allesamt auf hoher See. Ich vertrete die Auffassung ...«

»Was passiert eigentlich Ihres Erachtens, wenn der nächste Nebel aufzieht?« fuhr Serrault unbeirrt fort. »Zwischen März und Mai ist das ja nichts Ungewöhnliches. Müssen wir jetzt jedesmal zittern, wenn die ersten Nebelhörner ertönen?«

»Sehr theatralisch, Monsieur«, entgegnete Lemardieux grimmig. »Nun, der Polizeipräfektur wird nichts anderes übrigbleiben, als die Küstenwache um besonderen Schutz zu bitten, bis wir die Mordfälle aufgeklärt haben.«

»Wenn in dieser Schnelligkeit weiter ermittelt wird«, knurrte der Reporter der Gazette, »können Sie in Ploudarneau gleich einen Flottenstützpunkt errichten.«

Ehe der junge Staatsanwalt auf seine Bemerkung eingehen konnte, brach der Generalstaatsanwalt die Pressekonferenz ab.

»Ich denke, da keine weiteren sachlichen Fragen mehr zur Erörterung anstehen, sollte soviel für das erste reichen, Mesdames et Messieurs«, bemerkte er trocken.
Jean Serrault erhob sich grinsend und verließ als einer der ersten Reporter die Konferenz.
»Gibt's was Neues?« fragte Guirec beiläufig, als er sein Büro betrat.
Die Zwischentüre zum Nachbarraum stand offen. Vor Lassalles Schreibtisch hockte Inspektor Morgan und wippte auf einem Besucherstuhl vor und zurück. Der junge Computerspezialist klapperte auf der Tastatur des Rechners herum.
»Oh, hallo, Monsieur Guirec«, antwortete Morgan und schwang sich in eine aufrechte Position. »Gut, daß Sie endlich vorbeischauen. Himmel, Monsieur, was stellen Sie eigentlich dauernd mit Ihrem Handy an? Wir wollten Sie schon den halben Tag erreichen, aber Sie meldeten sich nicht.«
Guirec griff in seine Jackentasche und verzog bedauernd das Gesicht. Er erinnerte sich. Unmittelbar nach der Rückkehr von der Ile de Sein hatte er das Mobilfunktelefon in das Handschuhfach seines Citroën gelegt.
»Tut mir leid«, erwiderte er. »Es liegt im Handschuhfach meines Wagens.«
»Da gehört es auch hin«, brummte Morgan und gähnte herzhaft.
»Na, Morgan, war der Tag so anstrengend?« fragte der Kommissar in scharfem Ton und ließ sich hinter seinen Schreibtisch fallen. Die Federn des Drehstuhls quietschten gequält auf. »Also, was gab es denn so Interessantes, daß Sie mich unbedingt erreichen mußten?«
Lassalle schlich hinter Morgan in Guirecs Dienstzimmer. Der schmächtige, bleiche junge Mann hielt sich seit der Schlappe mit Arpeges Verhaftung lieber etwas mehr im Schatten seines Kollegen.
»Etwas, das im Zusammenhang mit Arpeges Alibi steht«, fuhr Morgan fort. »Stellen Sie sich vor. Dieser Aodren Kernac'h ist tatsächlich zur angegebenen Zeit in Brest gewesen. Er geriet in den frühen Morgenstunden mit seinem Motorrad in eine Polizeikontrolle. Und was denken Sie, fällt dem Kerl ein? In einem günstigen Augenblick gibt er Gas und verschwindet. Die Kollegen wollten ihm folgen, der Fahrer brach in der Hektik jedoch beim Starten den Schlüssel im Zündschloß ab. Und jetzt halten Sie sich fest. Die Jungs haben keine Meldung an die Einsatzzentrale gemacht, weil sie befürchteten, zum Gespött der Dienststelle zu werden. Dieser Kernac'h hat vielleicht gestaunt, als ihm die Gendarmerie von Ploudarneau heute nachmittag einen Besuch abstattete. Jedenfalls haben sie seinen Führerschein kassiert und das Motorrad sichergestellt. Jetzt ist erst einmal für die kommenden Monate Essig mit Discobesuchen.«
Kommissar Guirec verschränkte seine Arme vor dem massigen Bauch.
»Aha, dann hat der gute Arpege also anscheinend doch nicht gelogen. Das erklärt auch das seltsame Verhalten seines Neffen. Dieser Idiot! Glaubt der doch allen Ernstes, wir würden das nicht herausbekommen. In jedem Fall werde ich dieser sauberen Sippschaft jetzt erst recht einen Besuch abstatten. Morgan, Sie kennt dieser Arpege noch nicht. Sie begleiten mich! Lassalle kann ich ja leider nicht mitnehmen. Er würde ihn vermutlich in der Luft zerreißen.«

»Was wollen Sie eigentlich noch von dem Fischer?« fragte der junge Inspektor, während er den Dienstwagen in forschem Tempo zur Altstadt von Ploudarneau hinauftrieb. »Glauben Sie also doch, daß er etwas mit den Mordfällen zu tun hat? Oder, daß er den Tod der jungen Leclerq absichtlich verschuldete?«
Guirec suchte die Straßenschilder am Straßenrand ab. Inzwischen senkte sich bereits sehr deutlich die Dämmerung über das Land.
»Manchmal muß man auf Intuition vertrauen, Morgan«, antwortete er. »Mein Verstand sagt mir, daß Arpege ein unbescholtener Bürger ist, der nur hin und wieder im Streit mit einer bekannten Familie des Ortes liegt. Mein Gefühl indessen sagt mir, daß es einen Grund geben muß, daß dieser unbescholtene Fischer von einem Unbekannten diffamiert wird. Jemand beabsichtigt ganz offensichtlich, aus Jules Arpege einen Verdächtigen zu machen. Sie wissen doch, wie das so ist. Wer mehrmals in Verdacht gerät, dem glaubt man hinterher nicht mehr. Warum wohl ruft jemand anonym bei der Polizei an und deutet dabei unmißverständlich darauf hin, das angebliche Untertauchen des Fischers könnte mit dem Mordfall vom Samstag in Verbindung stehen? Dahinter muß doch Absicht stecken, Morgan! Gesetzt den Fall, der gute Arpege hat wirklich absolut nichts mit dem oder den Mordfällen zu tun, dann will ihm jemand ganz bewußt schaden. Warum? Vielleicht, um von sich selbst abzulenken? Wäre nicht das erste Mal, daß so etwas vorkommt.«
Morgan holte tief Luft und packte das Lenkrad fester. So, wie in diesen Tagen, hatte er den Kommissar bei Ermittlungen selten erlebt. Er hatte stets der Ansicht von Kollegen in den Nachbarabteilungen Glauben geschenkt, Guirec sei schon viel zu senil und unbeweglich, um überhaupt noch die Mordkommission leiten zu dürfen. Doch in Wirklichkeit konnte sein Vorgesetzter einen Biß zeigen, den er ihm nie zugetraut hätte. Von Guirec konnte man noch eine Menge lernen, gestand er sich insgeheim ein. Er hätte, wenn er ehrlich zu sich war, nicht recht gewußt, wo er in diesem vertrackten Fall den Hebel noch ansetzen sollte.
Schließlich ließ Kommissar Guirec anhalten und deutete auf einen niedrigen Ziegelbau, der auf der gegenüberliegenden Straßenseite lag. Den Vorgarten umgrenzte ein weißgestrichener Lattenzaun, vor dem Haus wuchsen zwei gestutzte Apfelbäume.
»Das Haus von Arpeges Schwester. Hier wohnt auch Aodren Kernac'h.«
Wenige Augenblicke später wurden sie von einer etwa vierzigjährigen Frau hereingebeten. Guirec fiel auf, daß sich die Frau nach beiden Seiten umblickte, während die Männer eintraten. Ihm kam es so vor, als hätte sie seit ihrem Eintreffen ohnehin die halbe Nachbarschaft hinter vorgezogenen Gardinen beobachtet.
»Wir möchten gerne mit Ihrem Sohn, dem Neffen von Jules Arpege, sprechen«, sagte Guirec, während die beiden Männer ihre Dienstausweise vorlegten.
»Der ist nicht da«, antwortete die Frau nach kurzem Überlegen.
»Ach, es ist so schrecklich mit dem Jungen«, jammerte sie. »Jeden Abend treibt er sich in irgendwelchen Diskotheken herum und kehrt erst spät in der Nacht oder am frühen Morgen heim. Sie kommen doch sicherlich wegen dieser Dummheit, die er gemacht hat, nicht wahr? Nein, ist mir das peinlich!«
»Tja, so ist das halt mit der Erziehung von jungen Leuten«, brummte Guirec und sah

sich unauffällig um.
Die Wohnung der Kernac'hs bot keine außergewöhnlichen Auffälligkeiten. Ein Haushalt wie unter Tausenden in der Bretagne. Eine Einbauküche, im Wohnzimmer der obligatorische Fernsehapparat, bestimmt zwanzig Jahre alte aber gepflegte Möbel.
»Ich darf Sie jedoch beruhigen, Madame«, fuhr er fort. »Eigentlich sind wir nur gekommen, um Ihren Sohn zu fragen, wann und wo er Monsieur Arpege in Brest getroffen hat und wann beide wieder in Ploudarneau eingetroffen sind.«
»Also, das eine kann ich Ihnen beantworten«, stieß die Frau sichtlich aufgeregt aus. »Aodren und Jules sind erst am frühen Samstagabend aus Brest zurückgekommen. Erst haben sie das Motorrad in Jules Schuppen abgestellt, dann hat er ihn vorbeigebracht und hier vor meinen Augen noch mal eine gehörige Standpauke gehalten.«
»Sagen Sie, Madame Kernac'h«, meinte Guirec. »Erzählen Sie mir doch etwas über Ihren Sohn und über das Verhältnis zu seinem Onkel.«
Aodren Kernac'hs Mutter senkte die Augen. Sie schien ehrlich zerknirscht.
»Haben Sie Kinder, Monsieur? Nein? Ach, Monsieur, dann können Sie auch nicht wissen, was heute mit den Jugendlichen los ist. Keinen Respekt, keine Verantwortung. Bei Aodren ist es besonders schlimm. Nur Diskotheken, Mädchen und nichts als Dummheiten im Kopf. Er weiß bis heute noch nicht, was er später einmal werden will. Er könnte in Jules Betrieb einsteigen und anschließend sogar den Kutter übernehmen. Jules hat nämlich in Wirklichkeit einen Narren an dem Jungen gefressen, auch wenn er es nie zugeben würde. Warum wohl steht er ihm immer wieder bei? Können Sie jetzt verstehen, warum mein Bruder sich so aufregte, als er von Aodrens Lügerei erfuhr?«
Frederic Guirec gab Morgan ein Zeichen. Hier vergeudeten sie nur ihre Zeit. Sie verabschiedeten sich und erfuhren dabei, daß ihr Bruder zu dieser Zeit entweder auf seinem Schiff die Körbe für den kommenden Tag zurechtlegte oder sich bereits bei seinem Bekannten Pierre Dupret in der Bar du Port am Quai Bretone ein Gläschen genehmigte.
Wenige Minuten später stellte Morgan auf Geheiß des Kommissars den Dienstwagen am Fischereihafen ab. Während sich Guirec mühsam vom Beifahrersitz wuchtete, gähnte Morgan herzhaft. Es würde bestimmt noch ein langer Abend werden, seufzte er. Sophie, seine junge Frau, würde wohl mit dem Abendessen noch eine ganze Weile auf ihn warten müssen.
»Wollen wir erst einmal auf dem Kutter nachschauen?« fragte der junge Kriminalbeamte in der Hoffnung, Arpege vielleicht dort anzutreffen, was die weitere Polizeiarbeit enorm abgekürzt hätte.
»Von mir aus«, erwiderte Guirec nach kurzem Überlegen. »Es muß ein dunkelgrünes Schiff von etwa zwanzig Metern Länge sein. Der Name ist ›PEN-HIR‹, wenn ich mich nicht irre.«
Es erwies sich als ein wenig schwierig, den Kutter ausfindig zu machen, denn er lag ganz außen. Morgan kletterte über das erste Schiff, das unmittelbar am Kai vertäut lag. Es handelte sich um eine uralte, verrottete Hulk, die mehr vom guten Glauben als von den Planken zusammengehalten wurde.
»Monsieur Arpege?« rief Morgan und klopfte mit dem Absatz seines Schuhs gegen

den Schiffsrumpf des daneben liegenden Kutters. »Hallo, Monsieur Arpege! Niemand an Bord?«
Er warf einen Blick zurück. Guirec lief am Kai langsam auf und ab.
»Soll ich in der Kajüte nachsehen?« fragte Morgan. »Vielleicht schläft er schon.«
»Lassen Sie es gut sein, Morgan«, entgegnete Guirec. »Arpege ist ohnehin nicht gut auf uns zu sprechen. Wir besitzen keinen Durchsuchungsbefehl, er jedoch allem Anschein nach einen ziemlich guten Rechtsanwalt. Ich möchte mir auf meine alten Tage nicht noch eine Dienstaufsichtsbeschwerde einhandeln. Vermutlich steckt er in der Kneipe. Aber das werden wir ja gleich herausfinden. Kommen Sie wieder an Land.«
Morgan verharrte einen Augenblick und hob den Kopf. Geräuschvoll sog er die Abendluft ein.
»Was ist denn noch, Morgan?« knurrte Guirec sichtlich ungeduldig. »Kommen Sie schon! Wir haben nicht die ganze Nacht Zeit.«
»Merkwürdig«, rief Morgan seinem Vorgesetzten zu. »Hier riecht es aber seltsam.«
»Fischkutter riechen immer ein bißchen streng«, rief Guirec zu ihm hinüber. »Nichts Ungewöhnliches also. Beeilen Sie sich endlich! Wir haben nicht ewig Zeit.«
Als Guirec und Morgan die Bar von Pierre Dupret am Quai Bretone betraten, verstummte das Gespräch der Männer am Tresen schlagartig. Es gab ohnehin nur zwei Themen an diesem Abend. Der erneute Mordfall und Jules Arpeges unfreiwillige Untersuchungshaft. Daß die beiden Neuankömmlinge von der Polizei waren, das erkannten die Männer auf den ersten Blick. Kriminalbeamte schienen überall auf der Welt gleich auszusehen. Grauer Polyesteranzug, Regenmantel aus Popeline und ein tief ins Gesicht gezogener Hut. Zumindest Guirec entsprach an diesem Abend genau diesem Klischee.
Als Jules Arpege die beiden Fremden bemerkte, stöhnte er deutlich vernehmbar und sehr theatralisch auf. Er schien schon ziemlich tief ins Glas geschaut zu haben. Guirec musterte die Umstehenden mit einem knappen Blick, zog seinen Hut vom Kopf und hängte ihn an einen Garderobenhaken. Dann ging er auf den Fischer zu, der sich eine Spur zu lässig gegen den Tresen zurücklehnte, dabei das Gleichgewicht verlor und strauchelte. Während er sich wieder mühsam aufrichtete, musterte er den Kommissar feindselig. Guirec begegnete seinem Blick. Die Pupillen des Fischers zuckten ruhelos hin und her. Ein weiteres Zeichen dafür, daß er tatsächlich ziemlich angetrunken sein mußte. Guirec ärgerte sich, erst so spät in Ploudarneau eingetroffen zu sein. Allem Anschein nach schien Arpege zu keiner vernünftigen Unterhaltung mehr fähig.
»Na, Monsieur le Commissaire«, dröhnte Jules Arpeges Stimme durch den Raum. »Immer noch hinter mir her? Oder wollen Sie bei meinem Freund Pierre nur ein Gläschen trinken? He, Pierre, mach dem Kommissar einen Ricard auf meine Rechnung fertig. Und dem Bleichling neben ihm eine Limo.«
Arpege griff nach seinem Glas und stürzte den gelblichweißen Inhalt mit einem Schluck hinunter. Er sollte wirklich nicht noch mehr trinken, dachte Guirec und warf Morgan gleichzeitig einen warnenden Blick zu, weil sein Mitarbeiter schon mit heftigen Worten auf die Beleidigung reagieren wollte. Hier und da hörte man verhaltenes Gelächter aus dem Munde der Anwesenden.

»Eigentlich wollte ich mich mit Ihnen nochmals über den Samstagmorgen unterhalten. Aber Sie scheinen mir viel zu betrunken zu sein, als daß ich mit Ihnen vernünftig reden könnte. Tja, Arpege, dann werde ich Sie wohl noch mal vorladen müssen. An das Mobiliar in Quimper haben Sie sich ja wohl schon gewöhnt.«
Arpege stützte sich an der blank polierten Messingstange, die rund um den Tresen entlanglief, ab und starrte den Kriminalbeamten mit einer Mischung aus Ungläubigkeit und Zorn an. Er ballte seine Fäuste.
»Was reden Sie da, Mann!« lallte er. »Ich kann nicht mehr reden? Blödsinn!«
Er rülpste laut und vernehmlich. Schwungvoll stieß er sich von der Theke ab, fiel aber sogleich seinem Zechkumpanen Jean-Baptiste Trizan in die Arme, weil er sich wirklich nur noch mit Mühe auf den Beinen halten konnte. Leise vor sich hin schimpfend richtete er sich auf und bestellte bei Pierre Dupret einen weiteren Anisschnaps. Pierre tat so, als hätte er die Bestellung überhört. Er hoffte, daß sein Bekannter von selbst die Kneipe verließ und er ihn nicht erst hinauswerfen mußte. Jules Arpege konnte sehr nachtragend sein. Und schließlich verdankte er es ihm, daß seine Bar an einem gewöhnlichen Montagabend wie diesem, an dem zudem auch noch ein paar bekannte Filme im Fernsehen liefen, so gut besucht war. Dupret gab Frederic Guirec ein Zeichen und lockte ihn und Morgan diskret an das andere Ende der Theke.
»Was gibt's?« fragte Guirec und schaute geradewegs in die verschwörerisch blitzenden Augen des Wirts.
Er kannte die Situation von früheren Ermittlungen. Die größten Quasselstrippen im Milieu waren und blieben Barkeeper. Er hatte bis zu diesem Tag noch nicht herausgefunden, warum, aber diese Leute schienen überraschend häufig unter einem besonders ausgeprägten Mitteilungsdrang zu leiden. Echte Profis würden in einer Kneipe nie den Mund aufmachen. Es gab einfach zu viele Ohren, selbst wenn die Wurlitzerbox noch so laut dudelte.
»Tut mir wirklich leid, dieser Arpege«, murmelte Dupret und bemühte sich, seine Stimme so beiläufig wie möglich klingen zu lassen. Gleichzeitig polierte er unablässig an einem Bierglas herum. »Erst die Sache mit seinem Neffen und dann noch der Tod der kleinen Leclerq, den man ihm in die Schuhe schieben will.«
Guirec bestellte für Morgan und sich zwei Kir mit Cassis. Er gab seinem Mitarbeiter ein Zeichen, die Umstehenden nicht aus den Augen zu lassen und gleichzeitig die Ohren aufzusperren. Manchmal rutschte einem Kneipenbesucher ein unbedachtes Wort heraus, und dann besaß man einen neuen Anhaltspunkt. Aber nach ihrem Eintreten schien der Großteil der Gespräche ohnehin verstummt zu sein. Neugierige Blicke richteten sich auf die beiden Männer. Wenigstens spielte die Musikbox. So konnten sie sich halbwegs ungehört unterhalten.
»Jules ist ein anständiger Kerl, Herr Kommissar«, fügte er nach einer Weile hinzu. »Zugegeben, manchmal kann er einen mit seiner Wut auf die Leclerqs schon ziemlich auf die Nerven fallen, aber wer von uns hat keinen Haß auf diese normannischen Banditen? Wußten Sie eigentlich, daß der Vater von Aubin Leclerq Jules Vater ins Gefängnis gebracht hat? Behauptet jedenfalls Jules. Ob was an der Sache dran ist, das wissen die Götter. Fest steht jedoch, daß unser feiner Bürgermeister keine Gelegenheit

ausläßt, sich Grundstücke in der Altstadt unter den Nagel zu reißen und die Fischer arbeitslos zu machen. Fahren Sie doch bloß einmal durch den Ort auf der anderen Flußseite. Den Leclerqs gehört ja sowieso schon beinahe die ganze Stadt!«
Guirec gähnte demonstrativ. »Ist das alles, Monsieur? Mehr haben Sie mir nicht zu sagen?«
Pierre Dupret blickte sich nach beiden Seiten um, so, als fürchtete er ungebetene Zuhörer. Schließlich beugte er sich mit verschwörerischer Miene vor.
»Jules war am Samstagabend hier in der Bar«, raunte er dem Kommissar zu.
»Und?« fragte Guirec und nahm aus den Augenwinkeln wahr, daß Arpege mit ungelenken Bewegungen Geld auf den Tresen legte und anschließend auf die Eingangstür zuwankte. Offensichtlich hatte der Fischer für heute genug.
»Jules sagte, daß er an jenem Morgen auf See irgendwas beobachtet haben will.«
Morgan, der die Umstehenden bis dahin im Auge behalten hatte, wirbelte herum. Auch Guirec starrte den Wirt erstaunt an.
»Was sagen Sie da, Mann? Arpege hat was beobachtet? Was denn, zum Henker?«
Pierre Dupret stellte zu seiner Genugtuung fest, daß er auf einmal das ungeteilte Interesse der beiden Beamten genoß. Selbstgefällig richtete er sich wieder auf und fuhr fort, seine Gläser zu polieren.
»Nun reden Sie schon! Was hat Arpege beobachtet?«
Der Wirt drehte sich zur Seite und gab einem der Umstehenden ein Zeichen.
»He, Jean-Baptiste! Komm doch mal her!«
Der Angesprochene horchte auf und glitt hinüber zum anderen Ende des Tresens.
»Was willst du?« fragte er erstaunt.
»Erzähl mal dem Kommissar, was Jules gesehen haben will«, entgegnete Dupret.
Trizan schaute die beiden Kriminalbeamten argwöhnisch an.
»Nun machen Sie schon!« forderte ihn Guirec auf. »Wir haben nicht die ganze Nacht Zeit.«
Trizans Miene wurde undurchdringlich.
»Fragen Sie ihn doch selbst«, erwiderte er frech.
»Nun mach mal halblang, Jean-Baptiste«, versuchte der Wirt zu schlichten. »Die beiden Herren tun hier nur ihre Pflicht.«
»Dann sollen sie diesen Irren endlich finden«, höhnte der Angesprochene.
»Wenn Sie uns helfen, kommen wir unter Umständen schneller voran«, entgegnete Guirec. »Mann, Sie sehen doch, daß man mit Arpege im Moment nicht vernünftig reden kann. Also, was war los?«
Jean-Baptiste Trizans Augen irrten zwischen den drei Männern ziellos hin und her. Schließlich gab er sich einen Ruck.
»Na schön, aber nur, wenn Sie mir versprechen, Jules endlich in Ruhe zu lassen. Er soll das Boot der kleinen Leclerq absichtlich versenkt haben! So ein Quatsch! Daß ich nicht lache!«
»Nach Lachen ist mir absolut nicht zumute«, erwiderte Guirec. »Wir können Sie aber gerne für morgen früh ins Präsidium vorladen. Zusammen mit Arpege und dieser ganzen Saufgemeinde hier. Wer mir offensichtlich etwas verschweigt, der kommt in

Beugehaft. Daß Sie es nur wissen.«
Jean-Baptiste Trizan zuckte zusammen. Er wußte, daß die Kriminalpolizei in Frankreich nicht besonders zimperlich mit aussageunwilligen Zeugen in Fällen von Kapitalverbrechen umging. Er überlegte fieberhaft. Ausgerechnet morgen wollte er sein Boot zur Generalüberholung in die Werft bringen. Der Termin stand schon seit Wochen fest.
»Na schön«, antwortete er schließlich gedehnt. »Also, Jules sagte, er habe am Samstagmorgen einen Lichtpunkt auf dem Radargerät gesehen, der sich ziemlich schnell auf die Aguille d'Argenton zubewegte. Das ist die Felsnadel, an der man hinterher das Boot der Ermordeten fand.«
Guirec hob erstaunt seine Augenbrauen.
»Ein Boot?« fragte er.
»Was sonst?« antwortete Trizan.
Er schilderte den beiden Kriminalbeamten die ziemlich unerfreuliche Auseinandersetzung mit Junot und Lezaire wegen des unterlassenen Funkspruchs an die Küstenwache.
»Und Sie glauben nicht, daß Arpeges Funkgerät kaputt ist?«
»Kaputt?« ereiferte sich dessen Bekannter. »Mit einem defekten Funkgerät wäre Jules niemals ausgelaufen! Dafür ist er viel zu vorsichtig.«
Guirec legte einen Zwanzig-Franc-Schein auf den Tresen.
»Kommen Sie, Morgan«, forderte er seinen Mitarbeiter auf. »Statten wir Arpege noch einen Besuch ab. Beeilen wir uns, sonst schläft der schon seinen Rausch aus, und wir können morgen noch mal nach Ploudarneau fahren.«
Guirec ging an die Garderobe und nahm seinen Hut vom Haken. Morgan öffnete die Tür. Genau in diesem Augenblick erschütterte eine Explosion den Hafen. Eine grelle Stichflamme schoß in den Himmel, Eisenteile, Glassplitter und andere Trümmer segelten durch die Luft. Eine Kunststoffkiste prallte gegen die Fensterscheibe der Bar und ließ sie in tausend Stücke zerbersten. Die Männer in Pierre Duprets Kneipe duckten sich instinktiv. Einige ließen sich bäuchlings auf den Boden fallen. Guirec riß Morgan zur Seite. In einem Reflex zog der Inspektor seine Dienstwaffe.
Guirec packte Morgan am Ärmel und zog ihn hinaus auf den Kai. Von irgendwoher ertönte eine Feuersirene. Fünfzig Meter von ihnen entfernt brannten drei oder vier Schiffe lichterloh. Unter ihnen befand sich auch ein dunkelgrün gestrichener Kutter. Der Name »PEN-HIR« war bereits kaum noch zu lesen.

KAPITEL XIV

Ein durchdringendes Summen weckte sie. Stöhnend wälzte sich Yvonne Beauville herum und tastete mit der rechten Hand schlaftrunken nach dem Telefon, das für gewöhnlich auf einem kleinen Tischchen dicht bei dem niedrigen Futonbett stand. Neben ihr brummte eine Stimme. Ein junger Mann zog unwillig die Bettdecke über seine breiten, muskulösen Schultern und rollte sich zur Seite. Es dauerte ein paar Sekunden, bis sie begriff, was eigentlich los war. Währenddessen ertönte in wiederkehrender Folge immer noch das nervtötende Summen. Yvonne Beauville warf einen Blick auf ihre voluminöse Taucheruhr. Wer, um alles in der Welt, rief sie um zwei Uhr in der Frühe an? Endlich hatte sie den Hörer gefunden und nahm ihn von der Gabel. Dabei riß sie die kombinierte Telefon-Fax-Apparatur nach unten. Scheppernd landete sie auf dem Boden. Die Stimme neben ihr brummte erneut unwillig auf.

»Merde!« fluchte sie vor sich hin, hielt den Hörer an ihr Ohr und holte tief Luft. »He, wissen Sie eigentlich, wie spät es ist?«

»Guten Morgen, Yvonne«, erklang eine sonore, tiefe Stimme. »Schon im Bett? So kenne ich dich ja gar nicht. Du läßt nach!«

»Oh, nein!« entfuhr es ihr, während sie sich aus dem Bett schwang, den Apparat auf dem Boden suchte und mit dem klobigen Gerät unter dem Arm das Schlafzimmer verließ.

»Was willst du denn so früh am Morgen von mir?« fuhr sie vorwurfsvoll fort, während sie gleichzeitig den Flur ihrer Wohnung betrat. »Rufst du etwa aus Übersee an? Denk mal an die Zeit! Hier ist es zwei Uhr nachts!«

Bevor sie das Licht im Flur anschaltete, kniff sie vorsichtshalber die Augen zusammen. Zwinkernd öffnete sie die Lider, um sich nach und nach an die grelle Helligkeit der Deckenstrahler zu gewöhnen. Schließlich fiel ihr Blick auf den deckenhohen Ankleidespiegel. Erst in diesem Augenblick wurde ihr bewußt, daß sie nichts auf dem Leibe trug. Gleichzeitig wurde ihr kalt. Rasch schlüpfte sie in ihren Mantel, der neben anderen verstreuten Kleidungsstücken auf dem Flurboden lag. In diesem Sammelsurium befanden sich auch eine Hose, ein Paar Socken und Joggingschuhe, ein Poloshirt und ein Sportpullover. Sie gehörten ihrem Liebhaber. Grinsend schob sie die Sachen mit einem Fußtritt zur Seite. Wieder ein Abend, der stürmisch zu Ende gegangen war.

»Ich möchte dir einen Vorschlag machen«, antwortete ihr Gesprächspartner. »Bist du allein? Kannst du reden?«

»Allein, nein. Reden, ja«, antwortete sie wenig begeistert und stolperte weiter durch die Wohnung, bis sie die Küche erreichte.

»Du bist nicht allein?« forschte der Anrufer.

»Was geht dich das an?« entgegnete sie barsch, öffnete die Kühlschranktür und nahm eine Flasche Orangensaft heraus.

»Ach, stell dich doch nicht so an«, lachte die Stimme. »Du kannst also reden? Na fein! Wie steht's denn so um deine Karriere?«
Yvonne Beauville stöhnte erneut und schon wesentlich ungeduldiger auf.
»Du rufst mich doch hoffentlich nicht mitten in der Nacht an, nur um dich nach meinem beruflichen Werdegang zu erkundigen, oder? Was willst du also? Wenn du dich einsam fühlst, dann nerve von mir aus deine Frau, aber laß mich um Himmelswillen in Frieden.«
»Rede keinen Unsinn, Yvonne«, tadelte er sie mit väterlichem Unterton. »Gut, fragen wir anders. Was weißt du über die Mordserie in Ploudarneau?«
Yvonne stürzte den Orangensaft hastig hinunter, griff in die Manteltasche und zog eine Packung Zigaretten hervor. Mit einem Einwegfeuerzeug zündete sie sich ein Stäbchen an und sog den Rauch tief in ihre Lungen. Das machte sie vollends hellwach.
»Nur das Wenige aus den Nachrichten und der Tagespresse«, antwortete sie gedehnt. »Ach, ja. Da gibt es eine Fahndungsaufforderung. In Quimper suchen sie wohl nach irgend so einem Typ, der sich vermutlich aus dem Staub gemacht haben soll. Irgendein Bankangestellter aus Paris. Mehr weiß ich nicht.«
»Wozu auch«, fügte sie nach einem weiteren Lungenzug ungeduldig hinzu. »Denkst du, wir haben in Marseille nichts anderes zu tun, als uns um die Probleme der Bretonen zu kümmern? Hier wimmelt es nur so von islamistischen Freischärlern. Die halten uns schon genug in Atem.«
»Schade«, bedauerte die Stimme. »Das ist ja nicht sehr viel, was du da weißt. Hast du dir endlich ein Faxgerät angeschafft? Ich würde dir gerne etwas zusenden.«
»Jean, bei allem, was mir heilig ist! Also bitte! Es ist zwei Uhr in der Nacht! Hat das nicht bis morgen früh Zeit? Ich habe einen verdammt langen Tag hinter mir.«
»Und vermutlich eine verdammt harte Nacht, nicht wahr?« ergänzte er anzüglich.
»Mach dir mal um meine Nächte keine Sorgen, mon ami«, erwiderte sie ungehalten. Sie dachte an den jungen Kerl, der in ihrem Bett schlief. Wie hieß er doch gleich? Michel? Maurice? Mathieu? Sie konnte die Namen dieser Typen aus ihrem Fitneßstudio nie recht behalten. Auch der hier in ihrem Bett bedeutete nichts anderes als eine dieser unbedeutenden Abwechslungen, die sie sich von Zeit zu Zeit mit nach Hause nahm, um sich nach einem arbeitsreichen Tag die Stunden bis zum kommenden Morgen zu verkürzen. Manchmal fragte sie sich, wie lange sie diesen Lebenswandel noch durchhielt. Ihr fünfundvierzigster Geburtstag war längst Geschichte, ihr Körper begann schon seit einigen Jahren immer deutlicher barocke Formen anzunehmen, aber vielleicht war es genau das, was Männer so fesselte. Besonders die jüngeren Männer. So wie dieser Michel, Maurice oder Mathieu, der dort im Nachbarzimmer unter ihrer Bettdecke weiterschlief. Ein echter Macho. Überaus kräftig, entsetzlich angeberhaft und gerade einmal achtundzwanzig Jahre alt. An diesem Abend brauchte sie kaum eine Stunde, bis er sein Trainigsprogramm abbrach und zu ihr in den Wagen stieg.
Was fiel Jean überhaupt ein? Sie mitten in der Nacht aus dem Bett zu klingeln und ihr dann auch noch anzügliche Fragen zu stellen! Das entschuldigte noch nicht einmal, daß sie vor ein paar Jahren eine für ihre Verhältnisse ziemlich heftige Romanze miteinander

hatten. Vorbei war vorbei! Wann hatte er sich eigentlich das letzte Mal gemeldet?
»Also?« knurrte sie rauh. Der Zigarettenqualm brannte in ihren Augen. Sie sollte so früh am Morgen noch nicht rauchen.
»Na schön«, antwortete der Anrufer. »Ich habe mich anstatt dessen etwas intensiver mit dir beschäftigt. Yvonne Beauville, fünfundvierzig, geboren in Reims, wohnhaft in Marseille. Immer noch, oder sollte ich sagen, nur die rechte Hand des Abteilungsleiters für Terrorismusbekämpfung in der Polizeipräfektur von Marseille. Spricht drei Sprachen fließend. Seinerzeit jüngste Kriminalkommissarin Frankreichs.«
Yvonne Beauville grinste erneut. Wem sie den zu Beginn ihrer Karriere als Kriminalbeamtin überraschend steilen Aufstieg in der Polizeilaufbahn verdankte, war in der südfranzösischen Hafenstadt kein Geheimnis. Yvonne gehörte nicht zu den Frauen, die sich bei der Wahl ihrer Mittel zur Verfolgung beruflicher Ziele zimperlich zeigten. Seit der Trennung von ihrem Protegé ließ der schon längst fällige Aufstieg zur Hauptkommissarin jedoch auf sich warten. Der rangnächste Kollege war nur unwesentlich älter als sie und erfreute sich überdies auch noch bester Gesundheit.
»Und?« meinte sie während der sich anschließenden Gesprächspause. »Meinen Lebenslauf kenne ich selbst. Was willst du damit andeuten?«
Die Stimme räusperte sich.
»Ich frage dich ganz einfach, ob du in Kürze Hauptkommissarin werden willst, mon cher.«
»Mach Witze«, entgegnete sie, wenig Interesse vortäuschend, wobei ihr jedoch in Wirklichkeit ein leichter Schauer über den Rücken lief.
»Also, was ist nun?« erkundigte er sich, ohne daß seine Stimme den geringsten Anflug von Ungeduld zeigte.
»Und was hat das mit diesem Ploudarneau zu tun?« entgegnete sie.
»Warte es einfach ab«, erwiderte er. »Ich faxe dir jetzt erst einmal ein paar Detailinformationen zu. Au revoir, mon amour.«
Sie sah ihn insgeheim am anderen Ende der Leitung grinsen. Dieses breite chauvinistische Grinsen, das sie schon vor Jahren zur Weißglut treiben konnte. Aus diesem Grund überdauerte ihre Liaison auch kaum ein paar Monate.
Sie legte grußlos auf. Wenige Augenblicke später quollen bereits die ersten dichtbedruckten Blätter aus dem Schacht des Faxgerätes. Yvonne Beauville zog ihre Lesebrille unter einem Stapel alter Zeitungen hervor, setzte sich an den Küchentisch und begann die Unterlagen zu studieren.
Um sechs Uhr in der Frühe warf sie den Bodybuilder hinaus.
Um halb neun Uhr hatte sie eine Besprechung mit ihrem Abteilungsleiter.
Um elf Uhr packte sie zu Hause ihren Koffer.
Um kurz nach Mittag raste sie bereits über die Autoroute de Soleil in Richtung Norden.
Während der Motor erstarb, rollte der Renault mit rasch hin und her schlagenden Scheibenwischern auf dem Standstreifen aus. Das hat mir noch gefehlt, schoß es ihr durch den Kopf. Erst die Staus zwischen Valence und Lyon, der zeitraubende Umweg über Clermont-Ferrand und dann die nervtötende Landstraße zwischen Tours und Le Mans. Und nun zu allem Überfluß auch noch mitten in einem Regenschauer eine

Motorpanne. Weißer Wasserdampf quoll unter der Motorhaube hervor. Sie stieg aus dem Kleinwagen, fluchte ausgiebig und trat voller Wut gegen den rechten Kotflügel des Renault. Dabei löste sich die Halterung des Stoßfängers. Hätte sie bloß auf ihren Tankwart gehört und den schon längst überfälligen Ölwechsel durchführen lassen! Jetzt stand sie in pechschwarzer Nacht und im Regen irgendwo mutterseelenallein am Fahrbahnrand der Schnellstraße zwischen Concarneau und Quimper, kein Licht weit und breit und kein Wagen, der ihretwillen anhielt.
Yvonne Beauville nahm die Straßenkarte zur Hand und prüfte nach, wie weit sie wohl zu Fuß würde laufen müssen, ehe sie die Zivilisation erreichte. Saint-Ivy hieß das nächste Dorf, das so groß schien, daß es dort unter Umständen eine Werkstatt und eine Unterkunft für die Nacht gab. Skeptisch betrachtete sie ihre Pumps. Mit hohen Hacken zehn Kilometer durch den Regen laufen? Kein Stück! Wozu besaß sie überhaupt einen Pannenschutzbrief? Nach zwei Minuten sank jedoch ihre anfängliche Zuversicht und machte tiefer Niedergeschlagenheit Platz. Das Leben war so unfair! Warum mußte sie ausgerechnet ihr Handy in der Eile zu Hause vergessen? Keine Chance also, den nächsten Abschleppdienst anzurufen. Was sollte sie jetzt tun? Den Renault einfach am Straßenrand parken und hoffen, daß er morgen früh immer noch an Ort und Stelle stand? In der Gegend um Marseille wäre dies einem kostenlosen Verschrotten gleichgekommen. Irgendwelche Burschen hätten sich den Wagen in der Nacht geschnappt, die Zündung kurzgeschlossen und eine Spritztour veranstaltet, die gewöhnlich mit einem Totalschaden endete. Wegen des defekten Motors aber wäre er zur Belustigung der Burschen nur angezündet worden. Feine Aussichten!
Die Kommissarin durchwühlte nochmals ihren Koffer auf der Suche nach bequemeren Schuhen. Nach ein paar Minuten gab sie schließlich entnervt auf. Man sollte eben nicht Hals über Kopf packen, die Wohnung verlassen und sich in Gedanken schon beinahe tausend Kilometer vom Heimatort entfernt an irgendeinem neuen Einsatzort befinden. Das führte nicht nur zu Streß, sondern auch noch zu Unachtsamkeiten. Nun blieb ihr nichts anderes übrig, als mit dem Resultat ihres übereilten Aufbruchs fertig zu werden.
Yvonne Beauville schlang den Gürtel ihres Trenchcoates fester um die Hüften und stellte den Kragen hoch. Der Asphalt der Schnellstraße glänzte mattschwarz, am Horizont ließen sich durch die Regenschleier ein paar einsame Bäume zwischen hohen Hecken ausmachen. Scheinwerferkegel vereinzelt vorbeirasender Autos durchschnitten die nächtliche Schwärze wie flammende Lichtschwerter. Manchmal wurde sie dermaßen geblendet, daß sie sekundenlang überhaupt nichts mehr sah, weil irisierende Lichtpünktchen über ihre Netzhaut huschten und alles in einen flimmernden Funkenregen tauchten. Immer wieder mußte sie die Augen zusammenkneifen, weil das von oben fallende Wasser ihren Lidstrich auflöste, wobei sich die schwarze Farbe unaufhaltsam den Weg zwischen die Wimpern suchte. Zum Henker mit diesem verdammten Wagen! Doch in Wirklichkeit ging die Panne ganz eindeutig auf ihr Konto. Sie wußte es, und das machte sie besonders zornig.
Seufzend nahm sie den großen Lederbeutel, stopfte ein paar unbedingt notwendige Sachen aus dem Koffer hinein und stapfte los. Nach zehn Minuten fühlte sie sich, als

hätte sie im Regenmantel geduscht, kurz darauf quietschte bereits bei jedem Schritt das Wasser in ihren Schuhen. Ungeduldig und zornig packte sie ihren ledernen Beutel fester und begann erst leise und dann immer lauter vor sich hin zu fluchen. Immer eisiger wurde der Regen, der ihr genau von vorne ins Gesicht prasselte. Alles hätte so reibungslos verlaufen können! Normalerweise säße sie jetzt längst in ihrem gebuchten Hotelzimmer in Quimper, hätte ausgiebig geduscht und es sich in ihrem weißen, flauschigen Bademantel vor dem Fernseher bequem gemacht. Anstatt dessen stolperte sie am Fahrbahnrand der Nationalstraße 165 zur kommenden Ausfahrt, um die nächste Ansiedlung zu erreichen. Verdammte Autofahrer! Sonst hielten sie bei jeder passenden oder unpassenden Gelegenheit an, um eine allein auf der Straße dahinlaufende Frau dumm anzuquatschen, doch heute schien jeder nur sehen zu wollen, daß er so schnell wie möglich nach Hause kam. Sie warf einen Blick auf ihre Armbanduhr. Schon kurz nach einundzwanzig Uhr. Jetzt würde sie auch noch zwei Hotelzimmer bezahlen müssen!
Neben ihr spritzte eine Wasserfontäne hoch. Fluchend sprang sie zur Seite, damit der Wasserstrahl nur ihre Füße und nicht auch noch ihren Oberkörper traf. Sie wollte dem Autofahrer schon mit der erhobenen Faust hinterherdrohen, da bemerkte sie hell aufleuchtende Bremslichter. Fünfzig Meter weiter kam der Wagen zum Stehen. Weiße Lichter flammten auf, und mit jaulendem Getriebe kam der Wagen im Rückwärtsgang auf sie zugerollt. Es war ein schwarzer Peugeot neuester Baureihe.
Summend glitt die Beifahrerscheibe nach unten.
»Bonsoir, Madame! Benötigen Sie Hilfe?«
Yvonne Beauville beugte sich vor. Sie spürte, daß ihre Frisur platt auf ihrem Kopf auflag. Das Wasser tropfte in breiten Bächen aus ihren kurzen, dunkelblond kolorierten Haaren. Yvonne blickte neugierig in den Innenraum des Limousine. Drinnen hockte ein breitschultriger, etwas vierschrötig wirkender, aber freundlich lächender Mann. Er trug einen sehr eleganten Straßenanzug über einem dezent gemusterten Hemd. Die Anzugjacke spannte ein wenig. Entweder hatte er sie zu eng gekauft, oder er hatte seit der Anschaffung beträchtlich an Brustumpfang zugenommen. Ehe er etwas einwenden konnte, riß sie den Wagenschlag auf und ließ sich auf den Beifahrersitz fallen.
»Merci, Monsieur«, antwortete sie und streckte ihm die rechte Hand entgegen. »Sehr freundlich. Ich hatte eine Panne mit meinem Wagen.«
»Der kleine Renault, der dort hinten am Straßenrand steht?« erkundigte er sich, während er schon anfuhr und das Beifahrerfenster mit dem Druck auf eine Taste neben dem Schalthebel hochgleiten ließ.
Sie nickte. Seit ihrer Jugend war sie nicht mehr in die Verlegenheit gekommen, als Tramperin bei einem wildfremden Kerl einzusteigen. Schon damals fürchtete sie weniger einen Übergriff als einen Verkehrsunfall. Die Kerle, die sie in ihren Autos mitnahmen, schienen nichts anderes im Kopf zu haben, als entlang kurvenreicher Straßen vor den mitgenommenen Mädchen damit angeben zu müssen, welch kraftstrotzende Motoren sie besaßen und wie gut sie fahren konnten. Häufig war es nur dem puren Glück zu verdanken gewesen, daß sie solch eine Tramptour unverletzt überstand.
Während sich der Peugeot in den wenigen Verkehr wieder einreihte und flott Fahrt

aufnahm, musterte sie den Fahrer mit verstohlenem Blick. Er mochte etwa so alt sein wie sie, aber genau wagte sie sich nicht festzulegen. Sein Gesicht zeigte bereits deutliche Spuren von Falten um Mundwinkel und Stirn, aber das Haar wuchs anscheinend noch dicht und zeigte keinerlei Spuren einer Graufärbung. Yvonne fiel auf, daß seine Hände so kräftig wirkten wie die eines Fischers oder zumindest eines Menschen, der körperlich hart arbeitete. Aber vielleicht lag das auch nur an den Auswirkungen eines langjährigen Muskeltrainings, das dieser Kerl hinter sich hatte. Ein leichter Schauer lief ihren Rücken hinunter, als sie sich vorstellte, wie es sein müßte, von ihm leidenschaftlich in die Arme genommen zu werden. Als hätte er ihre Gedanken erraten, riß er sie in die Gegenwart zurück.

»Excusez-moi, Madame«, brach er das minutenlange Schweigen. »Ich habe Sie noch gar nicht gefragt, wo Sie überhaupt hinwollen.«

Yvonne Beauville schluckte den Gedanken an seinen muskulösen Körper hinunter. Sie strich sich mit einer energischen Handbewegung ein paar nasse Haarsträhnen aus der Stirn.

»Eigentlich nur bis zum nächsten Dorf, aber wenn es möglich ist, dann nehmen Sie mich doch bitte bis Quimper mit. Ich habe dort ein Hotelzimmer reserviert.«

Der Mann drehte sich kurz zu ihr um.

»Pas de problem, Madame«, antwortete er und lächelte. »Ich muß zwar noch ein Stück weiter, aber ich kann Sie gerne an Ihrem Hotel absetzen.«

»Bereiten Sie sich keine Umstände, Monsieur«, erwiderte sie. »Wenn Sie mich in Quimper an irgendeiner Ampel herauslassen, nehme ich mir ein Taxi für den Weg bis zum Hotel.«

Sie hatte eigentlich damit gerechnet, daß er wegen seines Angebotes nicht locker ließ, aber der Mann am Steuer schien außergewöhnlich zurückhaltend zu sein.

»Wie Sie wünschen, Madame«, antwortete er bloß und widmete sich wieder dem Verkehr.

Kurz nach Passieren der Stadtgrenze kamen sie noch mal ins Gespräch. Sie hatte ihn erneut verstohlen gemustert. Sie fragte sich insgeheim, was er wohl beruflich machte. Wegen seines kräftigen Körperbaus tippte sie auf den Handel mit Landmaschinen. Andererseits konnte er jedoch ebensogut zu den vielen namenlosen Bankangestellten gehören, nur daß dieser hier nicht zu jeder Tages- und Nachtzeit vor dem Computer hockte und die Echtzeitkurse börsennotierter Aktiengesellschaften studierte, sondern anscheinend exzessiv etwas für seine Figur tat. Sie kam wieder nicht dazu, ihren Gedankengang zu Ende zu bringen.

»Mir fällt auf, daß Sie mich beobachten«, bemerkte er und lächelte dabei ungezwungen. »Habe ich etwas im Gesicht?«

Sie konnte sich ein Grinsen nicht verkneifen. Genau diese offensichtlich aufgesetzte Ungezwungenheit paßte zu ihm. Er gehörte mit Sicherheit zu den Kerlen, die jede Nacht eine andere Frau um den Finger wickeln konnten. Er sah nicht besonders überwältigend aus. Von einem Robert Redford oder einem Alain Delon trennten ihn Welten. Aber er besaß das gewisse Etwas. Etwas, das die Luft zum Vibrieren bringen konnte. Er strahlte nicht nur Charisma aus, sein Charisma schien regelrecht greifbar.

Und dann diese beinahe schon schüchterne Zurückhaltung. Als ob sie diese Masche nicht schon tausendmal entlarvt hätte! Immer dasselbe. Mann spekuliert auf beschützenden Mutterinstinkt der Frau, Frau fällt darauf herein. Doch sie gestand sich wider Willen ein, daß ihr diese Masche, wenn es denn überhaupt eine sein sollte, gar nicht so unsympathisch erschien. Warum, um alles in der Welt, sollte es keine Männer geben, die gut aussahen und nicht gleich jede halbwegs attraktive Frau anzumachen versuchten?
»Sie haben recht«, gab Yvonne unumwunden zu.
»Ach?« meinte er bloß.
»Bloße Neugier«, entgegnete sie.
»Berufsbedingt«, fügte sie rasch hinzu.
»Aha«, antwortete er knapp, ohne auf ihre letzte Bemerkung weiter einzugehen.
»Sie können dort vorne anhalten«, meinte sie, nachdem sie sich bereits im Stadtzentrum befanden.
Der Fahrer des Peugeot kam ihrer Aufforderung nach und lenkte den Wagen an den Fahrbahnrand. Als die große dunkle Limousine zum Stehen kam, schaute er sie fragend an und deutete nach draußen, wo der Regen immer noch pausenlos vom nachtschwarzen Himmel prasselte.
»Hoffentlich haben Sie es nicht mehr weit. Sie werden sich sonst noch eine Erkältung zuziehen.«
Lachend schüttelte sie ihren Kopf.
»Ach, das bißchen Regen«, entgegnete sie. »Ich bin sowieso schon patschnaß. Und im übrigen bin ich hart im Nehmen.«
Er beugte sich kurz vor und öffnete die Verriegelung der Beifahrertür. Dabei stieg ihr der Duft eines sehr herben Männerparfums in die Nase. Das war also der Grund für den seltsamen Geruch in seinem Wagen gewesen. Sie hatte bis dahin vermutet, daß die Ledersitze so streng rochen. Etwas verlegen, weil er dabei mit der Hand unbeabsichtigt ihren Oberschenkel streifte, richtete er sich wieder auf.
»Au revoir, Madame«, meinte er halblaut. »Vergessen Sie ihre Umhängetasche nicht.«
Sie reichte ihm zum Abschied die Hand.
»Bon nuit, Monsieur«, erwiderte sie. »Vielen Dank für Ihre Hilfe. Kann ich mich Ihnen erkenntlich zeigen?«
Der Fahrer des Peugeot blickte sie fragend an.
»Ich bitte Sie, Madame! Das war doch selbstverständlich.«
Nachdenklich blickte sie den beiden Rücklichtern hinterher, die auf dem naß glänzenden Asphalt der Rue Jean Jaures eine glitzernde rote Bahn hinterließen.
Während Yvonne Beauville mit dem Aufzug nach unten in die Hotelhalle glitt, kontrollierte sie ihre notdürftig getrocknete Frisur. Ein Glück, daß sie sich schon vor Jahren für eine Kurzhaarfrisur entschieden hatte. Mit langen, feuchten Locken säße sie wohl noch stundenlang mit dem Fön vor dem Spiegel. Ihr Kleid hatte den viertelstündigen Marsch durch den Regen leider auch nicht so völlig schadlos überstanden. Am Halsausschnitt zeichneten sich dunkle Wasserflecken ab. Am schlimmsten jedoch sahen ihre Schuhe aus. Die sind ruiniert, schimpfte sie vor sich hin. Yvonne Beauville zog eine goldfarbene Hülse

aus ihrer Handtasche, öffnete das Oberteil und zog sich die Lippen nach.
»Einen Tisch für Madame!« rief der Portier einem Hotelangestellten zu, während er zusammen mit der Kommissarin den Speisesaal betrat.
Einer der Kellner nahm eine Karte und geleitete sie zielstrebig zu einem Tisch am Fenster. Hier konnte sie einen ungehinderten Ausblick auf den Odet genießen, der wie gewöhnlich nur träge durch die Hauptstadt des Departements floß. Sie bedankte sich, ließ sich den Stuhl zurechtrücken und bestellte einen Aperitiv. Doch schon bald ließ sie die Karte sinken, warf einen Blick durch das Fenster auf die regennasse Straße und den dunklen Kai und streifte sich dabei unbemerkt die nassen Pumps von den Füßen. Entspannt lehnte sie sich zurück und bewegte dabei die endlich befreiten Zehen hin und her. Sie blickte sich um. Von einem etwas weiter entfernten Nachbartisch drang leises Gemurmel zu ihr herüber. Dicht bei der mit hellem Textil tapezierten Wand saßen unterhalb eines Deckenleuchters und deshalb sehr gut erkennbar eine aufregend aussehende Blondine und ein nicht weniger attraktiver Mann. Er mochte etwa fünf bis zehn Jahre jünger sein als sie. Er trug einen exzellent geschnittenen Designeranzug, zu dem sein modischer Haarschnitt besonders gut paßte. Hin und wieder blitzte etwas im Licht der Deckenlampe auf, wenn entweder er oder seine jugendliche Begleiterin ihre Hände bewegten. Yvonne blickte genauer hin. Sie taxierte mit geschultem Auge den Wert der Schmuckstücke der jungen Frau. Auch die Cartier Panthère am Handgelenk des Mannes dürfte ein Vermögen gekostet haben.
Die Bedienung erschien erneut. Ohne einen weiteren Blick in die Karte zu werfen, bestellte sie sich Ragout de homard flambe au pommes croquettes. Wenn man sich schon in der Bretagne aufhielt, dann sollte man auch die Spezialitäten des Landes probieren, schmunzelte sie vor sich hin. Im übrigen hatte man ihr ein großzügiges Spesenkonto eingeräumt. Umsonst sei nur der Tod, hatte sie ihrem bereits über alles informierten Dienstvorgesetzten noch zugerufen, als sie nach der Besprechung über ihren Sondereinsatz dessen Büro verließ. Schließlich lief die Miete für ihr Appartement in Marseille weiter, und sie hatte beileibe nicht vor, in einem Chambre d'Hôtes mit Bed-and-Breakfast-Komfort abzusteigen und sich tagsüber in Bars von Sandwiches zu ernähren.
Nachdem der junge Kellner den Wein zum Essen entkorkt hatte und nun darauf wartete, daß ihr die Wahl auch zusagte, bemerkte sie eine gewisse Unruhe am Nachbartisch. Die junge blonde Frau begann sichtlich erregt zu gestikulieren. Ihr Begleiter lehnte sich zurück, lächelte dabei verbissen und auf Ausgleich bedacht und hob gleichzeitig abwehrend die Handflächen. Die Blondine in seiner Begleitung brachte diese Geste jedoch scheinbar erst recht in Rage. Yvonne konnte zwar den Sinn der Unterhaltung nicht verstehen, aber das Zischen in der Stimme der jungen Frau ließ den Eindruck zu, daß der Gedankenaustausch alles andere als harmonisch verlief. Nach einer Weile begann auch der Gesprächston des Mannes an Schärfe zuzunehmen. Einmal sogar drohte er seiner Begleiterin mit dem Zeigefinger, was sie zu einem erregten Aufschrei verleitete. Der junge Mann blickte sichtlich gereizt an ihr vorbei und starrte dabei genau in die Augen von Yvonne Beauville. Für den Bruchteil eines Augenblicks trafen sich ihre Blicke. Vermutlich lag es an dem spöttischen Lächeln, das Yvonnes Lippen umspielte, daß er sich ziemlich rasch wieder abwandte.

Yvonnes Essen kam. Ein herrlich roter Hummer wurde vor ihren Augen zerlegt, mit Eau de vie übergossen und anschließend flambiert. Die Kommissarin sog voller Begeisterung den Duft des mit kaum sichtbarer Flamme abbrennenden Alkohols ein. Zum ersten Mal an diesem Tag fühlte sie sich richtig wohl. Der Kellner goß nochmals ihr Glas nach, ehe er sie mit ihrem Flambée alleine ließ. Der Hummer schmeckte vorzüglich. Verzückt aufstöhnend schob sie sich die kleingeschnittenen Stücke in den Mund. Der herbe Geschmack ihres Pinot Brut rundete den Genuß immer wieder ab. Gedankenversunken blickte sie hinaus in die Dunkelheit, die nur hin und wieder von den Scheinwerferkegeln vorbeifahrender Autos durchbrochen wurde. Immer häufiger verloschen in den Häusern die Lichter und der bläuliche Schimmer bislang eingeschalteter Fernsehgeräte. Ein paar Fußgänger hasteten mit aufgespannten Regenschirmen an ihr vorbei und warfen hin und wieder einen Blick in das hell erleuchtete Restaurant. Yvonne ließ sich jedoch nicht stören. Schließlich wischte sie sich mit der Stoffserviette über den Mund und streckte ihre nackten Füße weit von sich.
Als sie nach dem Kellner rufen wollte, um sich einen Espresso und einen Digestif zu bestellen, fiel ihr Blick erneut auf den Nachbartisch. Der junge Mann saß inzwischen allein vor den beiden Nachtischschüsselchen und betrachtete nervös seine bestimmt von erfahrener Hand manikürten Fingernägel. Als seine Begleiterin auch nach fünf Minuten noch nicht erschien, erwachte ihr Interesse. Ah, Mademoiselle sind schon gegangen, grinste sie vergnügt in sich hinein. Mademoiselle legen keinen Wert mehr auf die Gesellschaft von Monsieur? Wie tragisch. Schau nur, wie traurig er schaut, der kleine Pierrot! Ist er nicht süß?
Als ob er ihre Belustigung bemerkt hätte, schaute der junge Mann auf. Erneut trafen sich ihre Blicke. Yvonne nahm ihr Glas, in dem sich nur noch ein kleiner Rest Weißwein befand, und hob es grüßend in die Höhe. Der Kellner hatte dessen Tisch jedoch bis auf die Dessertschalen bereits abgeräumt, und so blieb ihm nichts anderes übrig, als mit dem Kopf zu nicken. Yvonne zuckte beiläufig die Achseln und trank ihr Glas leer, ohne ihn dabei aus den Augen zu lassen. Ihr beinahe schon pathologisches, weil berufsbedingtes Interesse an Menschen meldete sich. Worum ging es in ihrem Gespräch? Worüber hatten sie gestritten? Warum hatte die junge Frau ihren Begleiter so plötzlich sitzenlassen? Als ob er ihre Gedankengänge erahnte, erhob sich ihr Gegenüber, legte ein paar Geldscheine in die Schale mit der Rechnung und verließ den Raum. Nach ein paar Augenblicken stand er in einen eleganten Regenmantel gehüllt dicht unterhalb der Markise vor dem Eingang des Hotelrestaurants. Sein Körper spannte sich, er sprang vor und erreichte mit drei, vier schnellen Schritten die Fahrertür seines Wagens. Bevor er einstieg, schaute er noch mal in den hell erleuchteten Restaurantsaal. Ihr war so, als hätte er ihren Blick gesucht.
Mit ungelenkem Schritt stieg Yvonne Beauville die Eingangsstufen zum Gebäude der Polizeipräfektur empor. Sie tat sich immer etwas schwer in neuen Schuhen. Aber die Anschaffung war unbedingt nötig gewesen, denn nach näherem Hinsehen eigneten sich ihre alten trotz stundenlanger Trocknung nur noch für den Müll. Yvonne seufzte. Wieder siebenhundert Franc zum Teufel! Warum, um alles in der Welt, mußte sie neben ihrem Mobilfunktelefon auch noch Ersatzschuhe vergessen? Die Kommissarin

ging an einem vor dem Portal Wache schiebenden Gendarmen vorbei und drückte die schwere Glastüre auf, worauf zwei Männer, die hinter ihr hergingen, anscheinend warteten. Ohne sie weiter zu beachten, schoben sie sich an Yvonne vorbei, wobei sie sich vorkam wie der Liftboy vom Savoy-Hotel. Yvonne wollte den beiden Kavalieren schon etwas Passendes nachrufen, aber sie besann sich. Man wußte nie, wen man von diesen Chauvinisten später noch einmal brauchte. Man mußte ja nicht gleich am ersten Tag Streit anfangen.
Drinnen marschierte sie über den blank polierten Marmorboden der Eingangshalle auf eine Hinweistafel zu. Polizeipräfekturen schienen überall in Frankreich gleich zu sein. Eine meist verwaiste Pförtnerloge, eine doppelte Treppe zu den oberen Etagen und zwei Aufzüge, über deren Schiebetüren permanent neue Stockwerksangaben aufleuchteten. Sie sog die Luft ein. Sie roch wie häufig in Polizeigebäuden nach Bohnerwachs, feuchtem, muffigem Papier und Männerschweiß. Und wenn man Glück hatte auch hin und wieder nach dem Parfumduft eleganter Chefsekretärinnen. Zumindest wie bei ihr in Marseille. Aber hier befand sie sich in der äußersten Provinz. Der Männerschweiß überwog eindeutig.
Während sie die Hinweistafel studierte und den Weg zum Büro des Polizeipräfekten suchte, kamen diese beiden ungehobelten Burschen nochmals an ihr vorbei.
»... wird wohl heute vormittag eintreffen«, schnappte sie einen halben Satz auf.
»Wißt ihr überhaupt, wie sie aussieht?« fragte der andere.
»Keine Ahnung. Soll knapp fünfzig sein, wie man so hört.«
Sein Gesprächspartner zog anzüglich das Augenlid mit dem Zeigefinger nach unten. »Wahrscheinlich eine Matrone mit dickem Arsch und letztem Anflug von Karrieregeilheit. Bestimmt das einzige, das sie noch geil macht.«
»Na, dann viel Vergnügen«, fügte er hinzu.
»Das wird wohl eher auf ihrer Seite sein. Wenn überhaupt«, erhielt er zur Antwort.
In diesem Moment drehte sich Yvonne Beauville herum. Dabei kollidierte sie zwangsläufig mit einem der selbsternannten Frauenexperten. Einer der Männer schaute ihr erschrocken nach. Er war sich hinterher nicht mehr sicher, was ihn hatte zusammenfahren lassen, der Blick in ein Paar eisiger dunkelblauer Augen oder der Schmerz, den dreiundsechzig Kilogramm Körpergewicht verteilt auf einen Meter sechsundsiebzig Größe und konzentriert auf die winzige Fläche eines Damenschuhabsatzes zwischen seinen Zehen hervorrief.
»Kann ich Ihnen helfen, Madame?« murmelte eine blasse, etwas ungesund aussehende Gestalt, als sie orientierungslos den blank gebohnerten Flur im dritten Stockwerk entlanglief und dabei immer wieder die Türschilder kontrollierte.
Sie blickte zur Seite und musterte einen etwa fünfunddreißigjährigen Mann mit der für seinen schmalen Kopf viel zu voluminösen randlosen Brille. Ob das einer der Kriminalbeamten war, mit denen sie hier zusammenarbeiten mußte, fragte sie sich insgeheim. Sie grinste ungewollt. Ein tolles Team besaß dieser Kozh. In Marseille hätten ihre schweren Jungs so Typen wie den schon längst an die Haie im Hafenbecken verfüttert.
»Danke, Monsieur«, antwortete sie. »Ich suche das Büro von Polizeipräfekt Kozh.«
Lassalle blickte überrascht auf.

»Da will ich auch gerade hin. Ich, äh, verzeihen Sie, Madame, könnte es sein, daß Sie ...«
Yvonne Beauville zeigte ihm ihr breites, gewinnendes Lächeln. Himmel! Das war tatsächlich einer aus Albin Kozh' Stab.
»Sie möchten vermutlich wissen, ob ich die neue Leiterin der Mordkommission bin?« lachte sie ungezwungen.
Lassalle nickte verlegen. Yvonne reichte ihm die Hand.
»Freut mich, Sie kennenzulernen, Monsieur. Ich bin Yvonne Beauville. Sie müssen Jean Lassalle, der Computerspezialist, sein.«
Der junge Mann schaute sie verblüfft an.
»Woher wissen Sie ...?«
Yvonne Beauville winkte ab.
»Wissen ist Macht, junger Freund«, antwortete sie. »War aber auch keine Kunst, das zu erraten. Ein bißchen habe ich mich schon über das Personal meiner neuen Abteilung informiert. Jemand, auf den Ihre Beschreibung zutrifft, fand ich auch auf der Liste.«
Lassalle nickte stumm und führte sie ein kurzes Stück weiter. Er klopfte vorsichtig gegen eine Tür und öffnete sie schließlich. Höflich trat er zurück und ließ seiner neuen Chefin den Vortritt. Yvonne betrat den Raum. Dicht am Fenster standen drei Männer und unterhielten sich angeregt. Ein vierter, seiner mageren Statur und seiner fahlen Gesichtshaut nach zu urteilen anscheinend unter einer ernsten Magenkrankheit leidend, bemerkte sie als erster und kam ihr mit weit ausgestrecktem Arm entgegen. Sie begrüßten sich, wodurch auch die übrigen Anwesenden auf sie aufmerksam wurden.
»Madame Beauville«, keuchte Albin Kozh sichtlich erfreut.
Yvonne musterte ihn kurz. Ihr neuer direkter Vorgesetzter schien extrem kurzatmig zu sein.
»Wie schön, daß Sie da sind. Wir haben Sie schon vermißt.«
Albin Kozh lächelte nachsichtig.
»Nun, eigentlich beginnt der Dienst schon um acht Uhr, aber Sie hatten sicherlich eine anstrengende Anfahrt. Darf ich Ihnen die Herren vorstellen?«
»Nicht nötig«, lächelte Yvonne, während sie, ohne seinen Einwand abzuwarten, forsch auf einen in der Gruppe der drei Männer zuging.
»Jean, mein Freund«, grinste sie breit und ergriff die nach ihr ausgestreckte Hand. Lächelnd ließ sie mehrere galant angedeutete Wangenküsse über sich ergehen.
»Gut siehst du aus! Die Luft am Atlantik scheint dir zu bekommen.«
Sie klopfte ihm auf die linke Hüfte.
»Sogar ein wenig zugenommen hast du.«
Die beiden anderen Männer rissen verblüfft die Augen auf. Yvonne ignorierte ihre Verwunderung und streckte auch ihnen die Hand hin.
»Ihrem eleganten Anzug nach zu urteilen, müssen Sie Staatsanwalt Lemardieux sein! Wie geht es Ihrer ungemein hübschen Begleiterin von gestern abend?«
»Ihr kennt euch?« fragte der Generalstaatsanwalt verwundert.
»Flüchtig«, bejahte Lemardieux mit sichtlichem Unbehagen. »Wir hatten gestern abend ganz kurz das Vergnügen.«

Schließlich wandte sich Yvonne Beauville dem Dritten in der Männerrunde zu. »Wir haben uns auch bereits kennengelernt, nicht wahr, Monsieur Morgan? Ich kenne zwar Ihren Kollegen nicht, aber richten Sie ihm bitte aus, daß es bei der nächsten unqualifizierten Bemerkung über Damen nicht mehr nur bei der Bekanntschaft mit meinem Schuhabsatz bleiben wird.«

KAPITEL XV

Zum ersten Mal in diesem Frühjahr erwärmte der Ausläufer eines frühen Azorenhochs die sonst an der Küste der Bretagne im April eher frische Meeresbrise auf eine angenehme Temperatur. Ein beinahe wolkenloser Himmel spannte sich wie eine weite blaue Zirkuskuppel über das azurfarbene Meer, dessen Wellen hier und da von weißen Wellenköpfen geziert wurden. Die langsam aufblühende Vegetation mit ihren Gräsern, dem allgegenwärtigen wilden Hafer, hohen Farnwäldern und Stachelgewächsen wiegte sich im Luftzug des milden Westwindes und verstreute ihre Pollen und Samen weit über die dunkelbraune Erde des Festlandes. Erste Vogelschwärme suchten emsig nach Futter, nur hin und wieder gestört von den wenigen Bauern, die an diesem Frühlingstag ihre steinigen Felder bestellten. Die langsam erwachende Natur mit ihren frisch anmutenden Düften, die endlich Wärme spendende Sonne und das Geräusch der Wellen, die in monotonem Einklang gegen die Kaimauern und Wellenbrecher anbrandeten und den Kies an den Stränden zum Rollen brachte, wollte so gar nicht zu der Stimmung hoch über der Altstadt von Ploudarneau passen. Es war Mittwoch, der Tag, an dem Jules Arpege endlich seine letzte Ruhestätte in der Nähe der Klippe, die seit Menschengedenken die Mündung des Moyenne wie eine gewaltige, von Wasser und Wind aus dem Felsplateau der Cornouaille herausgehauene Trutzburg überragte, finden sollte. Beinahe alle Alteingesessenen von Ploudarneau erwiesen dem toten Fischer die letzte Ehre. Sogar von weither erschienen Inhaber renommierter Restaurants, Feinschmeckerläden und Fischgeschäfte, die der Verstorbene im Laufe der vergangenen Jahre mit seinem Fang beliefert hatte. Aber auch Sympathisanten der Umweltschutzbewegung und viele von der Geschäftstüchtigkeit eines gewissen Bürgermeisters vertriebene ehemalige Bürger Ploudarneaus ließen sich blicken. Allen voran schritt der Pfarrer, gefolgt von seinen Meßdienern und den beiden Totengräbern. Ihnen folgte der ebenholzfarbene Sarg auf einer Lafette, die Pierre Dupret, der Wirt der Bar du Port, vor dessen Kneipe sich das schreckliche Unglück ereignet hatte, Jean-Baptiste Trizan und vier weitere gute Bekannte und Weggefährten des Verstorbenen zogen. Unmittelbar dahinter folgten seine ehemaligen Freunde, Bekannten und Nachbarn. Sie alle trugen Trauer. Die Männer, die sich einen schwarzen Festtagsanzug nicht leisten konnten, erschienen in dunklen Hosen und Jacken, nicht selten in der traditionellen Tracht bretonischer Fischer. Jean-Baptiste Trizan hatte mit Engelszungen auf das Kamerateam eines regionalen Fernsehsenders eingeredet, keinesfalls den Trauerzug mit Filmaufnahmen zu stören.

Agata Kernac'h, die jüngere Schwester des Toten, wirkte niedergeschlagen und wischte sich ständig mit dem Zipfel eines Taschentuchs über die Augen. Der Herausgeber der Gazette de Quimper hatte sich ihrer angenommen und stützte sie. Ihr Sohn Aodren indessen fehlte. Er laborierte an den Auswirkungen einer gehörigen Tracht Prügel, die ihm von Trizan verabreicht worden war, nachdem er herausfand, wem Jules letztlich seinen Aufenthalt in Untersuchungshaft verdankte. Hätte Aodren rechtzeitig seine Verfehlung vom Samstagmorgen zugegeben, dann wäre Jules vermutlich nie in Verdacht geraten. Dann hätte er vor lauter Scham und Wut an besagtem Unglücksabend niemals so viel getrunken und mit Sicherheit das bereits ausgeströmte Gas im Innenraum seines Kutters bemerkt.
Auch Alphonse Lezaire, der frühere Mitarbeiter bei Herault Marine, der wegen Alkoholsucht entlassen worden war und seitdem von der Fürsorge lebte, fehlte. Keiner wußte, wo er stecken mochte. Es war jedoch vermutlich auch besser so, daß er an diesem Mittwochmorgen nicht auf dem alten Seemannsfriedhof hoch über der Altstadt von Ploudarneau erschien, denn seit der Auseinandersetzung in Duprets Kneipe hatte Trizan den an permanenter Selbstüberschätzung leidenden Säufer in Verdacht, der Kriminalpolizei von Quimper aus purer Rachsucht die kompromittierenden Hinweise im Fall Leblanc gegeben zu haben. Er hätte allzu gerne gewußt, ob nicht sogar die gebende Hand eines bestimmten Kommunalpolitikers den Anreiz für die offensichtliche Verleumdung ausmachte. Doch Trizan war klug genug zu schweigen. Wenigstens an diesem Tag sollte der Frieden des Ortes nicht gestört werden.
Die Stille, die über der Felsküste lag, wurde nur vom unablässigen Gebimmel der Totenglocke auf dem Dach der Friedhofskapelle durchbrochen. Je näher der Trauerzug dem kleinen Gotteshaus kam, desto lauter erklang die Glocke. Erst als der Pfarrer ein energisches Zeichen gab, erstarb sie. Triben, der Küster, der mit seiner Frau und seiner etwas schrulligen Schwiegermutter, von der niemand so recht wußte, wie alt sie in Wirklichkeit war, in einer kleinen, aus Stein gebauten Kate in der Umgebung lebte, trat aus dem dunklen Innenraum der Kapelle in das helle Licht des Frühlingstages. Der Trauerzug begann sich rund um das Grab zu verteilen, die Totengräber nahmen den Sarg von der Lafette und hoben ihn auf die Balken über dem Grab.
»Liebe Gemeinde«, begann der Pfarrer. »Wir sind hier zusammengekommen, um den Fischer Jules Arpege, der vor fünfzig Jahren nur einige hundert Meter von diesem Ort entfernt im Hause seiner Eltern das Licht der Welt erblickte, wieder der Erde zurückzugeben. So laßt uns aber dennoch nicht verzagen, wenn auch ein tragischer Unglücksfall unseren geliebten Bruder und Freund Jules aus unser aller Mitte ...«
Dupret beugte sich zu Trizan.
»Unglücksfall«, wisperte er ihm ins Ohr. »Daß ich nicht lache.«
Trizan schaute ihn überrascht an.
»Wie, du glaubst auch nicht an das angebliche Leck in der Gasleitung auf Jules' Schiff?« fragte der Bekannte des verstorbenen Fischers.
»Was meinst du mit ›auch nicht‹, Jean-Baptiste?« entgegnete Dupret mit einem Anflug von Argwohn in der Stimme.
»Na ja, Tomaz meinte letztens etwas Ähnliches. Aber du kennst ja Tomaz Junot. Der

redet viel, wenn der Tag lang ist.«
Dupret zog mit dem Zeigefinger seiner rechten Hand ein Augenlid nach unten.
»Aha!« entgegnete der Gastwirt.
»Ja, aber das Gutachten des Sachverständigen der Feuerwehr«, warf ein anderer, der sich zu ihnen umwandte, erregt ein. »Das ist ein unabhängiger Gutachter. Der wird doch keinen Meineid ...«
»Unsinn!« fuhr ihn der Wirt der Bar du Port von Ploudarneau an. »Was hat das denn mit Meineid zu tun? Einen Meineid leistet man vor Gericht und nicht auf einem Papierwisch. Was hat der Mann schon zu befürchten? Wenn sein Gutachten Unstimmigkeiten aufweist, dann hat er sich halt geirrt. Wäre nicht das erste Gutachten, das aus Gefälligkeit ...«
»Gefälligkeit?« unterbrach ihn der andere. »Himmel, Pierre, weißt du, was du da sagst? Wenn das stimmt, dann ...«
Er unterbrach sich und schluckte heftig.
»Ich will euch mal was flüstern, Freunde«, fuhr der Wirt fort. »Ich weiß aus sicherer Quelle, daß unsere Pompiers demnächst ein Feuerlöschboot erhalten sollen. Es handelt sich angeblich um einen von vier Prototypen, die von der Küstenwache in Brest getestet wurden. Na, dämmert euch etwas? Dieses Boot eignete sich angeblich nicht für den Einsatz in großen Hafenanlagen. Ich ahne bereits jetzt zu wissen, auf wessen Namen die Spendenquittung ausgestellt ist.«
»Leclerq?« knurrte Trizan?
Der Kneipenwirt nickte.
»Leclerqs Einsatz für die Ausstattung der Feuerwehr ist jedoch an sich nichts Verwerfliches. Im Gegenteil. Ploudarneau braucht ohnehin ein vernünftiges Feuerlöschboot, angesichts der Unzahl an Yachten, die in der Marina liegen. Wohin das führt, wenn keines vorhanden ist, hast du ja gesehen, als Jules' Boot abgebrannt ist. Aber ich kann mir vorstellen, daß es sich auch in Kreisen unserer blaubefrackten Helfer in der Not herumgesprochen hat, welch unbequeme Fragen man dem guten Leclerq stellen würde, käme heraus, es handelte sich bei der Gasexplosion auf Jules' Kutter nicht um einen Unglücksfall, sondern um Brandstiftung. Die Staatsanwaltschaft würde sofort einen Zusammenhang mit dem Tod von Emmanuela Leclerq vermuten.«
»Du denkst, Leclerq hat den Kutter von Jules ...?«
Pierre legte seinen Zeigefinger auf die Lippen.
»Nur daran denken«, unterbrach er seinen Kneipengast. »Aber niemals aussprechen. Leclerq würde jeden eiskalt wegen Verleumdung anzeigen, und seine Anwälte bringen einen schneller in den Knast, als einem lieb ist. Denk nur an den Autounfall auf dem Marktplatz, bei dem die kleine Leclerq die Schwiegermutter von Triben über den Haufen fuhr. Sie kam gerade von einer Fete und soll ganz schön getankt haben, sagt man. Und? Hat irgend jemand etwas unternommen? Die alte Grand-Mère Houet bekam hinterher ein paar Geldscheine in die Hand gedrückt, und das war's dann auch schon. Das hat dieses Miststück alles nur den Winkeladvokaten ihres sauberen Herrn Vaters zu verdanken. Ein Segen, daß sie tot ist!«
Er spuckte verächtlich aus.

»Sei also vorsichtig mit dem, was du sagst«, fügte er noch hinzu. »Von mir weißt du jedenfalls nichts, verstanden?«
Trizan nickte nachdenklich.
»Du könntest recht haben, mon ami«, erwiderte er nachdenklich.
Pierre Dupret reckte sich wieder vor, um wenigstens den Rest der Traueransprache mitzubekommen. Jean-Baptiste Trizan indessen beschloß, ein längeres Gespräch mit dem ehemaligen Fischer Tomaz Junot zu führen, dem alle bisher anstandslos ihre Boote zur Revision anvertrauten. Tomaz nämlich hatte angedeutet, erst vor zwei Wochen die Gasanlage auf Jules Arpeges Kutter geprüft zu haben. Er behauptete in seiner gewohnt unnachgiebigen Art, daß eine Anlage, die er überprüft hatte, nicht bereits zwei Wochen später schon Undichtigkeiten aufwies. Doch konnte man ihm überhaupt Glauben schenken? Tomaz genoß zwar immer noch den Ruf eines exzellenten Mechanikers, zählte jedoch nach der angeblichen Annahme eines Schecks aus dem Hause Leclerq, der es ihm ermöglichte, seinen Kutter für die Fahrgastbeförderung umzurüsten, kaum mehr zu den engsten Freunden der letzten in Ploudarneau verbliebenen Fischer. Verdammte Gerüchteküche, schimpfte Jean-Baptiste in sich hinein. Es kam noch soweit, daß man überhaupt keinem mehr in Ploudarneau trauen konnte.

Zur gleichen Zeit nahm auch Aubin Leclerq Kondolenzen entgegen. Im Gegensatz zu den Einwohnern der Altstadt hielt es der Bürgermeister angesichts seiner bevorstehenden Wiederwahl für angebracht, die Trauerfeier zum Andenken seiner Tochter ein wenig aufwendiger zu gestalten. Als Patron von Ploudarneau konnte er es sich nicht leisten, sie nur im engsten Kreise der Familie stattfinden zu lassen. Hinterher zählten nicht nur die Mitglieder ihrer Regattamannschaft, Abgesandte ihrer Sponsoren und die Mitarbeiter der Firmen, die sie bis dahin geleitet hatte, zu der Gruppe der Geladenen, sondern beinahe die vollständige Belegschaft von Herault Marine, angeführt durch Firmenchef Stefane Moulin. Leclerqs Haus glich zuletzt ganz zum Leidwesen seines eilends aus Südfrankreich angereisten Vaters einer einzigen Partygesellschaft. Aubin tröstete ihn darüber hinweg, daß es mit Sicherheit nicht in Emmanuelas Interesse gelegen hätte, wenn alle den halben Tag lang mit feuchten Taschentüchern vor den Augen herumgelaufen wären.
Gegen Nachmittag zogen sich Aubin Leclerq und Generalstaatsanwalt Jean Larouche ins Arbeitszimmer des Bürgermeisters zurück. Aubin Leclerq zog die Vorhänge von der nahezu deckenhohen Fensterfront beiseite und öffnete die Balkontür. Die beiden Männer traten ins Freie und genossen einen einzigartigen Rundumblick über die Stadt, die Bucht und den Flußunterlauf des Moyenne. Der Generalstaatsanwalt beugte sich vor und stützte sich auf das schwere schmiedeeiserne Geländer der Brüstung ab. Aubin ergriff als erster das Wort.
»Meinst du, es war eine gute Idee, ausgerechnet eine Frau mit den Ermittlungen zu beauftragen?« fragte er seinen Gesprächspartner und deutete zugleich auf die beiden Polizeiwagen, die auf der gegenüberliegenden Uferseite parkten.

»Du meinst Yvonne Beauville?« erwiderte der Südfranzose. »Sie ist die Beste im Fach, die ich kenne. Spezialistin für Terrorismusabwehr in Marseille. Genau am Schnittpunkt zwischen der Europäischen Union und solch politisch unsicheren Ländern wie Algerien, Tunesien oder Marokko. Von Libyen einmal ganz zu schweigen. Die Ermittlung in Attentatsfällen gehört zu ihrem Tagesjob. Und sie ist hungrig auf den Posten eines Hauptkommissars. Den hat man ihr versprochen, falls sie die Affäre Ploudarneau schnell und möglichst ohne großes Aufsehen aufklärt. Die Beauville ist es gewöhnt, diskret zu arbeiten. Nicht selten gehören nämlich die Revolvermänner nordafrikanischer oder vorderasiatischer Mullahs zu ihrer Klientel. Wenn mit deren Heimatländern verschiedene Staaten der EU auch noch Handelsabkommen unterhalten, schätzt man im Elyseepalast und am Quai d'Orsay überzogenen Theaterdonner nämlich ganz und gar nicht.«

»Ich habe jedenfalls noch nie von ihr gehört«, bemerkte der Bürgermeister. »Besitzt sie irgendwelche Referenzen?«

Larouche lachte.

»Daß du noch nichts von ihr gehört hast, erscheint kaum verwunderlich. Wie ich schon andeutete, gehört Diskretion zum A und O ihrer Arbeit. Erfolge würden sich wohl kaum einstellen, wenn ihr Konterfei ständig auf den Titelseiten der Yellowpress zu sehen wäre. Referenzen? Ich bin nicht sicher, ob ich von ihren Erfolgen überhaupt reden darf. Erinnerst du dich beispielsweise an die Eröffnung des Eurotunnels vor drei Jahren?«

»Ja«, antwortete Leclerq erstaunt. »Ich gehörte zu den Ehrengästen im ersten Zug, der von Sangatte nach Folkestone fuhr. Warum?«

»Oh, nichts weiter«, lächelte Larouche. »Daß du überhaupt in Folkestone lebend angekommen bist, verdankst du vermutlich ihr. Sie erhielt im letzten Augenblick einen Tip von einem Verbindungsmann aus Beirut. In den Radlagern des ersten Waggons war Plastiksprengstoff versteckt. Nicht viel, aber ausreichend, um den Zug zum Entgleisen zu bringen. Was das bei annähernd zweihundert Stundenkilometern in einer engen Tunnelröhre bedeutet hätte, brauche ich dir ja wohl nicht zu erläutern, oder?«

»Oh, Gott«, stöhnte Leclerq und sah seinen Bekannten aus weit aufgerissenen Augen an. »Das ist kein Scherz, oder?«

Larouche schüttelte den Kopf.

»Ganz und gar nicht, alter Freund«, versicherte er. »Du erinnerst dich an die Amun-Sekte, die 1995 den Giftgasangriff auf die Tokyoter U-Bahn verübte? Wußtest du, daß auf die Pariser Metro eine andere Gruppe ein ähnliches Attentat plante? Rate, wer es zu verhindern schaffte. Kurz darauf passierte die Sache in Moskau. Yvonne Beauville hatte den KGB über Mittelsmänner warnen lassen. Wegen machtpolitischem Gerangel zwischen den Verantwortlichen schenkte man der Warnung aus Marseille erst viel zu spät Beachtung. Nur deshalb mußten Menschen sterben.«

Nun lag es an Leclerq, seinen Kopf zu schütteln.

»Und das war sie? Eine Frau?«

Larouche lachte.

»Trenne dich von überholten Vorstellungen, bester Aubin«, forderte er den Bürger-

meister auf. »Nicht alle sind wie Adele oder diese Isabelle Dinard, die du bislang ziemlich erfolgreich vor der Öffentlichkeit versteckst.«
Er amüsierte sich über die offensichtliche Verblüffung seines Gesprächspartners.
»Nein, ernsthaft«, fuhr er fort. »Du hast es bei Kommissarin Beauville mit einer, sagen wir einmal, ungewöhnlichen Frau zu tun. Unterschätze sie ruhig. Das erleichtert ihr höchstens die Arbeit. Aber paß um unser aller Willen auf, daß sie nicht hinter Dinge kommt, die sie wirklich nichts angehen. Das ist nämlich leider Gottes ihre Spezialität. Ein paar europäische Regierungschefs und ein paar auf sehr spektakuläre Weise des Amtes enthobene Minister können ein Liedchen davon singen.«
»Was meinst du damit?« entgegnete Leclerq sichtlich interessiert.
Das Lachen des Generalstaatsanwalts verwandelte sich in ein breites Grinsen.
»Du mußt nicht alles wissen, alter Junge«, schmunzelte er schließlich. »Alles weiß selbst ich nicht. Kein Wunder. Aber ich sehe, du läßt ja doch nicht locker. An der Aufklärung der Affäre um die Lieferung von Chemieanlagen zur Herstellung von Kampfgasen an Libyen durch die Deutschen war die gute Yvonne auch nicht gänzlich unbeteiligt.«
»Sie gehört also zum Geheimdienst«, mutmaßte Aubin Leclerq. »Warum sagst du das nicht gleich.«
»Unfug!« meinte Larouche, wobei das Grinsen auf seinen Lippen schlagartig verschwand. »Was du gleich wieder denkst. Man sollte wirklich nicht zuviel reden. Das schadet nur der Sache.«
Ehe Aubin etwas erwidern konnte, betrat überraschend sein Vater Valery den Balkon.
»Würdet ihr so freundlich sein und mich in eure Unterhaltung mit einbeziehen?« brummte der Alte. »Ich verspüre wenig Lust, mit diesen Nassauern da unten den Tod meiner Enkelin zu feiern. Worüber sprecht ihr gerade?«
»Ach, nur über die Montage der Boote auf der Werft von Stefane Moulin«, log sein fünfzigjähriger Sohn. »Wußtest du eigentlich, daß jemand Emmanuelas Trimaran manipuliert haben soll? Der Sachverständige der Versicherung stellte fest, daß die gesamte elektrische Verdrahtung einen Fehler aufwies. Vermutlich durch einen Kurzschluß lief die Batterie leer, wodurch auf Emmanuelas Boot sowohl der Navigationscomputer als auch das Funkgerät ausfiel. Den Motor konnte sie natürlich zwangsläufig auch nicht mehr starten.«
Valery Leclerq zog die Augenbrauen nach oben.
»Sabotage?« entgegnete er ungläubig.
Sein Sohn schüttelte den Kopf und legte ihm beruhigend den Arm um die Schulter.
»Das wissen wir noch nicht, Vater«, entgegnete er. »Darum muß sich jetzt Moulin kümmern. Ich tippe eher auf Schlamperei. Auf drei anderen Booten gab es andere, jedoch weniger dramatische Ausfälle der Technik.«
»Unvorstellbar«, schüttelte der Alte den Kopf, »daß Stefane Moulin seine Trimarane lossegeln läßt, bevor sie nicht auf Herz und Nieren geprüft sind. Zumal er weiß, was von der Präsentation abhängt. Sollte nämlich die neue Serie ein Mißerfolg werden, dann ist er finanziell praktisch am Ende.«
»Was sagst du da, Vater?« zog sein Sohn die Stirn in Falten.

»Sag bloß, du weißt nichts von den finanziellen Schwierigkeiten der Firma?« rügte ihn Valery und zog ihn gleichzeitig beiseite. »Mein Gott, Junge! Du verlierst anscheinend wirklich langsam den Überblick. Als Geschäftsführer unseres Firmenkonsortiums mußt du die Augen schon offen halten. Liest du keine Bilanzen? Solltest du noch Anteile an Herault Marine haben, dann sieh bloß zu, daß du sie so schnell wie möglich loswirst.«
Aubin Leclerq schwieg. Und wie er Anteile an der Werft besaß. Denn die hatte er als zusätzliche Sicherheit im Rahmen der Finanzierung des Yachthafens an seine Bank verpfändet.

Langsam bog der alte, rostlöchrige Citroën oberhalb des Ortes Moulin-Castel von der Departementstraße zwischen der Pointe du Raz und Douarnenez ab und folgte dem asphaltierten Fahrstreifen hinauf zum Naturschutzgebiet am Kap Sizun. Hier stürzte sich das Land von einem beinahe achtzig Meter steilen Felsplateau ohne Vorwarnung ins Meer. Dort oben, dicht am Rand der Abbruchkante aus dunkel schimmerndem Granit, lag ein mit Efeu umranktes Herrenhaus aus dem vorigen Jahrhundert. Ein Landedelmann hatte hier seinerzeit, Hunderte von Kilometern von der Pariser Bastille entfernt, in der tiefen Abgeschiedenheit der bretonischen Küste die Wirren der Französischen Revolution überlebt und schließlich dieses Anwesen errichtet. Nun gehörte es Pascal Deforet, einem ehemaligen Hotelier aus Caen, der sich dort oben in der Unwirtlichkeit der Atlantikküste zusammen mit seiner Frau Denise niedergelassen hatte, um seinen wohlverdienten Lebensabend nicht einsam und untätig, sondern im Kreise der wenigen Gäste, die sich über das Jahr hinweg hierher verirrten, zu verbringen. Pascal und Denise Deforet konnten noch Jahre von ihrer Lebensversicherung zehren und hätten es gar nicht nötig gehabt, weiterzuarbeiten, aber einen Lebensabend strickend und Zeitung lesend im Schaukelstuhl wollten sie einfach nicht akzeptieren.
Frederic Guirec parkte den alten Citroën unter einer alten knorrigen Linde, die der Landedelmann irgendwann einmal im ehemaligen Vorgarten hatte anpflanzen lassen. Der Laubbaum paßte eigentlich gar nicht zur Vegetation auf dem Felsenkap, aber inzwischen gehörte er ebenso zu dem Landhaus wie seine neuen Besitzer aus der Normandie. Denise hatte den alten Kommissar aus Quimper den Berg hinauffahren hören. Seinen altersschwachen Citroën konnte sie schon anhand des jaulenden Getriebes von sämtlichen anderen Fahrzeugen unterscheiden. Der Wagen hörte sich inzwischen schlimmer an als der Lieferwagen des Bäckers, der noch aus den Armeebeständen der Amerikaner stammte.
»Willkommen im Hostal du Cap, Frederic!« rief sie, während sich Guirec mühsam hinter seinem Lenkrad hervorquälte. »Wie geht's dir, alter Freund? Wir waren ja so was von erstaunt, daß du schon im April deinen Urlaub nimmst.«
Notgedrungen, knurrte der alte Bretone in sich hinein. Man wollte mich ja unbedingt loswerden, dachte er verbittert. Ausrangiert, haben sie mich. Die Jüngeren halten jetzt

in Quimper das Heft in der Hand. Abgetakelt wie ein Fischkutter im Museumshafen von Douarnenez fühlte er sich. Aber er wollte vor seinen Gastgebern nicht griesgrämig erscheinen. Für seine schlechte Laune konnten Pascal und Denise nun wirklich nichts.
»Gut geht's«, brummte er und versuchte seiner Stimme einen möglichst heiteren Klang zu verleihen.
»Du weißt doch«, fügte er hinzu und erwiderte die angedeuteten Wangenküsse der beinahe schon siebzigjährigen Frau, die ihn trotz der gerade sieben Jahre Altersunterschied stets so behandelte, als hätte er noch sein ganzes Leben vor sich. »Schlechten Leuten geht es immer gut. Wo steckt Pascal?«
Denise Deforet lachte hell auf.
»Aber gut gelaunt scheinst du heute zu sein, Frederic«, erwiderte sie. »Pascal steht in der Küche. Er bereitet einen kleinen Imbiß für die Gäste vor.«
Frederic blickte sich erstaunt um. Er konnte keinen anderen Wagen entdecken.
»Oh, ihr habt noch mehr Gäste?«
Die alte Frau nickte heftig.
»Ein sehr netter, zurückhaltender Mensch«, bemerkte sie in ihrer erfrischend unbekümmerten Art, die so gar nicht zu den sonst eher schwermütigen Charakteren in der Bretagne paßte. »Er wird dir bestimmt sympathisch sein. Monsieur Dumont stammt aus Belgien. Na ja, ein bißchen verdreht scheint er manchmal zu sein. Du weißt ja, wie Wissenschaftler so sind.«
Sie hob ihre rechte Hand und machte mit dem ausgestreckten Zeigefinger eine kreisende Bewegung um die Stirn. Guirec blickte sie verständnislos an.
»Er ist angeblich studierter Meteorologe. Jedenfalls will er hier in der Gegend einen Teil seiner Forschungsarbeit erledigen. Die meiste Zeit ist er jedoch mit dem Wagen unterwegs. Ich habe ihn jedenfalls noch nie mit einem Buch unter dem Arm, geschweige denn mit irgendeinem Meßgerät herumlaufen sehen. Merkwürdige Studien, die er da treibt. Vielleicht ist ihm die Erholung aber auch wichtiger. Recht hat er. Es ist so schön hier oben im Frühling.«
»Aha«, brummte Guirec bloß und zerrte seinen Koffer aus dem Wagen.
Im Haus wurde der Kommissar von Pascal Deforet begrüßt. Der ehemalige Hotelier aus Caen war etwa fünf Jahre jünger als seine Frau, was auf Grund ihrer Rüstigkeit jedoch niemandem besonders auffiel. Seine beinahe kahle Glatze ließ ihn sowieso älter als Denise erscheinen. So paßte das Ehepaar trotz des Altersunterschiedes auch äußerlich gut zusammen. Guirec streckte seinem Bekannten die Hand hin.
»Frederic, mein Freund«, begrüßte ihn Deforet mit gewohnter Herzlichkeit. »Wie schön, dich endlich einmal wiederzusehen. Was machen die Mörder? Alles hinter Schloß und Riegel?«
Der alte Bretone überhörte die Bemerkung und ließ sich anstatt dessen erst einmal sein Zimmer zeigen. Schnaufend schleppte er seinen Hartschalenkoffer, ein Unding, zu dessen Anschaffung ihn seinerzeit Morgan überredet hatte, in den ersten Stock. Denise öffnete eine Tür und ließ sie weit aufschwingen. Dahinter tat sich ein heller, aufgeräumter Raum auf, dessen Fenster nach Norden, genau auf die gegenüberliegende Seite

der Bucht, zeigten. Bei klarer Sicht konnte man sogar die Klippen in Ufernähe erkennen. Guirec zeigte sich zufrieden. Denise Deforet zwinkerte freundlich mit den Augen und verließ ihren alten Bekannten, damit er sich eingewöhnen und etwas frisch machen konnte.
Eine halbe Stunde später machte sich der alte Kommissar auf den Weg, die Umgebung des Kaps zu erkunden. Er wußte zwar insgeheim, daß sich hier oben in der weitgehend vom Tourismus unberührten Natur wenig veränderte, trotzdem wollte er die Eindrücke der Umgebung erst einmal wieder auf sich einwirken lassen. An diesem Tag allerdings kam in ihm keine rechte Zufriedenheit auf. Zuviel ging ihm durch den Kopf. Besonders die drei unerledigten Mordfälle, von deren Aufklärung ihn Polizeipräfekt Albin Kozh kurzerhand durch einen angeordneten Zwangsurlaub entband, ließen ihn nicht los. Seit dem vergangenen Samstag hatte er kaum noch geschlafen. Nach den Spätnachrichten legte er sich zu Bett, um dann spätestens nach zwei oder drei Stunden meist aus einem alptraumhaften Schlaf aufzuwachen und anschließend ziellos in der Wohnung herumzuwandern. Wahrscheinlich war er wirklich schon zu alt für diese Art von Job. Im übrigen ließ sich seine reguläre Pensionierung ohnehin nicht verschieben. Die Entbindung von der Mordaufklärung durch seinen Chef bedeutete in Wirklichkeit nur eine Vorverlegung dieses Termins, der ohnehin zwangsläufig auf ihn zukam. Aber Frederic Guirec wollte nicht kampflos das Terrain räumen, denn er wurde tief im Innern das Gefühl nicht los, versagt zu haben.
Man hatte ihn einfach aufgegeben. Nicht nur Albin Kozh, denn auf dessen Meinung legte er sowieso keinen gesteigerten Wert, weil jeder wußte, daß sein Vorgesetzter lieber Golf spielen ging, anstatt sich um die Dienstgeschäfte in seiner Präfektur zu kümmern. Ihn schmerzte, daß es noch nicht einmal sein langjähriger Mitarbeiter Morgan für nötig befand, ihm Lebewohl zu sagen. Nur Lassalle hatte ihm wie üblich stumm die Hand gedrückt. Doch das täuschte nicht darüber hinweg, daß auch er sich längst damit abfand, einem neuen Herrn und Meister zu dienen. Und das sollte, soviel jedenfalls hatte er noch in Erfahrung bringen können, eine wesentlich jüngere Frau sein. Ausgerechnet eine Frau sollte seine Arbeit vollenden. Guirec fühlte sich in keiner Weise als Macho oder Chauvinist, aber sein im Verlaufe von dreiundsechzig Jahren entstandenes ziemlich konservative Weltbild ließ es einfach nicht zu, einen solchen Umstand zu akzeptieren. Eine Frau hatte seiner Ansicht nach in erster Linie den ehelichen Haushalt zu führen. Sollte sie, aus welchem Grund auch immer, Geld verdienen müssen, dann bitte als Sekretärin, Verkäuferin oder Bedienung in einem Restaurant oder Hotel, jedoch mitnichten als Chefin der Mordkommission. Eine Frau, die mit einer scharf geladenen Waffe auf Mörderfang ging? Unvorstellbar! Guirec kickte grimmig einen Stein, der ihm im Wege lag, beiseite.
Einige Zeit später erreichte er bereits schon etwas atemlos vom dauernden Stolpern über den Sentier des Douaniers, den Zöllnerweg hoch oben über dem Scheitel des Kaps, einen Felsvorsprung, der ihm einen weitgehend ungehinderten Blick über die Bucht von Douarnenez bot. Seufzend ließ er sich auf einen der wenigen glatten Felsen nieder und betrachtete das tiefblaue Meer, über das sich ein beinahe wolkenloser Himmel spannte. Er fuhr mit der Hand über den Boden, aus dem sein steiniger Sitz

emporragte. Frederic Guirec spürte Sand und Stein, strich über Moos und Flechten. Dann blinzelte er hinauf in den Himmel, wo ein paar Möwen den Fischerbooten folgten, die sich nach erfolgreichem Fang zurück zum nächsten Hafen begaben. Aus der Tiefe vernahm er das Gurgeln der See, die sich zwischen Felsnasen und Gesteinsbrocken einen Weg bis hinein in die schwarzen, von der See ausgewaschenen Höhlen im Kliff suchte. Ein paar Insekten umschwirrten ihn. Er wischte sie mit dem Arm beiseite.
Der alte Kommissar faßte in die Innentasche seines Mantels und holte eine bereits durchgefettete Papiertüte hervor. Er öffnete sie und zog eines der Croissants heraus. Sofort vermißte er Lassalle mit seiner ewig blubbernden Kaffeemaschine, aus der ihm sein Mitarbeiter in seine flache, breite Tasse eingoß und die er jedesmal bis zum Rand mit Milch auffüllen mußte. Schmerzlich vermißte er auch den ewig kaugummikauenden Lemardieux, der stets aussah wie ein Dandy und über dessen jungenhaftes Grinsen er sich schon so oft geärgert hatte. Und er dachte an Morgan, den er mehr als einmal am liebsten in eine andere Abteilung hätte versetzen lassen wollen, weil er mehr seine Frau und seine Hobbys als den Beruf im Kopf hatte. Doch sie alle konzentrierten sich schon auf die Frau aus Marseille, die neuen Schwung in den Laden bringen sollte.
Guirec seufzte erneut und biß in das nächste Gebäckstück. Eine junge Schlupfwespe umschwirrte ihn. Doch die schien früh am Vormittag noch so träge, daß sie sich mit einem Handschlag vertreiben ließ. An seinem beruflichen Aus konnten seiner Ansicht nach nur der Generalstaatsanwalt und der allmächtige Bürgermeister von Ploudarneau schuld sein. Jean Larouche, der fünfzigjährige Südfranzose, spekulierte schon seit langem auf den nächsten frei werdenden Posten eines Staatssekretärs im Justizministerium. Seit sich die alteingesessenen Seilschaften um den mittlerweile verstorbenen Präsidenten Mitterand langsam, aber sicher auflösten, um den nachrückenden Emporkömmlingen aus der Riege von Chirac Platz zu machen, fühlte auch Larouche die Zeit gekommen, selbst einen Sessel am Quai d'Orsay zu besetzen. Ein rascher Erfolg in der Affäre Ploudarneau unter seiner Mitwirkung schien für seine Karriereaussichten gerade recht. Schließlich gab der Generalstaatsanwalt hin und wieder Vorlesungen über Strafrecht an der Universität von Rennes, und eingeweihte Kreise wollten erfahren haben, daß er ganz privat an einer Abhandlung über ungeklärte Kriminalfälle schrieb.
Aber auch Aubin Leclerq besaß naturgemäß ein gewichtiges Interesse an einer raschen Aufklärung der Mordserie in unmittelbarer Umgebung seines Amtssitzes. Denn nicht nur das Wohlergehen seiner Bürger mußte ihm als Volksvertreter am Herzen liegen, sondern vielmehr der erfolgreiche Fortgang seiner Geschäfte. Von Benoit, einem Bruder des Kommandanten der Ortspolizei in Ploudarneau und seines Zeichens Chef der Abteilung für Wirtschaftskriminalität in der Polizeipräfektur von Quimper, hatte er ganz beiläufig gehört, daß die Finanzierung der Marina Port du Raz anscheinend auf nicht übermäßig soliden Beinen stand. Inzwischen konnte man sich in gewöhnlich gut unterrichteten Kreisen kaum noch des Eindrucks erwehren, daß Leclerq den Löwenanteil seiner Liegenschaften und sonstigen Unternehmungen würde veräußern

müssen, wenn sich der Sportboothafen, für den er einen großen Teil der Bürgschaften selbst übernommen hatte, als Fehlinvestition erwies. Hinter vorgehaltener Hand flüsterte man bereits über Solvenzschwierigkeiten von Herault Marine, an der Leclerq auch nicht gerade in geringer Weise beteiligt sein sollte. Blieben also die Liegeplatzbuchungen aus, kündigten Geschäftsleute ihre Pachtverträge und gab die reiche Klientel aus Brest, Rennes und Paris ihre Ferien- und Wochenenddomizile in Leclerqs Wohnpark auf, dann sah es düster aus um die Leclerqschen Unternehmungen. Und damit wäre der gute Aubin auch die letzte Zeit Bürgermeister eines Ortes gewesen, deren Aufstieg zu einer wirtschaftlich aufstrebenden Kleinstadt weitgehend seinem Engagement zu verdanken war.

Eigentlich besaßen sowohl Larouche als auch Leclerq, wie sich Frederic Guirec schließlich eingestand, gar keine Veranlassung, ihn noch länger auf seinem Posten als Chef der Mordkommission zu belassen. Ergebnisse waren gefragt, und die hatte er bei Gott nicht liefern können. Trotzdem tat etwas ganz tief in seinem Innern höllisch weh.

Er erhob sich und streckte seine müden Knochen im milden Aprilwind, der hier oben auf dem Kamm des Felsenplateaus leise durch die Gräser und Farne ging. Guirec strich seinen Mantel glatt, faltete sorgfältig das Papier, in dem seine Frühstückscroissants eingewickelt waren, und steckte es gedankenversunken in eine der tiefen Taschen. Trotz der warmen Sonne und dem Wind, der von den fernen Azoren heranwehte, fröstelte er. Doch er wollte nicht zurück in die behagliche Atmosphäre des Hostal du Cap, wo er sich bei einer Tasse heißer Schokolade den neugierigen Fragen von Pascal und Denise Deforet stellen mußte. Ihm fiel ein Spruch aus längst vergessener Schulzeit ein. Ich bin nicht gerne, wo ich hingehe. Ich war nicht gerne, wo ich herkam. Doch warum beobachte ich den Radwechsel mit Ungeduld?

Guirec marschierte noch ein Stück weiter und erreichte eine besonders steile Abbruchkante, wo sich der Granitfels mehr als siebzig Meter senkrecht ins Meer stürzte. Kein Geländer schützte den unvorsichtigen Betrachter, kein Hinweisschild warnte vor dem langsam unter seinen Schuhen nachgebenden Grund. Ein paar Steine machten sich selbständig und rutschten über die Kante. Er hörte nicht, wie sie weit unter ihm noch mehrmals aufschlugen und schließlich in der schäumenden Brandung versanken. Der alte Kommissar schloß die Augen und verharrte einen Augenblick, denn die enorme Höhe machte ihn schwindelig. Ein Boot glitt ganz dicht am Kliff vorbei über die nur mäßig bewegte See. Ein dunkler Katamaran, der an einem schwarzen Mast nur einen nachtblauen Spinnaker trug.

KAPITEL XVI

Die schwere Limousine bog hinter dem Marktplatz in die Rue du Port ein und folgte der breiten Straße bis hinunter zum Yachthafen. Eine dunkle Grüntönung der Scheiben und breite herabgeklappte Sonnenblenden schützten Fahrer und Beifahrer vor der hochstehenden Sonne und neugierigen Blicken. Der Wagen rollte, ohne viel Lärm zu verursachen, in einem hohen Gang über den Asphalt. Erst als der Kreisverkehr vor der Einfahrt zur Marina Port du Raz erreicht war, schaltete der Fahrer zurück. Die beiden Männer unterhielten sich und deuteten immer wieder auf die zum Teil noch leerstehenden Schaufenster der Geschäfte, die sich am Kopfende des Hafens entlangzogen. Bald darauf hielt der Wagen an, und die Fremden stiegen aus.

Derjenige, der die Limousine gesteuert hatte, ging zielstrebig auf die breite Kaianlage zu, an der normalerweise die Boote lagen, die zur Instandsetzung in die Werft von Stefane Moulin verholt oder gleich an Ort und Stelle repariert werden sollten. Doch an diesem Vormittag tat sich scheinbar gar nichts. Einige hochbordige Segelyachten und drei neu angelieferte Motorboote lagen im Wasser. Die erst vor gar nicht allzu langer Zeit begonnenen Arbeiten ruhten allem Anschein nach. Der andere Mann drehte sich um. Er hielt ganz offensichtlich nach dem Werftpersonal Ausschau. Als sich auch nach einigen Minuten noch nichts tat, ging er wieder zurück zum Wagen, nahm das Funktelefon und wählte eine Nummer.

Währenddessen lief der andere ein Stück den Kai entlang und erreichte den mit einer Steinaufschüttung zusätzlich verstärkten Wellenbrecher, der einerseits den Hafen vor dem Hochwasser des Moyenne und dem Wellenschlag des Atlantiks schützen sollte und andererseits als Zugangsweg zu den äußeren Steganlagen der Marina diente. Ein paar Augenblicke später betrat der Mann die nächstgelegene Brücke und lief den steilen Plankengang hinunter. Seine Schritte hallten blechern über den Hafen. Unten angekommen überprüfte er eingehend die im Untergrund versenkten Metallröhren, an denen die Stege zusammen mit den Booten im ewigen Gleichgang der Gezeiten mehrere Meter steigen und wieder fallen konnten. Anschließend faßte er die Stromkästen und die Wasserzapfstellen ins Auge und begutachtete lange und ausgiebig die Festmacheklampen, an denen die Yachten mit dicken Tauen und Ruckfendern aus schwerem Gummi hingen. Auf die Stimme, die hinter ihm erscholl, schien er gewartet zu haben. Ohne Hast drehte er sich um und stieg gelassen wieder auf den Wellenbrecher zurück. Am Außenende der Brücke verharrte Ambroise Vaouez, der stämmige kleine Hafenmeister. Er hielt ein Funksprechgerät an sein Ohr und gab gleichzeitig dem Fremden energisch und unmißverständlich zu verstehen, daß er den Steg unverzüglich zu verlassen habe.

»Guten Morgen, Monsieur«, begrüßte ihn der ungewöhnlich elegant gekleidete Eindringling. »Ich bin Serge Montoni von der Assecuranza del Santorini. Hier meine

Karte! Sie sind wohl der Hafenmeister, wenn ich nicht irre?«
Ambroise Vaouez warf einen mißtrauischen Blick auf das weiße Visitenkärtchen, das ihm der Mann reichte. Er war mit seinem Elektromofa in Windeseile vom Tower der Hafenmeisterei zum Außensteiger geeilt, nachdem er feststellen mußte, daß sich zwei Fremde allzu offensichtlich für die Hafeneinrichtungen und die im Wasser liegenden Boote zu interessieren schienen. Nach alldem, was sich in den vergangenen Tagen ereignet hatte, lagen auch bei den Verantwortlichen der Marina inzwischen die Nerven blank. Ambroise steckte das Kärtchen in die Brusttasche seines kurzärmeligen Hemdes und rückte seine weiße Dienstmütze zurecht.
»Was wünschen Sie?« fragte er jetzt schon eine Spur zugänglicher.
»Ich komme im Auftrag der Versicherungsfirma Assecuranza del Santorini in Genua. Mein Auftrag ist es, die Sicherheitsvorkehrungen im hiesigen Hafen unter die Lupe zu nehmen. Mein Partner, den Sie sicher auch schon gesehen haben, ist übrigens Luigi Pellegrini.«
Der kleine stämmige Hafenmeister holte tief Luft.
»Das gibt Ihnen aber noch lange nicht das Recht, hier einfach hereinzuschneien und ohne mein Wissen über die Steganlagen zu laufen. Haben Sie die Schilder am Hafeneingang nicht gesehen? Besucher müssen sich in der Capitainerie melden! Und schauen Sie hier!«
Er deutete auf eine Kunststofftafel, die seitlich an der Brücke hing.
»Was steht hier? Durchgang nur für Liegeplatzinhaber! Sind Sie Liegeplatzinhaber, oder können Sie nicht lesen?«
Der Mann mit dem italienischen Namen lächelte nachsichtig und machte eine besänftigende und gleichzeitig abwehrende Handbewegung.
»Non, Signor!« antwortete er. »Aber Signor Suze. Ihm gehört die Segelyacht dort unten. Er möchte die Assekuranz wechseln und bat uns um ein Angebot. Da seine Yacht mit mehr als zwei Millionen Franc versichert werden soll, gehört eine Besichtigung des Bootes und des Liegeplatzes zu den obligatorischen Maßnahmen, die unsere Firma trifft.«
»Na schön, Monsieur«, erwiderte der Hafenmeister. »Das gibt Ihnen aber trotzdem noch lange nicht das Recht ...«
»Hören Sie, Capitano«, sprach der Italiener in ruhigem Ton weiter. »Mein Partner und ich haben eine sehr lange Autofahrt hinter uns. Wir sind leidlich müde. Bene, wir haben das Hinweisschild übersehen. Ich entschuldige mich in aller Form für diesen, wie sagt man in ihrer Sprache, Fauxpas. Andererseits bin ich es, ehrlich gesagt, nicht unbedingt gewohnt, daß man hoch im Norden Frankreichs Sportboothäfen zum Land hin dermaßen absperrt und bewacht. Himmel, wenn ich da an die Italienische Riviera denke, dann könnte ich Ihre Vorsicht ja noch verstehen. Aber hier? In der Bretagne? Weitab von der Kriminalität der Großstädte? Und noch etwas. Lassen Sie sich von einem leidgeprüften Versicherungsfachmann sagen: professionell arbeitende Diebe kommen sowieso immer nur vom Wasser her.«
Ambroise Vaouez' Gesicht entspannte sich. Im Prinzip hatte der Mann recht. Noch vor zwei Wochen wäre er nicht Hals über Kopf mit dem Mofa auf den Steg geeilt, um

ein paar elegant gekleidete Männer, die sich das eine oder andere Boot anschauen wollten, zur Rede zu stellen. Es hatte sich einiges verändert, seit dieser Irre dort draußen sein Unwesen trieb. Und noch mehr, seit die junge Leclerq und ihr Mitsegler tödlich verunglückt und kurz darauf ausgerechnet das Boot von Jules Arpege in Flammen aufging, wobei auch noch drei weitere Kutter ausbrannten. Ambroise glaubte genausowenig an die These der Feuerwehrleute, daß ein Leck in der Gasleitung auf der »PENHIR« zu dem Unfall führte, wie ein großer Teil der Leute aus der Altstadt von Ploudarneau. Doch im Neubauviertel des Ortes und insbesondere in der Marina sowie im Yachtklub mochte keiner offen über etwaige Bedenken diskutieren. Offensichtlich hatte sich die Misere schon bis nach Genua herumgesprochen. Kein Wunder, daß die erst einmal sehen wollten, wie sicher die Boote hier im Yachthafen lagen, ehe sie den Eigentümer einer Zweimillionenyacht in ihrer Kundenkartei aufnahmen.
»Na schön, Monsieur«, antwortete er. »Für dieses Mal sei Ihnen verziehen, aber denken Sie das nächste Mal bitte an unser Reglement.«
»Aber selbstverständlich, Signor«, erwiderte der Italiener. »Der Yachtklub besitzt doch sicher ein Restaurant, nicht wahr? Mein Kollege Pellegrini und ich haben heute noch nichts gegessen. Die Region um Ploudarneau ist doch bekannt für seine exzellenten Hummergerichte, oder irre ich mich? Sie sehen auch sehr hungrig aus, Capitano. Darf ich Sie zum Mittagessen einladen? Sie würden mir eine große Freude machen.«

Yvonne Beauville, die fünfundvierzigjährige Spezialistin für Terrorismusabwehr aus Marseille, schlüpfte wieder in ihre neuen und deshalb noch sehr unbequemen Schuhe, ließ sich von Morgan die Tür zum Fond öffnen und stieg aus dem Wagen. Neugierig blickte sie sich um und sog dabei gierig die laue Brise ein, die das weit im Westen Frankreichs gelegene Kap an diesem Vormittag überraschend milde umschmeichelte. Mit den weit in den Atlantik vorstoßenden Landvorsprüngen der Bretagne hatte sie, die Wahlsüdfranzösin, seither immer nur Sturm, meterhohe Brecher und vorbeisegelnde kreischende Möwen in Verbindung gebracht. Sie genoß für einen kurzen Augenblick die milde Sonne und die klare, belebende Luft. Kein Vergleich zu Paris, wo durchaus schon Mitte April Smog die Atmosphäre verpestete. Und ganz zu schweigen von Marseille, in der zu dieser Jahreszeit bereits schwülwarme Luft vom Mittelmeer das Leben in der Innenstadt unerträglich machen konnte.
Antoine Lemardieux stieß die Kommissarin sanft an. Er deutete auf das weiße Gebäude der Küstenwache, doch Yvonne Beauville ließ sich nicht ablenken. Vorsichtig, damit sie nicht stolperte, bahnte sie sich den Weg hinunter zur Aussichtsplattform an der Pointe du Raz. Der helle Aprilhimmel, über den nur vereinzelt weiße, bauschige Wattewolken von Westen her aufs Land zutrieben, ließ den ungehinderten Blick auf den Leuchtturm La Vieille vor den Klippen und die weit vorgelagerte Ile de Sein, die an diesem Morgen außergewöhnlich deutlich zu erkennen war, zu. Kopfschüttelnd lehnte sich Lemardieux gegen den Wagen und schob sich einen Streifen Kaugummi

zwischen die Zähne. Morgan lief unschlüssig ein Stück hin und her, wobei er gedankenverloren Steine aufhob und zur Seite warf.
Eine Viertelstunde später betraten der Staatsanwalt und die Kriminalbeamtin das Gebäude der Küstenwache. Ein etwa vierzigjähriger Mann im typischen kurzärmeligen Hemd der französischen Marine empfing sie. Nach den Streifen am Ärmel zu urteilen, mußte es sich um einen Offizier der Militärpolizei handeln. Er führte sie kurz durch das Gebäude und erläuterte ihnen die Geräte und die Arbeit des Wachpersonals. Yvonne Beauville zeigte sich beeindruckt von den Beobachtungsmöglichkeiten, die sich der französischen Marine boten. Mehrere Minuten lang fingerte sie unter Anleitung an dem großen Farbradargerät herum und versuchte, die Fischer, die sie durch das Fenster wahrnehmen konnte, auch auf dem Bildschirm zu identifizieren. Schließlich gesellte sich ein zweiter Mann zu ihnen. Es handelte sich um Ronan Samzun, den Wachhabenden vom vergangenen Montag. Samzun grüßte knapp und ließ sich hinter dem Kontrollpult nieder.
»Gibt's was Neues?« fragte der Offizier, der sich als Jacob Selier vorgestellt hatte.
Samzun hob den Kopf.
»Nur den Wetterbericht. Wollen Sie das Fax sehen?«
Selier nickte. Sein Untergebener suchte das Blatt, das er erst vor ein paar Augenblicken beiseite gelegt hatte. Der Offizier warf einen Blick auf den Ausdruck. Nickend reichte er Samzun das Fax zurück.
»Kein Nebel«, brummte er sichtlich zufrieden.
»Kein Nebel?« fragte Yvonne Beauville überrascht. »Was soll das bedeuten?«
Selier drehte sich zu ihr um.
»Nun, Madame«, antwortete er geduldig. »Die Mordfälle in der Umgebung sind auch an der Küstenwache nicht spurlos vorübergegangen. Auch wir machen uns so unsere Gedanken. Schließlich sind wir für die Sicherheit auf See verantwortlich. Aber, wie dem auch sei, nichts deutet darauf hin, daß sich in absehbarer Zeit Küstennebel bilden wird. Eigentlich ungewöhnlich angesichts der stabilen Hochdrucklage. Ich bin da immer etwas skeptisch. Aber was soll's? Der Meteroologische Dienst ist jedenfalls vom Gegenteil überzeugt.«
Er deutete auf eine Sitzgruppe und bat seine Besucher, Platz zu nehmen.
»Sie sind aber doch bestimmt nicht nur deswegen gekommen, um eine kostenlose Führung zu bekommen. Sie wissen hoffentlich, daß Sie sich hier auf militärischem Sperrgebiet befinden. Bitte lassen Sie nichts von unserer Arbeit, von unserer Einrichtung und von unserem Personal außer für den Dienstgebrauch nach außen dringen. Unsere Leitung in Brest reagiert in entsprechenden Fällen stets ein wenig verschnupft.«
Lemardieux grinste breit. Er hatte die Militärs noch nie besonders leiden mögen. Jede Form der Bevormundung betrachtete er als eklatante Beschneidung seiner Persönlichkeit, jeden Drill als antiquiertes Gehabe machtbesessener Sandkastenstrategen, die daheim oder im engeren Freundeskreis ohnehin niemand mehr ernst nahm. Aus diesem Grunde hatte er sich auch damals geweigert, den Militärdienst zu absolvieren, sondern war anstatt dessen quasi als Ausgleich für ein französisches Unternehmen in den Niederlanden tätig gewesen.

»Wir werden«, antwortete der Staatsanwalt und mahlte besonders deutlich mit seinen Zähnen auf dem Kaugummi herum, »nichts von den militärischen Geheimnissen, die Sie uns unter Umständen anvertrauen, nach außen dringen lassen. Seien Sie sich dessen gewiß.«
Yvonne Beauville musterte verstohlen den Offizier der Militärpolizei. Sie rechnete mit einer scharfen Zurechtweisung, weil sich Lemardieux allzu offensichtlich über die Militärvorschriften lustig machte. Doch Jacob Selier schien den tieferen Sinn der Bemerkung gar nicht begriffen zu haben, nickte beipflichtend und strich anstatt dessen mit der rechten Hand über die messerscharf gebügelten Falten seiner schneeweißen Diensthose. Yvonne schaute hinüber zum Kontrollpult, vor dem Ronan Samzun saß und mit einem Feldstecher ungewöhnlich aufmerksam den Horizont absuchte. Irrte sie sich oder zuckten Samzuns Achseln nicht geradezu konvulsivisch?
»Womit kann ich Ihnen also helfen?« fragte Selier und schaute Yvonne Beauville erwartungsvoll an.
Die Kriminalbeamtin öffnete ihre Handtasche und suchte ihre Zigaretten. Als sie sich eines der Stäbchen zwischen die hellrosa geschminkten Lippen schob, flammte auch bereits das Armeefeuerzeug des Militärpolizisten auf. Sie bedankte sich und deutete fragend auf die geöffnete Schachtel. Selier schüttelte den Kopf, stand auf und besorgte einen Aschenbecher.
Ein fescher Kerl, dachte Yvonne bei sich. Genau wie Richard Gere in dem Film »Ein Offizier und Gentleman«.
»Nun«, begann sie einen Wimpernschlag später. »Sie wissen vielleicht, daß ich den Fall erst vor kurzem übernommen habe. Bisher habe ich nur Aktenstudium betrieben. Dabei tauchten immer wieder zwei Fragen auf, die mir nur ein Fachmann der Küstenwache, also ein ausgebildeter Nautiker, beantworten kann.«
Selier hob erwartungsvoll den Kopf. Seine Augen blitzten auf. Exakt den richtigen Ton getroffen, gestand sich Lemardieux mit dem Anflug eines Neidgefühls ein.
»Ich bin ganz Ohr«, antwortete der Offizier.
»Zunächst einmal beschäftigt mich der Fall, der sich vor etwa zehn Tagen zugetragen hat«, fuhr die Kriminalkommissarin fort.
»Ein Segelboot trieb führerlos in den Hafen von Ploudarneau hinein, wo es sich im Heckkorb einer der dort vertäuten Yachten verfing. Die Geschichte ging durch die Presse. Ich denke, Erläuterungen der näheren Umstände erübrigen sich. Mich interessiert hierbei, ob es aus strömungstechnischer Sicht während der frühen Morgenstunden des besagten Tages überhaupt möglich war, daß eine Yacht ohne fremde Hilfe in den dortigen Hafen und dann auch noch exakt in das Vorbecken der Marina hineintreiben konnte.«
»Das prüfen wir nach, Madame«, erwiderte der Militärpolizist. »Und die andere Frage?«
»Die andere Frage dreht sich um den Mordfall vom Sonntag. Hierzu möchte ich gerne Monsieur Samzun befragen.«
»Stellen Sie Ihre Frage. Sergeant, treten Sie vor!«
Der jüngere Mitarbeiter der Küstenwache erhob sich, strich sich den dunkelblauen Marinetroyer zurecht und nahm vor dem Besprechungstisch Haltung an.

»Rühren!« brummte der Offizier, was Samzun veranlaßte, die Hände hinter dem Rücken zu verschränken und sich breitbeinig auszurichten.
Lemardieux schüttelte unwillig den Kopf. Er schob dem jungen Mann einen Sessel zurecht und wies ihn mit einer Handbewegung an, Platz zu nehmen. Samzun blickte überrascht zu seinem Vorgesetzten hinüber. Dessen Blick blieb wie versteinert.
»Nun setzen Sie sich schon, Monsieur«, knurrte Lemardieux. »Sie sind zwar beim Militär, aber im Moment in erster Linie Zeuge der Anklage. Und mit Zeugen rede ich nicht, wenn ich zu ihnen aufblicken muß. Oder erwarten Sie von uns, daß wir aufstehen?«
Zögernd ließ sich Ronan Samzun in den dargebotenen Sessel gleiten. Kerzengerade blieb er sitzen und schaute dabei geradeaus. Er traute sich allem Anschein nicht, nach links zu sehen. In die Richtung, in der Selier mit übereinandergeschlagenen Beinen saß und abwechselnd ihn und den Staatsânwalt feindselig anstarrte.
»Très bien«, meinte schließlich die Kommissarin. »Gut, Monsieur Samzun. Erzählen Sie uns noch einmal ganz genau, was Sie am Morgen des vergangenen Sonntags hier im Kontrollraum der Küstenwachstation bemerkt haben.«
»Aber«, begehrte der junge Mann auf, »das habe ich doch schon alles zu Protokoll gegeben.«
Lemardieux ließ sich aufstöhnend gegen die Lehne zurücksinken. Genauso hatte er sich Vernehmungen von Militärs vorgestellt.
»Monsieur«, ermahnte ihn Yvonne Beauville. »Ich kann Sie auch nach Quimper oder zur Militärkommandantur nach Brest vorladen lassen, wenn Ihnen das lieber ist.«
Es bedeutete ihm sichtliche Überwindung, in das Gesicht des Offiziers zu blicken. Dessen Miene blieb ausdruckslos.
»Nur zu, Sergeant«, forderte er ihn tonlos auf. »Beantworten Sie ruhig die gestellte Frage.«
Stockend begann Ronan Samzun von den Ereignissen an dem besagten Tag zu berichten. Er schilderte, daß er die Wache von Louis Plenarz übernahm, bestimmte Routinen erst einmal ins Wachjournal eintrug und bei CROSS Corsen wegen der Wetterentwicklung nachfragte. Schließlich kam er zu der Begebenheit, als ein schon seit einiger Zeit von Nordosten nach Südwesten laufender Lichtpunkt plötzlich vom Bildschirm des Farbradars verschwand. Der Offizier räusperte sich vernehmlich.
»Wollten Sie etwas sagen?« unterbrach Lemardieux den Redefluß des Küstenwachbediensteten.
»Sergeant! Bitte bleiben Sie bei der Sache! Wir wissen doch inzwischen alle, daß Sie sich geirrt haben müssen! Keiner der anderen Stationen hat ihre Beobachtung bestätigen können.«
»Die besitzen auch noch kein hochauflösendes Farbradar«, begehrte Samzun auf.
»Der Abstand beträgt zur Chaussee de Sein von hier aus keine zwei Seemeilen. Die anderen Radarstationen sind doch viel weiter entfernt. Im übrigen ...«
»Sergeant! Hier ist weder der Ort noch der Zeitpunkt für die Erörterung Ihrer Phantasievorstellungen. Wenn Sie weiter ...«
»Im übrigen?« unterbrach Lemardieux erneut und blickte den Mann mit dem unter-

geordneten Militärdienstgrad ermunternd an. »Also? Im übrigen? Was soll das bedeuten: ›im übrigen‹?

Samzun starrte betreten auf seine Hände.

»Antworten Sie, Monsieur Samzun!« mischte sich jetzt wieder die Kommissarin ein und wandte sich gleich darauf an den Offizier. »Ich muß einen Mordfall aufklären, Monsieur, und nicht klären, ob und inwieweit Ihr Mitarbeiter dienstfähig ist. Momentan jedoch gehe ich jeder, ich betone jeder, noch so kleinen Spur nach. Himmel, im Zusammenhang mit den drei Mordfällen scheint mir mittlerweile überhaupt nichts unmöglich. Der Kerl wird an der Küste schon das ›Nebelphantom‹ genannt. Ich verspüre absolut kein Verlangen danach, in Kürze die vierte Mordfallakte auf meinem Schreibtisch vorzufinden.«

»Gut«, murmelte Jacob Selier nach kurzem Überlegen und blickte seinen Untergebenen scharf an. »Aber bleiben Sie ausschließlich bei den Fakten. Fakten, Sergeant, und keine persönlichen Interpretationen der Geschehnisse. Die Damen und Herren der Strafverfolgung müssen sich schon selbst einen Reim darauf machen. Ich jedenfalls kann es nicht.«

»Ich danke Ihnen für den Vortrag, Monsieur«, entgegnete Lemardieux ungerührt und bemerkte, daß der Anflug eines flüchtigen Grinsens über die Wangen des Wachhabenden huschte.

»Ich kann nur folgendes sagen«, fuhr Samzun fort.

Der junge Mann wirkte nervös und übervorsichtig. Man mußte ihm wegen seiner Beobachtung schwer zugesetzt haben. Um so mehr interessierte sich Lemardieux für seine Aussage.

»Ich bemerkte einen Lichtpunkt auf dem Bildschirm des Farbradargerätes. Aber er war sehr schwach. Nur sehr undeutlich auszumachen. Aber er war da, so wahr ich hier sitze! Und urplötzlich, der Punkt befand sich auf halbem Wege zur Klippe Le Chat, nichts mehr! Weg! Der Lichtpunkt war einfach verschwunden!«

»Einfach so?« fragte Yvonne Beauville.

»So ist es, Madame«, antwortete Samzun.

»Können Sie mir das am Bildschirm demonstrieren?«

Ohne auf einen Einwand seines Vorgesetzten zu warten, erhob er sich und ging zum Radargerät hinüber. Yvonne folgte ihm. Er stellte das Gerät auf die entsprechende Entfernungsskala ein und zeigte ihr den ungefähren Verlauf des Lichtpunktes. Yvonne nickte.

»Ein relativ kleines Boot also«, meinte sie schließlich.

Samzun nickte.

»Ein Sportboot also«, stellte sie schließlich fest. »Ziemlich flach vermutlich und entweder aus Kunststoff oder aus Holz. Ein Fischer kommt nicht in Frage. Die Kutter bestehen heute überwiegend aus Metall. Was meinen Sie? Ein Segler, dem der Radarreflektor aus dem Mast gefallen ist?«

Samzun blickte verblüfft auf. Eine ähnliche Vermutung war ihm auch schon gekommen.

»Möglich«, antwortete er vorsichtig. »Pardon, Madame, aber sind Sie vom Fach?«

Die Kriminalbeamtin lachte.

»Wenn Sie meinen, ob ich gelernte Nautikerin bin, muß ich Sie enttäuschen. Aber ich verstehe ein wenig von Wassersport. Jedenfalls habe ich ein paar Kurse in Navigation, einen übrigens in Radarnavigation auf einer Mittelmeerfähre, absolviert.«
Samzun nickte beeindruckt. Seine Frau wollte von seinem kleinen Sportboot, mit dem er hin und wieder mit Freunden zum Fischen hinausfuhr, überhaupt nichts wissen.
»Welche Erklärung haben Sie eigentlich für dieses Phänomen?« fragte sie so leise, daß sie der Militärpolizist nicht verstehen konnte.
»Ein Segelboot oder ein Sportfischer«, flüsterte der junge Mann. »Bei dem Segler könnte der Radarreflektor heruntergefallen sein. Das glaube ich aber nicht, denn es herrschte nicht mehr allzuviel Seegang. Ein Sportfischer könnte ihn abgenommen haben. Dann wird man auf jedem Radarbildschirm praktisch unsichtbar. Na ja, Sie brauchen nur einmal Ihre Kollegen von den Ortsgendarmerien zu fragen. Es gibt hier in der Umgebung immer schon einmal Fälle von Fischfrevel. Gerade bei Nebel fahren die Burschen gerne hinaus und räumen den Berufsfischern ungesehen die Hummerkörbe leer.«
»Und zum Auffinden der Fanggründe benutzen sie Differential-GPS, stimmt's?« führte sie befriedigt aus. »Zumindest bei dichtem Nebel eine perfekte Tarnung.«
Die Überraschung in Samzuns Gesicht sprach Bände. Yvonne grinste breit.
»Ich sagte doch bereits, daß ich ein ganz klein wenig von der Seefahrt verstehe, nicht?«
Sie wandte sich mit fragendem Blick an den Offizier. Jacob Selier erhob sich, strich sich mit geübtem Handgriff über die Bügelfalten und ging kerzengerade auf die Kriminalbeamtin zu. Schneidig, der Junge, dachte sie bei sich. Ob der auch noch so schneidig war, wenn er mit einem Segelboot bei Nebel mutterseelenallein irgendwo vor dem Hafen von Ploudarneau herumtrieb? Zehn Minuten später verdeutlichte ein Strömungssimulationsprogramm auf sehr eindrucksvolle Weise, daß während eines sehr eng begrenzten Zeitraumes innerhalb einer Tide das führerlose Hineintreiben einer Yacht unter gesetztem Vorsegel in den Hafen von Ploudarneau durchaus möglich erschien. Und dabei hätte es noch nicht einmal einer großen Portion Glücks bedurft.

Lucie Fontesneuf drückte nervös ihre halb aufgerauchte Zigarette im Aschenbecher aus und richtete zum tausendsten Mal ihre Frisur. Viel zu ordnen gab es indessen nicht, denn Michele, ihr Friseur aus dem 4. Arrondissement, hatte wie immer ganze Arbeit geleistet. Lucie Fontesneuf trug eine modern gestylte, nach hinten gekämmte Fönfrisur, die ihre etwas strengen aristrokratischen Gesichtszüge erst so richtig zur Geltung brachte. Dunkelbraune Locken umschmeichelten einen sehnigen Hals, den zudem eine zweireihige Perlenkette schmückte. Nicht nur diese Kette, sondern auch das Chanelkostüm, die Brillantringe an ihren langen, von der Sonnenbank gebräunten Fingern und die mit Edelsteinen besetzte Cartier-Armbanduhr deuteten darauf hin, daß sie es im Leben zu etwas gebracht haben mußte. Eine Heerschar von Kosmetikerinnen, Bodybuildern und Chirurgen bemühten sich jahrein, jahraus, eine gewisse Unvergänglichkeit ihrer reifen Schönheit zu bewahren. Lucie

Fontesneuf wirkte neben ihrer dreiundzwanzigjährigen Tochter eher wie deren ältere Schwester.

Gabriel Fontesneuf hatte sich während der Regentschaft Mitterants einen Namen im Außenministerium gemacht, ehe er unter Chirac ins Verteidigungsressort wechselte und dort seit einem Jahr das Amt eines Staatssekretärs bekleidete. Gabriel Fontesneuf galt als aussichtsreichster Kandidat für die demnächst anstehende Neubesetzung des Ministeramtes. Er verkörperte genau den Typ Politiker, dem das französische Militär endlich durchgreifende Erfolge im beinahe schon aussichtslosen Kampf um die Durchführung von Atomtests im Pazifik zutraute. Integer, weltoffen und modern stellte er sich gegenüber Presse und Fernsehen in Positur, doch hart, bisweilen ungerecht und mit einem deutlichen Hang zur Rücksichtslosigkeit kannten ihn seine engsten Mitarbeiter, seine wenigen ihm noch verbliebenen Freunde und seine Familie. Erfolg macht einsam, galt seine Parole. Manchmal glaubte Lucie, ihr Mann sei auch noch stolz darauf.

Lucie Fontesneuf paßte nicht in das Klischee einer typischen Politikergattin, so wie sie zu Hunderten die Wartezimmer der Psychotherapeuten füllten. Sofort nach dem Schulabschluß ihrer Tochter stürzte sie sich wieder in die Arbeit. Lucie hatte Theaterwissenschaft studiert, und die politischen Beziehungen ihres Mannes verschafften ihr Gehör bei den Intendanten der Theaterbühnen. Sie nahm ein paar Engagements an, erkannte jedoch bald ihre wahre Begabung. Seit zwei Jahren moderierte sie nun sehr erfolgreich eine Fernsehtalkshow. Und genau dieser Job führte seit zwei Jahren immer wieder zu Streitereien mit Gabriel, der ihr nur zu gerne in die Moderation hineingeredet hätte. Seitdem sie einigen seiner Parteifreunde in ihren berüchtigten Live-Interviews zur besten Sendezeit ein paar sehr unbequeme Fragen zu Umweltschutzthemen gestellt hatte, versuchten neuerdings gewisse politische Zirkel, ihre Sendung bei den TV-Verantwortlichen in Mißkredit zu bringen. Seit ein paar Wochen blieben sogar die ersten Werbekontingente aus. Gabriel hatte ihr zwar immer wieder versichert, daß er nichts, aber auch rein gar nichts mit derartigen Interventionen zu schaffen habe, insgeheim jedoch mutmaßten sie und ihr Chefredakteur, daß er zumindest als Drahtzieher hinter den Attacken gegen den Sender stand. Gabriel Fontesneuf wollte keine bis über die Landesgrenzen hinaus bekannte und zudem auch noch besonders kritische Fernsehmoderatorin, sondern eine Frau an seiner Seite wissen, die zumindest nach außen hin die perfekte Ministergattin abgab.

Warum sich Lucie nicht schon längst von ihrem Mann getrennt hatte, lag daran, daß sie ein sehr ambivalentes Verhältnis zu Moralbegriffen wie Ehe, Treue und Scheidung besaß. Eine Scheidung wäre für sie nie in Frage gekommen. Auch einer Scheidung auf Verlangen ihres Mannes hätte sie niemals zugestimmt. Der Begriff Treue gehörte als fester Bestandteil zu ihrer Weltanschauung. Wer einmal einen Eid schwor, mußte eben auch für alle Zukunft treu zu seiner einmal getroffenen Entscheidung stehen. Bisher bezog sich diese konservative Einstellung auch auf ihre Sexualität. Doch dann trat vor zwei Monaten gleichsam wie ein Donnerschlag Alain in ihr Leben. Alain, bekannter Schauspieler aus einer noch bekannteren Fernsehserie, die als schier unendliche Seifenoper allabendlich über die Mattscheiben flimmerte, wurde eines Tages als Gast in ihre Talkshow eingeladen. Vom ersten Augenblick an konnte sie sich seinem jugendlichen Charme nicht entziehen. Nach einer nervenzermürbenden Woche, während der sie verzweifelt versuchte, die kommenden Liveinterviews mit Bossen aus Wirtschaft, Politik und Kultur vorzubereiten, nach sieben Tagen voller Selbstzweifel, Vorwürfen und brennender Sehnsucht warf sie schließlich entnervt alle Widerstände über Bord und gab sich ihm leidenschaftlich hin. Freilich durfte diese Liebschaft nie ans Tageslicht kommen. Es hätte das Ende der politischen Karriere ihres Mannes bedeutet, das Aus für einen eher mittelmäßigen Schauspieler und die Auflösung ihres Vertrags mit dem Fernsehsender. Doch eben dieses Versteckspiel, von dem niemand etwas wissen, ja noch nicht einmal etwas ahnen durfte, beflügelte ihre Leidenschaft nur noch mehr. Sie suchten nach den aberwitzigsten Möglichkeiten für ein paar Stunden inniger Umarmung. Schon nach kurzer Zeit vermieden sie Hotels in Paris und große Landgasthöfe in der näheren Umgebung. Sie benutzten Leihwagen, flogen getrennt von verschiedenen Flughäfen, um sich dann irgendwo zu treffen, immer darauf bedacht, die Spuren hinter sich zu verwischen. So hatte Alain vor einigen Tagen einen Bekannten gebeten, für ihn einen kleinen Motorkreuzer zu kaufen. Weil das Boot schon seit geraumer Zeit die Verkaufslisten des Yachtmaklers belastete und ohnehin viel zu teuer angeboten wurde, zögerte dieser auch nicht lange, nahm anstatt dessen dankbar die gebündelten Francnoten entgegen und händigte seinem Kunden auch ohne aufwendige Vertragsgestaltung die Bootspapiere und Schlüssel aus. Solche Kunden waren ihm die liebsten, die keine langen Fragen stellten und sogar die vielen offensichtlichen Mängel ignorierten.

Die Beifahrertür wurde aufgerissen.

»Hallo, mein Engel!« rief ein junger Beau und warf seine Reisetasche auf den Notsitz des Sportwagens. »Ich habe dich so sehr vermißt.«

Lucie Fontesneuf schlang ihre langen, schlanken Arme um den Hals des jungen Schauspielers. Gierig sog sie den Duft seiner Haare ein. Etwas in ihr regte sich. Eine den Atem nehmende Mischung aus Leidenschaft und Verlangen überspülte ihre Gedanken wie eine weißschäumende Welle einen Felsen in der Brandung.

»Alain«, stammelte sie. »Alain, mein Leben. Mein Gott, wie schön, daß du endlich da bist. Ich habe jede Sekunde gezählt, bis dieser verdammte Flieger endlich auf der Landebahn aufsetzte. Himmel, küß mich!«

Alain Dufoe nahm seine zwanzig Jahre ältere Geliebte sanft in die Arme und drückte sie an sich. Im Grunde seines Herzens war er alles andere als der leidenschaftliche Serienheld, den er tagein, tagaus in der Fernsehserie spielen mußte. Während der meisten Folgen dieser Seifenoper bestand seine Hauptaufgabe darin, in weit ausgeschnittenen Boxershirts und knallengen Jeans zu posieren und die ebenso jungen Darstellerinnen vor den lüsternen Augen des Publikums möglichst gleich reihenweise zu verführen. Warum er sich ausgerechnet in eine Frau verlieben mußte, die ohne weiteres seine Mutter hätte sein können, verstand er auch nicht. Vielleicht lag es daran, daß ihre Liebe zu ihm echt und ihre Umarmungen nicht so einstudiert schienen wie die der namenlosen Komparsinnen.

Alain Dufoe bog den muskulösen Hals weit zurück und ließ sich von seiner Geliebten liebkosen.

»Alain, oh, Alain«, stöhnte Lucie und vergrub ihre Zähne in sein braunes Muskelfleisch.
»Nicht doch«, lachte Alain und stieß sie sanft beiseite. »Du tust mir weh. Bist du verrückt? Was soll mein Regisseur von mir denken, wenn ich zu den nächsten Aufnahmen mit lauter Hämatomen am Hals erscheine. Es gibt noch keine Folge, in der Vampire mitspielen.«
Die Frau auf dem Fahrersitz lachte sichtlich vergnügt auf, drehte den Schlüssel im Zündschloß ihres Sportwagens herum und startete. Die vier Zylinder dröhnten los. Sie warf dem jungen Beau an ihrer Seite einen verführerischen Blick zu, legte den ersten Gang ein und brauste mit qualmenden Reifen über den Flughafenparkplatz in Richtung Ausfahrt.
»Wohin geht es überhaupt?« fragte sie ihn, nachdem sie schon geraume Zeit über die Landstraße preschten.
»An die Westküste der Cornouaille, mein Engel«, antwortete Alain Dufoe. »Nach Ploudarneau. Dort liegt das Motorboot, von dem ich dir berichtet habe. Ploudarneau besitzt einen riesigen, neu errichteten Yachthafen. Mitten in der Woche wird uns dort kein Mensch stören.«
Lucie Fontesneuf schenkte ihm ein zärtliches Lächeln. Alain legte sanft seinen Arm um die Schultern seiner Geliebten. Noch knapp zwei Stunden, dann würde nichts mehr einer innigen Umarmung im Wege stehen.

Es klopfte an der Tür, und die elegant gekleidete Vorzimmerdame trat ein.
»Pardon, Monsieur le Maire, ich weiß, daß Sie eigentlich nicht gestört werden wollten, aber draußen warten zwei Herren, die Sie unbedingt sprechen möchten.«
Aubin Leclerq blickte erstaunt hoch.
»Nanu?« fragte der Bürgermeister. »Um wen handelt es sich denn. Habe ich einen Termin vergessen?«
»Non, Monsieur le Maire«, erhielt er als Antwort. »Die beiden Herren kommen unangemeldet, aber sie sind aus dem Ausland und angeblich nur sehr kurzfristig in der Gegend. Wenn ich sie richtig verstanden habe, geht es wohl in erster Linie um den Yachthafen und Ihre Liegenschaften im Ort. Die Herren sind allem Anschein nach von einer italienischen Versicherungsagentur. Ich hielt es trotz der Umstände für angebracht, Sie zu informieren. Soll ich die Herren vorlassen?«
Aubin Leclerq lehnte sich in seinem Sessel weit zurück und schloß für einen kurzen Moment die Augen. Was hatte er mit einer italienischen Versicherungsagentur zu schaffen? Wollten die ihm ein Angebot unterbreiten? Seit die europäische Wirtschaftsunion den länderübergreifenden Service von Dienstleistungen aller Art innerhalb der EU zuließ, war es kein Wunder, wenn auch ausländische Anbieter von Versicherungsleistungen ihre Claims neu abstecken wollten. Nun, es würde kein Fehler sein, sich die Offerte unterbreiten zu lassen. Vielleicht waren die Italiener ja tatsächlich viel günstiger als die Inter-France, bei der er bislang seine Verträge abzuschließen

pflegte. Er schlug die Augen wieder auf und seufzte tief.
»Bitten Sie die Herren herein«, antwortete er und erhob sich. »Und servieren Sie doch bitte Sherry. Den englischen Sherry, den ich von der letzten Reise mitgebracht habe. Er grinste schwach.
»Wir wollen doch in Ploudarneau Weltoffenheit demonstrieren, nicht wahr?«
Wenige Minuten später schüttelte er mit gespielter Herzlichkeit die Hände zweier sehr elegant gekleideter Männer offensichtlich süditalienischer Abstammung. Aubin bat sie, am Besuchertisch Platz zu nehmen.
»Was kann ich für Sie tun, Monsieur?« fragte er, nachdem seine Sekretärin die Getränke serviert und die Türe wieder hinter sich geschlossen hatte.
Der Mann, der sich als Serge Montoni vorstellte, schmunzelte vielsagend.
»Die Frage ist eher, was wir unter Umständen für Sie tun können, Signor Leclerq«, entgegnete er.
»Ich verstehe nicht«, meinte der Bürgermeister erstaunt.
»Dann will ich Ihnen auf die Sprünge helfen«, kam der Mann mit dem italienischen Namen unmittelbar auf den Punkt. »Sehen Sie, die Assecuranza del Santorini hat sich auf die Betreuung besonders exponierter Liegenschaften spezialisiert. Hierzu gehören unter anderem große Hotelanlagen, Ferienparks, Wohnkomplexe, aber auch Gewerbebetriebe wie beispielsweise Werften und Hafenanlagen. Wir bieten einen umfassenden Service, der seinesgleichen in Europa sucht. Die Assekuranza dürfte in vielen Dingen wesentlich leistungsfähiger als die Konkurrenz sein.«
Der Bürgermeister kniff die Augen zu schmalen Schlitzen zusammen. Irgend etwas stimmte nicht. Der Italiener kam ihm vor wie ein Gebrauchtwagenhändler, der einem mit großspurigen Versprechungen irgendwelche alten Rostlauben andrehen wollte. Von einer Assecuranza del Santorini hatte er noch nie etwas gehört. Aubin beschloß höllisch vorsichtig zu sein.
»Wenn Sie gekommen sind, um mir ein Angebot zu unterbreiten, dann sind Sie ein wenig spät dran. Die Unternehmungen der Familie Leclerq sind allesamt bei der Inter-France abgesichert. Ein Unternehmen, mit dem wir bisher nur die besten Erfahrungen gemacht haben. Ich beabsichtige zur Zeit kaum ...«
»Vereinbarungen lassen sich auch wieder lösen«, unterbrach ihn Montoni.
»Ich wüßte nicht, warum ich die Verträge aufkündigen sollte«, brummte Aubin.
Er schien recht zu haben mit seiner Vorsicht. Da stürzten zwei, zugegeben elegant gekleidete Italiener in sein Büro und schlugen ihm bereits nach dem vierten oder fünften Satz vor, mit seinem langjährigen Geschäftspartner zu brechen. War das etwa die italienische Variante von Seriosität?
»Vielleicht muß ich deutlicher werden«, entgegnete der Italiener und zündete sich ein langes Zigarillo an.
Aubin reichte ihm sichtlich widerwillig einen Aschenbecher. Montoni ließ sich weit in die Lederpolsterung der Eckcouch zurückgleiten und blies den Rauch über die Köpfe seines Begleiters und seines Gastgebers hinweg.
»Hinter der Assecuranza del Santorini steht ein weltweit agierender Verbund von Sicherheitsunternehmen. Sie verstehen? Wir liefern nicht nur den passenden Ver-

sicherungsschutz, sondern auch noch das passend auf die jeweiligen Belange zugeschnittene Sicherheitskonzept.«

Aubin Leclerq starrte den Italiener stumm an. Ihm schwante etwas, aber seine Gedankengänge kamen ihm dermaßen ungeheuerlich vor, daß er gar nicht daran denken mochte.

»Ich verstehe immer noch nicht«, erwiderte er lahm und stand auf, um ein Fenster zu öffnen.

Plötzlich kam ihm die Luft in seinem Amtszimmer stickig und drückend vor. Er brauchte dringend frischen Sauerstoff. Gierig sog er die an diesem Freitagabend milde Abendluft ein. Wenige Augenblicke später saß er seinen Besuchern jedoch wieder Auge in Auge gegenüber.

»Nun, Signor Commendatore«, antwortete Serge Montoni. »Es ist selbst bis zu uns ins schöne Genua durchgedrungen, daß sich hier in Ploudarneau seltsame Dinge ereignen. Ungeklärte Mordfälle lösen sich mit seltsamen Unglücksfällen ab. Noch waren Ihre unmittelbaren Besitzungen nicht betroffen, aber man weiß ja nie, was sonst noch alles passieren kann, nicht wahr? Wir wissen nicht, wie die Inter-France darüber denkt, ich jedoch kann mir vorstellen, daß man auch dort die Vertragskonzeptionen spätestens dann überdenken wird, wenn auf einmal auch der Yachthafen, die Werft von Monsieur Moulin oder andere Besitztümer, für die Ihre Familie finanziell geradestehen muß, in Mitleidenschaft gezogen werden sollten. Sie sind doch der größte Investor im Ort, oder irre ich mich? Nur am Rande, in meinen Augen stellt zum Beispiel die Marina ein Sicherheitsrisiko ersten Ranges dar.«

»Inwiefern?« fragte Aubin und begann unruhig auf seinem Ledersessel hin und her zu rutschen.

»Ich möchte den Teufel nicht an die Wand malen, Commendatore«, fuhr der Italiener fort. »Infolge der Serie von, sagen wir einmal vorsichtig, Unglücksfällen sollten sowohl die Unternehmensleitung als auch die politisch Verantwortlichen in Ploudarneau, zumindest was die Sicherheitsbelange angeht, klare Positionen beziehen. Mein Mitarbeiter Signor Pellegrini und ich sind heute morgen bereits im Hafen gewesen und haben, soweit uns dies in der Kürze der Zeit möglich war, die Örtlichkeiten einer sicherheitstechnischen Untersuchung unterzogen. Was dabei herauskam, läßt zu wünschen übrig, Signor. Wir konnten uns beispielsweise völlig frei auf dem Gelände bewegen. Die Schranke stand offen, von einem bewaffneten Wachdienst keine Spur. Ein Saboteur zum Beispiel hätte unbemerkt an Bord jedes x-beliebigen Bootes klettern und es in aller Ruhe entsprechend präparieren können, von schlimmeren Vergehen einmal ganz abgesehen. Da besteht aber erheblicher Nachholbedarf.«

Also doch, schoß es Aubin durch den Kopf. Nun war er sicher, worum es diesen beiden sauberen Herren aus Genua ging. Von wegen Versicherungsunternehmen!

»Ich denke«, begehrte Aubin auf, »daß wir bislang alles in unserer Macht Stehende getan haben, Messieurs. Der Hafen ist gesichert, die Werft besitzt einen exzellenten Wachdienst, die Rezeptionen der Wohnparks sind ständig von festangestellten Concierges besetzt. Wir verspüren absolut kein Verlangen danach, Ploudarneau in eine Art militärisches Sperrgebiet zu verwandeln, sofern ich Ihren Vorschlag von einem bewaffneten Wachdienst richtig interpretiere. Im übrigen laufen, was die drei Mordfälle angeht, die Ermittlungen von Staatsanwaltschaft und Kriminalpolizei auf Hochtouren.«

Er holte tief Luft und erhob sich.

»Sollte die Inter-France tatsächlich Vertragsmodifikationen anregen, bleibt immer noch Zeit, über Ihren Vorschlag nachzudenken. Wenn Sie mich jetzt entschuldigen würden? Ich habe mich noch um die Kommunalpolitik zu kümmern, Messieurs! Mein Terminkalender ist voll.«

Während Pellegrini mit ausdruckslosem Gesicht aufstand, zeigte Serge Montoni ein nachsichtiges Lächeln. Aubin Leclerq ergriff nur zögernd die ihm dargebotene Hand. Der Händedruck des Italieners wirkte auf einmal merkwürdig weich und schwammig.

»Bene«, meinte er beim Gehen. »Das ist ein Wort. Sie finden meine Telefonnummer auf der Karte. Es handelt sich übrigens um eine Mobilfunkverbindung. Sie können mich jederzeit erreichen. Notfalls auch nachts.«

»Notfalls?« knurrte der Bürgermeister. »Und wieso auch nachts? Ich denke, Sie bleiben nur noch für kurze Zeit in der Gegend.«

»Si, Signor«, antwortete der Italiener nachsichtig. »Hilfe in Notfällen stellt einen wesentlichen Teilbereich unserer angebotenen Dienstleistungen dar. Bedenken Sie, das Unternehmen, für das ich arbeite, agiert weltweit. Wie gesagt, im Notfall wird immer jemand mit Rat und Tat zur Verfügung stehen. Deshalb auch die Mobilfunkrufnummer.«

Nachdem die beiden Männer sein Büro verlassen hatten, stürzte er den restlichen Inhalt seines Sherryglases in einem Schluck hinunter. Verdammtes Gesindel! Jetzt hieß es handeln. Mit zitternder Hand griff er nach dem Telefonhörer und wählte eine Nummer.

»Vaouez, du Trottel!« brüllte er in die Sprechmuschel, noch ehe sich der Hafenmeister mit Namen hatte melden können. »Wenn ich noch einmal erfahre, daß sich Fremde völlig unbemerkt im Hafen herumtreiben können, dann bist du gefeuert! Komm mir jetzt bloß nicht mit Ausflüchten! Du wirst deine Hilfshafenmeister zusammentrommeln. Während der nächsten zwei Wochen wird Tag und Nacht Patrouille gegangen. Und wehe euch, es gelangt auch nur eine Maus ungesehen in die Marina! Dann gnade euch Gott!«

Nachdem er aufgelegt hatte, warf er sein Jackett über die Sessellehne und ließ sich mit schweißnassem Oberhemd nach hinten sinken. Wäre er Besitzer einer Sportbootmarina in Südfrankreich, gewesen, hätte er schon längst irgendwann einmal mit Schutzgelderpressung rechnen müssen. Auf nichts anderes lief doch dieses seltsame Begehren über kurz oder lang hinaus. Aber hier im Nordwesten? In der Bretagne? Er warf einen Blick aus dem Fenster. Dort hinten, unterhalb der Marina Port du Raz, ergoß sich der Moyenne wie an jedem Tag träge und ölig in den Atlantik. Zum ersten Mal erschien ihm seine malerische Mündung wie ein Haifischbecken.

KAPITEL XVII

Frederic Guirec warf einen abschließenden Blick auf die Position der Figuren und verschob den Läufer. Dann erst blickte er auf. Vor ihm hockte der andere Hotelgast von Pascal und Denise Deforet. Guirecs Schachgegner stützte die Stirn in den gespreizten Fingern seiner rechten Hand ab und schien in tiefes Nachdenken versunken zu sein. Ein merkwürdiger Vogel, konstatierte der Kommissar. Sieht aus wie ein grobschlächtiger Baumfäller, der bei einem Preisausschreiben einen Designeranzug gewonnen hat. Doch von wegen einfältig. Beim Schachspiel zeigte der Mann mit der Figur eines Ringers, daß er über eine glänzende Kombinationsgabe verfügte, mit der er die Finten seines Gegners scheinbar schon zwei Spielzüge vorher erahnte. Im Spiel der Könige schien er sogar dem französischen Landesmeister durchaus ebenbürtig, mit dem sich der alte Kommissar in der Vergangenheit anläßlich verschiedener Turniere bereits mehrmals messen durfte.
Der Belgier nahm die Dame und schob sie einmal quer über die Platte mit den vierundsechzig Feldern. Guirec reagierte sofort.
»Schach!« verkündete er halblaut und zog seinen Läufer ein Stück zurück.
Der Belgier nickte und deckte den König wieder ab. Nun lag es an Guirec, ein Angriffsspiel aufzubauen. Ein Fuchs, dieser Dumont, schoß es Guirec durch den Kopf. Jetzt hatte er ihn doch tatsächlich genau dort hinbekommen, wo er ihn hinhaben wollte. Der alte Kriminalkommissar spielte, wie es seinem Naturell entsprach, lieber defensiv.
»Denken Sie, daß es schlechtes Wetter geben wird?« fragte er beiläufig.
Guirec erwartete, daß sich sein Gegenspieler überrascht zeigte, wenigstens den Kopf hob und ein erstauntes Gesicht aufsetzte, doch der Belgier starrte unbeirrt auf das Spielbrett.
»Ich denke nicht«, antwortete er nach einer Weile.
»Warum fragen Sie?« fügte er höflichkeitshalber hinzu.
Guirec schob den Turm zwei Felder zur Seite.
»Wegen eines Ausflugs entlang der Klippen«, eröffnete er kurz darauf.
Endlich hob Dumont den Kopf, den er minutenlang beinahe regungslos in den gespreizten Fingern gestützt hielt. Guirec schaute ihn erwartungsvoll an. Der Belgier erwiderte seinen Blick.
»Wenn es sich um den morgigen Tag handelt, dann unternehmen Sie ruhig Ihren Ausflug, Monsieur«, gab er zur Antwort. »Morgen wird sich das Wetter auf jeden Fall noch halten.«
»Und danach?« fragte Guirec weiter.
Ein schwaches Grinsen huschte über das Gesicht seines Spielgegners.
»Wer weiß das schon? Schach, Monsieur!«
Guirec ärgerte sich. Zu dumm. Da hatte er doch tatsächlich für ein paar Augenblicke nicht aufgepaßt und war seinem Gegenspieler exakt in eine sorgfältig vorbereitete Falle

gelaufen. Von seinem Läufer konnte er sich jetzt jedenfalls verabschieden.
»Ich denke, Sie sind Meteorologe?« erwiderte Guirec verdrossen.
Keine Spur von Schadenfreude oder Genugtuung zeichnete sich auf dem Gesicht seines Partners ab. Es schien, als gehörte der Gewinn eines Schachspiels zu den Selbstverständlichkeiten in seinem Leben.
»Das schon«, antwortete Dumont. »Aber kein Hellseher.«
»Na, ich bitte Sie, Monsieur«, brummte der alte Kommissar. »Im Fernsehwetterbericht können die doch auch ...«
Der Belgier winkte ab und schlug mit seiner Dame erwartungsgemäß den gegnerischen Läufer.
»Fernsehwetterberichte enthalten wenig Aufschlußreiches, Monsieur«, entgegnete er. »Sie werden für die breite Masse der Bevölkerung erstellt. Seriöse Vorhersagen beispielsweise für die Schiffahrt beschränken sich auf einen Zeitraum von vierundzwanzig bis maximal sechsunddreißig Stunden. Danach sinkt die Trefferquote, was die Vorhersagequalität angeht, rapide.«
Der beurlaubte Kommissar seufzte und brachte seinen König aus der Gefahrenzone. Er musterte verstohlen seinen Mitspieler. Keine Miene deutete auf irgendwelche Gefühlsregungen hin. Ein perfektes Pokerface!
»Sie arbeiten für die Berufsschiffahrt?« fragte er arglos.
Der Belgier hob seinen Kopf.
»Wie kommen Sie darauf?« erwiderte er.
Guirec lächelte verschmitzt.
»Nun, ich schätze Sie als seriösen Menschen ein. Wenn Sie die Vorhersagequalität von Wetterberichten für die Schiffahrt als besonders hoch einschätzen, dann drängt sich mir zwangsläufig der Verdacht auf, daß Sie als Meteorologe speziell in diesem Bereich tätig sind.«
»Verdacht?« entgegnete sein Gegenspieler. »Wieso Verdacht? Wessen werde ich verdächtigt?«
Guirec schüttelte den Kopf und hob abwehrend den Arm.
»Eine dumme Redewendung«, antwortete er. »Also haben Sie vermutlich nichts weiter mit der Schiffahrt zu tun.«
Guirec ließ diesen Satz einfach im Raume stehen. Diese Technik der Gesprächsfortführung setzte er häufig bei Vernehmungen ein, wenn ihm die Aussage beispielsweise von Zeugen als unglaubwürdig erschien. Meist griffen seine Gesprächspartner den Faden dann ganz von alleine in seinem Sinne auf. Doch Dumont ließ sich nicht aus der Ruhe bringen, sondern konzentrierte sich weiter auf das Spiel und nahm dem Kommissar in kürzester Zeit den Turm und einen Springer ab.
»Bitte verzeihen Sie«, murmelte Guirec und bestellte bei Pascal Deforet zwei Cognac. »Ich bin nicht ganz bei der Sache. Das Spiel muß für Sie ja entsetzlich langweilig sein.«
Dumont blickte auf.
»Möchten Sie die Partie beenden?« fragte er.
Erneut suchte Guirec eine winzige Spur, einen wenigstens unmerklichen Ansatz von Überheblichkeit, Häme oder Genugtuung in den Augen des Belgiers, aber das Gesicht

des Mannes blieb völlig ausdruckslos. Der Kommissar seufzte.
»Wenn Sie nichts dagegen haben«, erwiderte er und räumte bereits bedächtig die Spielfiguren zusammen.
Schließlich saßen sie sich schweigend gegenüber. Erst als der Hotelier die Cognacschwenker brachte und sie sich gegenseitig Salut wünschten, setzte Guirec das Gespräch fort.
»Darf ich fragen, aus welcher Stadt in Belgien Sie stammen?« fragte er den Jüngeren.
Dumont tupfte sich mit einem Taschentuch die Lippen ab. In der Tat ein ungewöhnlicher Mann, bemerkte der Kommissar insgeheim. Geradezu ungewöhnlich intelligent, mit der Statur eines Alexis Sorbas und Umgangsformen wie aus der Diplomatenschule. Ein Meteorologe? Was brauchte ein Meteorologe Muskeln wie Arnold Schwarzenegger, eine Kombinationsgabe wie Kasparow und warum benahm er sich wie der Prinzregent am englischen Hof?
»Aus Gent«, antwortete Dupont knapp.
Aha, grinste Guirec in sich hinein. Jetzt war er wohl an einem Punkt angekommen, an dem sein Gesprächspartner abblockte. Noch eine Frage in dieselbe Richtung, und Dupont würde sich aller Wahrscheinlichkeit nach mit einer freundlichen Entschuldigung und einem Dank für den Cognac erheben und sein Zimmer aufsuchen.
»Gent ist eine schöne Stadt«, erwiderte er deshalb und bemühte sich, möglichst beiläufig zu klingen. »Ich bin leider noch nie dort gewesen. Wie spricht Ihnen der Cognac zu?«
Dupont lächelte hintergründig. Ihm muß aufgefallen sein, daß du krampfhaft versuchst, die Unterhaltung aufrechtzuhalten, stellte Guirec insgeheim fest. Der Belgier räusperte sich hinter vorgehaltener Hand.
»Danke, sehr gut«, erwiderte der Mann. »Obwohl ich daheim eher den 82er Napoleon III. bevorzuge.«
Er schaute ihn mit einem Mal sehr ernst an.
»Sie verzeihen, Monsieur«, fügte er rasch hinzu. »Ein bedauerlicher Fauxpas. Sie laden mich zu einem Cognac ein, und ich schwärme Ihnen etwas von meiner Bar daheim vor.«
Guirec staunte nicht schlecht über so viel Höflichkeit. Andererseits hatte der Mann jedoch recht mit seiner Ehrlichkeit. In französischen Hotel-Restaurants taugte der Digestif ohnehin kaum etwas. Meist wurden nur preiswerte Alkoholika aus dem Supermarkt angeboten. Auch Pascal machte in dieser Hinsicht keine Ausnahme. Aber wahrscheinlich gehörten echte Kenner eines guten Cognacs eben nur sehr selten zu seiner Klientel.
»Lassen Sie nur«, winkte er ab. »Ich weiß einen guten Tropfen zu schätzen, Monsieur. Allerdings bevorzuge ich eher einen Armagnac aus den dreißiger Jahren. Der ist jedoch meines Wissens an der gesamten Küste kaum noch aufzutreiben.«
Dumont nickte. Er nahm das Glas und schwenkte den bernsteinfarbenen Inhalt hin und her. Dann hob er den Schwenker, murmelte ein erneutes Salut und nahm einen kräftigen Schluck.
»Ich hätte Sie sowieso vorher fragen müssen, ob Sie überhaupt Alkohol trinken«, wandte Guirec ein.

»Wieso?« fragte Dumont.
Der alte Kommissar wies auf die Muskelpakete seines Gegenübers.
»Nun, neben Ihrem Beruf als Wissenschaftler scheinen Sie allem Anschein nach auch noch Hochleistungssportler zu sein. Sportler halten ja gewöhnlich nichts von Alkohol, oder?«
Dumont lächelte nachsichtig vor sich hin.
»Sie haben vollkommen recht, Monsieur«, antwortete er. »Ich sollte tatsächlich nichts trinken, aber in gepflegter Runde ...«
Er unterbrach sich.
»Ich bin nicht Sklave meines Trainings. Ich genieße es. Genauso wie den Cognac.«
»Ich bewundere Sie«, ließ Guirec nicht mehr locker.
»Daß Sie neben Ihren Studien in Meteorologie und Ihrem exzellenten Schachspiel auch noch Zeit für sportliche Betätigung finden. In welcher Disziplin betätigen Sie sich? Olympischen Zehnkampf? Boxen? Ringen?«
Dumont holte tief Luft. Guirec schien sich sicher, daß sein Gegenüber in diesem Augenblick zwei Möglichkeiten abwog: entweder mit einer Entschuldigung aufzustehen und sich zu empfehlen oder auf dessen beiläufig erscheinende Frage einzugehen. Schließlich glitt ein geradezu spitzbübisches Grinsen über Dumonts Gesicht.
»Machen Sie es sich doch nicht so schwer, Monsieur«, erwiderte er schließlich. »Sie versuchen schon die ganze Zeit, irgend etwas über mich in Erfahrung zu bringen. Fragen Sie einfach, was Sie wissen wollen, und ich werde Ihnen antworten. Anders erscheint die Unterhaltung ein wenig mühsam, finden Sie nicht?«
Guirec versuchte seine Genugtuung zu verbergen. Doch dann erkannte er, daß er entlarvt worden war und nicht umgekehrt. Wieso eigentlich entlarven? Warum, um alles in der Welt, hätte er seinen Schachgegner entlarven sollen? Mit einem Schlag erkannte der Kommissar, wie er sich mehr und mehr in seiner eigenen berufsbedingten Neugier verfing. Dumont jedenfalls schien sein Wissensdrang nicht entgangen zu sein. Ein ebenbürtiger Gegner. Schach ohne Figuren. Guirec begann das Spiel Spaß zu machen. Er wollte sehen, ob sein Gegenüber auf diesem Gebiet ebenso gut war.
»Aber, aber, werter Monsieur Dumont«, wehrte Guirec ab. »Sie beschämen mich. Aber vermutlich haben Sie recht. Ich bin nicht besonders diskret. Sie nehmen meine Entschuldigung hoffentlich an?«
Das feine Grinsen des Belgiers verwandelte sich zum ersten Mal, seit er ihn kennengelernt hatte, in ein breites Lächeln.
»Touché, Monsieur«, erwiderte er. »Ein geschickter Rückzug. Doch machen wir uns nichts vor. Sie möchten etwas über mein Training erfahren? Aber bitte. Ich mache kein Geheimnis daraus. Ich klettere.«
Guirec kniff die Augen zusammen. Mit geübtem Auge ließ er seinen Blick über die Muskelpakete des anderen Mannes gleiten. Der Belgier war aufgestanden und warf einen Blick hinaus auf das Kap, dessen Rand sich dicht beim Haus in den Himmel erhob. Dumont wog mindestens neunzig Kilogramm. Damit wollte er im Fels herumklettern?
»Ach, Sie klettern?« murmelte er und verbarg dabei nicht den Zweifel in seiner Stimme.
Dupont lachte immer noch.

»Natürlich kein Freistil, Monsieur«, entgegnete er. »Also kein Freeclimbing, wie man in Fachkreisen sagt. Ihrem abschätzenden Blick entnehme ich, daß es Ihnen nicht entgangen sein wird, daß ich dafür wohl zu schwer sein dürfte.«
Guirec nickte.
»Natürlich nicht«, bestätigte Dumont erneut. »Nein, ich übe mich ein wenig im Bergsteigen. Das kommt auch meinen beruflichen Studien zugute.«
»Und dafür benötigt man solche Muskelpakete?« fragte der Kommissar.
Der andere nickte.
»Sie meinen das Ergebnis einiger Jahre Hantelstemmen? Natürlich, wenn Sie einen Zentner Ausrüstung auf dem Buckel die Berge hinaufschleppen, dann sollten Sie schon durchtrainiert und kräftig sein. Verzeihen Sie, ich vergaß etwas auszuholen. Meine Studien führen mich häufig in die europäischen Alpen, in die südamerikanischen Anden und zuweilen auch in den Himalaja. Also in Gegenden, in denen nicht einmal mehr Maultiere, sondern nur noch Indios oder Sherpas die Lasten über handtuchschmale Pfade schleppen können. Seit vor ein paar Jahren zwei der Burschen die halbe Ausrüstung verloren, trage ich die wertvollsten Apparaturen inzwischen lieber selbst.«
Guirec überlegte. Alles paßte zusammen. Sein etwas weich klingendes Französisch, das ihn als Ausländer identifizierte. Seine Muskelpakete, die er sich zum Tragen wertvoller Ausrüstung antrainiert hatte. Himmel, Frederic, scholt er sich insgeheim. Was ist nur mit dir los? Du bist Opfer deines Berufs! Was zum Henker stört dich an diesem kultivierten, sympathischen Mann?
»Woher rührt eigentlich diese Liebe zum Schachspiel?« fragte er ungeniert weiter.
»Himmel, Monsieur Dumont, so gut habe ich selten jemanden spielen sehen. Und ich denke, ich kann das beurteilen. Ich war viele Jahre Departementmeister der Senioren.«
Dumont wurde wieder ernst.
»Eine Leidenschaft, die ich mir noch aus der Schulzeit über die Jahre bewahren konnte. Danke für das Kompliment. Sie waren Departementmeister? Kann es sein, daß Sie ein wenig aus der Übung sind?«
Guirec ärgerte sich ein wenig über diese Bemerkung.
»Und dann verschlägt es Sie ausgerechnet an die Felsenküste der Cornouaille?« versuchte er das Thema zu wechseln. »Ein seltsames Kontrastprogramm zu den Achttausendern der Hochgebirge Asiens, finden Sie nicht?«
»Oh, überhaupt nicht«, wandte der Belgier amüsiert ein. »Mein Spezialfach beschäftigt sich mit der Entstehung von Nebel in den unterschiedlichsten klimatischen Zonen der Erde. Die Bretagne scheint mir geradezu prädestiniert für entsprechende Beobachtungen.«
»Das kann ich mir vorstellen«, pflichtete ihm der Kommissar bei. »In letzter Zeit trat Nebel mehr als genug auf. Wie sehen Ihre Studien eigentlich konkret aus?«
Dumont schüttelte den Kopf.
»Oh, bitte, Monsieur«, winkte er ab. »Bitte ermuntern Sie mich nicht zu einer meteorologischen Abhandlung. Dann sitzen wir nämlich noch zusammen, wenn Sie eigentlich schon längst wieder zu Hause sein wollten.«

Er bestellte nun seinerseits zwei Cognac. Bis Pascal Deforet die Digestifs servierte, schwiegen sie. Erst sehr viel später ergriff Guirec noch mal das Wort.
»Jetzt haben wir nur über Sie gesprochen, und Sie wissen überhaupt nichts von mir, Monsieur.«
Zur größten Überraschung des Kommissars erhob sich der Belgier.
»Verzeihen Sie, Monsieur«, entgegnete er. »Aber ich bin von meinem Naturell her nicht sonderlich neugierig. Es war nett, sich mit Ihnen zu unterhalten. Wenn Sie mich jetzt entschuldigen würden? Ich muß noch einen wichtigen Termin wahrnehmen.«
Kopfschüttelnd blickte ihm der Kriminalbeamte nach. Ein paar Minuten später vernahm er außerhalb des Hotels ein dumpf klingendes Motorengeräusch. Es gehörte zu einer schweren Limousine, die sich rasch vom Parkplatz entfernte.
Guirec stand ächzend auf, um sich in seinem Zimmer noch ein wenig frisch zu machen. Anschließend wollte er in Douarnenez zu Abend essen. Das Ehepaar Deforet unterhielt zwar ein blitzsauberes Hotel, aber jeden Abend nur Kleinigkeiten zu sich nehmen, behagte ihm nun doch nicht. Als er sein Zimmer aufschloß, fiel sein Blick unbeabsichtigt auf die Türe, hinter der sein Schachgegner wohnen mußte. Er hätte zu gerne einmal einen Blick auf dessen meteorologische Ausrüstung geworfen.

Adrev Mignon nahm die Fernbedienung für seinen tragbaren Fernsehapparat zur Hand und schaltete auf einen anderen Kanal um. Die Nachrichten in TV 1 interessierten ihn nicht. Was gingen ihn, den einfachen Angestellen des Wachdienstes bei Herault Marine, die innenpolitischen Probleme der Russen an, was interessierten ihn die Ergebnisse der Konferenz von Vertretern der sieben führenden Wirtschaftsnationen? Er suchte vielmehr eine Übertragung vom Sport. Seine Leidenschaft galt dem Segeln. Aus diesem Grunde arbeitete er auch für die Werft von Stefane Moulin. Nicht nur er fühlte sich seit einigen Tagen in der Firma unbehaglich. Allen Angestellten war der überraschende Tod ihres wichtigsten Werbeträgers Emmanuela Leclerq nahegegangen. Während ihr Vater eher unnahbar und arrogant erschien, hatte sie selbst für die Sorgen der einfachen Arbeiter, die sich tagein, tagaus mit dem krebserregenden Styroldämpfen bei den Laminierarbeiten herumplagen mußten, stets ein offenes Ohr. Einzig und allein ihrem Engagement war es zu verdanken, daß gegen den Widerstand der Firmenleitung bei Herault Marine endlich eine neue Absaugvorrichtung mit effektiveren Aktivkohlefiltern eingebaut wurde. Dadurch erhöhte sich die Frischluft in den Arbeitshallen, wodurch gleichzeitig auch noch die Umweltbelastung in der Umgebung des Produktionsbetriebes sank. Nun war Emmanuela Leclerq tot, und keiner in der Firma wußte, wer wohl ihren Platz im Kontrollgremium des Unternehmens einnehmen würde. Stimmen wurden laut, die von Rationalisierungsmaßnahmen, Arbeitsplatzabbau und strafferen Arbeitszeiten sprachen. Sollte das Lean-Management amerikanischer Prägung auch in Ploudarneau Einzug halten, dann verloren nach den neuesten Schätzungen des Betriebsrates von Herault Marine mindestens fünfzig Mitarbeiter ihren Job. Adrev Mignon ahnte, wen es als erstes treffen würde. Die ungelernten Arbeiter, die noch zu Boomzeiten hier einen der begehrten Jobs gefunden hatten, die Beschäftigten im Instandhaltungsbetrieb, die sich um die Gewährleistungsabwicklungen kümmern mußten, und die Leute vom Wachdienst, die Firmenchef Moulin ohnehin für unterbeschäftigt hielt. Seit sich die Werft mit Neukonstruktionen aus Kostengründen zurückhielt, drohte sowieso kaum noch die Gefahr von Betriebsspionage. Auch den Diebstahl in größerem Stil fürchtete man nicht. Wer würde sich schon an den auf Vorrat produzierten Firecrest-Trimaranen vergreifen wollen? Mehrrumpfboote konnte man nicht so einfach auf einen Sattelschlepper laden und bei Nacht und Nebel abtransportieren, so wie es bei normalen Segelyachten schon einmal hier und dort vorkam. Dafür waren die Fahrzeuge viel zu breit. Sie hätten erst mühsam demontiert werden müssen. Höchstens der Diebstahl von Ausrüstungsgegenständen, die tonnenweise in den Hallen herumlagen, konnte sich eventuell lohnen.

Schon seit langem machte das Gespenst der Umstrukturierung die Runde. Sowohl die Servicearbeiten als auch die Bewachung des Firmengeländes sollten externe Firmen übernehmen. Die jedoch brachten in der Regel ihr eigenes, vorgeschultes Personal mit. Für ihn, den einfachen Wachmann, würde es dann in der Werft keinen geeigneten Arbeitsplatz mehr geben. Er dachte an Alphonse Lezaire, den sie wegen seiner Alkoholprobleme kurzerhand entlassen hatten und der jetzt von der Fürsorge lebte. Alphonse erfreute sich mit seinem dauernden Lästermaul zwar nicht gerade besonderer Beliebtheit unter seinen Kollegen, aber sein Rausschmiß galt inzwischen wie ein Fanal. Mundhalten und ranhalten, hieß die Devise, oder man endet wie Alphonse. Die Angst ging um bei Herault Marine.

Adrev Mignon stellte den Ton leise und lauschte. Das hätte ihm noch gefehlt, daß man ihn hier mit seinem tragbaren Fernsehgerät erwischte, während sich draußen vielleicht ein paar von den jungen Burschen aus den umliegenden Dörfern herumtrieben und wertvolle Beschläge von den fertiggestellten Booten abmontierten. Er erinnerte sich wieder an seinen eigentlichen Auftrag, schaltete das Gerät ab und widmete sich den Monitoren, mit denen er das Betriebsgelände aus der rundum verglasten Wachkammer im Hauptgebäude der Hallenanlage inspizieren konnte. Die ersten drei Bildschirme zeigten den Bereich mit den vorproduzierten Booten. Er schaltete um auf den Innenhof zwischen zwei Hallen, wo fertig laminierte Boote standen, die noch auf die Komplettierung mit wichtigem Zubehör warteten. Da speziell Mehrrumpfboote enorm viel Platz in Anspruch nahmen, mußte man sie schon bald aus den Hallen entfernen. So viel überdachter Platz stand selbst Herault Marine nicht zur Verfügung.

Schließlich kontrollierte er die sechs Arbeitskammern, in denen der Innenausbau der Boote vorgenommen wurde, und warf zum Schluß noch einen Blick in die große Laminierhalle, in der unter dem Gebläse der Absauganlage drei unlängst erst fertiggestellte Rümpfe langsam austrockneten. Alles schien ruhig, nichts Ungewöhnliches war zu sehen. Adrev Mignon blickte auf seine Armbanduhr und seufzte. Erst zehn Uhr. Oh, das dauerte noch, bis man ihn endlich ablöste.

Eine halbe Stunde später erhob er sich aus seinem Drehsessel und begann langsam in dem engen Viereck seines Glasverschlags hin und her zu laufen. Ihm war langweilig, und er sehnte sich nach seinem Bett. Die Nachtschichten empfand er als besonders öde, weil dann im Betrieb alles ruhte. Manchmal schneite schon einmal Paul, der Laminiermeister, noch spät abends in den Betrieb hinein, um nach dem Austrocknungsgrad seiner Rumpfschalen zu schauen. Paul war seit zehn Jahren Witwer und deshalb froh für jede Abwechslung in seinem seitdem eher ereignislosen Leben. Ihn plagte eine Hautallergie, hervorgerufen durch den dauernden Kontakt mit dem hochgiftigen Styrol, dem Härter für das Laminierharz. Diese Allergie zeichnete sich als ein hellroter Hautausschlag ab, der hin und wieder fürchterlich juckte und schmerzte. Zudem sah diese Flechte ziemlich abscheulich aus, wodurch er auch keine Partnerin für das Leben mehr fand. Manchmal hockte er sich für ein paar Minuten zu Adrev in die Kabine, um sich mit ihm über die Sportereignisse zu unterhalten, oder sie schlenderten gemeinsam über das Werksgelände.
Schließlich hielt es Adrev Mignon nicht mehr aus, warf sich seinen Mantel über, setzte die schwarze Dienstmütze auf und machte sich für einen Kontrollgang zurecht. Auf den schweren Handscheinwerfer verzichtete er, denn er wollte nur eine kurze Runde durch die Hallen machen und sich dabei ein bißchen die vom langen Sitzen schweren Beine vertreten. Er bückte sich und nahm ein Sortiment Chipkarten aus dem Tresor. In der Werft gab es für sämtliche Türen im Innern der Gebäude seit einem Jahr keine Schlüssel mehr. Inter-France, die Gesellschaft, die auch Herault Marine versicherte, hatte auf dieses neuartige Zugangssystem bestanden. Schlüssel ließen sich von einem geschickten Schlosser rasch nachmachen, Codekarten indessen nicht so einfach. Aber seit ihm sein Sohn, ein begeisterter Computerfanatiker, gezeigt hatte, daß man entsprechende Programmiergeräte für Codekarten im gut sortierten Fachhandel kaufen und was ein geschulter Fachmann mit ihnen alles anstellen konnte, war er von der Einführung der Chipkarten nicht mehr so überzeugt. Ihm wäre der gute alte Sicherheitsschlüssel ohnehin lieber gewesen.
Adrev Mignon schaltete die Notbeleuchtung in der Haupthalle an und schlenderte im Licht der schwach glühenden Lampen an Transportwagen, Schleifmaschinen, Bohrständern, Drehbänken und den in der Schreinerei bereits vorgefertigten Schotts, Schränken, Navigationstischen und kompletten Pantryeinrichtungen vorbei. Schließlich erreichte er über eine Zwischentür die Schlosserei. Auf einem Hubwagen ruhten sorgfältig ineinandergestapelt ein Berg hochglänzender Bugkörbe. Der hochveredelte Stahl blitzte und blinkte trotz des wenigen Lichts. Adrev bückte sich und zog den Stecker einer transportablen Schweißanlage aus der Wanddose. Sicherheitsvorschrift. Brandgefahr.
Im Gegensatz zur Schreinerei roch es hier drinnen nicht so intensiv nach Lacken, Farben und Lösungsmitteln. Solche Materialien hatten in der Schlosserei auch nichts zu suchen. Eine offene Flasche mit Verdünnung oder Lösungsmittel, ein achtlos beiseite gelegter Schweißbrenner, und ein Großbrand konnte die Folge sein. Adrevs Blick fiel auf einen elektrisch betriebenen Gabelstapler. Der Startschlüssel steckte. Der Wachmann grinste breit und schwang sich hinter das Lenkrad. Als er noch für den

Einkauf arbeitete, galt er als einer der Geschicktesten im Umgang mit diesen extrem beweglichen Ladefahrzeugen. Er drehte den Schlüssel um, die Betriebsanzeige leuchtete auf. Langsam fuhr er an und durchquerte den Schlossereibetrieb der Werft. Seine Müdigkeit war mit einem Schlag verflogen. Endlich einmal etwas Abwechslung während seines Wachdienstes. Auf diese Art und Weise konnte er heute seinen Kontrollgang rasch hinter sich bringen. Dann blieb Zeit für die nächtliche Quizshow, auf die er sich bereits seit Stunden freute.

Sanft blies der milde Frühlingswind durch die Bäume und brachte die Sträucher und Hecken zum Rascheln. Getrocknetes Laub vom Winter wehte über den Asphalt der Straße, die sich wie ein grauschwarzes Band durch den Ort zog. Als sich Yvonne Beauville nach einem arbeitsreichen Tag von Antoine Lemardieux, der seit dem frühen Morgen gleichsam wie ein Schatten an ihr klebte, trennte, um ein wenig allein zu sein, war es noch leidlich hell gewesen. Jetzt jedoch spannte sich eine samtschwarze Kuppel über Ploudarneau, in der hin und wieder Sterne wie winzige Edelsteine aufblitzten. Yvonne war zur Überraschung des jungen Staatsanwaltes in Ploudarneau geblieben, um einmal völlig ungestört die Faszination der bretonischen Küste auf sich wirken zu lassen. Im gleichen Atemzug hoffte sie jedoch, hier an Ort und Stelle einen versteckten Anhaltspunkt für die vorangegangenen Mordfälle zu finden, die von Staatsanwaltschaft und Kriminalpolizei bislang übersehen worden waren. Ihren Wagen, der sie auf dem Weg nach Quimper so schmählich im Stich gelassen hatte, besaß inzwischen der Abschleppunternehmer. Der Motor sei hin, bestätigte ein herbeibestellter Fachmann von Renault. Sie könne von großem Glück reden, wenn man ihr überhaupt noch ein paar Franc für den Rest gab. Angesichts des Alters ihres Wagens würde sich der Einbau eines Austauschmotors nicht mehr lohnen. Wenigstens brachte man ihr den Koffer ins Hotel. Das neue Mobilfunktelefon hatte sie der Beschaffungsstelle der Polizeipräfektur auch erst nach längerer Diskussion abtrotzen können.
Yvonne Beauville stieß eine Coladose zur Seite, die anschließend scheppernd vor einer Hecke zum Liegen kam. Sie hatte ihren Wagen gemocht. Erstens, weil sie ihn wenigstens tagsüber überall in Marseille stehen lassen konnte, ohne gleich Gefahr zu laufen, daß er schon nach ein paar Minuten einen neuen Besitzer fand. Zweitens verband sie eine Menge Erinnerungen mit dem fahrbaren Untersatz, der inzwischen, vermutlich von mehr oder weniger fachkundiger Hand ausgeschlachtet, auf die Schrottpresse wartete.
Unverrichteter Dinge setzte sie sich schließlich in den Leihwagen und fuhr ziellos in der näheren Umgebung umher. Ein paar Mal verfuhr sie sich und landete schließlich auf der Ausfallstraße zur Pointe du Raz. Dort war sie zwar an diesem Vormittag schon gewesen, aber auf der anderen Seite würde es sicherlich nicht schaden, sich die Kaps und die Felsenküste auch einmal bei Dunkelheit anzuschauen. Als sie den Parkplatz erreichte und den rechten Fahrweg einschlug, um zum Gebäude der Küstenwache zu gelangen, verspürte sie zum ersten Mal an diesem Abend ein nagendes Hungergefühl. Aus diesem Grunde konnte sie auch gar nicht so recht den Blick vom Aussichtsplateau

auf die beiden Leuchtfeuer von La Vieille und Tevennec und die Licher auf der Ile de Sein genießen. Sie zündete sich eine Zigarette an und blies den Rauch in den Nachtwind. Doch der Genuß der Zigarette verstärkte ihr Hungergefühl eher noch. Sie warf einen Blick auf ihre Armbanduhr und schnippte das halb aufgerauchte, am Außenende hellrot glimmende Stäbchen in den Sand. Mit dem Schuh trat sie die Glut sorgfältig aus.

Nachdem sie über eine Stunde quer über die Halbinsel Sizun gefahren war und in den Dörfern entweder nur geschlossene Restaurants oder allenfalls eine Bar-Tabac ohne Küchenbetrieb vorfand, wollte sie den Gedanken an ein geruhsames Abendessen beinahe schon aufgeben. Doch als sie in Ermangelung einer vernünftigen Straßenkarte zum wiederholten Mal auf der Küstenstraße zwischen dem Kap und der Hafenstadt Douarnenez landete, entdeckte sie ein Hinweisschild zu einem Hotel. Derartige Beherbungsbetriebe, besonders dann, wenn sie fernab einer Ortschaft lagen, besaßen häufig eine Restauration, damit sich die Gäste nicht erst mühsam zum Dinner mit dem Wagen aufmachen mußten. Sie bog in die schmale Zufahrtstraße ein. Vielleicht hatte sie ja Glück.

Vor dem kleinen Hotel, das eher einem gepflegten Landgasthaus glich, standen ein paar Autos. Die Fenster im Erdgeschoß waren hell erleuchtet und deuteten an, daß die Inhaber zumindest noch nicht zu schlafen schienen. Yvonne parkte ihren Leihwagen und ging auf den Haupteingang zu. Sie öffnete die schwere eichene Tür und befand sich einen Augenblick später in einer kleinen Halle, die von den Deckenleuchten über der Rezeption ausgeleuchtet wurde. Ehe sie die Halle durchqueren konnte, um in den Nachbarraum zu gelangen, fing sie eine ältere Dame ab.

»Madame?« fragte sie neugierig. »Was kann ich für Sie tun?«

Yvonne fiel schon am Klang ihrer Sprache auf, daß diese Frau keineswegs Bretonin sein konnte. Sie sprach viel weicher. Vermutlich stammte sie von irgendwo aus dem Norden der Republik.

»Sind Sie die Inhaberin?« fragte die Kommissarin.

»Oui, Madame«, erhielt sie als Antwort.

»Kann ich bei Ihnen wohl etwas essen?« erkundigte sich die neue Leiterin der Mordkommission. »Ich bin den halben Abend kreuz und quer durch die Gegend gefahren, habe jedoch kein vernünftiges Restaurant gefunden. Jetzt scheint es bereits etwas spät, um noch bis Douarnenez oder Quimper zu fahren.«

Die ältere Dame blickte auf die Digitaluhr auf dem Tresen der Rezeption.

»Da dürften Sie recht haben«, meinte sie.

»Leider betreiben mein Mann und ich kein Restaurant, Madame«, fügte sie bedauernd hinzu. »Für die wenigen Hausgäste bereiten wir auf Wunsch schon einmal einen kleinen Snack zu. Aber nichts Aufwendiges. Einen Salat mit Meeresfrüchten oder eine warm gemachte Quiche. Es tut mir so leid, Madame.«

Yvonne überlegte. Warum blieb sie eigentlich nicht gleich hier? Die Fahrt zurück ins Hotel in Quimper würde eintönig verlaufen und bestimmt zwei Stunden dauern, sofern sie sich nicht schon wieder verfuhr. Wenn sie in diesem netten, allem Anschein nach gut geführten Hotel übernachtete, konnte sie am folgenden Morgen vom Kap aus noch einen Blick auf den Seeabschnitt werfen, wo die junge Leclerq verunglückt war. Eine Übernachtung in diesem Landgasthof bot sich förmlich an. Zumindest dann, wenn sie gleichzeitig auf einen Snack, wie die Frau sich ausdrückte, reflektieren konnte.

»Haben Sie noch ein Zimmer frei?« fragte sie abwartend.

»Oui, Madame«, antwortete die Inhaberin des Hotels verblüfft. »Wollen Sie denn bleiben?«

»Wenn ich dann bei Ihnen noch etwas zu essen bekomme, gerne«, bestätigte Yvonne.

Zehn Minuten später ließ sie sich in einen der gepolsterten Sessel sinken, die vor den kleinen quadratischen Tischen standen. Sie bestellte sich eine Karaffe Wein aus der Gegend von Bordeaux und den erstaunlich reichhaltigen Meeresfrüchtesalat. Während sie auf das Essen wartete, faltete ein älterer, ziemlich untersetzter Mann die Abendausgabe des Paris-Soir zusammen, stand ächzend von seinem Tisch auf und verließ schweigend den Gastraum. Neugierig blickte sie ihm nach. Es kam ihr so vor, als hätte sie sein Gesicht schon einmal gesehen. Sie konnte sich bloß nicht erinnern, wann und wo.

Eine knappe halbe Stunde später, Yvonne hatte bereits den Wein aus der Karaffe beinahe bis zur Neige verkostet, kam das Essen. Der Hotelier servierte es höchstpersönlich, vermutlich, weil er auch einen Blick auf den überraschenden Neuankömmling werfen wollte. Sie bedankte sich und ließ sich die Salatplatte munden. Fische, Muscheln, Austern und Crevetten schmeckten vorzüglich. Mit Sicherheit schwammen die am Morgen noch im Atlantik. Verzückt verdrehte Yvonne die Augen und spülte wie gewohnt jeden Bissen mit einem Schluck des trockenen, beinahe schon herben Weins hinunter. Schließlich streifte sie die hochhackigen Schuhe von den Füßen. Genüßlich bewegte sie ihre schmerzenden Zehen auf und ab. Yvonne ärgerte sich insgeheim. Sie hätte die Pumps wirklich eine halbe Nummer größer kaufen sollen. Anscheinend nahm sie jetzt auch schon an den Füßen zu.

Gerade, als sie den letzten Bissen in den Mund schob, wurde die Türe geöffnet, und ein etwa gleichaltriger Mann betrat den Raum. Er hielt eine fremdsprachige Boulevardzeitschrift in der Hand. Der Mann, der sich in diesem Hotel anscheinend auch nur als Gast aufhielt, trug einen eleganten dunkelblauen zweireihigen Blazer über einem dezent gestreiften Hemd und eine hellgraue Flanellhose. Yvonne fiel auf, daß seine Füße in ihres Erachtens sündhaft teuren Bootsschuhen steckten. Ein Segler, stellte sie insgeheim fest. Yvonnes Blick wanderte verstohlen höher. Der Mann hatte den Tisch, an dem sie saß, inzwischen erreicht. Ihre Augen trafen sich. Ein Schauer lief ihr über den Rücken. Doch nicht nur sie, anscheinend auch der andere Hotelgast fuhr zusammen.

»Bonsoir, Monsieur. Nett, Sie wiederzusehen«, murmelte sie zur Begrüßung.

Das Paar, das eng umschlungen über die Promenade zwischen dem Ortszentrum von Ploudarneau und der Marina Port du Raz schlenderte, konnte vom Aussehen her un-

gleicher nicht sein. Sie trug ein elegantes Chanelkostüm unter einem weit offenen Trenchcoat, hochhackige Stöckelschuhe und ein buntes Seidentuch von Fabergé, er demonstrierte seine jugendliche Unbekümmertheit ganz offensichtlich mit an den Knien eingerissenen Jeans, einer deutlich abgewetzten Motorradlederjacke und die bei Teens und Twens obligatorische verkehrt herum aufgesetzte Baseballmütze. Sie hätten beim flüchtigen Hinsehen als Mutter und Sohn gelten können. Aber nur auf den ersten Blick. Der neugierige Betrachter hätte sich sehr über die innigen Zärtlichkeiten gewundert, die in dieser Form wohl kaum enge Verwandte untereinander austauschen. Immer wieder lief das Paar leise kichernd und schwatzend von einer Wegseite zur anderen, um sich im Schlagschatten der dort angepflanzten Bäume zu umarmen und leidenschaftlich zu küssen. Beneidenswert die beiden, mochte man denken. Wo gab es das noch, daß sich ein solch blutjunges Bürschchen mit einer zwar überaus attraktiven, aber bestimmt zwanzig Jahre älteren Geliebten einließ. Umgekehrt paßte es eher in die Norm. Aber ob ein etwa fünfundvierzigjähriger Mann, der wie ein liebestoller Faun hinter seiner halb so alten Gespielin einherhüpfte, nicht ein lächerliches Bild abgegeben hätte? Bei diesem Paar schien sich die Jugend des Geliebten ganz offensichtlich auf die Frau zu übertragen. In einer Weise, die jeden Gedanken an Lächerlichkeit vergessen ließ. Diese beiden Menschen trugen ganz offensichtlich das Glück auf ihren Schultern spazieren.
Lucie Fontesneuf umarmte den jungen Schauspieler und drückte ihren Mund zum unzähligen Mal gegen dessen Lippen. Sie fühlte sich ganz trunken vor brennender Liebe und glühendem Verlangen. Alles, alles hätte sie dafür gegeben, daß dieser Augenblick nicht verging, daß jemand diese verdammte Uhr anhielt, die den heiß herbeiersehnten Abend dann doch so rasch verstreichen ließ. Nur eine Nacht konnten sie sich gönnen. Am Donnerstag mußte sie spätestens gegen Abend wieder in Paris sein, im Kreise der Familie den Geburtstag ihrer Tochter feiern und zu dritt mit ihrem Mann ins Theater gehen. Zu allem Überfluß wurde auch noch Romeo und Julia aufgeführt. Wider Willen verzog sich ihr Gesicht zu einem Grinsen. Welch eine Ironie des Schicksals.
»Warum lachst du?« fragte ihr jugendlicher Liebhaber. »Bin ich so ...?«
»Sei still!« flüsterte sie und versiegelte seine Lippen mit einem brennenden Kuß. »Schweig einfach! Sag kein Wort. Je t'aime, mon amour!«
»Oh, Engel«, rief der junge Schauspieler und nahm ihren schlanken, bebenden Körper voll Zärtlichkeit in die Arme.
Schließlich sah er sie ernst und beinahe etwas vorwurfsvoll an.
»Du hast doch auch schon einmal auf der Bühne gestanden. Warum kehrst du nicht ans Theater oder wenigstens zum Film zurück? Wir als Othello und Desdemona, als Romeo und Julia. Das Publikum würde toben.«
»Ja, vor Lachen«, schmunzelte seine Geliebte. »Eine Julia im Rentenalter. Wie aufregend.«
Lachend machte er sich von ihr los.
»Rentenalter! Daß ich nicht lache! Ich denke, daß du den jungen Dingern sogar in zehn oder zwanzig Jahren noch was vormachen kannst.«

Sie starrte ihn an. Das Glück drohte ihr beinahe die Besinnung zu rauben. Eine Träne rann über ihr Gesicht. Fassungslos nahm er sie wieder in die Arme. Er entschuldigte sich, falls er vielleicht etwas Falsches gesagt hatte. Doch Lucie weinte nur vor Glück. Wenn nur ein einzigr Tag mit Gabriel so schön gewesen wäre.
»Komm, mein Liebling«, flüsterte sie und schlang ihren Arm um seine Hüfte.
»Laß uns auf dein Boot gehen. Ich möchte, daß du mir das Universum zeigst.«
Langsam schlenderten sie über die nur spärlich beleuchtete Promenade zurück zum Yachthafen, der sich mit seinen Wellenbrechern, Steganlagen und Gebäuden beinahe ein wenig verlassen entlang der Mündung des Moyenne erstreckte. Immer noch blies der milde Frühlingswind sanft durch die Bäume und brachte die Sträucher und Hecken am Straßenrand zum Rascheln. Und immer noch trieb er hier und da das getrocknete Laub des vorangegangenen Winters vor sich her. Keine Wolke, keine Nebelbank verdeckte die samtschwarze Kuppel, über die sich die Milchstraße wie ein achtlos verstreuter Diamantenteppich ergoß.

KAPITEL XVIII

Mit auf dem blanken Betonboden quietschenden Reifen bog der Gabelstapler um eine Palettenansammlung, die von einem der Lagerarbeiter mitten in der großen Halle aufgeschichtet worden war. Eine der Metallgabeln verfing sich unter den Holzblöcken. Beinahe wäre der Stapel mit lautem Getöse in sich zusammengefallen. Adrev Mignon bremste abrupt und kletterte vom Fahrstand. Verdammt, dachte er bei sich. Da bist du aber schon ganz schön aus der Übung. Vor zwei, drei Jahren wäre dir das nicht passiert. Leise vor sich hin fluchend, stieg er ab, schaltete die Notbeleuchtung in der Halle an und begann die Paletten wieder auszurichten, damit am kommenden Arbeitstag niemand etwas von seinem Ausflug mit dem schweren Ladefahrzeug bemerkte. Als er seine Arbeit vollendet hatte, überlegte er, ob er die Fahrt auf dem Gabelstapler durch die Werkshallen fortsetzen sollte. Verboten war es sowieso. Es bestand eine strikte Weisung an alle Beschäftigten bei Herault Marine, nur solche Hilfsmittel zu verwenden, die für die Erledigung der Arbeit unbedingt erforderlich schienen. Im Zweifelsfall war die Zustimmung der Werksleitung einzuholen. Verschmitzt grinste er vor sich hin und schwang sich erneut hinter das Lenkrad. Von der Werksleitung war niemand anwesend, und wer sollte ihm verbieten, seinen Wachdienst nicht etwas effizienter zu gestalten? Im übrigen war ihm sowieso langweilig, und eine Fahrt mit dem Gabelstapler konnte eher zu einer Hebung seiner Arbeistmoral beitragen.
Gerade, als er die Fahrt durch die anderen Werkshallen fortsetzen wollte, horchte er auf. Seine Hand schnellte vor. Das Summen des betriebsbereiten Elektromotors verstummte, und das Fahrlicht verlosch. Da war doch ein Geräusch, schoß es ihm durch

den Kopf. Verdammt noch mal, hatte doch jemand gehört, daß er beinahe einen Palettenstapel umgefahren hatte? Der Chef vielleicht? Aber der würde doch mit Sicherheit nicht durch unbeleuchtete Hallen geistern. Er konnte sich vorstellen, daß der smarte Stefane Moulin nachts etwas Besseres im Kopf hatte, als sein Wachpersonal zu kontrollieren. Er horchte erneut auf. Schon wieder dieses Geräusch! Es hörte sich an, als würde jemand mit quietschenden Sohlen durch die Nachbarhalle laufen. Und dann dieses helle, blecherne Geräusch. War er jetzt vollkommen übergeschnappt, oder hörte er auf einmal Dosen auf dem Boden scheppern?
Er faßte nach seinem Gürtel. Mist, fuhr es ihm durch den Kopf. Die Schußwaffe lag im Tresor, und sein Office befand sich bestimmt zehn Minuten zu Fuß von seinem jetzigen Standort entfernt. Wenn es sich um Diebe handelte, dann hatten die sich längst über alle Berge gemacht, ehe er mit seiner Waffe zurückkam. Sogar den Handscheinwerfer hatte er im Büro gelassen. Mignon grinste grimmig. Er besaß immerhin den Gabelstapler, mit dem er immer noch ziemlich gut umzugehen verstand. Seine stählernen Greifstangen ließen sich durchaus als Abschreckungsinstrument einsetzen.
Behutsam drehte er den Schlüsselschalter wieder um und setzte das Arbeitsgerät ganz vorsichtig in Bewegung. Die Fahrbeleuchtung deckte er mit seinem Mantel ab. Nun hieß es, vorsichtig zu sein. Sollten sich tatsächlich Unbefugte in der Laminierhalle, von wo die Geräusche ganz eindeutig zu kommen schienen, an den dort austrocknenden Bootsrümpfen zu schaffen machen, dann sollten die was erleben! Allerdings war ihm klar, daß er einzig und allein auf den Überraschungseffekt setzen konnte. Wenn es jemandem gelang, den Fahrstand zu entern, dann sah es mit seiner Gegenwehr schlecht aus. Langsam und stets darauf bedacht, daß die Antriebsräder auf dem Untergrund möglichst wenig Geräusche verursachten, bog er vom Holz- und Metallager in die Laminierhalle ein. Ihn wunderte, daß die feuerfeste Verbindungstür offen stand. Am kommenden Montag würde er Paul, den Laminiermeister, informieren. Wenn das der Chef erfuhr, dann setzte es was.
Mächtige, von der Decke bis zum Boden reichende Kunststoffplanen trennten die zum Trocknen abgestellten Bootsrümpfe von dem Hallenteil ab, in dem sich die Negativformen befanden. Ein Schauer lief ihm über den Rücken, als er etwa dreißig Meter entfernt die Kegel zweier Taschenlampen über den Boden huschen sah. Offensichtlich machten sich zwei Kerle an den neuen Rümpfen zu schaffen. Verdammt, verdammt, schoß es ihm durch den Kopf. Schweiß bildete sich auf seiner Stirn. Was sollte er bloß machen? Er konnte doch nicht quasi blind mit dem Gabelstapler quer durch die Plastikfolien hindurch zwischen die Ganoven preschen. Hinterher hätte er unter Umständen mehr kaputt gemacht, als es die ganze Aktion wert schien. Wenn er nur gewußt hätte, was die Kerle da anstellten. Was wollten die bloß mit den frisch hergestellten Bootsrümpfen? Jede Manipulation wäre Paul spätestens am kommenden Werktag aufgefallen. Ein Saboteur hätte sich vielmehr an den teuren Negativschalen, in denen die Rümpfe laminiert wurden, zu schaffen gemacht. Der Wachmann warf einen Blick zur Seite. Dort tat sich nichts. Die Schalen lagen scheinbar unangetastet an Ort und Stelle. Aus dem Schlagschatten der Folie trat plötzlich eine Gestalt heraus. Sie suchte im Licht

einer Taschenlampe den Boden ab. Plötzlich hob er die Hand und leuchtete in seine Richtung. Der Lichtkegel traf erst den Gabelstapler und schließlich den Fahrer, der wie versteinert hinter dem Lenkrad hockte. Adrevs Haare richteten sich auf. Sein Mut verließ ihn so schlagartig wie der Lichtstrahl, der ihn traf. Er dachte nur noch an Flucht.
Mit einer hastigen Handbewegung riß er das Lenkrad herum, drückte das Fahrpedal bis auf den Boden durch und ließ den Gabelstapler auf der Stelle wenden. Schließlich wirbelte das Steuer wieder zurück, und mit auf dem blanken Beton durchdrehenden Reifen nahm das Arbeitsgerät Fahrt auf. Adrev traute sich nicht, zurückzuschauen. Auch ohne einen Blick über die Schulter spürte er einen Verfolger im Nacken. Dem immer energischer summenden Elektroaggregat im Innern seines fahrbaren Untersatzes gelang es nicht, das Geräusch von hastig auftretenden Sohlen zu überdecken. Endlich erreichte er die immer noch erleuchtete Lagerhalle und den Palettenstapel, den er kurz vorher mühsam wieder zurechtgerückt hatte.
Er bog scharf an ihm vorbei, packte dabei eine der mittleren Paletten und riß sie im Fahren aus der Schichtung. Der Schmerz, der folgte, war unerträglich. Zum einen brannten die Holzsplitter in seiner Haut, zum anderen kam es ihm vor, als hätte ihm jemand den Oberarm aus der Schulter gerissen. Aber wenigstens vernahm er hinter sich ein lautes Poltern und ein unterdrücktes Fluchen. Adrev konnte sich aber über seinen Erfolg nicht recht freuen. Zum einen zitterte er auf einmal wie Espenlaub, zum anderen konnte er seinen rechten Arm nicht mehr richtig bewegen. Der Schmerz raubte ihm beinahe die Besinnung. Er mußte sich die Schulter ausgerenkt haben.
Der Wachmann gab erneut Gas und versuchte dabei verzweifelt, den Gabelstapler in der Spur zu halten. Doch das erwies sich für einen Rechtshänder nur mit einer einsatzfähigen linken Hand und im Licht der nur schwachen Notbeleuchtung als äußerst schwierig. Ein Gabelstapler reagiert sehr feinfühlig auf jeden noch so kleinen Lenkradausschlag. Bei schneller Fahrt mußte man das Steuer schon mit beiden Händen sehr fein dosiert bewegen. Und er raste anstatt dessen mit nur einer Hand und durchgetretenem Pedal haarscharf zwischen aufgeschichteten Kisten, Paketen, vollbeladenen Paletten und Gitterkörben hindurch, wobei ein winziger Fahrfehler reichte, um ihn mitten in einem Stapel Ausrüstungsgegenstände landen zu lassen.
Plötzlich verlosch das Licht. Der Kerl mußte die Notbeleuchtung ausgeschaltet haben. Mist! Was sollte er jetzt machen? In einer ersten Reaktion wollte er den Mantel von dem Scheinwerfer nehmen. Nein, schoß es ihm durch den Kopf. Du mußt blind den Ausgang finden! Der Scheinwerfer wird dich nur verraten! Adrev versuchte sich an die Lage der hier abgestellten Kisten, Paletten und loser Ausrüstungsgegenstände zu erinnern. Doch schon nach wenigen Augenblicken rammte er einen der vier Dieselmotoren, die irgendwo hinter einem Stapel Pappkartons aufgebockt auf den Einbau in die neuen Boote warteten. Krachend und funkenstiebend bohrte sich die Gabel in schwarzes Gußeisen. Adrev legte den Fahrthebel auf Rückwärtsfahrt und versuchte sich zu befreien. Beinahe hätte ihn der Aufprall aus dem Fahrersitz gerissen. Sein Arm brannte wie Feuer. Sirrend kam die Gabel wieder frei. Der Wachmann ließ das schwere und zugleich äußerst wendige Arbeitsgerät den Gang in voller Fahrt zurückgleiten. Plötzlich erhielt er einen derben Schlag in den Rücken. Der Stapler bäumte

sich kurz auf und kippte um. Adrev hatte eine schwer beladene Gitterpalette gerammt. Keuchend erhob sich Adrev. Erst jetzt fiel ihm auf, daß ihm sein ausgerenkter Arm nicht mehr gehorchte. Er faßte an die Stelle, an der er hätte sein müssen. Doch da war nichts mehr. Anstatt dessen merkte er, daß ein warmer, pulsierender Strahl seine linke Hand einnäßte. Rasender Schmerz breitete sich in Sekundenschnelle aus. Beinahe ohnmächtig vor Schreck begriff er, daß ihm der umstürzende Gabelstapler den vorher bereits verletzten Arm abgerissen haben mußte.
Wimmernd und stöhnend begann er den Gang zurückzulaufen. Ein harter Gegenstand traf ihn. Halb blind vor Schmerzen war er gegen den Kettenhaken einer von der Decke herabhängenden Laufkatze geprallt. Plötzlich flammte vor ihm eine Taschenlampe auf. Ein gellender Schrei aus der Kehle des anderen folgte. Seine Beine gehorchten nicht mehr. Noch im Fallen erlöste ihn die Ohnmacht.

Verspielt drehte Yvonne Beauville ihr Weinglas in den Händen hin und her. Nun nahm dieser langweilige Abend doch noch eine interessante Wendung. Die Kriminalkommissarin streckte ihre bloßen Füße weit von sich, achtete jedoch darauf, daß sie ihren neuen Tischnachbarn dabei nicht anstieß. Zwischendurch suchte sie die Pumps, die sie sich unbemerkt abgestreift hatte. Sie mußten in irgendeine Ecke, vermutlich unter irgendeinen Stuhl, gerutscht sein. Es störte sie nicht. Sie würde nach ihren Schuhen später suchen.
Der Mann öffnete sein dunkelblaues Jackett und verschaffte sich auch am Hals Luft, indem er den Knoten seiner eleganten Krawatte ein wenig löste. Anschließend strich er sich beinahe schon etwas verlegen durch die Haare. Sie waren allem Anschein nach erst vor kurzem geschnitten worden. Warum er sie sich allerdings so kurz hatte schneiden lassen, konnte sich Yvonne beim besten Willen nicht erklären. Sein Friseur schien jedenfalls kein begnadeter Künstler zu sein. Allzu deutlich zeichneten sich Kanten und Stufen am Haaransatz ab. Beinahe kam es ihr so vor, als hätte sich der Mann seine Haare eigenhändig vor dem Frisierspiegel im Bad geschnitten. Auf Grund dessen wirkte das Gesicht ihres Gegenübers jetzt noch kantiger. Es erinnerte sie von der Form her ein wenig an das von Jean Larouche, ihren aus Südfrankreich stammenden ehemaligen Protegé. Yvonne musterte den Mann ungeachtet seiner Verlegenheit unbeirrt weiter. Seine Gesichtshaut zeigte deutlich die Spuren von Krähenfüßen und Falten um Mundwinkel, Augen und Stirn. Besonders deutlich traten sie zu Tage, wenn sie etwas Amüsantes in die Unterhaltung einwarf und er sein Gesicht zu einem schwachen Lächeln verzog. Ob er sich irgendwann einmal hatte liften lassen? Sie bemerkte, daß die Hautoberfläche an einigen Stellen glatt und an anderen regelrecht schlaff wirkte.
Claude, wie er sich nur mit dem Vornamen recht unkonventionell vorstellte, erweckte in ihr immer noch dasselbe Interesse wie in jener Regennacht, als er sie auf der Landstraße nach Quimper auflas. Sein eher etwas grobschlächtig wirkendes Äußeres paßte so gar nicht zu seinen perfekten Umgangsformen. Schon seit Jahren war ihr kein so aufmerksamer, zurückhaltender, zugleich aber auch interessanter Gesprächspartner

mehr begegnet. Kein Vergleich zu Michel, Maurice, Mathieu oder wie sonst ihr letzter Liebhaber in Marseille hieß. Claude wirkte mit seinen Muskelpaketen, über die sich ein dezent getreiftes Hemd spannte, wie die humane Ausgabe eines Arnold Schwarzenegger, nur daß dieser Conan hier anscheinend kein Barbar zu sein schien, sondern im Gegenteil eine tadellose Erziehung sowie eine überaus umfangreiche Bildung genossen haben mußte. Er liebte das Theater, schwärmte von Sheakespeare-Aufführungen und konnte sich sehr dezidiert über klassische und moderne Literatur auslassen. Ihr fiel auf, daß er jedoch nur sehr wenig über sich und noch weniger über seinen Beruf sprach. Er schien sich auch für ihren Job und ihr Privatleben in keiner Weise zu interessieren. Alles in allem verstrickten sie sich in einen leichten, aber interessanten und anspruchsvollen Smalltalk.

»So, dann halten Sie sich also mit Gewichtheben fit«, warf sie nach einer Weile ein. Sie tat es weniger aus Interesse, sondern mehr, um das Gespräch in Gang zu halten. Claude und sie waren die einzigen, die zu dieser Uhrzeit im Hotel noch wach zu sein schienen. Sie verspürte wenig Lust, sich bereits zu dieser Stunde zu Bett zu begeben.

»So in etwa«, antwortete der Mann. »Natürlich probiere ich hin und wieder auch ein paar Fitneßgeräte aus, aber nur selten. Ich habe da so meine Probleme.«

»Inwiefern?« fragte Yvonne nach.

Ihr Gegenüber schmunzelte.

»Ich möchte nicht, daß Sie mich für einen Aufschneider halten, aber zuletzt mußte ich dem Inhaber eines Instituts zweitausend Franc für die Reparatur einer Butterfly-Anlage bezahlen. Meine Schuld. Ich hatte nicht aufgepaßt.«

Yvonne lachte laut auf.

»Sie haben das Gestänge verbogen, stimmt's? Ach, lassen Sie nur, bei Ihrer Statur traue ich Ihnen so was durchaus zu.«

Der Mann grinste zurückhaltend und schüttelte beinahe unmerklich den Kopf.

»Nein, natürlich nicht. Wo denken Sie hin? Ich habe nur ...«

Er unterbrach sich, als wäre er nicht sicher, ob er auf sein Mißgeschick überhaupt näher eingehen sollte.

»Ach, ist auch nicht so wichtig«, fuhr er schließlich fort.

»Treiben Sie auch Sport?«

Yvonne grinste still vor sich hin. Doch schon. Sport trieb sie auch. Aber auf eine etwas andere, jedoch nicht weniger schweißtreibende Weise.

»Nein, bedaure«, schüttelte sie schließlich den Kopf. »Ich habe es einmal mit Joggen probiert.«

Sie deutete auf die sechs Zigarettenkippen, die vor ihr im Aschenbecher lagen.

»Es machte mir nur sehr wenig Spaß.«

Normalerweise hätte sie von einem Leistungssportfanatiker, wie er anscheinend einer war, einen halbstündigen Vortrag über die Schädlichkeit des Nikotinkonsums erwartet, aber Claude schwieg nur und nahm anstatt dessen einen Schluck Mineralwasser. Er sah auf die Uhr.

»Tja, Yvonne, ich fürchte, meine Zeit ist so langsam gekommen. Ich habe morgen noch einiges vor.«

Yvonne seufzte. Schade darum, dachte sie. Ein netter Kerl. Endlich mal ein richtiger Mann, der nicht nur aus Muskeln zu bestehen schien. Und endlich mal einer, der sich nicht für den Nabel der Welt hielt. Ein seltener Glücksfund.
»Dann begleiten Sie mich aber wenigstens noch hinauf, nicht wahr?« bemerkte sie mit einer Mischung aus Enttäuschung und Kühle in der Stimme.
Ihr Gesprächspartner erhob sich, ging um den Tisch herum und half ihr, die Schuhe wiederzufinden. Ohne den Blick von ihm zu nehmen, streifte sie die Pumps über. Dabei ließ sich nicht vermeiden, daß der Rock ihres Kostüms weit hochrutschte und eine Menge gebräunter Haut offenbarte. Er übersah ihre Reize. Tatsächlich, ein Gentleman vom Scheitel bis zur Sohle, gestand sich Yvonne knurrend ein.
Leise knarrend gaben die Dielen unter dem Gewicht ihres Begleiters nach, als sie ihre Zimmertür erreichten. Sie suchte in seinen Augen vergeblich die ersten Anzeichen irgendwelcher Erwartungen, doch sein Blick wirkte völlig ausdruckslos. Yvonne öffnete ihre Handtasche und suchte nach dem Zimmerschlüssel. Dabei fiel ihr die Zigarettenpackung heraus. Gleichzeitig bückten sie sich danach. In diesem Augenblick berührten sich ohne jede Absicht ihre Wangen. Yvonne zuckte zurück. Seine Gesichtshaut fühlte sich seltsam rauh an. So wie die Haut eines Rochen. Ein erotisierendes Gefühl. Es kam ihr beinahe so vor, als hätte sie einen Stromstoß erhalten. Während sie sich wieder aufrichtete, bemerkte sie, wie hart ihr Puls ging. Galant nahm ihr Claude den endlich gefundenen Schlüssel aus der Hand und schloß die Zimmertür auf. Unschlüssig blieb Yvonne im Türrahmen stehen.
»Bon nuit, Claude«, sagte sie.
Sie ärgerte sich. Ihre Stimme hätte sanfter klingen sollen, verführerischer. Anstatt dessen hörte sie sich an, als hätte sie mehrere durchgefeierte Nächte hinter sich. Ihr Hals kratzte. Sie schluckte heftig.
»Bon nuit, Yvonne«, erwiderte der Mann.
Sekundenlang starrten sie sich in die Augen. Himmel, warum machte er es einem so schwer? Er sieht doch ...
»Ist noch etwas, Yvonne?« fragte Claude.
Seine Stimme klang genauso ausdruckslos wie seine Augen schimmerten. Sie betrachtete die Augen. Wunderschöne stahlblaue Augen. Pupillen, so schwarz wie die Nacht. Sie hätte schwören können, daß sie diese Augen irgendwo schon einmal gesehen hatte. Sie erinnerte sich nur nicht, wem sie hätten gehören können.
»Deine Augen«, wisperte Yvonne.
»Was ist mit meinen Augen?« antwortete Claude, ohne seinen Blick von ihr abzuwenden.
Seine Worte hörten sich nicht wie eine Frage an. Eher wie eine Feststellung.
»Deine Augen«, wiederholte Yvonne stockend. »Ich könnte in deinen Augen ertrinken.«
»Schlafen Sie gut«, murmelte Claude und drehte sich auf dem Absatz herum.
Sehnsüchtig folgte Yvonnes Blick der Silhouette des Mannes, der in Zimmer Nr. 14 verschwand. Leise knarrend fiel die Tür hinter ihm ins Schloß.

Nachdenklich legte Ambroise Vaouez den Hörer auf die Gabel zurück und griff nach der Brusttasche seines Hemdes. Himmel, was war denn auf einmal mit dem Patron los? Seit dem Unglücksfall vom vergangenen Sonntag schien er wie ausgewechselt. Wo war seine Überlegenheit, seine stets an den Tag gelegte Souveränität geblieben? Und was konnte denn er, der Hafenmeister von Ploudarneau, für die Unglücksserie, die seit mehreren Wochen die Gegend scheinbar fest im Griff zu halten schien? Er gab doch nun wirklich sein Bestes. Was sollten also die Vorwürfe, daß sich angeblich Fremde ungesehen in der Marina herumtreiben konnten? Die beiden herumstromernden Italiener, von dem sein Chef allem Anschein nach sprach, hatte er schließlich zurechtgewiesen. Mehr konnte er angesichts des riesigen Hafenterrains doch nun beim besten Willen nicht tun.
Der kleine stämmige Bretone erhob sich von seinem Schreibtisch und warf einen Blick auf den längst in der Dämmerung versunkenen Hafen. Dort lagen sie, die Yachten der Begüterten aus Brest, Rennes und Paris. Die chromblitzenden Motorkreuzer, die eleganten Segelyachten, die pfeilschnellen Regattaboote, kaum eines unter dreihunderttausend Franc wert. Wenn man die Versicherungssummen für alle in der Marina festgemachten Schiffe überschlug, konnte einem schwindlig werden. Für die Sicherheit des hier festgemachten schwimmenden Kapitals trug er zu einem nicht unerheblichen Teil mit die Verantwortung. Die Eigner, aber auch die Betreibergesellschaft und allen voran Aubin Leclerq als eigentlicher Inhaber erwarteten natürlich zu Recht von ihm, daß es zu keinen unliebsamen Überraschungen kam. Besonders in diesen Tagen und Nächten, seitdem dort draußen anscheinend ein Irrer sein Unwesen trieb.
Erwartete Neubuchungen für Liegeplätze in Ploudarneau waren seit einer Woche weitgehend ausgeblieben, mehr als hundert Leute hatten ihre Liegeplätze schon gekündigt und ihre Boote nach La Foret, Concarneau oder in den neuen Sportboothafen von Brest verlegt, der sich über die Autobahn ohnehin viel bequemer erreichen ließ. An der Fassade von Ploudarneau, seiner Heimatstadt und aufstrebendem Wassersportzentrum an der Westküste der Cornouaille, begann seit einigen Tagen die Farbe abzubröckeln. Noch vor zwei Tagen sprach er mit seinem Freund und Sportskameraden Paul Noir, der als Laminiermeister in der Werft von Stefane Moulin arbeitete. Früher waren die Auftragsbücher der Werft stets gut gefüllt, und sie mußten bei der Herstellung von Rümpfen nicht selten Sonderschichten fahren. Aber seit einigen Monaten ging offensichtlich allerhand schief. Erst lieferte ein italienisches Chemieunternehmen die falschen Harze, was zur Folge hatte, daß sich bei den ausgelieferten Booten bereits nach kurzer Zeit Osmose im Unterwasserbereich bildete, dann löste sich bei einer Produktionsserie immer wieder aus unerklärlichen Gründen die Riggspannung, was auf eine falsche Einstellung der Walzmaschine für die Drahtterminals zurückgeführt wurde. Jedenfalls war ein Mechanikerteam wochenlang damit beschäftigt, durch halb Europa zu reisen und, freilich auf Kosten von Herault Marine, teilweise die kompletten Riggs auszutauschen. Inzwischen wurde in einigen Fachblättern

schon unverhohlen davor gewarnt, sich Herault-Boote anzuschaffen. Zwar entließ Moulin den Chef der Werftschlosserei und den Rigger, aber die Aufregungen rissen nicht ab. Der Unfall der jungen Leclerq sollte, so die Ansicht der Versicherung, ebenfalls auf Schlamperei zurückzuführen sein. Warum allerdings der Seenotfall überhaupt eintrat, konnten die Experten nicht abschließend beurteilen, weil sich der über Bord gegangene Mast vor der Felsküste der Cornouaille nicht mehr auffinden ließ.
Der Tod der jungen Emmanuela Leclerq hatte viele in der Stadt getroffen. Sie hatte eine Reihe von Wassersportunternehmungen der Familie geleitet und hinterließ durch ihren Tod eine Lücke, die sich so schnell nicht wieder würde schließen lassen. Zwei der besten Manager hatten Ploudarneau bereits schon vor Wochen den Rücken gekehrt, weil sie immer wieder mit dem häufig seine Geschäftsideen sehr starrsinnig verfolgenden Clanchef der Leclerqs aneinandergeraten waren. Emmanuela und ihre Regattacrew galten als das Aushängeschild für die maritimen Unternehmungen in Ploudarneau. Sofern sie mit ihrer Mannschaft auf den Wettfahrtparcours zwischen Nordsee und Mittelmeer oder in der Karibik Regattasilber einfuhr, dann tat sie es in erster Linie für ihre Heimatstadt, für Marina Port du Raz und für die Werft, die ihr die Boote baute. Sie legte Wert darauf, daß der Name Leclerq höchstens einmal als Label auf dem Großsegel oder ganz klein gehalten, auf dem Bootsrumpf erschien.
Leclerq galt in Ploudarneau und Umgebung immer noch als Synonym für rücksichtslose Akquisition im Rahmen eines neokapitalistischen Geschäftskolonialismus. Daran hatte auch Emmanuela nichts ändern können. Dem Familiennamen hing selbst ungeachtet des Wirtschaftswachstums in den vergangenen Jahren stets etwas Anrüchiges nach. Ambroise Vaouez ahnte auch warum. Aber er hütete sich, in der Öffentlichkeit auch nur ein Wort über die Geschehnisse in der Bucht von Saint-Marie-de-la-Hogue vor beinahe hundert Jahren zu verlieren. Vielleicht waren es ja doch nur Gerüchte, die Hirngespinste einer über neunzig Jahre alten Kräuterhexe, die dort oben auf dem Kap in einer alten Steinkate hauste. Doch beinahe alle, die mit der im Rollstuhl dahinvegetierenden Alten über ihre Erinnerungen sprachen, konnten sich hinterher des Eindrucks nicht erwehren, daß irgend etwas Wahres an den Geschichten der ältesten Einwohnerin der Stadt sein mußte, auch wenn es niemand je offen zugegeben hätte. Vielleicht aber auch nur deshalb, weil man die wohlhabenden Normannen ohnehin nicht leiden mochte. Und dann existierte bis dahin ein scheinbar ewig schwelende Streit zwischen den Leclerqs und der Arpege-Sippe, der seinen Ursprung auch vor nun über fünfzig Jahren hatte. Diese leidige Denunziation von Denez Arpege durch den Vater von Aubin kurz vor Kriegsende. Man sollte alte Geschichten begraben, damit endlich Ruhe eintritt, dachte Ambroise bei sich. Jules Arpege war nun tot. Wenn jetzt noch Aubin Leclerq verschwinden würde, ...
Ambroise Vaouez dachte seinen Gedanken lieber nicht zu Ende, sondern griff seufzend nach dem Telefon und rief nacheinander seine Hilfshafenmeister an, überwiegend junge Leute, die sich das Jahr über nebenher ein paar Franc mit Hafenjobs verdienten, und zitierte sie in sein Office. Trotz der vorgerückten Stunde erschienen immerhin sechs zusätzliche Leute. Er nickte zufrieden. Mit dieser Truppe, seiner Stammannschaft und dem im Yachthafen installierten Videoüberwachungssystem

würde er die Ruhe und Ordnung in der Marina schon aufrechterhalten. Mit knappen Worten unterrichtete er die Männer und Frauen über sein Sicherheitskonzept, stellte eine ansehnliche Überstundengratifikation in Aussicht und teilte sie in verschiedene Trupps ein. Er selbst wollte die Bedienung der Videokameras übernehmen. Eine Viertelstunde später patrouillierte sein Wachpersonal im Schlagschatten der Boote über die Stege. Als Vaouez zum ersten Mal auf seine Armbanduhr schaute, war es etwa elf Uhr, und alles schien ruhig. Kein Nebel, keine sonstigen besonderen Vorkommnisse. Und dennoch wurde er das Gefühl nicht los, als bedeutete diese nächtliche Stille nur die Ruhe vor dem Sturm.

Genüßlich lehnte sich Lucie Fontesneuf in ihren gepolsterten Drehsitz zurück und schloß die Augen. Kaum, daß sie im Yachthafen angekommen waren, führte sie der junge Schauspieler auf sein Boot, warf die Leinen los, und sie verließen heimlich, still und leise im Schutze der Dunkelheit ihren Liegeplatz. Draußen glitzerte das Mondlicht auf der nur wenig bewegten Wasseroberfläche des nächtlichen Atlantiks. Eine für die Jahreszeit ungewöhnlich milde Brise umschmeichelte Lucie. Seefahrt hing ihrer Ansicht nach immer ein Hauch von Abenteuer und Romantik an. Schiffsreisen kannte sie bisher nur von teuren Kreuzfahrten im Mittelmeer und in der Karibik. Auf eine kleine Motoryacht hatte sie bisher noch nie einen Fuß gesetzt. Diese Erfahrung war völlig neu für die Frau des französischen Politikers, aber sie genoß den Augenblick mit jeder Faser ihres Herzens. Lucie Fontesneuf war glücklich. Mit Bewunderung verfolgte sie die Handgriffe ihres Geliebten. Souverän und selbstsicher steuerte er das kleine Boot aus der Mündung des Flusses hinaus und steuerte das offene Meer an.
»Wo willst du eigentlich mit mir hin?« fragte sie nach einer Weile.
Er zeigte nach Westen.
»Dorthin, mein Engel«, lachte er.
»Was liegt dort?« wunderte sie sich über seine knappe Antwort.
»Amerika«, entgegnete er und amüsierte sich köstlich über die Verblüffung in ihren Augen.
»Nein, ernsthaft«, setzte sie nach. »Wo willst du denn mitten in der Nacht hin? Kennst du dich mit dem Boot eigentlich aus?«
»Ein bißchen«, erwiderte er.
Das war schlichtweg gelogen. Er hatte im vorigen Sommer ein paar mal den Motorflitzer eines Bekannten entlang der Riviera steuern dürfen. Von Erfahrung in angewandter Seemannschaft konnte wahrlich keine Rede sein. Aber er beruhigte sich damit, daß er schließlich nicht weit hinauszufahren gedachte und das Wetter gut zu bleiben schien. Was sollte also schon passieren? Im übrigen wollte er seiner Geliebten mit etwas imponieren, wozu ihr mächtiger Ehemann wohl kaum in der Lage war.
Seine Neuanschaffung gefiel ihm, auch wenn er praktisch nichts von der Technik auf Motorbooten verstand. Doch das störte ihn nicht, denn der Motorkreuzer sollte ihm und Lucie nur vorrübergehend als verschwiegenes Liebesnest dienen. Zu gegebener

Zeit wollte er das Boot ohnehin wieder diskret verkaufen. Kein Mensch sollte jemals etwas von ihrem schwimmenden Liebesnest erfahren. Sein Freund befand sich längst zu längeren Dreharbeiten im Ausland. Alain konnte sich auf ihn verlassen. Er würde schon den Mund halten.
»Nun, bist du zufrieden, mein Engel?« fragte er seine Geliebte.
Die Frau neben ihm nickte und schlug die Augen wieder auf.
»Phantastisch, mein Liebling«, erwiderte sie. »Wie bist du eigentlich auf dieses verschlafene Nest in der Bretagne gekommen?«
Er lachte leise.
»Ach, der Vorschlag kam eigentlich von Louis, meinem Freund«, entgegnete er. »Ich fragte ihn, wo ich denn einmal so ganz ungestört ausspannen könnte, ohne daß ich gleich an jeder Ecke Interviews oder Autogramme geben muß. Die Côte d'Azur kam natürlich ebensowenig in Frage wie Biarritz oder Le Touquet. So kamen wir auf Ploudarneau. Die Bretagne verschläft doch normalerweise den Frühling, so daß wir selbst am Wochenende hier vermutlich völlig ungestört sein werden. Am besten lege ich mir noch einen Armanianzug zu und lasse mir einen Dreitagebart stehen. Die Verkleidung wäre perfekt. Wer würde schon einen bärtigen Alain Dufoe in einem Designeranzug auf einem Motorboot vermuten?«
Lucie Fontesneuf streckte ihm voller Sehnsucht die Arme entgegen.
»Komm zu mir, mein Engel«, flüsterte sie voller Erregung. »Seeluft macht Appetit.«
»Fragt sich nur, auf was«, grinste er spitzbübisch.
Doch Lucies Kuß versiegelte bereits seine Lippen.

»Alles ruhig, bei euch da draußen?« quäkte die Stimme im Lautsprecher des Walkie-Talkie.
Bernard Daoulas und Helene Tatourant schauten sich vielsagend an. Sie gehörten zu einem der Trupps, die Ambroise Vaouez auf Patrouille geschickt hatte. Bernard und Helene kannten sich seit etwa zwei Jahren. Sie gehörten schon zum Team des Hafenmeisters, als noch Bulldozer in der Marina Erdbewegungen durchführten. Die beiden jungen Leute standen damals dem Hafenmeister zur Seite, während die Umweltschützer von Ploudarneau und Umgebung einen Baustopp erzwingen wollten. Bernard hoffte, daß er nach seinem Studium in einer der Leclerqschen Unternehmungen einen Job finden würde. Helene arbeitete schon seit geraumer Zeit halbtags als Sekretärin in der Verwaltungsgesellschaft der Marina Port du Raz. In der übrigen Zeit genoß sie jedoch lieber die relative Freizügigkeit eines Jobs als Hilfshafenmeisterin.
»Alles ruhig, Chef«, brummte ihr Partner in das Sprechfunkgerät.
»Bon«, krächzte die blecherne Stimme. »Übernehmt jetzt die Zufahrtstraße, Leute! Und kontrolliert die Videokamera an der Einfahrt. Das verdammte Ding ist vor ein paar Minuten ausgefallen. Verdammte Technik!«
Die Stimme verstummte. Bernard und Helene schauten sich vielsagend an. Das schien

die Gelegenheit zu sein, in einer lauen Frühlingsnacht wie dieser den Gefühlen nachgeben zu können. Bernard ergriff die Hand seiner Freundin. Sie verstand auch ohne Worte. Rasch machten sie sich auf, um der angeblich ausgefallenen Überwachungskamera eine längere Überprüfung zuteil werden zu lassen.
Bernard warf einen Blick nach oben. Tatsächlich, die rote Kontrollampe brannte nicht. Da weitere Kameras fehlten, konnte Ambroise im Moment von seinem Tower aus nicht erkennen, ob sich irgend jemand durch den Haupteingang hinein oder hinaus stehlen wollte. Der junge Hilfshafenmeister teilte seinem Chef mit, was er festgestellt hatte. Wie erwartet ordnete Ambroise Vaouez an, daß Helene bis auf weiteres Posten vor der Einfahrt zu beziehen hatte. Bernard sollte auf dem Zufahrtsweg zur Werft Patrouille gehen.
»Da kannst du lange warten«, grinste der junge Mann und steckte das Walkie-Talkie zurück in seine Jackentasche.
»Was soll auch schon großartig passieren?« versuchte er sich und seine Freundin zu beruhigen.
»Meinst du«, fügte er schließlich hinzu, »ich habe Lust, mutterseelenallein durch die Nacht bis zur Werft zu tapern, während du dir hier die Beine in den Bauch stehst? Sehen kann uns der Alte jetzt ohnehin nicht. Ich kann mir, ehrlich gesagt, etwas viel Schöneres vorstellen, denkst du nicht?«
Helene Tatourant schlang die Arme um die Hüften ihres Freundes. Sie schlichen zurück, holten Bernards alten Renault vom Parkplatz und stellten den Kleinwagen im Schutz der Dunkelheit dicht bei der Hafeneinfahrt ab. Von hier aus besaßen sie einen ausreichend guten Überblick. Doch schon nach wenigen Minuten versank die Umgebung vor ihren Augen. Die beiden Liebenden fanden nur noch Aufmerksamkeit für sich. Bevor sie sich auf den Rücksitz des Kleinwagens zurückgleiten ließen, warf Helene Tatourant noch einen letzten Kontrollblick hinaus in die Dunkelheit. Dem Lieferwagen, der langsam um das Rondell des Kreisverkehrs herumfuhr und anschließend der Straße in Richtung Werft folgte, schenkte sie nicht viel Beachtung. Sie wußte, wem der Wagen gehörte und duckte sich rasch, damit Claude sie nicht entdeckte.

Obwohl Alain ruhig und tief neben ihr atmete, fand Lucie einfach keinen Schlaf. Ihre Gedanken drehten sich wie ein außer Kontrolle geratenes Karussell um ihren Geliebten, ihren Mann und dieses verdammte Motorboot. Schon kurz hinter der Hafeneinfahrt erstarb die Dieselmaschine, und alle Versuche, sie wieder in Gang zu bringen, scheiterten. Langsam nahm sie die Tide mit in Richtung Südwesten. Alain hatte versucht, den Anker auszubringen, aber das Eisen faßte nirgendwo Grund. Er beruhigte sie damit, daß sie von der Tidenströmung zwangsläufig sowieso irgendwo an Land gespült würden. Dann konnten sie das Boot verlassen und im Notfall einfach verschwinden und hinterher so tun, als wäre es gestohlen worden. Kein Verdacht würde auf sie fallen. Doch Lucie fühlte sich trotz der milden Frühlingsnacht unwohl

bei dem Gedanken, daß sie führerlos an einer fremden und zudem auch noch felsigen Küste entlangtrieben.
Nach einer Weile horchte sie zum wiederholten Mal in die Nacht. Außer, daß der schwache Nachtwind durch den kleinen Lichtmast auf der Kajüte summte, die Flaggen zum Flattern brachte und die Wellen am Bootsrumpf entlangplätscherten, vernahm sie kein ungewöhnliches Geräusch. Sie blickte durch das halb geöffnete Skylight nach oben in den Nachthimmel. Tausende Sterne funkelten zu ihr herab. Doch sie schienen ihr auf einmal wie geschwätzige Mitwisser. Seufzend erhob sie sich. Es hatte keinen Zweck. Sie war viel zu sehr mit ihren Gedanken beschäftigt, als daß sie momentan geruhsamen Schlaf fand. Vorsichtig und stets darauf bedacht, diesen wunderbaren, zärtlichen jungen Mann nicht zu wecken, kletterte sie von der Koje, schlich in den kleinen Salon und schloß die Tür zum Vorschiff hinter sich. Dann suchte sie vergebens nach einem Lichtschalter. Fröstelnd warf sie sich ihren Mantel über die nackten Schultern und zündete sich in der Dunkelheit der Kajüte eine Zigarette an.
Selbstzweifel beschlichen sie. Lucie kannte ihren Mann nach über zwanzig Jahren Ehe nur zu gut, fürchtete seine Beziehungen und seinen Jähzorn. Es war ihm durchaus zuzutrauen, daß er alles daransetzte, ihre und die Karriere von Alain zu zerstören, wenn er von dieser romantischen Liaison erfuhr. Sollte dadurch auch noch seine politische Karriere Schaden nehmen, dann konnten sich beide auf noch etwas ganz anderes gefaßt machen. Er würde sich scheiden lassen, sie ohne jegliche Abfindung auf die Straße werfen. Alain und sie würden nie wieder ein Engagement finden. Keiner würde es wagen, ihr zu helfen. Der Einfluß ihres Mannes reichte weit. Sie fröstelte erneut. Lucie Fontesneuf schlang ihren Mantel enger um die Schultern.
Gerade, als sie die Zigarette im Aschenbecher ausdrückte, vernahm sie ein merkwürdiges Geräusch. Es hörte sich an, als stieße ein Gummiball gegen das Boot. Sie überlegte. Hingen nicht an beiden Seiten des Bootes solche dicken Gummiwürste, Alain nannte sie Fender, bis beinahe zur Wasseroberfläche herab? Vielleicht verursachte solch ein Fender dieses Geräusch. Sie hielt den Atem an und lauschte erneut. Wieder ertönte dieses merkwürdige hohle Klopfen, gefolgt von einem Schaben. Angespannt verharrte sie auf der Salonsitzbank. Da machte sich doch jemand an dem Boot zu schaffen! Oder sollten bloß ein paar Möwen auf dem Deck herumlaufen?
Atemlos lauschte sie weiter. Was sollte sie bloß tun? Was, wenn die Küstenwache das treibende Boot aufbrachte? Oh, Himmel, Alain hatte das Boot doch hoffentlich bezahlt! Das würde noch fehlen, hier irgendwo fernab von ihrem Familienanwalt wegen eines Eigentumsdeliktes aufgegriffen zu werden. Oder ein Dieb etwa? Noch schlimmer! Wenn solch ein Ganove sie unter Umständen erkannte, dann würde er sie bestimmt erpressen. Das beste wäre gewesen, Alain unverzüglich zu wecken. Aber das hätte der dort draußen, wer immer es auch sein mochte, bestimmt bemerkt. Ihr Mut sank. Mit zitternden Händen suchte sie nach den Zigaretten. Sie wollte sich gerade ein neues Stäbchen anzünden, als ihr einfiel, daß man den Schein des Feuerzeugs von draußen bestimmt bemerkte. Widerwillig steckte sie das Päckchen in ihre Tasche zurück.
Lucie Fontesneuf verstand nicht, warum der dort draußen nicht schon längst auf das Boot geklettert war. Ein neuer Gedanke schoß ihr durch den Kopf. Was, wenn irgend

jemand in ihrem Studio Wind von der Affäre mit Alain bekommen und einem Zeitungsreporter einen Tip gegeben hatte? Die Boulevardpresse zahlte unvorstellbare Summen für kompromittierende Photos. Ob da draußen einer dieser schmierigen Paparazzi auf der Lauer lag? Mit Teleobjektiv und Blitzlicht?
Sie lauschte erneut. Im Augenblick blieb alles ruhig. Langsam, unendlich langsam erhob sie sich und bewegte sich im Zeitlupentempo zurück zum Vorschiff. Das Boot wiegte sich sanft in der nächtlichen Dünung. Vorsichtig und mit angehaltenem Atem öffnete sie die Holztür. Dort lag Alain. Wie ein Baby schlummerte er friedlich unter dem ausgebreiteten Schlafsack. Trotz der Anspannung mußte sie für einen kurzen Moment lächeln. Dann beugte sie sich herunter und rüttelte ihn leicht an der Schulter.
»Was ist?« fragte der junge Mann und schlug überrascht die Augen auf.
»Pst, sei ruhig!« wisperte Lucie. »Ganz still! Bewege dich nicht! Ich glaube, da draußen ist jemand.«
»Was ist los?« brummte er und richtete sich auf.
Dabei schlug sein Kopf gegen die niedrige Kojendecke. Es gab einen dumpfen, hohlen Laut.
»Mist!« stöhnte er.
Lucie legte ihrem Geliebten die Hand auf den Mund.
»Um Himmels willen, sei still!« forderte sie ihn auf.
Sie hielten beide den Atem an. Wieder ertönte von hinten dieses seltsame Geräusch. Aber nur ganz kurz, danach blieb es ruhig.
Er wischte ihre Hand beiseite.
»Warum soll ich denn still sein, mein Engel«, erkundigte er sich erstaunt. »Sollte da draußen jemand versuchen das Boot zu klauen oder an Bord zu kommen, dann kann er was erleben!«
Sie riß entsetzt die Augen auf.
»Um Gottes willen, nein!« stieß sie mit unterdrückter Stimme hervor. »Himmel, Alain! Wenn das vielleicht einer von der Presse ist! Verdammt, wir hätten nie hierherkommen dürfen!«
»Nun beruhige dich erst mal, mein Engel«, flüsterte Alain, als er die weit aufgerissenen Augen seiner Geliebten wahrnahm. »Wie kommst du denn auf solch eine Idee? Wir sind hier vollkommen sicher! Keiner ahnt, daß wir auf diesem Motorboot stecken.«
Er erhob sich aber dennoch so vorsichtig wie möglich und warf sich den Schlafsack über. Sie wich zur Seite und ließ ihn vorbei. Alain glitt geschmeidig bis zum Schott, das die Kajüte vom Cockpit trennte. Nichts störte mehr die Nachtruhe.
»Ich denke, wir haben uns geirrt«, meinte Alain in normaler Lautstärke. »Du kannst einem aber auch den Blutdruck in die Höhe treiben. Ich dachte, das gelingt dir nur ...«
»Alain, mein Liebling«, unterbrach ihn die Frau immer noch sichtlich aufgeregt.
»Das haben wir uns doch nicht eingebildet. Da war jemand. Da bin ich vollkommen sicher.«
Alain winkte ab.
»Weißt du was, mein Engel?« antwortete er. »Wir werfen jetzt erst einmal einen Blick nach draußen. Du wirst sehen, da ist nichts. Wahrscheinlich wippen die Fender in der

Dünung gegen die Bordwand. Vielleicht scheuert irgendeine Leine gegen eine Klappe. Was weiß ich? Aber dann legen wir uns wieder hin, okay?«

Während Lucie noch ergeben nickte, zog Alain bereits die Holzklappen vor dem Einstieg weg. Sie glitten ihm aus der Hand und fielen polternd auf die Sitzbank.

»Mist!« fluchte Alain erneut.

Er streckte vorsichtig den Kopf nach draußen und sah sich eine Weile nach beiden Seiten lauernd um. Dann machte er einen Schritt nach vorne. Dabei verfing sich der Schlafsack an einem vorstehenden Teil der Pantry. Er ließ ihn los und stand schließlich nackt und fröstelnd im kühlen Nachtwind.

»Nichts!« rief er von draußen in die Kajüte.

Lucie folgte ihm zögernd.

Alain breitete ergeben die Arme aus. Er sah sie beinahe etwas vorwurfsvoll an.

»Nichts! Absolut nichts! Wir müssen uns ...«

Weiter kam er nicht. Alain und Lucie vernahmen plötzlich wieder dieses deutliche Knarren. Erschrocken wirbelten sie herum und starrten mit weit aufgerissenen Augen in die Richtung, woher das Geräusch kam. Neben ihnen lag ein dunkler Schatten auf dem Wasser. Der Schatten hatte die Form eines breiten Vierecks. Ein Sirren erfüllte die Luft. Alain erhielt einen Schlag, wirbelte herum und stürzte auf die Cockpitsitzbank. Lucie beugte sich zu ihm herab und rüttelte an seinen Schultern. Sein Kopf fiel zur Seite. Ein Gemisch aus Blut und grauweißer Gehirnmasse sickerte in breiten Bahnen aus einer Öffnung in der Stirn. Etwas hatte seinen Schädel genau in der Gesichtsmitte gespalten. Voll Ekel und Abscheu wandte sie sich ab. Dabei fiel ihr Blick erneut auf diesen seltsamen schwarzen Schatten, der dicht bei dem Motorkreuzer beinahe regungslos auf dem Wasser verharrte. Wie durch einen eisigen Schleier nahm sie eine Gestalt wahr, die keine zehn Meter von ihr entfernt verharrte. Trotz ihres Grauens schaute sie genauer hin. Ihr wurde mit einem Schlag klar, um was es sich bei dem Schatten handelte. Ihr fiel der Zeitungsbericht ein, den sie im Studio nach dem Überfliegen der Titelspalte achtlos weggelegt hatte. Lucie Fontesneuf riß die Augen auf, ihr Mund öffnete sich zu einem gellenden Schrei. Sie konnte, wollte nicht begreifen, was um sie herum geschah. Die Gestalt kam näher.

»Nein!« keuchte Lucie.

Zum Brüllen oder Kreischen fehlte ihr der Atem und die Kraft. Das blanke Entsetzen lähmte sie, als sie sah, was die Gestalt in den Händen hielt. Unendlich langsam stieg das Grauen über die Reling.

»Um Gottes willen, nein!«, stammelte sie. »Ich tue alles, was Sie wollen! Nein, nur das nicht! Nein, um Himmels willen, nein! Hilfe! So helft mir doch!«

Mit einem metallischen Schaben glitt ein Entermesser aus der Scheide. Glitzernd spiegelte sich das Nachtlicht auf dem blankpolierten Metall. Lucie hob abwehrend die Arme, wich zurück, glitt aus und fiel krachend mit dem Rücken voran auf die Sitzbank. Als sie trotz der Schmerzen die Augen aufschlug, berührte die Spitze der Waffe ihren Körper in Höhe des Bauchnabels. Atemlos vor Entsetzen erkannte sie, wie die Schneide den Gürtel durchtrennte und die beiden Mantelhälften zur Seite schlug. Weiß schimmerte ihr nackter Körper im kalten Licht des vollen Mondes. Die Gestalt packte den zusammengesunkenen Alain und warf ihn über sie. Lucie fand ihre Stimme wieder. Sie brüllte wie wahnsinnig auf und versuchte den Leichnam abzuschütteln, aber irgend etwas drückte ihren Kopf nach hinten und die weit geöffneten Lippen des Toten auf ihren Mund. Ihr Schreien ging in ein Gurgeln und Keuchen über. Blut lief ihr in den Mund. Blut und etwas noch Scheußlicheres. Während das Entermesser erst den Körper ihres toten Geliebten durchschnitt und schließlich in ihren Bauch eindrang, tauchte um sie herum die Nacht in ein explodierendes Feuermeer.

KAPITEL XIX

Eine seltsam modulierte Tonfolge ließ sie aus tiefem Schlaf hochfahren. Stöhnend wälzte sich Yvonne Beauville herum und suchte unwillkürlich mit der rechten Hand schlaftrunken nach dem Telefon, das in ihrem Marseiller Appartement normalerweise auf dem niedrigen Nachttisch stand. Sie faßte ins Leere. Während irgendetwas immer noch in scheinbar weiter Ferne herumdudelte, zog sie unwillig die Bettdecke über ihren Kopf. Erst nach der neunten oder zehnten Tonfolge dämmerte ihr langsam, wo sie eigentlich war und was sie weckte. Yvonne Beauville warf erst einen Blick auf das dunkle Fenster und dann auf die schwere Taucheruhr an ihrem Handgelenk. Wer, um alles in der Welt, rief sie bloß zu dieser nachtschlafenden Zeit an? Wenn das schon wieder dieser verdammte Jean war, dann konnte er etwas erleben! Schlaftrunken erhob sie sich und stolperte blind in die Dunkelheit des Zimmers. Dabei stieß sie mit dem Fuß gegen eine Kante des Bettrahmens.

»Merde!« fluchte sie vor sich hin, fand schließlich das Mobilfunktelefon und holte tief Luft. »Verdammt noch mal, wissen Sie eigentlich, wie spät es ist?«

»Bonjour, Madame Beauville«, meldete sich eine atemlos wirkende Stimme. »Sagen Sie mal, wo stecken Sie eigentlich? Ich stehe hier in der Eingangshalle Ihres Hotels, muß einen zu Recht aufgebrachten Hotelportier beruhigen, weil ich ihn ganz umsonst aus dem Schlaf getrommelt habe, denn Sie sind gar nicht auf Ihrem Zimmer.«

Yvonne ließ sich auf das Bett zurückgleiten. Die Erinnerung an die Nacht holte sie ein. Nach der Verabschiedung von Claude war sie nach längerem Grübeln schließlich in einen bleiernen Schlaf gesunken. Sie griff unter die andere Betthälfte. Das Laken fühlte sich kalt an. Eine nächtliche Traumvorstellung hatte sie auch noch zum Narren gehalten! Natürlich befand sich Claude nicht an ihrer Seite. Voll Verlangen, aber ebenso enttäuscht erinnerte sie sich an den wenig befriedigenden Ausklang des gestrigen Abends.

»Sind Sie noch da?« rief Lemardieux und brachte Yvonne in die Wirklichkeit zurück.

»Ja, doch, zum Teufel!« knurrte sie, verdrossen über die nächtliche Störung, zurück.

»Also, wo stecken Sie?« ließ der junge Staatsanwalt nicht locker.

Yvonne überlegte. Wider Willen begann sie breit zu grinsen. Gute Frage! Wo steckte sie eigentlich? Offensichtlich irgendwo auf einem der namenlosen Kaps, die es hier an der bretonischen Küste zahlreicher gab, als Inseln in der Südsee. Wie hieß das Hotel

doch gleich? Der Name fiel ihr ebensowenig ein wie der Hinweis auf dem Ortsschild. Andererseits, was ging den Kerl überhaupt an, wo und wie sie ihre Nächte verbrachte?
»Ehrlich gesagt, ich weiß es nicht so genau«, gab sie zur Auskunft und versuchte dabei ihrer Stimme einen möglichst beiläufigen Klang zu verleihen. »In irgendeinem Hotel an der Nordküste.«
»Sie wissen nicht, wo Sie sich aufhalten?« fragte Lemardieux verblüfft.
»Und?« fragte die Kriminalkommissarin aus Marseille unbeeindruckt. »Haben Sie ein Problem damit?«
Der junge Staatsanwalt schluckte. Yvonne konnte seinen Adamsampfel deutlich durch die Hörmuschel des Mobilfunktelefons knirschen hören. Sie grinste erneut. Jean Larouches Untergebener schien im Umgang mit emanzipierten Frauen wirklich sehr wenig Erfahrung zu besitzen.
»Nein, natürlich nicht«, gab der Jüngere kleinlaut zu. »Aber es wäre nett, wenn Sie sich sofort nach Ploudarneau aufmachen könnten. Hier ist vor einer Stunde eine der Produktionshallen von Herault Marine in die Luft geflogen. Es gab aus bisher unerklärlichen Gründen eine Explosion, die ...«
»Und deswegen wecken sie mich?« knurrte Yvonne ungehalten zurück, während sie sich die Bettdecke über ihre nackten Schultern legte. »Bin ich die Feuerwehr, oder was?«
Am anderen Ende blieb es für ein paar Sekunden still.
»Nein, natürlich nicht«, antwortete Lemardieux.
»Sie lassen mich ja nicht ausreden«, fügte er vorwurfsvoll hinzu. »Es gab dabei allem Anschein nach einen Toten. Und der hat nach erster Inaugenscheinnahme der Schutzpolizei den Tod vermutlich schon vor dem anschließenden Brand gefunden. Ich mache mich jetzt übrigens von Quimper aus direkt auf den Weg zum Tatort.«
Yvonne Beauville schlüpfte bereits in ihr Kostüm, während sie sich nochmals an ihren Anrufer wandte.
»Wie finde ich die Werft?« fragte sie. »Ich kann in etwa einer halben Stunde in Ploudarneau sein.«
»In einer halben Stunde?« fragte Lemardieux. »Pas de problem, Madame. Sie können sie nicht verfehlen. Folgen Sie nur der Rauchsäule.«

»Nun, Monsieur Lereau, wie sieht es aus? Können Sie mit einem ersten Zwischenergebnis aufwarten?«
Germain Lereau, der Spurensicherungsexperte aus Quimper, schmunzelte. Typisch Mordkommission! Kaum am Tatort, wollen Sie auch schon am liebsten Mordwaffe, Fingerabdrücke oder noch besser gleich eindeutige Indizien in Händen halten, die auf einen bestimmten Täter schließen lassen. Aber dieser Brandanschlag, oder um was sonst es sich bei dieser Katastrophe handelte, ließ im Gegensatz zu den anderen Mordfällen in jüngster Vergangenheit zumindest aus Sicht der Spurensicherung tatsächlich erste konkrete Schlüsse zu. Er winkte der Kommissarin und forderte sie und den Staatsanwalt auf, ihm in die Halle zu folgen.

Yvonne Beauville schaute sich um. Zwei der Hallen von Herault Marine waren beinahe vollständig abgebrannt. Den ersten Erkenntnissen zufolge ereignete sich die Explosion in der Laminierhalle, woraufhin der sich anschließende Brand schließlich auf das Hauptlager übergriff, ehe er von der Werksfeuerwehr und den Pompiers aus dem Ort gelöscht werden konnte. Die Laminierhalle, durch die sie sich bewegten, bestand im wesentlichen nur noch aus dem Gerippe der Wand- und Dachträgerkonstruktion. Die fertiggestellten und zum Aushärten abgestellten Boote sowie die Negativschalen waren von der Hitze derart deformiert worden, daß sie als solche kaum noch identifiziert werden konnten. Eine bizarre, schwarz verkohlte Kunststoffmasse bedeckte einen weiten Teil des verrußten und an unzähligen Stellen aufgebrochenen Betonbodens. Das Licht des anbrechenden Tages drang ungehindert durch das weitgehend abgedeckte Dach ins Innere hinein. In der Lagerhalle sah es nicht viel besser aus. Alle Holzteile, die unzähligen Kartons, Kisten und sonstigen brennbaren Einbauteile lagen in Schutt und Asche, Motorenblöcke, Edelstahlkonstruktionen und Masten bildeten zusammen mit den eingestürzten Deckenplatten, den Arbeitsmaschinen und Hebegeräten ein geradezu bizarres Sammelsurium von apokalyptischem Ausmaß. Zwischen Hallenboden und Decke schwebte eine deutlich wahrnehmbare Rauchfahne, über dem Boden stand knöcheltief das Löschwasser. Yvonne Beauville schauderte. Die Hitze mußte immens gewesen sein. Die beiden Mittelpfeiler hatten sich völlig verbogen und dabei einen Teil des Daches mit nach unten gezogen. Feuerwehrleute machten sich im Auftrag der Spurensicherung daran, die gefährlichsten Teile der lockeren Deckenkonstruktion abzutragen.
»Mist, verfluchter!« stöhnte die Kriminalbeamtin, als sie merkte, daß ihr Löschwasser in die Schuhe stieg.
»Hauptmann!« brüllte Lereau.
Ein Feuerwehrmann drehte sich fragend um.
»Bringen Sie der Dame und dem Herrn Staatsanwalt doch bitte je ein Paar Stiefel!«
»Ein Ton, und Sie können was erleben«, fauchte Yvonne, während sie sich die viel zu großen Arbeitsstiefel überstreifte.
Antoine Lemardieux grinste währenddessen nur still in sich hinein. Die Kriminalbeamtin versuchte, ihren Gang nicht allzu entenhaft erscheinen zu lassen, während sie sich verzweifelt bemühte, keinen der viel zu großen Stiefel zu verlieren.
»Was wollten Sie uns denn zeigen?« fragte Lemardieux neugierig.
»Ehrlich gesagt, möchte ich erst einmal einen Blick auf den Toten werfen«, fügte Yvonne hinzu.
»Da sind wir schon«, antwortete der Leiter der Spurensicherung.
Vor einem umgestürzten, verkohlten Gabelstapler hockten drei seiner Männer und nahmen das schwere Arbeitsgerät kopfschüttelnd unter die Lupe.
»Oh, mein Gott!« hörte sie hinter sich den jungen Staatsanwalt stöhnen. »Nimmt denn dieser Horror überhaupt kein Ende?«
Einer von Lereaus Leuten zog aus der Asche einen verkohlten Gegenstand hervor. Beim näheren Hinsehen entpuppte er sich als ein menschlicher Arm. Er mußte dem Opfer dicht unterhalb des Schultergelenks abgetrennt worden sein. Während

Lemardieux deutlich vernehmbar aufstieß, ging die Kommissarin näher heran. Lereau folgte ihr.
»Das wird der Arm des Mannes sein, den wir dort hinten zwischen den Paletten und der Laufkatze gefunden haben.«
Yvonne nickte und zog eine Zigarettenpackung aus der Manteltasche. Mit ruhigen Handbewegungen hielt sie den Inhalt in die Runde, doch nur Lereau griff ungeniert zu. Ihr Feuerzeug flammte zweimal hell auf. Dabei vermischten sich bläuliche Qualmwolken mit der immer noch rauchgeschwängerten Luft.
»Schrecklich«, meinte die Kommissarin ohne eine Spur von Anteilnahme in der Stimme.
Seit sie regelmäßig die zerfetzten Opfer von Flugzeugabstürzen oder Menschen, die bei Bombenanschlägen ums Leben gekommen waren, in Augenschein nehmen mußte, hatte sie einen völlig anderen Bezug zur Pathologie bekommen. Eine Leiche war nichts anderes als ein toter Mensch. Nicht mehr und nicht weniger. Kein Gegenstand, vor dem man sich hätte ekeln oder fürchten müssen und vor dem es deshalb weder Abscheu noch sentimentale Ehrfurcht zu zeigen galt. Vielleicht lag es tatsächlich an ihrer im Laufe der Jahre erworbenen Kaltblütigkeit, daß sie überhaupt für die Terrorismusbekämpfung arbeiten konnte. Sie warf einen Blick auf Lemardieux, der sich ein wenig abseits hielt. Du mußt noch viel lernen, junger Freund, dachte sie bei sich.
»Er besitzt einen schwachen Magen«, flüsterte ihr Lereau ins Ohr.
Das Gesicht des Leiters der Spurensicherung verzog sich dabei keine Spur. Er wußte, daß es stets Respekt vor einem Vertreter der Anklagebehörde zu wahren galt. Und er hatte bereits in Erfahrung gebracht, daß Yvonne Beauville aus einem anderen Holz geschnitzt schien als der pensionsreife Frederic Guirec.
»Wie, meinen Sie, ist es passiert?« fragte sie, ohne auf seine Bemerkung einzugehen.
»Schwer zu sagen, Madame«, meinte er und wies auf das umgestürzte Arbeitsgerät.
»Sicher scheint jedoch, daß der Mann, der dort hinten liegt, vom umstürzenden Gabelstapler getroffen wurde. Die einzige Vermutung, die sich mir zur Zeit aufdrängt, ist die, daß sein Arm von dem umstürzenden Ding abgerissen wurde. Er versuchte sich dann noch weiterzuschleppen, stieß allem Anschein nach gegen den Kranhaken der dort hinten herunterhängenden Laufkatze und verlor das Bewußtsein. Genaueres wird nur eine Autopsie mit Sicherheit ergeben können.«
Yvonne wandte sich an Lemardieux, der sich verzweifelt bemühte, an dem abgerissenen Arm vorbeizublicken.
»Ist dieser Doktor Lamarc'h eigentlich schon informiert?«
Lemardieux nickte.
»Ich konnte ihn daheim erreichen. Er ist bereits auf dem Weg.«
»Schauen wir uns die Leiche an«, meinte Yvonne und schnippte lässig die Asche ihrer Zigarette zur Seite.
»Sie macht in der Tat keinen gesellschaftsfähigen Eindruck«, flüsterte Lereau. »Wenn der Herr Staatsanwalt ...«
»Lassen Sie das die Sorge des Herrn Staatsanwalts sein, Monsieur«, erwiderte die Kriminalbeamtin ungerührt. »Er muß selbst wissen, wieviel er sich zumuten kann.«

Lereau führte Yvonne und Antoine Lemardieux ein Stück weiter. Hinter einem Stapel verbrannter und umgestürzter Gitterpaletten lag die verkohlte Leiche eines einarmigen Mannes. Seine Kopfhaut war vollständig versengt, in den Augenhöhlen fehlten die Augäpfel. Auch sie mußten verbrannt sein. Sein Mund war weit aufgerissen. Die verrußten Zähne standen anklagend hervor. Der Tote trug anscheinend einen Zahnersatz, der sich beim Sturz gelöst hätte. Seitlich am Schädel wies eine schwarze Ausbeulung der Kopfhaut auf ein schweres Hämatom hin. Auch der Rest der Leiche wies deutliche Spuren von Verbrennungen auf. Leise gurgelnd schwappte das Löschwasser um den toten Körper herum.

»Etwas geht mir nicht in den Kopf«, meinte auf einmal der Staatsanwalt. »Die relativ weite Distanz zwischen Gabelstapler und Fundort der Leiche«.

Lemardieux, inzwischen verzweifelt mit einem Kaugummi im Mund gegen seine Abscheu ankämpfend, trat trotzdem mutig näher. Lereau blickte ihn erwartungsvoll an.

»Da wird also jemand von einem Gabelstapler überfahren«, murmelte der junge Staatsanwalt wie in Gedanken vor sich hin. »Der Arm wird ihm abgerissen. Und schließlich rennt er noch bestimmt zwanzig Meter durch die Halle. Warum?«

Die Kommissarin schüttelte den Kopf.

»Wundert Sie das?« meinte sie nach einer Weile. »Was würden Sie denn tun, wenn Ihnen soeben gewaltsam der Arm vom Körper abgetrennt worden wäre? Ruhig auf einem Stuhl sitzen bleiben?«

Lemardieux blickte seiner leitenden Ermittlungsbeamtin fassungslos in die Augen. Himmel, was für eine Frau! Kalt, wie ein Eisberg! Ob sie überhaupt zu irgendwelchen Gefühlen fähig schien? Lereau ergriff erneut das Wort.

»Ich gehe davon aus, daß der Mann, es handelt sich übrigens um den Wachmann der Werft, in der Fahrkabine des Gabelstaplers saß.«

»Ach«, meinte die Kommissarin nur und schaute ihn erwartungsvoll an.

»Die Lage des abgetrennten Armes, Madame«, fuhr der Spurensicherungsexperte fort. »Er lag mit dem Stumpf nach innen unter der Stützsäule für den Hebemechanismus. Wäre er von einem Dritten angefahren worden, müßte der Arm eigentlich anders liegen.«

»Sie meinen, er ist gar nicht ermordet worden?« mischte sich Lemardieux ein.

Sein Gesicht zeigte eine Mischung von Neugier, Skepsis und Verwunderung.

»Das möchte ich so nicht bestätigen, Herr Staatsanwalt«, fuhr er fort. »Sicherlich war die Armverletzung für seinen Tod ausschlaggebend. Weitere Feststellungen bleiben natürlich Doktor Lamarc'h vorbehalten. Die Schwere der Verletzung, schließlich liegt die Hauptschlagader für den Oberarm völlig frei, läßt auf ein Verbluten schließen. Der derbe Schlag gegen den Kopf, man erkennt es an dem Hämatom, führte vermutlich zum Bewußtseinsverlust. Er wird gegen den Kranhaken der Laufkatze geprallt sein. Von der Höhe her kommt es in etwa hin. Bewußtlos verblutet, wenn Sie mich fragen.«

»Das bedeutet also, daß der Brand zu diesem Zeitpunkt noch nicht ausgebrochen sein kann«, stellte die Kommissarin fest.

»Was macht Sie da so sicher?« fragte Lemardieux interessiert.

»Ganz einfach, Monsieur«, antwortete Yvonne. »Der Brand entwickelte sich von der Laminierhalle aus. Er lief aber offensichtlich sogar noch auf den späteren Brandherd zu. Und noch etwas. Hätte die Laminierhalle bereits Feuer gefangen, dann wäre es hier in der Lagerhalle schon taghell gewesen. Er hätte den Kranhaken sehen müssen.«
»Vielleicht hat er nicht darauf geachtet, so verletzt wie er war«, räumte Lemardieux ein.
»Ich gehe in meiner Vermutung noch weiter«, setzte Yvonne ungerührt nach. »Wäre es in der Halle infolge der Flammen hell gewesen, dann wäre der Mann doch sicherlich zurück zu seinem Office gerannt. Zumindest in Richtung Ausgang. Anstatt dessen irrte er anscheinend ziellos zwischen den Paletten herum.«
»Was macht Sie eigentlich so sicher, daß in der Lagerhalle nicht wenigstens Licht brannte?« fragte Lemardieux weiter. »Als Wachmann würde ich, zumindest dann, wenn ich mich alleine auf Patrouille begebe, alle Deckenlampen anmachen.«
»Die Hauptsicherungen, Monsieur«, antwortete Lereau. »Sie sind aus Sicherheitsgründen während der arbeitsfreien Zeiten abgeschaltet. Auch die Notbeleuchtung brannte nicht. Das kann man anhand der Schalterposition erkennen.«
»Vielleicht wollte er im Dunkeln irgendwelche Eindringlinge überraschen«, fügte der Leiter der Spurensicherung nach kurzer Gedankenpause hinzu.
»Ich frage mich vielmehr, wieso er von innen unter den Holm des Gabelstaplers geriet«, fuhr die Kommissarin fort. »Das läßt für mich nur den Schluß zu, daß er selber fuhr.«
»Er fuhr nachts mit dem Gabelstapler durch die Hallen?« entgegnete Lemardieux ungläubig. »Warum, zum Henker? Höchst ungewöhnlich, Ihre Theorie!«
»Warum nicht?« antwortete Yvonne unbeirrt. »Vielleicht war er schlecht zu Fuß. Der Tote scheint mir nicht mehr der Jüngste zu sein. Sagen Sie, Monsieur Lereau, welche Erklärung haben Sie für die Entstehung des Brandes?«
Der Leiter der Spurensicherung kratzte sich nachdenklich den Kopf.
»Wissen Sie, Madame, die Entstehung des Brandherdes läßt sich am einfachsten nachvollziehen. Da haben ein paar Idioten, anders kann ich es beim besten Willen nicht ausdrücken, ein Faß mit Härter direkt neben die Abfüllstation für den Beschleuniger aufgestellt. Beide Chemikalien braucht man zur Herstellung von Laminierharz. Keinesfalls aber dürfen Härter und Beschleuniger direkt gemischt werden. Die Folgen wären katastrophal, denn bei einem unmittelbaren Mischen beider Chemikalien kommt es zwangsläufig zu einer Explosion, sobald ein bestimmtes kritisches Mischungsverhältnis erreicht wird. Die Abfüllanlage für den Beschleuniger muß wohl undicht gewesen sein.«
»Oder jemand hat bewußt den Hahn ein Stück geöffnet und die andere Chemikalie darunter plaziert«, wandte Yvonne ein.
»Jemand?« fragte Lereau verblüfft. »Wir haben keine Spuren von Dritten gefunden.«
»Was ist denn da draußen los?« fragte Lemardieux, als sie zu dritt den Ort des Geschehens verließen.
Draußen vor der Halle standen mehrere Polizisten und Feuerwehrleute und versuchten zwei Männer zu beruhigen. Einer der beiden war der Bürgermeister.

»Verdammt, Moulin, wie konnte das geschehen?« brüllte Aubin Leclerq außer sich vor Zorn. »Ich habe dich doch ausdrücklich angewiesen, die Wachen im Betrieb zu verstärken. Ausgerechnet den alten Mignon mußtest du einteilen. Der sowieso nichts anderes im Kopf hatte als sein ewiges Fernsehen. Jetzt siehst du, was wir davon haben.«

Der Mann, auf den der Bürgermeister einredete, hockte zusammengesunken neben einem Löschfahrzeug. Das mußte Stefane Moulin sein, der Chef von Herault Marine. Moulin verbarg sein Gesicht in den Händen.

»Alles aus!« schluchzte er. »Alles aus! Das ist das Ende!«

Leclerq wollte sich gar nicht mehr beruhigen.

»Du elender Idiot!« schimpfte er lautstark. »Jetzt sitzt du hier herum und flennst! Alles deine Schuld! Hoffentlich kommt wenigstens die Versicherung für den Schaden auf. Bis du aber wieder produzieren kannst, werden Monate vergehen. Meine Güte, ich ...«

Moulin heulte auf wie ein getretener Hund. Er ließ seiner Verzweiflung nun freien Lauf.

»Die Versicherung«, stammelte Moulin. »Die Versicherung wird ...«

»Was ist mit der verdammten Versicherung?« fluchte Leclerq. »Jetzt sag nur noch, du hast die Versicherungssumme nicht aufgestockt.«

Moulin antwortete nicht. Leclerq stutzte. Seine Wut verwandelte sich in ungläubige Fassungslosigkeit.

»Was ist mit der Versicherung, du Kanaille?« brüllte der Bürgermeister von Ploudarneau auf. »Was ist mit den Prämien? Sag bloß, du hast sie nicht ...«

Weiter kam er nicht. Schluckend brach er mitten im Satz ab, als der Chef von Herault Marine erst mühsam nickte, sich schließlich abwandte und sich dann laut würgend gegen den Reifen des Löschfahrzeuges erbrach.

»Das glaube ich nicht!« schrie Leclerq außer sich vor Wut. »Das glaube ich einfach nicht! Ich rufe diesen Kerl hier an, er soll den Wachdienst verstärken, und was tut dieser Idiot? Er teilt den alten Mignon ein und vergißt überdies auch noch die Versicherungsangelegenheiten zu erledigen. Was bist du bloß ...«

Seine Stimme versagte für einen Augenblick, und er mußte lautstark husten. Mit krächzender Stimme fuhr er fort.

»Fein. Wunderbar. Aber dafür wirst du mir aufkommen, du Idiot! Du elende Kanaille! Du wirst mich nicht ruinieren! Du nicht!«

Das andauernde Klicken eines Kameraverschlusses durchbrach die daraufhin folgende Stille. Ein Reporter hatte offensichtlich die Absperrung umgehen können und schoß jetzt ungeniert Fotos von den umstehenden Männern. Leclerq wirbelte herum. Sein Gesicht wirkte regelrecht verzerrt vor loderndem Haß. Seine Zähne fletschten.

»Serrault, du Schwein!« stieß er aus und wollte sich schon auf den Reporter stürzen. Mühsam hielten ihn zwei Polizisten der Police Municipal zurück. Mit wild flackernden Augen blickte er dem sichtlich vergnügt grinsenden Reporter entgegen, der sich in sicherer Entfernung hielt. Die Haare hingen Leclerq wild im Gesicht, sein Anzug war verschmutzt. Wahrscheinlich hatte er die Halle bereits inspiziert.

»Serrault! Sag deinem beschissenen Chef, wenn auch nur ein einziges Foto ...«

»Was dann?« erwiderte Serrault ungerührt und legte dabei betont lässig einen neuen Film in seine Kamera ein.
»Was dann?« wiederholte er frech. »Wollen Sie Pressezensur einführen? So wie bei ihrem Käseblatt, dem Ploudarneau Nouveau? Da müssen Sie sich aber noch gewaltig anstrengen.« »Laßt mich los, ihr Bullen!« schrie Leclerq wie am Spieß und versuchte immer wieder, sich auf den Reporter zu stürzen.
»Laßt mich endlich los! Ich bring' ihn um, das Schwein!«
»Beruhigen Sie sich endlich, Herr Bürgermeister!« ermahnte ihn Kommandant Benoit, der den Tumult ebenfalls mitbekommen hatte und nun auf die Streithähne zulief.
»Meine Güte, was sollen denn die Leute denken? Nehmen Sie sich doch endlich zusammen!«
Leclerq wischte seine beruhigende Hand beiseite, riß sich aus der Umklammerung der beiden Polizeibeamten los und ordnete notdürftig seinen verschmutzten Anzug.
»Die Leute sollen mich am Ar...«
»Herr Bürgermeister!« stieß Benoit hervor. »Sie sind ja nicht mehr Herr über sich selbst! Männer, bringt Monsieur le Maire bitte nach Hause.«
Leclerq warf einen letzten Blick auf die verkohlten Hallen von Herault Marine. Dann trafen sich noch mal sein Blick mit dem des Reporters. Die Augen des Bürgermeisters verzogen sich zu Schlitzen.
»Wieso bist du eigentlich so schnell am Brandort gewesen, du Lump?« brüllte er erneut auf. »Selbst die Staatsanwaltschaft war ja kaum schneller als du. Wenn ihr Banditen etwas mit dem Brandanschlag ...«
»Passen Sie auf, was Sie sagen«, warnte ihn der Reporter und deutete auf ein Diktiergerät, das an seinem Gürtel hing. »Sonst bekommen Sie von uns noch eine Verleumdungsklage an den Hals.«
Wieder mußten zwei Polizeibeamten den wild um sich schlagenden Bürgermeister festhalten.
»Sehr aufschlußreich«, murmelte Yvonne Beauville und stieß den jungen Staatsanwalt leicht an. »Kommen Sie. Nehmen wir ein Petit Déjeuner im Hafenrestaurant zu uns. Von den sogenannten Honoratioren des Ortes habe ich jedenfalls erst einmal die Nase gestrichen voll.«

Keuchend zerrte Jean-Baptiste Trizan die schweren Hummerkörbe nach oben. Seit sein Freund Jules nicht mehr unter ihnen weilte, kümmerte er sich um dessen ehemalige Fanggründe. Das war er ihm und dessen jüngerer Schwester schuldig. Er fragte sich, wo dieser Nichtsnutz von Aodren bloß steckte. Seit der Brandkatastrophe im Hafen von Ploudarneau schien er wie vom Erdboden verschluckt. Für ein paar Augenblicke beschlich ihn ein unglaublicher Verdacht. Aodren? Nein, unmöglich, beruhigte er sich. Was hätte der Bengel davon gehabt? Rachsucht, weil man ihm nun endgültig den Führerschein abgenommen hatte? Das Geld der Versicherung? Deswegen bringt man doch nicht seinen eigenen Onkel um! Oder etwa doch?

Energisch schüttelte Jean-Baptiste seinen Kopf. Der Umgang mit den Hummerkörben erwies sich schon als mühsam genug. Da brauchte er sich nicht auch noch mit trüben Gedanken herumzuplagen.
Die Arbeit ging ihm ohnehin nur sehr schwer von der Hand, denn ihm stand nur ein kleiner Kutter zur Verfügung, mit dem man im Normalfall allenfalls auf Angeltour gehen konnte. Sein eigenes Schiff war in jener folgenschweren Nacht ebenfalls ein Opfer der Flammen geworden. Es dauerte seine Zeit, bis die Versicherung zahlte und er sich ein neues Fahrzeug anschaffen konnte. Finanziell würde er noch nicht einmal einen schlechten Schnitt machen, aber darum ging es im Moment gar nicht. Die Abnehmer der Hummer, Krabben und Langusten wollten zufriedengestellt werden. Sie brauchten die Ware jetzt und nicht erst in ein paar Monaten. Zudem konnte man die gefangenen Tiere nicht einfach ihrem Schicksal überlassen. Sie würden in den Körben verhungern und eingehen. Die Achtung vor der einfachen Kreatur besaß unter den Fischern der Bretagne einen hohen Stellenwert.
Keuchend holte er tief Luft und starrte auf das Meer, das sich in Nähe der Felsenküste sahnigweiß gegen die Klippen warf. Eigentlich ein Morgen, an dem die Arbeit auf See so richtig Spaß machen konnte. Doch Jean-Baptiste hatte noch ein schönes Pensum vor sich. Da konnte er sich nicht sehr lange mit jedem Hummerkorb aufhalten. Nach zwanzig Leerungen watete er bereits knöcheltief im herumkrabbelnden Getier. Für die Kunststoffkörbe, wie sie sonst zur Ausstattung der größeren Kutter gehörten, fand er auf seinem wesentlich kleineren Boot keinen Platz.
»Merde!« fluchte der Fischer und zerrte erneut aus Leibeskräften.
»Trois fois merde! Was ist denn mit diesem blöden Korb bloß los?«
Jean-Baptiste legte die Leine um die Handankerwinde, auch auf die Gefahr hin, daß ihm das Seil durchriß. Was sollte er tun? Der verdammte Korb mußte nach oben. Der Fischer steckte die Kurbel in die Winde und begann sie mit langsamen und gleichmäßigen Bewegungen zu drehen. Schließlich erreichte er den Punkt, an dem das Seil steif kam, und seine Kraft versagte erneut. Keuchend vor Anstrengung ließ er das Seil wieder ins Wasser gleiten. In diesem Augenblick fiel sein Blick auf einen winzigen Felseinschnitt am Ufer. Er blinzelte, rieb sich die Augen und starrte erneut in die Richtung. Teufel, aber auch! Was schwamm denn da direkt unterhalb des Hauses von Küster Triben? Kopfschüttelnd stemmte er seine schwieligen Pranken in die Hüfte. Da sollte ihn doch der Gehörnte holen! Wie war der denn mit der Motoryacht bis in die Bucht gekommen?
Jean-Baptiste Trizan kletterte in den Fahrstand seines kleinen Fischerbootes und zog sein Fernglas aus dem Köcher. Anschließend begab er sich wieder an die Reling und stellte das Okular scharf. Tatsächlich! Dort lag ein Motorboot dicht am Strand und wurde von den sahnigweißen Brandungswellen vor- und zurückgeworfen. Jetzt holte ihn aber wirklich der Gezwirnte! Das war doch das Motorboot vom alten Lantoine! Wie war das denn bis hierher gekommen? Er wußte, daß Tomaz Junot, der Motorenspezialist im Ort, schon mehrmals vergeblich versucht hatte, den Diesel von Lantoine wieder auf Vordermann zu bringen. Jean-Baptiste brach in schallendes Gelächter aus. Ob vielleicht irgend so eine Landratte beim Stehlen tatsächlich das

schlechteste Boot im gesamten Hafen von Ploudarneau erwischt hatte? Na, das geschah dem recht. Der Fischer nahm sein Glas wieder ab und ging zurück zum Steuerstand. Er gab die Beobachtung über Sprechfunk an die entsprechenden Stellen weiter. Zehn Minuten später lief ein Patrouillenboot der Küstenwache aus.

Frederic Guirec stieg wieder die Treppe empor. Er fuhr sich mit der Zunge über die Zähne und schluckte die letzten Krümel seiner Frühstückscroissants hinunter. Guirec fühlte sich nicht besonders frisch. In der Nacht konnte er keinen rechten Schlaf finden. Die unaufgeklärten Mordfälle ließen ihn nicht zur Ruhe kommen. Er ließ nicht gerne Arbeit auf dem Tisch zurück. Und schon gar kein Vermächtnis. So nämlich kamen ihm die Mordfälle inzwischen vor. Wenn man ihm bloß noch ein bißchen mehr Zeit eingeräumt hätte. Aber Larouche wollte Ergebnisse sehen. Und die hatte er eben nicht liefern können.
Guirec erreichte sein Zimmer. Er blickte sehnsüchtig zur Seite. Dort lag die Tür, hinter der dieser seltsame Meteorologe wohnte. Guirec horchte in die Stille. Nichts rührte sich im oberen Geschoß, nur von unten drang hin und wieder Geschirrgeklapper ins erste Stockwerk empor. Guirec schlich den Gang ein Stück hinunter. Zwei Zimmer weiter stand eine Tür offen. Das Bett war zerwühlt. Hier hatte offensichtlich ein dritter Hotelgast übernachtet. Seltsam, dachte der Kommissar. Guirec drehte sich auf dem Absatz um und kam nach wenigen Schritten erneut an der Türe des Belgiers vorbei. Er faßte sich ein Herz und klopfte. Nichts rührte sich. Er klopfte nochmals, etwas heftiger, aber nicht so laut, daß man es unten hätte hören können. Sein Schachgegner schien also tatsächlich ausgeflogen zu sein. Vorsichtig drückte er die Klinke herunter. Leise quietschend schwang sie auf. Der Belgier hatte nicht abgeschlossen.
Guirec ließ die Türe offenstehen, damit er hören konnte, ob jemand von unten heraufkam. Beim Betreten des Raumes knarrten die Dielenbretter unter seinem Gewicht. Er horchte erneut in die Stille des Ganges, aber nichts tat sich. Das Zimmer besaß einen Balkon und ein komfortables Bad. Er schaute sich um. Das Bett wirkte unbenutzt. Die Angestellte von Denise Deforet machte die Zimmer gewöhnlich erst vor der Mittagszeit. Dumont hatte sich seine Schlafstatt entweder selbst hergerichtet, oder er hatte die Nacht woanders verbracht. Guirec kam der andere Raum wieder ins Gedächtnis. Ob er vielleicht in dem anderen Raum ...?
Auf dem Tisch lag ein buchähnlicher Gegenstand, der sich bei näherem Hinsehen als portabler Computer entpuppte. Im Kleiderschrank hingen ein paar Hosen, im Kleiderfach lagen zwei, drei Pullover, Hemden und T-Shirts neben Unterwäsche und Schuhen. Er öffnete alle Schranktüren, sämtliche Kommodenschubläden, durchforstete den Bettkasten, das Badezimmerschränkchen und den Koffer, der auf dem Kleiderschrank lag. Er fand noch einen Reiseführer über die Bretagne, ein paar Straßenkarten, aber absolut keinen Hinweis, der darauf schließen ließ, daß sich der Belgier tatsächlich mit Meteorologie beschäftigte.
In diesem Augenblick fiel sein Blick erneut auf das Notebook. Er klappte es auf und

starrte auf den matt schimmernden Bildschirm. Verdammt, schoß es ihm durch den Kopf. Hätte er sich doch bloß in der Vergangenheit intensiver mit Datenverarbeitung beschäftigt. Guirec war sich beinahe sicher, daß hinter diesem Bildschirm eine Menge Erklärungen verborgen schienen. Bei der Meteorologie handelte es sich schließlich um eine ernste Wissenschaft. Entsprechende Studien betrieb man nicht ohne entsprechende Hilfsmittel. Bliebe nur noch sein Wagen. Vielleicht befanden sich ja die entsprechenden Hilfsmittel und Unterlagen im Kofferraum des Peugeots. Guirec versuchte vergeblich, das Gerät anzuschalten, gab es jedoch nach wenigen Augenblicken auf. Das hätte noch gefehlt, wenn er vielleicht irgend etwas kaputtgemacht hätte. Der Verdacht wäre zwangsläufig auf ihn gefallen.

Gerade wollte Guirec die Tür zu dem fremden Zimmer wieder hinter sich ins Schloß ziehen, als Sonnenstrahlen durch den Türspalt in den Flur drangen. Sein Blick fiel auf einen unscheinbaren Gegenstand. Ein dünnes menschliches Haar hing am Türrahmen. Der Kommissar nahm Haar und Rahmen genauer unter die Lupe. Beide gehörten zu einem geschickten Kontrollsystem. Das Haar hing vorher ganz offensichtlich zwischen Türrahmen und Tür. An der Türe konnte er noch Spuren eines Fettstiftes entdecken. Behutsam nahm er das Haar zwischen Daumen und Zeigefinger und drückte es ganz sacht gegen die Fettspur. Es blieb tatsächlich hängen. Beruhigt und nachdenklich zugleich suchte er sein eigenes Zimmer auf. Er zog sich um und beschloß, nach Douarnenez zu fahren. Er mußte etwas unternehmen, denn sonst, so befürchtete er insgeheim, stand ihm erneut eine unruhige Nacht bevor.

KAPITEL XX

Yvonne Beauville warf einen Blick in die kleine Runde, die sich zum Petit Déjeuner im Yachthafenrestaurant eingefunden hatte. Antoine Lemardieux stürzte bereits den dritten Espresso und den zweiten Cognac hinunter. Gleichzeitig mahlten seine Zähne rekordverdächtig hart auf seinem Kaugummi herum. Germain Lereau, der Leiter der Spurensicherung aus Quimper, verdrückte ungerührt ein eigens für ihn angerichtetes englisches Frühstück mit Baked Beans und Ham and Eggs. Yvonne schüttelte sich bei dem Gedanken, so früh am Morgen soviel Fett in sich hineinstopfen zu müssen. Als vierter in der Runde hockte der inzwischen eingetroffene Gerichtsmediziner mit am Tisch. Doktor Lamarc'h wirkte wie gewöhnlich desinteressiert und gelangweilt. Doch er folgte widerspruchslos dem Vorschlag der Kriminalkommissarin, noch an Ort und Stelle und unter dem Eindruck der jüngsten Geschehnisse an einem Brainstorming teilzunehmen.

Yvonne Beauville schob ihre Tasse beiseite, in der noch ein Rest hellbrauner Café au lait herumschwappte. Lemardieux hingegen bestellte einen vierten Espresso und noch einen Cognac.

»Nun, meine Herren, dann wollen wir mal anfangen. Ich werde einfach alle Überlegungen, die mir inzwischen gekommen sind, vorbringen. Dann werfen Sie Ihre Anregungen und Bedenken ein, und zum Schluß hoffe ich, daß wir vielleicht etwas klarer sehen. Himmel, wenn das so weitergeht, dann schwimmt Ploudarneau demnächst in seinem eigenen Blut.«

Lereau nickte und wischte mit einem Stück Baguette seinen Teller sauber. Lamarc'h schien darauf gewartet zu haben. Er zündete sich eine Zigarette an. Yvonne tat es ihm nach. Der junge Staatsanwalt drehte sich herum und öffnete demonstrativ das Fenster in seinem Rücken.

»Immer noch unwohl?« frotzelte Yvonne.

»Blödsinn«, antwortete Lemardieux. »Ich mag bloß keinen Zigarettenqualm am frühen Morgen.«

»Ach, und ich dachte, bloß keine armlosen Leichen«, entgegnete die Kriminalbeamtin ungerührt.

Lemardieux starrte wortlos vor sich hin. Yvonne grunzte zufrieden, lehnte sich in ihren Stuhl zurück und streifte unter dem Tisch die hochhackigen Schuhe ab. Yvonne merkte, daß sie sich immer noch feucht anfühlten. Mist, durchfuhr es sie. Schon wieder siebenhundert Franc zum Teufel. Dieses verdammte Löschwasser!

»Also, meine Herren. Unterbrechen Sie mich, wenn ich irgendwann Ihres Erachtens schiefliege.«

Die Leiterin der Mordkommission referierte kurz über die bisherigen Ermittlungsergebnisse, die sie aus den Akten kannte. Von den anderen hörte sie keinen Einwand. Dann kam sie auf den Regattaunfall, die Festnahme und den Tod des Fischers Arpege und auf das Massaker vor der Ile de Sein zurück. Als sie den Brand im Hafen von Ploudarneau erwähnte, machte sie eine kurze Gedankenpause. Die drei Männer schauten gebannt zu ihr herüber.

»Das paßt doch alles nicht zusammen, meine Herren«, stellte sie fest. »Zumindest, wenn wir uns einmal die Vorgehensweise dieses sogenannten ›Nebelphantoms‹ vor Augen führen. Immer dieselbe Handschrift. Immer Morde mit außergewöhnlich blutrünstigem Ausgang. Wie passen da gewöhnliche Brandkatastrophen in dieses Schema?«

»Was wollen Sie damit andeuten?« fragte Lereau interessiert.

Yvonne schaute ihn lange und nachdenklich an.

»Was mich an der Sache am meisten beunruhigt, ist die Tatsache, daß es bisher noch nicht einen einzigen Hinweis des oder der Täter auf etwaige Hintergründe für die Anschläge und die Mordserie gibt. Aus meiner Tätigkeit bei der Terrorismusabwehr weiß ich, daß immer irgendwann Bekennerschreiben auftauchen. Beispielsweise politisch oder religiös eingefärbte Parolen oder wenigstens Erpressungsforderungen. In unserem Fall tappe ich, ehrlich gesagt, ziemlich im dunkeln. Nur eines scheint mir klar. Die Mordfälle auf den drei Yachten haben nichts mit den Brandanschlägen zu tun. Bei den Überfällen auf See wurden allem Anschein nach die Opfer nach dem Zufallsprinzip ausgesucht, die Brandanschläge jedoch gezielt verübt.«

»Sie sprechen immer von Brandanschlägen, Madame«, wandte Lereau ein. »Für die Experten der Feuerwehr sah bislang alles nach Unglücksfällen aus.«

»Ach ja?« widersprach Yvonne ungerührt. »Auf dem Kutter von Monsieur Arpege wird urplötzlich eine noch vor kurzem überprüfte Gasanlage undicht? In der Produktionshalle von Herault Marine stellt angeblich irgendein Idiot ein Faß mit Härterchemikalien ausgerechnet unter die Abfüllanlage mit dem Beschleuniger? Und der Hahn fängt erst nach Stunden an zu tropfen? Hören Sie mir auf, Monsieur. Für mich hat das schon lange nichts mehr mit Unglücksfällen zu tun.«
Sie machte eine Pause und streifte die Glut ihrer Zigarette im Aschenbecher ab.
»Wieso spielte sich eigentlich dieser Leclerq so entsetzlich auf? Schön, da fliegt die Laminierhalle bei Herault Marine in die Luft. Pech, daß dabei die Bootsbauformen zerstört werden. Aber das ist doch das Problem von Monsieur Moulin. Daß er angeblich vergessen haben soll, die Versicherungsprämien zu entrichten, hat doch wohl die Firma zu verantworten, oder etwa nicht?«
»Da muß ich Ihrem Wissensstand etwas nachhelfen, Madame« mischte sich Lemardieux ein.
»Ich bitte darum«, brummte Yvonne.
»Nun«, fuhr der Staatsanwalt fort, »die Leclerq-Gruppe ist zu einem nicht unwesentlichen Anteil an der Herault Marine beteiligt. Nicht umsonst saß die Tochter des Bürgermeisters, die verstorbene Emmanuela Leclerq, im Kontrollgremium der Werft. Herault gehört zwar zu den großen vier der französischen Bootsbaubranche, aber Kenner der Szene mutmaßen, daß es um die Finanzdecke des Unternehmens wegen deutlich nachlassender Auftragseingänge nicht mehr gut bestellt scheint. Schon vor einigen Monaten mußte Leclerq für aufgekündigte Kredite als Bürge geradestehen. Wenn Herault Marine in wirklich ernste finanzielle Schwierigkeiten gerät, dann zieht sie Leclerq unweigerlich mit in den Strudel.«
»Warum stößt er seine Anteile an der Firma nicht einfach ab?« fragte die Kommissarin.
»Wer sollte sie denn übernehmen?« mischte sich Lereau ein. »Ich besitze selbst ein kleines Boot, lese die Fachpresse und kenne ein paar Leute, die in der Verwaltung von Herault arbeiten. Keines der großen konkurrenzfähigen französischen Bootsbauunternehmen will Herault schlucken, weil jeder weiß, daß einem dieser Brocken schnell wieder nach oben stößt. Wenn jemand den Laden von Stefane Moulin aufkauft, dann muß er meiner Ansicht nach eine komplett neue Firmenstruktur aufbauen. Und endlich weg von diesen zwar prestigeträchtigen, dafür jedoch defizitären Einzelbauten. Wenn Sie mich fragen, dann hat Emmanuela Leclerq die Werft mit ihren andauernden Einzelanfertigungen in die Krise geführt. Was denken Sie, was solche Regattaschüsseln kosten und was alleine ein guter Konstrukteur für seine Entwürfe verlangt? Das müssen Spitzenleute sein, denn sonst brauchen sie im internationalen Rennzirkus gar nicht erst anzutreten.«
Er machte eine kurze Pause.
»Wäre sie wenigstens eine exzellente Regattaseglerin gewesen, um die sich die Sponsoren reißen, dann wäre ja alles noch irgendwie finanzierbar gewesen. Und schließlich Moulins verrückte Idee mit der Trimaranserie. Völliger Blödsinn! Denken Sie nur an die Liegeplatzkosten. Wer aus der breiten Masse der Bevölkerung kann sich heute noch solche Ungetüme leisten, für die man zwei bis drei Boxenplätze gleichzeitig anmie-

ten muß? Überdies ist Herault Marine nicht gerade für exzellente Bauausführung bekannt.«
Er blickte den Staatsanwalt und die Kommissarin nachdenklich an.
»Fakt jedenfalls ist«, fuhr er fort, »daß der geborgene Trimaran, auf dem Madame Leclerq ums Leben kam, ganz erhebliche technische Defekte aufwies. Ich denke da nur an den kompletten Ausfall der Elektrik, dem auch die Navigationseinrichtung zum Opfer fiel. Schließlich der fehlende Mast. Es schlägt doch niemand den Mast auf einem Segelboot ab, wenn es nicht unbedingt notwendig ist. Ich rätsele immer noch daran herum, warum jemandem wie Emmanuela Leclerq der Mast so mir nichts, dir nichts herunterkommt. Meines Wissens hatte dieser Arpege doch angeblich einen Mastbruch beobachten können, oder irre ich mich? Wenn Sie mich fragen, hat jemand großen Wert darauf gelegt, daß Emmanuela Leclerq etwas zustößt oder zumindest das Ziel nicht erreicht.«
»Also Sabotage«, bemerkte Yvonne und drückte ihre Zigarette aus.
»Das haben Sie gesagt«, brummte Lereau.
Die Kommissarin blickte erwartungsvoll in die Runde der Männer.
»Na schön. Also stehen hier drei barbarische Massaker einer zumindest fahrlässigen Schlamperei mit tragischem Ausgang und den beiden Brandanschlägen, die offensichtlich als Unglücksfälle beziehungsweise das Ergebnis menschlichen Fehlverhaltens getarnt waren, gegenüber. Bleibt der Wachmann. Monsieur le Docteur, Sie haben ja noch gar nichts gesagt.«
Lamarc'h lächelte indigniert.
»Madame, Sie werden doch wohl Verständnis dafür haben, daß ich mich als Wissenschaftler an solchen Sandkastenspielchen mitnichten beteiligen werde.«
Lemardieux blickte den Mediziner scharf an. Ihm gefiehl seine Einstellung ganz und gar nicht.
»Na schön, Sie Wissenschaftler«, grinste Yvonne und zündete sich zum Mißfallen des Staatsanwaltes eine neue Zigarette an. »Dann lassen Sie uns doch einmal an Ihren eher nüchternen Erkenntnissen teilhaben. Was können Sie uns aus medizinischer Sicht über den Toten in der Werkshalle sagen.« »Ohne Autopsie?« entgegnete Lamarc'h amüsiert. »Ich bitte Sie, Madame. Aber ich sehe schon, daß Sie sich anscheinend ja auch mit Hypothesen zufriedengeben. Nageln Sie mich jedoch hinterher nicht fest, wenn sich die eine oder andere Spekulation als falsch erweist.«
»Nur zu«, ermutigte ihn der Staatsanwalt. »Wir sind ganz Ohr.«
»Der Tod trat vermutlich vor dem Brand ein«, führte der Gerichtsmediziner aus. »Ein Brandopfer reißt mitten in den Flammen und erst recht nicht bei dichtem Qualm den Mund so weit auf. Ob er allerdings Rauch eingeatmet hat, das wird die medizinische Untersuchung erbringen. Erst dann wissen wir es mit hundertprozentiger Sicherheit. Die getrocknete Blutlache läßt vermuten, daß sein Exitus am Fundort eintrat. Als Todesursache kommt jedoch wohl eher Verbluten aus der Oberarmschlagader nach Verlust des Bewußtseins in Frage.«
»Stellt sich also nur noch die Frage«, meinte die Kommissarin nach einer Weile, »wieviel Zeit zwischen Tod des Wachmannes und Ausbruch des Brandes verstrich.«

»Wieso?« fragte Lereau erstaunt.

»Ganz einfach, Monsieur«, beantwortete Yvonne seinen Einwand. »Mignon, der Wachmann, benutzt also auf seinem Rundgang einen Gabelstapler. Wie der Chef des Wachdienstes von Herault Marine, den ich noch kurz vor Ort sprechen konnte, mir gegenüber angab, arbeitete sein Angestellter bis vor einigen Jahren im Einkauf und im Lager. Er kannte sich also im Umgang mit diesen fahrbaren Untersätzen aus. Warum also sollte er solch einen Gabelstapler nicht zur Hilfe nehmen?«

»Weil es aus Sicherheitsgründen verboten ist«, grinste Lereau.

»Na und?« fuhr Yvonne unbeirrt fort. »Das stört ihn nicht. Er ist sowieso mutterseelenallein im Betrieb. Warum aber anschließend diese Karambolage? Nach der Lage des umgestürzten Staplers muß Mignon, wenn er denn wirklich auf dem Fahrersitz saß, mit hoher Geschwindigkeit und zudem auch noch rückwärts durch eine enge Gasse gerast sein. Das macht doch niemand, der weiß, daß er sich eine Menge Scherereien einhandelt, wenn man hinter seine Extratour kommt. Es gibt nur eine einzige Erklärung für eine solche Handlungsweise. Er hatte vor irgend etwas furchtbare Angst.«

»Vor dem Feuer?« fragte Lereau. »Vielleicht brannte es zu diesem Zeitpunkt also doch schon in der Laminierhalle.«

»Das denke ich nicht, wenn ich den Ausführungen unseres Herrn Doktors Glauben schenken darf«, entgegnete Yvonne. »Vergessen wir einfach einmal nur den undichten Behälterverschluß und daß wir am Tatort keine Hinweise auf etwaige andere Beteiligte gefunden haben. Ich denke auch nicht, daß Mignon selbst die Chemikalien gemischt hat. Jemand, der schon so lange in einem kunststoffverarbeitenden Betrieb beschäftigt war, kannte das Risiko, das auch für ihn selbst bestehen würde. Gehen wir von einem Anschlag aus. Vielleicht hatte Mignon den Brandstifter überrascht und mußte fliehen, weil der ihm körperlich überlegen schien? Unter Umständen handelte es sich sogar um mehrere Täter.«

»Schön«, warf jetzt der Staatsanwalt ein. »Soweit kann ich ja noch folgen. Aber wer sollte ein Interesse daran haben, daß die Werft abbrennt? Moulin kommt wohl als Tatverdächtiger kaum in Frage, denn er wußte, daß die Versicherung nicht oder nur einen Teil zahlen wird. Versuchter Versicherungsbetrug scheidet also aus.«

»Genau dort liegt der Hund begraben«, stellte Yvonne fest.»Das ist die Frage, die mich ohnehin schon die ganze Zeit beschäftigt. Warum gibt sich einer soviel Mühe, erst noch Chemikalien zum Explodieren zu bringen. Ein Streichholz und ein Kanister Benzin hätte den gleichen Effekt erzielt. Nein, da wurde versucht, den Verdacht gezielt entweder auf das Personal der Werft oder aber auf den Firmenchef zu lenken. Der oder die Täter müssen von den in Wirklichkeit nicht entrichteten Versicherungsprämien gar nichts gewußt habe. Selbst den guten Leclerq traf ja diese plötzliche Nachricht wie ein Keulenschlag. Aber wie dem auch sei, bei grober Fahrlässigkeit hätte sowieso keine Versicherung die volle Versicherungssumme ausgezahlt. So oder so hätte es Herault Marine finanziell tief ins Mark getroffen. Unter Umständen kommt es jetzt ja ohnehin zum Konkurs. Ein lukratives Geschäft für jemanden, der es entweder auf die Werft an sich oder auch nur auf den noch intakten Maschinenpark, die

Baulizenzen und die Grundstücke abgesehen hat.«
Lereau nickte betroffen.
»Klar, wer die Werft besitzt, hat automatisch einen Fuß in der Marinatür. Port du Raz besitzt keinen eigenen Reparaturbetrieb. Entsprechende Freiflächen verplante Leclerq für Parkplätze und das Shopping-Center. Wenn umgekehrt die Werft verschwinden sollte, dann wird der Yachthafen auf jeden Fall für kommerzielle Unternehmungen wie Segelschulen, Vercharterer, Bootsmakler und so weiter unattraktiv. Aber auch für die privaten Liegeplatzinhaber, die immer erst einen Mechaniker von weit her herantelefonieren oder ihr Schiff in den nächsten Nachbarhafen verholen müssen. Da greift ein Rad ins andere!«
»Natürlich«, nickte Yvonne. »Ich kenne diesen Jo-Jo-Effekt von ein paar Marinas bei uns unten an der Mittelmeerküste. Wenn einer von dem anderen wirtschaftlich abhängt und irgendein Glied in der Kette nach gibt, dann bricht zumindest bei schlechter Kapitalausstattung und mieser Organisation das gesamte Gefüge wie ein Kartenhaus zusammen. Man muß nur wissen, wo man den Hebel anzusetzen hat.«
»Welche Erklärung haben Sie für die drei Mordfälle, die sich zur gleichen Zeit wie diese Anschlagserie ereigneten?« meldete sich wieder der Spurensicherungsexperte zu Wort. »Zufall, oder wurden die drei Segelcrews etwa nur deshalb vor den Toren Ploudarneaus umgebracht, um gewisse Leute im Ort zu verunsichern?«
Alle Augen richteten sich auf Yvonne. In diesem Augenblick summte das Mobilfunktelefon in ihrer Tasche.

Mühsam kletterte Frederic Guirec aus seinem altersschwachen Citroën und warf die Fahrertür hinter sich zu. Auf das Abschließen verzichtete er aus alter Gewohnheit. Wer stahl schon dem Chef der Mordkommission das Auto? Nach fünf Schritten besann er sich jedoch eines Besseren. Leiter des 1. Kommissariats in der Departementhauptstadt war er seit Wochenanfang nicht mehr. Vielleicht hatte sich das in Ganovenkreisen bereits herumgesprochen. Er ging wieder zu seinem Wagen zurück und steckte den Schlüssel in den Schlitz unterhalb des Griffes. Doch der ließ sich weder in die eine noch die andere Richtung bewegen. Kopfschüttelnd zog er den Schlüssel wieder zurück. Er konnte sich wirklich nicht mehr entsinnen, wann er den Wagen das letzte Mal abgeschlossen hatte.
Guirec nahm seinen Mantel über den Arm, setzte den breitkrempigen Hut auf und ordnete das von der Fahrt zerknitterte Jackett. In Douarnenez schien wenigstens die Sonne. Er schlenderte den Boulevard Camille Reaud am Port-Musee vorbei, trank in einer der Bars unmittelbar an den dort festgemachten, längst ausgemusterten Berufsschiffen einen Café au lait und genoß die wärmenden Sonnenstrahlen. Eigentlich hatte er es doch gut, dachte er bei sich. Sollten sich doch die anderen um die Verbrecherjagd kümmern. Noch ein paar Wochen, und er erhielt seine Entlassungspapiere. Warum sich also ärgern? Wie oft hatte er nachts bei Regen und Kälte in seinem Wagen gesessen, Verdächtige observiert und sich mit den übelsten Ganoven her-

umgeschlagen. Jetzt sollte endlich die junge Garde heran. Und dennoch. Wehmut schlich sich in seine Gedanken, so wie eine Gewitterwolke den strahlendblauen Himmel verfinsterte. Nachdenklich stand er auf, legte ein Geldstück neben seine Tasse und schlenderte hinauf in die Stadt.
Vor einer Buchhandlung blieb er stehen. Er suchte in der Auslage nach bestimmter Fachliteratur. Schließlich betrat er das Geschäft und wandte sich an eine Verkäuferin. Zehn Minuten später verließ er wieder die Buchhandlung, verwirrt und mit einer großen Anzahl Fachbücher und Zeitschriften über Datenverarbeitung unter dem Arm. Er setzte sich in eine Bar, bestellte sich einen Pastis und nahm das oberste Buch vom Stapel. So, wie das Eis in seinem Anisschnaps schmolz, so schnell schwand auch seine Zuversicht, quasi im Schnellverfahren den Umgang mit einem Computer zu erlernen. Das zweite Buch überflog er frustriert, das dritte blätterte er nur noch flüchtig durch. So funktionierte das nicht. Himmel, was bedeuteten nur alle diese seltsamen Befehle? Was waren Stapeldateien und wie unterschieden sie sich von Systembefehlen? Welchen Vorteil besaß eine CD-ROM gegenüber einer Festplatte? Was bedeuteten SIMM, SVGA oder PCMCIA? Schluß, entschied er. Er war jetzt dreiundsechzig Jahre alt und wollte die wenige Zeit, die ihm blieb, nicht noch mehr vergeuden.
Mißmutig verließ Guirec nach ein paar Minuten die Bar, warf auf dem Weg zum Hafen die Bücher in seinen Citroën und ging erneut hinunter zum Fluß. Als er an der Rue Ernest Renan um die Ecke bog, stutzte er. Am Straßenrand parkte eine dunkle Limousine. Ein Peugeot neuerer Baureihe. Eindeutig der Leihwagen des Belgiers. Vorsichtig blickte sich der Kommissar nach beiden Seiten um. Von Dumont schien weit und breit nichts zu sehen. Guirec ging möglichst unauffällig an dem Peugeot vorbei und warf einen Blick in den abgedunkelten Innenraum. Soweit er dies trotz der getönten Scheiben erkennen konnte, schien der Innenraum des Wagens leer. Kurz entschlossen öffnete er den Kofferraum. Auch hier gähnende Leere. Wo, zum Henker, bewahrte der Kerl bloß sein meteorologisches Handwerkszeug auf? Er schloß die Klappe und warf beim Weitergehen einen Blick auf das Nummernschild. Er mußte unbedingt das Kennzeichen im Kopf behalten.
Wenige Augenblicke später geschah das, was Guirec unbedingt hatte vermeiden wollen. Dumont verließ ein paar Häuser entfernt ein Geschäft für Bootszubehör. Unter dem einen Arm trug er ein Seilbündel, in der anderen Hand eine Preßluftflasche, so wie sie Sporttaucher benutzten. Guirec drückte sich in einen Hauseingang, ließ den Belgier dabei aber für keinen Moment aus den Augen. Was zum Teufel trieb der Bursche mit einer Preßluftflasche? Brauchte er die etwa auch für seine meteorologischen Studien? Der Beobachtete schulterte die Flasche, überquerte die Straße und kam genau auf ihn zu. Der Kommissar drehte sich um und drückte gleichzeitig sämtliche Knöpfe auf dem messingfarbenen Brett neben der Eingangstür. Gerade, als er dachte, Dumont hätte ihn übersehen, hielt sein ehemaliger Schachgegner an, um die Flasche in die andere Hand zu nehmen.
»Monsieur«, grüßte er ihn mit ausdruckslosem Gesicht. »Machen Sie einen Besuch?«
Guirec drehte sich langsam herum. Er fühlte sich zu Recht ertappt.
»Ja«, stammelte er verlegen. »Nein, also ..., nun ja, ich ...«

»Hallo? Wer ist denn da?« meldete sich eine Stimme aus der Rufanlage.
Guirec verharrte in seiner Bewegung. Dumont, der die Flasche erneut geschultert hatte, blickte ihn erwartungsvoll an.
»Wollen Sie nicht antworten?« fragte er gleichmütig.
Guirec drehte sich der Sprechanlage zu.
»Ja, guten Tag Madame. Ich bin Monsieur Guirec. Ich wollte Sie gerne ...«
»Ich kenne niemanden mit diesem Namen, Monsieur«, krächzte es ihm entgegen.
»Würden Sie mir bitte sagen, was Sie von mir wollen?«
Dumont grüßte den Kommissar zum Abschied und machte sich wieder auf den Weg. Guirec bemerkte ein vielsagendes Lächeln auf dessen Lippen. Der alte Kommissar blickte ihm nachdenklich hinterher. Erst jetzt wurde er sich seines am Rücken und unter den Achseln durchgeschwitzten Hemdes bewußt.

»Ah, Monsieur le Commissaire! Welche Ehre! Was kann ich für Sie tun?«
Guirec zog die Türe hinter sich zu. Der Mann, der ihn so freundlich begrüßte, war Jean Simon, der Kommandant der Gendarmerie von Douarnenez. Sie kannten sich von einigen Einsätzen her. Der alte Kommissar reichte dem Uniformierten die Hand.
»Schön, Sie zu sehen, alter Freund«, lächelte Guirec.
Jean Simon griff in eine Schublade und zog zwei Gläser und eine Flasche Cognac hervor.
»Was habe ich erfahren?« lachte er, nachdem sie einen gehörigen Schluck zu sich genommen hatten. »Sie sind im Ruhestand? Sie verschwinden so einfach von der Bühne, ohne sich bei der alten Garde zu verabschieden? Ich bin enttäuscht, Monsieur.«
Guirec winkte ab.
»Nein, nein, lieber Simon. Was Sie schon wieder gehört haben. Diesmal trommeln die Buschtrommeln falsch. Ich bin lediglich beurlaubt.«
»Und da machen Sie jetzt eine Rundreise und verabschieden sich bei allen Ihren alten Kollegen persönlich?« grinste der Kommandant. »Das finde ich aber honorig.«
Guirec stellte sein Glas ab und schüttelte den Kopf.
»Nein, Simon. Der Grund für meinen Besuch ist, daß Sie mir einen Gefallen erweisen sollen.«
Simon lachte laut.
»Was ist? Stehen Sie im Halteverbot? Hat man Sie gar abgeschleppt?«
»Hören Sie schon auf, Simon«, entgegnete der Kommissar und deutete auf das Telefon, das neben seinem Gesprächspartner auf dessen Schreibtisch stand. »Nein, ernsthaft. Können Sie für mich etwas in Erfahrung bringen? Es ist sehr wichtig.«
»Dienstlich?« fragte Simon erstaunt.
»So mehr oder weniger«, nickte Guirec.
»Ich denke, Sie sind nicht mehr im Geschäft«, erwiderte Kommandant Simon.
»Ich bin erst aus dem Geschäft, wenn ich meinen Dienstausweis abgegeben habe«, knurrte der Kommissar ungehalten zurück. »Was ist nun?«

Simon fuhr leicht zusammen. Mit höheren Polizeibeamten mußte man vorsichtig umgehen. Die verstanden nur bis zu einem gewissen Punkt einen lockeren Umgangston. Simon zog einen Zettel und einen Bleistift hervor, um sich Notizen zu machen.
»Also, worum geht es?«
Eine halbe Stunde später verließ ein sehr nachdenklicher Frederic Guirec das Dienstgebäude der örtlichen Gendarmerie. Er hatte mit Hilfe von Simon versucht, in Belgien etwas über Dumont in Erfahrung zu bringen, aber die dortigen Kollegen verwiesen auf den internationalen Datenschutz. Informationen ohne ausdrückliches Amtshilfeersuchen wollten sie so ohne weiteres nicht erteilen. Guirec seufzte. Ein Fachmann mußte her! Einer, der mit elektronischer Datenverarbeitung und internationalen Datenbanken umzugehen verstand. Lassalle! Natürlich! Wieso war er nicht schon längst auf Lassalle gekommen? Wozu hatte man ihm seinerzeit einen Computerspezialisten zugeteilt?
Guirec suchte eine Telefonzelle. Nach dem dritten Durchläuten nahm Lassalle ab. Sein ehemaliger Mitarbeiter zeigte sich einerseits erfreut, andererseits jedoch auch erstaunt darüber, daß ihn sein früherer Chef unbedingt sehen wollte. Noch mehr überraschte ihn, daß sein Chef auf ein Treffen in der Polizeipräfektur bestand.

»Oh, Himmel«, stöhnte Lemardieux. »So was auf nüchternen Magen. Da kann einem ja speiübel werden.«
»Warum haben Sie auch nichts gegessen«, erwiderte Yvonne Beauville ungerührt. »Im Hafenrestaurant hätten sie reichlich Gelegenheit dazu gehabt.«
Sie wandte sich wieder Doktor Lamarc'h zu, der mit chirurgischem Besteck die beiden Leichen untersuchte. Währenddessen hörte sie, wie Lereau, der Leiter der Spurensicherung, im Innern des Motorbootes herumstöberte.
»Nun, Doktor?« fragte sie.
Lamarc'h drehte sich zu ihr um. Er schaute die Kommissarin ein wenig überrascht an. Normalerweise war er gewohnt, daß die weiblichen Kripobeamten gleich reihenweise umfielen, wenn sie derart zugerichteten Leichen gegenüberstanden. Doch die Spezialistin aus Marseille zuckte mit keiner Wimper. Dafür würgte der junge Staatsanwalt um so vernehmlicher.
»Was soll ich sagen, Madame?« antwortete er. »Sollte es sich um das sogenannte ›Nebelphantom‹ handeln, dann hat er wohl seine Taktik geändert. Die Nacht war jedenfalls sternenklar. Gemessen an der spektakulären Vorgehensweise dürfte es sich jedoch aller Wahrscheinlichkeit nach um denselben Täter wie in den vorherigen Mordfällen handeln.«
»Inwiefern?« fragte Yvonne Beauville.
Der Arzt wies auf den Griff des Säbels, der aus dem nackten Rücken des Mannes hervorragte.
»Professionelles Vorgehen. Genau zwischen dem siebten und achten Rippenbogen, leicht gewinkelt, so daß bei dem weiblichen Opfer die Aorta zerfetzt wurde. Der Tod

trat durch Verbluten ein. Dem Mann wurde vorher noch mit einem stumpfen Gegenstand der Schädel zertrümmert. Möglicherweise eine Art Schleuder mit Stahlkugeln. Derartige Apparate werden auch heute noch hin und wieder im südeuropäischen Raum verwendet. Exitus durch Gehirntod infolge Schädelbruch und Hirnmassenaustritt. Im übrigen mußte der Mörder bei seiner Tat ziemliche Kraft aufwenden. Sie und ich könnten vermutlich kaum einen Säbel gleichzeitig durch zwei Körper rammen.«

»Seltsam«, murmelte Yvonne. »Wieso bloß diese beiden vollkommen unterschiedlichen Tötungsmethoden? In den anderen Fällen benutzte er stets ein Messer.«

»Mag sein«, wandte der Gerichtsmediziner ein. »Aber ein Säbel ist in gewisser Weise auch ein Messer, nicht wahr? Das ist aber noch nicht alles. Erinnern Sie sich an die vorherigen Fälle? Der Kerl scheint ein Faible für die Vergangenheit zu besitzen. Ich denke an die Kreuzigung, an das Schächten der Opfer, an die wie Vampire gepfählten Engländer und an dieses Massaker hier. Im Orient wurden früher Ehebrecher häufig aneinandergebunden und danach entweder ertränkt, gesteinigt oder aufgespießt. Inzwischen soll die Scharia, wie man so hört, in neoislamischen Staaten ja wieder schwer im Kommen sein. Jedenfalls liefert uns der Bursche einen regelrechten Abriß der Tötungsmethoden quer durch die Kulturen und die Jahrhunderte. Fehlt nur noch, daß er seine Opfer demnächst nach Indianerart skalpiert.«

»Hören Sie auf«, stöhnte Lemardieux.

Das Motorboot schaukelte zeitweise recht heftig in der sahnigweißen Brandung unterhalb der Klippen. Zweimal strauchelte der Arzt bei dem Versuch, das Mordinstrument aus den Körpern der Leichen herauszuziehen. Schließlich wartete er einen günstigen Moment ab, stützte sich mit einem Bein auf dem Gesäß der männlichen Leiche ab und zerrte den Säbel heraus.

»Sehen Sie«, keuchte er und stürzte mit der bluttriefenden Waffe zurück auf die gegenüberliegende Sitzbank. »Ganz schön schwierig, das Ding herauszubringen. Umgekehrt dürfte es, wie gesagt, noch schwerer gewesen sein.«

In der nächsten Welle rutschte der Tote aus seiner obszönen Stellung zwischen den weit gespreizten Schenkeln der weiblichen Leiche herunter. Lamarc'h untersuchte die beiden Ermordeten eine Weile und reinigte schließlich mit einem Mullkissen das übel zugerichtete Gesicht des Mannes.

»Schon etwas über den Todeszeitpunkt auszusagen?« fragte Yvonne.

Lamarc'h schüttelte den Kopf.

»Tut mir leid, Madame. Die beiden liegen unbekleidet im Nachtwind. Da kühlen die Körper ziemlich rasch aus. Die Leichenstarre dürfte jedoch bereits vor geraumer Zeit eingetreten sein. Jedoch noch keine der typischen Flecken erkennbar. Nun schauen Sie schon nicht so ungeduldig, Madame! Also gut! Ungefährer Zeitpunkt des Todes so etwa gegen vier Uhr morgens. Plusminus ein bis zwei Stunden.«

»Oh, Gott!« stöhnte hinter ihr der Staatsanwalt auf.

»Was denn noch?« fragte die Kommissarin ungeduldig.

»Erkennen Sie den Mann denn etwa nicht?« keuchte er.

»Nein, wieso?« fragte sie. »Sollte ich ihn kennen?«

»Sehen Sie nicht fern? Das ist doch Alain Dufoe, ein bekannter Seriendarsteller aus einer dieser Seifenopern, die beinahe jeden Abend über den Bildschirm laufen. Und die Frau! Oh, Himmel! Das ist doch eine dieser bekannten Talkshow-Miezen, die nichts anderes im Kopf haben, als zur besten Sendezeit mit Gesellschaftsdreck um sich zu werfen.«
»Was Sie nicht sagen«, bemerkte Yvonne wenig begeistert. »Na, wenn das stimmt, dann werden sich Ploudarneau und wir demnächst auch noch in der Yellowpress wiederfinden.«
Sie wandte sich an den Spurensicherungsspezialisten aus Quimper.
»Na, Monsieur Lereau. Etwas Interessantes gefunden?«
Der Angesprochene steckte seinen Kopf aus dem Kajüteingang.
»Außer weiteren Kleidungsstücken und persönlichen Gegenständen der Toten nichts«, bedauerte er. »Das Strickmuster dieser Tat gleicht denen der vorherigen drei Fälle. Dieser Irre taucht scheinbar aus dem Nichts auf, mordet und verschwindet, ohne besondere Spuren zu hinterlassen. Ein Hai, wenn Sie mich fragen. Ein gewissenloser, eiskalter Hai, der mit geradezu pedantischer Präzision vorgeht. Das Eigentum der Opfer interessiert ihn nicht. Selbst die goldene Herrenarmbanduhr liegt noch auf dem Kartentisch. Dafür jedoch habe ich etwas anderes gefunden.«
»Spannen Sie uns nicht auf die Folter«, entgegnete Yvonne.
Lereau deutete auf den Cockpitboden.
»Man hat die Treibstoffleitung leerlaufen lassen. Mich interessierte, warum das Boot hier zwischen den Felsen strandete. Alles erinnerte an den Fall Leblanc. Doch dessen Boot war noch völlig intakt, als es auf die Aguille d'Argenton auflief. Wie ich das festgestellt habe? Nun, der Tankanzeiger zeigt einen beinahe vollen Tank an. Daran konnte es also nicht liegen. Nein, der Haupthahn für den Dieselzufluß ist abgesperrt. Das Boot muß folglich bis hierher getrieben oder geschleppt worden sein. Nach dem Stand der Tide zu urteilen, tippe ich auf die erste Möglichkeit.«
Er deutete auf den Leuchtturm der Hafeneinfahrt, den man am Horizont noch mit bloßem Auge erkennen konnte.
»Ja, das haut ungefähr hin. Die beiden sind mit geschlossenem Ventil losgefahren. Der Treibstoff in der Leitung und in den beiden Filtern reichte aus, um gerade noch freien Seeraum zu erreichen. Dann starb vermutlich die Maschine ab, und sie ließen sich treiben. Nur, warum sie keine Hilfe herbeifunkten, ist mir ein Rätsel. Die Funkanlage jedenfalls funktioniert einwandfrei.«
»Sie wollten offensichtlich kein Aufsehen erregen« warf Yvonne ein.
»Meinen Sie, das Boot ist gestohlen?« erwiderte Lemardieux.
Die Spezialistin für Terrorismusabwehr aus Marseille drehte sich herum und blickte den jungen Staatsanwalt belustigt an.
»Himmel, Monsieur Lemardieux«, lachte sie. »Was bringt man Ihnen bloß auf der Universität bei? Von Menschenkenntnis wirklich keine Ahnung, was? Schauen Sie her. Die Dame ist bestimmt doppelt so alt wie der Tote. Sie könnte ohne weiteres seine Mutter sein. Im übrigen ist sie verheiratet. Sehen sie den Ehering an der rechten Hand? Offensichtlich spielte der junge Beau neben ihr den jugendlichen Liebhaber nicht nur

im Fernsehen, sondern auch im wirklichen Leben. Glauben Sie allen Ernstes, ein Fernsehstar hat es nötig, für ein romantisches Abenteuer ein ziemlich heruntergekommenes Motorboot zu stehlen? Nein, Monsieur. Die beiden haben nur aus einem einzigen Grund keine Hilfe herbeigerufen. Die wollten verhindern, daß jemand Zeuge des Seitensprungs dieser Dame werden konnte.«
Sie wandte sich an Lereau.
»Sie haben doch die Sachen der Toten gefunden, Monsieur. Wie heißt die Tote?«
»Es handelt sich bei der Dame um eine gewisse Lucie Fontesneuf, 45 Jahre alt, wohnhaft in Paris. Sagen Sie, Madame, den Namen Fontesneuf kenne ich doch. Ist das nicht ...?«
Yvonne nickte.
»Das wird eine Menge Scherereien geben«, meinte sie nach kurzem Überlegen. »Der Staatssekretär im Verteidigungsministerium. Wenn wir Pech haben, schaltet sich jetzt auch noch der Staatsschutz in die Ermittlungen ein. Himmel, was treibt sich die Frau des angehenden Verteidigungsmisters ausgerechnet nachts mit ihrem Lover mitten auf dem Atlantik herum? Konnten die mit ihrer schwimmenden Liebeslaube nicht im Hafen bleiben? Lesen die denn keine Zeitungen?«
Yvonne und Lereau blickten sich an. Der Spurensicherungsexperte zuckte die Achseln.
»Aber als es zu dem Überfall kam«, wandte Lemardieux noch einmal ein, »da hätten sie doch das Funkgerät zur Hilfe nehmen können.«
Lereau nickte beipflichtend.
»Das sehe ich auch so. Wollen Sie wissen, was ich über diese beiden Herrschaften denke? Ursprünglich wollten die sich zu einem nächtlichen Tête-à-Tête in eine der unzähligen Buchten an der Küste aufmachen. Vermutlich hatten sie gar keinen blassen Schimmer, wie man mit solch einem Motorboot überhaupt umgeht. Für diese Theorie sprechen der vergessene Haupthahn und der ausgebliebene Notruf. Schließlich wurden sie von unserem Phantom überrascht. So, wie die Opfer in den anderen Fällen offensichtlich auch.«
»Außer in dem Fall der Engländer«, widersprach Yvonne. »Da gelang es der Frau des Skippers, einen Notruf abzusetzen.«
»Und daß heute Nacht kein Nebel über dem Wasser lag«, fügte Lemardieux hinzu. »Der Bursche schien sich seiner Sache sehr sicher zu sein.«
»Er wird sie im Schlaf überrascht haben«, bestätigte Lereau. »Die Koje im Vorschiff deutet auf ein Nachtlager hin. In der Kajüte liegt ein ausgebreiteter Schlafsack.«
»Aber wie hat er sie aus dem Schiff gelockt?« fragte der Staatsanwalt weiter.
Yvonne lachte.
»Ich lade Sie mal zu einer nächtlichen Bootspartie ein, Monsieur«, grinste sie. »Dann demonstriere ich Ihnen gerne einmal, wie man nachts Leute an Bord aufweckt.«
Bei dem Gedanken an eine Bootsfahrt zusammen mit der Kriminalkommissarin lief ihm ein Schauer über den Rücken. Yvonne Beauville ordnete sich währenddessen mit der Hand die Haare. Dabei warf sie ihren Kopf damenhaft in den Nacken und blinzelte in den tiefblauen Himmel. Gerade, als sie ihre Sonnenbrille aufsetzte, blitzte oben auf dem Felsenkamm etwas auf. Sie blickte genauer hin und erkannte eine Gestalt. Ein Mann lugte für einen kurzen Augenblick hinter einem Felsen hervor. Sein

Gesicht konnte Yvonne nicht erkennen. Er hielt offensichtlich einen Feldstecher vor die Augen.

KAPITEL XXI

Pierre Dupret polierte seine Gläser mit einer Heftigkeit, als gälte es, einen Weltrekord aufzustellen. Der Wirt der Bar du Port am Quai Bretone in Ploudarneau starrte zornig vor sich hin, sog wie wild an seiner halb aufgerauchten Gauloises und stieß dabei übelriechenden Qualm in die Luft. Er bemerkte nicht, daß ihm Asche in das Spülbecken fiel, der rasch im weißen Schaum versank. Jean-Baptiste Trizan verstand die Welt nicht mehr.

»Seid ihr von allen guten Geistern verlassen?« brüllte der Fischer erneut auf, wobei er sein Glas umstieß.

Zornig wischte Dupret die Pfütze weg. Seine Augen funkelten genauso wild wie die seines Stammgastes.

»Ihr Idioten! Wollt ihr alle in den Knast?«

Er starrte in die Runde der wenigen Fischer aus Ploudarneau, die von Claude Aziliz angeführt wurde. Neben Aziliz hockte Jules Arpeges Neffe Aodren Kernac'h auf einem Barhocker und grinste verschlagen. Während sich Aziliz, ein drahtiger, hochgewachsener Enddreißiger, mit in die Hüften gestemmten Fäusten vor seinem Kollegen aufbaute, erhielt er von dem Mann hinter dem Tresen auch verbal Rückendeckung.

»Nun spiel dich hier mal nicht so auf, Jean-Baptiste!« knurrte der Wirt. »Es geht doch auch um dich. Dein Schiff ist schließlich auch abgebrannt.«

Der Fischer wirbelte herum.

»Mein Schiff?« brüllte er. »Das war ausreichend versichert. Und nun? Wollt ihr, daß ich jetzt auch zum Kreis der Verdächtigen gehöre?«

»Wie schön für dich«, brauste Aziliz auf. »Meine ›AN ENEZENN‹ kam vor drei Wochen aus der Werft. Ich habe sie für dreihunderttausend Franc modernisieren lassen, wie ihr wißt. Und jetzt kommt so ein Lump und zündet sie vor meinen eigenen Augen an.«

Er ballte die Fäuste und stieß einen zotigen Fluch aus.

»Die dort drüben sollen merken, daß unsere Geduld am Ende ist. Erst Jules und die vier Kutter. Was kommt als nächstes dran? Unsere Häuser? Unsere Frauen?«

Die Fischer murmelten beipflichtende Worte und nickten zustimmend. Aodren kicherte. Er hielt krampfhaft ein Glas Bier in der Hand. Es schien nicht sein erstes an diesem Tag zu sein. Jean-Baptiste schlug mit der Faust auf den Tresen, daß die Gläser klirrten.

»Ihr Narren!« fuhr er sie an. »Meint ihr, es war Zufall, daß genau an jenem Abend die Kriminalpolizei hier in der Kneipe auftauchte? Meint ihr, die wollten hier nach ihrem Dienst nur ein Gläschen Pastis trinken?«

»Spiel dich nicht so auf!« wiederholte der Wirt. »Die wußten gar nichts.«
»Vorher vielleicht nicht«, höhnte der Fischer. »Aber vielleicht hinterher. In dieser Kneipe soll es ein paar ganz besondere Singvögel geben.«
»Was meinst du damit«, fragte Dupret und kam hinter seinem Tresen hervor.
Seine Stimme klang eisig. Drohend baute er sich vor dem Fischer auf. Jean-Baptist Trizan blieb, wo er stand. Er war viel zu aufgebracht, als sich von einem Pierre Dupret einschüchtern zu lassen.
»Noch mal, mein Freund«, fauchte der Wirt. »Wen nennst du hier Singvogel?«
Jean-Baptiste blickte in die Runde. Die Gesichter der Umstehenden wirkten verschlossen und abwartend. Während er die Männer nicht aus den Augen ließ, zeigte er unverhohlen auf den Wirt.
»Fragt ihn doch mal, was er mit der Schmiere zu bereden hatte«, knurrte er zurück.
»Kaum, daß die Kripo die Kneipe betrat, zog er den Dicken ins hinterste Eck. Möchte wissen, was die über Jules zu reden hatten.«
Pierre Dupret sprang vor und packte den Fischer am Kragen.
»Du Kanaille!« brüllte er seinen Gast an. »Und du? Hast du nicht mit den Bullen über Jules geredet? Hast du ihnen nicht geflüstert, daß er draußen vor der Aguille etwas beobachtet hat? Obwohl ausgemacht war, kein Wort darüber zu verlieren, weil das Jules nur in Schwierigkeiten bringen würde? Du konntest doch den Mund nicht halten!«
Jean-Baptiste schlug mit einer raschen Handbewegung dessen Arme zur Seite und ordnete seinen Kragen.
»Du mußt gerade große Töne spucken!« brüllte er zurück. »Wer hat denn dem Dicken gesteckt, daß ich etwas wissen könnte?«
»Das ist doch scheißegal! Du hast jedenfalls geredet, obwohl wir uns alle geschworen hatten, keinesfalls den Mund vor der Polizei aufzumachen.«
»Du hast mich hereingelegt!« schrie der Fischer. »Und jetzt willst du mich schon wieder hereinlegen, du Bastard! Jetzt willst du den Männern hier einreden, ich hätte Jules bei der Polizei verpfiffen. Wenn du nicht endlich dein dreckiges Schandmaul hältst, dann ...«
Weiter kam er nicht. Eine Faust schlug ihm hart gegen das Kinn. Der zweite Schlag traf seinen Unterleib. Da der Angriff für Jean-Baptiste unerwartet kam, blieben ihm weder Zeit noch Raum, sich auf eine Abwehr einzustellen. Pfeifend zischte die Luft aus seinen Lungen, und er sank stöhnend zu Boden.
Zwei der Unbeteiligten sprangen vor und hielten den Wirt, der sich auf den bereits am Boden Liegenden stürzen wollte, im letzten Moment zurück. Jean-Baptiste rieb sich das Kinn. Claude Aziliz und Alphonse Lezaire halfen ihm auf. Der verletzte Fischer schüttelte die beiden Männer ab. Aodren Kernac'h rutschte langsam von seinem Stuhl herunter.
»Mit dir, Alphonse, will ich gar nichts zu tun haben!« knurrte er Lezaire an.
Er würdigte den Wirt keinen einzigen Blickes mehr. Anstatt dessen drehte er sich zu den übrigen Zechern herum. Er schaute sie an. Männer in Arbeitsoveralls, Fischerhemden und blauen Latzhosen. Seeleute mit von der Sonne gegerbter Haut, breiten

Schultern und stämmigen Beinen. Ehrliche Gesichter, herb und von täglicher harter Arbeit gealtert. Aber leider auch Gemüter, die sich nur allzu leicht von großspurigen Versprechungen und Mutmaßungen beeinflussen ließen. Wie sollte er sie nur davon überzeugen, daß sie sich alle in Teufels Küche brachten, wenn sie weiter auf solche Typen wie Dupret, Lezaire und Aziliz hörten? Er schüttelte resignierend den Kopf. Er bemerkte, daß der junge Kernac'h schon den halben Weg bis zur Eingangstür zurückgelegt hatte.

»Du bleibst hier, du Judas!« pfiff er den Halbwüchsigen mit energischer Stimme zurück. »Glaube nur ja nicht, daß du dich jetzt stillklammheimlich verdrücken kannst.«

Er straffte sich und blickte den Umstehenden geradewegs ins Gesicht.

»Oh, Männer«, stöhnte er. »Bei uns wird man doch als erstes den Schuldigen suchen. Jedenfalls solange, wie Typen wie Aziliz behaupten, Leclerq hätte ihm sein Schiff angezündet. Und dann auch noch Aodren! Konnte euch kein Besserer einfallen? Wo der ohnehin schon bei der Polizei aktenkundig ist.«

Er holte tief Luft.

»Die dort drüben!« fuhr er fort. »Die Leclerqs! Wenn ich das schon höre! Beweist denen das doch erst einmal! Selbst der Sachverständige der Feuerwehr konnte keinen Anhaltspunkt für Fremdverschulden finden.«

»Der ist doch gekauft!« brüllte Aziliz. »Die ganze Feuerwehr steht doch auf der Gehaltsliste von Leclerq. Denk nur an das Löschboot.«

»Und wenn schon!« fuhr Jean-Baptiste fort und senkte seine Stimmlage ein wenig. »Wenn du nicht hoch genug versichert bist, dann ist das dein Problem. Hätte der Sachverständige offiziell Brandstiftung als Brandursache festgestellt, dann würden wir alle noch länger auf das Geld von der Versicherung warten. Denkt doch nur mal an Jules Schwester. Die weiß jetzt sowieso kaum noch ein und aus. Und was heißt hier schon ›Gehaltsliste‹? Natürlich unterstützt jemand wie Leclerq Einrichtungen wie Feuerwehr, Verwaltung und Polizei. Kein Wunder. Er ist schließlich Bürgermeister und überdies auch noch ein erfolgreicher Geschäftsmann. Wißt ihr noch, wie Emmanuela mit ihrem Sportwagen die Witwe Houet anfuhr? Sie kam gerade von der Einweihung des Casinos. Und? Gab es ein Verfahren? Nein! Hat jemals irgendeiner behauptet oder bewiesen, die kleine Leclerq sei betrunken Auto gefahren? Nein? Na also!«

Er wirbelte herum.

»Waren das nicht sogar deine eigenen Worte auf dem Friedhof, Pierre?« fauchte er den Wirt an.

Er fuhr in gemäßigterem Ton fort.

»Beweise, Leute! Beweise! Solange ihr Leclerq nichts beweisen könnt, handelt ihr euch mit solchen Anschuldigungen nur eine Klage wegen übler Nachrede und Verleumdung ein. Und wenn sie euch bei Brandstiftung erwischen, dann geht ihr alle in den Knast.«

Claude Aziliz baute sich vor Trizan auf und starrte ihn wutentbrannt an.

»Auf welcher Seite stehst du eigentlich, Jean-Baptiste?« fragte er ihn mit blitzenden Augen. »Ich dachte bislang, man könnte Dir trauen. Das scheint nicht mehr der Fall zu sein. Ich sage dir ...«

»Ich hab ein Alibi«, warf Aodren Kernac'h dazwischen.
Der Neffe des verstorbenen Jules Arpege lehnte sich wieder lässig gegen den Tresen und trank sein Bierglas leer.
»Die Codekarte, die ich geklaut habe, liegt schon im Müll. Mir können die gar nichts. Ich war die ganze Nacht bei meiner Mieze. Die wird das bestätigen.«
Trizan lachte laut los.
»Ach, komm mir doch nicht mit solch abgedroschenen Phrasen!« scholt ihn Trizan. »Ich kann deine Sprüche wirklich nicht mehr hören. Alles dummes Gewäsch! Ich möchte dich sehen, wenn dich die Kripo in die Mangel nimmt. Diese neue Kommissarin soll ein ganz harter Brocken sein. Die hat man eigens zur Aufklärung der Mordfälle aus Marseille hierher versetzt. Dort unten muß die mit ganz anderen Kerlen fertig werden als mit so einem Bürschchen wie dir, das kannst du mir ruhig glauben. Ich habe die Polizei im Süden kennengelernt. Da gibt's bei Vernehmungen auch schon mal ein paar blaue Augen.«
»Gewäsch?« rief Dupret höhnisch. »Du mußt gerade von Gewäsch reden. Du hörst dich doch selbst an wie ein Waschweib! Memme!«
»Memme?« setzte Jean-Baptiste nach. »Daß ausgerechnet du solch ein Wort in den Mund nimmst! Ich muß jetzt ehrlich lachen. Du warst bei diesem Rollkommando doch gar nicht dabei! Für sowas bist du doch viel zu feige, Pierre! Große Sprüche klopfen, so wie dieser lächerliche Knirps hier, das kannst du!«
Er wich vorsichtshalber einen Schritt zurück, weil sich der Wirt erneut auf ihn stürzen wollte.
»Einen alten Mann hilflos in seinem Blut liegen lassen! Wenn ihr ihm geholfen hättet, dann könnte er jetzt noch leben. Vielleicht hätten ihm die Ärzte sogar seinen Arm wieder annähen können. Aber ihr habt ihn elendig krepieren lassen. Nur weil ihr Angst hattet, erwischt zu werden. Pfui, Teufel! Ich will euch etwas sagen! Ihr kotzt mich an!«
Der Fischer schneuzte und spuckte seinen Rotz im hohen Bogen vor die Füße des Wirts.
»Mit euch will ich nichts mehr zu tun haben. Ich hätte große Lust, zur Polizei zu gehen.«
Einer der Männer packte ihn am Ärmel.
»Das meinst du doch nicht im Ernst, oder?« meinte er gefährlich leise.
Jean-Baptiste Trizan riß sich los und stolperte zur Tür. Als er sie öffnete, zerbarst neben ihm ein Bierglas. Eine Scherbe traf seine Wange. Blut lief ihm über das Gesicht.
»Tu besser nichts Unbedachtes«, rief ihm Aziliz hinterher.

Das Telefon summte. Aubin Leclerq beugte sich vor und nahm ab.
»Bongiorno, Signor Leclerq«, meldete sich eine bekannte, italienisch klingende Stimme. »Wie ich zu meinem Bedauern erfahren mußte, scheint die Unglückswelle in Ihrem Amtsbezirk nicht abzureißen.«
Leclerq knirschte mit den Zähnen. Als hätte er es geahnt.

»Was wollen Sie von mir?« knurrte der Bürgermeister unwirsch.
Serge Montoni zeigte sich von dessen Unfreundlichkeit wenig beeindruckt.
»Haben Sie sich unser Angebot noch mal durch den Kopf gehen lassen?«
»Ich wüßte nicht, warum«, antwortete Aubin.
Soweit kam das noch, daß er sich von solchen Typen wie Montoni in die Enge treiben ließ. Ob die vielleicht mit Leuten aus dem Dorf unter einer Decke steckten? Ob die vielleicht hinter der Explosion ...? Er dachte diesen Gedanken gar nicht erst zu Ende.
»Ihr Banditen!« brüllte er anstatt dessen los. »Habt ihr die Halle in die Luft fliegen lassen? Na, wartet! Das sollt ihr mir büßen.«
Für einen Augenblick blieb die Leitung stumm. Dann ergriff Montoni wieder das Wort. Seine Stimme klang immer noch gelassen.
»Aber, aber, Commentatore«, tadelte er ihn wie ein Lehrer, der seinen Schüler beim Abschreiben erwischt hatte. »Das trauen Sie einer Firma wie der Assecuranza del Santorini zu? Warum, um alles in der Welt, sollten wir so etwas tun? Wir werden doch nicht die interessantesten Projekte vernichten.«
Leclerq bemühte sich, seine Fassung wiederzuerlangen. Was sollten die Vorverhandlungen der Italiener mit ihm über einen Versicherungswechsel und das gleichzeitige Angebot, sich um das Wohlergehen des Yachthafens zu kümmern? Alles lief auf dasselbe hinaus. Schließlich versuchten Schutzgelderpresser ihre verhandlungsunwilligen Kunden immer erst ein bißchen unter Druck zu setzen.
»Inzwischen traue ich jedem alles zu«, knurrte Aubin. »Mit so Typen wie euch werde ich schon fertig, hört ihr? Wir sind hier nicht in Sizilien.«
»Genua«, bemerkte der Italiener in immer noch ruhigem Ton. »Die Assecuranza del Santorini hat ihren Sitz in Genua.«
»Genua oder Sizilien«, brauste Leclerq auf. »Das ist doch alles gleich. Mafia bleibt Mafia.«
»Nun machen Sie aber mal einen Punkt, Signor«, erwiderte der Anrufer mit urplötzlich eisiger Stimme. »Wenn Sie denken, daß ...«
»Was ich denke, geht Sie gar nichts an«, unterbrach ihn Aubin. »In Ploudarneau bekommt ihr keinen Fuß in die Tür! Dafür sorge ich schon!«
Er holte tief Luft.
»Nur über meine Leiche, hört ihr!« fauchte er weiter. »Der Yachthafen und alle Wassersportunternehmungen in Ploudarneau bleiben in Familienbesitz. Ich brauche keine italienischen Aufpasser.«
Die Stimme am anderen Ende der Leitung räusperte sich.
»Wer spricht denn von Aufpasser, Signor?« fragte er knapp. »Wir sind nur um die Sicherheit von Ploudarneau besorgt.«
Ein fetter Kloß drohte Aubins Kehle zuzudrücken. Schweiß brach ihm aus. Seine Hände zitterten.
»Entscheiden Sie sich schnell, Commendatore«, fügte Montoni hinzu. »Ehe wir vielleicht unsere Versicherungsprämien erhöhen müssen.«

Der Mann auf dem oberen Rand der Felsabbruchkante trug einen schwarzen, verschlissenen Anzug und ein weißes Hemd aus einem derben Leinenmaterial. Er schaute ihr von oben aus entgegen. Als Yvonne Beauville die letzte Stufe betrat, reichte er der Frau die Hand. Sein Druck fühlte sich hart und ehrlich an. Die Kriminalbeamtin atmete tief durch. Das mußte Paul Triben, der Küster, sein. Er bewohnte zusammen mit seiner Familie die kleine, aus Naturstein gemauerte Kate hoch über der winzigen Bucht unweit der Aguille d'Argenton. Vor dem Haus stand ein Fahrzeug der Ortspolizei und ein Ambulanzwagen. Yvonne wandte sich an den Küster.
»Monsieur Triben?« fragte sie.
Der Mann im schwarzen Anzug nickte. Er mochte weit in die Sechzig sein. Sein Haar wuchs zwar noch voll, färbte sich jedoch bereits deutlich von Hellgrau in Schneeweiß. Sein Gesicht zeigte indessen das helle Rot eines Menschen, der sich viel an der frischen Luft aufhielt.
»Angenehm«, fuhr die Kommissarin fort. »Zunächst eine Frage. Haben Sie vorhin einen Mann gesehen, der hier oben zwischen den Felsen mit einem Feldstecher herumschlich?«
Triben schüttelte den Kopf.
»Nein, tut mir leid«, antwortete er. »Allerdings sind meine Augen auch nicht mehr die besten.«
Schmunzelnd ließ sich Yvonne Beauville vom Küster zu einer Tasse Café au lait in sein Haus einladen. Staatsanwalt Lemardieux schienen die jüngsten Ereignisse mehr zugesetzt zu haben, als er zugab. Ergeben ließ sich der junge Vertreter der Anklage auf der breiten Couch nieder und schluckte erneut eine der Tabletten, die ihm der Sanitäter zugesteckt hatte. Yvonne blickte sich um. Ein typisch bretonisches Landhaus. An den unverputzten Wänden hingen ein paar Bilder und Erinnerungsstücke, in der Nähe der Kochstelle Töpfe, Pfannen, Gabeln und Kellen. Auf dem schweren Gußeisenofen kochte ein Topf mit Wasser dampfend vor sich hin. Die Frau des Küsters goß das Wasser durch einen Filter, zog das Destillat ab und verteilte es anschließend in fünf Porzellantassen, die mit viel hellgelber Milch aufgefüllt wurden.
Yvonne deutete auf die fünfte Tasse.
»Kommt noch ein Gast?« fragte sie neugierig, denn die Männer von der Spurensicherung und Doktor Lamarc'h hatten den Ort des Geschehens bereits verlassen.
Der Küster schüttelte den Kopf.
»Nein«, antwortete er. »Die fünfte Tasse ist für die Grand-Mère, die Mutter meiner Frau. Seit ihrem Unfall ist sie an den Rollstuhl gefesselt.«
»Unfall?« fragte Lemardieux und horchte auf.
Paul Triben nickte traurig.
»Ein Verkehrsunfall«, meinte er nach einer Weile. »Meine Schwiegermutter wurde von der jungen Leclerq angefahren. Die Familie hat zwar ein paar Franc gezahlt, aber die Mühe haben wir jetzt mit ihr.«
»Mühe?« rügte seine Frau. »Mutter bereitet doch keine Mühe.«
Der Küster machte ein vielsagendes Gesicht.
»Erzählen Sie einmal«, forderte ihn der junge Staatsanwalt auf.

Triben hob abwehrend die Hände.
»Da gibt es nicht viel zu erzählen. Grand-Mère überquerte den Marktplatz, als sie von dem Sportwagen der jungen Leclerq erfaßt wurde. Die junge Frau hielt zwar sofort an, um sich um meine Schwiegermutter zu kümmern, aber in ihrem Alter sind solch schwere Verletzungen natürlich tragisch. Von ihrem Oberschenkelhalsbruch hat sie sich nicht mehr erholt.«
»Und betrunken war das Miststück«, fügte seine Frau hinzu, ohne dabei die Stimme zu heben.
Yvonne kam es vor, als hätte die Frau Angst davor, gehört zu werden.
»Betrunken, sagen Sie?« fragte Lemardieux weiter. »Das ist ja interessant. Kam es zu einer Gerichtsverhandlung?«
Triben lachte hohl und schüttelte erneut traurig den Kopf.
»Ach was. Nicht einmal eine Blutprobe hat man ihr abgenommen. Hinterher wollten die Anwälte der Leclerqs der alten Frau auch noch die Schuld zuschieben. Sie hätte nicht auf den Verkehr geachtet. So eine Frechheit! Tja, und seitdem ...«
Er verstummte. Lemardieux sagte nichts mehr. Bürgermeister Leclerq wurde ihm zunehmend unsympathischer. Yvonne setzte ihre dampfende Tasse ab.
»Wo steckt denn die alte Dame?« fragte sie. »Ich würde sie gerne einmal kennenlernen.«
»Wirklich?« fragte Triben. »Da wird sie sich aber freuen. Sie bekommt nicht viel Besuch. Sie ist mit über neunzig Jahren übrigens die älteste Einwohnerin von Ploudarneau. Im Dorf hält man sie allerdings für eine Kräuterhexe. Aber das ist eine lange Geschichte.«
»Oh, ich liebe lange Geschichten«, murmelte Yvonne und warf Lemardieux einen warnenden Blick zu. »Sie doch auch, nicht wahr?«
Der Staatsanwalt nickte verzweifelt. Er hätte sich am liebsten nach Quimper begeben, den Fall einem Kollegen übertragen und sich mit seiner blonden Freundin für vier Wochen auf Urlaub in die Karibik abgemeldet. Doch jetzt hockte er hier am Ende der Welt in einer Bauernkate und mußte sich die Krankengeschichte einer alten Frau anhören. Triben war inzwischen in einem Nachbarraum verschwunden und kam mit einem Rollstuhl zurück. Darin saß eine alte, runzelige Frau von bestimmt neunzig, fünfundneunzig Jahren. Sie machte auf Lemardieux den Eindruck, als würde sie noch an diesem Nachmittag das Zeitliche segnen. Yvonne fielen sofort ihre hellen, überaus lebendigen Augen auf.
»Bonjour, Madame ...?«.
Sie stockte.
»Houet, Madame Beauville«, half ihr der Küster. »Darf ich vorstellen? Grand-Mère Houet. Meine Schwiegermutter.«
»Komm, Mutter«, flötete ihre Tochter. »Ich habe einen schönen heißen Kaffee für dich.«
Lemardieux stöhnte leise auf. Yvonne musterte ihn amüsiert von der Seite her. Oh, mein Junge, dachte sie bei sich. Eben noch hast du dir die Seele aus dem Leib gekotzt. Warum denn auf einmal wieder so ungeduldig?

Die alte Frau ließ sich den Rollstuhl zurechtschieben und die Tasse an den Mund führen. Dann lehnte sie sich zurück und musterte die Kriminalbeamtin.
»Das ist Kommissarin Beauville, Mutter«, begann die Frau des Küsters. »Und der Herr neben ihr ist Staatsanwalt Lemardieux.«
Die alte Frau schaute interessiert auf. Ihre für ihr hohes Alter immer noch lebhaften Augen standen im krassen Gegensatz zu ihrem gebrechlichen Äußeren.
»Sie sind Kriminalbeamtin?« fragte sie mit ungewöhnlich fester, dunkler Stimme. »Wie sich doch die Zeiten ändern! Zu meiner Zeit wäre so etwas nicht möglich gewesen.«
Zu deiner Zeit gab es gar keine Kriminalpolizei, grinste Lemardieux in sich hinein. So alt, wie du bist, hast du doch sicher noch den Sturm auf die Bastille miterlebt.
Die alte Dame drehte sich langsam in ihrem Rollstuhl herum und blickte dem Staatsanwalt ins Gesicht. Ihr Gesicht verzog sich zu einem Lächeln.
»Kaiserzeit oder Revolution?« fragte sie.
Lemardieux starrte die alte Frau entgeistert an. Grand-Mère Houet lachte leise auf.
»Nun?« fragte sie erneut. »Keine Antwort? Sie glauben doch auch, daß ich bei meinem Alter bestimmt noch den Sturz Louis des Sechzehnten oder wenigstens die napoleonischen Kriege miterlebt habe, nicht wahr? Nichts für ungut, junger Mann. Ihr Gesicht sagt alles.«
Der Staatsanwalt fühlte sich zu Recht ertappt. Sein Blick und der der Kommissarin kreuzten sich. Yvonne Beauville lachte schallend auf.
»Kräuterhexen können Gedanken lesen, oder wußten Sie das etwa nicht, Monsieur le Procureur?« rügte sie ihn.
Die alte Frau schüttelte leicht den Kopf.
»Ach was«, erwiderte sie. »Das hat mit Gedankenlesen nicht viel zu tun. Mit fortschreitendem Alter macht man im Umgang mit wesentlich jüngeren Menschen so seine Erfahrungen. Ich bin dreiundneunzig Jahre alt. Das früheste, an das ich mich zurückerinnern kann, war der Untergang der Titanic im Jahre 1912.«
»Ach nein«, meinte der Staatsanwalt desinteressiert. »Dann haben Sie ja sogar noch den Ersten Weltkrieg miterlebt.«
Sie nickte traurig.
»Ja, leider. Eine Erinnerung, die ich nur zu gerne aus meinem Gedächtnis verbannen würde. Mein Vater, Frederic Houet, starb bei einem Seegefecht in der Nordsee.«
»Oh, das tut mir leid«, murmelte der junge Mann.
»Das ist schon so lange her«, lächelte die alte Dame. »Ja, ja, mein Vater. Das war ein feuriger Bursche. Ein Seemann durch und durch. Wenn er sich nur nicht damals zu diesem Wahnsinn hätte überreden lassen.«
»Wahnsinn?« erkundigte sich die Kriminalbeamtin mit erwachender Neugier, denn sie interessierte sich selbst dann und wann für Schiffahrtsgeschichte.
»Erzählen Sie.«
Die Frau des Küsters winkte ab.
»Lassen Sie meine Mutter besser in Ruhe. Das regt sie alles nur zu sehr auf. Was sollen denn die alten Geschichten?«

»Wenn es die jungen Leute doch interessiert«, begehrte die Grand-Mère auf.
Sie ließ sich noch einmal die Tasse an den Mund führen und fuhr in ihrer Erzählung fort.
»Die Familie Houet stand schon seit ewigem Gedenken in der Schuld der Leclerqs. Wir stammen vom Cotentin, genauer von der Halbinsel La Hague. Ungefähr dort, wo heute das große Atomkraftwerk steht. Schon bei uns in Saint-Marie-de-la-Hogue hatten die Leclerqs immer das große Sagen. Mein Vater erkämpfte sich seine Ausbildung zum Seeoffizier. Vor dem Krieg fuhr er auf großen Segelfrachtschiffen rund um die Welt. Zuletzt für eine Reederei in Hamburg. Doch dann ...«
Sie verstummte, und ihr Blick wurde ausdruckslos.
»Lassen Sie sie lieber«, wandte der Küster ein. »Sie erinnert sich nicht sehr gerne daran.«
Die alte Frau hob abwehrend die Hand.
»Nein, mein Junge«, fuhr sie mit fester Stimme fort. »Es ist an der Zeit, daß auch einmal Fremde endlich erfahren, daß Ploudarneau mit Blutgeld errichtet wurde.«
Yvonne blickte erstaunt hoch.
»Mit Blutgeld?« fragte sie. »Was meinen Sie damit, Madame?«
Die Grand-Mère nickte traurig.
»Blutgeld ist der rechte Ausdruck. Ich weiß freilich nur aus den Erzählungen meiner Mutter, Gott habe sie selig, was damals in jener unseligen Aprilnacht des Jahres 1897 geschah. Es existieren keine Aufzeichnungen mehr. Die Gemeindebücher, die im Bürgermeisteramt von Sainte-Marie geführt wurden, fielen angeblich dem Feuer zum Opfer. Ob der Pfarrer noch Aufzeichnungen retten konnte, weiß man nicht. In jener Nacht lockten falsche Leuchtfeuer einen deutschen Großsegler auf dem Weg nach Valparaiso in die Bucht beim Dorf. Es herrschte dichter Nebel. Der Kapitän fiel auf die falschen Zeichen herein und verlor dabei das schwere Schiff zwischen den Klippen. Doch das Schlimmste folgte erst. Wer nicht ertrank oder von den Brechern erschlagen wurde, den brachten diese Verbrecher an Land um. Sie hatten große Angst vor den Gendarmen, denn auf Strandräuberei stand damals die Todesstrafe. Keiner von der Mannschaft überlebte das Unglück. Man verscharrte ihre toten Körper irgendwo zwischen den Klippen.«
Die alte Dame lehnte sich erschöpft zurück. In Yvonnes Kopf begannen die Gedanken zu kreisen. Nebel, sagte die alte Frau? Massaker? Mord und Totschlag? Aber warum?
»Sie sprachen von Blutgeld, Madame«, redete sie leise und beruhigend auf die alte Frau ein, die in ihrem Rollstuhl hockte und unablässig ihre knochigen Hände knetete.
»Ja, Blutgeld«, bestätigte die Schwiegermutter des Küsters. »Auf der Bark befand sich Gold. Mein Vater, der auf dem Frachtsegler als 1. Offizier angeheuert hatte, sollte es auf Geheiß der Leclerqs in einem günstigen Augenblick an sich reißen und von Bord schaffen. Das gelang ihm auch, als das Schiff in dichtem Nebel schon zwischen den Klippen hing. Meine Familie erhielt später nur ein Handgeld. Als dann kurze Zeit später unser Dorf einem Brand zum Opfer fiel, wanderten wir aus und ließen uns anschließend hier in der Bretagne nieder. Meine Mutter zweifelte stets an einem Unglück. Sie behauptete bis zu ihrem Lebensende, die Leclerqs hätten das Feuer damals eigenhändig gelegt. Den wenigen überlebenden Einwohnern blieb nichts ande-

res übrig, als ihnen in die Bretagne zu folgen. Alle aus Saint-Marie hofften damals, daß die Sache dadurch endgültig in Vergessenheit geraten würde. Das dachte auch ich bis vor wenigen Tagen.«
»Was meinen Sie damit?« fragte Lemardieux erstaunt.
»Er ist wiedergekommen.«
»Wer?« riefen Antoine und Yvonne beinahe gleichzeitig.
»Der Kapitän«, murmelte die Alte. »Mein Vater hat immer gesagt, er würde seinen schrecklichen Fluch nie vergessen. Der Kapitän schrie noch von seinem sinkenden Schiff den Strandräubern zu, daß er sie verfluche. Und das auch noch in hundert Jahren. Die hundert Jahre sind jetzt gerade um. Nun macht der Kapitän sein Vermächtnis wahr.«
Lemardieux schnappte deutlich hörbar nach Luft. Erst die einarmige Leiche in der Halle von Herault Marine, dann das aufgespießte Liebespaar zwischen den Klippen und jetzt diese Gruselgeschichte. Das war zuviel. Er erhob sich und verließ kopfschüttelnd die Wohnstube der Familie Triben.
Yvonne Beauville bemerkte, daß der Küster sie warnend ansah. Er ließ den ausgestreckten Zeigefinger vor seiner Stirn als eindeutigen Hinweis auf die verminderte Zurechnungsfähigkeit der alten Dame mehrmals kreisen. Yvonne erhob sich, bedankte sich herzlich für die Gastfreundschaft und drückte der alten Frau die Hand. Grand-Mère Houet hielt sie für einen Augenblick fest.
»Auch wenn Sie mir meine Geschichte nicht glauben, junge Frau«, meinte sie mit ernst blickenden Augen. »Das stört mich nicht. Ich habe mich daran gewöhnt, daß man mich für ein bißchen seltsam hält. Aber fragen Sie im Dorf einmal nach, warum die Arpeges mit den Leclerqs im ewigen Streit liegen und was es mit dem Nazigold auf sich hat, das in den letzten Kriegstagen im Gegenzug für das unbehelligte Beladen eines deutschen U-Bootes am Kai von Ploudarneau beinahe unbemerkt den Besitzer wechselte. Für die Valery Leclerq den Vater von Jules büßen lassen wollte. Der Kollaborateur, das war nämlich in Wirklichkeit Valery, der Vater von Aubin.«
Ihr Schwiegersohn, der hinter ihr ausharrte, schüttelte verzweifelt den Kopf und deutete mit dem Zeigefinger verstohlen auf seine Stirn. Doch die alte Dame blieb unbeeindruckt und fuhr mit ernster Stimme fort.
»Passen Sie auf sich auf, mein Kind, wenn Sie dort hinuntergehen. Es herrscht Krieg in Ploudarneau.«

»Was soll diese Panik, meine Herren?« knurrte Aubin Leclerq ungeduldig.
Ihm gegenüber hockten zwei Vertreter der Bank, die ihm seinerzeit die umfangreichsten Kredite für die Marina zur Verfügung gestellt hatten. Joel Rocher und Louis Demat schüttelten geradezu stereotyp ihre Köpfe.
»Von Panik kann gar keine Rede sein, Monsieur Leclerq«, erwiderte Joel Rocher, ein untersetzter, scheinbar ständig schwitzender Endvierziger.

Louis Demat, vom Aussehen her das völlige Gegenteil von Rocher, pflichtete ihm bei. »Aber Sie gestatten wohl, daß wir uns so unsere Gedanken machen, was die Finanzierung der Kredite für Ihre Unternehmungen und allem voran die Marina betrifft. Sehen Sie, Monsieur, Sie warfen damals ihre Anteile bei Herault Marine als Sicherheits- und Bürgschaftsleistung in die Waagschale. Ihre finanziellen Mittel reichten doch wohl beileibe nicht aus, um das Hafenprojekt ohne unsere Hilfe zu finanzieren. Ohne diese Sicherheiten allerdings hätten wir Ihnen die Kredite niemals bewilligt.«
Aubin Leclerq ärgerte sich darüber, daß man ihm nichts zu trinken anbot. Er erinnerte sich an den Tag, als er die Kreditverträge für die Finanzierung der Bauleistungen unterschrieben hatte. Damals floß der Champagner in Strömen. Er spürte, wie seine Kehle rauh wurde.
»Was wollen Sie damit andeuten?« fragte er knapp.
Joel Rocher machte eine ausladende Handbewegung.
»Nun, Monsieur le Maire«, nuschelte er. »Soweit wir wissen, steht es nicht sehr gut um die Risikoabdeckung der Firma von Monsieur Moulin. Nach dem Brand wird es erheblicher finanzieller Anstrengungen bedürfen, die Werft noch einmal zu dem zu machen, was sie einmal war.«
Aubin lächelte kalt.
»Oh, wie aufmerksam von Ihnen, Messieurs«, höhnte er. »Haben Sie mich zu sich eingeladen, um mir ein neues Finanzierungsprojekt vorzuschlagen?«
Rocher lächelte indigniert. Er lehnte sich weit in den Sessel der Besuchergruppe zurück und schien die Situation voll und ganz auszukosten. Er genoß förmlich die Macht, die ihm als Vorstand für Kreditwesen zur Verfügung stand. Er selbst hatte seinerzeit das Finanzierungsprojekt eingefädelt, er konnte es dank seiner Möglichkeiten auch zunichte machen. Dabei würde er vom Aufsichtsrat eher noch Rückendeckung erhalten. Von einigen Immobilienskandalen in der jüngsten Vergangenheit aufgeschreckt, gaben sich die Banken inzwischen eher mit einem schmerzlichen Verlustvortrag in der eigenen Bilanz zufrieden, anstatt in ein ohnehin schon riskantes Projekt immer noch mehr Geld einfließen zu lassen, bis es hinterher unter Umständen zu einem nicht mehr überschaubaren Desaster ausartete. Er dachte an die Schneider-Affäre, die das Nachbarland Deutschland noch auf Jahre hinaus in Atem halten würde. Leclerq hatte deshalb seinerzeit mit seinem Privatvermögen, zu dem in großem Maße auch Anteile an Herault Marine gehörten, und dem Geld der Familie bürgen müssen. Eine Aufrechnung von Aktiva und Passiva ließ allerdings langsam den Schluß zu, daß dem Schuldenberg, der sich inzwischen aufgetürmt hatte, viel zuwenig Deckungsmasse gegenüberstand.
Rocher warf einen flüchtigen Blick auf den Leiter der Controling-Abteilung. Louis Demat durchforstete seit ein paar Tagen mit ungewohntem Eifer die Bilanzen der Leclerq-Unternehmungen nach Schwachstellen. Dabei fand er heraus, daß inzwischen beinahe sämtliche Unternehmungen des Bürgermeisters immer in irgendeiner Weise vom Schicksal der Marina abhingen. Das galt ganz besonders für die Werft von Stefane Moulin. Ohne Marina kein Werftbetrieb. Und umgekehrt, denn in der nächsten Nähe

von Ploudarneau existierten keine anderen Reparaturwerften. Die Ladenlokale florierten nur, wenn die Marina gut besucht wurde, also eine genügend hohe Auslastung der Liegeplatzkapazität gewährleistet war. Blieben Liegeplätze leer und Gastlieger, die den Hafen auf der Durchreise aufsuchten, aus, betraf dies automatisch auch die Kassen der Geschäfte und Dienstleistungsbetriebe in Ploudarneau. Wenig Hafenbesucher, wenig Umsatz. Eine einfache Rechnung. Zwar besaß der Ort als zweites Standbein noch den Ferienpark, die Wohnkomplexe, den Golfplatz und das Kasino, aber die Leute, die in Ploudarneau wohnten, zog vor allem das Wasser und der gigantische Sportboothafen magisch an. So besaß jeder Eigentümer einer Ferienwohnung automatisch einen Liegeplatz im Hafen. Und wenn auch die schließlich ausblieben, was dann?

Louis Demats betriebswirtschaftliches Interesse an den Unternehmungen von Aubin Leclerq kam nicht von ungefähr. Selber schuld, alter Freund, grinste Rocher in sich hinein. Warum mußtest du auch unbedingt dessen Aufnahme in den Golfklub von Ploudarneau vereiteln? Die Mitgliedschaft im renommierten Golfklub von Ploudarneau sollte ihm den Kontakt zu gut betuchter und einflußreicher Klientel ebnen. Jedes Handicap ließ sich schließlich verbessern. Auch das eines, zugegeben, blutigen Anfängers. Dein Pech, daß Houet und Demat alte Bekannte sind. Und noch größeres Pech, alter Junge, daß du anscheinend davon nichts ahnst.

Rocher kannte seinen Abteilungsleiter und dessen Sportschicksal nur zu gut. Ein aufstrebender, manchmal etwas arrogant wirkender typischer Yuppie aus dem Pariser Bankenviertel, dem die Zentrale erst noch auf den Zahn fühlen wollte, ehe sie ihn in das Hochhaus an der Seine zurückbeorderte. Kein Wunder also, daß Louis Demat zur Absicherung seiner Karrierechancen der Aufdeckung eines vemeintlichen Finanzskandals geradezu entgegenfieberte. Ihm konnte der Eifer seines Kollegen aus der Kontrollabteilung nur recht sein. Die Bank hatte sich seinerzeit optimal gegen Risiken jeglicher Art abgesichert. Im schlimmsten Fall mußte sich der Leclerq-Clan eben von seinem Tafelsilber trennen.

Joel Rocher strich sich die verschwitzten Haare zurecht.

»Die Suche nach neuen Finanzierungsmöglichkeiten stellt eigentlich nicht die Aufgabe eines Bankhauses dar«, rügte er den Bürgermeister. »Darum müßten Sie sich selbst kümmern, Monsieur. Dessen ungeachtet könnte ich Ihnen jedoch eine interessante Offerte unterbreiten.«

Aubin hob die Augenbrauen.

»Eine Offerte?« fragte er erstaunt.

Das Vorstandsmitglied seiner Bank nickte.

»Wir wissen natürlich, daß die Herault Marine Monsieur Stefane Moulin gehört. Doch Sie halten in einem nicht unerheblichen Maße Anteile seiner Firma. Wenn ich richtig unterrichtet bin, geht das Amt des Aufsichtsrates automatisch an Sie über, falls Ihre Tochter ausscheidet.«

Er senkte in falscher Pietät die Stimme.

»Was nun einmal leider geschehen ist.«

»Worauf wollen Sie hinaus?« fragte Aubin knapp.

»Nun«, fuhr Rocher fort. »Wir wollten uns erst einmal mit Ihnen in aller Ruhe unterhalten, bevor wir die Sache höher aufhängen. Das ist auch mit der Grund dafür, daß wir Monsieur Moulin nicht zu diesem Gespräch hinzubitten wollten. Um es kurz zu machen, Monsieur, es gibt einen Interessenten für die Werft.«
»Einen Interessenten?« murmelte Aubin. »Das ist ja höchst interessant. Wie eigenartig, wo sich das Unglück doch erst vor wenigen Stunden ereignete. Soll jetzt schon das Fell des Bären verhökert werden? Was halten Sie davon, wenn wir uns erst einmal ...«
»Unfug!« schnitt ihm Louis Demat mit einer energischen Handbewegung das Wort ab. »Hier geht es nicht um eine Eigenheimfinanzierung, Monsieur. Auch ohne den bedauerlichen Brand haben wir dieses Desaster schon seit langem auf Sie zukommen sehen.«
So ein Aufschneider, fuhr es Aubin durch den Kopf. Kaum läßt man solche Schnösel an Bankcomputer und das große Geld, werden sie größenwahnsinnig und spielen ›Krieg der Sterne‹. Himmel! Hätte er den Kerl doch nur in seinen Golfklub gelassen, dachte er im stillen. Banker, Beamte und Politiker waren doch alle gleich. Solchen Typen mußte man immer in irgendeiner Form einen Gefallen erweisen. Nur so konnte man sich auch in Zukunft ihrer Loyalität sicher sein.
»Darf man nähere Einzelheiten erfahren?« fragte Aubin.
»Natürlich«, mischte sich jetzt wieder der Vorstand ein. »Eine Immobilienholding, die sich auf die Beteiligung an Wirtschaftsunternehmen spezialisiert hat, versucht schon seit einiger Zeit hier oben an der Küste, bei lukrativen Unternehmen einen Fuß in die Türe zu bekommen, wenn ich es einmal so ausdrücken darf. Sie sollten es als einen Fingerzeig des Schicksals annehmen, daß sich das Finanzierungsunternehmen ausgerechnet in den Yachthafen von Ploudarneau verguckt zu haben scheint.«
»In die Marina?« brauste Aubin auf. »Was zum Teufel hat denn Port du Raz damit zu tun?«
Joel Rocher lächelte schon wieder indigniert.
»Oh, vergaß ich das zu erwähnen?« fuhr er fort. »Nun, die Holding ist an einer Übernahme der Werft nur dann interessiert, wenn sie sich gleichzeitig auch am Yachthafen aktiv beteiligen kann.«
»Aktiv?« fragte Aubin verdutzt.
»Zu der Holding«, fuhr der Vorstand fort, »gehört auch ein Versicherungskonzern und andere hochprofitable Dienstleistungsunternehmen. Ich habe mich in der Zwischenzeit davon überzeugen können, ...«
»Die Holding besitzt ihren Stammsitz nicht zufällig in Genua?« unterbrach ihn Aubin.
Joel Rocher und Louis Demat blickten überrascht auf.
»Ja, das stimmt«, bestätigte Demat verblüfft. »Woher wissen Sie?«
»Richten Sie diesem Serge Montoni oder seinem Spießgesellen Luigi Pellegrini aus, daß sich die Familie Leclerq auch in Zukunft nicht von sizilianischen Weinbauern erpressen läßt.«
»Starke Worte«, grinste Louis Demat hinterhältig.
»Wie dem auch sei«, fügte Joel Rocher hinzu. »Das Übernahmeangebot für Herault Marine gilt bis Montag. Das heißt, falls bis dahin nicht noch mehr passiert.«

»Was wollen Sie damit andeuten?« brüllte Aubin ungehalten und sprang von seinem Sessel auf.
Demat lachte jetzt breit.
»Wir leben in unsicheren Zeiten, Monsieur. Als Geschäftsmann würde ich Ihnen übrigens durchaus zu einer italienischen Assekuranz raten. Wie man hört, fallen beispielsweise bei der Assecuranza del Santorini versicherte Objekte ausgesprochen selten einem Konkursverwalter zum Opfer.«
Aubin Leclerq lief es heiß und kalt den Rücken hinunter.
»Ziehen Sie selbst Ihre Schlüsse«, fügte der Banker gelassen hinzu.

KAPITEL XXII

Sie glauben doch wohl hoffentlich nicht an den Quatsch, den die Alte da eben von sich gegeben hat, oder?« Antoine Lemardieux, der junge Staatsanwalt aus Quimper, mahlte mit seinen Zähnen heftig auf einem Kaugummi herum und musterte die Fahrerin aus den Augenwinkeln.
»Warum nicht?« erwiderte Yvonne Beauville amüsiert.
»Na, ich bitte Sie«, warf Lemardieux entrüstet ein. »Demnächst kommen uns noch die Fischer mit Geistererscheinungen. Die Phantasien der Dame erinnern mich langsam an Horrorgeschichten aus der Feder von Steven King.«
»So weit entfernt scheinen Fiktion und Wahrheit im Augenblick gar nicht auseinanderzuliegen«, meinte die Kriminalbeamtin und überholte dabei ziemlich leichtsinnig ein landwirtschaftliches Fuhrwerk.
»Achten Sie auf den Verkehr!« schrie Lemardieux auf, als ihnen ein anderer Wagen laut hupend entgegenkam. »Ich verspüre absolut keine Lust, den Schauspieler und seine Geliebte im Himmel vernehmen zu dürfen.«
»Was macht Sie da so sicher, daß sie im Himmel gelandet sind?« fragte Yvonne unbeeindruckt, während sie den Wagen scharf hinüberzog.
Lemardieux winkte ab. Schweiß stand ihm auf der Stirn. Aus dieser Frau mochte einer klug werden. Kalt wie Eis! Kein Wunder, daß sie das alles nicht sonderlich berührte.
»Was haben wir als nächstes vor?« fragte er nach einer Weile.
»Zunächst werde ich den Kapitän des Fischkutters vernehmen«, antwortete sie. »Danach fahre ich ins Krankenhaus, um herauszufinden, ob der kleine Tommy Summer sich inzwischen an irgend etwas erinnert. Was Sie tun werden, weiß ich nicht.«
Antoine Lemardieux blickte sie für einen Augenblick sprachlos an. Vor lauter Erregung vergaß er sogar, auf seinem Kaugummi zu kauen.
»Was haben Sie denn auf einmal, Monsieur?« fragte Yvonne, der die plötzliche Einsilbigkeit ihres Mitfahrers nicht entging. »Sind Sie eingeschnappt? Nehmen Sie es mir nicht übel, Herr Staatsanwalt, aber ich arbeite, ehrlich gesagt, lieber alleine. Das betrifft auch die weiteren Ermittlungen. Oder hat Sie mir der gute Larouche als

Kindermädchen zugeteilt?«
Lemardieux wollte ihr schon eine derbe Antwort geben, aber Yvonne fuhr ihm rechtzeitig ins Wort.
»Monsieur, es führt doch zu nichts, wenn wir überall wie das doppelte Lottchen auftauchen. Wir müssen effektiver arbeiten. Also gut! Übernehmen Sie den Fischer, ich kümmere mich um den kleinen Summer. Als Frau komme ich vielleicht eher an ihn heran. Danach bleiben wir in Verbindung und tauschen uns aus. Wenn Sie meine Meinung hören wollen, in Marseille wäre es nicht üblich, daß ein ausgewachsener Staatsanwalt Ermittlungsarbeit der Kripo übernimmt. Die Herren bereiten allenfalls auf Grund der polizeilichen Ermittlungen ihre Plädoyers vor und achten im übrigen darauf, daß sie sich die Bügelfalten in ihren Talaren nicht verbeulen. Hier in der Provinz scheinen die Uhren wirklich anders zu gehen.«
Die nächsten Minuten vergingen schweigend. Yvonne Beauville fuhr die schmale Straße ziemlich rasant entlang in Richtung Ploudarneau. Lemardieux nahm nochmals einen Anlauf.
»Seit Sie hier angekommen sind, scheinen sich die Ereignisse ja förmlich zu überschlagen«, räumte er schließlich ein und versuchte dabei möglichst sachlich zu wirken. »Wir konnten uns noch gar nicht richtig austauschen. Wie denken Sie eigentlich über die Mordfälle, über den Täter, sein Motiv?«
»Über das Täterprofil, meinen Sie?« fragte Yvonne nach und zündete sich beim Fahren eine Zigarette an.
Sie wirkte so schrecklich gelassen und souverän. Lemardieux starrte aus dem Seitenfenster, an dem Bäume, Büsche und Häuser nur so vorbeiflogen.
»Nicht ganz einfach, Monsieur. Lassen wir einmal die spektakuläre Vorgehensweise außer acht, dann erkenne ich nur eine einzige Parallelität. Er besitzt anscheinend eine Vorliebe für Pärchen, Eheleute, Liebespaare. Ob das ein Zufall ist oder nicht, wird sich noch herausstellen. Ich nehme an, er lauert ihnen in den Häfen auf oder er überwacht den Funk.«
»Er überwacht den Funk?« fragte der junge Staatsanwalt überrascht.
»Natürlich«, antwortete Yvonne. »Sprechfunk ermöglicht es ihm festzustellen, ob sich Herrencrews, Einhandsegler oder eben Paare an Bord befinden. Denken Sie beispielsweise an die Engländer. Er wird ihnen wohl kaum den langen Weg von der Insel bis nach Frankreich gefolgt sein.«
»Aber wie gelingt es ihm, seine Opfer zielsicher bei Nebel auszumachen?« fragte Lemardieux nach.
»Oh, da bieten sich verschiedene Möglichkeiten an«, erwiderte die Frau. »Mit einer Radaranlage. Radar besitzt heute beinahe jede größere Fahrtenyacht an Bord. Es gibt da bereits hervorragende Geräte sogar für die Sportschiffahrt. Der Täter peilt das betreffende Boot an und paßt es an geeigneter Stelle ab. Bei Nebel rast man schließlich nicht mit Vollzeug durch die Nacht. Der Rest ist für einen wirklich geübten Seemann ein Kinderspiel.«
»Interessant«, murmelte Lemardieux. »Von diesem Standpunkt aus habe ich die Angelegenheit noch gar nicht betrachtet.«

»Dafür hat man mich ja auch engagiert«, knurrte Yvonne. »Er geht offensichtlich sehr zielstrebig vor. Ein Boot, das stundenlang und scheinbar ziellos durch den Nebel irrt, um irgendein anderes aufzubringen, würde nur auffallen. Das hat uns ja der Wachhabende auf der Pointe du Raz im Falle der Familie Summer bewiesen. Deren Boot fiel auf.«
»Wie erklärt sich dann Ihres Erachtens der Fall von heute morgen?« hakte Lemardieux unbeirrt nach. »Die Sicht war nach Meinung der Experten erstklassig«, fügte er mit Skepsis in der Stimme hinzu.
»Keine Regel ohne Ausnahme«, wiederholte Yvonne. »Was weiß denn ich, was in so einem kranken Hirn vorgeht? Ich fürchte, der Kerl wird langsam mutiger. Ich frage mich, was er als nächstes anstellt.«
Sie drehte sich kurz nach ihm um.
»Wir haben es nicht mit einem gewöhnlichen Serientäter zu tun, Monsieur. Der Kerl spielt mit uns. Er will uns zeigen, daß er der Bessere ist. Deshalb auch das ausbleibende Bekennerschreiben. Das würde ihn nämlich höchstens verraten.«
»Aber warum dann bloß diese spektakuläre Vorgehensweise?« fragte der Staatsanwalt. »Himmel, ein Revolver mit Schalldämpfer täte es doch auch.«
»Der Effekt, den er damit erzielen will, wäre nicht derselbe«, schüttelte Yvonne den Kopf. »Ich werde langsam das Gefühl nicht mehr los, daß der Kerl in die Kriminalgeschichte eingehen will.«

»Schön, Sie zu sehen, Herr Kommissar!« rief der junge, schmächtige Mann seinem ehemaligen Chef entgegen. »Kommen Sie herein! Ich warte schon geraume Zeit auf Sie.«
Guirec wuchtete seinen massigen Körper durch die Türfüllung. Er sah sich flüchtig im Büro seines Mitarbeiters um. Nichts hatte sich bei Lassalle verändert. Klinisch sauber und antiseptisch bis ins hinterste Eck seiner Schreibtischschubladen. Kein Vergleich zu seinem eigenen Büro.
Lassalle ging an die Kaffeemaschine und nahm die Thermoskanne ab. Auf seinem Schreibtisch standen zwei Tassen. Der junge Kriminalbeamte goß dem Kommissar ein.
»Nicht so viel, um Himmels willen!« stöhnte Guirec auf. »Milch! Füllen Sie alles mit reichlich Milch auf! Wollen Sie mich umbringen mit diesem schwarzen Gebräu?«
Kopfschüttelnd tat Lassalle, wie ihm befohlen. Er selbst trank den Filterkaffee wie üblich mit ein wenig Kondensmilch und reichlich Zucker.
»Entsetzlich!« stöhnte Guirec, nachdem er seine Tasse absetzte. »An diese schreckliche deutsche Sitte werde ich mich wohl nie gewöhnen. Ein Glück, daß die den Krieg verloren haben. Die hätten uns alle umgebracht mit diesem Zeug.«
Lassalle lachte und schaute seinen ehemaligen Chef erwartungsvoll an. Guirec räusperte sich.
»Sie sind sicherlich erstaunt darüber, daß ich mich für den Fall auch weiterhin interessiere, nicht wahr?« meinte er nach einer Weile.

Lassalle nickte stumm.
»Das braucht Sie gar nicht weiter zu verwundern«, fuhr der Alte fort. »Ich bin beurlaubt, nicht suspendiert, mein Junge. Sie sind nicht ganz unschuldig an meiner Lage, erinnern Sie sich?«
Lassalle nickte erneut. Er wirkte zerknirscht. Guirec bemerkte es und fing an zu lachen.
»Kopf hoch, Lassalle!« grinste er. »Aus Ihnen wird noch einmal was. Da bin ich ganz sicher. Nun aber zum eigentlichen Grund meines Besuchs. Sind Sie in der Lage, mir zu zeigen, wie man einen tragbaren Computer knackt?«
»Knackt?« fragte der Jüngere erstaunt.
»Na ja, wie man ihn anschaltet und so weiter. Ich möchte gerne in das Innere eines Notebooks schauen.«
Lassalle schaute seinen ehemaligen Chef fassungslos an.
»Sie möchten bitte was?«
Guirec wurde grantig.
»Himmel, jetzt stellen Sie sich doch nicht so begriffsstutzig an, Lassalle«, knurrte er. »Ich will wissen, was auf einem bestimmten Notebook gespeichert ist. Habe ich mich jetzt klar genug ausgedrückt?«
Lassalle grinste ein wenig schief. War der Alte etwa neuerdings übergeschnappt? Der hatte sich doch noch nie für Datenverarbeitung interessiert!
»Nun«, antwortete er vorsichtig. »Im Prinzip schon.«
»Was nun?« fragte Guirec und schlug mit der flachen Hand auf den Tisch. »Ja oder nein?«
»Nun ja«, bestätigte er. »Wie gesagt, im Prinzip schon. Aber mit bloßem Einschalten ist es da natürlich nicht getan, Monsieur. Gehe ich recht in der Annahme, daß Ihnen das Notebook nicht gehört?«
»Sind wir hier beim heiteren Beruferaten, oder was?« herrschte ihn Guirec an.
Im gleichen Moment jedoch faßte er sich. Guirec bemerkte, daß Lassalle unruhig von einer Seite zur anderen zu rutschen begann. Das tat er immer, wenn er nervös wurde. Der alte Kommissar lächelte breit.
»Ich bin mir durchaus bewußt, daß ein unbefugtes Ausspähen gespeicherter Daten eine Straftat darstellen könnte«, räumte er ein.
»Ich übernehme hierbei die volle Verantwortung, wenn es das ist, was Sie beunruhigt«, fügte er hinzu. »Wie ist es eigentlich um die Aufklärung der drei Mordfälle bestellt?.« versuchte er seinen Gesprächspartner erst einmal abzulenken.
»Vier«, murmelte Lassalle.
»Vier?« fragte der Kommissar verblüfft.
Der junge Kriminalbeamte nickte.
»Ja, leider, Monsieur. Dieser Irre hat heute nacht erneut zugeschlagen.«
Guirec nickte grimmig.
»Dann wird es wirklich höchste Zeit«, brummte er. »Die Neue, die ihr jetzt im Kommissariat habt, scheint ja auch nicht gerade den frischesten Wind in den Laden zu bringen. Wann, sagen Sie, hat sich der erneute Mordfall ereignet?«

Lassalle berichtete ihm, was er hatte in Erfahrung bringen können. Er wies auf die Explosion in der Werft, das mysteriöse Ableben des Wachmannes und auf das vor den Klippen der Cornouaille gestrandete Motorboot mit dem ermordeten Liebespaar hin. Guirec trank nachdenklich seinen Milchkaffee. Hatte er nicht kurz vor Mitternacht einen Wagen losfahren hören? Schließlich schlug er sich kopfschüttelnd mit der flachen Hand auf seinen breiten Oberschenkel.
»Haben Sie einen konkreten Verdacht, Herr Kommissar?« fragte Lassalle im Anschluß an seinen kurzen Vortrag.
Guirec blickte ihn nachdenklich an.
»Verdacht ist vielleicht ein wenig zuviel gesagt, mein Junge«, meinte er schließlich. »Ich bin während meines Hotelaufenthalts lediglich auf ein paar Ungereimtheiten im Zusammenhang mit einem Gast gestoßen. Bevor ich aber die Karten auf den Tisch lege, möchte ich mir erst einmal Klarheit verschaffen. Ich will nämlich hinterher nicht wie ein Trottel dastehen.«
»Pardon, Monsieur«, entgegnete sein Mitarbeiter, »aber Madame Beauville hat sich unbedingte Diskretion in der Angelegenheit ausbedungen. Ich weiß nicht, ob ich hier ...«
»Wer ist denn Madame Beauville?« fragte Guirec.
»Die, äh, neue Leiterin des Ersten Kommissariats«, stammelte der Jüngere.
»Ach, Beauville heißt die Gute«, murmelte Guirec. »Nun, was soll's? Also, helfen Sie Ihrem alten Chef, oder nicht?«
Der Kommissar wußte, daß man junge, aufstrebende Karrierebeamte immer noch am besten bei der Ehre packte. Und so nickte Lassalle schließlich ergeben.
»Bon, mon Commissaire«, murmelte er schließlich. »Wenn das mal nicht ins Auge geht, Chef. Sie wissen, daß der Herr Polizeipräfekt seit der Verhaftung von Jules Arpege nicht sonderlich gut auf mich zu sprechen ist.«
Guirec nickte.
»Um so besser, nun vielleicht ein paar Pluspunkte zu sammeln. So, jetzt ist Schluß mit dem Kaffeekränzchen. Bevor Sie mich in den Umgang mit einem Notebook einweihen, müssen Sie noch etwas anderes erledigen. Hören Sie zu ...«
Eine Viertelstunde später loggte sich Lassalle mit Hilfe des Dienst-PC in den Datenverbund des Königlich Belgischen Meteorologischen Dienstes ein.

Die Kinderpsychiaterin Dr. Germaine Pecheur strich sich ihre halblangen dunkelblonden Haare aus der Stirn. Vor ihr stand eine fünfundvierzigjährige Frau, die sich als Kriminalbeamtin auswies und ostentativ eine Vernehmung des kleinen Tommy Summer forderte. Germaine Pecheur schüttelte energisch den Kopf.
»Unmöglich, Madame«, erwiderte die Ärztin. »Erstens ist der Junge überhaupt nicht vernehmungsfähig, und zweitens haben die Angehörigen des kleinen Tommy alle weiteren Aufregungen untersagt. Sie sind bereits nach Frankreich unterwegs, um ihn abzuholen.«
»Hören Sie, Madame«, knurrte Yvonne. »Tommy Summer ist vermutlich der bisher einzige Überlebende. Ich muß mit ihm reden. Vielleicht finde ich etwas heraus. Für

die Aufklärung der Morde ist es von eminenter Wichtigkeit.«
»Keine Chance«, winkte Madame Pecheur ab. »Abgesehen von seinem seelischen Zustand, leidet Tommy Summer auch noch extrem unter Asthmaanfällen, die sich zur Zeit leider aus besagten psychischen Gründen immer mehr häufen.«
Sie musterte die Kriminalbeamtin. Eine engagierte Frau, sehr emanzipiert, dabei jedoch nicht unsympathisch.
»Aber vielleicht kann ich Ihnen trotzdem weiterhelfen«, räumte sie nach einigem Zögern ein.
»Und wie sieht diese Hilfe aus?« brummte Yvonne ziemlich unversöhnlich.
»Sehen Sie her«, antwortete die Ärztin.
Sie ging an einen Aktenschrank, um einen Schnellhefter herauszuziehen. Das Aktenstück enthielt einige schriftliche Aufzeichnungen, Protokolle und Krankenblätter. Und eine Reihe kindlicher Zeichnungen.
»Von dem Jungen?« fragte die Kriminalbeamtin erstaunt.
»So ist es«, bestätigte Germaine Pecheur. »Kinder und Jugendliche versuchen nicht selten, Geschehnisse, über die sie nicht reden wollen oder können, quasi zeichnerisch aufzuarbeiten und damit zumindest zum Teil zu bewältigen. Im Bereich der Kinderpsychiatrie wenden wir dieses Verfahren häufig an, um an die gepeinigte Psyche unserer kleinen Patienten heranzukommen. Sehr große Erfolge erzielen wir mit dieser Methode bei sexuellem Mißbrauch.«
»Ist Tommy mißbraucht worden?« fragte Yvonne erstaunt, während sie einen flüchtigen Blick auf das kindliche Gekrakel warf.
Die Ärztin winkte ab.
»Nein, zum Glück nicht. Aber sehen Sie einmal her.«
Sie breitete die Bilder aus.
»Betrachten Sie die Zeichnungen einmal ganz genau. Fällt Ihnen irgend etwas auf?«
Yvonne betrachtete die Blätter genauer. Alle Zeichnungen zeigten eine schwarze, massige Gestalt. Während sich die Beine vergleichsweise dünn und unscheinbar darstellten, füllten Oberkörper, Kopf und Arme beinahe die gesamte Zeichenfläche aus. Das Gesicht war schwarz ausgefüllt. Nur die Augen stachen wie weiße Sterne aus der schwarzen Gestalt hervor. Yvonne schilderte ihre Eindrücke. Die Ärztin nickte überrascht.
»Sehr gut, Madame«, gestand sie ein. »Alle Achtung! Sie verstehen Ihr Geschäft. Genau das war mir auch sofort aufgefallen. Auf Grund dessen fragte ich den kleinen Tommy, warum er denn das Gesicht der Person auf allen seinen Bildern stets schwarz einfärbte. Häufig tun das sexuell Mißbrauchte, um sich an das konkrete Aussehen ihres Peinigers nicht mehr erinnern zu müssen. Aber dies schied ja logischerweise aus. Der kleine Tommy starrte immer nur gedankenverloren auf seine Bilder und stammelte ›schwarz, schwarz‹.«
»Ein farbiger Täter?« fragte Yvonne überrascht.
Germaine Pecheur winkte ab.
»Daran dachte ich auch zunächst. Aber dann hätte er kaum auf die Gesichtsmerkmale verzichtet. Nase, Mund und Kinn kann man auch in Schwarz zeichnen. Nein, ich

denke, daß der Täter vermummt war. Tommy erkannte nur einen schwarzen Schemen als Gesicht.«
»Vermummt?« entgegnete Yvonne nachdenklich. »Der Mann kam über das Wasser. Er trug also entweder Fischerkleidung, Segelbekleidung oder ...«
Sie stockte für einen Augenblick.
»... eine Sturmhaube? So, wie sie Surfer oder Sporttaucher benutzen?«
Sie dachte für einen Augenblick nach. Man hatte bisher weder Fingerabdrücke, Haare oder Hautschuppen des Täters gefunden. Kein Wunder, wenn er unter Umständen einen Neoprenanzug trug.
Die Ärztin nickte.
»Möglich, Madame«, räumte sie ein. »Aber das herauszufinden, dürfte Ihre Aufgabe sein. Alle weiteren Überlegungen in diese Richtung wären zumindest aus medizinischer Sicht reine Spekulation.«
Yvonne Beauville stellte sich an das Fenster und blickte in den sonnigen Tag hinaus. Nichts, aber auch gar nichts erinnerte im Innenhof der Kinderklinik an das grausame Geschehen, daß sich am Montagmorgen dort draußen unterhalb der Ile de Sein abgespielt hatte. Unten im Hof standen ein paar Bäume. Kinder in Rollstühlen oder an Krücken wurden vom Pflegepersonal an die frische Luft geführt. Auf einer Bank hockte ein mongoloider Junge und spielte schief grinsend mit einem Holzstock. Yvonne haßte Krankenhäuser. Und Kinderkliniken um so mehr, da sie selbst keine Kinder bekommen konnte. Verfluchte Karriere. Diese verdammte Abtreibung damals ...
»Kann ich sonst noch etwas für Sie tun?« fragte die Ärztin besorgt.
Yvonnes Nachdenklichkeit war ihr nicht verborgen geblieben. Die Kriminalbeamtin schob ihre Gedanken wie üblich wieder weit von sich.
»Wie kommt es, daß er sich so deutlich an diese Details erinnert? Unsere Leute haben ihn schließlich in einem Kleiderschrank gefunden.«
»Ich nehme an, daß Tommy den Täter aus nächster Nähe sehen konnte.«
»Aus nächster Nähe, sagen Sie?« rief Yvonne aufgebracht. »Das würde heißen, daß der Täter etwas von Tommys Anwesenheit gewußt haben muß.«
Doktor Pecheur zuckte die Achseln.
»Ich bin Kinderpsychiaterin und keine Kriminalistin, Madame. Ihren Einwand kann ich nicht beurteilen. Mein Lebensgefährte besitzt selber ein Segelboot. Ich weiß, wie beengt es auf solch einer Yacht zugeht. Dies und die Tatsache, daß Tommy die Gestalt auf seinen Bildern immer gleich zeichnet, also immer mit den gleichen Konturen und Körpermerkmalen, läßt darauf schließen, daß er den Mann, oder was sonst auch immer es war, ziemlich genau betrachten konnte. Das läßt natürlich den Verdacht zu, daß sich auch der Täter der Anwesenheit des Jungen bewußt war.«
»Haben Sie eine Erklärung dafür, warum er den kleinen Tommy verschonte?« fragte Yvonne.
Himmel, fuhr es ihr durch den Kopf. Sie mußte sofort in die Gerichtsmedizin und mit einem der psychologischen Sachverständigen sprechen. Noch besser erschien es ihr, wenn sie sich gleich mit Jeanne Lemaine, der Spezialistin aus Marseille, in Verbindung setzte. Alles, was sie jetzt dringend brauchte, war ein möglichst exaktes

Täterpsychogramm. Und dann mußte sie sämtliche Fahndungs- und Täterdateien nach diesen Strukturen durchforsten.
»Dafür gibt es verschiedene Theorien, Madame«, erwiderte die Ärztin. »Eine davon wäre, daß er unter Umständen eine besondere Beziehung zu Kindern besitzt. Normalerweise hätte es für ihn keinen besonderen Aufwand bedeutet, auch noch den Jungen umzubringen.«
Sie hielt inne.
»Pardon, Madame«, meinte sie schließlich. »Ich verstricke mich bereits in Spekulationen. Wenn Sie keine weiteren Fragen mehr an mich haben, möchte ich mich gerne wieder meinen Patienten widmen.«
Yvonne bedankte sich und sah zu, daß sie das Kinderkrankenhaus weit hinter sich ließ.

Etwa zur gleichen Zeit suchte Antoine Lemardieux zusammen mit Kommandant Benoit und einem Gendarmen der Police Municipal de Ploudarneau den Fischer Jean-Baptiste Trizan in seinem Haus auf, um ihn als Zeugen in dem neuerlichen Mordfall zu befragen. Trizan befand sich in seinem Schuppen und montierte an seinem Lieferwagen herum. Nur widerwillig ließ er seine Arbeit liegen und führte die Männer in sein Haus. Lemardieux fiel der blutdurchtränkte Verband an dessen Wange auf.
»Haben Sie sich verletzt?« fragte er, nachdem sie in der Küche des Hauses Platz genommen hatten.
Trizan winkte ab.
»Nichts Schlimmes«, meinte er. »Bin an Bord ausgerutscht und gegen eine scharfe Fenstereinfassung gefallen.«
»Du solltest zum Arzt gehen«, mahnte Benoit. »Sieht nicht gut aus. Du blutest ganz schön.«
»Unfug!« brauste Trizan auf. »Ich habe doch schon gesagt, es ist nichts Schlimmes.«
»Warum wir Sie aufsuchen«, begann der Staatsanwalt nach einer Weile, »können Sie sich wohl vorstellen. Wir brauchen Ihre Zeugenaussage in dem Mordfall.«
»Meine Zeugenaussage?« knurrte der Fischer unwirsch. »Was für eine Zeugenaussage. Ich habe nichts gesehen.«
»Nichts gesehen?« erwiderte der Staatsanwalt verwundert. »Ich bitte Sie, Monsieur. Sie waren doch der erste am Tatort.«
Trizans Augen huschten unstet von einem der Beamten zum anderen. Lemardieux fiel die Nervosität des Mannes auf.
»Na und?« fragte der Fischer erneut. »Ich habe der Küstenwache schon alles gesagt.«
»Schön«, erwiderte Lemardieux und schob sein Kinn energisch vor. »Aber wir sind nicht von der Küstenwache. Ich bin der Vertreter der Anklagebehörde. Und ich möchte den Hergang von Ihnen erfahren. Aus Ihrem Munde. Hier und jetzt.«
»Also gut«, stöhnte Trizan. »Wenn es denn sein muß. Ich war draußen bei den Körben

von Jules. Habe seiner Schwester versprochen, mich um den Fang zu kümmern, solange sie keinen Ersatz gefunden hat. Aodren, ihr Sohn, dieser Nichtsnutz, ist sich ja zu fein für ehrliche Arbeit.«
»Sie mögen Aodren Kernac'h nicht besonders?« warf Antoine Lemardieux ein.
Trizan atmete tief durch.
»Wen ich mag und wen nicht, das tut doch wohl nichts zur Sache, oder? Kommen Sie, meine Herren, wir wollen es kurz machen. Ich habe noch viel zu tun. Also, wie ich so die Hummerkörbe heraufzerre, da sehe ich dieses Motorboot unterhalb des Hauses vom Küster in der Brandung herumtreiben. Ich dachte mir gleich, daß da etwas nicht stimmen kann. Wer legt schon genau zwischen den Klippen an? Also benachrichtigte ich die Küstenwache. Den Rest kennen Sie ja.«
»Nun mal langsam, alter Freund«, mischte sich der Kommandant ein. »Wenn du dich so unkooperativ zeigst, dann können wir dich auch nach Quimper mitnehmen. Bin gespannt, ob du dich im Vernehmungszimmer des Staatsanwaltes noch genauso verstockt zeigst.«
»Ihr könnt mir gar nichts!« knurrte der Fischer. »Ich habe nichts getan! Das nächste Mal halte ich den Mund. Dann könnt ihr sehen, wie ihr eure Leichen findet.«
»Hör mal, du ...«, brauste Benoit auf.
»Lassen Sie mich mal weitermachen, Kommandant«, beschwichtigte Lemardieux.
»Hören Sie, Monsieur Trizan. Wir benötigen eine möglichst detaillierte Zeugenaussage. Ist Ihnen sonst nichts aufgefallen? Vielleicht ein fremdes Boot in der Umgebung? Irgendeine ungewöhnliche Erscheinung?«
»Ungewöhnliche Erscheinung?« fragte der Fischer grinsend. »Etwa ein Mann, der übers Wasser wandelt?«
»Lassen Sie die Späße, Trizan«, fuhr ihn der junge Staatsanwalt an. »Angesichts des vierten Mordfalles in zehn Tagen ist mir überhaupt nicht nach Späßen zumute. Gerade ihr Fischer solltet doch ein Interesse daran haben, daß wir den Kerl rasch dingfest machen. Meint ihr, der könnte sich nicht auch einmal einen von euch aussuchen? Ihr seid doch auch überwiegend alleine oder höchstens zu zweit unterwegs.«
»Der soll nur kommen«, murmelte Trizan. »Für solche Kerle haben wir immer eine passende Überraschung parat.«
»So, wie diese Harpune, die Arpege an Bord mitführte?«
Trizan blickte erstaunt auf.
»Was hat denn Jules auf einmal mit diesem Irren zu tun?« fragte er unwirsch.
»Jules ist tot. Schlimm genug.«
Trizan starrte an den drei Männern vorbei ins Leere. Lemardieux überlegte. Vielleicht wußte der Fischer wirklich nicht mehr. Aber warum war der Kerl nur so nervös? Was hatte diese alte Kräuterhexe behauptet? Es herrscht Krieg in Ploudarneau! Ihm kam eine Idee.
»Ja, Jules Arpege ist tot«, pflichtete er ihm bei.
Er seufzte theatralisch.
»Schade nur, daß er sein Geheimnis mit ins Grab nahm.«
»Welches Geheimnis?« erwiderte Trizan.

Die Augen des Fischers begannen erneut nervös von einem zum anderen zu wandern. Feine Schweißperlen zeichneten sich auf der Stirn des Mannes ab. Nervös befingerte er seine frische Wunde. Als er die Hand zurückzog, lief ihm eine dünne Blutspur über die Wange. Bingo, schoß es Lemardieux durch den Kopf.
»Sie sollten unbedingt einen Arzt aufsuchen«, meinte er mit ruhiger Stimme. »Sind Sie gegen Tetanus geimpft?«
»Quatsch!« fuhr ihn der Fischer an. »So eine Glasscherbe ...«
Er stockte.
»Glasscherbe?« hakte Lemardieux im gleichen Augenblick nach. »Glasscherbe, Monsieur? Ich denke, Sie haben sich an Bord ihres Kutters verletzt?«
Trizan starrte den Staatsanwalt an.
»Ja, zum Teufel!« brüllte er ungehalten. »An der Fenstereinfassung.«
»Welche Seite?« fragte Lemardieux nach. »Welches Fenster? An welcher Stelle?«
»Warum, zum Teufel, wollen Sie das so genau wissen?« fluchte er den Vertreter der Anklagebehörde an.
Kommandant Benoit sprang auf, um den Fischer zur Ordnung zu rufen. Er besaß einen Heidenrespekt vor den Vertretern der Anklage. Der Kommandant ahnte, welche Schwierigkeiten ihm die Burschen aus der Departementhauptstadt bereiten konnten. Lemardieux winkte ab. Benoit ließ sich wieder auf seinen Stuhl gleiten. Er gab dem Gendarmen ein Zeichen. Der andere Uniformierte stand auf und verließ die Küche.
»Nun sind wir ganz unter uns, alter Junge«, flüsterte er heiser. »So, und nun pack endlich aus! Der Herr Staatsanwalt will genau wissen, was vorgefallen ist. Schon merkwürdig, nicht wahr? Du findest die Leichen, und kurz darauf fließt dir Blut über die Nase. Seltsam, nicht?«
»Hören Sie«, ergänzte Lemardieux. »Ich kann in zehn Minuten die Leute von der Spurensicherung zu Ihnen an Bord bestellen. Gnade Ihnen Gott, wenn die keine Blutspuren an irgendeinem der Fenster finden! Ich schätze es gar nicht, wenn man mich für dumm verkaufen will. Also, Schluß jetzt mit der Märchenstunde! Ich will wissen, wie Sie an die Verletzung gekommen sind.«
Jean-Baptiste Trizan schilderte widerstrebend von der Auseinandersetzung in der Kneipe am Hafen.
»Das ist ja interessant«, murmelte Lemardieux und schob sich einen frischen Kaugummi zwischen die Zähne. »Ah, der junge Kernac'h war auch dabei? Sehr schön! Das wird die Kollegen in Brest interessieren. Die haben wegen seines Stadtbesuchs ohnehin noch ein Hühnchen mit ihm zu rupfen.«
Trizans Augen begannen erneut zu flackern.
»Von mir wissen Sie nichts, hören Sie?« stammelte er.
»Wieso?« fragte der Staatsanwalt und versuchte dabei den aufkeimenden Argwohn in der Stimme zu unterdrücken.
»Na ja, wir halten hier im Ort alle zusammen. Wir mögen keine Leute, die andere an die Polizei verpfeifen.«
»Ach, ihr haltet also zusammen?« grinste Lemardieux. »Ist das etwa der Grund für die Schramme in Ihrem Gesicht, Trizan? Wollte man Ihnen einen Denkzettel verpassen?«

»Wie kommen Sie denn darauf?« brüllte der Fischer los.
Er sprang hoch und stieß dabei seinen Schemel um. Auch Benoit erhob sich drohend. Lemardieux blieb immer noch unbeeindruckt sitzen und musterte den Fischer mit unverhohlener Neugier.
»Soll ich Ihnen sagen, was ich denke, Monsieur?« meinte er schließlich mit schneidender Stimme. »Ich vermute, daß bei euch im Dorf irgendeine Schweinerei ausgeheckt wird. Und du, Trizan, weißt davon. Und ich, Trizan, möchte an deinem Wissen teilhaben. Habe ich mich klar genug ausgedrückt?«
»Ich weiß gar nicht, was Sie überhaupt von mir wollen«, stieß der Fischer aus.
Die Angst in seiner Stimme war ebenso unverkennbar wie seine schweißnassen, zitternden Hände. Lemardieux lehnte sich zufrieden grinsend zurück.
»Na, habe ich recht, Trizan?« lächelte er. »Also, was habt ihr angestellt? Habt ihr doch etwas mit dem Unfall der kleinen Leclerq zu tun? Habt ihr vielleicht den Mast angesägt, damit Arpege mit seinem Kutter hinterher nur noch über das Wrack fahren mußte? Oder habt ihr dem guten Arpege das Boot angezündet? Vielleicht, weil er zuviel wußte? Nur ein Eingeweihter konnte wissen, wo sich die Ventile für die Gasanlage auf seinem Kutter befanden. Reden Sie schon, Mann! Ich habe nicht soviel Zeit!«
Trizan stand dem Staatsanwalt weiß vor Wut und Angst gegenüber und zitterte vor Aufregung. Sie hatten ihn hereingelegt! Er hätte diese verdammten Typen gar nicht erst in seine Wohnung lassen sollen! Das hatte er jetzt davon! Das nächste Mal sagte er gar nichts. Und wenn eine ganze Charterflotte mit Leichen an ihm vorbeitrieb!
»Laßt doch endlich Jules in Frieden!« stammelte der Fischer. »Er hat mit alldem nichts zu tun. Himmel, ihr habt ihn doch eingesperrt und vernommen. Ist doch nichts dabei herausgekommen, oder?«
»Mit was hat Jules nichts zu tun?« stocherte Lemardieux nach. »Machen Sie es nicht so spannend, Mann. Wenn du noch weiter das Zimperlieschen spielst, dann kommst du mit nach Quimper, Trizan! Dann kannst du mal erleben, wie nett wir unsere Zellen für nichtaussagewillige Zeugen eingerichtet haben.«
Trizans Blick irrte vom Staatsanwalt zu dem Kommandanten und schließlich zur Tür. Benoit ahnte, was gleich passieren würde. Er glitt scheinbar unbeabsichtigt einen Schritt zur Seite, um dem Fischer die Bahn frei zu machen. Darauf schien Trizan nur gewartet zu haben. Mit einem Satz sprang er vor, riß die Tür auf und rannte ins Freie. Lemardieux schaute Benoit überrascht an. Benoit grinste. Im gleichen Moment hörte er draußen ein wüstes Fluchen, auf das ein wohlbekanntes metallisches Klicken folgte. Der Gendarm führte den Fischer in Handschellen herein.
»Gut gemacht«, lobte Benoit den anderen Uniformierten.
»Schluß der Vorstellung«, fauchte Lemardieux. »Setz dich hin, du Kanaille! Und nun spuck aus, was du weißt, oder du landest solange im Loch, bis du dich erinnerst. Und diesmal, alter Freund, wird dich kein Winkeladvokat heraushauen, so wie es bei Arpege gelungen ist. Also, mach gefälligst den Mund auf! Ich will jetzt etwas hören. Und zwar plötzlich!«
Antoine Lemardieux schrak vor sich selbst zurück. Während seiner ganzen Karriere als Vertreter der Anklagebehörde hatte er noch nie mit einem Zeugen oder Beschul-

digten so geredet. Aber dieser Kerl machte ihn wahnsinnig mit seiner Verstocktheit. Er wollte endlich weiterkommen in der Sache. Larouche erwartete schließlich auch von ihm Ergebnisse.
»Oh, mein Gott!« jammerte Trizan.
In diesem Moment quietschten draußen auf der Straße Autoreifen. Türen wurden geöffnet und wieder zugeschlagen. Menschen begannen laut durcheinander zu reden.
»Was, zum Teufel, geht da vor?« knurrte Lemardieux und drehte sich auf seinem Stuhl herum, um besser aus dem Fenster sehen zu können.
Gerade, als er die Aufschrift auf einem der Kombis erkennen konnte, ertönte auch schon ein Klopfen an der Haustür.
»Monsieur Trizan!« riefen mehrere Stimmen. »Hallo, Monsieur Trizan! Sind Sie zu Hause?«
Der Fischer schaute die Beamten erwartungsvoll an. Benoit erhob sich und öffnete die Eingangstüre. Mehrere Männer und Frauen stürmten in die Wohnung. Blitzlichter und ein Videoscheinwerfer flammten auf. Auch das noch, schoß es dem Staatsanwalt durch den Kopf. Presse! Als hätte ich es geahnt!
»Wir befinden uns hier im Haus des Mannes, der die Leichen des beliebten Fernsehschauspielers Alain Dufoe und der Frau des designierten Verteidigungsministers, Madame Lucie Fontesneuf, auf dessen Motoryacht entdeckte«, redete eine Reporterin in ein Mikrophon und blickte sich wegen der Anwesenheit uniformierter Polizeibeamter verwundert um.
»Guten Tag, Monsieur Trizan«, fuhr sie fort. »Ich bin Jeanne Mirange von TV L 'Ouest. Wir möchten Sie gerne zu den Geschehnissen des heutigen Morgens interviewen. Monsieur Trizan, man hört, daß die Leichen unbekleidet und in eindeutiger Pose entdeckt wurden. Was haben Sie genau gesehen?«
Ehe Trizan antworten konnte, erhob sich Lemardieux. Er bebte förmlich vor Zorn. So dicht war er an einer Aussage gewesen. So dicht, und jetzt schneite diese Reporterin herein und drohte, seinen gesamten Erfolg zunichte zu machen.
»Meine Dame, wenn Sie so freundlich wären, uns im Augenblick nicht weiter zu stören«, stieß er ungehalten aus. »Wir befinden uns gerade in einer wichtigen Unterhaltung.«
Blitzlichter flammten auf.
»Pardon, Monsieur«, unterbrach ihn Jeanne Mirange. »Ich habe mich vorgestellt. Darf ich erfahren, wer Sie sind?«
»Ich bin der ermittelnde Staatsanwalt Antoine Lemardieux«, knurrte er sie an. »Sie stören mich bei einer Vernehmung. Dürfte ich Sie alle bitten, unverzüglich das Haus von Monsieur Trizan zu verlassen?«
»Das entscheidet ja wohl Monsieur selber, nicht?« flötete sie ihm mit kesser Stimme zu. »Oder haben Sie einen Haftbefehl?«
Ohne seine Antwort abzuwarten, wandte sie sich wieder an den Fischer.
»Monsieur, wären Sie so freundlich, unseren Zuschauern mit wenigen Worten den Hergang zu schildern? Oh, Sie sind verletzt? Wurden Sie von diesen Herren hier zusammengeschlagen?«

Anstatt zu antworten, hob Trizan die Arme und hielt anklagend seine Handschellen in die Kamera.
»Ich habe nicht viel zu sagen, Madame«, murmelte er. »Man will mich verhaften, nur weil ich meiner Pflicht als Staatsbürger nachgekommen bin. Nein, die Herren haben mir nichts angetan, aber ich weiß bei Gott nicht, was sie eigentlich von mir wollen.«
Die Aufnahmekamera zoomte auf die gefesselten Hände und den Verband auf der Wange des Fischers. Kameraverschlüsse klickten, Stimmen des Unmutes wurden laut.
»Monsieur le Procureur!« stieß die Reporterin mit offensichtlich gespieltem Entsetzen aus. »Dabei muß es sich doch wohl um ein Mißverständnis handeln, nicht wahr? Wird man inzwischen in Frankreich verhaftet, wenn man ein begangenes Verbrechen meldet?«
Lemardieux wischte ihre Bemerkung mit einer wütenden Handbewegung beiseite. Er spürte, daß er feuerrot vor Zorn anlief. Trotzdem gab er Benoit ein Zeichen, Trizan für einen Moment die Handschellen abzunehmen.
»Non, Madame«, antwortete er eisig. »Monsieur Trizan ist leider noch in eine andere Angelegenheit verwickelt. Und zwar in die tragische Unglücksserie, die mit der Explosion in der Firma von Stefane Moulin und bei der ein Wachmann ums Leben kam, ihren vorläufigen Höhepunkt fand.«
Er schaute sie scharf an und bemühte sich krampfhaft, seine souveräne Haltung wiederzugewinnen, weil er wußte, daß demnächst halb Frankreich seinen Worten lauschen würde.
»Mehr werde ich Ihnen aus ermittlungstaktischen Gründen nicht verraten.«
Reporterinnen schickt man nicht nur ihres guten Aussehens mit Mikrophon und Aufzeichnungskamera auf Recherche. Diese junge Dame schien nicht nur hübsch, sondern zudem auch noch intelligent zu sein. Jeanne Mirange, von Neidern nur ›die Mirage‹ genannt, schaltete rasch und wandte sich von Trizan ab, weil sie wußte, daß ein ermittelnder Staatsanwalt für wesentlich höhere Einschaltquoten sorgte.
»Sie können sich meines vollen Verständnisses gewiß sein«, erwiderte sie betont gestelzt. »Wir sind auch nicht wegen einer abgebrannten Werkshalle hier, sondern wollen etwas über die beiden Toten erfahren. Stimmt es also, daß der smarte Dufoe und Madame Fontesneuf im Clinch miteinander lagen, als sie dieser Irre umbrachte? Hatten sie wirklich nichts an? Handelt es sich diesmal um ein Sexualdelikt?«
Das hat mir noch gefehlt, schoß es Lemardieux durch den Kopf. Reporter, die ihn vor laufender Kamera vorführen wollen. Ausgerechnet jetzt, wo ihn der Generalstaatsanwalt nochmals ausdrücklich zur Verschwiegenheit verpflichtet hatte. Er überlegte fieberhaft, wie er sich elegant aus dieser verfahrenen Situation herausmanövrieren konnte.
»Wie kommen Sie überhaupt darauf, daß es sich bei den Toten um Monsieur Dufoe und Madame Fontesneuf handelt?« versuchte er Zeit zu gewinnen.
Jeanne Mirange winkte ab.
»Ach, kommen Sie schon, Herr Staatsanwalt«, flötete sie in das Mikrophon und gab ihrem Kameramann ein Zeichen, die Aufnahme für einen Moment anzuhalten, weil sie befürchtete, daß Lemardieux auf stur schalten könnte. »Sie glauben doch wohl

nicht, daß wir uns eine solche Vermutung aus den Rippen schneiden? Wir haben da so unsere Quellen. Sie sind von oberhalb der Klippen beobachtet worden. Wollen Sie wissen, wer noch alles dabei war? Lassen wir das Versteckspiel! Also, was ist nun mit Dufoe und der Frau des Staatssekretärs? Kamera ab!«

Lemardieux räusperte sich, als er das Kontrollicht aufleuchten sah. Verlegen strich er sich über die Wange.

»Derzeit kann ich Ihnen nichts Konkretes in der Angelegenheit mitteilen«, murmelte er halblaut. »Bitte wenden Sie sich an die Pressestellen der Staatsanwaltschaft und der Polizeipräfektur von Quimper.«

Die Reporterin grinste breit und machte ein wissendes Gesicht. Sie drehte sich um und blickte in die laufende Kamera.

»Meine Damen und Herren! Es ist uns durchaus verständlich, warum sich die Staatsanwaltschaft in Schweigen hüllen muß. Wenn sich eine beliebte Fernsehmoderatorin und ein bekannter Seriendarsteller heimlich zu einem Rendezvous verabreden, ist das allenfalls pikant, wenn die Dame jedoch zwanzig Jahre älter als ihr Liebhaber und dann auch noch Frau des zukünftigen Verteidigungsministers ist, darf man wohl von einem handfesten Polit- und Gesellschaftsskandal sprechen. Das war Jeanne Mirange aus Ploudarneau für TV L'Duest. Kamera aus!«

Jeanne Mirange ließ das Mikrophon sinken. Sie lächelte den Staatsanwalt zuckersüß an.

»Erscheint heute in den Spätnachrichten, Monsieur«, begann sie. »Sagen Sie mal ehrlich. Was ist denn nun dran an der Geschichte, in die dieser Trizan verwickelt ist?«

Einer inneren Eingebung folgend, blickte sich Lemardieux suchend nach dem Verdächtigen um. Ein eisiger Stich ließ sein Herz für einen Wimpernschlag aussetzen.

»Benoit, zum Teufel!« brüllte er auf. »Wo, zum Henker, steckt dieser Trizan?«

Während sich die beiden Uniformierten eilig an den Reportern und dem Kameramann vorbeidrückten und ins Freie liefen, schüttelte sich Jeanne Mirange förmlich aus vor Lachen.

»O weh, Herr Staatsanwalt«, frotzelte sie. »So schnell verliert die Strafverfolgung unseres Landes ihre Verdächtigen aus den Augen? Armes Frankreich! Ihr seid mir vielleicht Helden!«

Lemardieux hätte in diesem Moment alles dafür gegeben, wenn sich der Boden unter seinen Füßen aufgetan hätte. Er dachte an Larouche und an Yvonne Beauville. Ihm wurde bereits zum dritten Mal an diesem Tag speiübel.

KAPITEL XXIII

Die junge Frau warf einen abschätzenden Blick auf ihren schlanken, wohlproportionierten Körper und schlüpfte in den bereitliegenden hautengen Body, ehe sie den Minirock überlegte und in ihre hochhackigen Schuhe stieg. Sie fuhr sich durch die langen blonden Haare. Isabelle wollte heute besonders attraktiv aussehen. Jemand aus dem Golfklub hatte sie diskret zu einer Veranstaltung eingeladen. Wo wohl Aubins Frau stecken mochte? Ihr wollte sie keinesfalls über den Weg laufen.

Isabelle Dinard bewohnte ein teures Appartement in Pont L'Abbé, das ihr Aubin eingerichtet hatte und finanzierte. Sie genoß seine Aufmerksamkeit und mochte ihn sehr. Doch Isabelle war von Anfang an bewußt, daß sich Aubin nie von seiner Frau trennen würde. Das wäre einem gesellschaftlichen und politischen Fiasko gleichgekommen. So arrangierte sie sich und genoß dafür die wenigen gemeinsamen Stunden, die ihnen blieben, um so mehr. Ein Abendessen mit ihm in Gesellschaft gehörte zu den sehr seltenen Gelegenheiten, die sich ihr höchstens ein- bis zweimal im Jahr boten. Um so hübscher wollte sie sich für ihren Geliebten zurecht machen. Vielleicht brauchte er sie zum Repräsentieren? Das war sie gewohnt, denn sie arbeitete als Chefsekretärin des Vorstandsvorsitzenden einer Regionalfluglinie. Den Posten hatte ihr Aubin verschafft im Gegenzug für eine Mitgliedschaft ihres Chefs im Golfklub von Ploudarneau.

Die junge Frau verließ ihre Wohnung, grüßte flüchtig die Concierge und betrat die große Tiefgarage unter dem Appartementkomplex. Klickend flammten hintereinander die Neonröhren über den Parkboxen auf. Hell ertönte das Klackern der Absätze ihrer Schuhe auf dem sauberen Garagenboden. Sie mochte keine Tiefgaragen. Besonders im Winter, wenn draußen bereits stockfinstere Nacht herrschte, ließ sie ihr Cabriolet lieber vor der Haustür stehen, anstatt sich in den dunklen Untergrund zu begeben. Doch heute empfand sie kein Unbehagen beim Gang entlang der dunklen Boxen. Sie dachte ausschließlich an Aubin und an die gemeinsame Nacht, die sich unter Umständen anschließen würde.

Nach ein paar Augenblicken erreichte sie ihren Wagen. Sie öffnete die Fahrertür des Sportwagens und glitt geschickt unter dem schwarzen Stoffverdeck ins Innere des Cabriolets. Isabelle Dinard zog den Zündschlüssel und die Codekarte für das Rollgitter aus der Handtasche, steckte das Plastikkärtchen zwischen die rot geschminkten Lippen und startete den Motor. Röhrend brummten die vier Zylinder unter der Haube auf. Kurz bevor sie das Gitter erreichte, hielt sie an und steckte die Codekarte in ein Lesegerät. Rasselnd bewegte sich der graue Metallvorhang nach oben. Mit auf dem Betonboden quietschenden Reifen verließ sie die Tiefgarage.

Um von Pont L'Abbé aus den Golfklub zu erreichen, wählte sie wegen des angenehmen Wetters die Küstenstraße, die an dem grandiosen Panorama der Cornouaille-Felsen hautnah vorbeiführte. Es gab wohl auch eine direkte Verbindung durch das Inland, aber eine Fahrt entlang des Atlantiks paßte heute so richtig zu ihrer heiteren

Stimmung. Unterwegs hielt sie an und klappte das Verdeck ihres Sportwagens zurück, ehe sie mit zunehmender Geschwindigkeit Ploudarneau entgegenraste.
Langsam stieg die Landstraße an, und die Strandabschnitte, vor denen Hotels und Pensionen auf Touristen und Dauergäste warteten, wurden seltener. Anstatt dessen zeigten sich immer häufiger hellgraue Felsformationen, die bis an die Straße heranreichten. Isabelle schaltete das Radio an und suchte einen Sender mit moderner Popmusik. Sie mußte die Lautstärke hochdrehen, damit sie vor lauter Motorenlärm und Windgeräuschen überhaupt noch etwas von den Interpreten mitbekam. Als sie einen Blick in den Rückspiegel warf, bemerkte sie, wie ein dunkler Geländewagen langsam zu ihr aufschloß.
Die junge Frau lehnte sich weit in das helle Lederpolster zurück und ließ gewohnheitsgemäß den Sicherheitsgurt zurückschnappen. Sie wußte, daß das verboten war, aber sie haßte den strammen Riemen vor ihrer Brust. Was sollte an einem ruhigen Nachmittag auf einer kaum befahrenen Landstraße in der Bretagne auch schon geschehen? Nach einer Weile nahm sie Gas zurück, um den Geländewagen überholen zu lassen, der ihr inzwischen beinahe auf Tuchfühlung folgte. Als das Fahrzeug vorbeifuhr, konnte sie sich ein Grinsen nicht verkneifen. Der Beifahrer hatte die Seitenscheibe heruntergeschoben und lachte sie breit an. Diese Machos, schmunzelte sie vor sich hin.
Kurz hinter der Aguille d'Agenton, die ihrem Namen alle Ehre machte und rotgolden wie eine Nadel in den azurblauen Himmel ragte, konnte sie ihrerseits wieder bis zu dem Geländewagen aufschließen. Durch die Heckscheibe sah sie den Beifahrer scheinbar mit einer Straßenkarte hantieren. Verfahrt euch nicht, grinste Isabelle in sich hinein und setzte nun ihrerseits zum Überholen an.
Die junge Frau ließ den Sportwagen zum Spurt ansetzen. Doch ihre vergnügte Stimmung schlug in grenzenloses Erstaunen um, als der Geländewagen genau in diesem Moment ebenfalls beschleunigte. Ihr Blödmänner, schoß es ihr durch den Kopf. Sie drückte energischer auf das Pedal. Gerade, als Isabelle meinte, sie würde es noch vor der nächsten Kurve schaffen, kam ihr ein Wagen entgegen. Sie warf dem Fahrer des Geländefahrzeugs einen wütenden Blick zu. Doch der schaute nur starr geradeaus. Plötzlich merkte sie, daß das andere Fahrzeug schon bedenklich nahe gekommen war. Die Scheinwerfer des Entgegenkommenden flammten auf. Ein Warnhorn ertönte. Gleichzeitig fiel der Geländewagen ein paar Meter zurück. Ach, jetzt laßt ihr mich vorbei, ihr Idioten, knurrte sie vor sich hin. Sie drückte das Gaspedal bis zum Anschlag hinunter, weil sie glaubte, noch vorbeikommen zu können. Doch sie irrte gewaltig, denn der Wagen neben ihr beschleunigte erneut. Sekunden später schlug sie die Arme schützend vor das Gesicht. Der Aufprall riß zwei Autos in der Mitte auseinander. Auch Isabelle Dinard war auf der Stelle tot.

Es dämmerte bereits, als Frederic Guirec vor dem Hotel von Pascal und Denise Deforet ankam. Ausgerechnet an diesem Abend mußte sein alter Citroën mit einer Motorpanne auf der Hauptstraße liegenbleiben. Er blickte sich um. Auf dem Parkplatz stand der Peugeot des Belgiers. Guirec ging langsam an dem Wagen vorbei und strich scheinbar unbeabsichtigt über die Kühlerhaube. Sie fühlte sich warm an. Dumont konnte noch nicht lange zurück sein. Rasch beschleunigte der alte Kommissar seinen Schritt und betrat das Hostal du Cap.

Denise Deforet begrüßte ihn wie gewöhnlich.

»Na, alter Freund? Einen kleinen Ausflug gemacht?«

Guirec nickte.

»Ja, Denise. Ich war in Douarnenez. Auf dem Rückweg hatte ich eine Panne. Erinnere mich daran, daß ich gleich morgen früh den Abschleppunternehmer anrufe.«

Darum bemüht, sich in kein längeres Gespräch verwickeln zu lassen, ging er zielstrebig auf die Treppe zum oberen Stockwerk zu.

»Ach«, meinte er, als er bereits den ersten Treppenabsatz erreichte.

»Ist Monsieur Dumont schon lange zurück?«

Denise Deforet schaute zu ihm herauf.

»Etwa seit einer halben Stunde, Frederic. Warum fragst du?«

Guirec lachte.

»Ich wollte ihn um eine Revanche beim Schach bitten. Aber wenn er eben erst zurückgekommen sein sollte, werde ich ihn besser nicht belästigen.«

Die Hotelbesitzerin lachte.

»Das wird auch nicht möglich sein«, meinte sie. »Er ist unterwegs hinauf zum Kap. Er meint, es wird in Kürze wieder Nebel geben. Er wollte ein paar meteorologische Untersuchungen durchführen.«

»Dann ist er also erst vor ein paar Minuten gegangen?« fragte Guirec nach.

»Ja«, nickte Madame Deforet verwundert. »Wolltest du ihn begleiten? Wenn du dich beeilst, dann erreichst du ihn vielleicht noch.«

Oh, nein danke, dachte der Kommissar bei sich. Auf einen Spaziergang über die Felsen zusammen mit einem Belgier, der zwar vorgab, Meteorologe zu sein, offensichtlich jedoch beruflich noch nie etwas mit Meteorologie zu tun gehabt hatte und der im gesamten Umkreis seines angegebenen Wohnorts unbekannt schien, konnte er getrost verzichten. Er stieg nochmals die Treppe herab. Denise Deforet saß mittlerweile in ihrer Rezeption und ordnete ein paar Unterlagen. Guirec lehnte sich mit verschwörerischem Blick gegen den Tresen.

»Sag mal, Denise«, murmelte er halblaut. »Du hast dich doch an unsere Abmachung gehalten, nicht wahr?«

»Welche Abmachung?« fragte sie.

Plötzlich erhellte sich ihr Gesicht und sie lachte breit. »Ach so. Daß ich niemandem verraten soll, daß du Kriminalbeamter bist? Weil man dich sonst womöglich mit allerlei sinnlosen Fragen belästigt? Natürlich, Frederic. Pascal und ich halten dicht. So sagt man doch im Gaunerjargon, nicht wahr?«

Frederic Guirec fiel erleichtert in ihr Lachen ein.

»Na, dann ist ja gut. In ein paar Tagen ist ja ohnehin alles vorbei. Dann bin ich im Ruhestand und dann ist auch Schluß mit den Gaunern.«

»Hast recht, Frederic«, bestätigte die Frau. »Möchtest du einen Tee auf dein Zimmer?«
Guirec winkte entschieden ab.
»Nein, danke. Mach dir keine Umstände, Denise.«
Ein Tee wäre das letzte gewesen, was er in den nächsten Minuten gebraucht hätte.
Der alte Kriminalbeamte kletterte mühsam die Stufen zum ersten Stockwerk empor und schloß betont geräuschvoll seine Tür auf. Guirec wußte, daß Denise unter Umständen mißtrauisch werden würde, sollte er zu lange dort oben auf dem Flur herumschleichen. Die Deforets hatten vor Jahren einmal ziemlich Ärger mit einem Hoteldieb. Seitdem hielten Denise und Pascal stets Augen und Ohren offen.
Guirec warf seinen Mantel auf das Bett und zog die Aufzeichnungen hervor, die er sich bei Lassalle gemacht hatte. Er wußte jetzt so in etwa, wie man einen Tischcomputer einschaltete und sich ohne den komplizierten Einstieg in das Textverarbeitungsprogramm mit Hilfe verschiedener Befehle Textdateien direkt von der Betriebssystemebene aus anschauen konnte. Er versuchte sich die einzelnen Arbeitsschritte nochmals genauestens einzuprägen und stopfte die Notizblätter zurück in die Anzugtasche. Anschließend ging er an das Fenster und suchte die Umgebung ab. Die Luft schien rein zu sein. Von Dumont jedenfalls war weit und breit nichts zu sehen. Er öffnete vorsichtig die Tür und schlich auf den Flur. Von unten drang gedämpfte Radiomusik nach oben. Leise und behutsam setzte er einen Fuß vor den anderen, stets darauf bedacht, kein Geräusch zu verursachen. Immer wieder hielt er die Luft an und lauschte nach unten. Nach wenigen Schritten erreichte er das Zimmer des angeblichen Meteorologen. Er tastete die Türfüllung ab und suchte nach weiteren versteckten Sicherungsmaßnahmen, die dem Bewohner des Zimmers das unbefugte Eindringen hätten verraten können, aber er fand nichts. Vorsichtig drückte er die Klinke nach unten. Leise knarrend schwang die Türe auf.
Guirec huschte, soweit sein Körpergewicht dies zuließ, in den unbewohnten Raum. Auf dem Bett befanden sich ein paar Sachen von Dumont. Der Kleiderschrank stand offen. Er schien bereits ausgeräumt zu sein. In der Ecke lag eine prall gefüllte Reisetasche. Interessant, dachte der Kommissar bei sich. Ob Dumont etwas bemerkt haben sollte? Alles deutete auf seine kurz bevorstehende Abfahrt hin. Guirec faßte in die Reisetasche. Obenauf befanden sich Stapel von Wäsche, darunter lagen Hosen und Pullover. Er wollte schon seine Hand zurückziehen, da stieß er auf etwas Hartes. Aha, dachte er. Das Notebook!
Vorsichtig zog er es aus der Kleiderschicht heraus und betrachtete das Gerät. Er suchte den Knopf, mit dem sich der Computer einschalten ließ. Guirec betätigte ihn. Sofort begann das buchähnliche Gerät zu summen, der Bildschirm flammte auf, und verschiedene Leuchtdioden begannen aufzuflackern.
Verdammt, fluchte Guirec vor sich hin. Diesen Leuchtzauber hatte ihm Lassalle verschwiegen. Vor Überraschung wäre ihm der tragbare Computer beinahe aus der Hand geglitten. Er überlegte, ob er seine Arbeit in seinem Zimmer oder hier ausführen sollte. Er entschied sich für das Zimmer des Fremden, denn so konnte er bei vorzeitigem Eintreffen Dumonts vielleicht noch rechtzeitig die Flucht antreten und seine Spuren verwischen.

Schritt für Schritt, so wie es ihm Lassalle beigebracht hatte, arbeitete sich Guirec durch das Menü. Er suchte das Verzeichnis der Dateien durch und fand schließlich ein Nebenverzeichnis mit dem Namen »Texte«. Er drückte die erlernten Tastenkombinationen, woraufhin nacheinander verschiedene Brieftexte auf dem Bildschirm erschienen. Ach nein, grinste Guirec. Wie interessant! Kein Briefkopf trug den Namen Dumont. Der Kriminalbeamte suchte weiter. Text für Text arbeitete er sich durch das Unterverzeichnis. Als er sich den letzten angesehen hatte, lehnte er sich enttäuscht zurück. Nichts, aber auch gar nichts ergab sich aus den Dateien. Alles weitgehend unbedeutende Privatkorrespondenz. Er war sich seiner Sache so sicher gewesen. Jemand, der über ein Notebook verfügte, benutzte es mit Sicherheit auch für Notizen und Aufzeichnungen. Das wußte er von Lassalle. Der brachte auch kaum noch etwas handschriftlich zu Papier, sondern tippte selbst die unwichtigsten Memoranden in seinen Rechner, bevor er sie ausdrucken ließ. Oft genug, daß er sich darüber furchtbar geärgert hatte. Menschen, die einen Kugelschreiber anscheinend nur noch für die Kreditkartenquittung benötigten, waren ihm schon seit jeher suspekt.
Er schaute sich die anderen Verzeichnisse an. Wahllos suchte er Dateien heraus und ließ sich die Aufzeichnungen auf den Bildschirm bringen. Gerade, als er das Gerät schon unverrichteter Dinge ausschalten wollte, fiel sein Blick auf das Verzeichnis »Buch«. Was soll sich dahinter schon verbergen, dachte er bei sich und horchte dabei nochmals angestrengt nach draußen auf den Hotelflur. Er vernahm einen leisen Monolog. Der Nachrichtensprecher.
Kurz entschlossen loggte er sich erneut ein und bekam eine lange Liste von Dateien aufgelistet. Alle Dateien begannen mit dem Kürzel »Kap.«. Oha, dachte Guirec grinsend. Sollte Dumont etwa unter die Schriftsteller gegangen sein? Er lud das erste Kapitel und warf einen Blick in den Text. Fasziniert starrte er auf den bläulich schimmernden Bildschirm des Notebooks. Es handelte sich um irgendeine rechtshistorische Abhandlung. Nanu, fuhr es dem Kommissar durch den Kopf. Ein Meteorologe, der sich für Geschichte interessiert? Wie erstaunlich!
Der Eifer packte ihn, und er suchte nun Textdatei für Textdatei durch. Er suchte das nächste Unterverzeichnis durch und stieß erneut auf Dateien, die mit demselben Kürzel begannen. Ein anderes Manuskript. Neugierig begann sich Guirec durchzuarbeiten, doch schon nach dem dritten Kapitel lief ihm der kalte Schweiß den Rücken hinunter. Er begann Zeit und Raum zu vergessen und konzentrierte sich nur noch auf die Lektüre, die auf Knopfdruck seitenweise über den Bildschirm wanderte. Er mußte rauh schlucken. Seine Hände begannen unwillkürlich zu zittern, so daß er sich bei der Befehlseingabe mehrmals vertippte. Zweimal stürzte die Datei ab, und er hatte Mühe, den Text wieder hervorzuzaubern. Guirec drohte übel zu werden. Was da geschrieben stand, schien den Tatsachen zu entsprechen, auch wenn er es nicht glauben wollte. Fasziniert und entsetzt zugleich studierte er die Details. Immer wieder nickte er beim Lesen. Das war kein Buch, das war das Grauen. Und das Grauen besaß einen Namen.
Irgendwann fiel sein Blick auf seine Uhr. Inzwischen mochte eine gute Stunde verstrichen sein. Wann wohl mochte Dumont zurückkommen? Guirec schaute sich

nochmals das Gesamtverzeichnis an. Er suchte den Dateinamen des letzten Kapitels dieser Aufzeichnungen. Als er schließlich den Text überflog, tropfte etwas auf die Notebook-Tastatur. Er war der Schweiß seiner Stirn. Mit einer fahrigen Handbewegung wischte er sie trocken.
»Oh, mein Gott!« stöhnte er. »Oh, Herr im Himmel!«
In diesem Moment hörte er Stimmen in der Halle. Hastig klappte er das Notebook zu und verbarg das Gerät wieder unter den Pullovern. Er schaffte es gerade noch rechtzeitig, die Türe hinter sich zuzuziehen, bevor Dumont den oberen Treppenabsatz erreichte. Guirec stürzte ins Bad und ließ minutenlang kaltes Wasser über seinen Schädel laufen. Während er anschließend seine Haare abfrottierte, kam ihm ein schrecklicher Verdacht.

Als Yvonne Beauville ihr Büro in der Polizeipräfektur in Quimper betrat, bemerkte sie den Lichtschein, der unter dem Türspalt hindurchdrang. Im Nachbarzimmer mußte jemand arbeiten. Merkwürdig, dachte sie bei sich. Wer von den jungen Kollegen war denn so dienstbeflissen und schob noch am Abend Dienst? Sie warf ihre Handtasche auf den Schreibtisch und öffnete die Tür zum Nachbarraum. Vor dem eingeschalteten Computer hockte ein schmächtiger, an diesem Abend noch blasser aussehender Brillenträger. Lassalle hielt beim Tippen auf die Computertastatur inne und fuhr auf.
»Madame«, stammelte er. »Was machen Sie denn noch so spät im Büro?«
»Genau das wollte ich Sie fragen«, entgegnete die Kommissarin und ging auf ihn zu, um einen Blick auf den Bildschirm zu werfen.
Sie bemerkte, daß sich ihr Mitarbeiter in die Fahndungsdatei von Europol, dem europäischen Pendant der internationalen Polizeibehörde Interpol, eingeloggt hatte. Sie schaute ihn verwundert an.
»Was soll das?« fragte sie mißtrauisch. »Spielen Sie hier auf eigene Faust Sherlock Holmes? Sie wissen doch wohl hoffentlich, daß eine Durchforstung der Fahndungsdatei ohne ausdrücklichen Auftrag von oberer Stelle für nachgeordnete Polizeibehörden nicht statthaft ist? Wollen Sie eine Dienstaufsichtsbeschwerde riskieren?«
Lassalle tippte eine Tastenfolge. Die Eingabemaske verschwand. Anschließend zeigten sich nur noch die Embleme der Benutzeroberfläche.
»Excusez-moi, Madame«, murmelte er. »Tut mir aufrichtig leid. Wird nicht wieder vorkommen.«
Damit gab sich Yvonne jedoch nicht zufrieden. Sie zog den nächstbesten Besucherstuhl heran und ließ sich hineinfallen. Ihr Argwohn machte unverhohlener Neugier Platz.
»Wie sind Sie eigentlich in das dortige Computernetz hineingekommen?« fragte sie nach einer Weile.
Lassalle überlegte fieberhaft, was er darauf antworten sollte. Handelte es sich um eine

Falle oder um eine ehrlich gemeinte Frage? Verlegen knetete er seine Hände. Dann begann er zu reden. Er berichtete seiner Vorgesetzten von der Ausbildungszeit im deutschen Bundeskriminalamt und von den Kontakten, die er dabei hatte knüpfen können.
»Und dieser Mijnheer Loonen gibt Ihnen so ohne weiteres den Zugangscode, wenn Sie ihn darum bitten?« fragte sie verwundert. »Das kann den Kerl Kopf und Kragen kosten.«
Sie lächelte warm, als sie bemerkte, daß der junge Mann ehrlich zerknirscht wirkte.
»Kopf hoch, mein Junge«, meinte sie schließlich. »Leute wie Sie könnte ich in Marseille gebrauchen. Das würde einiges in der Terrorismusbekämpfung vereinfachen. Sie glauben ja gar nicht, mit wieviel Bürokratie wir dort zu kämpfen haben. Bis wir eine Abfragegenehmigung von Europol erhalten, sind die Topterroristen längst wieder in Libyen oder dem Irak.«
Lassalle schwieg. Zu dumm, schimpfte er in sich hinein. Warum mußte die Beauville auch ausgerechnet in diesem Augenblick zurückkommen. Jetzt konnte er die Abfrage, um die ihn der Kommissar gebeten hatte, nicht mehr zu Ende führen. Vielleicht war es aber auch gut so. Wenn er daran dachte, welche Informationen er da verbotenerweise zusammentragen sollte, lief es ihm ohnehin heiß und kalt den Rücken herunter. Seine Chefin hatte recht. Er brachte sich mit seinen Eigenmächtigkeiten um Kopf und Kragen.
»Hören Sie, Lassalle«, begann Yvonne, nachdem sie sich aus dem Nachbarzimmer ihre Zigaretten geholt hatte. »Wenn Sie sich so gut mit den Fahndungsdateien auskennen, dann könnten Sie mir eigentlich helfen. Diesmal jedoch dienstlich.«
Sie schilderte dem jungen Mann das Gespräch, das sie mit der Ärztin im Kinderkrankenhaus geführt hatte. Hinterher blickte sie Lassalle fragend an.
»Sie wollen ein Täterprofil erstellen?« erkundigte er sich.
»Haben Sie ein Problem damit?« fragte sie schnippisch. »Wenn Sie dazu nicht in der Lage sind, muß ich eben meine Kollegin Jeanne Lemaine aus Marseille für meine Arbeit einspannen. Allerdings befürchte ich, daß ich sie heute abend nicht mehr erreichen werde. Himmel, Lassalle, wir sollten keine Zeit mehr verlieren. Wollen wir warten, bis der Kerl zum fünften Mal zuschlägt?«
Lassalle straffte sich. Sein Unbehagen machte ehrlich gemeinter Hilfsbereitschaft Platz. Endlich eine Vorgesetzte, die seine Fähigkeiten richtig einzuschätzen wußte! Er rückte die Brille zurecht und loggte sich erneut bei Europol ein.
»Très bien, Madame«, murmelte er. »Wie also fangen wir an? Nach welchen Merkmalen wollen wir zuerst suchen?«
Yvonne überlegte kurz.
»Der kleinste gemeinsame Nenner dürften die Opfer selbst sein. Ist Ihnen nicht aufgefallen, daß sich immer Paare an Bord befanden? Liebespaare, ob verheiratet oder nicht. Er steht in einer bestimmten Beziehung zu Kindern. Kein Päderast, eher das Gegenteil, denn er hat den kleinen Tommy Summer ganz offensichtlich verschont. Dann muß der Kerl etwas von Nautik und Seemannschaft verstehen, denn alle Verbrechen spielten sich auf dem Wasser ab. Er muß ein Spezialist in der Berechnung der Gezeiten sein. Ein Sonntagskapitän fällt also somit aus. Und er muß enorm kräftig sein. Denken Sie nur an den ersten Mordfall.«

»Was ist mit der Tötungsmethodik?« fragte der junge Computerspezialist. »Kreuzigungen, Pfählungen und Enthauptungen stellen gewöhnlich die seltenere Mordvariante dar.«

Yvonne nickte. Ein Lächeln glitt über ihre Gesichtszüge.

»Sie denken ja mit, Lassalle!« lobte sie ihn.

Jean Lassalle faßte die herausgearbeiteten Suchkriterien in einer Schablone zusammen. Dann machte er sich an die Arbeit. Zwei Stunden später, die Wanduhr zeigte bereits neun Uhr abends, gaben sie erschöpft auf. Nichts, aber auch gar nichts hatten sie erreicht. Sicher, es gab Massenmörder, Triebtäter und sonstige Psychopathen genug in den Ermittlungsdateien und Steckbriefsammlungen, aber auf niemanden trafen alle von Yvonne und Jean Lassalle aufgezählten Vorgaben gleichzeitig zu. Die meisten hatten noch nie ein Sportboot von innen gesehen, und die wenigen, die dann noch in Frage kamen, hätten sicherlich auch vor einem Kindermord nicht zurückgeschreckt, wenn sie dadurch ihre Spur hätten verwischen können. Zum Schluß blieben drei Männer übrig. Einer maß kaum über einen Meter siebzig, der zweite saß wegen mehrfacher Vergewaltigung im Zuchthaus von Lyon und der dritte sollte sich angeblich vor Monaten nach Venezuela abgesetzt haben und nach Hinweisen der Interpol dort im Dienst des Drogenkartells stehen.

Yvonne stöhnte auf. Es gab einfach zu wenige Anhaltspunkte, auf Grund derer sich ein besseres Täterprofil hätte stricken lassen. Vielleicht jedoch irrte die Ärztin im Kinderkrankenhaus von Quimper. Vielleicht hatte der Kerl den kleinen Tommy Summer tatsächlich nicht bemerkt. Unter Umständen lag es gar nicht an einem vermeintlichen Kindheitstrauma, daß der Mörder ausgerechnet den Jungen verschonte. Möglicherweise wollte er dem Jungen mit dessen Verschonung bewußt einen schweren psychischen Schaden zufügen. Also der erste Fall von Folter. Aber selbst wenn man diesen Aspekt außer acht ließ, blieb trotzdem niemand mehr übrig, auf den das übrige Profil zutraf. Es gab im Fahndungscomputer einfach zu wenige bereits auffällig gewordene Psychopathen, die groß und kräftig genug waren, um einen ausgewachsenen Mann ins Rigg zu hängen, perfekt mit einem Boot umgehen konnten und eine Menge von Gezeitennavigation verstanden.

Lassalle begann immer nervöser auf seinem Arbeitsstuhl hin und her zu rutschen. Gerade die Suche seiner Vorgesetzten nach jemandem mit nautischen und meteorologischen Kenntnissen versetzte den jungen Kriminalbeamten in Unruhe. Traf das, wonach Guirec suchte, nicht auch auf dessen Verdächtigen zu? Hatte der Kommissar den angeblichen Meteorologen nicht mit einem Seilbündel und einer Preßluftflasche unter dem Arm ertappt? Einen Moment lang war er gewillt, seine Chefin in das Geheimnis, das ihn und Guirec verband, einzuweihen. Doch dann besann er sich eines Besseren. Das hätte ihn dann vermutlich wirklich Kopf und Kragen kosten können. Er schätzte Yvonne Beauville als emanzipierte, erfolgsverwöhnte und karrierebewußte Vorgesetzte ein. Sie hätte bestimmt kein Verständnis dafür aufgebracht, daß ein inzwischen beurlaubter Beamter mit Unterstützung der Polizeipräfektur private Ermittlungen über einen Hotelgast anstellte. Niemand, nicht einmal Frederic Guirec hätte dann noch seinen Kopf aus der Schlinge ziehen können. Und seine guten Bezie-

hungen zu Europol wären auch dahin gewesen.
Yvonne Beauville zündete sich eine neue Zigarette an und ging ans Fenster, um einen Blick in die Nacht zu werfen. Im Innenhof standen ein paar Polizeiwagen, ein Verdächtiger wurde von zwei Beamten aus einem Kombi gezogen. Er ließ sich nur widerwillig ins Hauptgebäude abführen. Ein Streifenwagen fuhr mit Blaulicht davon. Ein ganz normaler Abend in der Polizeipräfektur einer mittelgroßen Departementhauptstadt. Ihr kam ein Gedanke. Sie drehte sich zu Lassalle um.
»Sagen Sie, Lassalle«, meinte sie und deutete auf den Rechner. »Kommen wir heute abend auch noch in andere Datenbanken hinein?«
Lassalle blickte erstaunt auf.
»Vielleicht«, antwortete er. »Welche meinen Sie?«
»Zum Beispiel die des Historischen Instituts der Sorbonne.«
Lassalle zuckte die Achseln. Seine Finger wirbelten über die Tastatur.
»Bingo«, murmelte er, nachdem eine Maske auf dem Bildschirm erschien.
»Welchen Spezialbereich?«
»Seefahrtgeschichte des späten 19. Jahrhunderts.«
»Wie bitte?« fragte der junge Mann fassungslos.
»Machen Sie schon!« forderte seine Vorgesetzte.
Wieder klapperte die Tastatur des Rechners.
»Und nun?« erkundigte er sich.
Yvonne schaute ihn nachdenklich an.
»Suchen Sie alles, was Sie über einen Schiffsuntergang Ende April 1897 vor dem Küstenstreifen von La Hague herausbekommen.«
Es dauerte ein paar Minuten, bis der junge Beamte den entsprechenden Datensatz gefunden hatte. Er drehte den Bildschirm, damit sie den Text lesen konnte.
»Was hat denn der Untergang der KOMMODORE LEBERENTZ in der Bucht von Saint-Marie-de-la-Hogue mit unseren Mordfällen zu tun?« murmelte er vor sich hin.
Yvonne ignorierte seine Bemerkung und vertiefte sich anstatt dessen in den Text. Schließlich deutete sie auf eine bestimmte Passage hin.
»Was ist eigentlich mit dem Gold der KOMMODORE LEBERENTZ geschehen? Wie können wir das herausfinden?«
Lassalle verzog das Gesicht.
»In den Aufzeichnungen an der Sorbonne ist darüber nichts vermerkt«, erläuterte er. »Wir müßten wissen, bei welcher Assekuranz die Ladung seinerzeit versichert wurde. Kein deutscher Reeder schickte Ware von solchem Wert unversichert auf eine so weite Reise.«
»Welches Land unterhielt damals die leistungsfähigste Versicherungsgesellschaft?« fragte Yvonne. »Das war doch wohl England, nicht? Lloyds in London. Kommen wir in deren Datenbänke hinein?«
Lassalle atmete tief durch und schüttelte danach den Kopf.
»So schnell jedenfalls nicht. Ich müßte dort anrufen und mir den Zugangscode geben lassen. Allerdings ...«
Er verschluckte sich an seiner letzten Bemerkung.
»Nun?« lächelte die Kommissarin. »Wirklich keine Chance? Keine Möglichkeit für

einen Computerspezialisten, wie Sie einer sind?«
Lassalle schaute seine Vorgesetzte zweifelnd an, zog eine Schublade seines Schreibtischs auf und holte eine dünne Kladde hervor. Dann widmete er sich dem Rechner. Es dauerte eine halbe Stunde, während der er pausenlos versuchte, den Zugangscode der Versicherungsgesellschaft herauszufinden. Vom ständigen Klackern der Tastatur nervös, rauchte Yvonne eine Zigarette nach der anderen. Irgendwann griff Lassalle zum Hörer und wählte eine zwölfstellige Telefonnummer. Eine kurze Unterhaltung folgte, während der sich der junge Mann pausenlos Aufzeichnungen machte. Schließlich legte er auf und gab einen bestimmten Code ein. Das Zugangsmenü von Lloyds of London erschien auf dem Bildschirm.
»Ich frage Sie lieber nicht, mit wem Sie da telefoniert haben, nicht wahr?« grinste die Kommissarin.
Lassalle nickte.
»Nun, gut!« fuhr sie anstatt dessen fort. »Suchen Sie nach der Ladung, die bei Lloyds versichert war. Um was es sich handelte und nach dem Versicherungswert.«
Als der Computer nach kurzer Zeit über die Datenleitung das gewünschte Ergebnis ausspuckte, zeigte sich nicht nur Lassalle überrascht.
»Himmel, und das Gold tauchte nie wieder auf?« stieß er aus und starrte die Kommissarin verblüfft an. »Die Halbinsel La Hague ist doch schließlich nicht das Bermuda-Dreieck.«
»Mich brauchen Sie nicht zu fragen«, erwiderte sie. »Wenn das Gold bei Lloyds immer noch als vermißte Ladung geführt wird, wohl kaum.«
»Das wird doch wohl nicht noch in dem Wrack liegen, oder was meinen Sie?« forschte er weiter.
»Denken Sie noch einmal an die Aufzeichnungen des Historischen Instituts«, unterbrach ihn seine Vorgesetzte. »Ist Ihnen nicht aufgefallen, wer seinerzeit in Sainte-Marie Bürgermeister war? Ein gewisser Arthur Leclerq. Urgroßvater von Aubin Leclerq. Die Alte hatte also tatsächlich recht. Ploudarneau wurde mit Blutgeld aufgebaut.«
Lassalle starrte sie verständnislos an. Yvonne berichtete ihrem Mitarbeiter von der Unterhaltung mit der Schwiegermutter des Küsters. Schließlich fiel ihr die U-Boot-Affäre ein, die sich in den letzten Kriegstagen im Hafen von Ploudarneau zugetragen haben sollte. Vermutlich behielt die alte Dame auch in diesem Punkt recht.
»Was wollen Sie nun tun?« fragte Lassalle, während der Lüfter im Innern des Computers leise auslief.
Yvonne zuckte die Achseln.
»Ich suche jetzt erst einmal den guten Lemardieux auf und frage ihn, wie weit er mit der Vernehmung dieses Trizan gekommen ist.«
Lassalle blieb noch lange vor dem ausgeschalteten Gerät hocken. Ihm kam es so vor, als würden ihn die Knöpfe und die Diskettenschächte höhnisch angrinsen. Er verstand nichts mehr. Guirec suchte nach einem Phantom im Königlich Belgischen Meteorologischen Institut, und seine Chefin forschte nach vermißtem Gold aus dem vorigen Jahrhundert.

KAPITEL XXIV

Langsam fuhr der kleine Leihwagen an der Häuserreihe vorbei. Yvonne Beauville hielt nach dem Appartementgebäude Ausschau, in dem der Staatsanwalt wohnte. Die Suche erwies sich als etwas mühsam, denn das Hochhaus lag in einem etwas abseits gelegenen Wohnpark. Mit aufgeblendeten Scheinwerfern bugsierte sie ihren Leihwagen auf den Parkplatz, stellte den Motor ab und warf einen kontrollierenden Blick in den Schminkspiegel auf der Rückseite der Sonnenblende. Sie fand sich an diesem Abend zwar nicht umwerfend, aber immer noch attraktiv genug, um unangemeldet bei einem jungen Staatsanwalt erscheinen zu können. In gewisser Weise genoß sie das unkomplizierte Leben in der Provinz. In ihrer Heimatstadt wäre es für eine Kommissarin völlig unmöglich gewesen, am späten Abend den ermittelnden Staatsanwalt in seiner Privatwohnung aufzusuchen. Am darauffolgenden Werktag hätte sie sich zum Streifendienst versetzt vorgefunden.

Yvonne Beauville schwang ihre Beine über den Türholm, streifte sich die hochhackigen Pumps über und warf anschließend die Wagentür zu. Sie musterte ihr Outfit ein letztes Mal im dunkel schimmernden Glas der Seitenscheibe. Mit der Rechten strich sie durch die dunkelblond gefärbte Kurzhaarfrisur, mit der linken Hand warf sie sich ihre Handtasche über. Laut klapperten die Absätze ihrer Schuhe auf dem matt schimmernden Beton des Zufahrtweges. Als Yvonne das Hochhaus erreichte, warf sie einen Blick hinauf zum obersten Stockwerk, wo Lemardieux wohnen sollte. Solch ein Appartement konnte man sich also als einfacher Staatsanwalt leisten, fragte sie sich im stillen. Sie grinste vergnügt vor sich hin. Ob er wohl bei irgendwelchen Ganoven auf der Gehaltsliste stand? In Marseille jedenfalls hätte der Generalstaatsanwalt schon längst eine dienstliche Untersuchung anberaumt. Doch dann erinnerte sie sich an die Unterlagen, die ihr Jean Larouche nach Marseille gefaxt hatte. Lemardieux sollte angeblich der einzige Sproß einer angesehenen Unternehmerfamilie sein.

Ehe sie dazu kam, die Außenrufanlage zu betätigen, verließ ein älteres Ehepaar die Anlage. Sie hielt den beiden die Tür auf und schlüpfte in den hell erleuchteten Hausflur, ohne daß sie bei Lemardieux hatte klingeln müssen. Am Ende des Flurs befanden sich zwei Aufzüge. Die Türen bestanden aus hell schimmerndem Messing, die Einfassung aus dunklem Marmor. Yvonne konnte sich ein bewunderndes Pfeifen nicht verkneifen. Nur keinen Neid, meine Liebe, grinste sie vor sich hin.

Als die Aufzugstür zur Seite glitt, blickte sie in eine geräumige Kabine, die sie leise zischend nach oben katapultierte. Für die zehn Stockwerke benötigte der Lift kaum zwanzig Sekunden. Der zehnte Stock war nicht gleichzeitig die oberste Etage, denn Lemardieux bewohnte allem Anschein nach das Penthouse, zu dem eine kurze, aber sehr breite Treppe führte. Yvonne stieg die Stufen nach oben und erreichte eine weiße Doppeltür, an der jegliche Vorrichtung für einen Schlüssel fehlte. Neben der in Marmor eingefaßten Tür entdeckte sie eine Messingklappe. Sie machte sie auf und entdeckte in einer Vertiefung eine Tastatur. Nobel geht die Welt zugrunde, dachte sie begeistert. Alleine der Eingangsbereich mußte ein Vermögen gekostet haben.

Sie lauschte. Täuschte sie sich oder vernahm sie im Hintergrund Stimmen? Tatsächlich. In der Wohnung unterhielten sich offensichtlich eine Frau und ein Mann mit lauter Stimme. Sie schienen sich heftig zu streiten. Yvonne grinste. Ob es sich schon wieder um dieses blonde Flittchen handelte, mit der Lemardieux schon im Restaurant aneinandergeraten war? Einen kurzen Augenblick später wußte sie, daß sie sich nicht getäuscht hatte. Die junge, aufregend zurechtgemachte Blondine riß eine der Doppeltürhälften auf und stürzte nach draußen. Dabei stieß sie mit Yvonne zusammen. Die Blonde warf ihr einen giftigen Blick zu.

»Ihr Versuch, Madame«, fauchte sie. »Vielleicht haben Sie ja mehr Glück mit diesem, diesem ...«

Sie verschluckte die zornige Bemerkung und stürzte anstatt dessen die Treppe hinunter. Himmel, dachte Yvonne. Geschmack hat er ja, der gute Antoine. Die Kleine ist so hübsch, die würde man jederzeit bei Vogue als Covergirl engagieren. Vielleicht verdiente sie ja sogar als Fotomodell ihr Geld. Ein schmutziger Gedanke schoß ihr durch den Kopf. Nein, Unsinn, scholt sie sich. Lemardieux hatte es bei seinem Aussehen und seinen Umgangsformen bestimmt nicht nötig, eine Lebedame zu unterhalten.

Yvonne schlüpfte unbemerkt in die Wohnung des Staatsanwaltes. Hinter ihr fiel die Wohnungstür mit einem satten Schmatzen ins Schloß zurück. Unschlüssig blieb sie im Wohnungsflur stehen. Du bist verrückt, grinste sie vor sich hin. Du kannst doch nicht einfach bei einem Staatsanwalt eindringen! Der arme Kerl bekommt einen Herzschlag, wenn du urplötzlich unangemeldet vor ihm auftauchst.

Die Kriminalbeamtin ging den Flur entlang, bis sie auf eine halboffene Türe stieß. Ihre Schritte verschluckte der hochflorige Teppichboden, der den gesamten Boden bedeckte. An der Türe verharrte sie. Sie lugte in den Raum dahinter. Es handelte sich um das Bad. Im deckenhohen, beleuchteten Spiegel entdeckte sie Lemardieux. Er stand vor einem Doppelwaschbecken und frisierte sich die Haare. Sein Rücken war über und über mit Kratzspuren bedeckt. Auf der Schulter prangte die Tätowierung einer Kreuzspinne im Netz. Sehr passend für einen Staatsanwalt, grinste sie in sich hinein. Lemardieux stand breitbeinig vor dem Spiegel. Selbst ohne seine Designerklamotten wirkt er attraktiv und anziehend, stellte sie nicht ohne Bewunderung fest. Erst in diesem Augenblick wurde ihr bewußt, wie muskulös der Staatsanwalt war. Lemardieux verfügte mit Sicherheit über eine dieser neumodischen Heimtraineranlagen. Solche Rücken- und Oberarmmuskeln erhielt man nicht vom gelegentlichen Schwimmen oder Joggen. Yvonne räusperte sich verlegen.

Antoine Lemardieux hob den Kopf. Sein bis eben eher herabgezogener Mund verzog sich zu einem ironischen Grinsen. Er strich sich noch mal mit den gespreizten Fingern seiner rechten Hand durch die Haare und drehte sich zur Türe um.

»Na, du Biest!« rief er und ging auf die halboffene Badezimmertür zu. »Hast du es dir doch noch mal ...?«

Als er die Kommissarin entdeckte, riß er die Augen vor grenzenloser Überraschung weit auf. Yvonne schaute für einen kurzen Moment betreten zu Boden. Dabei fiel ihr Blick zwangsläufig auf das waschbrettartige Muster seiner Bauchmuskeln. In diesem Augenblick wurde auch Lemardieux bewußt, daß er völlig nackt vor der Chefin der

Mordkommission stand. Yvonne bemerkte aus den Augenwinkeln, wie dem jungen Mann die Röte ins Gesicht schoß. Sie riß sich vom Anblick dieses muskulösen Männerkörpers los und schaute dem Staatsanwalt geradewegs in die Augen.
»Bonsoir, Monsieur«, versuchte sie ein Lächeln, das ihr jedoch in Anbetracht der peinlichen Lage gründlich mißlang. »Ihre Freundin war so nett ...«
»Ach, war sie das?« knurrte Antoine und wirbelte auf der Ferse herum.
Er griff nach einem Haken an der Wand, riß einen schneeweißen, weit geschnittenen Frotteemantel herunter und schlüpfte hinein.
»Nur keine Umstände, Monsieur«, murmelte Yvonne. »Ich habe schon mehr als einen nackten Mann in meinem Leben gesehen. Allerdings ...«
»Allerdings?« wurde sie von Antoine unterbrochen, der sich entschied, die Situation nicht noch peinlicher werden zu lassen.
»Ach, nichts«, meinte die Kommissarin.
»Können wir irgendwo reden?« fügte sie hinzu.
»Selbstverständlich«, antwortete der junge Staatsanwalt und deutete auf einen großen, im Halbdunkel liegenden Raum. »Dort im Wohnzimmer. Bedienen Sie sich. Die Bar ist eröffnet!«
Geschmeidig und leise schlüpfte er in ein Nachbarzimmer.
»Sie gestatten, daß ich mir etwas überwerfe?« rief er durch die halboffene Tür.
Fünf Minuten später saß sie einem gänzlich ungewohnten Antoine Lemardieux gegenüber. Nichts erinnerte mehr an den elegant gekleideten Staatsanwalt, der sie in den letzten Tagen beinahe auf Schritt und Tritt begleitete. Antoine trug eine sündhaft teure Designerjeans und ein überschnittenes, schneeweißes Sweatshirt mit einem unscheinbaren Markenlabel auf der Brust. Seine nackten Füße steckten in Basketballschuhen. Mit Wohlwollen nahm sie zur Kenntnis, daß er keine dieser spießigen weißen Tennissocken trug. Ein milder Moschusduft wehte ihr entgegen. Sie blickte hoch und schaute in ein Paar ausdrucksstarker blauer Augen. Ungewöhnlich blauer Augen.
»Kontaktlinsen«, grinste Antoine, als er ihre Neugier bemerkte. »Ich sollte für die Freizeit eine weniger auffällige Farbe wählen. Dauernd starren mich die Frauen an.«
»Eingebildet sind Sie aber gar nicht, oder?« lachte Yvonne.
Antoine ging auf diese Bemerkung nicht weiter ein, sondern erhob sich, um die Glasschiebetür zur Terrasse zu öffnen. Kühle Luft drang in den Raum. Auf dem Rückweg griff er in eine Schachtel und zog einen bunten Streifen heraus. Kurz darauf mahlten seine Kiefer auf einem Kaugummi herum.
»Was kann ich für Sie tun, Madame?« fragte er leichthin.
»Sie sollten wohl besser fragen, was ich für Sie tun kann«, ging Yvonne gleich zum Angriff über.
Antoine stutzte. Wußte sie etwa schon von der Panne bei Trizan? Hatte sie unter Umständen die Abendnachrichten im Fernsehen verfolgt? Ihn wunderte ohnehin, daß bisher weder Larouche noch das Büro des Staatssekretärs bei ihm angerufen und sich über ihn beschwert hatten.
»Was meinen Sie damit?« fragte er und versuchte Souveränität vorzutäuschen, doch seine unsteten Augen verrieten ihn.

Yvonne blickte ihn spöttisch an und nippte nur an ihrem Glas. Antoine beschloß, alles zu vermeiden, um sich zum Narren zu machen. Er entschied, daß Offenheit die beste Waffe gegen diese Frau darstellte.

»Dumme Sache, dieses Interview«, meinte er schließlich. »Zu blöd aber auch, daß dieses Fernsehteam ausgerechnet in dem Moment auftauchen mußte, als wir Trizan daheim vernahmen.«

Yvonne vermied, ihre Verständnislosigkeit allzu offensichtlich werden zu lassen.

»Und?« fragte sie nur.

Antoine schilderte ihr das Ergebnis der Vernehmung und machte keinen Hehl daraus, wie sehr er sich geärgert hatte, daß er im letzten Moment dann doch kein Geständnis mehr erreichte. Unwillkürlich zog er einen Vergleich zu Jean Lassalle. Was hatte er den armen Kerl heruntergeputzt! Von wegen, nicht in der Lage sein, einem Verdächtigen ein Geständnis zu entlocken! Als er unter anderem das Verschwinden des Verdächtigen erwähnte, hob Yvonne überrascht die Augenbrauen.

»Er ist abgehauen?« fragte sie ungläubig. »Einfach so?«

»Einfach so«, brummte der junge Staatsanwalt.

»Interessant«, bemerkte Yvonne und schaute ihn eine ganze Weile schweigend und zugleich sehr nachdenklich an.

Antoine hatte damit gerechnet, daß sich die Kommissarin über ihn lustig machen würde, doch sie ging mit keinem Wort mehr auf sein Mißgeschick ein. Von Minute zu Minute wurde sie ihm symathischer. Das verunsicherte ihn noch mehr im Umgang mit ihr.

»Tatsächlich«, meinte Yvonne schließlich. »Langsam beginnt alles irgendwie zusammenzupassen.«

»Wie bitte?« fragte Antoine verblüfft. »Was paßt denn überhaupt noch zusammen? Ehrlich gesagt, ich stehe vor einem Rätsel.«

»Das kann ich mir lebhaft vorstellen«, erwiderte Yvonne und grinste schief.

»Nein, ernsthaft«, fuhr sie fort. »Erinnern Sie sich an das, was die Alte im Haus des Küsters meinte. Nein, nicht die Geschichte mit dem Kapitän. Den letzten Satz. Ach so, Sie waren ja schon aus der Tür. Sie sagte etwa sinngemäß: Geben Sie auf sich acht, junge Frau. Es herrscht Krieg in Ploudarneau.«

Sie schilderte mit knappen Worten, was sie und Lassalle an diesem Abend herausgefunden hatten.

»Kein Wunder also«, fuhr sie fort, »daß schon seit ewigen Zeiten ein latenter Krieg zwischen den alteingesessenen Bretonen und den Leclerqs herrscht. Stellen Sie sich vor: Vor etwa hundert Jahren kommt eine Handvoll geflüchteter Fischer und Bauern aus der Normandie, setzt sich hier fest und vertreibt nach und nach die bretonische Urbevölkerung von ihrem angestammten Besitz. Schert sich keinen Deut um die Belange der Einwohner, sondern bleibt stets auf den eigenen Profit bedacht. Das mußte doch irgendwann zu Spannungen führen. Und jetzt droht Leclerq junior mit seinem Großprojekt Port du Raz die letzten Fischer von ihren Liegeplätzen zu vertreiben und ihnen damit die Existenz zu vernichten. Einige soll er auf diese Weise bereits aus ihren Häusern vertrieben haben.«

Sie machte eine kurze Gedankenpause.
»Und jetzt frage ich Sie, Herr Staatsanwalt, warum flüchtet ein einfacher Fischer vor der Polizei, obwohl er doch wissen muß, daß seine Flucht in der derzeitigen Situation zwangsläufig eine landesweite Fahndung nach ihm auslösen wird? Ich gehe davon aus, daß Sie ihn mit Ihrer Theorie, er könnte etwas mit den letzten Vorgängen in Ploudarneau zu tun haben, dermaßen in die Enge drängen konnten, daß er keinen Ausweg mehr sah als überstürzte Flucht. Typischer Fall von Panikreaktion.«
Sie nippte erneut an dem Glas.
»Guter Calvados, Monsieur«, meinte sie begeistert. »Ich kann aber nur einen kleinen Schluck trinken. Ich bin mit dem Wagen hier.«
Ich kann ja wohl schlecht bei dir übernachten, fügte sie stumm hinzu.
»Die Frage«, fuhr sie fort, »ist also die, vor wem oder vor was hatte Trizan solche Angst. Was konnte ihm denn eigentlich passieren? Polizei und Staatsanwaltschaft suchten ihn auf, um ihn als Zeugen in einem erneuten Mordfall auf See zu vernehmen. Hätte er sich ein bißchen intelligenter angestellt, ein bißchen kooperativer gezeigt, dann wären Sie doch niemals mißtrauisch geworden. Nein, denken Sie noch mal an die Worte der alten Grand-Mère. Es herrscht Krieg in Ploudarneau. Wer sind die Parteien? Die Leclerqs und die Fischer? Diese Feindschaft stelle ich als bekannt voraus. Krieg innerhalb der Dorfseilschaften unter Umständen? Zwischen den fundamentalistisch Eingestellten und den real und eher fortschrittlich Denkenden? Haben die Auseinandersetzungen in Ploudarneau inzwischen bereits derart an Schärfe zugenommen, daß man nicht einmal mehr vor Blutvergießen zurückschreckt? Und da schließt sich der Kreis, weil wir automatisch wieder zu den sich in letzter Zeit häufenden Unglücksfällen in Ploudarneau kommen.«
»Sie meinen diese Attentate, die sich unmittelbar vor den Toren der Stadt ereigneten?« fragte er erstaunt.
»Nicht unbedingt«, widersprach die Kommissarin und streifte sich unbemerkt die unbequemen Schuhe von den Füßen. »Ich denke, daß der Fall Emmanuela Leclerq zunächst einmal zu den Akten nicht aufklärbarer Seeunfälle gelegt werden muß. Der ehemals Tatverdächtige, der Fischer Jules Arpege, ist tot. In dieser Sache kommen wir beim besten Willen nicht weiter. Bei der Gasexplosion auf dem Kutter von Arpege müssen wir meines Erachtens ansetzen. Wer ist dafür verantwortlich? Gasventile drehen sich nicht urplötzlich von allein auf, Monsieur. Gasschläuche werden nicht mir nichts, dir nichts leck. Was erwähnte Morgan doch noch gleich in seinem Bericht? Als er nach Arpege suchte, fiel ihm bereits beim Betreten des Nachbarbootes ein sonderbarer Geruch auf. Morgan ist kein Seemann. Einer vom Fach hätte bestimmt sofort auf ausströmendes Gas geschlossen. Kommen unter Umständen die Fischer in Frage? Diese Bande um den Kneipier der Hafenbar am Quai Bretone? Der junge Kernac'h unter Umständen? Der mußte doch einen Haß auf seinen Onkel haben. Schließlich kam die Polizei erst durch dessen Aussage wegen der Geschichte in Brest auf ihn zurück.«
»Die Leute aus der Altstadt von Ploudarneau bringen sich doch nicht gegenseitig um«, warf

Antoine ein. »Welchen Nutzen hätte man von der Explosion auf Arpeges Kutter gehabt?«
»Sind Sie so naiv, Monsieur?« fragte Yvonne provokativ. »Schon einmal etwas von Versicherungsbetrug gehört? Ein Teil der Boote soll ziemlich hoch versichert gewesen sein. Oder ganz einfach Brandstiftung. Leclerq zum Beispiel besitzt ein unwiderlegbares Motiv für die Tat. Den von Arpege herbeigeführten Tod seiner Tochter.«
»Rache als Motiv?« fragte Antoine. »Absurd. Leclerq könnte seine kommende Kandidatur als Bürgermeister in Ploudarneau abschreiben. Von einem längerfristigen Gefängnisaufenthalt einmal ganz abgesehen. Kein Mensch würde einem Fuchs wie Leclerq in der momentanen Situation eine solche Unüberlegtheit zutrauen.«
»Himmel, Monsieur, in welcher Welt leben Sie eigentlich. Für solche Schmutzarbeit kann man auch bezahlte Helfershelfer engagieren«, knurrte Yvonne. »Ich habe da so meine Erfahrungen. Nun, wie dem auch sei. Vielleicht wollte, wer auch immer, Arpege und den Fischern nur einen Denkzettel, verbunden mit einer Warnung, verpassen. Unter Umständen sollte er gar nicht sterben. Man wollte mit dem Brand auf den Booten nur die Fischfangflotte weiter dezimieren. Aber Sie haben recht, Monsieur. Das sind freilich nur Hypothesen und Spekulationen. Gut, lassen wir also mal die Explosion beiseite. Bleibt der Anschlag auf die Werft von Monsieur Moulin.«
Sie machte eine kurze Pause, um noch einmal an ihrem Calvados zu nippen. Von hier bis zu ihrem Hotel war es ja zum Glück nicht sehr weit.
»Merken Sie nichts?« fuhr sie schließlich fort. »Wir haben drei Unglücksfälle und keinen Verantwortlichen. Keinen Drahtzieher. Noch nicht einmal einen Erpresser. Ich warte eigentlich schon die ganze Zeit darauf, daß bei Leclerq irgendwelche Forderungen eingehen. Und wenn es sich dabei nur um einen sogenannten Trittbrettfahrer handelt. Aber nichts geschieht. Ist das nicht merkwürdig? Also ehrlich, für meine Verhältnisse sind das langsam ein paar Ungereimtheiten zuviel. Mich erinnert das langsam alles an einen Guerillakrieg.«
»Und Sie meinen, Trizan ist mit in diesen Krieg verwickelt?« fragte Antoine.
Zuversicht und Zustimmung lag in seiner Stimme.
»Da bin ich beinahe sicher!« pflichtete ihm Yvonne bei. »Warum diese Angst, Staatsanwaltschaft oder Polizei könnten etwas über seine Aussage nach außen dringen lassen? Wieso seine überhastete und völlig unüberlegte Flucht, die ihn jetzt erst recht zum Verdächtigen macht? Und diese Schramme am Kopf, die er sich erst kurz nach der Ankunft im Hafen zugezogen haben konnte. Er muß mit jemandem aneinandergeraten sein. Die Frage ist nur, handelte es sich dabei um die Entdeckung der Leichen von Lucie Fontesneuf und ihrem Liebhaber oder um den Brand in der Laminierhalle bei Herault Marine? Das hätte ich ihn wirklich zu gerne gefragt.«
»Sie glauben, er könnte etwas mit dem letzten Mordfall zu tun haben?« fragte der junge Staatsanwalt.
Yvonne zuckte die Achseln.
»Wer weiß?« antwortete sie. »Vielleicht sollte oder mußte er dem Täter helfen. Vielleicht steckte auch dieser Arpege seinerzeit mit ihm unter einer Decke. Der kam doch kurz vor der Entdeckung der Leichen von Leblanc und seiner Mannschaft im

Hafen von Ploudarneau mit seinem Kutter an. Was hielt ihn davon ab, die Küstenwache zu verständigen, obwohl er ein Boot ganz offensichtlich auf die Aguille d'Argenton zutreiben sah? Ach, in diesem Zusammenhang eine Frage. Hat man eigentlich jemals wieder etwas von diesem Tristan Guillaume gehört?«
Antoine Lemardieux schüttelte den Kopf.
»Dann können wir den gegen ihn seinerzeit erhobenen Verdacht abhaken«, meinte die Kommissarin. »Ein toter Zeuge und ein toter Täter, das paßt einfach nicht zusammen.«
Das Summen des Telefons in Lemardieux' Wohnung riß sie aus den Gedanken. Der junge Staatsanwalt erhob sich und nahm den Hörer ab. Yvonne fiel sein ungläubiges Gesicht auf, als er nach kurzem Gespräch auflegte.
»Die Polizei von Ploudarneau«, sagte er. »Man konnte in der Präfektur niemanden erreichen, und deshalb versuchte es Benoit bei mir privat.«
»Was ist denn los?« erkundigte sich Yvonne neugierig.
»Auf der Küstenstraße zwischen Pont L'Abbé hat sich ein Verkehrsunfall ereignet. Es gab mehrere Tote.«
Yvonne schaute ihn erstaunt an.
»Das ist schlimm«, meinte sie schließlich. »Aber darum muß sich nun wirklich die Gendarmerie kümmern.«
»Nicht unbedingt«, widersprach Lemardieux. »Bei einer der Toten handelt es sich um die Geliebte von Bürgermeister Leclerq. Das sind selbst für meine Vorstellungen mittlerweile ein paar Zufälle zuviel.«
Er machte eine Pause. Yvonne sah ihn auffordernd an.
»Ist noch was?« fragte sie.
Lemardieux nickte.
»Im Hafenbecken trieb eine Leiche«, fuhr er fort. »Ein Mann. Er wurde inzwischen von der Ortsgendarmerie identifiziert. Es handelt sich um einen gewissen Alphonse Lezaire.«

Als kurz nach Mitternacht die letzten Gäste gegangen waren, schloß Pierre Dupret seine Bar ab, schaltete bis auf die Lampen über dem Tresen die übrige Beleuchtung aus und machte sich daran, die Stühle auf die Tische zu stapeln, damit die Putzfrau am kommenden Morgen unverzüglich mit der Reinigung des Bodens beginnen konnte. Anschließend verschloß er die angebrochenen Schnapsflaschen, drehte den Kohlensäurezufluß für die Bierzapfanlage zu und räumte die abgetrockneten Gläser in die Regale. Als er in seinen Mantel schlüpfte, vernahm er an der Hintertür ein energisches Klopfen. Erstaunt blickte er hoch. Wer mochte denn das so spät am Abend noch sein? Dupret schloß auf. Draußen standen Claude Aziliz und Aodren Kernac'h. Sie wirkten einerseits wütend, andererseits verstört.
»Laß uns herein!« zischte Aziliz atemlos und drängte bereits an dem überraschten Wirt vorbei in den dunklen Innenraum der Kneipe.

»Was ist denn los, zum Henker?« fragte Dupret ungeduldig. »Es gibt nichts mehr zu trinken, Männer.«
»Wir wollen auch nichts trinken«, murmelte Aziliz und zerrte Aodren hinter sich her. »Hast du die Spätnachrichten gesehen?« fragte er den Wirt.
Pierre Dupret schüttelte verständnislos den Kopf.
»Nein, wieso auch«, knurrte er.
Der drahtige, hochgewachsene Besitzer des Kutters »AN ENEZENN« packte den Wirt bei den Mantelaufschlägen.
»Es muß etwas geschehen«, stieß er zornig aus. »Die Polizei war heute nachmittag bei Jean-Baptiste. Er war sogar im Fernsehen. Die haben seine Verhaftung gefilmt. Der hat bestimmt gesungen.«
Dupret erschrak und trieb die Männer vor sich her in den kleinen Nachbarraum.
»Und wieso kommt ihr deswegen zu mir?« fragte er, als sie sich ungestört wähnten.
»Wenn er im Gefängnis sitzt und ausgepackt hat, kann euch sowieso niemand mehr helfen. Dann bekommt die Schmiere ohnehin heraus, daß ihr mit dem Brand in der Werft etwas zu tun habt. Und wegen des Wachmannes gnade euch Gott!«
»Du hängst genauso mit drin!« fuhr ihn der junge Kernac'h frech an.
Dupret wirbelte herum und schlug ihm mit der flachen Hand mitten ins Gesicht. Auf Aodrens Wange zeichnete sich ein feuerroter Fleck ab. Aziliz fuhr dazwischen und trennte die Streithähne.
»Hört auf! Das führt zu nichts!«
Er blickte den Wirt mit ernstem Gesicht an.
»Noch ist nicht alles verloren, Pierre«, rief er. »Jean-Baptiste wurde zwar verhaftet, befindet sich aber merkwürdigerweise wieder auf freiem Fuß!«
»Und wo steckt er jetzt?« knurrte Dupret
»Frage lieber, was er in der Zwischenzeit angestellt hat«, murmelte der junge Kernac'h und rieb sich immer noch die schmerzende Wange.
»Was denn?« fragte der Wirt erstaunt.
»Ich habe einen Bekannten bei der Gendarmerie«, antwortete der Fischer. »Mit dem spiele ich häufig Boule. Den traf ich auf dem Weg nach Hause. Heute nacht haben sie eine Leiche aus dem Hafenbecken gefischt.«
»Wen?« fragte Dupret mit heiserer Stimme.
»Lezaire. Na, dämmert dir etwas?«
Dupret schlug sich mit der Faust der rechten Hand in die Handfläche der anderen.
»Das darf doch wohl nicht wahr sein!«
»Das soll er büßen, dieses Schwein!« schäumte Claude Aziliz vor Wut.
»Weit kann er aber nicht sein«, meinte Aodren mit belegter Stimme. »Sein Wagen steht noch bei ihm vor der Tür.«
»Und was wollt ihr von mir?« fragte Dupret.
»Du sollst uns helfen, ihn zu finden«, antwortete Aziliz.
Der Wirt schaute in die entschlossenen Gesichter seiner ungebetenen Gäste. Ein Schauer lief ihm über den Rücken. Er ahnte, was die beiden vorhatten.
»Also, komm schon! Mitgefangen, mitgehangen«, forderte ihn Aziliz auf.

Es klopfte an seiner Tür. Guirec erhob sich mühsam von seinem Bett, auf dem er im Liegen versucht hatte, seine verwirrten Gedanken zu ordnen. Mehrmals wollte er auf telefonischem Weg Kontakt zu Lassalle und dieser neuen Kommissarin aufnehmen, aber die Telefonanlage im Landgasthof war abgeschaltet, und die Deforets befanden sich einem Hinweis an der Rezeption zufolge zu Besuch bei irgendwelchen Bekannten in einem Nachbarort.

Guirec warf sich seine Jacke über und öffnete. Auf dem schwach beleuchteten Flur stand der Mann, der sich Dumont nannte und sich als Belgier und Meteorologe ausgab.

»Guten Abend, Monsieur«, begrüßte ihn der Breitschultrige. »Mir ist langweilig. Die Deforets sind ins nächste Dorf gefahren, und im Fernsehen läuft auch nichts Gescheites. Würden Sie mir gestatten, ihnen eine Revange beim Schachspiel anzubieten?«

Guirec zuckte unweigerlich zusammen. Er schien mit dem anderen Hotelgast allein im Hostal du Cap zu sein. Was hatte der Kerl vor? Sollte er sich wirklich auf eine Partie Schach mit ihm einlassen? Doch gleichzeitig erwachte seine berufsbedingte Neugier. Nun, eine Schachpartie mochte aufschlußreicher sein, als hier oben nur tatenlos herumzuhocken und zu grübeln. Vielleicht konnte er sogar etwas über dessen wahre Identität herausfinden. Guirec nickte stumm und folgte seinem nächtlichen Besucher die Treppe hinunter in den Aufenthaltsraum. Nur die Lampe über dem niedrigen Tisch mit dem eingearbeiteten Schachbrett und das Feuer im Kamin brannten. Sonst war es dunkel im Hotel. Nicht einmal der Eingang und die Rezeption waren beleuchtet. Guirec lauschte. Bis auf das Knacken der im Feuer verbrennenden Holzscheite störte kein Geräusch die Stille im Aufenthaltsraum. Eine drückende Stille.

Dumont wies auf den Tisch mit dem Schachbrett, auf dem jedoch noch keine Spielfiguren standen. Guirec sah sich suchend um. Dumont nahm in dem Polstersessel Platz und bat auch Guirec, sich niederzulassen.

»Nun, Monsieur«, begann der Kommissar. »Da wären wir. Wo sind denn die Figuren?«

Sein Gegenüber zog ein Päckchen Zigaretten hervor. Er zündete sich ein Stäbchen an und wies auf die Packung. Der Kommissar schüttelte den Kopf.

»Ach ja, Sie rauchen ja nicht, stimmt's? Ich darf doch, oder?«

Wieso rauchte der Kerl auf einmal? Guirec wurde heiß unter seinem Jackett. Auf was hatte er sich da nur eingelassen? Hätte er bloß irgend jemanden verständigen können! Bloß wen? Er konnte ja niemanden erreichen. Zu Fuß wollte er sich auch nicht auf den relativ weiten und beschwerlichen Weg ins nächste Dorf aufmachen. Es herrschte Neumond. Draußen war es stockfinster.

»Was ist nun mit der Schachpartie?« wiederholte der andere Hotelgast seinen Hinweis. Der Mann, der sich Dumont nannte, lehnte sich zurück, inhalierte genüßlich und stieß den Rauch bis weit hinauf an die Zimmerdecke. Er lächelte nachsichtig.

»Was halten Sie von einer ganz besonderen Partie Schach, Herr Kommissar«, entgegnete er.

Guirec verstand nicht.

»Woher«, fragte er schließlich, »wissen Sie eigentlich, daß ich Kriminalbeamter bin?«
Sein Gesprächspartner griff unter seinen Sessel und zog das Notebook hervor und klappte es auf. Die Leuchtdioden brannten.
»Jemand in diesem Hotel hat das Gerät benutzt und anschließend wieder verstaut, ohne die Stromversorgung auszuschalten«, bemerkte er in ruhigem, sachlichem Ton.
Guirec stöhnte innerlich auf. Du Narr, scholt er sich. Das kommt davon, wenn man Sachen anfaßt, von denen man nichts versteht. So eine dumme Panne!
»Dieser Jemand waren Sie, Herr Kommissar«, ließ der andere keinen Zweifel mehr offen. »Wie ich herausbekommen habe, daß Sie von der Kriminalpolizei sind? Nun, nachdem Sie mir in Douarnenez nachspionierten, wurde ich neugierig. Pech für Sie, daß Sie dort ziemlich bekannt sind. Ich fragte einen Gendarmen, wem wohl dieses Citroën-Modell gehört, das man sonst nur noch in alten Gangsterfilmen sieht. Der Brigadier wußte sofort, was ich meinte. Der gehöre dem Leiter der Mordkommission, meinte er. Und da sich die nächste Mordkommission in Quimper befindet, kam ich auf Sie.«
»Gut kombiniert«, nickte Guirec. »Beachtlich für einen Laien wie Sie. Ich denke kaum, daß ausgeprägte Kombinationsgabe zum Lerngebiet eines Meteorologen gehört.«
Ihm gelang ein schwaches Grinsen.
»Sind Sie Amateurdetektiv?« fügte er hinzu.
Der Mann, der sich Dumont nannte, verzog keine Miene.
»Lassen Sie die Späße«, meinte er anstatt dessen. »Sie waren mithin der einzige, dem man derartige Schnüffeleien zutrauen darf.«
Guirec blickte hoch.
»Waren, sagen Sie?« entgegnete er kurzatmig. »Was bedeutet ›waren‹?«
Weil Dumont nicht sofort antwortete, kam Guirec ein schrecklicher Verdacht.
»Was ist mit Pascal und Denise Deforet, den Besitzern des Hotels?« rief er. »Was ist mit ihnen geschehen? Was haben Sie mit ihnen gemacht?«
»Bauernopfer, wie man beim Schach sagt«, erwiderte er gelassen.
Guirec sprang hoch.
»Wo sind sie? Was haben Sie mit ihnen angestellt?« wiederholte er.
»Sie sind tot«, antwortete Dumont, wobei ein Anflug von Ungeduld in seiner Stimme mitschwang. »Sie standen dieser Unterhaltung und meiner baldigen Abreise nur im Weg.«
Schwer atmend ließ sich Guirec wieder in seinen Sessel zurückfallen. Tausend Gedanken schwirrten durch seinen Kopf.
Sein Gegenüber räusperte sich.
»Wenn man so etwas wie ich vorhat, dann muß man alle vermeintlichen Zeugen verschwinden lassen, Monsieur. Ihnen als Kriminalbeamten brauche ich das doch wohl nicht zu erklären, nicht wahr? Nur tote Zeugen sind gute Zeugen.«
»Und weshalb lockten Sie mich zu einem Schachspiel nach unten?« erkundigte er sich mit tonloser Stimme.
»Ich wußte nicht, ob Sie dort oben unter Umständen eine Waffe herumliegen haben«, erwiderte der Breitschultrige. »Ich gehe ungern ein Risiko ein.«

Guirec beschlich eine Vorahnung.
»Und nun?« fragte der alte Kommissar atemlos.
Der Angesprochene erhob sich.
»Jetzt werde ich Sie töten, Herr Kommissar«, entgegnete er gelassen. »Wie heißt es immer so schön in Kriminalfilmen? Sie wissen zuviel.«

KAPITEL XXV

Mitten in der Nacht wachte Jean Lassalle schweißgebadet auf. Erst wälzte er sich noch auf dem durchnäßten Laken hin und her bei dem Versuch, wieder Schlaf zu finden, aber sein Herz hämmerte ihm bis zum Hals. Er erhob sich, ging ins Bad und stellte sich unter die Dusche. Abwechselnd ließ er kaltes und heißes Wasser über seinen Körper prasseln. Doch auch diese Prozedur stimmte ihn nicht ruhiger. Die Erinnerung an die Geschehnisse des vergangenen Tages ließen ihn nicht mehr los. Er fühlte, daß er irgend etwas falsch gemacht hatte. Hätte er der Kommissarin von den Entdeckungen ihres Vorgängers berichten sollen? Wenn sein Verschweigen wichtiger Tatsachen herauskam, dann würde man ihn zu Recht der bewußten Verschleierung bezichtigen. Guirec hatte schließlich nichts mehr mit der Aufklärung der Fälle zu tun. Seine ungerechtfertigte Mithilfe konnte ihm durchaus als Dienstvergehen angelastet werden. Er war doch noch so jung, stand doch erst am Anfang einer vielversprechenden Karriere. Sollte er sich das alles aus falsch verstandener Loyalität kaputtmachen lassen? Was, wenn Guirec wirklich etwas herausbekommen hatte? Die Beauville zerriß ihn in der Luft, und Albin Kozh, der Polizeipräfekt, würde ihn nach der Schlappe mit der Verhaftung von Arpege höchstpersönlich zum Galgen führen. Dann hätten sie endlich einen Schuldigen gefunden. Ihm konnte man dann die Verzögerungen bei der Aufklärung der Vorfälle in die Schuhe schieben.
Wieso Guirecs unerklärliches Interesse an diesem angeblichen Belgier, der offensichtlich noch nie für den dortigen meteorologischen Dienst gearbeitet hatte? Und was trieb ein falscher Meteorologe in einem Geschäft für Bootsausrüstungen? Sollte etwa Guirec auf die richtige Spur ...?
Die Fragen quälten ihn auch noch, als er sich bereits die vierte Tasse Kaffee einverleibte. Er wog die Chancen ab, nochmals heil aus dieser Affäre herauszukommen. Die Kommissarin hatte ihn schließlich dabei überrascht, als er praktisch wie ein Computerhacker quer durch die Datennetze der europäischen Ermittlungsbehörden surfte. Er hätte sich niemals mehr herausreden können. Daß er mehr wußte, als er zugab, war damit sonnenklar. Alles Guirecs Schuld. Auf was hatte er sich bloß eingelassen? Ihm fiel die Telefonnummer ein, die ihm Guirec hinterlassen hatte, um ihn zu benachrichtigen, falls sich in der Zwischenzeit noch etwas Wichtiges ereignete. Mit zitternden Fingern wählte er die Nummer. Guirec würde zwar schlafen, aber das war ihm

jetzt egal. Lassalle war von dem Gedanken beseelt, daß nur noch der Kommissar den Karren aus dem Dreck ziehen konnte. Guirec mußte seine Erkenntnisse unbedingt der Kriminalpolizei und der Staatsanwaltschaft zukommen lassen. Immer wieder wählte er die Nummer des Hotels, doch jedesmal ertönte das Besetztzeichen. Was war denn da bloß los?
Wie jeder seelisch labile Mensch begann sich Jean Lassalle in Selbstvorwürfe, Auswegkonstruktionen und lähmende Angst hineinzusteigern. Schließlich sah er keinen anderen Weg mehr, als selbst seine Chefin unverzüglich zu unterrichten. Er blickte auf die Uhr. Mitternacht soeben vorbei. Er konnte doch die Kommissarin nicht jetzt noch anrufen! Was, zum Henker, sollte er nur tun? Atemlos vor Aufregung schlüpfte Lassalle in Jeans, Pullover und Windjacke, rannte auf die Straße und sah sich verstört um. Eine galoppierende, unheimliche Furcht lähmte sein sonst nach streng analytischen Grundsätzen arbeitendes Gehirn. Eine solche Situation war gänzlich neu für ihn. Zum ersten Mal kamen ihm Zweifel, ob dieser Job überhaupt für ihn geeignet schien. Ihm wurde bewußt, daß er mit Streß, und insbesondere mit selbsterzeugtem Streß, immer noch nicht umzugehen verstand. Auf der Straße befand sich keine Menschenseele. Was tun? Was tun?
Sein Blick fiel auf sein Geländerad, das im Fahrradständer hing. Er nahm das Rad heraus, schwang sich in den Sattel und radelte wie wild davon. Als er an dem ehemaligen Stadthafen von Quimper entlangradelte, fiel sein Blick auf die schwach erleuchtete Fassade des Hotels, in dem seine Chefin für die Zeit ihrer Tätigkeit abgestiegen sein sollte. Kurz entschlossen hielt er an und lehnte sein Rad neben die Eingangstüre. Dann betrat der junge Kriminalbeamte die Eingangshalle.
»Monsieur?« fragte der Nachtportier verwundert und musterte den verschwitzten jungen Mann argwöhnisch.
»Ich muß Madame Beauville sprechen!« forderte Lassalle. »Es ist dringend.«
Der Nachtportier überlegte. Das schien ja eine wichtige Persönlichkeit zu sein, daß man beinahe jede Nacht nach ihr suchte. Er warf einen Blick auf das Schlüsselbrett.
»Madame wird schon schlafen«, entgegnete er. »Was wollen Sie denn von ihr? Wer sind Sie überhaupt?«
»Ich bin Inspektor Lassalle von der hiesigen Mordkommission«, antwortete er wahrheitsgemäß. »Machen Sie schon. Ich muß unbedingt Madame Beauville sprechen.«
Der Nachtportier wich einen Schritt zurück und musterte Lassalle erneut mißtrauisch.
»Von der Mordkommission, sagen Sie«, erwiderte er nach einem kurzem Überlegen.
»Dann können Sie sich doch sicherlich ausweisen, oder?«
Lassalle griff in die Bruttasche seiner Windjacke. Mist, durchfuhr es ihn. Die Papiere stecken noch in seinem Mantel.
»Habe ich im Augenblick nicht dabei, Monsieur«, rief er. »Nun sagen Sie mir schon, in welchem Zimmer Madame Beauville wohnt.«
Der Nachtportier wies auf die Tür.
»Machen Sie, daß Sie sofort rauskommen!« stieß er ungehalten aus. »Mordkommission! Ist Ihnen kein besseres Märchen eingefallen? Raus, oder ich hole die Polizei!«

Lassalles Gesicht erhellte sich.
»Sehr gut! Benachrichtigen Sie sofort meine Kollegen! Die werden wir vermutlich ohnehin noch brauchen. Ich gebe Ihnen die Telefonnummer der Polizeipräfektur.«
Der Nachtportier wich zurück. Polizei war das letzte, was er zu nachtschlafender Zeit im Hotel haben wollte. Solch eine schlechte Reklame konnte er sich nicht leisten. Ob der Kerl unter Umständen die Wahrheit sagte? Nun, er konnte bei der Frau ja einmal durchläuten. Ob die etwa auch für die Polizei arbeitete? Im Anmeldeformular stand unter Berufsbezeichnung nur Staatsbedienstete. Zehn Minuten später raste ein dunkler Leihwagen ohne Rücksicht auf rote Lichtzeichen durch Quimper und schlug den Weg zur Nordküste der Halbinsel Sizun ein.

Ambroise Vaouez, der stämmige kleine Bretone, hatte seit den Vorkommnissen in der vergangenen Nacht die Wachen im Hafen noch mehr verstärkt. Inzwischen patrouillierten mehrere Teams teilweise sogar mit scharfen Hunden über die Stege, durch die verwaiste Geschäftspassage und über den weiträumigen Parkplatz. Kopfschüttelnd warf er einen Blick auf die Büroarbeit, die er sich mitgebracht hatte, um die Zeit des Wartens auf einen hoffentlich nicht eintretenden erneuten Zwischenfall sinnvoll zu überbrücken. Die Liegeplatzkündigungen häuften sich. Selbst dem renommierten Yachtklub liefen seit den jüngsten Ereignissen die Mitglieder in Scharen davon. Keiner wollte anscheinend mehr sein Boot in einer derart unsicheren Region belassen. Was nutzte der schönste Liegeplatz, wenn man sich kaum mehr trauen konnte, auf das Meer hinauszufahren. Das Dilemma von Ploudarneau hatte sich auch bei den Geschäftsleuten rasch herumgesprochen. Optionen auf Ladenlokale wurden kurzerhand storniert. Inzwischen versuchten sogar schon die Etablierten mit massivem Einsatz ihrer Rechtsbeistände, aus ihren Vertragsverpflichtungen wieder herauszukommen. Die Geschäftszeile von Port du Raz glich mittlerweile einer Geisterstadt. Dort, wo bis spät in die Nacht flaniert, gegessen, getrunken und eingekauft werden sollte, herrschte gähnende Leere. Es war den Leuten durchaus nachzuempfinden, daß man sich nicht sonderlich wohl fühlte angesichts patrouillierender Wachmannschaften und dem drückenden Gedanken daran, was vielleicht als nächstes passiert. Und jetzt auch noch der Tod dieses alten Trunkenbolds Lezaire. Was mußte sich der Kerl auch sturzbetrunken im Hafen herumtreiben?
Ambroise warf einen Kontrollblick auf die Monitore, mit denen sich die Straßeneinfahrt, die Hafenzufahrt von See und die weiter entfernten Liegeplätze überwachen ließen. Bis auf die zwischendurch anschlagenden Hunde blieb alles ruhig. Doch Ambroise traute dem Frieden nicht. Zuviel war in letzter Zeit geschehen. Ein Hauch von Vergänglichkeit lag über Hafen und Stadt. Er, der gebürtige Bretone, hatte sich stets wohl gefühlt in Ploudarneau. Sicher, auch er konnte sich nicht mit jeder von Aubin Leclerq diktatorisch bestimmten Regelung anfreunden, aber er setzte sie notgedrungen um. Nicht nur er erhoffte sich von der kommenden Bürgermeisterwahl eine durchgreifende Veränderung in der Kommunalpolitik. Er würde Aubin Leclerq

jedenfalls nicht wählen. Aber das brauchte er ja nicht jedem auf die Nase zu binden. Schließlich stellte Leclerq seinen monatlichen Gehaltsscheck aus.
»Alles in Ordnung bei euch dort draußen?« bellte der Hafenmeister nervös in das Walkie-Talkie.
»Alles ruhig«, bestätigten die Wachtrupps.
Ambroise goß sich ein Gläschen Calvados ein. Normalerweise trank er nie bei der Arbeit, aber in einer Nacht wie dieser konnte man schon einen kräftigen Beruhigungsschluck gebrauchen. Gerade eben liefen die aktuellen Wetterprognosen über den Ticker. Er riß das Blatt aus dem Faxgerät und überflog den Nachrichtentext und die skizzierte Wetterkarte. Die zuletzt langanhaltende Hochdruckperiode verhieß erneut Nebelgefahr in den späten Nachtstunden. Das fehlte noch! Bloß nicht noch eine Nebelnacht mit einem Stapel übel zugerichteter Leichen am darauffolgenden Morgen! Der kleine stämmige Bretone schaltete das Funkgerät an und hörte den Sprechverkehr der Küstenwache ab. Draußen patrouillierten inzwischen ununterbrochen zwei Kreuzer des Marinestützpunktes Brest. Sie waren mit den modernsten Radaranlagen ausgerüstet. Eigentlich mußte es mit dem Teufel zugehen, wenn jetzt noch einmal etwas geschah. Die Unterstützung des Militärs hatten sie angeblich Leclerqs Freund, dem Generalstaatsanwalt Jean Larouche, zu verdanken, der sich seit neuem überraschend intensiv für die Belange des Küstenstädtchens einsetzte. Doch ihn wunderte das nicht, wußte er doch von der Frau des Verwaltungschefs der Marina, daß Larouche vor gar nicht allzu langer Zeit angeblich eine Menge Geld in einen von Leclerqs Neubaukomplexen gesteckt hatte.
Ein Geräusch ließ Ambroise Vaouez hochschrecken. Jemand lief mit hastigen Schritten die metallene Wendeltreppe zur Hafenmeisterei empor. Hell schepperten die Stufen. Kurz darauf wurde die Türe aufgerissen, und ein Mann stürzte in den Kontrollraum. Ambroise kannte den unerwarteten Besucher. Es handelte sich um jemand, den er nicht besonders schätzte, weil sie vor zwei Jahren während des Ausbaus der Marina ziemlich handfest aneinandergeraten waren. Einmal sogar hatten sie sich in aller Öffentlichkeit geprügelt. Ambroise ging dabei als Verlierer aus der Schlägerei hervor, was ihn besonders schmerzte, da der andere gleichzeitig auch noch seinen herbeigeeilten Hilfshafenmeister verprügelte.
»Was willst du, Trizan?« knurrte Ambroise.
Er erhob sich drohend, riß dabei gleichzeitig die obere Schublade auf, in der er seit kurzem seinen alten Armeerevolver aufbewahrte.
Jean-Baptiste Trizan wirkte verstört und verängstigt. Seine Kleidung war verschmutzt, zerrissen und scheinbar völlig durchnäßt. Er mußte anscheinend ins Wasser gefallen sein. Die Augen des Fischers flackerten wild.
»Du mußt mir helfen, Ambroise!« stammelte er, während sich unter seinen Füßen eine zunehmende Wasserpfütze bildete. »Bitte hilf mir!«
»Für dich immer noch Monsieur Vaouez!« stieß er zornig aus. »Ich wüßte nicht, warum ich dir helfen sollte. Wir sind fertig miteinander!«
Der Fischer sah sich hilfesuchend um. Schließlich stellte er sich an die Tür und lugte

für ein paar Augenblicke nach unten. Dann wandte er sich wieder an den Hafenmeister.
»Laß den Quatsch, Ambroise!« jammerte Jean-Baptiste Trizan. »Vergiß den Streit. Du mußt mir helfen! Du bist der einzige, dem ich noch trauen kann. Diese Schweine sind hinter mir her!«
»Wer ist hinter dir her?« erwiderte der Bretone mißtrauisch.
Er musterte seinen ungebetenen Gast. In der Tat, Trizan wirkte völlig aufgelöst und zitterte wie Espenlaub am ganzen Körper. Ambroise schob die Schublade wieder zu. So, wie sich Trizan gebärdete, schien von dem Fischer jedenfalls keine unmittelbare Gefahr auszugehen.
»Ich war oben am Kap beim Küster«, stotterte der andere weiter. »Wir tranken ein Gläschen miteinander und spielten Karten. Irgendwann wurde seine Frau müde, und ich verabschiedete mich. Ich nahm den Hohlweg zum Hafen hinunter. Plötzlich tauchten zwei Kerle aus einem Gebüsch auf. Einem konnte ich eins auf die Nase geben. Der andere hatte eine Eisenstange dabei. Dagegen konnte selbst ich nichts ausrichten. Mit der Kanaille wäre ich sonst auch noch fertig geworden.«
Er stockte.
»Aber dann ...«
»Was, aber dann?« fragte der Hafenmeister mit erwachender Neugier.
»Dann tauchte hinter einer Mauer urplötzlich ein Wagen auf. Er folgte mir mit abgedunkelten Scheinwerfern.«
Trizan sprang vor und packte den Hafenmeister am Revers seiner Uniformjacke.
»Die wollten mir ans Leder, Ambroise!« schrie er. »Verstehst du? Die wollten mich umbringen! Den Wagen habe ich erkannt. Er gehört Pierre Dupret, dem Wirt der Kneipe am Quai Bretone. Die beiden anderen trugen zwar Wollmützen mit Schlitzen für Mund und Augen, aber von der Figur her konnten das nur Aziliz und dieser Nichtsnutz Aodren Kernac'h, der Neffe des toten Arpege, sein. Wir hatten gestern Streit miteinander.«
»Na und?« fragte Ambroise ungerührt.
»Was geht mich dein Proletenpack an?« fügte er hämisch hinzu. »Sieh zu, wie du mit denen klarkommst.«
»Du willst mir nicht helfen?« fragte der Fischer fassungslos.
Ambroise riß sich aus dem Griff seines Besuchers los.
»Faß mich nie wieder an, du Bastard!« brüllte er los. »Und jetzt verschwinde! Du versaust meinen ganzen Teppichboden. Wieso bist du eigentlich so naß?«
»Am Fischereihafen hätten sie mich beinahe gehabt«, jammerte Jean-Baptiste. »Ich bin ins Wasser gesprungen und bis hinüber zum Wellenbrecher geschwommen.«
»Und dich hat keiner gesehen?« fragte der Hafenmeister verblüfft.
»Nein, wieso?« erwiderte der Fischer nicht weniger erstaunt.
»Raus jetzt!« herrschte ihn der Hafenmeister an. »Verschwinde! Und laß dich nie wieder blicken, hörst du?«
Nachdem er den Fischer ziemlich unsanft vor die Türe gesetzt hatte, überlegte er, ob er seine Wachmannschaft zusammenstauchen sollte. Doch wenn er das unerkannte

Auftauchen von Trizan mitten im Yachthafen an die große Glocke hing, dann gab er praktisch zu, daß sein Sicherheitsnetz immer noch grobe Lücken aufwies. Als er sah, daß Trizan auch unbemerkt das Hafengelände verlassen konnte, beschloß er, auf den ungebetenen Besuch nicht weiter einzugehen. Kurz darauf teilte er jedoch die Wachtrupps effektiver ein.

Mit Höchstgeschwindikeit jagte der Wagen über die schmale Landstraße hinauf zur Nordküste der Halbinsel Sizun. Jean Lassalle klammerte sich an den Haltebügel am Dachholm und hoffte inständig, daß der Beifahrerairbag im Zweifel auch funktionierte. Yvonne Beauville schaltete zurück, überholte trotz der unübersichtlichen Kurven eines der wenigen Fahrzeuge, die nachts unterwegs waren, und trat dabei das Gaspedal bis zum Anschlag durch. Grollend röhrte der Vierzylinder unter der Motorhaube auf. Hart legte sie den nächsthöheren Gang ein. Auch die Chefin des 1. Kommissariats in Quimper zeigte Nerven. Aber ihre Nervosität rührte vom Jagdfieber her.
Nachdem sie der Nachtportier aus dem Bett getrommelt hatte, empfing sie ihren Mitarbeiter, hörte sich schweigend seinen Bericht an und schlüpfte bereits während der ersten, vor lauter Aufregung nur stammelnd herausgebrachten Sätze in ihr Kostüm. Sie nahm keine Rücksicht darauf, daß Lassalle mitunter Einblicke gewährt wurden, die ein Mitarbeiter von seiner Vorgesetzten gewöhnlich nicht erhielt. Noch während er ausredete, schob sie ihn durch die Tür, suchte die Wagenschlüssel aus der Handtasche und flog nur so die Treppenstufen nach unten. Erst als sie schon im Wagen saßen, fragte sie ihn kopfschüttelnd, warum er denn erst jetzt mit seinen Erkenntnissen zu ihr kam. Was Yvonne Beauville bei dem Bericht des jungen Kriminalinspektors elektrisierte, war zunächst weniger der Gedanke an die Gefahr, in der ihr Vorgänger im Zweifel stecken mochte, sondern die Erwähnung des Hotels, wo sich Guirec aufhalten sollte. Es mußte sich ganz zweifellos um denselben Landgasthof handeln, in dem auch sie die vergangene Nacht verbracht hatte. Sollte es sich bei dem mutmaßlich Verdächtigen etwa um denjenigen handeln, mit dem sie nur etwa vierundzwanzig Stunden vorher beinahe die Nacht verbracht hätte? Soweit sie wußte, hielten sich außer ihr nur noch zwei weitere Personen bei Pascal und Denise Deforet auf. Wenn der eine Kommissar Guirec war, dann mußte es sich bei dem anderen zwangsläufig um den Fremden handeln.
Als Yvonne den Zufahrtweg hinauf zum Kap einschlug und das Haus am Horizont auftauchen sah, verminderte sie die Fahrtgeschwindigkeit. Hundert Meter vor dem Grundstück schaltete sie die Scheinwerfer aus und ließ den Wagen ausrollen. Sie wandte sich an Lassalle.
»So, Sie Stratege«, murmelte sie. »Jetzt wollen wir einmal sehen, ob sich Ihr Verdacht als richtig erweist. Wenn nicht, dann ...«
Sie ließ die Konsequenz offen, als sie bemerkte, daß der junge Inspektor bei der letzten Bemerkung zusammenzuckte. Sie legte ihm beruhigend die Hand auf den Unterarm.

»Sie haben wohl erwartet, daß ich Ihnen schon vorher den Kopf abreiße, nicht wahr?« fragte sie.
Lassalle nickte stumm.
»Warten Sie es ab«, knurrte Yvonne. »Das übernimmt bestimmt mit Freuden der Polizeipräfekt.«
Die Kriminalkommissarin sprang aus dem Wagen. Lassalle folgte ihr mit weichen Knien. Der Neumond tauchte das Kap in gespenstische Dunkelheit. Yvonne fiel auf, daß weder im Haus noch vor dem Eingang irgendein Licht brannte. Sie schlich an der schweren hölzernen Türe vorbei und warf zunächst einen Blick durch die dunklen Fenster. Im Kamin glimmte ein Feuer. Das mußte der Aufenthaltsraum sein. In der einen Ecke stand der kleine Rauchtisch, dahinter befanden sich die drei Eßtische. Sie konnte nichts Verdächtiges erkennen. Yvonne schaute auf das fluoreszierende Zifferblatt ihrer Taucheruhr. Zwei Uhr in der Frühe. Das konnte die Dunkelheit erklären. Aber wieso war die Außenbeleuchtung ausgeschaltet? Ungewöhnlich für ein Hotel.
»Gehen wir hinein?« flüsterte der junge Mann.
Yvonne nickte und zog eine 38er Smith & Wesson aus der Handtasche. Lassalle zuckte zurück, als er das dunkle Metall matt aufschimmern sah.
»Was sonst?« brummte sie und lehnte sich gegen die schwere Eingangstür.
Lautlos schwang sie auf. Wie erwartet brannte auch in der Halle kein Licht. Yvonne nahm ihr Feuerzeug aus der Handtasche. Was im Licht der winzigen Flamme erkennbar blieb, beschränkte sich auf den polierten Fußboden und die Rezeption, die im Schlagschatten des schwachen Lichts lag. Kurz entschlossen ging Yvonne auf den Tresen zu und drückte auf den Lichtschalter an der Wand. Die Neonröhren in der Wandnische flammten auf und tauchten die Ecke in gleißendes Licht. Yvonne mußte mehrmals heftig blinzeln, bis sie sich an die Helligkeit gewöhnte. Nichts rührte sich. Kein Ton war zu hören.
»Gespenstisch, nicht wahr?« flüsterte Lassalle und wich einen Schritt zurück.
Yvonne steckte sich die Waffe in den Rockbund, um sie stets griffbereit zu haben. Die Kommissarin schüttelte den Kopf.
»Wieso gespenstisch?« fragte sie mit normaler Lautstärke. »Es ist weit nach Mitternacht. Die Leute werden schlafen. Wir werden wohl notgedrungen die Inhaber des Hotels aus dem Bett trommeln müssen.«
Energisch drückte sie auf den Rufknopf, der sich an einer Seite des Tresens befand. Irgendwo im Innern des Hauses ertönte ein leises Schnarren. Sie lauschten beide auf eine Reaktion, doch nichts geschah. Yvonne läutete Sturm und rief dabei lautstark nach den Hoteliers. Nachdem sich immer noch niemand blicken ließ, begann sie mit Lassalle dicht auf den Fersen das untere Stockwerk zu durchstreifen und machte dabei erst einmal in jedem Raum Licht an. Keine Menschenseele kümmerte sich um sie.
Yvonne betrat den Aufenthaltsraum. Es roch nach Zigarettenqualm; das Kaminfeuer glimmte noch. Also mußte jemand im Haus sein. Man ließ normalerweise kein Feuer unbeaufsichtigt ausbrennen. Yvonne ging zu dem niedrigen Rauchtischchen mit dem Schachbrettmuster auf der Oberfläche. Die Figuren lagen in einer kleinen Pappschachtel auf dem Sims. Der Aschenbecher schien unbenutzt. Sie nahm ihn vorsich-

tig auf und roch daran. Leichter Nikotingeruch drang ihr in die Nase. Jemand hatte die Schale nur ausgewischt. Das mußte einer der Gäste getan haben. Gewöhnlich wurden Aschenbecher in einem Hotel gespült. Darauf bedacht, keine Fingerabdrücke zu verwischen, stellte sie das Gefäß wieder an seinen ursprünglichen Platz zurück.
Yvonne ging an dem schweigenden Lassalle vorbei und stieg die Treppe in das obere Stockwerk empor. Sie nahm dabei zur Sicherheit ihre Waffe in die Hand und durchsuchte jeden Raum. Das Zimmer, das sie bewohnt hatte, war frisch gemacht. Zwei Räume zeigten hingegen Spuren ihrer Bewohner. Eines der Zimmer gehörte ihrem sonderbaren Bekannten. Yvonne faßte unter das Bettlaken. Die Matratze fühlte sich kalt an. Gleiches stellte sie auch im Zimmer ihres Amtsvorgängers fest. Beide Männer schienen in dieser Nacht noch nicht in ihren Betten geschlafen zu haben.
»Lassalle!« rief sie von oben hinunter. »Stellen Sie bitte fest, ob die Hotelbesitzer außer Haus sind oder ob sie nur über einen beneidenswert festen Schlaf verfügen.«
Sie hörte, wie ihr Mitarbeiter durch das Erdgeschoß lief und erst zart und schließlich immer heftiger gegen eine Tür klopfte.
»Soll ich hineingehen?« rief er nach oben.
»Ich bitte darum«, erhielt er als Antwort.
Lassalle öffnete vorsichtig die Tür mit der Aufschrift ›Privé‹. Der Flur, der sich dahinter erstreckte, lag ebenfalls im Dunkeln. Kein Geräusch war zu hören. Der junge Inspektor suchte den Lichtschalter. Zitternd vor Aufregung tapste er von Raum zu Raum. Er betrat ein kleines, hübsch eingerichtetes Wohnzimmer, das Schlafzimmer der Leute und das Bad. Alles deutete darauf hin, daß die beiden Hoteliers nur auf einen kurzen Sprung ihr Haus verlassen hatten. Selbst in der Hotelküche, die er zuletzt aufsuchte, standen noch einige vermutlich vorsorglich angerichtete Speisen auf einem Tablett. Seltsam, dachte Lassalle bei sich. Warum ließen sie denn verderbliche Lebensmittel auf der Anrichte stehen? Die Pastete und der Fleischaufschnitt waren bis morgen sicherlich verdorben.
Lassalle ließ seinen Blick durch die Küche schweifen. Von der Größe her war sie auf einen normalen Restaurationsbetrieb zugeschnitten; was die Anzahl der Töpfe, Pfannen und sonstigen Kochutensilien anging, wurden hier jedoch allerhöchstens Snacks oder einfache Gerichte in bescheidenem Umfang zubereitet. Sein Blick fiel auf den Küchentisch. Dort lagen ein paar Messer, eine Zuschneideplatte und Gewürzdosen herum. Jemand hatte vor noch gar nicht allzu langer Zeit gekocht. Die Arbeitsfläche des Tisches schimmerte feucht. Vorsichtig wischte er mit den Fingern darüber. Als er anschließend die Innenfläche seiner Hand betrachtete, bemerkte er eine rosa Färbung. Er beugte sich herunter und roch an der Platte. Ein schwach metallisch Geruch stieg ihm in die Nase. Er roch nochmals. Blut, schoß es ihm durch den Kopf. Eindeutig Blut. Er überlegte. Hier in dieser Küche sah alles so adrett und sauber aus, so daß man annehmen konnte, daß die Wirtsleute nach der Verarbeitung von Frischfleisch mit Sicherheit nicht das ausgetretene Blut nur oberflächlich abwischten. Zersetztes Tierblut konnte üble Krankheitskeime entwickeln. Warum nur hatte man die Platte nicht sorgfältig gereinigt? Lassalles Blick fiel auf eine silbern beschichtete Tür. Das mußte der Kühlraum sein. Der junge Kriminalbeamte packte den Griff.

Wegen des Unterdrucks in der Kühlkammer schwang sie mit einem satten Schmatzen auf. Eisige Kälte kam ihm entgegen. Lassalle drückte auf den Lichtschalter. Sein gellender Schrei ließ Yvonne Beauville im Laufschritt nach unten eilen.

Tränen der Wut, der Trauer und der Verzweiflung liefen Aubin Leclerq über die Wangen, als er das Gebäude der Polizeistation verließ. Gerade eben hatte er von Kommandant Benoit erfahren müssen, daß seine Geliebte bei einem tragischen Verkehrsunfall offensichtlich auf dem Weg nach Ploudarneau ums Leben gekommen war. Er verstand das alles nicht. Was, um alles in der Welt, veranlaßte Isabelle, völlig unangemeldet in die Stadt zu kommen? Außer ihn kannte sie hier keine Menschenseele, und das aus gutem Grund. Niemand sollte versehentlich mit der Nase auf seine Liebschaft stoßen. Es reichte schon, daß seine Frau etwas ahnte. Wieso Benoit überhaupt von seiner Liaison mit der jungen, attraktiven Frau hatte erfahren können, blieb ihm ohnehin ein Rätsel. Er hatte ihm gegenüber Isabelle nie erwähnt. Die Leute in seinem Amtsbezirk schienen über sehr offene Augen und gute Ohren zu verfügen. Himmel, durchfuhr es ihn, während er seinen Wagen aufschloß. Erst die immer noch anhaltende Mordserie auf See, dann der Tod von Emmanuela und die Explosion bei Herault Marine. Jemand versorgte die Banken ganz offensichtlich mit kompromittierenden Informationen. Kein Wunder, daß die nervös wurden. Und nun auch noch der Verkehrsunfall. Aubin Leclerq glaubte nun nicht mehr an Zufälle. Hinter dieser Serie steckte System. Jemand wollte ihn fertigmachen. Und das konnten nicht die Fischer, diese Dilettanten aus der Altstadt, sein. Dahinter steckte Logistik, Methodik und ein großes Quantum an krimineller Energie. Das waren Gangster. Das waren die Italiener.
Zornig steckte Aubin den Zündschlüssel in den Schlitz unterhalb der Lenksäule und startete den Motor. Die erleuchtete Polizeidienststelle verschwand rasch aus seinem Rückspiegel. Er umrundete den Marktplatz und bog in die Ausfallstraße zum Hafen ein. Jetzt wollte er nicht allein sein. Die Anwesenheit seiner Frau hätte ihn wahnsinnig gemacht. Aubin beschloß, dem Yachthafen einen kurzen Besuch abzustatten und dabei zu überprüfen, ob die von ihm geforderten Sicherheitsmaßnahmen griffen. Die Fassaden der Geschäftsgebäude rauschten rechts und links an ihm vorbei. Erstmalig beachtete er sie ebensowenig wie die Werbeplakate mit seinem Konterfei. Von weitem ließ sich bereits das hell erleuchtete Marinagebäude ausmachen. Nicht mehr lange, und er würde im Kontrollraum bei Ambroise Vaouez, dem stämmigen kleinen Bretonen, sitzen und sich hoffnungslos betrinken. Was Aubin besonders weh tat, war die Tatsache, daß er seine Trauer nicht offiziell zeigen durfte. Ein Bürgermeister mit einer toten Geliebten? Das hätte Wählerstimmen bei den Frauen im Wahlkreis gekostet. Es war schon schlimm genug, daß sowieso immer mehr Leute in Erfahrung brachten, um wen es sich bei Isabelle Dinard handelte.
Aubin drückte das Gaspedal etwas energischer durch. Die Häuser an beiden Seiten der Straße flogen nur so an ihm vorbei. Gerade als er hochschalten wollte, bemerkte

er auf der gegenüberliegenden Straßenseite eine Gestalt, die über den Asphalt hetzte. Ein dunkler Wagen verfolgte den Läufer in einigem Abstand. Aubin bremste überrascht ab, da die Gestalt plötzlich die Fahrbahn überquerte und mit ausgebreiteten Armen auf ihn zulief. Geistesgegenwärtig trat Aubin auf die Bremse. Die Reifen seines Peugeots radierten kreischend über den Asphalt, doch er konnte den Aufprall der Person auf seiner Kühlerhaube nicht mehr verhindern. Es krachte hart. Aubin vernahm das eklige Knirschen brechender Knochen, bevor der Körper über das Dach seiner Limousine hinwegflog. Der andere Wagen fuhr mit unverminderter Geschwindigkeit weiter. Aubin wurde von einem Augenblick zum anderen bewußt, wieviel Cognac er bereits zur Beruhigung getrunken hatte. Das ist das Ende deiner Karriere, durchfuhr es den Bürgermeister. Als hätte eine fremde Macht die Kontrolle über ihn ergriffen, schaute er sich nur rasch um und gab Gas.

»Hallo? Monsieur Kozh?«

Yvonne Beauville hockte mit einem reichlich gefüllten Cognacschwenker und ihrem Handy hinter dem Tresen der Rezeption und beobachtete dabei ihren Mitarbeiter, der sich vor lauter Übelkeit kreidebleich in einem Sessel krümmte.

»Ja, tut mir leid, Herr Präfekt. Ja, ich weiß auch, wie spät es ist.«

Sie verdrehte verzweifelt die Augen.

»Ja, doch. Nun hören Sie mir einmal zur Abwechslung zu. Bitte ordnen Sie unverzüglich eine Ringfahndung an. Gesucht wird ein circa vierzig- bis fünfundvierzigjähriger Mann. Europäer. Möglicherweise Belgier. So genau wissen wir das noch nicht. Etwa 1,85 Meter groß, kräftig gebaut, kurzer, dunkler Haarschnitt. Er fährt einen dunklen Peugeot neuerer Baureihe. Mit Sicherheit ein Leihwagen. Vorsicht! Der Mann ist mit Sicherheit bewaffnet und neigt zur Gewalttätigkeit.«

Sie lauschte in die Hörmuschel.

»Warum ich Sie damit mitten in der Nacht belästige?« fragte sie mit einem eisigen Grinsen auf den Lippen. »Er steht unter dem dringenden Tatverdacht, während der späten Abendstunden die Inhaber des Hostal du Cap in der Nähe der Pointe du Raz und meinen Vorgänger, Monsieur Frederic Guirec, ermordet zu haben.«

Sie lauschte erneut.

»Ja, Herr Präfekt, Sie haben schon richtig verstanden. Bei dem einen Toten handelt es sich um Monsieur Guirec. Er ist wohl allem Anschein nach unserem »Nebelphantom« auf die Schliche gekommen. Nur ist ihm der wohl im letzten Moment leider zuvorgekommen. Nun machen Sie rasch! Der Kerl kann noch nicht viel Vorsprung haben. Die Leichen der Wirtsleute und des Kommissars befinden sich zwar im Kühlraum, aber die Haut der Toten zeigt noch keine ausgeprägte Reifbildung an der Oberfläche. Ach ja, und schicken Sie mir unbedingt die Spurensicherung vorbei.«

Sie hörte erneut zu, was ihr Vorgesetzter zu sagen hatte.

»Nein, Monsieur. Bedaure, aber ich konnte es beim besten Willen nicht verhindern. Ich habe selbst erst vor kurzer Zeit von Guirecs Verdacht erfahren. Von wem? Das wird

Ihnen der Betreffende besser selbst sagen. Hören Sie, Monsieur, ich warte jetzt nur noch, bis die von mir bereits alarmierte Ortspolizei und die Spurensicherung eingetroffen sind. Dann mache ich mich auf den Weg nach Quimper. Sehen Sie zu, daß Sie einen Polizeizeichner auftreiben.«
Sie schüttelte den Kopf.
»Nein, Monsieur. Das ist mir egal. Trommeln Sie ihn aus dem Bett! Herrgott noch mal, sind Sie umständlich! Ja, ich brauche den Mann, um eine Phantomzeichnung anzufertigen. Ich denke, ich bin dem Kerl schon einmal begegnet.«
Jean Larouche und Antoine Lemardieux stürzten beinahe gleichzeitig in den Raum. Beide wirkten frisch und ausgeruht. Ich habe den falschen Beruf gewählt, knurrte sie in sich hinein. Ich hätte Staatsanwältin werden sollen.
»Himmel, was ist denn los?« rief Larouche. »Ich erhielt eben den Anruf der Bereitschaft, ich solle unverzüglich in die Polizeipräfektur kommen. Haben wir den Serienmörder?«
Seine letzte Frage klang eher ungläubig. Yvonne blickte kurz von dem Bildschirm auf, an dem sie mit Hilfe des Polizeizeichners versuchte, das Gesicht des Mannes, das sie bisher nur in dessen Wagen und bei gedämpftem Lampenlicht im Aufenthaltsraum des Hotels oben am Kap gesehen hatte, so exakt zu rekonstruieren, daß sich ein möglichst genaues Phantombild anfertigen ließ. Sie deutete auf Lemardieux und Lassalle.
»Frage deinen ermittelnden Staatsanwalt«, murmelte sie. »Und meinen Mitarbeiter. Die können dir einen umfassenden Bericht liefern.«
Ohne auf eine Gegenäußerung zu warten, widmete sich Yvonne wieder der Arbeit des Polizeizeichners. Aufgrund der guten Computerausstattung in der Polizeipräfektur konnten sie ein spezielles Programm anwenden, mit dem sich Gesichter viel besser darstellen und verändern ließen. Der Zeichner mußte nicht wie früher mühsam mit Bleistift und Radiergummi skizzieren.
»Nein, die Nase größer! Nicht soviel. Ein bißchen mehr. Stop, das ist okay. Die Wangenpartie höher. Den Mundwinkel etwas mehr nach oben ziehen. Die Augenbrauen stimmen nicht. Weniger buschig. Nein, nicht so eng beieinander.«
Eine gute halbe Stunde hockten die beiden Polizeibeamten schon über ihrer Arbeit. Zwischendurch reichte ihnen Lassalle seinen Muntermacher. Yvonne schüttelte sich bei jedem Schluck Filterkaffee, trank die Tasse aber leer. Schließlich zeigte sie sich zufrieden. Der Polizeizeichner druckte mehrere Abzüge aus. Triumphierend hielt sie das Blatt nach oben.
»Das ist der Kerl!« stieß sie erleichtert und erwartungsvoll zugleich aus. »Los! Sofort ein Fax an alle Dienststellen im Departement! Danach an alle in der Provinz! Landesweite Fahndung! Europol einschalten! Lassalle, kommen Sie! Ich brauche Sie jetzt! Wir suchen als erstes die Verbrecherdatei durch. Wäre doch gelacht, wenn wir dieses Schwein nicht dingfest machen könnten.«
Jean Larouche trat sichtlich überrascht einen Schritt vor und schaute sich die Grafik genauer an. Schließlich runzelte er die Stirn.
»Nie gesehen, den Kerl. Jedenfalls keiner unserer einschlägig bekannten Kunden. Und du bist dir wirklich sicher?«

Yvonne nickte.
»Absolut, Jean«, antwortete sie.
Larouche legte das Blatt wieder zurück.
»Solltest du dich irren, blamieren wir uns bis auf die Knochen«, warnte er.
Ihr fiel auf, daß Lassalle bei seinen Worten unwillkürlich zusammenzuckte. Irgendwie tat ihr der junge Computerspezialist leid. Ausgerechnet er mußte die beiden Wirtsleute im Kühlraum wie Rinderhälften an den Fleischerhaken aufgespießt vorfinden. Die Haken hatte ihnen der Mörder vermutlich in der Küche noch bei lebendigem Leib in den Nacken gerammt. Andere Tötungsspuren wiesen die Leichen nämlich nicht auf. Neben ihnen lag der Kommissar in seinem eigenen Blut. Sein Mörder hatte ihm ein Fleischermesser in die Brust gestoßen. Die Tatsache, daß er diese geradezu unspektakuläre Mordmethode wählte, deutete darauf hin, daß der Kerl zum Schluß ziemlich in Eile gewesen sein mußte. An den Fliesen in Reichweite des toten Guirec tropfte Blut herunter.
Noch bevor sie mit Lassalle zurück nach Quimper fuhren, hatte der Spurensicherungsexperte die Blutspuren als Buchstaben identifiziert. Alles deutete darauf hin, daß Guirec in seinen letzten Atemzügen noch eine Nachricht hinterlassen wollte. Allerdings konnte sie mit der Buchstabenfolge beim besten Willen nichts anfangen. D - U - C. Ein Namenskürzel vielleicht? Der Teil eines Autokennzeichens? Sie würden noch lange darüber nachdenken müssen.
Ihr fiel auf, daß Lassalle die von Larouche achtlos beiseite gelegte Zeichnung minutenlang anstarrte. Er schien sie gar nicht mehr aus der Hand geben zu wollen. Yvonne mußte regelrecht grob werden, um ihn zurück an seinen Arbeitsplatz zu beordern. Wo war der Junge bloß mit seinen Gedanken? Bei der Durchforstung diverser Fahndungsdateien und elektronischer Verbrecherkarteien brauchte sie seine Fertigkeiten jetzt dringender denn je. Die Stunden vergingen. Längst drängten die ersten Sonnenstrahlen durch den leicht nebligen Morgenhimmel. Es versprach ein schöner Tag zu werden. Doch Yvonne Beauville und Jean Lassalle fanden für derartige Betrachtungen beim besten Willen keine Zeit.
»Das gibt es doch nicht!« stieß die Kommissarin schließlich aus.
»Kein einziger Verdächtiger, auf den das Gesicht auch nur ansatzweise zutrifft. Nein, Lassalle! Ich irre mich nicht. Genauso sah der Typ aus! Da bin ich ganz sicher! Kommen Sie, machen wir weiter! Gehen wir die, die in die engere Wahl gekommen sind, noch einmal durch.«
Jean Lassalle stöhnte auf. Ihm war übel, er fühlte sich müde und erschöpft, und das einzige, was er jetzt eigentlich noch wollte, war Schlaf. Tiefer, ruhiger Schlaf. Aber nach den Ereignissen der letzten Stunden fürchtete er, daß er den wohl noch lange Zeit vermissen würde. Sobald er die Augen schloß, erschien das Bild der gräßlich zugerichteten Mordopfer auf seiner Netzhaut.
»Alle noch einmal durchgehen?« fragte er ergeben.
»Haben Sie einen besseren Vorschlag?« erwiderte Yvonne schnippisch.
Lassalle überlegte. Auch er wußte keinen anderen Rat. Mechanisch drehte er seinen Kopf zur Seite. Dort lag die Phantomzeichnung aus dem Laserdrucker. Instinktiv be-

gann er das Gesicht auf Übereinstimmungen mit anderen Personen aus seinem Gedächtnis zu prüfen, doch seine Müdigkeit lähmte ihn. Immer häufiger begann Lassalle herzhaft zu gähnen. Dennoch wurde er das Gefühl nicht los, daß er zumindest die Gesichtskonturen irgendwo schon einmal gesehen hatte. In einer Tageszeitung oder in einem Magazin. Vor gar nicht allzu langer Zeit. Er war sich ziemlich sicher.
»He, Lassalle!« holte ihn eine Stimme ziemlich barsch in die Gegenwart zurück. »Schlafen können Sie daheim! Aufwachen, mein Freund! Sie müssen noch ein bißchen wach bleiben. Auch wenn es schwerfällt.«
In diesem Moment wurde die Tür aufgerissen. Eine verschwitzte Gestalt stürmte in das Büro. Es handelte sich um Germain Lereau, den Leiter der Spurensicherung. Er schaute Yvonne und Lassalle triumphierend an und hielt dabei einen kleinen, unscheinbaren Plastikstreifen in die Höhe.
»Bingo!« lachte er dröhnend und wedelte mit der Hand.
»Bonjour, erst mal«, knurrte Yvonne. »Was kann es an einem solchen Morgen geben, das Sie dermaßen in gute Laune versetzt?«
»Bonjour«, lachte Lereau. »Ich habe etwas für Sie, Madame, das Sie mit Sicherheit vom Stuhl wirft. Ein paar Haare, Hautschuppen und, was noch viel besser ist, einen Fingerabdruck!«

KAPITEL XXVI

Im großen Laborraum der Spurensicherungsabteilung brannten sämtliche Neonlampen und verbreiteten gleißende Helligkeit. Geschickt legte Germain Lereau, der Leiter der Spurensicherung, den Plastikstreifen unter das Mikroskop. Er ließ sich bei der Begutachtung viel Zeit. Immer wieder drehte er an dem Einstellrädchen des Okulars herum. Schließlich lehnte er sich grinsend in seinem Drehsessel zurück. Triumphierend deutete er auf das große, elektronisch arbeitende Gerät.
»Ein Daumenabdruck, wie ich schon vermutete«, stellte er sichtlich zufrieden fest. »Sehr gut erhalten. Ich wußte doch, daß der Kerl irgendwann einmal einen Fehler macht.«
»Wie kommen Sie auf Daumenabdruck?« murmelte Yvonne Beauville, während sie gleichzeitig einen Blick durch das Mikroskop warf. Die ermittelnde Kommissarin erkannte nur die bizarren Muster menschlicher Hautrillen. Ob es sich dabei tatsächlich um den Daumenabdruck oder den des kleinen Zehs handelte, konnte sie beim besten Willen nicht feststellen.
Germain Lereau stand auf und machte Lassalle Platz, der auch einen Blick riskieren wollte.
»Als wir den Gasthof unter die Lupe nahmen, haben wir zunächst einmal die Küche und die Kühlkammer untersucht. Wir fanden nicht die Spur eines Fingerabdrucks. Nun, er trug vielleicht schon aus Angst vor Hepatitis oder AIDS Gummihandschuhe.

Das verwunderte uns also nicht. Was mich jedoch weitaus mehr erstaunte, war, daß man im gesamten Bereich der bewohnten Gästezimmer, in der Rezeption, in der Halle, im Aufenthaltsraum, ja nicht einmal im Wohnzimmer der Deforets irgendeinen Fingerabdruck fand. Der Bursche hatte alle Gegenstände, angefangen von den Gläsern und dem Besteck bis zu den Türeinfassungen und Sessellehnen, mit einem besonderen chemischen Reinigungsmittel eingesprüht. Das macht jeden Fingerabdruck, der sich ja im wesentlichen aus Fett, Talg und Wasser zusammensetzt, zunichte.«
»Machen Sie es nicht so spannend«, knurrte die Kriminalbeamtin. »Kommen Sie zur Sache, Monsieur. Wie und wo sind Sie auf den Fingerabdruck gestoßen.«
Lereau wurde nachdenklich.
»Tja, meine Kollegen und ich überlegten, ob es nicht irgendeinen Gegenstand gibt, an den man einfach nicht denkt, wenn man seine Spuren verwischen will. Etwas, das außerhalb des Erinnerungsvermögens bleibt. Ich frage Sie, was nehmen Sie tagtäglich in die Hand, ohne lange darüber nachzudenken? Und zwar auch mit dem Daumen.«
»Meinen Lippenstift vielleicht«, stieß die Kommissarin unbeherrscht aus.
Ihr paßte dieses Versteckspiel überhaupt nicht. Sie starrte den Leiter der Spurensicherung gleichermaßen erstaunt wie mürrisch an.
»Viel banaler, Madame«, lachte er. »Und viel profaner. Geld, Madame. Münzgeld.«
Er nahm ein in einen Plastikbeutel eingeschweißtes Geldstück in die Hand und hielt es demonstrativ empor.
»Dieses Zehn-Franc-Stück. Wir fanden es unter dem Wechselgeld in einer Handkasse. Jedenfalls trägt die Münze einen Fingerabdruck, der zu keinem der Toten paßt. Und weil sich den Büchern zufolge außer Ihnen, dem Kommissar und diesem gewissen Dumont in letzter Zeit keine anderen Gäste im Hotel aufhielten, gehe ich mit beinahe hundertprozentiger Sicherheit davon aus, daß er uns zu dem Täter führt.«
»In einer Handkasse, sagen Sie? Dann könnte es sich auch um Wechselgeld handeln, das die Deforets vom Bäcker, dem Briefträger oder sonstwem entgegengenommen haben.«
Lereau schüttelte den Kopf.
»Glaube ich nicht, Madame«, erwiderte er. »Die Metallkassette trägt die Aufschrift Telefon.«
Yvonne Beauville erwachte aus ihrer Erstarrung.
»Worauf warten wir dann noch?« fuhr sie auf. »Sie haben doch auch eine Computeranlage hier unten. Los, ans Werk! Lassen Sie den Rechner diesen Daumenabdruck mit der gesamten Kartei des Landes und von mir aus auch europaweit vergleichen.«
Lereau nickte.
»Alles klar«, bestätigte er. »Das wird jedoch geraume Zeit dauern. Ein bis zwei Stunden bestimmt.«
»Kein Problem«, meinte die Kommissarin. »Wir haben Zeit. Ich werde währenddessen schon einmal den Staatsanwalt von Ihrer Entdeckung in Kenntnis setzen.«
Fünf Minuten später saß sie an ihrem Schreibtisch und versuchte ihre Gedanken zu ordnen. Ob ihnen diesmal im entscheidenden Augenblick tatsächlich Kommissar Zufall zu Hilfe geeilt war? Sollten sie wirklich so überraschend schnell vor der

Aufklärung des mysteriösen Falles stehen? Sie grinste vor sich hin, während ihr Puls hart zu klopfen begann. Hauptkommissarin Yvonne Beauville. Na, das klang doch gut, oder?
Schließlich verfiel sie wieder ins Grübeln. Sie erinnerte sich an die drei Buchstaben, die Guirec allem Anschein nach im Todeskampf noch an die Fliesen geschmiert hatte. D - U - C. Was mochte das wohl bedeuten? Sie rief nach Lassalle. Ihr Mitarbeiter schlurfte zu ihr herüber. Der junge Inspektor wirkte nervös, übermüdet und verwirrt. Sein Gesicht zeigte die schneeweiße Färbung eines Mannes, der einen sehr ungesunden Lebenswandel führte. Er sollte häufiger an die frische Luft, dachte sie bei sich. Aber nicht jetzt. Sie konnte im Augenblick auf seine Mitarbeit nicht verzichten.
»Was fangen Sie mit den Buchstaben D, U und C in Reihe an?« fragte sie ihn.
»Vielleicht ein Namenskürzel? Oder der Beginn eines Kennzeichens?« bestätigte auch er ihren Anfangsverdacht. »Dieser Dumont gab sich doch als Belgier aus, nicht wahr? Die Kennzeichen in Belgien beginnen mit drei Buchstaben.«
Yvonne winkte ab.
»Der Kerl, den ich meine, war in einem Wagen mit französischem Kennzeichen unterwegs. Zu blöd, daß ich es mir nicht gemerkt habe. Ich könnte mich ohrfeigen. Aber wahrscheinlich würde es uns auch nicht weiterhelfen. Es handelte sich bei dem dunklen Peugeot mit Sicherheit um einen Leihwagen.«
In diesem Augenblick summte ihr Telefon.
»Beauville!« bellte sie ungehalten in die Sprechmuschel.
Ungläubiges Staunen zeichnete sich auf ihrem Gesicht ab.
»Was sagen Sie da?« rief sie. »Trizan liegt auf der Intensivstation? Ein Unfall? Was ist passiert?«
Wieder lauschte Yvonne angestrengt in den Hörer.
»Gut, Herr Kommandant. Sie stellen sofort zwei Mann Personal ab, um die Intensivstation zu bewachen. Sie sind mir persönlich dafür verantwortlich, daß Trizan nichts passiert. Der Mann schwebt offensichtlich in Lebensgefahr. Lassen Sie niemand außer den Arzt und die Stationsoberschwester an Trizan heran.«
Grimmig lächelnd legte sie auf. Lassalle schaute sie verblüfft an. Yvonne schilderte ihm mit knappen Worten die Unterhaltung mit der Schwiegermutter des Küsters und weihte ihn danach auch in die Erkenntnisse ein, die sie und der Staatsanwalt hinsichtlich der Attentatsserie inzwischen gewonnen hatten.
»Wenn er überlebt«, knurrte sie und zündete sich eine Zigarette an, »dann besitzen wir einen wichtigen Zeugen.«
»Sie meinen«, fragte Lassalle, »dieser Trizan hat etwas mit dem Mord an Kommissar Guirec zu tun?«
Yvonne schüttelte den Kopf.
»Mitnichten, Kollege! Nein, es geht hierbei um die anderen Vorfälle. Da haben sich offenbar ein paar Leute die allgemeine Verwirrung im Zusammenhang mit den Mordfällen auf See zunutze gemacht, um schnell noch ihr eigenes Süppchen zu kochen. Mir drängte sich bereits seit geraumer Zeit der Verdacht auf, daß der Unfall der kleinen Leclerq, die Explosion an Bord des Kutters von Arpege und der Anschlag auf

die Werft von Moulin in keinem direkten Zusammenhang mit der Mordserie stehen. Die Vorgehensweise ist zu unterschiedlich. Wie allerdings der Verkehrsunfall am gestrigen Abend und der Tod dieses gewissen Lezaire in das Schema passen, darüber kann ich im Augenblick noch nicht einmal spekulieren. Aber vielleicht kann ja Trizan Licht in dieses Dunkel bringen.«

Da sie weder Lemardieux noch Larouche telefonisch erreichen konnte, setzte sie sich mit Lassalle an den Computer und verfaßte den Polizeibericht. Bevor Lereau den Täter anhand des Daumenabdrucks nicht identifizieren konnte, blieb ihnen sowieso nichts anderes übrig, als abzuwarten. Trizan aufzusuchen, konnte sie sich im Augenblick ohnehin ersparen. Er war nach Kenntnisstand des Polizeikommandanten vernehmungsunfähig. Zwei Stunden später summte endlich das Telefon. Wie erwartet meldete sich der Leiter der Spurensicherung. Man merkte ihm schon beim ersten Satz die Enttäuschung an.

»Tut mir leid, daß es so lange gedauert hat«, meinte er, »aber ich habe wirklich alle Dateien kontrolliert. Ich weiß nicht, wie viele Fingerabdrücke ich verglichen habe. Nichts, Madame! Absolut negativ! Der Daumenabdruck ist nicht registriert.«

»Ich möchte Ihre Kompetenz nicht in Zweifel stellen«, entgegnete Yvonne, »aber haben Sie auch wirklich alles versucht?«

»Oui, Madame«, erwiderte Lereau. »Es kamen nicht allzu viele Möglichkeiten in Betracht, denn der Daumenabdruck zeigt eine äußerst ungewöhnliche Linienführung. Im anderen Fall säße ich vermutlich immer noch am Computer. Tut mir leid, Frau Kommissarin. Der Kerl ist sauber.«

Yvonne dankte ihrem Kollegen und legte schließlich auf. Ob es sich bei dem Besitzer dieses Daumens unter Umständen doch um einen völlig Unbeteiligten handelte? Um den Bäckerjungen vielleicht? Oder den Briefträger? Was besagte schon die Aufschrift ›Telefon‹ auf dem Deckel einer Handkasse? Plötzlich spürte sie bleierne Müdigkeit. Sie begann mit den Fingerspitzen die Kopfhaut über ihren schmerzenden Schläfen zu massieren. Zum Teufel aber auch! Sie waren so nah dran gewesen! Mit jeder Stunde wuchs der Vorsprung des Kerls und sanken die Chancen, ihn dingfest zu machen.

»Brauchen Sie mich noch?« fragte Lassalle.

Der junge Inspektor wirkte immer noch hochgradig nervös und fahrig. Yvonne schüttelte den Kopf.

»Nein. Im Moment nicht, Inspektor«, erwiderte sie und machte sich erst gar nicht die Mühe, ihre Niedergeschlagenheit zu verbergen. »Gehen Sie nach Hause und ruhen Sie sich aus. Wenn ich Sie brauche, rufe ich Sie an.«

Jean Lassalle dachte jedoch gar nicht daran, sich schlafen zu legen. Er schaltete daheim anstatt dessen seinen PC an und brühte sich, während der Rechner hochlief, einen starken Kaffee auf. Dann setzte er sich vor den Farbmonitor und wählte einen der Online-Dienste, die ihm Zugriff auf die nationalen und internationalen Datenhighways ermöglichten. Doch das Ziel seiner Suche lag viel näher. In Quimper. In der Ruhe und Abgeschiedenheit seiner Wohnung erinnerte er sich wieder an einen bestimmten Artikel in der Gazette und begann im Archiv der Tageszeitung gezielt zu suchen. Es dauerte eine gute Stunde, bis er am Ziel seiner Wünsche anlangte. Der

Artikel handelte von einem bislang noch relativ unbekannten Nachwuchsschriftsteller, der mit der literarischen Aufarbeitung ungeklärter Kriminalfälle von sich reden machen wollte. Der Mann, so meinte der Herausgeber der Gazette in einer Randnotiz, sei auf dem besten Wege dazu, demnächst die einschlägigen Bestsellerlisten der Horrorromane anzuführen. Seine bisher erschienenen Buchwerke würden eine derart erschreckende, weil geradezu faszinierende Detailgenauigkeit aufweisen, daß der Leser mit jeder Seite mehr den Eindruck gewinnt, sich unmittelbar im Zentrum des Tatgeschehens zu befinden. Inmitten des Artikels prangte das Konterfei des Autors. Der Bildreporter hatte ihn an seinem Arbeitsplatz abgelichtet. Er blickte geradewegs und mit gleichermaßen triumphierendem Gesichtsausdruck über den Bildschirm seines tragbaren Computers hinweg. Der Mann war etwa fünfundvierzig Jahre alt, besaß etwas vierschrötig wirkende Gesichtszüge und sah dem von Yvonne Beauville beschriebenen Tatverdächtigen bei näherem Betrachten ziemlich ähnlich.
Jean Lassalle nahm die Kopie des Fahndungsfotos, das er im Büro aus dem Schacht des Faxgerätes herausgenommen hatte, und hielt das Bild zum Vergleich vor den Computerbildschirm. Kein Zweifel, das war der Mann. Allerdings hatte er in letzter Zeit sein Aussehen ziemlich verändert. Auf dem Zeitungsphoto trug er eine dicke Hornbrille, einen buschigen Schnurrbart und dunkle Haare. Aber diese Details hatten Lassalles Gedächtnis nicht täuschen können. Er kopierte sich das Bild auf die Festplatte seines Rechners und begann mit Hilfe eines speziellen Animationsprogramms das Gesicht des Schriftstellers so lange zu verändern, bis es beinahe mit dem auf der Faxvorlage identisch schien.
Er lehnte sich zurück und schlürfte nachdenklich seinen schwarzen Filterkaffee. Das Bild, zumal es von ihm auf elektronischem Wege manipuliert worden war, bewies gar nichts. So etwas konnte jeder geschickte Computerfachmann bewerkstelligen. Selbst das Bild des Staatspräsidenten ließ sich so verändern, daß es hinterher in jede Verbrecherkartei gepaßt hätte. Damit durfte er jedenfalls Leuten wie Yvonne Beauville, Lemardieux oder seinem obersten Chef Albin Kozh keinesfalls unter die Augen treten. Er brauchte einen Anhaltspunkt oder, noch besser, ein Indiz.
Beinahe verschüttete er seinen Kaffee über der Tastatur. Wie hieß der Autor? Ducresse? D - U - C. Die Anfangsbuchstaben. Guirec war dem Kerl tatsächlich hautnah auf den Fersen gewesen. Ein merkwürdiges Gefühl beschlich den jungen Computerspezialisten. Ein Gefühl, das ihm bis zu dieser Stunde fremd war. Und plötzlich wurde ihm auch klar, was er als nächstes unternahm.

»Was machen die beiden Unglücksfälle?« fragte Yvonne Beauville, während sie das Büro von Kommandant Benoit betrat. »Irgendwelche Hinweise auf Fremdverschulden?«
Benoit erhob sich und stand für einen Augenblick stramm. Es kam selten vor, daß ihn eine Kriminalkommissarin aufsuchte.
»Aller Wahrscheinlichkeit nach nicht«, murmelte er.

Yvonne schaute ihn teils verständnislos, teils auffordernd an.
Benoit räusperte sich.
»Nun, Madame«, meinte er nach einer Weile. »Unsere Experten haben herausbekommen, daß sich der Unfall am Abend auf der Landstraße vermutlich beim Überholen ereignete. Am Unfallort befanden sich aber nur die Wracks der beiden aufeinandergeprallten Fahrzeuge. Und deren Lage gibt eindeutig Aufschluß darüber, daß beide Autos ein und dieselbe Fahrbahn benutzten. Die linke, in Fahrtrichtung von Madame Dinard. Von einem dritten Fahrzeug, das sie vielleicht überholen wollte, fehlt allerdings jede Spur.«
Yvonne stöhnte auf.
»Schon wieder ein Attentat?« entgegnete sie.
Benoit zuckte die Achseln. »Wissen Sie, da es sich bei Madame Dinard um die, äh, Geliebte des Herrn Bürgermeisters handelt, drängt sich einem da schon irgendwie ein Verdacht auf. Es kann sich aber auch um ein völlig normales Fehlverhalten der Fahrerin handeln.«
»Und der Ertrunkene?« fuhr sie fort.
»Lezaire?« fragte Benoit und winkte verächtlich ab. »Weiß der liebe Himmel, was der am gestrigen Abend alles geschluckt hat. Laut Obduktionsbefund der Ärzte, lag sein Alkoholspiegel dicht bei vier Promille. Kein Wunder, daß so etwas irgendwann einmal passierte.«
»Wieso?« ließ Yvonne nicht locker.
»Lezaire war ein stadtbekannter Säufer«, antwortete der Gendarmeriekommandant. »Sein Alkoholismus führte seinerzeit dazu, daß sie ihn aus der Werft entlassen haben.«
»Wie bitte?« brauste Yvonne auf. »Das erfahre ich erst jetzt? Himmel, Benoit, denken Sie doch einmal nach! Erst geht die Werft in Flammen auf, und kurze Zeit später ertrinkt ein ehemaliger Mitarbeiter im Hafenbecken. Was, wenn er etwas mit dem Anschlag zu tun hatte?«
Der Kommandant schaute sie fragend an.
»Vielleicht ein lästiger Mitwisser«, fuhr sie unbeirrt fort. »Schließlich geht es immerhin um ein Tötungsdelikt, falls herauskommt, daß der oder die Attentäter den verstümmelten Wachmann in seinem eigenen Blut krepieren ließen.«
Benoit schüttelte den Kopf.
»Fehlanzeige, Madame«, murmelte er und ging an das Fenster, um einen Blick auf den Marktplatz zu werfen. »Lezaire besaß für die Tatzeit ein bombenfestes Alibi. Er hatte mal wieder einen Vollrausch und randalierte herum. Weiß der Henker, wie der sich jedesmal das Geld für seine Saufereien beschafft. Schließlich lebt er von der Fürsorge. Jedenfalls mußten wir ihn an besagtem Abend, aber noch lange vor Ausbruch des Brandes in Gewahrsam nehmen.«
Yvonne stöhnte lang anhaltend auf. Sie griff in ihre Handtasche und holte Zigaretten hervor.
»Herr Kommandant«, murmelte sie gedankenversunken, während sie den bläulichen Qualm gegen die Zimmerdecke blies. »Noch eine Woche und Ploudarneau ist doppelt so tot wie der Chicagoer Friedhof. Erst die kleine Leclerq, dann der Fischer Arpege,

schließlich der Wachmann, die Freundin des Bürgermeisters und nun auch noch dieser Lezaire. Von den Opfern des ›Nebelphantoms‹ einmal ganz abgesehen, sind mir das entschieden zuviel Tote in dieser kurzen Zeit.«
»Sie haben Trizan vergessen«, antwortete der Kommandant. »Jemand wie Trizan sitzt abends gewöhnlich vor dem Fernseher oder geht in eine Kneipe. Jemand wie er läuft nicht einfach patschnaß durch die Gegend und läßt sich von einem Auto überfahren.«
»Er war naß?« fragte Yvonne erstaunt.
»Ja«, erwiderte Benoit. »Er muß irgendwo ins Wasser gefallen sein.«
»Eine Spur von dem Flüchtigen?« fragte die Kommissarin voll dunkler Vorahnung.
»Nein, nichts«, entgegnete Benoit. »Eindeutig Fahrerflucht.«
Yvonne schlug mit der Faust auf den Tisch.
»Jetzt reicht's mir«, knurrte sie bösartig. »Staatsanwalt Lemardieux wollte Trizan verhören, und der haut einfach ab. Er muß vor irgendwem panische Angst haben. In derselben Nacht, in der er von einem Unbekannten angefahren wird, stirbt auch Lezaire. Himmel, was ist hier los in Ploudarneau?«
Benoit schlug seine Augen zu Boden.
»Ich fürchte, hier herrscht seit kurzem eine Art Guerillakrieg, Madame«, murmelte er leise.

Währenddessen schwang sich Jean Lassalle von seinem Rad und betrat das Gebäude des Zeitungsverlags. Da der Besuch der Kriminalpolizei stets mit Vorsicht zu genießen war, ließ man ihn gleich zum Herausgeber vor. Frederic Houet empfing ihn mit gespielter Freundlichkeit.
»Seltener Besuch«, meinte er bei der Begrüßung. »Kommt nicht häufig vor, daß die Polizei ohne Durchsuchungsbefehl in den Geschäftsräumen einer Tageszeitung erscheint. Was kann ich für Sie tun?«
»Erinnern Sie sich an Ihren Artikel über den Schriftsteller Marcel Ducresse?«
»Natürlich«, antwortete Houet lächelnd. »Ein außergewöhnlicher Mensch. Der Artikel stammt aus der Feder von Jean Serrault, einem meiner tüchtigsten Redakteure. Die Randnotiz habe ich verfaßt. Warum fragen Sie?«
Lassalle überlegte. Er mußte vorsichtig sein. Wenn er nicht höllisch aufpaßte, dann schlachtete so ein Boulevardblatt wie die Gazette seinen Verdacht zu einem Sensationsreport aus, ehe die Kriminalpolizei auch nur den ersten Fahndungsaufruf hatte herausgeben können. Im schlimmsten Fall war der Täter dadurch gewarnt. Und er konnte dann endgültig bei der Kripo seine Koffer packen.
»Ich interessiere mich privat für delikate Kriminalromane«, gab er anstatt dessen an. »Ich wollte Sie bitten, mir kurzfristig ein Rezensionsexemplar dieses Autoren zur Verfügung zu stellen.«
»Ein Besprechungsexempar?« fragte Houet erstaunt. »Warum wenden Sie sich nicht an eine Buchhandlung, wenn Sie Bücher von Ducresse lesen wollen?«
»Das dauert zu lange, bis man sie beschafft hat«, log er frech drauflos. »Wissen Sie,

ich habe gerade Überstunden abzufeiern, und da dachte ich ...«
»Und da dachten Sie«, fuhr Houet grinsend fort, »Sie könnten auf diese Weise ein bißchen nassauern, was? Sie sind mir einer! Tja, ich weiß nicht, ob wir überhaupt noch etwas von ihm im Archiv haben. Monsieur Ducresse hat uns nämlich seinerzeit leider nur zwei Buchwerke zur Verfügung gestellt.«
»Kann ich sie bekommen?« stieß er eine Spur zu heftig aus und biß sich gleichzeitig auf die Zunge.
Wie zu erwarten, wurde Houet schlagartig mißtrauisch.
»Moment mal, junger Freund«, fuhr er ihn an. »Die Sache stinkt doch! Warum wollen Sie eigentlich ausgerechnet die Rezensionsexemplare haben? Heraus mit der Sprache!«
Lassalle fühlte sich ertappt und in die Enge getrieben.
»Ich bin keineswegs Ihr junger Freund, wie Sie sich auszudrücken belieben, Monsieur«, fuhr er ihn an. »So dürfen Sie nicht mit mir reden.«
»Was ich darf und was nicht, bestimme in meinen eigenen vier Wänden immer noch ich selbst«, knurrte Houet zurück. »Wenn Sie mich jetzt bitte entschuldigen würden. Ich habe noch viel zu tun.«
Lassalle verließ wortlos und enttäuscht das Büro des Zeitungsherausgebers. Houet drehte sich zu seinem Schreibtisch um und wählte über die Haustelefonanlage einen Anschluß.
»Bonjour, mein schönes Kind!« flötete er honigsüß in die Sprechmuschel. Bring mir mal die beiden Rezensionsexemplare von Marcel Ducresse aus dem Archiv herauf.«
Anschließend wählte er eine Telefonnummer im Ausland.
Währenddessen verließ Jean Lassalle leise vor sich hin fluchend das Verlagsgebäude. Du Idiot, schimpfte er mit sich selber. Warum mußtest du dich so blöde anstellen? Kein Wunder, daß Houet mißtrauisch werden mußte, wenn du so deutlich zu verstehen gibst, daß du unbedingt diese beiden Exemplare haben möchtest. Der junge Computerspezialist hatte irgendwann einmal gelesen, daß Rezensionsexemplare häufig von den Autoren signiert wurden. Es bestand die vage Chance, daß sich der Fingerabdruck von Ducresse noch auf dem Einband befand. Er hätte ihn unverzüglich und ohne großen Aufwand erkennungsdienstlich überprüfen lassen können. Ein gewöhnliches Verkaufsexemplar aus einer Buchhandlung brachte ihn in dieser Hinsicht logischerweise keinen einzigen Schritt weiter. Er ahnte, daß er mit seiner Hartnäckigkeit beim Chef der Gazette de Quimper mit Sicherheit schlafende Hunde geweckt hatte. Noch vor gar nicht allzu langer Zeit hätte er bei einem solchen Rückschlag aufgesteckt. Doch die bereits erzielten Erfolge im Zusammenhang mit seiner eigenmächtigen Ermittlungsarbeit und die greifbare Chance, die Schlappe im Zusammenhang mit der Verhaftung von Arpege und den vorenthaltenen Informationen seines verstorbenen Chefs ausbügeln zu können, spornten ihn an. Kurz entschlossen suchte er eine Telefonzelle auf. Sein analytisch arbeitender Verstand sagte ihm, daß es eigentlich nur noch eine Möglichkeit gab, an das Gewünschte heranzukommen.

»Hör mir gut zu«, drohte die Stimme.
»Was ich dir zu sagen habe, das sage ich nur einmal. Also sperr die Ohren auf!«
Aubin Leclerq starrte fassungslos auf seinen Telefonhörer.
»Ich weiß nicht ...«, begann er, doch der andere ließ ihn nicht ausreden.
»Schnauze, Leclerq!« fuhr der andere ihn an.
Die Stimme des Anrufers klang dumpf. Sie schien offensichtlich verstellt. Wahrscheinlich war die Sprechmuschel mit einem Tuch abgedeckt.
»Du bist erledigt! Du hast gestern Jean-Baptiste überfahren, du Lump! Ich habe es genau gesehen! Halt den Mund und hör mir zu! Ich will eine Million Franc in gebrauchten Scheinen, oder ich sorge dafür, daß du in den Knast wanderst!«
»Sind Sie verrückt?« brüllte Aubin ins Telefon. »Was soll das Theater? Trizan ist mir vor den Wagen gesprungen!«
Die Stimme am anderen Ende der Leitung lachte rauh auf.
»Und wenn schon! Was spielt das für eine Rolle? Du bist abgehauen, und nur das zählt. Wenn auch nur einer von deiner Fahrerflucht erfährt, dann bist du erledigt, und wenn dir noch so viele von deinen Winkeladvokaten helfen sollten. Also, eine Million in gebrauchten Scheinen, oder ich laß dich hochgehen!«
»Von solch einem Lumpen ...«, begehrte er auf, doch der Anrufer schnitt ihm das Wort ab.
»Hör zu, Leclerq«, fuhr der andere fort. »Die Scheine packst du in einen Plastikbeutel. Du besitzt doch ein Handy, oder? Gib mir die Nummer! Also, um acht Uhr setzt du dich in einen Leihwagen, und zwar einen ohne Aufdruck. Benutze keinesfalls deinen Peugeot! Sonst platzt der Deal und du bist dran! Ich melde mich.«
Sekunden später vernahm Aubin Leclerq nur noch ein helles Summen in der Leitung. Zornig und erschrocken zugleich legte er den Hörer auf die Gabel zurück. Wie sollte er überhaupt so rasch an eine solche Summe herankommen? Es war Freitag nachmittag, und die Banken hatten längst geschlossen. So ein Idiot! Das mußte der doch wissen! Warum erpreßte ihn dieser Schwachkopf um Geld, obwohl er es in der Kürze der ihm zur Verfügung stehenden Zeit gar nicht mehr auftreiben konnte? Der Bürgermeister lachte grimmig auf. So ein Dilettant!
Aubin wirbelte in seinem Bürosessel herum. Anfänger! Genau das war es! Da versuchte ihn doch irgend so ein Amateur hereinzulegen. Plötzlich wurde ihm einiges klar. Bei dem Anrufer mußte es sich entweder um einen zufälligen Passanten oder um einen der Insassen aus dem Fahrzeug handeln, das ihm entgegenkam, als Trizan über die Straße flüchtete und gegen seine Motorhaube prallte. Irgend jemand hatte ihn beobachtet. Du Narr, schimpfte Aubin mit sich. Warum bist du bloß weitergefahren? Jetzt war es längst zu spät, um noch zur Polizei zu gehen. Selbst Benoit konnte ihm nicht mehr helfen. Er zog die untere Schublade vor und nahm einen schwarz schimmernden Gegenstand heraus. Aubin Leclerq prüfte, ob sich genügend Patronen in der Waffe befanden.

Es war inzwischen stockdunkel geworden. Jean Lassalle blickte auf die hell erleuchteten Fenster im obersten Stockwerk des gegenüberliegenden Gebäudes und drückte sich gleichzeitig in einen der dunklen Hauseingänge. Ducresse war daheim. Er überlegte fieberhaft. Was sollte er jetzt tun? Er brauchte doch nur den Daumenabdruck, aber er traute sich nicht, dessen Wohnung zu betreten. Ihm war inzwischen lausig kalt in seinem dünnen Parka. Gegessen hatte er auch seit über achtundvierzig Stunden nichts mehr. Sein Magen knurrte wie ein Wolf. Sollte er die Kollegen von der Streifenpolizei alarmieren? In einer fremden Stadt? Dazu auch noch in einem fremden Land? Erstmals, seit er Quimper verlassen hatte, verließ ihn der Mut. Sollte sich sein Verdacht als falsch herausstellen, dann konnte er wirklich seinen Abschied einreichen. Diesen Alleingang würde ihm der Polizeipräfekt kaum mehr verzeihen.

Über die Auskunft hatte er die Telefonnummer des Buchverlages erfahren. Es schien für den Mitarbeiter im dortigen Lektorat nichts Ungewöhnliches zu sein, daß sich ein Fan nach seinem Lieblingsautor erkundigte. Lassalle bekam im Laufe der Unterhaltung rasch heraus, in welcher Stadt Ducresse lebte. Einmal in Antwerpen angekommen, fand er dessen genaue Anschrift aus einem Telefonbuch heraus. Und nun stand er hier mutterseelenallein in der Kälte der nordbelgischen Hafenstadt und fror in seinem dünnen Parka so jämmerlich wie ein Hund.

Gerade als er endgültig aufgeben wollte, riß eine dunkel gekleidete Person die Haustür des von ihm observierten Gebäudes auf. Ein Mann trat in das dämmerige Licht der Straßenbeleuchtung. Er trug einen dunklen Wollmantel und hatte einen breitkrempigen Hut tief in die Stirn gezogen. In der Hand hielt er einen großen und anscheinend sehr schweren Lederkoffer. Der Mann ging ein paar Schritte die Straße entlang und blieb vor einem großen Kombi stehen. Er öffnete die Heckklappe und ließ das Gepäckstück verschwinden. Danach drehte er sich um und verschwand wieder in dem Haus, aus dem er gekommen war.

Jean drückte sich aus dem Hauseingang ab und überquerte in Windeseile die Straße. Nach wenigen Schritten erreichte er den Wagen und suchte nach dem Schloß am Heck des Wagens. Vorsichtig öffnete er die Klappe. Im Innern des Wagens lag nur der Koffer. Jean hob ihn vorsichtig an. Der Kerl mußte verdammt stark sein, durchfuhr es Jean, wenn er solch ein schweres Gepäckstück mit dieser Leichtigkeit tragen konnte. Hastig schlug er den Deckel wieder zu. Jean griff in seine Manteltasche und zog eine Rolle extradünnes, transparentes Klebeband heraus, das er sich sicherheitshalber in einem Kiosk besorgt hatte. Er trennte ein paar Stücke ab und klebte sie in der Nähe des Schlosses auf das Blech. Anschließend streifte er sie sorgfältig und ohne Falten zu verursachen auf der Innenseite seines Taschenkalenders ab. In diesem Moment packte ihn eine harte Faust im Nacken.

»Was machen Sie da an meinem Wagen?« knurrte eine dunkle Stimme.

Jean Lassalle wirbelte herum. Vor ihm stand ganz offensichtlich der Mann, den Guirec vor seinem gewaltsamen Tod bereits entlarvt hatte und hinter dem inzwischen die gesamte Kriminalpolizei und die Staatsanwaltschaft des Departements her war.

»Ich, ich wollte nur ...« stammelte Jean.
Der Muskulöse packte ihn härter.
»Bist du der Kerl, der da hinter mir her spioniert?« zischte er den jungen Kriminalinspektor an. »Was willst du von mir? Los, rede!«
Jean versuchte sich aus dem Griff seines Gegenübers zu befreien, doch der Belgier ließ ihn nicht los, sondern schüttelte ihn wie einen ungehorsamen Hund.
»Lassen Sie mich sofort los, oder ...«
»Was oder?« höhnte der Kräftige.
Ehe Jean Lassalle überhaupt antworten konnte, raubte ihm bereits ein brennender Schmerz die Besinnung.
Am darauffolgenden Morgen zogen zwei Dockarbeiter die Leiche eines jungen Mannes aus dem dreckigen Hafenwasser von Rotterdam. Der Tote trug über Hemd und Hose nur einen dünnen Parka.

Langsam bog der helle Kleinwagen auf die Landstraße ein. Aubin Leclerq horchte grimmig in Richtung Beifahrersitz, wo sein Mobilfunktelefon lag. Neben dem Handy stand eine prall gefüllte Plastiktüte. Er gab Gas und ließ den Motor auf Touren kommen. Kaum fünf Minuten später meldete sich der Unbekannte.
»Du bist ja vernünftig, Leclerq!« höhnte der Anrufer. »Brav! So, jetzt biegst du gleich in die nächste Seitenstraße ein und folgst dem Weg bis zur Küste. Ich melde mich wieder.«
Ehe Aubin antworten konnte, brach die Verbindung bereits ab. Unterwegs hatte er schon befürchtet, er solle die Plastiktüte vielleicht irgendwo während der Fahrt aus dem Fenster werfen. Eine Masche, die häufig bei Geldübergaben in Eisenbahnzügen angewandt wurde. Aber der hier schien ganz schön ausgeschlafen zu sein. War die Geldübergabe nämlich erst einmal erfolgt, dann konnte man den Spieß leicht herumdrehen und den Erpresser zum Gejagten machen. Der jedoch wollte allem Anschein nach kein unnötiges Risiko eingehen. Aubin überlegte. Der Kerl wußte offenbar ganz genau, wo er sich befand. Er mußte also ganz dicht in seiner Nähe sein. Oder er bluffte wie ein ausgekochter Pokerspieler. Aubin faßte an seinen Hosenbund, wo der Revolver aus seinem Schreibtisch steckte. Na warte, du Früchtchen, murmelte er halblaut vor sich hin. Du wirst was erleben!
Nach einigen Minuten erreichte Aubin das Ende des schmalen, holperigen Pfades. Von hier aus ging es höchstens noch zu Fuß weiter. Er hielt an und stieg aus. Dicht in seiner Nähe befand sich die Abbruchkante des Felsplateaus. Was hatte der Kerl vor? Wollte er sich etwa wirklich mit ihm treffen? Aubin griff nochmals zur Sicherheit an seinen Hosenbund. Das Mobilfunktelefon meldete sich.
»So, mein Freund«, knurrte die Stimme aus der Hörmuschel. »Laß den Schlüssel stecken, steig aus und fang an zu singen! Schön laut und gleichmäßig in das Handy hinein, hörst du? Und dabei gehst du den Weg rechts von dir weiter. Und nicht umdrehen! Wenn du dich umdrehst, dann gnade dir Gott!«

Verdammt, durchfuhr es Aubin. Besaß der Kerl etwa auch eine Waffe? Aubin wog rasch die Möglichkeiten ab. Erpresser durfte man nie unterschätzen. Clever war er ja. Er sollte seinen Wagen verlassen, damit der andere mit Auto und Geld in aller Seelenruhe verschwinden konnte. Das würde ihm einen schönen Vorsprung geben, aber mit dieser Masche hatte er insgeheim gerechnet. Warum verlangte der Erpresser auch sonst ausgerechnet einen Leihwagen?

»Na schön«, sprach Aubin in die Sprechmuschel. »Ich steige jetzt aus.«

»Wo ist das Geld?« fragte die Stimme.

»In einem Plastikbeutel auf dem Beifahrersitz«, antwortete er wahrheitsgemäß.

»Dann hau jetzt ab!« forderte der Unbekannte. »Wenn du versuchst, mich hereinzulegen, dann kannst du was erleben! Und nicht vergessen: immer schön singen«, fügte er hämisch lachend hinzu.

Aubin kletterte aus dem Wagen und schob dabei unauffällig einen metallisch schimmernden Gegenstand unter den Vorderreifen. Dann schloß er die Fahrertür. Aubin nahm das Mobilfunktelefon und begann zu singen. Irgendwann hörte er, wie der Motor aufheulte und der Leihwagen ein Stück losfuhr. Aubin wirbelte herum. Im gleichen Augenblick erstarb das Geräusch. Der Motor wurde erneut gestartet, doch wiederum gelang es dem Fahrer nicht, von der Stelle zu kommen. Kein Wunder mit einem durchschnittenen Reifen, knurrte Aubin grimmig vor sich hin. Die Metallkralle hatte ganze Arbeit geleistet. Er packte seinen Revolver fester. So, Bursche! Jetzt kannst du zur Abwechslung etwas erleben!

Gegen alle Warnungen des Erpressers schlich er den Weg in gebückter Haltung zurück. Er hätte auch aufrecht gehen können, denn der niedrige Farn auf dem Plateaurand bot ohnehin kaum Schutz. Aubin erkannte, wie die Fahrertür aufgerissen wurde und eine Gestalt aus dem Wagen sprang. Der Kerl warf noch einen Blick auf den platten Vorderreifen, fluchte zornig auf und begann den Weg in Richtung Hauptstraße zu laufen. In der rechten Hand hielt er eine Plastiktüte. Aubin setzte ihm nach. Er wußte, daß er viel zu untrainiert war, um im Sprint eine reelle Chance gegen den anscheinend wesentlich Jüngeren zu besitzen. Trotzdem spurtete er los. Der andere hatte sich erst dreißig Meter vom Wagen entfernt, als er genau in Schußrichtung kam.

»Bleib stehen, oder ich knalle dich ab wie einen räudigen Hund!«

Der Kerl aus dem Wagen rannte unbeirrt weiter. Aubins Wut steigerte sich angesichts des feigen Flüchtlings in abgrundtiefen Haß. Er zielte kurz und drückte ab. Krachend entlud sich der Schuß. Der andere bäumte sich für ein paar Sekunden auf. Für den Bruchteil eines Augenblicks verharrte er gleichsam in seiner Bewegung, dann brach er lautlos zusammen.

Aubin ging auf den Verletzten zu. Der Plastikbeutel war ihm aus der Hand geglitten. Der Mann, der ihn erpressen wollte, atmete nicht mehr. Kühler Frühlingswind verstreute bunte Zettelchen aus Zeitungspapier über den breitfächrigen niedrigen Farn. Aubin Leclerq kümmerte sich nicht darum.

EPILOG

Die Sonne brannte erbarmungslos herab. Hinter dem Steuer der schweren Segelyacht verharrte ein kräftig gebauter, etwa fünfunddreißigjähriger Mann und hielt mit der linken Hand das Edelstahlrad. Mit der rechten deckte er seine Augen ab, um sie vor dem einfallenden Licht zu schützen. Er hatte wie üblich vergessen, seine Sonnenbrille mitzunehmen. Ein bunter Strahlenspinnaker bemühte sich mit nachlassendem Erfolg, die immer schwächer werdende Brise einzufangen. Nach einer Weile fiel jedoch das Vorsegel immer häufiger in sich zusammen. Der Mann, der die Yacht steuerte, blickte nach oben zu der Windmeßanlage im Masttopp, seufzte und machte sich auf, das bunte Segeltuch zu bergen. Es dauerte eine Weile, denn mehr als hundert Quadratmeter Nylon wollten erst einmal verstaut werden. Schließlich stopfte er den Segelsack durch das Vorluk, stolperte zurück in die Plicht und startete die Maschine. Träge dümpelte die Yacht in den ölig dahinschwappenden Mittelmeerwellen.
In diesem Augenblick erschien eine Frau an Deck, die nichts außer ihrer dunkelbraunen Haut trug. Sie gähnte, spreizte ihre Arme weit ab und wippte dabei auf den Zehenspitzen. Die Frau mochte Mitte Vierzig sein, wesentlich älter als der Mann am Steuer. Im Gegensatz zu seinem durchtrainierten, muskulösen Körper, zeigten sich entlang ihrer Hüften schon deutlich barocke Formen ab. Ein Zeichen dafür, daß sie sich offensichtlich an Churchills Wahlspruch hielt. No sports!
Während ich meine Nikon sorgfältig im Futteral verstaute, zog Yvonne mein Schlauchboot, von dem aus ich Photos von der Yacht gemacht hatte, an die Badeplattform heran. Vorsichtig kletterte ich auf das große Boot zurück. Dabei mußte ich höllisch achtgeben, daß meine teure Kamera nicht ins Wasser fiel, denn der Tender wollte beim Verlassen beinahe in jede Richtung abhauen.
»Zieh dir etwas über«, mahnte sie der Rudergänger. »Du holst dir noch einen Sonnenbrand.«
Ich grinste.
»Glaubst du, ich habe noch nie in meinem Leben eine nackte Frau gesehen?«
Er bemühte sich, meine Bemerkung zu überhören.
»Und mache doch bitte ein paar Drinks zurecht. Am besten Cuba Libre.«
Sie schnalzte mit der Zunge; ich nickte zustimmend. Eisgekühlte Cola, kräftig angereichert mit karibischem Rum wäre angesichts dieser tropischen Hitze schon etwas Herrliches. Es vergingen ein paar Minuten, ehe Yvonne die Niedergangstreppe nach oben kletterte. Außer dem Plexiglastablett trug sie immer noch nur braune Haut. Sie drückte jedem von uns ein Glas in die Hand und legte sich anschließend mit einem Handtuch als Unterlage bäuchlings auf die Schiebelukgarage über dem Kajüteinstieg.
Ich kostete von dem Drink. Er schmeckte herrlich. So ließ ich mir Mittelmeersegeln gefallen. Nicht zu vergleichen mit dem Herumkrebsen in tidenabhängigen Schlickhäfen und den andauernden Schauerböen, die bei uns hoch oben an der Nordsee selbst im Sommer eher zur Regel gehören. Mein Blick wanderte über das

dunkelblaue, in der grellen Mittagssonne glitzernde Wasser. In weiter Entfernung dümpelte ein anderer Segler mit in der flachen Dünung schlagenden Segeln. Von Land her näherte sich ein Boot unter Maschine. Der Form nach mußte es sich um einen Katamaran handeln. Außer diesen beiden anderen Booten waren wir im Moment allein unterwegs. Ich wandte mich ab und schaute zu unserem Rudergänger, der mit übereinandergeschlagenen Beinen auf dem Seitendeck an Steuerbord saß und sich gegen die Reling zurücklehnte. James, unser elektronischer Autopilot, steuerte währenddessen mit stoischer Ruhe die schwere Yacht.

»Nun erzählt einmal weiter«, forderte ich meine beiden Gastgeber auf. »Ich möchte jetzt endlich wissen, was weiter geschah.«

Antoine lachte kopfschüttelnd.

»Da gibt es nicht viel mehr zu erzählen«, erwiderte der Jüngere. »Auf Grund der Zeugenaussage des Fischers Jean-Baptiste Trizan konnten wir Claude Aziliz die Mittäterschaft bei dem Brandanschlag auf die Werft nachweisen. Erst verschafften sich Aziliz und Dupret gegenseitig Alibis und schoben alles auf den toten Aodren Kernac'h. Kurz nachdem jedoch die von der Staatsanwaltschaft verhängte Nachrichtensperre auf Druck der Medien aufgehoben wurde und das gesamte Ausmaß der Katastrophe von Ploudarneau publiziert werden durfte, meldete sich eine gewisse Helene Tatourant und gab an, den Lieferwagen von Aziliz in der besagten Nacht auf dem Weg zur Werft gesehen zu haben. Als es unter der Last der Beweise schließlich sehr eng für die beiden Verdächtigen wurde, beschuldigten sie sich gegenseitig, Drahtzieher für die Brandstiftung gewesen zu sein. Der Rest war für die Ermittlungsbehörden ein Kinderspiel.«

»Habt ihr je herausbekommen, welche Rolle dieser Lezaire spielte?«

Yvonne schüttelte den Kopf.

»Nein, Fehlanzeige. Im Dorf hält sich hartnäckig das Gerücht, er hätte damals angeblich nach einem Streit in Duprets Kneipe den Fischer Jules Arpege im Zusammenhang mit dem Mordfall Leblanc bei der Polizei angeschwärzt. Er soll auch etwas mit der Sabotage an Emmanuela Leclerqs Regattaboot zu tun gehabt haben. Lezaire muß für irgend jemanden gearbeitet haben. Er besaß nämlich auf einmal jede Menge Bargeld.«

»Hat er vielleicht auch das Attentat auf das Boot von Jules Arpege verübt?« wollte ich wissen.

Yvonne zuckte die Achseln. »Ein Motiv hätte er gehabt, aber er besaß für die Tatzeit ein lückenloses Alibi. Ich vertrete die Auffassung, daß der Anschlag auf den Kutter von Arpege nur zum Ziel hatte, die Stimmung im Ort anzuheizen. Daß Arpege dabei ums Leben kam, war vermutlich nicht einmal geplant. Aber sein Tod brachte das schwelende Pulverfaß zum explodieren.«

»Habt ihr eigentlich noch Kontakt zu Leuten aus Ploudarneau?« fragte ich weiter.

Antoine schüttelte den Kopf, aber Yvonne nickte.

»Hin und wieder telefoniere ich noch mit dem Küster. Aber nicht oft. Die Grand-Mère lebt übrigens nicht mehr. Leider.«

»Was ist aus Leclerq und seiner Marina geworden?« wollte ich wissen und trank mein

Glas leer.
Antoine verzog sein Gesicht.
»Leclerq sitzt in Haft. Er war es, der diesen Kernac'h erschossen hat. Angeblich soll ihn der junge Kerl wegen seiner Fahrerflucht erpreßt haben. Auf Druck der Banken verkaufte schließlich Stefane Moulin seinen Betrieb an einen relativ kleinen süditalienischen Bootshändler. Bereits drei Monate nach der Akquisition schrieb das Unternehmen schon wieder schwarze Zahlen. Damit war auch der Weg frei für die Assecuranza del Santorini. Eine Tochterfirma der Versicherung übernahm den Yachthafen. Wegen des drohenden Konkursverfahrens ein lukratives Geschäft. Mit anderen Worten: Nur die Italiener gingen als Gewinner aus der Affäre hervor. Selbst die Hausbank von Leclerq mußte zum Schluß reichlich Federn lassen. Den Kreditvorstand hat man in die Wüste geschickt, den Leiter der Controling-Abteilung in eine Filiale am Ende der Welt versetzt. Wenn es nicht so abenteuerlich klänge, könnte sich einem glatt der Verdacht aufdrängen, die ganze Affäre mit all ihren Facetten sei von langer Hand vorbereitet worden, um sich ganz Ploudarneau billig unter den Nagel zu reißen. Die Bürgermeisterwahl gewann beispielsweise ein Außenseiter, gleichzeitig neuer Geschäftsführer der Marina und damit Gehaltsempfänger der Italiener. Dadurch haben Ausländer nun sogar in einem bretonischen Ortsparlament den berühmten Fuß in der Tür. Angesichts eines dermaßen konservativen Umfelds eine geradezu bemerkenswerte Entwicklung.«
»Leclerq im Gefängnis?« wechselte ich das Thema, weil mich Kommunalpolitik wenig interessierte. »Na, dann hat dieser saubere Verleger der Gazette de Quimper ja doch endlich erreicht, was er wollte.«
»Lange konnte er diesen Triumph nicht auskosten«, murmelte Lemardieux. »Kurz nachdem diese Katastrophenserie in Ploudarneau abriß, wurde er tot in seiner Wohnung aufgefunden. Keiner wußte, daß der Mann hochgradig zuckerkrank war. Er wurde mit der zwanzigfachen Dosis Insulin im Bauch aufgefunden. Das Injektionsbesteck lag noch neben ihm, als man seine Leiche fand. Na ja, darum müssen sich die neuen Kollegen in Quimper kümmern. Leclerq jedenfalls scheidet aus.«
»Schrecklich«, meinte ich. »Mord?«
»Oder Selbstmord«, erwiderte mein Gesprächspartner. »Keine Fingerabdrücke, keine Spuren. Nichts, aber auch gar nichts weist auf Fremdverschulden hin. Was weiß man schon, was in den Menschen vorgeht.«
Die Sonne brannte, nachdem der Wind nun vollständig eingeschlafen war, gnadenlos auf die beinahe unbewegte Wasseroberfläche herab. Antoine spannte ein Biminitop über der Plicht auf.
»Was haben eigentlich eure Ermittlungen in den vier Mordfällen auf See konkret ergeben?« wollte ich schließlich wissen.
Yvonne lachte auf. Ihr Lachen klang voller Sarkasmus.
»Das darf man gar nicht laut sagen. Wenig, mein Freund. Besser gesagt, praktisch nichts. Den einzigen halbwegs konkreten Hinweis erhielten wir aus der Nähe von Douarnenez. Ein Fischer hatte hin und wieder in einem kleinen, abgeschiedenen Fischerhafen an der Nordküste einen großen, flachen Katamaran mit einem klapp-

baren Karbonmast bemerkt. Das Boot wurde angeblich nur sporadisch bewegt. Was uns jedoch aufhorchen ließ, war sein Hinweis auf einen offenbar eingebauten Elektromotor als Hilfsantrieb. Der Kat soll sich beim An- und Ablegen beinahe lautlos fortbewegt haben. Als wir Nachforschungen anstellten, war das Boot jedenfalls verschwunden.«

»Ein Kat, sagst du?« horchte ich auf. »Mit Elektromotor? Nun ja, wegen des geringen Tiefgangs könnte man mit solch einem Ding natürlich bei jedem Gezeitenstand auslaufen. Der Karbonmast verhindert ein Radarecho. Mit Hilfe einer Mastlegevorrichtung, so wie man sie in Holland wegen der vielen Brücken häufig benutzt, läßt sich ein ohnehin schon flaches Fahrzeug praktisch unsichtbar machen. Das gilt erst recht bei Nebel.«

Antoine nickte.

»Ja, daran haben wir auch gedacht, aber der Katamaran ist verschwunden. Wo, um alles in der Welt, sollen wir mit der Suche beginnen? Allein in Frankreich gibt es Tausende davon. Wir sind, wie du ja sicher weißt, so etwas wie das Mehrrumpfboot-Dorado in Europa. Ich habe mir sagen lassen, daß auch Karbonmasten inzwischen nichts Ungewöhnliches mehr darstellen.«

»Und was ist Lassalle zugestoßen?«

Antoine deutete stumm auf Yvonne. Die Frau setzte sich auf und starrte mit verschränkten Armen lange und schweigend auf die offene See hinaus.

»Er muß dem Phantom auf die Spur gekommen sein«, meinte sie schließlich. »Vermutlich ebenso dicht wie seinerzeit Guirec. Daß der Junge aber auch nicht einmal den Mund aufmachen konnte! Auf der Innenseite seines Taschenkalenders befand sich ein Klebestreifen. Lereau hat ihn untersucht. Die Klebesubstanz auf der Rückseite wies genau denselben Daumenabdruck auf, den wir auch auf dem Zehn-Franc-Stück im Hotel der Deforets gefunden hatten. Es stellte sich heraus, daß Lassalle ein Flugticket nach Antwerpen gebucht hatte. Warum er ausgerechnet dorthin wollte und was er anschließend in Rotterdam trieb, das wissen die Götter.«

Yvonne verfiel wieder in dumpfes Brüten. Weil sich inzwischen auch Antoine nicht mehr sonderlich gesprächig zeigte, drehte ich mich herum, kletterte an die Reling und ließ meine Beine über die Bordwand hängen. Das Boot, das ich schon vor einiger Zeit aus Richtung Land hatte herankommen sehen, glitt näher. Es handelte sich um einen Katamaran mit schwarzem Karbonmast. Trotz der Mittagshitze lief mir unwillkürlich ein Schauer den Rücken hinunter. Willst du jetzt jedesmal in Panik geraten, wenn du einen Kat mit schwarzem Mast am Horizont auftauchen siehst, scholt ich mich. Dann brauchst du überhaupt nicht mehr segeln zu gehen.

Ein paar Minuten später querte das Mehrrumpfboot unser Kielwasser und nahm Fahrt auf die offene See. Wie ein schwarzer Schatten glitt es über die gleißend hell glitzernde Wasseroberfläche. Am Heck gurgelte das Schraubenwasser. Das Geräusch einer Einbaumaschine konnte ich nicht hören.

Immer eine Handbreit Lachen unterm Kiel!

Reise,Reise! Die Plicht ruft!

Segeln ist, wenn man trotzdem lacht!

208 Seiten, 13,5 x 20,5 cm
10 Illustrationen von J. Hegemann
geb., mit Schutzumschlag,
ISBN 3-7822-0687-8

Schmunzeln Sie mit über all die Unwägbarkeiten, die einem anläßlich eines Segeltörns widerfahren können. – Ein herrlicher Lesespaß mit Biß, Witz und Ironie für Jung und Alt.

Lappen hoch und los!

Wer refft ist ein Feigling!

208 Seiten, 13,5 x 20,5 cm, 12 Illustrationen von J. Hegemann
geb., mit Schutzumschlag, ISBN 3-7822-0707-6

Was gibt es schöneres im Leben, als Flottillen-Skipper zu werden? Das ganze Desaster beginnt mit einer Regatta auf dem Bodensee, zu der Waldemar Schupfschnabl, Gernot Firschings Alter ego Peter Paul kurzerhand anheuert, um nicht auch noch im Urlaub bergsteigen zu müssen.

Warschau! Besanschot an!

Oh, diese Landratten!

208 Seiten
ISBN 3-7822-0666-5

Segeln ist Glücksache

Ein durchaus ernstzunehmender Ratgeber

182 Seiten
ISBN 3-7822-0601-0

Klar zur Halse? Ree!

Erkenntnisse eines leidgeprüften Seglers

172 Seiten
ISBN 3-7822-0636-3

Ruder hart mittschiffs!

Wer ausweicht verliert!

152 Seiten
ISBN 3-7822-0653-3

KOEHLER/MITTLER
HAMBURG BERLIN BONN